Marc Elsberg

HELIX

Sie werden uns ersetzen

Marc Elsberg

HELIX

Sie werden uns ersetzen

Roman

blanvalet

Sollte diese Publikation Links auf Webseiten Dritter enthalten,
so übernehmen wir für deren Inhalte keine Haftung,
da wir uns diese nicht zu eigen machen, sondern lediglich auf
deren Stand zum Zeitpunkt der Erstveröffentlichung verweisen.

Verlagsgruppe Random House FSC® N001967

2. Auflage
Copyright © Marc Elsberg,
vertreten durch Literarische Agentur Michael Gaeb
© der deutschsprachigen Ausgabe 2018 by Blanvalet
in der Verlagsgruppe Random House GmbH,
Neumarkterstr. 28, 81673 München
Redaktion: Angela Kuepper
Umschlaggestaltung und -motiv: www.buerosued.de
NG · Herstellung: wag
Satz: Uhl + Massopust, Aalen
Druck und Bindung: GGP Media GmbH, Pößneck
Printed in Germany
ISBN 978-3-7341-0557-9

www.blanvalet.de

*Wie immer,
für Ursula*

»Panta rhei« (Alles fließt).

Heraklit von Ephesus, griechischer Philosoph (zugeschrieben)

»Nur ein Narr macht keine Experimente.«

Charles Darwin, britischer Naturforscher

»Alle Menschen sind frei und gleich an Würde und
Rechten geboren.«

Allgemeine Erklärung der Menschenrechte

»Reach out and touch faith. Your own personal Jesus.«

Depeche Mode, britische Popband

Am ersten Tag

1

Dann stand nur mehr das Rednerpult auf der Bühne des voll besetzten Hotelsaals, und der US-Außenminister lag reglos daneben. Die Zuhörer in den ersten Reihen sprangen auf, der Rest folgte. Ein paar Anzugträger stürzten zum Podium, Securitymänner in Schwarz hinterher, andere beugten sich schützend über einzelne Anwesende. Die deutsche Kanzlerin, erkannte Jessica Roberts von ihrem Platz in einer der hintersten Reihen, der britische Premier, der französische. Jessica hatte keinen Schuss gehört. Doch der Schwarm denkt nicht. Jeder folgt seinem Vordermann oder der Nachbarin, steckt die Nächsten an. Jetzt wollten alle hinaus. Jessica stürmte gegen den Strom Richtung Podium. Wich in die sich leerenden Stuhlreihen aus, kletterte trotz Rock und Stöckelschuhen über Lehnen. Aus den Lautsprechern rief eine Männerstimme auf Englisch: »Bitte, bewahren Sie Ruhe!«

Niemand folgte der Anweisung. Wenigstens waren die Sitzreihen jetzt fast leer. Nur ein paar Verlorene standen noch vor ihren Stühlen und schauten ratlos oder neugierig. Eine kleine Traube dunkler Anzüge in verschiedenen Schattierungen verdeckte den Körper des Außenministers. Einer der muskulösen Securitymänner stellte sich Jessica in den Weg.

»Stopp!«

»Lassen Sie mich durch!«, forderte sie auf Englisch. »Ich bin eine Mitarbeiterin des Ministers!«

Sie wies auf ihr Namensschild.

Dr. Jessica Roberts
US National Security Advisor's Team
msc Munich Security Conference
Münchner Sicherheitskonferenz

»Sorry, Ma'am.«

»Ihr Job ist es, Menschenleben zu retten!«, rief sie. »Gerade tun Sie das Gegenteil! Der Mann dort vorne stirbt!« Das wusste sie zwar nicht, aber die Augen des Securitymonsters zeigten einen Moment der Verunsicherung. Jessica nutzte ihn, um an seinem schweren Arm vorbeizuhuschen. Groß und stark, diese Typen, aber schwerfällig.

Ein Mann nestelte an der Krawatte des Ministers. Ein zweiter fingerte unbeholfen an seinem Handgelenk herum. Suchte den Puls. Jessica stieß sie zur Seite. Kein Blut. Den Zusammenbruch musste etwas anderes ausgelöst haben. Mit einem Griff hatte sie den Schlips gelöst und aus dem Kragen gezogen. Riss die oberen Knöpfe auf. Suchte den Puls an der Halsschlagader. Beugte sich dicht über den schlaffen Mund, um Atem an ihrem Ohr zu spüren.

Kein Atem. Kein Puls.

Ohne lange nachzudenken, stemmte sie ihr ganzes Gewicht auf den Brustkorb des Ministers, dessen Torso unter dem Druck bebte. Und zwei! Und drei! Richtig rein! Rippen durften brechen. Jessica fand ihren Rhythmus. In ihrem ersten Erste-Hilfe-Kurs bei den Pfadfinderinnen vor über zwanzig Jahren hatte sie gelernt: Herzmassage und beatmen. Bei ihrer letzten Auffrischung vor einem Jahr hatte sie die neueste Methode erfahren: nur Herzmassage. Die heftige Bewegung des Brustkorbs beförderte ausreichend Sauerstoff in die Lunge.

Sie wusste nicht, wie oft sie den Druck wie in Trance wiederholt hatte, als eine Stimme neben ihr etwas auf Deutsch sagte und jemand sie sachte, aber bestimmt an den Schultern zurückzog. Ein junger Mann in roter Jacke kniete mit einer Atemmaske in der Hand neben dem Minister nieder. Ein zweiter packte die Metallplatten des Defibrillators aus.

Die Ärztin prüfte Pupillen, Atmung, Puls. Ein kurzer Befehl an die Sanitäter. Der eine zog dem Minister die Atemmaske über das Gesicht. Der andere riss das Hemd auf, Knöpfe flogen in alle Richtungen. Legte den bleichen Ministerbauch frei, dessen Haut trotz Trainings altersbedingt an einigen Stellen zu erschlaffen begann. Er legte die zwei Defi-Platten an die beiden Brustseiten. Die Ärztin nickte. Jessica zuckte zusammen, als der Körper sich unter dem elektrischen Schlag aufbäumte. Die Ärztin wartete kurz, gab noch einmal einen Befehl auf Deutsch, den Jessica nicht verstand. Wieder hob es den Rumpf des Ministers vom Boden. Jessica schauderte.

Durch den Mittelgang eilten zwei weitere Sanitäter mit einer Trage auf einem Fahrgestell herbei. Zu viert hoben sie den Körper auf die Trage. Das bleiche Gesicht unter der Maske, das wirre, verschwitzte Haar, die Hemdfetzen, der blasse Körper, die Hose verrutscht, mit einem großen nassen Fleck im Schritt, so sah man die Herren der Welt nur auf seltenen Kriegsbildern. Wenn sie zu den Verlierern zählten.

Rasch blickte Jessica sich im Saal um. Der war jetzt fast leer. Sie entdeckte keine Journalisten, auch oben nicht, auf den Rängen, von wo sie einen guten Fotowinkel gefunden hätten. Ihr linker Handrücken und ihr rechter Handballen pulsierten. Die Trage setzte sich in Bewegung, umringt von Sanitätern, der Ärztin, Securityleuten, einigen der Ersthelfer und Jessica. Eine kleine Gruppe blieb am Podium zurück, blickte ihnen betroffen nach, flüsterte. Einer, der sein Jackett ausgezogen und auf den Boden geworfen hatte, hob es auf, klopfte es ab und zog es wieder an. Schob den Krawattenknoten zurecht. Strich sich über das Haar.

Der Defi-Sanitäter legte die Elektroden wieder an. Der Stromschlag beutelte den Körper so heftig, dass Jessica fürchtete, er würde von der Trage stürzen. Die Ärztin beugte sich über ihn, hielt das Tempo. Im Hotelflur pflügten die Securitys vor ihnen mit entschiedenen Bewegungen und knappen, scharfen Befehlen durch die wartende Menge. Die Diplomaten und ihre Entouragen drängten sich erschrocken gegen die Wände, um sie durchzulassen. Die Securityleute hielten die Journalisten vom Fotografieren und Filmen ab. Jessica streckte sich, um mehr zu sehen, hatte Mühe, Schritt zu halten.

»Wie geht es ihm?«, rief sie der Ärztin zu. Die blickte nicht einmal auf. Vielleicht verstand sie kein Englisch.

Vor dem Hotel wartete ein Krankenwagen. Die Sanitäter schoben die Trage mit dem Minister durch die geöffnete Hecktür. Hinter Jessica sammelten sich weitere Mitglieder der Delegation und andere Konferenzbesucher. Nur aus den Augenwinkeln nahm sie wahr, dass die Security die anderen vom Geschehen fernhielt. Als Jessica einsteigen wollte, hielt die Ärztin sie auf.

»Sie können nicht mit«, erklärte sie in flüssigem Englisch.

»Wo bringen Sie ihn hin?«

»In die Universitätsklinik.«

»Er ist der US-Außenminister.«

»Ich weiß.« Ein Blick auf Jessicas Namensschild. »Wir tun, was nötig und möglich ist. Die besten Ärzte werden sich um ihn kümmern.«

Im Wageninneren massierte ein Sanitäter wieder das Herz des Ministers. Die Ärztin zog die Tür zu. Das Polizeiauto davor schaltete die Sirene an und raste los. Der Rettungswagen schloss sich mit Blaulicht und Sirene an, ein weiterer Polizeiwagen folgte blinkend und lärmend.

Als die Wagen hinter der nächsten Ecke verschwunden waren, umklammerten mit einem Mal Jessicas Rippen wie eiserne Krallen ihre Lunge. Erschrocken kämpfte sie gegen den ehernen Griff, ohne auch nur das geringste bisschen Luft einsaugen zu können.

Beruhige dich! In kritischen Situationen das Gegenteil von dem tun, was der Reflex gebietet!

Statt eines weiteren Atemversuchs stieß sie mit einem heftigen Keuchen das letzte bisschen Luft aus. Ihre Rippen lockerten sich, und mit einem tiefen Zug füllte sie ihre Lunge mit dem dringend benötigten Sauerstoff. Keine Panik jetzt! Es war vorbei.

Langsam wurde Jessica bewusst, dass sie in Kostüm und Stöckelschuhen bei Minusgraden im Schnee stand, der die Münchner Fußgängerzone mit einer dünnen Schicht überzog. Vereinzelt fielen Flocken, als hätte jemand sie da oben verloren.

2

Jegors Fahrer Andwele lenkte den Landcruiser von der staubigen Sandpiste auf eine Seitenstraße, die den Namen kaum verdiente. Die Schlaglöcher hämmerten direkt in Jegors Kreuz, sein Arm schlug gegen die Tür.

Aus dem Radio quasselte ein Moderator Englisch mit schwerem tansanischem Zungenschlag. Jegor hörte nicht hin. Sein Blick flog abwesend über die einfachen einstöckigen Häuschen an der Strecke, die Farben von der Witterung ausgebleicht, gesprungener und abblätternder Putz, gedeckt mit Wellblech oder zerfledderten Palmwedeln. Manche noch unverputzt, doch die Ziegel wirkten schon alt. Davor windschiefe, beschattete Tischchen mit Obst oder Gemüse, hinter denen eine Frau saß, manchmal auch zwei. Dazwischen eine Werkstatt, vor der ein paar Männer im Sand hockend brüteten, ein Krämerladen, aus dem eine Frau mit zwei prallen Plastiktüten und drei Kindern im Schlepptau stapfte und bei jedem Schritt eine kleine Staubwolke aufwirbelte. Seit zwölf Jahren lebte Jegor in Afrika, seit sechs in Tansania. Auf diesem Kontinent sah fast alles Menschengemachte entweder halb fertig oder halb verfallen aus, fand er.

Andwele wich einem Schlagloch aus, ohne die Geschwindigkeit zu reduzieren. Jegor klammerte sich fester an den Haltegriff über der Tür. Kinder in zerfaserten Pullovern, kurzen Hosen und bloßen Füßen winkten ihnen lachend zu. Die Häuser wurden weniger, Mais-, Maniok- und andere Felder übernahmen, unterbrochen von Dickicht, ab und zu gesäumt von Palmen. In der Ferne stieg eine breite Rauchwolke in den wolkenlosen Himmel, vermutlich Brandrodung.

An einem tristen Maisfeldrest lenkte Andwele den Wagen an den Rand der Straße, wo er schief zum Stehen kam. Sie sprangen hinaus in die süßlich-erdig riechende Hitze, traten an den Rand des Feldes. Oder was davon übrig war. Die verkümmerten, halb vertrockneten Pflanzen waren durchlöchert und zerfranst. Jegor begutachtete einige Blätter, bog die Deckblätter eines armseligen Maiskolbens auseinander. Überall wuselten kleine Raupen.

»Armyworm«, murmelte er. Als ob die vorangegangene Dürre nicht genügt hätte. In manchen Jahren zerstörte *Spodoptera exempta* bis zu dreißig Prozent der Maisernte befallener Gebiete. Teile der Pwaniregion westlich von Daressalam hatte es dieses Jahr besonders schlimm erwischt. Trotz der laufenden Beobachtung, Vorbeugung, Gräben gegen die Raupenkolonnen und intensivem Pestizideinsatz hatten weder Behörden noch Bauern das Desaster verhindern können. Hatten die Raupen ein Feld verwüstet, zogen sie in langen Reihen nebeneinander zum nächsten. Daher der Name.

Jegor warf die Blätter zu den anderen auf den Boden und kehrte zurück zum Wagen. Mais war eines der wichtigsten Grundnahrungsmittel weltweit, auch hier in Tansania. Ein Befall mit dem Armyworm oder anderen Schädlingen konnte für den betroffenen Bauern den Ruin und für die Region eine Hungersnot bedeuten.

»So sieht es hier überall aus«, erklärte Andwele in seinem Singsangakzent, während er den Motor startete. »Dieses Jahr ist es besonders schlimm. Fast überall. Nur an einem Flecken nicht. Inzwischen nennen ihn alle nur noch *das Wunder*.«

Zwanzig Kilometer durch den Staub und zahllose Schlaglöcher weiter fuhr Andwele auf den breiten Streifen ab, der die Straße von den verstreut stehenden Häuschen trennte, und bremste vor einem so heftig, dass er den Wagen in eine Staubwolke hüllte.

»Ganz toll gemacht«, brummte Jegor.

»Wir sind da!« Andwele sprang hinaus, umrundete den Landcruiser und öffnete Jegors Tür.

»Verd…«, setzte Jegor zu einem Fluch an, als der Staub ins Wageninnere drang. Seufzend hievte er sich ins Freie. Er kniff die Augen zusammen und sah zu, dass er aus der heißen Wolke kam, die sich langsam setzte.

Im Schatten eines mit trockenen Palmblättern gedeckten Vordachs musterte sie eine ausgemergelte Frau. Sie trug ein ausgewaschenes T-Shirt, einen ehemals bunten Rock und Flip-Flops. Hinter ihr lugten zwei neugierige Kinder mit verschmierten Gesichtern aus dem Dunkel. Ein Jugendlicher lehnte am Türrahmen.

»Das ist Najuma Mneney, von der ich Ihnen erzählt habe!«, stellte Andwele die Hausherrin vor, die Jegor misstrauisch beäugte. Im Gegenzug plapperte Andwele mit Najuma auf Suaheli, von dem Jegor noch immer nur einzelne Wörter verstand. Erst jetzt entdeckte er die Machete in der Hand des Jugendlichen. Leise wies er Andwele darauf hin. Der schien nicht sonderlich beeindruckt.

»Gegen Diebe«, erklärte er Jegor. »Die Wunderpflanzen sind sehr begehrt, wie man sich vorstellen kann.« Ungerührt verhandelte er weiter mit der Frau.

Najumas Blick flog zwischen Andwele und Jegor hin und her. Dann trat sie vor und gab ihnen ein Handzeichen, ihr zu folgen. Sie hatte den steifen Gang schwer arbeitender Menschen. Ein Blick über die Schulter überzeugte Jegor, dass der Machetenjunge auf seinem Posten blieb, sie jedoch wachsam beäugte.

Hinter dem Haus befand sich eine kleine, bröcklige Terrasse mit verwitterten Plastikstühlen und einem wackeligen Holztisch unter einem zerfledderten Palmenblattdach. Daneben warteten zwei Kisten mit Mais auf dessen Verarbeitung oder den Verkauf. Andwele nahm einen Kolben heraus und reichte ihn Jegor. Gelb, groß, prall, gesund. Jegor nickte Najuma anerkennend zu. Die lächelte schüchtern.

Unmittelbar hinter der Terrasse begann Najumas Garten. Oder Feld, je nachdem, wie man es betrachtete. Für einen tansanischen Kleinbauern war oft schon ein Fleck von der Größe eines durchschnittlichen europäischen Vorgartens viel.

Najuma erklärte Andwele, der übersetzte: »Sie bewirtschaftet hier etwa zweitausend Quadratmeter Grund.« Najuma grenzte das Land mit ein paar Gesten ab. Dreißig Meter in der Breite, schätzte Jegor, enden musste es demnach in knapp siebzig Metern Entfernung hinter dem Gemüsegarten und den übermannshohen Maisstauden.

Najuma führte sie zwischen dichten Reihen hüfthoher Tomaten- und Paprikastauden voll halb reifer Früchte hindurch zum Mais. Dicht und in saftigem Grün ragte er über zwei Meter hoch. Noch nie hatte Jegor in dieser Gegend so vitale Maispflanzen gesehen. Najuma sagte etwas, ihr Arm beschrieb einen Kreis, doch Jegor hörte nicht zu und untersuchte stattdessen die Blätter und Kolben.

»Keine Raupen, nirgends«, erklärte Andwele. »Im Umkreis von etwa vier Kilometern leidet kein einziger Maisbauer unter den Schädlingen. Wenn einmal ein paar auftauchen, lassen sie die Pflanzen in Frieden, sterben oder ziehen weiter. Und«, erklärte Andwele mit einer Geste auf einen Kolben, »die Früchte sind viel größer als sonst.«

Nachdenklich wanderte Jegors Blick die Maispflanze aufwärts und wieder herunter. Seit er in Afrika für internationale

Landwirtschaftskonzerne arbeitete, beschäftigte sich Jegor mit der Erforschung und Entwicklung von Nutzpflanzen, die ertragreicher, genügsamer, widerstandsfähiger und gegen Schädlinge resistenter waren als ihre Vorfahren. Mais war eigentlich nicht sein Spezialgebiet, auch nicht von seinem Arbeitgeber, der Saudi-Arabischen ArabAgric, die in Afrika Gemüse und Getreide für den Export in ihr Heimatland anbaute. Doch die Nachricht von der kleinen Insel der Seligen inmitten der katastrophalen Raupenpest und Dürre dieser Saison hatte Jegors Aufmerksamkeit erregt.

»Woher hat sie das Saatgut?«

»So wie alle anderen Kleinbauern hier«, erklärte Andwele nach Rückfrage an Najuma. »Korn aus der Ernte des Vorjahrs.«

»Verwendet sie Dünger und Pestizide? Womöglich andere als die betroffenen Bauern in der Umgebung?«

Kurzer Dialog, Najuma schüttelte den Kopf.

»Nein«, bestätigte Andwele.

»Weißt du, ob der Boden im heilen Gebiet eine andere Beschaffenheit hat?«

»Unsere Bodenkarten sagen Nein. Trotzdem habe ich Proben genommen und ins Labor gebracht«, erklärte der Afrikaner.

»Gut. Andere Bewässerungsmethoden? Diese Pflanzen sehen nicht aus, als litten sie unter der Dürre.«

Fragen auf Suaheli. Kopfschütteln.

»Hat sie sonst irgendetwas anders gemacht als früher?«

Nein.

»Bitte Najuma um ein paar Blätter und Kolben als Proben.«

Andwele diskutierte wieder mit Najuma, drückte ihr schließlich ein paar zerknitterte Scheine in die Hand und empfing im Gegenzug ein Büschel Blätter und einen Arm voll Maiskolben. Auf dem Weg zurück zur Terrasse unterhielten sich die zwei angeregt, während Jegor ihnen durch die schwüle Hitze folgte.

Abwesend verfolgte er, wie die Diskussion der beiden aufgeregter wurde. Auf der Terrasse wandte sich Andwele an Jegor.

»Najumas Nachbarn machen die Geister für das Wunder verantwortlich.«

Natürlich. Geister. An allem in diesem Kontinent waren Geister, Ahnen oder Zauberer schuld. Jegor wollte es gar nicht so genau wissen. Er fragte trotzdem.

»Welche Geister?«

Es entspann sich ein Trilog auf Suaheli und Englisch.

»Niemand hat sie richtig gesehen, nur von Weitem. Vor ein paar Monaten, zur Blütezeit, flogen sie in der Morgendämmerung über die Felder. Jetzt noch ab und zu.«

»Wie haben sie ausgesehen, die Geister?«

»Sehr komisch. Luftgeister. Noch größer als eine Riesentrappe oder ein Helmperlhuhn. Aber wer weiß, was sie redet«, meinte Andwele mit einer abfälligen Handbewegung. Sie umrundeten das Haus, während Najuma weiter auf Andwele einredete.

»Geklungen haben sie wie Insekten. Gesummt, gebrummt«, übersetzte Andwele, nun bereits sichtlich genervt. Als sie den Wagen erreichten, wechselte Andwele zu ein paar Dankesfloskeln, die auch Jegor verstand. Wortreich und mit freundlichen Verbeugungen verabschiedete sie die Bäuerin.

»Summende Geister«, grummelte Jegor kopfschüttelnd und öffnete die Tür. Er freute sich auf das klimatisierte Wageninnere.

3

Jessica hasste den Geruch in Krankenhäusern, diese Mischung aus Reinigungsmitteln, Medikamenten und einem Anflug von Urin. Auf dem Flur vor ihnen tauchten gelegentlich Menschen in weißen Kitteln auf. Der Botschafter telefonierte fast ununterbrochen, lief dabei auf und ab. Auch Jessica erreichten immer wieder Anrufe. Meistens Konferenzteilnehmer, die sie kannten und die Auskunft über den Gesundheitszustand des Ministers haben wollten. Bald nahm sie keine Anrufe mehr entgegen. Die Sensationslust der Leute nervte sie. Sie konnte auch nicht mehr sagen, als der Flurfunk längst verbreitet hatte.

In einer gesicherten Limousine war sie gemeinsam mit dem US-Botschafter, dem Büroleiter des Ministers und dem Sicherheitschef der Delegation zehn Minuten nach dem Abtransport des Außenministers diesem in die Klinik gefolgt. Begrüßt hatte sie ein weiß bekittelter älterer Mann mit ernstem Blick. Der Außenminister sei in einem kritischen Zustand. Herzversagen. Derzeit befinde er sich im Operationssaal. Das war vor eineinhalb Stunden gewesen. Seitdem warteten sie in einem für solche Fälle vorgesehenen abgeschirmten Bereich des Gebäudes.

Der Botschafter gab der Öffentlichkeitsabteilung der Gesandtschaft mehrmals Anweisungen. Im Wesentlichen beschränkten sie sich auf eine Mischung aus Verbreitung von Optimismus und Vorbereitung auf den schlimmsten Fall. Er hing gerade wieder an seinem Handy, als zwei Ärzte auf sie zukamen. Jessica erhob sich.

Beim Näherkommen erkannte sie den vorderen als den Mann, der sie empfangen hatte. Seinen Gesichtsausdruck hatte Jessica oft genug gesehen. Eine positive Nachricht verbargen Ärzte in solch einer Situation nicht. Sein Pokerface war so eindeutig, wie es eine bedauernde Miene gewesen wäre.

»Es tut mir leid…«, sagte er mit deutschem Akzent. »Sein Herz…«

Der Botschafter nickte stumm. In Jessica wühlte das Gefühl, versagt zu haben. Sie hatte Jack nicht retten können.

An Jessica gewandt, fuhr der Mediziner fort: »…zumal Sie sich noch ausgezeichnet um ihn bemüht haben, wie ich hörte.«

Nun nickte Jessica. Was sollte sie auch sonst tun?

»Wir werden eine Obduktion durchführen müssen«, erklärte der Sicherheitschef. Der Botschafter warf ihm einen befremdeten Blick zu. Doch der Sicherheitschef ging ein paar Schritte zur Seite und begann zu telefonieren.

Der Büroleiter des Ministers schaute zuerst den Botschafter, dann Jessica an. »Die offizielle Todesnachricht wird vom Außenministerium ausgegeben«, erklärte er dem Botschafter. »Ich kümmere mich gleich darum.«

Der Sicherheitschef trat wieder zu ihnen.

»Die Obduktion findet so bald wie möglich statt«, verkündete er dem verdutzten Arzt, als sei er in den USA und Herr im Haus. »Uns ist bewusst, dass örtliche Mediziner daran teilnehmen müssen. Von unserer Seite werden ebenfalls Fachleute anwesend sein. Zwei machen sich gerade auf den Weg von Stützpunkten in Europa. In vier Stunden sollten sie hier sein.« Er schaute auf die Uhr. »Also etwa gegen neunzehn Uhr. Bereiten Sie bitte alles dafür vor.«

»Das muss ich erst mit…«, setzte der Angesprochene an.

»Das wird der Herr Botschafter mit den Verantwortlichen klären«, schnitt ihm der Sicherheitschef das Wort freundlich, aber bestimmt ab.

Jessica sah Wangen und Stirn des Mannes vor unterdrücktem Zorn erröten. Doch er schwieg.

Der Büroleiter des Ministers griff die Hand des Arztes und schüttelte sie.

»Vielen Dank, Doktor, für alles, was Sie und Ihr Team versucht haben.«

Der überrumpelte Arzt murmelte: »Bitte. Natürlich. Ist ja unser Job.«

Der Büroleiter drückte die Hand noch einmal, dann wandte er sich an Jessica: »Eine weitere Teilnahme an der Konferenz schließt sich für uns aus Pietätsgründen aus. Ich lasse die Maschine für den Rückflug vorbereiten. Lou« – ein Kopfnicken zum Sicherheitschef – »kümmert sich um den Rest.«

4

Jim schielte in den Rückspiegel des Tesla. Das Mädchen starrte gedankenverloren aus dem Seitenfenster. Eine kleine, leicht nach oben gerichtete Nase, riesige blaue Augen mit endlosen Wimpern, die sanft geschwungene Stirn mit dem dunkelblonden Haaransatz, die vollen Lippen. Als hätte ein Bildhauer das Idealbild der Schönheit entworfen. Jim konzentrierte sich wieder auf den Verkehr. Jill war erst fünfzehn. Schön anzusehen, aber ein Kind. Auch wenn sie nicht so aussah.

Aus dem Radio dudelte Reklame. Neben Jim scannte Erin die Umgebung. Über Nacht waren ein paar Flocken gefallen. Der Vormittagsverkehr am Rande Bostons war dicht, aber nicht undurchdringlich.

»Heute Route vier?«, fragte Jill von der Rückbank, als Jim an einer Kreuzung abbog. Sie war ein cleveres Mädchen.

»Ja«, sagte er. »Mit Variationen.«

»Natürlich«, bemerkte sie.

»Guten Morgen, es ist zehn Uhr«, verkündete der Nachrichtensprecher, »und es ist kein guter Morgen. Gerade erreicht uns aus dem Weißen Haus die Nachricht vom überraschenden Tod des Außenministers Jack Dunbraith. Der Außenminister ...«

»Was war das?«, fragte das Mädchen von hinten mit sich überschlagender Stimme. »Mach lauter!«

Überrascht gehorchte Jim. Er interessierte sich nicht für Politik und Politiker.

»… Veranstaltung der Münchner Sicherheitskonferenz teilnehmen, als er zusammenbrach.«

Im Rückspiegel sah Jim das Gesicht des Mädchens. Sie hatte sich zwischen die beiden Vordersitze gebeugt. Ihre weit aufgerissenen Augen wirkten puppenhaft, der halb geöffnete Mund zuckte kaum merklich. Am meisten irritierte Jim aber ihre Gesichtsfarbe. Der sonst blassrosa Teint war kalkweiß. So hatte er sie noch nie gesehen.

»Sag schon«, flüsterte sie. »Sag schon, woran.«

Jill sah aus, als wäre sie zu Tode erschrocken. Aber soweit Jim wusste, kannte sie weder den Verstorbenen, noch hatte sie irgendwelche Verbindungen zu ihm.

»Als offizielle Todesursache gaben die Ärzte Herzversagen bekannt.«

Das Mädchen im Rückspiegel schloss die Augen und ließ sich in den Sitz zurücksinken. Ihre Kiefermuskeln arbeiteten. Dann biss sie sich auf die Lippen. Jim runzelte die Stirn und fragte sich, worüber Jill sich so aufregte.

»… die Gebete der Präsidentin sind bei dem Verstorbenen und seiner Familie.«

Jill hatte die Augen wieder geöffnet. Ihre Miene hatte sich verändert. Der Mund fest geschlossen, ihr Blick konzentriert nach unten auf das Smartphone in ihrer Hand gerichtet, auf dem sie fieberhaft herumwischte.

Jim hielt vor dem imposanten Haupteingang des Massachusetts Institute of Technology.

»Wir sind da«, sagte er. Er stieg aus, sah sich um und öffnete die rückwärtige Tür der Fahrerseite. Ohne von ihrem Screen aufzusehen, packte Jill mit der freien Hand ihren Rucksack und warf ihn über die linke Schulter, während sie sich elegant aus dem viel zu niedrigen Wagen wand. Aufgerichtet war sie fast so groß wie der einen Meter fünfundachtzig große Jim. Allerdings hatte sie mit Abstand die bessere Figur. Dass sie diese Beine in hautenge Leggings stecken durfte, über die nur ein oberschenkellanger Parka hing, fand Jim unvernünftig. Aber er war ihr Leibwächter, nicht ihr Modeberater.

»Jede Stunde melden«, erinnerte Jim sie. »Nicht vergessen.«

»Mhm«, grummelte sie. Ihre Miene hatte sie wieder unter Kontrolle, bemerkte Jim. Die Gesichtsfarbe nicht. Sie war noch immer völlig blutleer.

»Alles in Ordnung?«, fragte er.

Jetzt sah sie hoch. Wirkte überrascht.

»Ja, wieso?«

Sie wandte sich zum Eingang, winkte ihnen, den Rücken zugewandt.

»Bis heute Nachmittag!«

Jim zog sein Smartphone hervor und aktivierte die versteckte App. Auf dem Screen erschien ein Satellitenbild seines Standorts. Mehrere einander überlagernde rote Punkte entfernten sich langsam von ihm auf das Gebäude zu.

5

Wie üblich hatte Colins Gesicht auf Jessicas Smartphone eine zu große Nase und eine ungesunde Gesichtsfarbe. Über den Knopf in ihrem Ohr hörte sie seine Stimme leicht verrauscht.

»Ich habe die Nachricht gerade gelesen«, erklärte er. »Warst du dabei?«

»Ja«, sagte sie in das Mikro am Kopfhörerkabel. Die ganze Geschichte konnte sie ihrem Ehemann immer noch nach ihrer Heimkehr erzählen.

»Unschön«, meinte er.

Ein »Wie geht es dir?« hätte Jessica passender gefunden.

»Ich kann damit umgehen«, erklärte sie.

»Wie ist das Prozedere?«

»Vorzeitige Abreise für uns«, sagte sie. »Sind die Kinder in der Nähe?« In Washington war es kurz nach elf Uhr morgens. Samstag, die Kinder hatten schulfrei.

Colin wandte sich ab. Leise hörte sie ihn »Jamie, Amy!« rufen, »Mami will euch sprechen!«

Jessicas Blick verlor sich für einen Moment in der Flughafenlounge, die für die Passagiere der staatlichen Maschine reserviert war. Mit Jessica waren es siebzehn Mitglieder der Delegation. Sie standen oder saßen in kleinen Gruppen beisammen, unterhielten sich leise oder saßen stumm über ihren Computern. Die restlichen Delegationsmitglieder würden in den nächsten Tagen Linienflüge nehmen.

»Hallo, Mami!«

Das Gesicht ihrer Jüngeren war ganz Augen, Nase und strahlendes Lachen, so nahe steckte sie es vor die Linse. »Kommst du nach Hause?«, krähte Amy. Jessica musste lächeln, zum ersten Mal seit dem Morgen. Sie drehte das Smartphone in Breitbildansicht. Irgendwo musste auch Jamie zu sehen sein. Tatsächlich tauchte er direkt neben Amy auf, den Kopf an den seiner kleinen Schwester gedrückt.

»Hi, Mami!«

»Hallo, Schätzchen! Ich bin bald zu Hause. Das Flugzeug startet in einer halben Stunde. Ich vermisse euch!«

»Wir dich auch Mami!«

»Wir freuen uns schon sooo, wenn du wieder da bist!«

»Ich mich auch! Bis dann! Ich liebe euch!«

»Einen guten Flug«, meldete sich Colin aus dem Hintergrund.

Zum Abschied schickte ihnen Jessica einen Kussmund. Dann beendete sie die Verbindung. Sie wurden zum Boarding gerufen. Sie hoffte, ihre Aufregung und Verstörung über die Ereignisse des Tages in München zurückzulassen, wie Gepäck, das man nicht mehr brauchte.

6

Von dem Großbildschirm an der Wand funkelten Helge Jacobsen zwei kleine schwarze Augen entgegen. Der Mann sah aus wie ein Philosoph aus dem Bilderbuch, ein lebenslustiger Philosoph. Das graue Lockengestrüpp und der Bart überwucherten fast seinen ganzen Kopf inklusive Gesicht.

»... nicht nur resistent gegen den Armyworm, sondern auch gegen die Dürre«, erklärte Stavros Patras auf dem Monitor und hielt zwei dicke Maiskolben so weit in die Kamera, dass sie unscharf fast das ganze Bild ausfüllten.

»Gibt es eine Erklärung dafür?«, fragte einer aus der Runde an dem langen Besprechungstisch, an dessen Ende der Monitor hing. Horst Pahlen, Chefentwicklung bei Santira, einem der größten Chemie- und Biotechkonzerne der Welt. Zwanzigtausend Mitarbeiter weltweit, über zehn Milliarden Dollar Umsatz, Zentrale in Zug, Schweiz, gelistet in Frankfurt und New York.

Der bärtige Wuschelkopf auf dem Bildschirm lehnte sich zurück und ließ ein zweites Gesicht in das Bild. Ein vierschrötiger Kerl mit eckigem Kopf, schiefer Nase, die einmal gebrochen gewesen sein musste, und kurz geschorenen Haaren.

»Das ist Jegor Melnikow, einer unserer leitenden Feldtechniker«, erklärte er. »Er bekam von einheimischen Mitarbeitern den Hinweis auf die Pflanzen. Jegor, Erklärung?«

»Die Bauern sagen, dass sie das Saatgut aus der Ernte des Vorjahres verwendeten«, antwortete Jegor Melnikow mit osteuropäischem Akzent. »Ich habe noch nie so fruchtbaren Mais in der Gegend gesehen. Rundherum wütet der Armyworm, und die Dürre ist so schlimm wie seit Jahrzehnten nicht. Und mittendrin das.« Er zeigte auf den Kolben in Stavros Patras' Hand. »Normal ist das nicht.«

»Sie glauben nicht, dass es natürlich ist?«, fragte Pahlen.

»Eigentlich nicht«, sagte Jegor.

»Ich habe mit der Analyse des Erbguts begonnen«, erklärte der Grieche. »Erste Ergebnisse habe ich frühestens morgen.«

»Danke«, sagte Helge. »Wir reden wieder morgen achtzehn Uhr.«

Er beendete die verschlüsselte Verbindung.

Von den sechzehn komfortablen Lederlehnstühlen waren sieben besetzt. Helge selbst, Vorstandsvorsitzender Santiras, Horst Pahlen, drei weitere Forscher, Micah Fox, Leiter der Konzernsicherheit, sowie Jacques Cantini, Leiter der Abteilung für internationale Partnerschaften.

»Und?«, fragte Helge in die Runde.

»Schwer zu sagen«, meinte Simon Vierli, einer der Wissenschaftler. »Wir müssen uns auf das Urteil dieses Typen verlassen.«

»Mit ArabAgric und dem Griechen arbeiten wir seit Jahren zusammen«, erklärte Pahlen. »Kein Genie, aber zuverlässig.«

»Resistenz gegen den Armyworm und Dürre hatten wir noch nicht«, sagte Yannick van der Bloem, ein anderer Wissenschaftler. »Könnte der dritte Fall sein.«

Zum Glück hatten sie bereits vor Jahren ein dichtes internationales Netz von Scouts etabliert. Ihre Aufgabe war unter anderem die Suche nach unbekannten Wirkstoffen oder Eigenschaften von Pflanzen oder Tieren, die eventuell synthetisch und industriell hergestellt werden konnten. Vielleicht wurde daraus einst ein Waschmittel, ein Schädlingsvernichter, ein Medikament, ein Nahrungsmittelzusatz, ein Treibstoffersatz oder ein neuer Werkstoff. Wer seine Entdeckung diskret und schnell genug entwickelte und patentierte, konnte damit Unsummen verdienen.

Santira war vor elf Jahren durch den Zusammenschluss zweier großer Chemiekonzerne entstanden. Einer war stärker auf das klassische Geschäft konzentriert gewesen, der andere hatte bereits stark auf Biotech gesetzt. Diese Sparte hatte Helge Jacobsen in den vergangenen Jahren nach vorn getrieben. Dabei hatte er eine andere Strategie verfolgt als der Marktführer Monsanto. Deren Geschäftsmodell bestand die längste Zeit in der Beherrschung der gesamten Verwertungskette. Monsantos genetisch veränderte Baumwolle etwa erzeugte einen Wirkstoff gegen einen bestimmten Schädling und versprach damit weniger Arbeit und Risiko bei mehr Ertrag. Dafür war das Saatgut wesentlich teurer als normales. Und musste jedes Jahr aufs Neue gekauft werden. Die herkömmliche Methode der Baumwollbauern, Samen der Ernte als Saatgut für die nächste Aussaat zu verwenden, verletzte das Recht Monsantos an dem Saatgut. Ähnlich lief es mit Sojapflanzen, die immun gegen ein von Monsanto entwickeltes Unkrautvernichtungsmittel waren. Die Bauern pflanzten Soja und vernichteten mit dem Gift alle anderen Pflanzen auf dem Feld, was die Ernte deutlich vereinfachte. Zumindest so lange, bis die Unkräuter Resistenzen entwickelten. Der Konzern verdiente sowohl am Verkauf des Saatguts als auch des Unkrautvernichtungsmittels. Jede Saison wieder. Weil auch in diesem Fall Monsanto das alleinige Recht an den Produkten besaß. Wer dagegen verstieß, wurde wahrscheinlich sogar bis zum Bankrott verklagt. Ein brillantes Geschäftsmodell, dessen unerklärtes Ziel kein geringeres als die Beherrschung der weltweiten Nahrungsketten zu sein schien.

Helge hatte darin jedoch keine Zukunft gesehen. Lange hatte er sich dafür kritisieren lassen müssen. Monsantos Strategieschwenk in den letzten Jahren vom Gentech-Behemot hin zum datenbasierten Landwirtschaftsmanagementkonzern schien ihm nun recht zu geben. Aber was wusste man schon über die Zukunft?

Helge wollte Santira zum führenden Unternehmen der biologisierten Industrie beziehungsweise sogar der Bioeconomy machen. Weltweit wetteiferten Unternehmen aus allen Lebensbereichen um die Entwicklung neuer Stoffe, Materialien und Anwendungen, hergestellt von speziell dafür genetisch veränderten Mikroorganismen wie Bakterien, Hefen oder Pilzen – ob für Kunst- oder Treibstoffe, Farben, Industrie- oder Baumaterialien. Sie sollten zum Beispiel erdölbasierte Produkte umweltfreundlich und nachhaltig ersetzen. Von der Natur für die Natur, sozusagen. Dieses Narrativ zumindest hatte sich der neue Industriezweig ausgedacht.

Biotechnologie war längst zu einer zentralen Technologie des jungen Jahrtausends geworden. Und während sich, vor allem in Europa, die Menschen in der öffentlichen Diskussion über gentechnisch veränderte Nahrungsmittel erregten, ließen sie längst Wäsche an ihre Haut, die durch Enzyme aus gentechnisch veränderten Organismen im Waschmittel schon bei vierzig Grad Wassertemperatur statt bei sechzig oder neunzig Grad sauber wurde, oder rieben sich in dieselbe Haut Kosmetika, deren Wirkstoffe teilweise von gentechnisch manipulierten Organismen produziert wurden, ganz zu schweigen von Medikamenten, die sie schluckten und spritzten und die ohne die kleinen Helferlein kaum produziert werden konnten.

Frühzeitig hatte Santira auf die Erforschung vielfältiger natürlicher Stoffe aus aller Welt gesetzt und besaß heute eines der größten entsprechenden Archive.

»In Brasilien und Indien hat es genauso begonnen«, sagte Helge und widmete sich wieder der Diskussion. Auf dem Tisch verteilt lagen Fotos und Berichte. Sojabohnenfelder und -pflanzen, Ziegen. »Unsere Scouts hatten Proben geschickt und die betroffenen Landwirte mit ausreichend Geld zum Stillschweigen verpflichtet. So sind die Neuigkeiten bislang nicht an die Öffentlichkeit gelangt.«

»Den ersten Hinweis bekam vor ein paar Wochen ein Scout in Brasilien von einem Mitarbeiter einer regionalen Hilfsorganisation für Campesinos«, erklärte Horst Pahlen. »Deren Sojabohnen waren ertragreicher und robuster als jene, die genetisch verändert sind und inzwischen aus fast allen lateinamerikanischen Märkten Europas Rinderfutter stellen. Zu diesem Zeitpunkt sind wir noch nach dem üblichen Prozedere vorgegangen«, rechtfertigte er die späte Reaktion. »Die Sequenzierung und die Genanalyse der Proben haben bis gestern gedauert. Sonst wären wir jetzt vielleicht gar nicht so alarmiert. Vor vier Tagen sind von einem anderen Scout in Indien Hinweise zu Ziegen gekommen, denen die Ziegenpest nichts anhaben konnte. Die äußeren Umstände waren die gleichen: arme Region, arme Bauern. Niemand hatte die Geschichte bislang registriert oder gar gebracht, der Scout stieß zufällig darauf. Die Parallele zu den brasilianischen Sojapflanzen fiel intern noch nicht auf« – er zuckte mit den Schultern –, »Tiere sind eben eine andere Abteilung als Soja.«

»Da müssen wir unbedingt etwas an den Strukturen ändern«, forderte Helge. »So etwas darf nicht wieder passieren. Ich habe erst gestern davon erfahren, nach den Ergebnissen der Sojapflanzenanalyse.«

»Diese Pflanzen wurden genmanipuliert«, sagte Pahlen. »Wir wissen nicht, von wem. Nicht, warum. Nicht, wie. Nicht, wie sie zu den Bauern gekommen sind. Wir fanden bloß Gene, die nicht in die Pflanze gehören.«

»Die Untersuchungen sind noch nicht abgeschlossen«, übernahm Helge, »doch diese ersten Erkenntnisse genügen uns. Wir haben sofort ein Team hingeschickt, das der Sache auf den Grund gehen soll. Fast gleichzeitig erfuhr Horst von den indischen Ziegen. Das kam mir seltsam vor, weshalb ich eine Beschleunigung der Analysen anordnete und gezielt nach Genmanipulationen suchen ließ. Das Ergebnis erhielten wir gestern Abend. Auch die indischen Ziegen wurden mit hoher Wahrscheinlichkeit manipuliert. Und wieder: Niemand weiß, von wem oder wie. Also schickten wir das nächste Team auf Reisen. Wir müssen nicht nur die neuen Entdeckungen untersuchen, sondern vor allem auch deren Urheber finden.

Gratis verteilte genetische Verbesserungen gefährden unser Geschäftsmodell und das der gesamten Branche!

Noch besitzen wir nicht genug Erkenntnisse, ob in den Sojapflanzen oder Ziegen bestehende Patente verletzt wurden. Das ergäbe immerhin einen Angriffspunkt, um die Ausbreitung zu verhindern.«

»Noch in der Nacht haben wir eine Sonderarbeitsgruppe eingerichtet, die konzernweit nach vergleichbaren Nachrichten suchen soll«, erklärte Pahlen. »Dazu wurden sämtliche Mitarbeiter und auch Vertragspartner in einer kurzen Nachricht unverfänglich zu noch mehr Neugier und Entdeckerlust angeregt. Als Anreiz winken hohe Boni. Einer der Angesprochenen war Stavros Patras bei ArabAgric. Nun haben wir die erste Antwort.«

»Das ging schnell«, bemerkte Helge. »Beunruhigend schnell. Wer ist am nächsten dran?«, fragte Helge. Ein Blick auf den Globus. Santira unterhielt Forschungslabore weltweit. Los Angeles, Boston, London, São Paulo, Mumbai, Singapur, Kobe. Von jedem konnte jederzeit ein Team losgeschickt werden. Buchstäblich ins Feld.

»Singapur«, antwortete Pahlen.

7

»Okay, wir haben lang genug gewartet.«

Jim Delrose warf einen letzten Blick auf den Screen seines Smartphones. Die Ansammlung blinkender Punkte in der Gebäudegrafik bewegte sich nicht. Er setzte die Sonnenbrille und die Schirmkappe auf.

»Du bleibst hier«, befahl er Erin.

Im Freien war die Temperatur nahe null. Sein Atem dampfte. Er eilte über die Massachusetts Avenue und betrat das Massachusetts Institute of Technology über die Lobby 7. Während er die Kuppelhalle durchquerte, suchte sein Blick zwischen Studenten und Besuchern. Weiter durch die historischen Maclaurin Buildings, durch das Gebäude 8, zum Dorrance Building und zum Whitaker Building mit seinen ineinander verschachtelten schiefen Türmen. Wer sich so etwas ausdachte. Nun, er musste hier ja nicht studieren. Jede Menge junger Leute in Freizeitkleidung, viele Jungs mit Bärten, aber nirgends der dunkelblonde Pferdeschwanz. Er folgte den Zeichen auf seinem Smartphone. Über Flure im Whitaker Building führten sie ihn zu – einer Toilette. Damen, klar. Für Bedenken hatte er jetzt keine Zeit. Kurzerhand betrat er die Sanitärräume, hob den empört protestierenden Anwesenden seinen Ausweis entgegen – Uralttrick, wer schaute in so einem Moment schon genau hin –, brüllte: »Security, das ist ein Notfall!« und fand die Kabine, die ihm das Smartphone wies. Ohne zu zögern, stieß er die Tür mit seiner mächtigen Schulter auf.

Auf dem geschlossenen Klodeckel fand er sorgfältig zusammengelegt Parka, Leggings, T-Shirt, Hoodie, Unterwäsche, Schuhe, Strümpfe, Rucksack und obenauf das Smartphone.

Auf dem Smartphone klebte ein Post-it, darauf gekritzelt:

Achtet auf Gene! Er ist gemeingefährlich!

Wer war Gene? Er kannte keinen Gene in Jills Umfeld. Musste er später klären. Er überprüfte das Gerät. Ausgeschaltet. Gut. So konnte es nicht verfolgt werden.

»Sie ist weg«, sagte er in sein Headset, während er mit seinem Telefon hastig ein paar Schnappschüsse der Situation anfertigte und danach den Kram rasch in den Rucksack packte. »Aber ihr ganzes Zeug ist da.«

Jetzt musste er zusehen, dass er davonkam, bevor ihn die Campuspolizei erwischte und Fragen zu stellen begann. Die würden noch früh genug aufkreuzen.

Während er im Vorbeilaufen den verärgerten Damen den Rucksack als Beweis für den Notfall entgegenstreckte, erklärte er Erin über das Headset: »Ich kann nicht länger bleiben. Du musst hier weitermachen.«

Der Campus des MIT erstreckte sich über achtundsechzig Hektar am Nordufer des Charles River. Auf dem Riesenareal hatte Jim nicht die leiseste Chance, das Mädchen zufällig zu finden. Als ehemaliger Navy Seal hatte er automatisch auf Kampfmodus umgeschaltet: kühlen Kopf und die Konzentration bewahren, geschärfte Sinne. Den Tesla hatte Erin bereits verlassen. Jim sprang hinein und fuhr mit dem Wagen um ein paar Ecken. Sobald er sich in Sicherheit wähnte, entpackte er den Rucksack und untersuchte jedes einzelne Teil noch einmal. Olivgrünes T-Shirt, dunkle Leggings, blaues Hoodie, weiß-blaue Sneaker. Kesse Un-

terwäsche für eine Fünfzehnjährige, fand Jim. Die Kleidungsstücke schienen ihm unversehrt. Keine Hinweise auf gewalttäti-
ges Entkleiden. Zur Sicherheit entfernte er die winzigen Sender,
die sie in allen Kleidungsstücken von Jill angebracht hatten, und
verstaute sie fürs Erste im Handschuhfach. Falls die Polizei auftauchte und das Zeug mitnehmen wollte.

Was trug Jill jetzt? Jim überlegte fieberhaft: Falls sie in den
kommenden Stunden verschwunden blieb, würden auch andere
sie vermissen. Personen, auf die Jim und sein Team keinen Einfluss hatten. Kommilitonen, Professoren, Onlinekontakte. Spätestens dann würden Fragen auftauchen. Und irgendwann die
Behörden eingeschaltet werden.

Er warf die Kleidung auf den Rücksitz und überprüfte auf seinem Smartphone noch einmal ihren Kalender. Der letzte Termin
des Mädchens hatte im Whitaker Building stattgefunden. Treffen
mit einer ihrer Arbeitsgruppen. Jim überflog die Liste der Mitglieder. Sechs Personen. Er rief die erste Studentin an.

»Hi, Jinjin, hier ist Jim Delrose. Du warst doch gerade mit
Jill in eurer Lerngruppe.« Sie kannten ihn alle als einen von Jills
Leibwächtern. »Ist sie bei dir?«

»Nein, ich bin auf dem Weg nach Hause. Ist was?«

»Nein. Danke. Schönen Tag noch.«

Der Nächste, Zhongbo. Studierten hier nur noch Chinesen?

Zhongbo hatte Jill ebenfalls zuletzt vor einer halben Stunde im
Institut gesehen. Die Nächste.

»Mariah.«

»Hi, Jim, wie geht's?«

»Danke. Ist Jill bei dir?«

»Ist sie nicht bei dir? Sie wollte doch heim. Sie sagte, ihr holt
sie ab, wie üblich.«

»Natürlich. Bye.«

Zwei Namen noch auf der Liste. Newele.

»Ich bin noch im Institut«, sagte sie auf seine Frage. »Soll ich nachsehen?«

»Danke, nicht nötig.«

Blieb Amira. Sie hob nicht ab. Jim sandte eine Textnachricht.

Hi, Amira, Jim Delrose, weißt schon, Jills Security. Ist sie bei dir?

Wenige Sekunden später die Antwort.

Nein. Probleme?

Mach dir keine Sorgen.

Fuck! Er rief Erin an.

»Irgendwas Neues?«

»Habe mich umgehört. Nichts.«

»Mist! Geh zurück zum Eingang, für den Fall, dass sie doch noch kommt.«

»Wir müssen ihr Verschwinden melden.«

»Noch nicht. Vielleicht wieder einmal nur eine ihrer Launen.«

»Ihre komplette Kleidung liegen gelassen und keine Spuren hinterlassen hat sie noch nie.«

Jim knirschte mit den Zähnen.

»Ich weiß. Hat sie dir einmal von einem Gene erzählt?«

»Nein. Wer soll das sein?«

Mühsam beherrscht bog Jim in die Einfahrt des Colonials in West Cambridge. Am Straßenrand lagen noch letzte dünne Schneereste vom Vortag. Mit dem routinierten Blick des ehemaligen Elitesoldaten scannte Jim das Umfeld. Das historische Haus im nobelsten Viertel der Universitätsstadt fügte sich unauffällig zwischen seine Nachbarn aus derselben Zeit oder stilähnliche Nachahmungen. Vor den Häusern, wenn man sie hinter den hohen Hecken oder Zäunen überhaupt sehen konnte, parkten Mittelklasse- und Luxuslimousinen wohlhabender Professoren, Manager, Unternehmer und Politiker. Er hatte die Wagentür kaum geöffnet, schon kam ihm Jills Mutter Hannah Pierce von der Haustür entgegen. Eine schlanke, sportliche Enddreißigerin in Jeans und Bluse. Die Kälte schien sie nicht zu kümmern.

»Ist sie hier?«, fragte er.

»Nein«, erwiderte Hannah nervös. Jim unterdrückte einen Fluch. Er wollte sie umarmen, doch sie schob ihn von sich. »Nicht«, sagte sie.

Er nahm Jills Kleidung, das Smartphone und den Rucksack von der Rückbank. An Hannahs Seite hastete er ins Haus. Die Sachen legte er in der Eingangshalle ab. Der Raum war ebenso geschmackvoll wie steril eingerichtet, fand Jim, wie in einem Wohnmagazin. Viel Weiß, Antiquitäten mischten sich mit modernen Designermöbeln, ein großes Blumenbouquet. Seine eigene Jacke warf er achtlos über einen Haken. Ohne die Schuhe auszuziehen, stürmte er in den ersten Stock. Hannah folgte ihm.

Jills Zimmer war leer und wie immer sehr aufgeräumt. Der Raum maß über dreißig Quadratmeter, große Fenster und eine Tür führten auf eine Terrasse. Links das große Bett, Regale, Schränke im Kolonialstil, unter jedem der Fenster zu beiden Seiten der Terrassentür große, moderne Schreibtische, eigentlich nur Platten auf Gestellen. Auf dem linken ein Bildschirm, ein paar Papiere, Bücher, Schreibzeug, eine Lampe, ebenso auf dem rechten, dort noch Clipboards. An den Wänden zwei große Landschaftsaquarelle, sie sahen sehr teuer aus, angeblich hatte Jill sie selbst gemalt. Er kannte wenige so aufgeräumte Teenagerzimmer. Aber Jill war schließlich kein normaler Teenager. Jim öffnete die Kleiderschränke.

»Fehlt etwas?«, fragte er Hannah.

»Nichts, so weit ich das sehe.«

Jim überflog die Notizen auf den Schreibtischen. Später würde er sie sich genauer ansehen müssen.

Jim zeigte auf eine leere Stelle auf dem Tisch.

»Der Laptop. Ist er irgendwo im Haus?«

»Ich habe ihn nicht gesehen. Ich glaube, den hat sie wie üblich heute Morgen in ihren Rucksack gepackt.«

»Darin war er nicht.«

Auf dem Weg hinunter rief er noch einmal Erin an.

Nein, keine Spur von dem Mädchen.

Verflucht.

Er zeigte Hannah Jills Kleidung, den Rucksack, das Smartphone. Als Hannah die Nachricht auf der Haftnotiz las, stutzte sie.

»Jills Schrift«, meinte Jim. »Kennst du einen Gene?«

Hannah starrte auf das Zettelchen. Jim meinte, ihre zarten Schultern erschauern zu sehen. Vielleicht täuschte er sich.

»Nein«, sagte sie schließlich.

»Ist sie womöglich vor diesem Gene geflüchtet?«

»Weshalb sollte sie?«, fragte Hannah fast unwirsch. Sie schien etwas Fassung wiedergewonnen zu haben. »In dem Fall könnte sie zu uns kommen.«

»Und was jetzt?«, fragte er Hannah.

Ihr Kiefer arbeitete, ihre Lippen wurden schmal.

»Ich muss ihren Vater anrufen«, sagte sie sehr beherrscht. Ihren Exmann. »Du informierst deinen Chef.«

Hannah wählte schneller auf ihrem Mobiltelefon. Während Jim noch dem Freizeichen in seinem Gerät lauschte, sagte sie: »Ja. Ich bin es. Wir haben ein Problem«, und verschwand im Wohnzimmer nebenan, dessen Tür sie hinter sich schloss, sodass er ihre Stimme nur mehr als Murmeln vernahm.

8

So eine Autopsie hatte Doktor Elias Heschke noch nicht durchgeführt. Dabei hatte er als einer der angesehensten Forensiker Deutschlands in seiner über zwanzigjährigen Karriere bereits genug hinter sich gebracht. Der Obduktionsraum des Instituts für Rechtsmedizin der Ludwig-Maximilians-Universität München glich einer Kreuzung aus Fernsehstudio und Verhörraum. Normalerweise stand Heschke mit einem Kollegen an dem Metalltisch. In seltenen Fällen zog er ein, zwei mehr hinzu.

Heute umringten ihn fünfzehn weitere Personen. Den inneren Zirkel bildeten fünf Kollegen. Zwei davon waren amerikanische Militärärzte von US-Stützpunkten in Deutschland. Die beiden anderen waren ebenfalls US-Spezialisten, einer aus London, der andere aus Madrid eingeflogen. Drei Namen hatte Heschke schon öfter in wissenschaftlichen Publikationen gelesen, vom vierten hatte er noch nie gehört. Wahrscheinlich arbeitete er für irgendeinen Geheimdienst, spekulierte Heschke. Weshalb auch er als Forensiker gerufen worden war, vermutete er, obwohl der Mann vor ihnen auf dem Tisch laut Diagnose eines natürlichen Todes gestorben war. Jeder von ihnen trug wie Heschke ein Namensschild an der Brust. Als wäre diese Übernahme seines Instituts durch die Fremden nicht demütigend genug, ragten als weiteres Zeichen des offenen Misstrauens gegen die deutsche Forensik an jeder Tischseite hohe Gestelle hervor. Von ihrem oberen Ende zeichneten die schwarzen Linsen aus vier Kameras jeden ihrer

Handgriffe auf. Den äußeren Ring bildeten im Abstand von etwa vier Metern zehn pechschwarz gekleidete Securityleute. Passte zum Anlass, dachte Heschke. Und zum Gehabe.

Den Mann auf dem Tisch vor ihnen kannte er aus den Medien. Wenn auch nicht so, wie er jetzt da lag.

Der aufgeklappte Schädelhautlappen bedeckte das Gesicht. Untersuchung und Präparation von Hirn und Schädelraum hatten sie abgeschlossen. Auch wenn die erste und vorerst offizielle Todesursache Herzversagen gelautet hatte. Erst jetzt hatte der – federführende konnte man hier nicht sagen, wohl eher skalpellführende – amerikanische Kollege den Y-Schnitt über Brust und Bauch durchgeführt, vorbei an der frisch vernähten Operationsnarbe vom Mittag. In knappen Sätzen kommentierte er für die Kameras sein Tun. Er trennte das Gewebe von den Knochen. Schnitt die Bauchmuskeln vom Rippenansatz. Mit einer kleinen hydraulischen Säge durchschnitt er Rippenknorpel, löste das Sternoclavikulargelenk und hob das Brustbein ab.

Vor ihnen lagen Teile des Herzens und der Lunge, effizient auf engstem Raum angeordnet. Fast sechs Jahrzehnte lang hatten sie dem Mann als zuverlässige Antriebsmaschinen gedient. Was hatte sie gestoppt?

Der Amerikaner schob das Herz zurecht und trennte es mit den notwendigen Schnitten von den Gefäßen. Dann löste er es aus seinem weichen Umfeld, nahm es heraus und legte das Organ auf ein Tablett. Einer seiner Kollegen setzte das Skalpell für die Detailuntersuchung an.

»Was ist das?«

Heschke streckte den Zeigefinger ins Licht über dem Organ.

Der Kollege hielt inne. Teile des bleichen Gewebes wiesen einen ungewöhnlichen Fleck auf. Er hob das Herz ans Licht. Der Fleck wurde heller, bildete eine Kontur.

»Was …?«, setzte der Amerikaner an, verstummte dann aber.

Im Lauf seiner Karriere hatte Heschke fehlgebildete Herzen gesehen, überdimensionierte, entzündete und einige seltene Krankheitsbilder. Aber noch nie ein Herz, auf dem bei der Entnahme langsam Muster erschienen, als hielte man ein mit Zitronensaft beschriebenes Blatt Papier über eine Kerzenflamme.

Je heller sich die Flecken auf Jack Dunbraiths totem Herzen färbten, desto deutlicher erkannte Heschke die Form. Die zwei Kreise, der dritte Fleck, darunter eine Art grinsende Linie.

»Ist das …?«, begann der Amerikaner noch einmal. »Das … das ist unmöglich!«

9

Kurz vor halb sieben Uhr abends hörte Jim die Türglocke. Auf dem Bildschirm neben der Gegensprechanlage zwei Polizisten, eine Frau, ein Mann.

»Officer Luís Hernandez. Das ist meine Kollegin Officer Gardner. Sie haben eine vermisste Jugendliche gemeldet.«

Die jetzt irgendwo da draußen allein war. Ohne Geld, ohne Handy. Er schob alle Selbstvorwürfe beiseite. Sein Auftrag, Jill auf der Uni nicht überallhin zu begleiten, war eindeutig gewesen. Jim ließ sie ein.

»Die zurückgelassene Kleidung und das Handy erwähnen wir nicht und diesen mysteriösen Gene nur wie besprochen«, erinnerte ihn Hannah leise, während ihnen die zwei übergewichtigen Gestalten auf dem Gartenweg entgegenwackelten. Jim fragte sich, wie die beiden einen Verdächtigen zu Fuß verfolgen wollten. Und er fragte sich, warum sie diese Details der Polizei vorenthalten sollten. Aber Hannah war der Boss.

Die Unterlagen hatten Jim und Hannah in der Küche vorbereitet. Der exklusiv eingerichtete Raum war wahrscheinlich größer als die gesamten Wohnungen der Beamten. Sie setzten sich an das Ende des riesigen Holztischs neben der Glastürenfront zum Garten. Gardner begnügte sich mit einem Glas Wasser, Hernandez nahm eine Cola.

Jim öffnete die schmale Papiermappe. Obenauf lag das große Brustbild einer jungen Frau.

»Ihr Modelagenturportfolio?«, fragte Hernandez.

»Das ist Jill Pierce.« In der Tat hätte das Porträt mit dem ebenmäßigen Gesicht, den schüchtern lächelnden, vollen Lippen und riesigen blauen Augen vom Cover eines Hochglanzmagazins stammen können. Jim legte das Foto beiseite und beförderte weitere hervor. Jill in Jeans und Parka, die ihre Modelfigur nicht verbergen konnten, neben Hannah vor dem Washington Monument. Sie überragte ihre Mutter um einen halben Kopf.

Gardner schätzte Hannah mit einem Blick ab.

»Eins achtzig?«, fragte sie.

»Einundachtzig«, entgegnete Hannah angespannt. »Und sie ist bei keiner Modelagentur. Sie studiert am MIT.«

Jim präsentierte Unterlagen zu Jill. Laut ihnen war das Mädchen fünfzehn Jahre, zwei Monate und drei Tage alt. Geboren in Los Angeles. Eltern Hannah und Rodney Pierce, geschieden.

»Okay«, sagte Gardner. »Was ist geschehen?«

»Sie müssen wissen, dass Jill keine normale Studentin ist«, erklärte Hannah mit kippender Stimme. »Sie ist erst fünfzehn.«

Gardner griff sich das Porträt, runzelte die Stirn.

»Fünfzehn? Und schon am MIT?«

»Da ist sie weder die Einzige noch die Jüngste. Für Hochbegabte gibt es immer wieder Ausnahmen«, sagte Hannah.

»Was studiert sie?«

»Mathematik, Philosophie und Naturwissenschaften.«

»Mit fünfzehn«, stellte Hernandez ungläubig fest.

»Sie ist ein cleveres Mädchen«, erwiderte Hannah.

Hernandez sah sich in der Küche um.

»Wo ist ihr Vater?«

»Ich habe ihn informiert. Er ist auf Geschäftsreise in Asien. Da schafft er es selbst mit dem nächsten Flieger erst übermorgen nach Boston.«

»Und Sie sind …?«, fragte Gardner Jim.

»Security.«

»Aufpasser. Für das Mädchen.«

»Ja. Leider darf ich nicht überallhin mit.«

»Was ist geschehen?«

»Heute Morgen brachte ich Jill zur Uni. Da ich dort nicht permanent neben ihr herlaufen kann, hat sie Order, sich stündlich per Telefon zu melden. Am Nachmittag wollte ich sie abholen, wie jemand aus unserem Team das immer macht, wenn sie fertig ist. Aber sie tauchte nicht auf.«

»Wann war das?«

»Gegen drei Uhr.«

»Was haben Sie dann gemacht?«

»Zuerst haben wir sie gesucht. Auf dem Campus. Ich wusste ja, wo sie ihre letzte Veranstaltung hatte.« Er musste an seinen Auftritt auf den Damentoiletten denken. »Ich habe ihre Kommilitonen angerufen. Dann ging ich zur Campuspolizei.«

Hernandez macht sich ein paar Notizen.

»Hat sie ein Mobiltelefon?«

»Ja.«

»Haben Sie versucht, sie anzurufen?«

»Was denken Sie?«

»Wir brauchen die Nummer.«

Jim gab sie ihnen. Das Gerät selbst hatte Hannah an sich genommen. Wenn sie es nicht wieder eingeschaltet hatte, konnte man es nicht zu ihnen zurückverfolgen.

»Ist das schon einmal vorgekommen?«

»Jill hat ihre Launen wie jede Jugendliche«, erklärte Hannah. »Aber so lange war sie noch nie weg.«

»Sie sind geschieden«, sagte Gardner zu Hannah. »Kann es sein, dass Jill zu ihrem Vater ...?«

»Nein. Die beiden haben kein besonders enges Verhältnis.«

»Das hört man bei Geschiedenen vom hauptbetreuenden Elternteil recht oft«, entgegnete Gardner. »Hatten Sie in letzter Zeit Streit mit Jill?«

»Wie man mit Kindern – ähm – Teenagern streitet«, sagte Hannah. »Nichts Exzessives, kein Anlass abzuhauen.«

»Meinen Sie.«

»Ich bin mir sicher.«

Gardner nickte.

»Wo waren Sie, als Jill verschwand? Wir müssen das fragen, das wissen Sie.«

»Arbeiten«, erwiderte Hannah. »Ich bin Biologin.«

»Irgendetwas anderes Auffälliges?«, fragte Gardner.

Hannah legte die Notiz vor ihnen auf den Tisch.

»Das fanden wir in ihren Sachen.«

»›Achtet auf Gene! Er ist gemeingefährlich!‹«, las Gardner laut. »Wer ist Gene?«

»Keine Ahnung.«

»Vielleicht weiß einer von Jills Studienkollegen, wer dieser Gene ist«, meinte Jim. »Wenn Sie die ohnehin befragen.«

»Werden wir sehen.«

»Gab es für Jill sonst einen Anlass zu verschwinden?«

»Sie beschwerte sich regelmäßig über die Sicherheitsmaßnahmen ihres Vaters«, sagte Hannah.

»Sie meinen ihn hier und seine Leute«, meinte Gardner mit einer Kopfbewegung zu Jim.

»Sie wollte eben ihren Freiraum. Aber, wie gesagt, so lange war sie noch nie weg.«

»Als Sie nach ihr suchten«, fragte Gardner, »haben Sie da irgendetwas gesehen oder gefunden, das Jill gehört? Einen Rucksack, einen Laptop?«

»Nein«, log Jim, wie von Hannah befohlen.

»Gemeldet hat sie sich nicht bei Ihnen, nehme ich an«, sagte Gardner und kritzelte in einen kleinen Block.

»Nein.«

»Hat sich jemand anderer bei Ihnen gemeldet?«

»Sie meinen Entführer«, sagte Jim. »Nein.«

»Was werden Sie als Nächstes tun?«, fragte Hannah mit belegter Stimme. Jim sah Tränen in ihren Augen. Gardner sah sie auch.

»Alles, was wir tun können und müssen.«

»Es wäre mir angenehm, wenn wir die Medien raushalten könnten«, sagte Hannah.

»Sie sprachen von Ihrem Team«, sagte Hernandez zu Jim.

»Vier Securityleute inklusive mir, die sich bei Jills Bewachung abwechseln.« Er legte seine Hand auf die aufgeschlagene Mappe. »Ihre Identitäten finden Sie da drin. So wie meine. Die anderen suchen momentan Jill.«

Die Polizisten packten die Mappe zusammen, bedankten sich für die Getränke und wandten sich zum Gehen.

»Wir halten Sie auf dem Laufenden«, sagte Gardner. »Und Sie uns.«

»Selbstverständlich.«

Als sie gegangen waren, sah Hannah Jim mit einer Mischung aus Wut und Sorge an.

»Wir finden sie«, sagte er.

10

Die zwei großen blauen Augen sollten Helen eigentlich aus einer Wiege anstrahlen statt von einem Foto. Über den blonden Flaum oberhalb der kleinen Stirn wollten ihre Finger streifen und nicht nur ihr Blick. Sie stellte sich vor, wonach der zarte Scheitel duftete. Ein bisschen nach Milch, Vanille, Veilchen und warmer Haut. Vielleicht würde sie ihr Baby für die Geburtsanzeige auch in so ein rosa Kleidchen mit Spitzenkragen stecken.

Vom Nebenbild blinzelte ihr ein bronzehäutiges Neugeborenes entgegen. Seine Würmchenfinger würden kaum ihren Zeigefinger umfassen und hätten sie doch fest im Griff. Wäre es ihr Mädchen, sie würde es Sonia nennen, sie fand, es sah aus wie eine Sonia. Vor ihrem inneren Auge sah sie Sonia als Siebenjährige: In einem rot-weiß gestreiften Kleid saß sie auf einer Schaukel und lachte in die Kamera. Mit zwölf schaute Sonia von einem Pferd zu ihr herunter, auf dem Kopf einen großen schwarzen Reithelm. Sie würden gemeinsam ausreiten. In der Pubertät würde Sonia mit ihr streiten, wie alle Töchter mit ihren Müttern stritten. An der Versöhnung würden sie den Rest ihres Lebens arbeiten. Sie fragte sich, welchen Namen Sonias Eltern dem Kind wirklich gegeben hatten.

Und dem Kleinen, das über dem Blauäugigen hing, mit den zusammengekniffenen Augen und den dunklen Fransen am Kopf? Dem roten Lockenkopf da drüben mit den Sommersprossen, dem Pausbäckchen dort mit den asiatischen Augen. Wo tollten sie heute herum? Mit wem lachten sie? Was fürchteten sie in ihrem Leben, und was wünschten sie sich?

»… alle Befunde bestens und können die befruchteten Eizellen einsetzen«, sagte der Mann mit sonorer Stimme.

Vor Helens Augen lösten sich die Szenen mit Sonia in einem Schleier auf, hinter dem nur die stummen Bilder an der Wand übrig blieben. Ungern verließ sie ihre Träume und lenkte ihre Aufmerksamkeit zurück in den Raum. Es roch nach gewachstem Holz, Desinfektionsmittel und Meeresduftpotpourri.

Wohin sie schaute, begegneten ihr staunende oder verträumte Blicke, lachende Münder, winzige Hände. Babyfotos dankbarer Eltern bedeckten die Wand bis zur Decke. Jede Klinik hängte sie ihr vor die Nase, Belege ärztlicher Kunst, Versprechen an sehnsüchtige Kinderlose. Seit vier Jahren musste sie solche Bilder ertragen. Vier Jahre voll Diäten, minutenberechneter Fortpflanzungsmechanik statt Sex, Hormonbehandlungen, Versuchen künstlicher Insemination und den nach wiederholten Misserfolgen immer häufiger wiederkehrenden Abstürzen in schwarze Löcher der Seele. Bald würde damit Schluss sein! Hoffentlich!

Vor den vielen Fotoköpfen fand sie kaum den echten des Arztes. Sein Gesicht war braun gebrannt, das gewellte dunkelblonde Haar nach hinten gegelt, der weiße Kittel über Anzug und Krawatte Show, nicht Notwendigkeit. Der Mann, die Babyköpfe an der Wand dahinter, ein Jäger vor seinen Trophäen, fand Helen. Mit Helen und Greg hatte er sich auf den Designerstühlen in der Sitzecke seines großzügigen Büros niedergelassen.

»Wir haben die Präimplantationsdiagnose durchgeführt«, erklärte er. »Dank des DNA-Tests konnten wir befruchtete Eizellen ohne Risiken für Erbkrankheiten und heute bereits bekannte riskante Mutationen wie etwa auf den Genen BRCA1 und BRCA2 für Brustkrebs auswählen. Schwangerschaftserschwerende Faktoren liegen auch keine vor.«

Helens Gefühle wirbelten durcheinander, Erleichterung, Freunde, Hoffnung, und doch... Technik als Quelle des Lebens. Tief in Helen presste der Gedanke immer noch etwas ab. Aber hatte sie eine Wahl, wenn sie schwanger werden wollte? Dem Leben half Technik heute überall, seien es die künstliche Hüfte ihrer Großmutter oder die Geräte im Operationssaal nach dem Autounfall ihres Vaters. Warum also nicht bei ihr und ihrem zukünftigen Kind?

Die Methode funktionierte nur in Verbindung mit einer Befruchtung im Reagenzglas. Nach drei Tagen außerhalb des Körpers hatten sich Helens befruchtete Eizellen zu Gebilden aus acht Zellen entwickelt. Je eine davon war entnommen und geprüft worden. Die übrigen sieben würden sie nicht vermissen.

»Das Geschlecht wollten Sie ja nicht wissen, deshalb lassen wir hier den Zufall entscheiden.«

Family balancing nannte man in den USA eine ausgewogene Zusammenstellung von Geschlechtern innerhalb einer Familie, hatte Helen erfahren. Wir verstehen was von Vermarktung, hatte sie mit einer Mischung aus Bewunderung und Abscheu gedacht.

Eine Freundin war ihr eingefallen, die drei Jungen geboren hatte und sich sehnlich ein Mädchen wünschte. Dagegen ließen sich Asiatinnen, die es sich leisten konnten, männliche Nachkommen einpflanzen. Mädchen galten dort nicht viel und bedeuteten hohe Mitgiftkosten.

Helen wäre mit einem Jungen so glücklich wie mit einem Mädchen.

Deshalb hatten die Ärzte bei ihnen vor allem nach Unregelmäßigkeiten der Chromosomen gesucht. Die menschliche DNA setzte sich unendlich kompliziert zusammen, das hatte Helen während ihrer Beschäftigung mit dem Thema begriffen. Jedes Teilchen musste an der richtigen Stelle sitzen, um seine Aufgaben ordentlich erfüllen zu können. Wenn Eizelle und Spermium verschmolzen, fügte sich ein neues dieser gigantischen Minikonstrukte Schritt für Schritt ineinander wie ein langer, langer Reißverschluss.

Dieser Tanz der Moleküle verlief nicht immer ohne Stolpern.

Abermillionen Fehlkonstruktionen und Defekte waren möglich. Translokationen, Inversionen, Deletionen, dreifache Chromosomen … Je mehr Helen über die Komplexität des Lebens erfahren hatte, desto unfassbarer erschien ihr, dass sich ein so aufwändiges Gebilde wie der Mensch überhaupt entwickeln konnte und funktionierte. Eigentlich war es ein Wunder.

Bereits eine winzige Abweichung der Gene oder Chromosomen konnte gravierende Auswirkungen auf ihr Kind haben. Manche davon verursachten Behinderungen, deren bekannteste vielleicht die Trisomie 21 war, ausgelöst von einem dreifachen Chromosom 21. Andere führten nur zu einem verkürzten Daumen oder zeigten gar keine Auswirkung. Die Liste der Syndrome und ihrer Folgen füllte medizinische Enzyklopädien.

Doch Helen interessierte sich nur in zweiter Linie für Fehler, die immerhin Leben schufen, mochte es auch eingeschränkt sein. Denn klar geworden war ihr auch: Die Grenzen zwischen »normal« und »abnormal«, »krank« oder »behindert« waren fließend, durchlässig, und jede Zeit und Kultur definierte sie auf ihre Weise.

Die große Mehrheit der Chromosomenabweichungen aber bedingte so schwere Schäden, dass sie die Einnistung der befruchteten Eizelle verhinderten oder zu einer frühen Fehlgeburt führten. Meistens bemerkten die Frauen sie gar nicht oder hielten sie für eine Monatsblutung. Helen hatte von Schätzungen gelesen, wonach sich nur ein Drittel aller natürlich befruchteten Eizellen schließlich zu einem Kind entwickelte.

Manche Mediziner behaupteten deshalb, dass künstliche Befruchtung inzwischen erfolgreicher sei als die Natur.

Darin lag Helens und Gregs Hoffnung. Deshalb saßen sie hier. Darum war Helen bereit gewesen, die Quälerei mit der Hormonbehandlung auf sich zu nehmen und ihre Ersparnisse zu investieren.

»Sie werden ein gesundes Kind bekommen«, erklärte Doktor Benson und löste in Helens Körper einen neuen Strom warmer Gefühle aus. »Bloß Olympiasieger im Sprinten wird es nicht.«

»Muss es auch nicht«, erwiderte Helen. Wie kam er darauf?

»Warum nicht?«, fragte Greg neben ihr. Er fing Helens irritierten Blick auf.

»Entschuldige, Schatz, ich meine nicht, dass unser Kind Olympiasieger werden muss. Mich interessiert bloß, wie Doktor Benson das wissen will.«

»Das ist relativ einfach«, erwiderte der Mediziner. »Schon vor der Jahrtausendwende wurde in den Medien die sogenannte ›Schwarzenegger-Maus‹ bekannt. Deren Muskelwachstum hatte man mit einem bestimmten Gen – Insulin-like Growth factor 1, kurz IGF-1 – um dreißig Prozent gesteigert.«

Wovon schwafelte der? Schwarzenegger-Mäuse? Sie würde ein gesundes Kind bekommen! Musste! Nach Jahren der Mühen und Frustrationen! Alles andere war nebensächlich!

»Bei erfolgreichen Spitzensportlern fand man in den letzten Jahren Gene, die für die Entwicklung der Muskelarten mitverantwortlich sind«, fuhr der Doktor fort. »Solche für schnelle, starke Kraftentwicklung, wie sie etwa ein Sprinter braucht, oder eher Ausdauermuskeln für Marathonläufer. Am bekanntesten wurde das sogenannte Sprinter-Gen ATCN3. Schon 2008 etwa begann ein Unternehmen kommerzielle Tests zu verkaufen, mit denen man sein Erbgut oder das seiner Kinder auf Varianten von ATCN3 untersuchen konnte – eine Zeit lang ein beliebtes Angebot für überambitionierte Football-Väter. Aber so einfach ist es natürlich nicht. Inzwischen wissen wir, dass wesentlich mehr Gene und andere Faktoren mitspielen.«

»Dann wird es eben kein Olympiasieger«, sagte Helen.

Doktor Benson musterte sie schweigend, nickte fast unmerklich, dann fragte er mit noch tieferer Stimme: »Und wenn es einer werden könnte? Oder eine?« Sein Blick blieb auf Greg ruhen.

Helen verstand seine Frage nicht. Greg wohl auch nicht, denn er fragte: »Was wollen Sie damit sagen?«

»Ist nur eine theoretische Frage: Was würden Sie tun, wenn Sie Ihrem Kind die Anlagen für den Olympiasieg mitgeben könnten? Oder, wo wir schon dabei sind, für höhere Intelligenz, bessere Gesundheit im Alter, längeres Leben?«

»Ich verstehe noch immer nicht, was Sie uns damit sagen wollen«, erwiderte Helen ungeduldig.

»Sie haben schon so viel auf sich genommen, um ein Kind zu bekommen. Sollte da das Ergebnis nicht das bestmögliche sein?«

»Was könnte besser sein als ein gesundes Kind?«

Doktor Benson ließ den Blick zwischen ihnen hin- und herwandern, bevor er ein Wort wie ein Denkmal in den Raum klotzte:

»Möglichkeiten.«

Helens Geist umkreiste das Wortdenkmal, ohne es zu verstehen, bis ihr der Mediziner weiterhalf.

»Möglichkeiten, die kaum ein anderes Kind auf dieser Welt hat. Oder je bekommen wird. Weil sein Glück und sein Erfolg nicht davon abhängen werden, welche gesellschaftlichen Verbindungen seine Eltern haben oder ob die genetische Lotterie es zur Schönheitskönigin macht. Weil Ihr Kind seine eigenen Voraussetzungen mitbringt, die all das in den Schatten stellen.«

War sie in einen Texttopf für Autoreklame gefallen? Schwanger wollte sie endlich werden, sonst nichts. In den vergangenen Monaten hatten sie doch alles geklärt.

Doktor Benson stellte die Füße nebeneinander und beugte sich vor. Irgendwoher zauberte er eine kleine Fernbedienung, drückte ein paar Knöpfe, und die gegenüberliegende weiße Wand entpuppte sich als riesiger Monitor, von dem sie ein überlebensgroßes Kindergesicht anstrahlte.

»Helen, Greg, lassen Sie mich Ihnen etwas zeigen. Etwas absolut Außergewöhnliches!«

Zur Melodie eines Klavierkonzerts – Helen meinte Mozart zu erkennen – tollten Kinder über eine Wiese. Die Nahaufnahmen lachender Gesichter verfehlten ihre Wirkung auf Helen nicht. Bilder und Musik, dachte sie, fahren direkt in mein Herz, in den Bauch. Dagegen war ihr Kopf machtlos. Und für das Video hatten sie die hübschesten Kindermodels ausgesucht.

»Als Eltern wollen Sie das Beste für Ihr Kind«, erklärte ein warmer Bariton. »Gesundheit, Freude, Erfolg.«

Natürlich. Ein hübsches Mädchen mit großen Augen klatschte ein anderes ab. Seine Mitspieler bejubelten es.

»Seit es Menschen gibt, streben wir deshalb danach, unseren Kindern die besten Voraussetzungen für ihr Leben mitzugeben.«

Helens Blick folgte einem kleinen Finger über ungelenke Buchstaben in einem Kinderbuch. Dasselbe taten die Augen eines Kindes, das auf dem Schoß seiner Mutter saß. Aufnahmen von Schülerinnen und Schülern aus aller Welt huschten vor Helen über den Bildschirm.

»Doch sosehr sich Eltern auch anstrengen, manche Dinge können sie nicht ändern. Wenn ihr Sohn nur einen Meter sechzig groß wird, muss er seinen Traum vom Basketballstar spätestens in der Pubertät begraben. Und Schönheitsoperationen können ihre Tochter zwar hübscher machen, aber nicht gescheiter.«

Die Bilder ließen Helen mit den gezeigten Jugendlichen fühlen.

»Wer wollte seinen Kindern diese Enttäuschungen nicht ersparen?«

Wer hätte sie sich nicht selbst gern erspart? Helen fühlte Trauer bei der Erinnerung an erlittene Niederlagen und Enttäuschungen. Das frühe Ausscheiden im regionalen Softballfinale, weil sie im entscheidenden Augenblick ungeschickt gewesen war, das Ignoriertwerden durch einen Jugendschwarm wegen eines anderen, hübscheren Mädchens... Der Film erreichte sein Ziel.

»In Zukunft können Ihre Kinder es einfacher haben. Mit zwei Jahren werden sie lesen, mit vier Mathematikprofessoren verblüffen. Mit sechs spielen sie Mozarts Klaviersonaten wie der Meister selbst.«

Das Mädchen vom Beginn spielte nun verträumt Klavier. Es war ihre hinreißende Interpretation von Mozarts Musik, die dem Film Gefühl einhauchte.

»Mit acht Jahren beherrscht Ihr Kind mehrere Sprachen, und mit zehn schicken Sie es auf die Universität. Sie können das Schicksal Ihres Kindes verändern – zu seinem Besten.«

Mit einer hübschen Animation wurde die Szene zum Bild im Bild, vor das ein Mann im weißen Arztkittel trat. Helen fand ihn sofort sympathisch. Er war mittelgroß und schlank, trug einen gestutzten Bart, kurze angegraute Haare und eine randlose ovale Brille. Eine Einblendung am unteren Rand stellte ihn vor als Prof. Dr. Dr. Stanley Winthorpe, III.

»Guten Tag, ich bin Doktor Stanley Winthorpe. Vor zwölf Jahren starteten wir ein Projekt, das die Zukunft Ihres Kindes zu einem Traum verwandeln kann. Es begann mit der Geburt eines Mädchens. Wir wollen es Sarah nennen.« Im Hintergrund lief eine Diashow aus Sarahs jungem Leben. »Wie Sie bereits sehen konnten, ist Sarah überdurchschnittlich begabt. Sarah lernt dank ihres fotografischen Gedächtnisses viel schneller als andere Kinder, erfasst komplexe Situationen blitzartig und sieht deren Folgen ab, sie handelt und reagiert geistig und körperlich in einem Tempo, das jeden anderen Menschen weit hinter sich lässt. Grund dafür waren von uns vorgenommene Veränderungen in ihrem Erbgut.«

Helen hörte Greg schnauben.

»Inzwischen können wir weitere Veränderungen ermöglichen.«

Schnelle Schnitte zeigten ihnen Mädchen und Jungen jeder Hautfarbe beim Rechnen, Schreiben, Parlieren, Musizieren.

»So wurden in den vergangenen zehn Jahren schon mehrere Dutzend Kinder mit außergewöhnlichen Begabungen geboren. Alle entwickeln sich prächtig.«

Greg brach in lautes Lachen aus. Zu laut, fand Helen, peinlich. Unangenehm berührt rieb sie über die Sessellehne.

»Was ist das?«, fragte er, sah sich noch immer lachend um. »Versteckte Kamera? Okay!«, rief er in den Raum. »Fast hätten wir es geglaubt!«

Erleichtert grinste Helen mit ihm. Sie war einem Streich aufgesessen! Greg fing sich.

»Ein gewagter Scherz, so kurz vor dem Einsetzen der Eizelle«, sagte er zu Benson.

Der Doktor blieb freundlich.

»Kein Scherz«, sagte er.

»Ist recht. Sie hatten Ihren Spaß.«

»Sie können die Kinder besuchen und sich persönlich überzeugen«, sagte Benson.

Greg seufzte: »Wie lange wollen Sie das Spiel noch treiben?«

»Wir verlangen das sogar«, fuhr Benson fort. »Damit die künftigen Eltern ein Gefühl dafür bekommen, was es bedeutet, solche Kinder großzuziehen. Sie müssten sich zwei Tage freinehmen. Drei, wenn Sie die Eizellen gleich dort einsetzen lassen. Die

Kinder leben einige Flugstunden entfernt. Ein Gratis-Wochenendtrip mit Privatjet und vor allem eine spektakuläre Zukunft für Ihre Kinder.«

Sein fester Blick irritierte Helen. Greg verdrehte die Augen.

»Sie würden uns für Ihren Spaß ein Luxuswochenende spendieren?«, fragte er und sah Helen amüsiert an. »Sollten wir glatt annehmen, nicht wahr, Schatz?«

»Sollten Sie«, bekräftigte Benson freundlich.

»Ich wäre neugierig, was Sie uns dort präsentieren«, sagte Greg. »Denn die Wissenschaft ist noch längst nicht so weit! Seit 2015 experimentieren chinesische Forscher mit diesen neuen Werkzeugen für Genveränderungen an menschlichen Embryos, Crispies oder so ähnlich…«

»CRISPR«, korrigierte Doktor Benson.

»…sie erzielten aber nicht die gewünschten Ergebnisse.«

»Taten sie sehr wohl«, sagte Benson ruhig.

»Die Medien berichteten da etwas Gegenteiliges«, sagte Greg.

»Vielleicht ging es bei dem Experiment um etwas ganz anderes: die Reaktion der Weltöffentlichkeit auf solche Forschungen. Erinnern Sie sich an die Reaktionen?«

»Ich… nein«, gestand Greg.

Benson fragte auch Helen: »Haben Sie die Berichte gesehen?«

»Nein«, sagte Helen.

»Haben Sie schon einmal von CRISPR gehört?«

Helen war ihre Unwissenheit peinlich, und dass Benson sie so vorführte, erst recht. Wortlos schüttelte sie den Kopf.

»Sehen Sie«, sagte Benson. »Ein, zwei Tage lang erschienen einige Medienberichte. Die meisten Menschen bekamen die Nachricht nicht einmal mit. Ein paar Spitzengenetiker unterzeichneten einen Aufruf, im Herbst 2015 fand eine außerhalb der Fachwelt kaum wahrgenommene Konferenz führender Genetiker statt, und das war es. Und wieder: Kennen Sie das Ergebnis dieser

Expertenkonferenz? Nicht einmal das erwartete Moratorium für Versuche an menschlichen Embryos wurde dabei beschlossen. Überraschung! Warum wohl? Wussten Sie das? Nein. Kurz: Die meisten Menschen interessiert das Thema nicht. Beste Voraussetzungen, die Entwicklungen voranzutreiben. Und mit weiteren Meldungen die Welt nach und nach daran zu gewöhnen.«

»Ein PR-Stunt?«, fragte Greg. Sein Blick suchte die verborgenen Kameras.

Benson zuckte mit den Schultern. »Wer weiß das schon? Vielleicht sind die Chinesen viel weiter, als sie vorgeben.« Er wies zum Monitor. »Und wenn! Wir sind noch weiter!«

»Und jetzt wollen Sie uns einen großen blonden Übermenschen schenken?«, fragte Greg spöttisch.

»Im Gegenteil. Im Film konnten Sie höchst talentierte Kinder aller Art sehen.«

»Und die Wunderkinder verschenken Sie einfach so.«

»Je nach Angebot, das Sie wählen. Es wird Sie nicht ruinieren. Im Gegenteil.«

»Und das Ganze erzählen Sie uns kurz vor dem Einsetzen der Eizelle, sodass wir kaum Zeit zum Überlegen haben«, schimpfte Greg.

Weil man so etwas ohnehin nicht mit dem Kopf entscheidet, dachte Helen.

»Die werden Sie nach dem Ausflug nicht mehr brauchen, dessen kann ich Sie versichern.«

So sicher war Helen da nicht. Aber auch nicht so entschieden ablehnend wie Greg, gestand sie sich zu ihrer eigenen Überraschung ein.

»Sie haben recht. Hätten Sie Ihre Posse früher gespielt, wer weiß, ob wir überhaupt bei Ihnen weitergemacht hätten. Ich habe jetzt genug. Wir kommen am Montag zum Einsetzen der Eizelle ...«

Ich habe dabei auch mitzureden, wollte sie Greg unterbrechen, doch der war schon weiter.

»… und selbst das würde ich lassen, hätte meine Frau nicht bereits die unangenehmen Vorbereitungen durchgeführt. Fertig.« Er stand auf.

Helen blieb sitzen. Hier entschieden immerhin zwei Personen, nicht nur Greg. Sie lächelte ihn kokett an.

»Wir haben am Wochenende noch nichts vor«, sagte sie. »Diese Behandlung kostet ein Vermögen. Was spricht gegen einen geschenkten Kurztrip?«

Greg glotzte sie mit offenem Mund an, dann fiel er in den Stuhl zurück.

11

Jessicas linke Nackenseite fühlte sich an wie ein Stück Holz. Dafür spürte sie ihre rechte Stirnhälfte nicht. Ohne die Augen zu öffnen, drehte sie ganz leicht den Kopf, löste die Stirn jedoch nicht von der Flugzeugwand. Noch benötigte der Kopf die Stütze. Sie hörte das Brummen der Motoren, irgendwo klapperte leise irgendein Teil der Kabineneinrichtung. Jessica musste sich nicht orientieren, wusste sofort, wo sie war – und was geschehen war. Durch die sanften Bewegungen löste sich die Starre in ihrem Nacken langsam. Sie hob die Lider ein wenig. In der Kabine der Delegationsmaschine herrschte Dämmerlicht. Nur über zwei Sitzen leuchteten die Überkopflichter. Die anderen Passagiere waren wie Jessica in ihren Sitzen eingeschlafen, den Kopf gegen die Seitenwand, die Rückenlehne, zwei trugen Nackenpolster. Offene Münder, vereinzelte Schnarchgeräusche. Lauter Vielbeschäftigte, die sich mit dem Geschehenen nicht zu lange belasten wollten und wie sie den ersten Schock nach München mit Schlafmitteln zu überwinden versuchten.

Jessica öffnete die Augen ganz. Sie hievte ihren steifen Körper in eine aufrechte Stellung, streckte sich. Ihre Armbanduhr zeigte kurz vor drei Uhr Münchner Zeit. Kurz vor einundzwanzig Uhr in Washington. Noch zwei Stunden bis zur Landung. Sie freute sich auf ihr Bett. Auf Amy und Jamie. Auf Colins Ruhe.

»Jess?«, flüsterte eine Stimme hinter ihr. Sie drehte sich um und sah den Büroleiter des Außenministers, der sich auf seinem Sitz schräg hinter ihr vorgebeugt hatte. »Bist du wach?«

Aus ihrem Unterbewusstsein stieg die Erinnerung auf, dass etwas ihre Schulter berührt hatte. War sie davon aufgewacht? Musste wohl so sein.

»Ja«, flüsterte sie.

»Gut geschlafen, hoffe ich.«

Sie nickte.

»Okay«, sagte er. »Du wirst den Schlaf brauchen. Ich habe eben eine Nachricht aus Washington bekommen. Wir beide fahren vom Flughafen direkt ins Weiße Haus.«

Ihr Bett konnte sie vergessen. Jessica überlegte einen Moment. Das war nach den Ereignissen des Tages nicht völlig ungewöhnlich. Aber auch nicht selbstverständlich.

»Debriefing?«, fragte sie.

»Nein«, sagte er. »Klingt ernster. Sehr ernst.«

»Wie ernst?«

»Situation Room. Mit der Präsidentin und allen verfügbaren Regierungsmitgliedern.«

Sehr ernst.

»Hat es mit Jacks Tod zu tun?«

Er zuckte mit den Schultern.

»Mehr wollten sie selbst über die sichere Verbindung nicht sagen.«

Sehr, sehr ernst.

»Ich muss meiner Familie Bescheid geben.«

»Natürlich.«

12

Kaum hatten sie die Klinik verlassen, fragte Greg: »Du glaubst dem Kerl doch nicht?« Er hatte das Verdeck des BMW offen gelassen, entsprechend kühl fühlten sich die Sitze an.

»Ich weiß es nicht«, sagte Helen. »Das Video war doch ziemlich überzeugend.«

»Das sind Hollywoodfilme auch«, entgegnete Greg. »Hey, du bist Kommunikationsberaterin! Wer, wenn nicht du, weiß, dass man Bildern nicht trauen kann.«

»Deshalb müssen wir persönlich hin«, sagte Helen, beugte sich vom Beifahrersitz zu ihm hinüber und gab ihm einen Kuss.

Greg startete den Wagen und reihte sich in den Verkehr ein. Währenddessen befragte Helen bereits das Internet. Die Suchmaschine spuckte Zehntausende Ergebnisse aus.

Helen überflog die ersten, klickte einige Links an, überprüfte ein paar Bilder.

»Dieser Doktor Winthorpe aus dem Video existiert wirklich«, erklärte sie Greg. »Scheint ein genialer Biotekkie zu sein oder ein Genetiker oder was auch immer. Hat verschiedenstes Zeug auf dem Gebiet entwickelt, x Firmen gegründet und verdient Milliarden. Keine Rede allerdings von Wunderkindern.«

»Hätte mich auch überrascht.«

»Aber eine Koryphäe ist er. Macht mich noch neugieriger.« Sie blickte ihn von der Seite her an.

»Du willst ausschließen, dass an der Sache etwas dran ist«,

sagte Greg und schüttelte den Kopf. »Die Wissenschaft ist noch nicht so weit, nach allem, was ich weiß. Was Doktor Benson uns da verspricht, ist längst noch nicht möglich. Es kann nicht sein.«

»Weil es nicht sein darf?«

»Weil …« Er verstummte.

»Was, wenn es wahr ist?«, fragte Helen. »Würdest du denn solche Kinder wollen?«

»Auf keinen Fall!«

Gregs strikte Ablehnung überraschte sie. Sonst war er immer derjenige, der alles bis ins letzte Argument rational abwog. Helens erstes Bauchgefühl war längst nicht so eindeutig gewesen.

»Ernsthaft?«, hielt sie dagegen. »Deine Kinder hätten gegen die anderen keine Chance. Weder auf dem Arbeitsmarkt noch bei der Partnersuche. Im ganzen Leben nicht.«

»Chancen waren immer unterschiedlich verteilt«, antwortete Greg trotzig. »Sind sie mehr denn je.«

»Und du würdest unserem Kind also eines Tages erklären wollen, dass du ihm trotz der Möglichkeiten Chancen vorenthalten hast?«

»Wow, jetzt wirst du aber dramatisch! Würdest du denn solche Kinder wollen?«

»Wird schwierig, wenn du so strikt dagegen bist. Bis jetzt habe ich nie über so etwas nachgedacht.«

»Ja oder nein? Andere Antworten gibt es auf die Frage nicht.«

Ich lehne es zumindest nicht ab, nicht jetzt schon, gestand sich Helen erneut ein. Sie wog den Gedanken ab.

»Käme wohl darauf an«, sagte sie schließlich. »Was ist verkehrt daran, das Beste für seine Kinder zu wollen?«

»Und was ist das Beste?«

»Das müssten wir uns ansehen.«

»Du willst also wirklich dorthin?«

»Ja. Wir können Doktor Benson bis zwanzig Uhr zusagen.«

»Du nimmst das ernst«, sagte Greg erstaunt.

»Das muss ich. Im Interesse unseres Kindes. Solltest du auch tun.«

»Wenn du meinst. Sei bloß nicht enttäuscht, wenn sich die Geschichte als Scherz oder gar Betrug entpuppt.«

»Ich wäre erleichtert«, erwiderte Helen. »So eine Entscheidung wäre nicht einfach.« Und fügte hinzu: »Ich bin neugierig auf dein Gesicht, falls es kein Scherz ist.«

»Das ist lächerlich. Es ist unmöglich.«

Aber sie spürte, dass er ins Grübeln gekommen war.

Die Sonne warf schon lange Schatten, als Greg den Wagen in ihre Straße lenkte. Hier am Ostrand San Franciscos wechselten sich jüngere Einfamilienhäuser mit winzigen Vorgärten und ältere mit kleinen Vorgärten ab, dazwischen ragten ein paar moderne Apartmenthäuser ohne Vorgärten heraus. In einem davon wohnten Helen und Greg. Leisten konnten sie sich diesen Luxus erst seit einem Jahr, nachdem das Fintech-Start-up, für das Greg Programme entwickelte, eine neue Finanzierungsrunde erfolgreich abgeschlossen und ihn ebenso wie zwei Dutzend andere freie Mitarbeiter fest angestellt hatte. Helens unregelmäßiges Einkommen als Kommunikationsberaterin war nicht schlecht, aber letztlich zu unsicher für derlei Extravaganzen gewesen. Gregs neues Gehalt gab genug für die Wohnung her, auch wenn ihre Hoffnung auf seinen Aktienoptionen ruhte, die er aber erst in einigen Jahren ziehen konnte. Und deren Wert natürlich von der Entwicklung des Unternehmens abhing.

Die Tiefgaragentür des Wohnkomplexes öffnete sich automatisch, als sie den Chip im Handschuhfach erkannte. Greg fuhr in die muffige, düstere Tiefe und parkte den Wagen auf seinem

Platz. Das Verdeck ließ er offen. Schwungvoll nahm Helen ihre Laptoptasche von der Rückbank.

»Wir müssen Doktor Benson so schnell wie möglich Bescheid geben, ob wir morgen auf Besichtigungstour gehen wollen«, sagte sie auf dem Weg zum Treppenhaus. Sie vermied den Fahrstuhl, der Fitness halber. »Packen müssten wir auch noch.«

»Ich weiß«, erwiderte Greg nachdenklich.

Im Erdgeschoss angekommen, leerte Greg den Briefkasten. Helen war schon auf dem Weg nach oben.

»Mist!«, rief Greg. »Schatz, ich habe meine Tasche im Wagen vergessen.«

»Bin dann schon mal oben«, hörte er ihre Stimme aus dem ersten Stock. »Bis gleich.«

Auf dem Weg zurück über die Treppen in die Garage zückte Greg sein Handy und suchte in den Kontakten. Sobald er den richtigen gefunden hatte, wählte er.

Sein Gesprächspartner hob gerade ab, als Greg den Wagen erreichte.

»Hi, Buddy«, begrüßte er Greg. »Lange nicht gehört.«

»Tja, das kann man sagen. Wie geht's denn so?«

»Danke. Und selbst?«

»Sag mal, hast du heute Abend Zeit und Lust auf ein Bier?«

»Du hast Glück, Mann! Was gibt's denn so Dringendes?«

»Erzähle ich dir dann.«

Sie vereinbarten ein Lokal ungefähr auf halber Strecke. Zwanzig Minuten Fahrt für jeden.

Greg holte die Tasche aus dem Kofferraum und eilte hinauf in die Wohnung. Etwas atemlos kam er im dritten Stock an. Winziger Vorraum, von dem ein Klo abging. Durchgang in die Wohnküche. Helen hatte bereits die Balkonfenster geöffnet, durch die kühle Luft in den Raum floss. Auf einem Lowboard im Wohnzimmer lag ihre Laptoptasche auf dem üblichen Platz zwischen den Familienfotos (Eltern, Geschwister, Nichten, Neffen), der Post und Blumen. Aus dem Bad hörte er die Dusche. Greg stellte seine Tasche ab und ging zu ihr.

»Hallo, bin schon da.«

Hinter der Milchglaswand der Dusche erahnte er Helens Konturen. Für einen Moment kam er auf andere Gedanken. Dann besann er sich auf seine Verabredung.

»Ganz blöde Sache«, sagte er. »Ich hatte gerade einen Anruf aus dem Büro. Ich muss noch einmal hin wegen der Coratex-Sache.«

Einer der Jobs, von denen Helen nichts mehr hören wollte.

Sie streckte den Kopf mit dem nassen Haar hinter der Milchglaswand hervor, die Augenbrauen zusammengezogen.

»Jetzt?!« Gefährlicher Ton. Was soll's.

»In zwei Stunden bin ich zurück.«

»Und Doktor Benson? Wir haben nicht ewig Zeit für die Entscheidung. Wenn wir weiter über die Möglichkeit nachdenken, müssen wir diese Kinder sehen.«

Greg musterte sie. Sie meinte es ernst.

»Fahren wir«, sagte er.

Sie strich sich ein paar Haare nach hinten. Betrachtete ihn.

»Rufst du ihn an?«, fragte sie.

»Mache ich.«

13

Mit quietschenden Reifen bremste Jim vor dem niedrigen Rotklinkerbau der MIT-Polizeistation. Hannah sprang noch vor Jim aus dem Wagen und eilte, ohne auf ihn zu warten, hinein. Drinnen erwartete sie beide Officer Gardner in einem kleinen, nüchternen Büro hinter ihrem Schreibtisch, der überladen war mit Computer, Ablagen und Papieren. Ihr gegenüber saß ein junger Mann, vielleicht Mitte zwanzig, schlaksig, längere dunkle Haare, Bart, kleines Bäuchlein. Über dem blauen T-Shirt trug er einen blassgrünen Sweater, dazu verwaschene, ehemals schwarze Jeans. Jim scannte sein Gesicht, die Haltung, den Blick.

»Hannah Pierce, Jim Delrose, Henry Balsam«, stellte Gardner sie einander vor. »Henry war ein Studienkollege von Jill.«

»War«, bestätigte der junge Mann. Er musterte Jim skeptisch.

Jim setzte sich neben ihn, Hannah neben Jim.

»Ich erinnere mich«, sagte Jim. »Sie haben vor zwei Jahren denselben Kurs besucht.«

»Einführung in die Biochemie, ja. Sie haben ein gutes Gedächtnis. Sie waren der Babysitter.« Als er Jims stoische Miene sah, fügte er schnell hinzu: »So nannte Jill Sie immer.«

»Dann wird Sie Henrys Geschichte ja besonders interessieren«, stellte Officer Gardner fest. »Henry hat sich bei uns gemeldet, nachdem sich unsere Suche unter Jills Kommilitonen herumgesprochen hat. Erzählen Sie den beiden, was Sie mir erzählt haben.«

Henry zuckte mit den Schultern und lehnte den Kopf zur Seite, als wolle er Abstand nehmen. Der Typ hat Angst vor mir, las Jim in der Geste des Jungen. Mal sehen, ob das gut war oder nicht. Jim unternahm nichts, um ihn zu beschwichtigen.

»Na ja«, begann Henry. »Jill und ich, wir verstanden uns gut. Ich meine, sie sieht toll aus ... aber das wissen Sie ja.«

Jim sagte nichts.

»Also eines Tages kam sie zu mir und bat mich um einen Gefallen. Sie klagte über die Totalkontrolle durch ihre Eltern.« Kurzer Blick auf Hannah. »Also durch Sie und Ihre Leute, Mister Delrose.« Bevor Jim etwas dazu sagen konnte – was er gar nicht wollte –, beeilte sich Henry fortzufahren: »Klar, sie wusste, dass es zu ihrer Sicherheit ist. Trotzdem.«

Jim sah ihn an, wartete auf die Geschichte. Henry zögerte.

»Erzählen Sie ruhig«, ermunterte ihn Gardner.

»Sie sagte, sie würde gern Post bekommen, ohne dass ihre Babysitter davon erfuhren. Ob sie dafür meine Adresse angeben dürfe und ich ihr die Kuverts dann weitergeben würde.«

Henry machte eine weitere Pause, als warte er auf eine Frage. Jim und Hannah taten ihm den Gefallen.

»Sagte sie, wofür?«

»Post von wem?«

»Nein. Etwas aber war komisch: Sie kündigte an, dass die Sendungen nicht direkt an sie adressiert sein würden, sondern an ein anderes Mädchen. Wenn ich einen Brief an dieses Mädchen in meinem Postfach finden würde, sollte ich ihn also Jill geben.«

»Und da haben Sie mitgemacht?«, fragte Hannah empört.

Henry suchte Gardners Blick. Die reagierte nicht.

»Ja«, sagte Henry. »Jill meinte, es sei bloß ein Deckname.«

»Deckname wofür? Weshalb?«, wollte Hannah wissen.

»Na, wegen Ihrer Überwachung.«

»Sie waren in sie verknallt, was?«, fragte Jim mit seinem kumpelhaftesten Lächeln.

Henry lief rot an. »Ach was! Sie war irgendwie komisch. Superclever. Aber emotional noch nicht mal ein Teenager. Wie eine Zehnjährige.«

»Weil sie Sie nicht rangelassen hat?«, fragte Jim. »Wie auch immer. Und dann? Kam Post?«

»Nicht viel. Ein paar Briefe. Zwei, drei.«

»Die Sie Jill ungeöffnet übergaben.«

»Natürlich!«

»War ein Absender darauf?«

»Ja. Das Boston Credit Institute.«

»Eine Bank?«, fragte Hannah. »Haben Sie Jill danach gefragt?«

»Ich habe nicht in die Kuverts gesehen. Aber wenn ich sie in die Hand nahm, um sie ihr zu geben, konnte ich spüren, was drin war. Ein Umschlag fühlte sich fester an. Als enthielte er etwas Solides. In der Größe einer Kreditkarte.«

»Der Name«, sagte Jim. »Der Name, den Jill verwendete. Können Sie sich an den noch erinnern?«

»Kann er«, antwortete Gardner. Sie tippte auf eine Taste ihres Computers, drehte Jim und Hannah den Bildschirm hin. Darauf erschien das Porträt einer völlig devastierten jungen Frau, die früher vielleicht einmal sehr hübsch gewesen war. Drogen, dachte Jim sofort. Sah nach Crystal Meth aus.

»Die Person existiert wirklich. June Pue, 25, obdachloser Junkie. In unseren Datenbanken wegen Beschaffungskriminalität. Wir haben bereits Kontoeinsicht beantragt.«

»Sie glauben, Jill hat unter dem Decknamen einer Drogensüchtigen ein Konto eröffnet?«, fragte Hannah brüsk. »Warum sollte sie so etwas tun? Und wie? Sie war damals … zwölf!«

Aber ein superschlaues Mädchen, dachte Jim.

»Das wissen eher Sie als wir«, antwortete Gardner ruhig.

»Drogen?«, fragte Hannah ungläubig. »Wo finden wir diese Pue?«

»Keine Ahnung. Ist schon seit einem Jahr nicht auffällig geworden. Wir halten die Augen offen.«

»Kann sie unter dieser Identität womöglich noch anderes getan haben?«, fragte Hannah. »Tickets gebucht, was weiß ich?«

»Haben Sie Anlass zu glauben, dass sie das getan haben könnte?«, fragte Gardner misstrauisch zurück.

»Nein. War nur eine Idee. Vielleicht sollten Sie das trotzdem überprüfen.«

»Wir wissen, wie wir unseren Job machen«, wies Gardner sie kühl zurecht. »Keine Sorge.«

»Verzeihen Sie«, sagte Hannah. »Ich bin nervös.«

»Schon in Ordnung«, erwiderte Gardner. »Ich habe auch Kinder.«

»Jill hatte nichts mit Drogen zu tun, da bin ich hundertprozentig sicher«, erklärte Hannah entschieden.

»Das werden wir sehen«, sagte Gardner. »Warten wir ab, was die Kontoeinsicht bringt. Ich halte Sie auf dem Laufenden.«

»Irgendwas zu einem Gene?«, fragte Jim die Polizistin.

»Einen Gene in Jills Freundeskreis kennt niemand«, sagte sie.

14

Beim Touchdown der Maschine in Washington waren alle wach. In der Finsternis funkelten die Lichter des Flughafens. Jessica scannte auf ihrem Smartphone die News über Dunbraith. Die Todesmeldung war draußen. Herzinfarkt. Weltweite Respektsbekundungen und Kondolenz. Erste Nachrufe.

Jessicas Glieder fühlten sich so schwer an wie ihre Lider. Sie rollte die Schultern, drehte den Kopf, atmete durch. Die Nacht war nicht zu Ende. Im Weißen Haus wartete eine hochrangige Truppe.

Wenige Minuten später hatte der Flieger seine Parkposition erreicht. Kaum hielt er, sprangen alle auf. Eine Durchsage des Piloten hielt sie davon ab, zum Ausgang zu drängen.

»Bitte bleiben Sie an Ihren Plätzen. Wir bekommen Besuch.«

Eine Stewardess ließ die Treppe herab. Jessica hörte schwere Schritte auf den Stufen, bevor eine große, weiße Gestalt ohne Gesicht den Eingangsbereich füllte. Overall, Atemmaske, Sicherheitsbrille, Latexhandschuhe. In einer Hand schleppte sie einen großen Koffer. Hinter ihr betrat eine zweite Gestalt den Passagierraum. Jessicas Herz begann zu rasen.

»Guten Morgen«, sagte eine tiefe Stimme hinter der vorderen Maske. »Wir kommen von den Centers for Disease Control and Prevention und brauchen Speichelproben von Ihnen.«

Auf einem Stuhl öffnete der Mann seinen Koffer.

»Routineuntersuchung«, erklärte er, während er Wattestäbchen und Plastikbeutel aus dem Koffer beförderte.

Bloß hatte Jessica eine solche Routine auf keinem ihrer zahlreichen Flüge erlebt. Ihr zusätzliches Wissen um den dringlichen Termin im Weißen Haus war nicht dazu angetan, ihr Herz langsamer schlagen zu lassen.

Kommentarlos ließen die Passagiere die Prozedur über sich ergehen. Der eine Vermummte nahm die Proben, der andere die Namen auf. Mund öffnen, Wattestäbchen hinein, Stäbchen in Plastiktüte. Dann reichte er den Passagieren etwas, das Jessica nicht gleich erkannte. Erst als jemand die weißen Bänder um die Ohren legte, sich mit dem weißen Mundschutz umdrehte und seine Mitflieger fragend ansah, begriff sie.

Schon war Jessica dran.

»Jessica Roberts?«, fragte der Mann.

»Ja.«

Leiser fuhr er fort: »Sie haben versucht, Jack Dunbraith in München wiederzubeleben?«

»Ja.«

»Irgendwelche Auffälligkeiten? Unwohlsein? Hitze? Fieber, Halsschmerzen, Husten, Niesen?«

In Jessicas Hals wuchs ein Kloß. »Nein.«

»Okay.« Er strich mit dem Wattestäbchen durch ihren Mund.

»Weshalb fragen Sie?«, wollte Jessica, um Ruhe bemüht, wissen, während er das Stäbchen in der Tüte verstaute.

»Tragen Sie die, bis man Ihnen etwas anderes sagt«, erklärte er und reichte Jessica ebenfalls einen Atemschutz, dann war er bereits bei seinem nächsten Untersuchungsobjekt.

Neben dem Flugzeug warteten mehrere Limousinen, bei der ersten stand der Delegationsleiter. Auch er trug eine Atemschutzmaske.

»Jessica!«, rief er gedämpft, »Sie fahren mit mir.«

Als Jessica die Treppe hinabstieg, fror die kalte Winterluft fast den nervösen Schweiß auf ihrer Stirn.

15

»Und woher hast du diese Geschichte?«, fragte Irvin. Das Bierhaus sah aus wie die Disney-Version eines bayerischen Brauhauses. Früher hatte Greg hier manchmal mit Kumpels abgehangen. Inzwischen kam er nur mehr selten her. Der Schankraum war halb voll. Sie saßen an einem rustikalen Holztisch im hinteren Bereich. Vor sich leere Teller und zwei halb volle Gläser mit alkoholfreiem Bier.

»Von einem Kollegen. Ganz im Vertrauen. Er hätte sogar die Möglichkeit, einen Besuch dort zu machen.«

»Keine versteckte Kamera?«

Greg lachte. »Das habe ich ihn auch gefragt!« Er wurde wieder ernst. »Dafür ist der Aufwand dann aber doch zu groß.«

»Ich bin ein simpler Officer des San Francisco Police Department«, erklärte Irvin. »Das ist nicht unser Bereich.«

»Ich kenne niemand anderen bei den Ermittlungsbehörden«, entschuldigte sich Greg. »Ich dachte, du wüsstest, zu wem man damit gehen kann. Oder leitest es einfach weiter an die Zuständigen. FBI. NSA, was weiß ich. Ist ja nicht so, dass wir nicht genug Schnüffler in diesem Land hätten.«

»Vorsicht mit deiner Wortwahl.«

»Sorry. Entweder ist das Ganze ein gewaltiger Betrug. Dann muss man ihn doch aufdecken.« Er nahm einen Schluck. »Oder es ist kein Betrug.« An die Möglichkeit konnte er nicht glauben. Wollte es nicht.

Irvin schüttelte den Kopf.

»Ich weiß nicht. Klingt ziemlich verrückt in meinen Ohren.« Er starrte in die Luft. »FBI würde ich sagen.«

Er nahm ebenfalls einen Schluck. Zog sein Smartphone hervor. »Wie waren die Namen noch mal?«

Greg nannte ihm Doktor Bensons vollen Namen, den seiner Klinik, deren Adresse und Doktor Winthorpe.

»Mehr habe ich nicht.«

Irvin seufzte.

»Warte mal«, sagte er, während er das Telefon wieder einsteckte. »Ich weiß, was ich mache. Ich melde es bei der *Nationwide Suspicious Activity Reporting Initiative* des Departments für Homeland Security. Die leiten es an die Zuständigen weiter.«

»Die … was?«

»Die NSI werden von Homeland Security, FBI und diversen lokalen, bundesstaatlichen, Stammes- und anderen Sicherheitsbehörden gemeinsam betrieben, um kriminelle und terroristische Aktivitäten möglichst früh zu identifizieren. Wenn die es für nötig halten, wird sich jemand bei dir melden.«

»Wahrscheinlich ist es ohnehin nur eine Spinnerei«, meinte Greg und prostete Irvin zu.

»Anzunehmen«, brummte Irvin und stieß sein Glas gegen Gregs.

Am zweiten Tag

16

Low-Tech-Verlies hatte die New York Times den Situation Room einst genannt, erinnerte sich Jessica. Lange vor ihrer Zeit. Spätestens seit dem Tod Osama bin Ladens im Mai 2011 kannte die ganze Welt den Situation Room im Weißen Haus. Das Bild mit US-Präsident Barack Obama, in der einen Ecke in seinen Stuhl versunken, Außenministerin Hillary Clinton auf der anderen Seite, die Hand vor dem Mund, hatten die Medien in das kollektive Gedächtnis einer Generation gebrannt. Auch wenn es ein falsches Bild des Situation Rooms vermittelte. Was für die meisten Menschen wie eine schmucklose Kammer aussah, war ein 500 Quadratmeter großer Komplex unter dem Westflügel des Weißen Hauses mit mehreren Konferenzräumen und vollgestopft mit Technik. Auch wenn viel von der letzten Renovierung 2006 bis 2007 stammte. In Zeiten täglicher technischer Revolution also eigentlich schon wieder *low tech*, dachte Jessica.

Am Kopf des langen Holztisches saß Präsidentin Alice Hines. Auf den je sechs Ledersesseln mit den hohen Lehnen an jeder Längsseite hatten Minister, der Stabschef und Jessicas unmittelbarer Vorgesetzter, Sicherheitsberater Albert Waters, Platz genommen. An den beiden Wänden hinter ihnen füllten ihre wichtigsten Mitarbeiter die Hilfssessel. Manche schienen direkt von der Uni zu kommen. Und durften trotzdem näher bei der Präsidentin sitzen als Jessica. Rangfolgen schienen selbst in solchen Situationen wichtig. Oder vielleicht gerade in solchen. Mit ihrer

Maske kam Jessica sich zusätzlich albern vor. Schon bei der Begrüßung war sie misstrauisch beäugt worden.

Jessica kannte fast alle Anwesenden bis auf den unrasierten Endvierziger mit den unfrisierten Locken und dem zerknitterten Anzug, der etwas schlampig auf dem letzten Stuhl ihr gegenüber lümmelte. An diesem disziplinierten Ort wirkte er deplatziert, was ihm aber kein Unbehagen zu bereiten schien.

Den zweiten Unbekannten hatte Sicherheitsberater Waters bereits vorgestellt. Doktor William F. Grant hatte in der Nacht die Obduktion des verstorbenen Außenministers in München per Video mitverfolgt. Der großgewachsene, grau melierte Mann vor dem Bildschirm verstrahlte jene Aura unerschütterlichen Selbstbewusstseins, die Jessica immer besonders kritisch machte.

»Die folgenden Bilder werden nicht sehr erfreulich«, warnte er. »Zumal Sie alle Jack Dunbraith persönlich kannten.«

Der Mann hatte wohl keine Ahnung, welche Bilder sie im Situation Room schon zu sehen bekommen hatten.

»Gehen wir gleich zum wesentlichen Moment«, kündigte er an. Auf dem Bildschirm hinter ihm leuchtete die überbelichtete Aufnahme einer unförmigen, graufleckigen Masse auf. Erst auf den zweiten Blick erkannte Jessica ein menschliches Herz, von Fingern in Latexhandschuhen aus einem Brustkorb gehoben.

Trotz der Warnung spürte Jessica, wie sich ihr Hals zuschnürte. Einige im Raum hielten die Luft an.

Grant stoppte den Film. Mit einem roten Lichtpointer wies er auf das Herz und einige markante helle Flecken darauf.

»Wie Sie sehen, zeigte das Organ bei der Entnahme eine ungewöhnliche Färbung.«

Er ließ den Film weiterlaufen. Die Hand hielt das Herz, während die Flecken heller wurden und ihre Konturen sich schärfer abzeichneten.

In dem Konferenzraum hörte Jessica nur mehr das Rauschen

ihres eigenen Bluts in den Ohren. Nach einigen Sekunden in der zunehmend zittrigen Hand hatten sich die Flecken fast weiß gefärbt. Und Jessica erkannte eine eindeutige Form. Jemand im Raum keuchte. Grant stoppte die Aufzeichnung erneut.

»Das ist unmöglich!«, rief der Verteidigungsminister.

Alle Blicke wanderten zwischen der Präsidentin und dem Bildschirm hin und her.

»Wie kann das sein?«, fragte sie schließlich.

Das Herz auf dem Bildschirm sah aus wie ein grinsender Totenschädel.

»Ich darf Ihnen meinen geschätzten Kollegen Professor Doktor Doktor Richard Allen vorstellen«, sagte Grant. »Einer unserer führenden Biotechnologen, vielfach ausgezeichnet und – nicht nur wenn Sie mich fragen – Kandidat für einen der nächsten Nobelpreise in Physiologie oder Medizin.«

»Lass stecken, William«, sagte der Mann spöttisch und erhob sich. Er war nicht besonders groß und hatte die drahtige, leicht gebeugte Haltung vieler Läufer. Er schob die widerspenstigen braunen Locken aus dem Gesicht und nahm Grant die Fernsteuerung für das Videoequipment ab.

»Mrs. President, meine Damen und Herren – wir sind in verdammten Schwierigkeiten! In *richtig* verdammten *Riesen*schwierigkeiten! Ich würde sogar sagen, wir sehen die Boten eines neuen Zeitalters.«

Mit einer legeren Geste seines Daumens deutete er über seine Schulter auf das Herz, das die Flecken zu einem Totenkopf verwandelt hatten.

»Wie der Herr Minister schon feststellte: Was Sie hier sehen, ist unmöglich. Präziser gesagt: *Uns* ist es unmöglich.«

Trotz des ernsten Themas spielte ein spöttischer Zug um seinen Mund, während seine Augen klug blitzten und alle Anwesenden zu durchschauen schienen.

»Was die Frage aufwirft: Wie kann das sein? Beziehungsweise, um es wieder zu präzisieren: *Wer* kann das?« Er wandte sich dem Bildschirm zu. »Das. Was ist das überhaupt?«

Zurück zu seinem Publikum. Hinter ihm wechselte das Bild zu einem unförmigen, grau-rosa-grün gefleckten Objekt.

»Die ersten Untersuchungen der Forensiker ergaben, dass die Flecken auf dem Herzen durch Veränderungen bestimmter Gewebepartien hervorgerufen wurden. Diese erinnern in ihrer Formation entfernt an einen Totenschädel, wie Sie sehen. Verursacht durch Viren, die das Team auf dem Herz isolieren konnte. Erste Schnelluntersuchungen der Viren ergaben keine Ähnlichkeiten mit üblichen Erregern klassischer Herzentzündungen wie Strepto- oder Staphylokokken, sondern mit Grippeviren. Im nächsten Schritt haben wir daher das Erbgut des Virus analysiert. Die ganze Geschichte ist erst ein paar Stunden her, deshalb sind wir damit noch nicht fertig. Aber erste Erkenntnisse haben wir bereits.«

Hinter ihm erschienen endlose Buchstabenreihen auf dem Monitor. Schnell erkannte Jessica, dass sich immer dieselben vier Buchstaben in verschiedensten Varianten wiederholten: ATGC. Adenin, Thymin, Guanin, Cytosin. Die Bausteine der DNA, des Erbguts.

Sieht nach viel aus, erklärt aber nichts, dachte Jessica. Aber dazu war ja der Biotechnologe da.

»Hier wurde es spannend. Tatsächlich hatte das Erbgut Ähnlichkeiten mit Grippeerregern. Aber eben nur einige.«

Die Buchstabenkolonnen im Hintergrund wurden abgelöst von einer bunten dreidimensionalen Animation zahlreicher in Spiralform miteinander verbundener Kügelchen, wie Jessica sie schon in anderen Präsentationen gesehen hatte. Die DNA-Doppelhelix.

»Im Erbgut des Organismus fanden wir zahlreiche Abschnitte, die bei Grippeerregern nicht vorkommen. Noch kennen wir weder ihre Herkunft noch ihre Funktionen. Den genauen Grippeausgangsstamm müssen wir noch bestimmen. Wir gehen davon aus, dass es sich um einen gentechnisch modifizierten Organismus – kurz GMO – handelt. Deutlicher gesagt: um eine Biowaffe.«

Er ließ seine Worte wirken.

»Mein Gott«, flüsterte der Innenminister. »Wen hat sie noch – wie sagt man – getroffen? Infiziert?«

Durch Jessicas Adern floss glühendes Metall, ihr Magen krampfte. Jetzt verstand sie die Speichelabstriche im Flugzeug! *Sie haben versucht, Jack Dunbraith in München wiederzubeleben?* In ihrem Hals verknotete sich etwas. Schon wieder bekam sie keine Luft mehr. Aus ihren Stirnporen spürte sie Schweißtropfen quellen bei dem Gedanken, dass sich auf ihrem Herzen womöglich gerade ein mörderischer Totenschädel bildete. Warum ließ man sie hier sitzen?

Doktor Grant, der Richard Allens Vortrag von der Seite aus verfolgt hatte, trat vor. »Das untersuchen wir gerade. Wenige Sekunden nach dem Auftreten des Phänomens war man im Obduktionsraum zu einem ähnlichen Schluss gekommen, so absurd er auch schien.«

Er nahm Richard Allen die Fernsteuerung ab und drückte darauf herum. Auf dem Bildschirm erkannte Jessica die hektischen Bewegungen von Menschen im Zeitraffer. Finger schossen hektisch ins Bild, fuchtelten über dem Herzen und den Totenkopfflecken hin und her, verschwanden wieder. Der leitende Arzt legte das Herz in den Körper zurück, dann verschwanden alle Anwesenden aus dem Sichtfeld der Kameras.

»Wir haben sofort die notwendigen Sicherheitsmaßnahmen gegen mögliche Infektionsgefahr eingeleitet«, erklärte er. »Gegen eine allgemeine Ausbruchgefahr spricht, dass keine der Personen, mit denen Dunbraith in den Stunden und Tagen davor engeren Kontakt hatte« – wie ich, dachte Jessica geschockt –, »auch nur Symptome gezeigt hat, geschweige denn einer Herzattacke zum Opfer gefallen ist.«

Ja, das hätte ich gemerkt, fuhr es Jessica durch den Kopf. In ihr kochte der Zorn darüber, dass man sie nicht gleich gewarnt hatte, nachdem man von dem Virus erfahren hatte!

»Wir wissen vom Arzt des Außenministers, dass Jack Dunbraith wenige Tage vor seiner Abreise nach München an den Symptomen eines grippalen Infekts litt. Wir dürfen davon ausgehen, dass dies die Infektionsphase war.«

»Wir müssen alle Begleiter des Ministers isolieren!«, rief der Heimatschutzminister.

Jessica brach erneut der Schweiß aus. Inzwischen musste sie aussehen wie frisch aus der Dusche. Sie verstand nicht, warum sie hier saß.

Richard Allen nahm Grant die Fernsteuerung wieder ab und holte das 3-D-Modell zurück auf den Bildschirm.

»Nein«, sagte er. »Als Erstes wurden die heute zurückgekehrten Delegationsmitglieder getestet. Direkte Mitarbeiter des Ministers, die sich vor Abreise der Delegation vor vier Tagen im Ministerium aufgehalten haben, sind infiziert. Wir haben sie vorerst in Quarantäne genommen. Bei jenen, die erst in München dazugestoßen sind, konnte der Erreger nicht nachgewiesen werden. Die ansteckende Phase der Infizierten, die bei Grippeviren üblicherweise zwischen einem und vier Tagen liegt, war in München bereits vorbei. Was allen voran die beherzte Mrs. Roberts beruhigen dürfte«, sagte er und grinste Jessica an. Jessica spürte ihre Lippen zittern. Sie wusste nicht, ob aus Wut, Erleichterung oder weil Richard Allen so umfangreich informiert war und sie vor der Präsidentin lobte. Sein Grinsen verwandelte sich in ein freundliches

Lächeln, als er sagte: »Diese Maske können Sie längst abnehmen, hat Ihnen das keiner gesagt?« Während Jessicas Gefühle Achterbahn fuhren, zog sie die Maske vom Gesicht.

»Ah, nein, so ein Gesicht sollte man wirklich nicht verhüllen!«, strahlte Allen sie an, bevor er sich wieder an die Übrigen wandte. »Kommen wir zu meiner zweiten Arbeitsthese: Ich postuliere, dass es sich bei diesem Virus nicht nur um einen GMO zum konventionellen Masseneinsatz handelt, sondern um ein maßgeschneidertes Modell, das exakt den Außenminister treffen sollte. Dementsprechend müssen wir uns vorerst wenig Sorgen um die Allgemeinheit machen.«

»Eine personalisierte Biowaffe?«, fragte die Präsidentin. »Ist so etwas schon machbar?«

»Theoretisch ja«, erwiderte Allen. »Praktisch auch. Allerdings noch nicht in der unglaublichen Komplexität, die dieser Organismus aufweist. Wenn Sie bedenken, was er alles können musste: seinen Weg bis zum Opfer finden, die anderen Überträger infizieren, aber nicht erkranken lassen, sein Opfer identifizieren, ermorden und als Draufgabe auch noch sein Brandzeichen hinterlassen.«

»Vielleicht wurde er auch durch jemanden in seinem Umfeld direkt infiziert«, wandte ein junger Mann aus der zweiten Reihe ein. »In einem Getränk verabreicht oder so.«

Alle sahen ihn verdutzt an.

»Die Möglichkeit muss man in Betracht ziehen«, meinte Richard Allen.

»Sie schließen Zufall also aus?«, fragte der Verteidigungsminister.

Jessica hörte nur mit halbem Ohr zu. Sie bemühte sich immer noch, ihre Gefühle unter Kontrolle zu bekommen.

»Weitestgehend«, antwortete Richard Allen. »Dieses Ding ist ein *Game Changer*.«

»Wer ist Ihrer Ansicht nach in der Lage, so einen Organismus herzustellen?«, fragte die Präsidentin.

»Ich kenne niemanden«, antwortete Richard Allen. »Nicht einmal annäherungsweise.«

»Aber er wird ja nicht vom Himmel gefallen sein«, meinte die Präsidentin ungeduldig.

»Hoffentlich«, sagte Richard Allen. Mit einem Kopfnicken wies er auf den Verteidigungsminister. »Ich habe allerdings keine Ahnung, was in diversen Militärlaboren so gebastelt wird.«

»Ich schätze, von diesem Ding hier können wir noch einiges lernen«, bemerkte der Minister. »Wir haben es nicht zufällig mit einem SARS- oder MERS-Virus zu tun, die ihre Ursprünge in Asien beziehungsweise dem arabischen Raum haben?«

»Sie spielen auf möglichen Terrorismus an, der in diesen Weltgegenden seinen Ausgang nimmt…«

»Sie meinen«, fuhr der Minister für Homeland Security dazwischen, »es könnte sich um islamistische Terroristen handeln? Oder gar einen Angriff aus Nordkorea? Wir müssen sofort…«

»Nichts müssen wir!«, unterbrach Richard Allen ihn unwirsch. »Selbst wenn es SARS oder MERS wären, würde das gar nichts bedeuten! Exemplare dieser Viren kann man zur Not auf der ganzen Welt aus diversen Laboren besorgen.«

»Aber am einfachsten wäre es vor Ort?«, beharrte Homeland Security.

»Ja. Aber es handelt sich weder um SARS noch um MERS! Das können wir bereits ausschließen. Die Detailanalyse wird noch eine Zeit lang dauern«, sagte Richard Allen. »Dann wissen wir besser, womit wir es zu tun haben.«

»Bis dahin ermitteln wir natürlich mit allen uns zur Verfügung stehenden Mitteln«, brachte sich Sicherheitsberater Waters ein. »Momentan am wichtigsten ist die Rückverfolgung des Übertragungsweges.«

»Ich bin sicher, im Außenministerium werden wir eine Menge Infizierter finden«, sagte Richard Allen. »Der oder die Angreifer mussten das Virus möglichst breit in der Umgebung des Ministers streuen, damit dieses ihn mit hoher Wahrscheinlichkeit erreichte. Wer so etwas zustande bringt, ist allerdings auch zu ganz anderen Dingen in der Lage, dessen müssen wir uns bewusst sein.«

»Sie meinen, so etwas könnte jeden von uns treffen?«, rief der Innenminister. »Ein ähnliches Virus könnte schon zu mir unterwegs sein? Oder zur Präsidentin? Ohne dass man es sieht? Riecht? Spürt? *Irgendwie* merkt?«

Ein unheimlicher Gedanke, fand auch Jessica.

»Na, wenn Sie alle umbringen wollten, gäbe es einfachere Wege«, sagte Richard Allen ironisch.

»Wenn ich mir die Bemerkung erlauben darf«, warf Jessica ein, um eine feste Stimme bemüht, »diese Frage stelle ich mir schon die ganze Zeit: Warum verübt man einen derart komplexen Anschlag? Ich denke, jemand will uns ein Zeichen geben. Oder genauer, jemand demonstriert uns seine überlegene Macht. Was ist ihr oder sein Ziel? Ist es womöglich der Auftakt zu mehr? Deshalb halte ich es für unsere dringendste Aufgabe, Motive und Ziele der Täter zu identifizieren. Wer sind sie? Terroristen? Die Kriegserklärung einer feindlichen Nation? Und was wollen sie?«

»Diese Ermittlungen und die daraus resultierenden Erkenntnisse müssen absolut geheim bleiben«, erklärte die Präsidentin und wandte sich an den Sicherheitchef Al Waters. »Es handelt sich hier definitiv um einen Fall höchster nationaler Sicherheit. Ich möchte, dass sich eine eigene Taskforce darum kümmert, die jemand aus Ihrem Mitarbeiterteam leitet.«

Die Präsidentin wollte offensichtlich unmittelbaren Zugriff auf die Taskforce, und den versprach sie sich eher bei einer Stabsstelle wie dem Sicherheitsberater als bei einem der gern eigenwillig agierenden Dienste wie dem FBI, einem der Geheimdienste oder dem Ministerium für Homeland Security. Entsprechend versteinert blieben die Mienen diverser übergangener Minister.

»In Ordnung, Mrs. President«, sagte Al Waters. »Wir übernehmen das.«

17

»Jess, auf ein Wort«, sagte Al Waters zu ihr, als sie den Besprechungsraum verließen. »Erzähl mir noch ein wenig aus München«, bat er sie auf dem Weg in sein Büro, das direkt oberhalb des Situation Rooms im Westflügel des Weißen Hauses lag.

Es war drei Uhr morgens, Jessica war müde und wollte gern nach Hause. Der weiche Sessel, in den sie sich sinken ließ, lud zum Wegdämmern ein.

»Was willst du denn noch über München wissen?«, fragte sie Al, der sich ihr gegenüber niedergelassen hatte und trotz der Uhrzeit frisch wirkte.

»Nichts«, sagte er. »Ich möchte, dass du die Leitung dieser Taskforce übernimmst. Deshalb habe ich dich hergebeten.«

Jetzt war Jessica wieder wach. Seit drei Jahren arbeitete sie im Weißen Haus. Nach seiner Berufung zum Nationalen Sicherheitsberater hatte ihr ehemaliger Doktorvater an der School of Foreign Service der Georgetown University in Washington sie in sein Team geholt. Da hatte Jessica bereits drei Jahre für den US-Vertreter bei den Vereinten Nationen gearbeitet, bevor sie zu einer NGO gewechselt war, die sich in Entwicklungsländern um Friedens- und Sicherheitsprojekte kümmerte. Als sich die Kinder ankündigten, gab sie den nicht ungefährlichen Job zugunsten einer Assistenzlehrstelle für internationale Sicherheitspolitik in Georgetown auf. Sehr bald hatte sie sich in diesem Leben gelangweilt, auch wenn sie deshalb manchmal ein schlechtes Gewissen ihren Kindern gegenüber hatte. Mochten manche sie deshalb eine schlechte Mutter schelten, aber sie hatte sich keinen Doktortitel an einer der renommiertesten Hochschulen des Landes erschuftet, um jahrelang nichts als Windeln zu wechseln und in einem Halbtagsjob allzeit bereit für die Brutpflege herumzusitzen. Als ihr Al Waters den Posten angeboten hatte, hatte sie zugegriffen, obwohl er wieder ihre ganze Energie fordern würde. Colin musste sich bereit erklären, in seinem Job bei einem Beratungsunternehmen kürzerzutreten, damit er mehr Zeit für die Kinder aufbringen konnte.

Bislang waren ihre Aufgaben Analyse, Einschätzung, Beratung gewesen, sie hatte kleinere Teams zu bestimmten Themen geleitet.

»Aber das ist vermutlich eine der wichtigsten Aufgaben der letzten Jahre«, sagte sie zu Al. »Dafür hast du erfahrenere Kollegen als mich in unserem Team.«

»Deshalb will ich dich«, erwiderte Al. »Professor Allen hat es schon gesagt: Dieses Virus ist ein *Game Changer*, es läutet ein neues Zeitalter ein. Da brauche ich keinen, der seit Jahrzehnten in der Washingtoner Suppe kocht. In dieser Geschichte müssen wir alles neu denken. Du bist die jüngste Seniorberaterin hier und hast einen bunten Hintergrund. Deshalb traue ich dir das am ehesten zu.«

Jessica wusste, dass sie sich auf einen Schleudersitz begeben würde. Eine Frau unter mehrheitlich Männern, relativ jung und vergleichsweise unerfahren noch dazu.

»Die Taskforce«, fragte sie, »stellt wer zusammen?«

»Fordere jeweils einen Vertreter der Dienste und Ministerien an. Nur jener, die du wirklich brauchst. Homeland Security, FBI, CIA, … Halte das Team möglichst klein. Falls irgendwer unnötige Begehrlichkeiten zeigt, lass dich nicht nerven. Bei Bedarf komm zu mir«, versicherte er ihr seine Rückendeckung.

»Was ist mit externen Experten? Richard Allen?«

»Wenn du meinst. Wenn er bereit dazu ist. Sicherheitsclearing hat er.«

»Sonst hätte er vorher nicht da unten gesessen.«

»Das hier ist der Beginn von etwas ganz Großem. Aber nichts Gutem. Wie Professor Allen schon bemerkte: Wir stecken in einer Riesenscheiße!«

Gleich auf dem Flur textete Jessica eine Nachricht an Colin. Er würde sie erst beim Aufstehen lesen und sich nicht darüber freuen.

Neue Aufgabe. Schaffe es noch nicht nach Hause. Vielleicht bis zum Frühstück. Aber rechnet nicht mit mir. Konkretes persönlich. Kuss.

Die anstehenden Termine hatten in Jessica wieder das Bedürfnis nach einer Dusche geweckt. Doch dafür blieb ihr keine Zeit. Von ihrem Büro aus rief sie als Erstes Richard Allen an, bevor er zu weit weg war. Externe Verbündete waren immer gut. Die Mitarbeiter der Dienste würde sie als Nächstes anfordern.

Er hob sofort ab, sie stellte sich vor.

»Die geheimnisvolle Frau mit der Maske«, sagte er, und sie hörte ihn lächeln.

»Ich werde die Taskforce leiten«, eröffnete sie direkt. »Und ich hätte Sie gern dabei.«

»Das besprechen wir am besten bei einem Kaffee«, sagte er. »Ich könnte einen brauchen um diese Zeit.«

In der folgenden halben Stunde forderte Jessica aus den wichtigsten Diensten und Ministerien Vertreter für die Taskforce an. Insgesamt kam sie auf sieben Personen. Sie bestellte sie für acht Uhr zu einem ersten Briefing in den Situation Room.

Nachdem sie ihr Make-up und den Lippenstift aufgefrischt

hatte, stieg sie hinunter in die nüchterne Minikantine des Situation Rooms, in die sie Richard Allen bestellt hatte.

»Charmanter Platz für ein Date«, empfing er sie. Er hatte sich bereits einen dampfenden Becher Kaffee aus dem Automaten gezogen.

»Hauptsache, ein charmantes Date, finde ich«, konterte Jessica.

»Touché!«

Trotz des fahlen Lichts, der unmöglichen Uhrzeit und seiner Bartstoppeln wirkte er frisch.

»Wir können diese Sache schlecht in einem Diner besprechen«, meinte sie.

»Was darf ich Ihnen servieren?«, fragte er, den Finger an der Maschine.

»Doppelten Espresso, bitte.«

»Sie leiten also die Taskforce«, stellte er fest, während das Gerät arbeitete. »Und ich soll mit von der Partie sein.«

»Sie nannten das Virus einen *Game Changer*«, sagte Jessica. »Und Sie wollen bei diesem Spiel dabei sein.«

Er nahm einen Schluck, ohne sie dabei aus den Augen zu lassen. Von seinen Augenwinkeln fächerten sich markante Lachfalten über die Wangenränder.

»Bin ich so leicht durchschaubar?«, fragte er schmunzelnd, während er seinen Becher absetzte.

Sie reichte ihm die Hand. »Willkommen im Team! Jessica.«

Er nahm sie, ein angenehmer, warmer Druck. »Rich.«

Er reichte ihr den Becher. Sie setzten sich an einen der kleinen Tische.

»Okay, Rich, erzähl mir ein bisschen mehr.«

»Ich bin dreiundvierzig, geschieden, habe zwei halb erwachsene Kinder, die bei meiner Ex leben und die ich viel zu selten sehe, jogge und rase gern mit meinem Rennrad …«

»Über das Virus«, unterbrach ihn Jessica.

»Ah, ja«, entgegnete er, schelmisch grinsend.

»Und ein kurzes Update zu Gentechnologie bräuchte ich auch.«

»Okay. Wo fange ich an?«

»Wie kann man dieses Virus herstellen? Du sagtest, so etwas Komplexes sei noch nicht möglich.«

»Jein. Seit 2012 revolutioniert eine neue Entdeckung die Gentechnologie ...«

»CRISPR/Cas 9.«

»Exakt. *Clustered Regularly Interspaced Short Palindromic Repeats*. Cas9 sind bestimmte Proteine. Seit der ersten Veröffentlichung 2012 wurden weltweit bereits Tausende Experimente damit durchgeführt.«

»Womöglich auch für Biowaffen«, warf Jessica ein.

»Davon kannst du ausgehen.«

»Soviel ich weiß, kann man dank CRISPR/Cas9 präzise gentechnische Veränderungen an jeder Stelle der DNA durchführen. Als würde man ein Band mit einer Schere durchschneiden, genau dort, wo man es will.«

»So kann man das beschreiben ...«

»Und mindestens genauso spannend: Die Methode hinterlässt keine Spuren im manipulierten Organismus.«

»Was die Diskussion um genmanipulierte Lebensmittel in Zukunft interessant machen wird ...«, sagte Rich.

»... oder unmöglich, wenn man gentechnisch veränderte Organismen nicht mehr erkennt. Wer Genfood züchten will, tut das einfach, weil es ihm ohnehin keiner nachweisen kann.«

»Vereinfacht gesagt: Ja«, bestätigte Rich. »Ist aber eher eine europäische Diskussion. Der Europäische Gerichtshof unterwarf im Juli 2018 mit CRISPR/Cas 9 geschaffene Pflanzen den EU-Richtlinien für gentechnisch veränderte Organismen. Obwohl auch dort viele Fachleute und Politiker meinen, dass es keine Gentechnik ist, wenn ich zum Beispiel aus einer Apfelsorte ein Gen für eine bestimmte Schädlingsresistenz in eine andere Apfelsorte einsetze, die diese Resistenz nicht aufweist. Sind ja beides Äpfel, und das Ergebnis könnte ich mit Zucht womöglich auch erreichen, wenngleich umständlicher, teurer und ungenauer.«

»Aber wenn das Gen aus einer anderen Art stammt, zum Beispiel aus einem natürlichen Gegner des Schädlings, einem Tier?«

»Ja, da kommt einiges auf uns zu, das wir klären müssen.«

Er leerte seinen Becher, lächelte sie an: »Auf jeden Fall hast du schon mehr Ahnung davon als die meisten. Respekt.«

Jessica überging die Schmeichelei.

»Die Technologie ist also vorhanden. Warum dann das Jein?«

»Das Wissen über die Eigenschaften der notwendigen Gene«, sagte Rich. »Sehr viel findet man heute natürlich schon in Datenbanken. Da müssen wir die Feinanalysen abwarten. Welcher Grippestamm ist es genau? Was wurde eingefügt? Vielleicht findet sich daraus eine Spur, etwa über spezifische Datenbankabfragen, die man zurückverfolgen kann.«

Jessica notierte sich die Anregung geistig, um sie im Briefinggespräch zu erwähnen.

»Was mich bei der Sache neben dem Motiv am meisten beschäftigt ...«, sagte sie. »Wer so ein Virus bauen kann, kann auch andere Dinge, meintest du. Könnten da draußen unentdeckt schon andere fortschrittliche GMOs unterwegs sein? War der Minister womöglich nicht das erste Opfer?«

»Durchaus möglich. Wird natürlich schwierig herauszufinden, solange sie nicht so eindeutige Spuren hinterlassen wie eine Totenkopfzeichnung.«

»Ein Piratensymbol«, überlegte Jessica.

»Zuallererst ein Todessymbol.«

18

Die halbe Nacht lang hatte Hannah zu Hause gewartet, gebangt, überlegt, während Jim und seine Leute Bostons finsterste Ecken nach Jill durchsuchten. Vergeblich. Trotzdem waren sie und Jim hellwach, als sie sich auf den Weg zur Bank machten.

Die Filiale des Boston Credit Institute lag im Zentrum, nahe dem Hafen. Um sieben Uhr morgens hatte sie noch nicht geöffnet. Hannah und Jim betraten das Gebäude durch die Glasdrehtür. Die Gruppe erwartete sie: der Filialleiter, einer seiner Mitarbeiter, Officer Gardner, ein Officer aus einer Abteilung für Finanzsachen beim Boston Police Department und ein junger Mann von der Staatsanwaltschaft. Alle hatten Schatten unter den Augen. Wahrscheinlich hatten sie die Nacht durchgearbeitet.

Der Filialleiter brachte sie in ein Besprechungszimmer, auf dessen Tisch mehrere Papierstapel warteten. Er ließ seine Rechte auf den dicksten davon fallen.

»June Pue war ziemlich aktiv«, sagte er.

Er breitete einige der Blätter vor ihnen aus. Hannah scannte sie. Kontoauszüge. Dutzende Transaktionen. Zum Teil siebenstellige Summen. Und das war nicht mal alles.

»June Pue ist ein obdachloser Junkie«, erklärte Officer Gardner trocken, ein Blatt betrachtend. »Keine Millionärin.« Blick zu Hannah. »Oder Millionärstochter wie Jill.«

»Wir haben allen Vorschriften genügt«, versicherte der Filialleiter.

»Davon bin ich überzeugt«, sagte der Finanzpolizist. »Wie oft war die Dame denn in der Filiale?«

»Ein Mal«, sprang der Mitarbeiter des Filialleiters ein. »Bei der Kontoeröffnung. Alles andere erledigte sie online.«

»Womit hat sie sich identifiziert?«

Der Filialleiter legte Papiere aus einem anderen Stapel vor. Kopien eines Führerscheins, einer Telefon- und einer Stromrechnung. Gardner studierte sie kurz.

»Das ist Henry Balsams damalige Adresse«, stellte sie fest.

»Vielleicht hat Ihr Mädchen die Rechnungen gefälscht«, wandte Gardner ein. »Ist ja kein Kunststück.«

»Ich sehe das heute zum ersten Mal«, sagte Hannah. Innerlich fluchte sie und fragte sich, wann und wie Jill all das unbemerkt angestellt hatte.

»Du liebe Güte«, murmelte der junge Staatsanwalt, der wahllos einige Papiere aus dem dicken Stapel gezogen hatte. »Da kommen ja Millionen zusammen!«

Der Finanzpolizist griff sich auch ein paar. Studierte sie, legte eines nach dem anderen ab.

»Überweisungen auf andere Konten«, sagte er, ohne aufzusehen. »Die Bankkennzahl da kenne ich. Offshore, Caymans.«

»Von einem obdachlosen Junkie?«, fragte Gardner.

»Sieht nach einer klassischen Geldwäschermethode aus«, antwortete der Finanzer. »Such dir einen Obdachlosen, der nicht zu sehr wie einer aussieht und einen Ausweis hat. Versprich ihm ein wenig Geld. Schicke ihn mit gefälschten Telefon- oder Stromrechnungen auf seinen Namen als Identifikation zu einer Bank. Dort lass ihn ein Konto auf seinen Namen eröffnen. Über den Postweg läuft dann die restliche Kommunikation. Ist ja nicht viel. Das meiste geht heute elektronisch. Physisch muss man bloß eine Konto- oder Kreditkarte irgendwo hinschicken können.«

»Und wenn Ihnen dieser Balsam ein Märchen erzählt hat?«, meinte der Staatsanwalt.

»Warum sollte er das?«

»Weil er selbst die Obdachlose losgeschickt hat.«

»Falls er ein krummes Ding gedreht hat, wäre er nicht von sich aus zur Polizei gekommen«, sagte Hannah.

»Oder er hält sich für besonders schlau«, meinte Gardner. »Sonst hätte Ihr Mädchen das Ding gedreht«, sagte der Staatsanwalt. »Was immer für ein Ding das ist.«

Ersteres befürchtete Hannah, konnte ihnen die Gründe dafür aber nicht nennen. Zweiteres wüsste sie selbst gern.

»Die Überprüfung wird uns eine Zeit beschäftigen«, erklärte der Finanzer mit Blick auf die Papiere.

»Die haben wir aber nicht«, sagte Hannah. »Wir brauchen schnelle Ergebnisse.« Mit einem Blick in die Runde bemerkte sie: »Jill wollte das Konto für bestimmte Zwecke. Die wird sie als Erstes umgesetzt haben, sobald sie das Konto hatte. Welches sind ihre ersten Aktivitäten?«

Der Assistent des Filialleiters legte einige Blätter aus den Unterlagen aneinander. Gemeinsam stellten sie sich davor und lasen. Die Daten zeigten die ersten Kontobewegungen nach der Eröffnung.

»Sie holte sich eine Kreditkarte«, sagte der Filialleiter, einen Finger auf der entsprechenden Kontozeile.

»Sie legte sich Konten bei einem Onlinebroker zu«, erklärte sein Assistent und wies auf die Belege.

»Sie zahlte an eine Firma namens Servzon«, sagte der Finanzer.

»Kenne ich nicht«, erwiderte der Filialleiter.

Jim checkte schon auf seinem Handy in der Suchmaschine.

»Ein Anbieter von virtuellen Speicherplätzen und Servern«, erklärte er. »Mietserver. Wozu braucht sie Serverplatz?«

»Auf die brauchen wir Zugriff!«, forderte Hannah.

»Können wir öffnen lassen«, sagte der Staatsanwalt.

»Wie schnell?«

»Kommt darauf an, wie kooperativ die sind. Aber wenn es um einen verschwundenen Teenager und womöglich Drogen geht…«

»Um Drogen geht es nicht«, versicherte Hannah.

»Wie alt ist das Mädchen?«, fragte der Staatsanwalt.

»Fünfzehn«, antwortete Hannah.

»Und studiert schon am MIT«, sagte der Finanzer. »Clever ist sie also.«

»Das nehmen wir alles mit«, erklärte der Staatsanwalt. »Auch als elektronische Dateien, bitte.«

»Selbstverständlich«, erklärte der Filialleiter. »Mein Mitarbeiter kümmert sich darum.«

Beim Hinausgehen nahm Hannah den Filialleiter zur Seite und blieb mit ihm und Jim ein paar Schritte hinter den anderen.

»Können wir von den Unterlagen bitte eine Kopie bekommen? Wie es aussieht, ist meine Tochter auf irgendeine Weise darin verwickelt. Womöglich ist sie sogar die Verantwortliche.«

»Offiziell handelt es sich um June Pues Konto«, gab der Filialleiter zu bedenken.

Hannah legte ein Flehen in ihre Stimme: »Wir brauchen dringend eine Spur zu ihr! Sie ist jetzt seit fast einem Tag verschwunden. Nachdem ich das gesehen habe, fürchte ich noch mehr, dass sie in Schwierigkeiten steckt. Sie ist doch erst fünfzehn!«

Der Filialleiter musterte sie mit zusammengezogenen Augenbrauen. Hannah seufzte theatralisch.

»Okay«, murmelte der Filialleiter.

19

Die Gemüseplantagen erstreckten sich, so weit Jegor blicken konnte. Tomaten, Zucchini, Auberginen, Okra, Salate, Bohnen... üppige grüne Gewächse in fetter, feuchter Erde. Auf den Quadratmeter genau analysiert, gesät und gezogen, auf Basis von riesigen digitalen Datenmassen, die sie über die Jahre gesammelt und mit gekauften kombiniert hatten, von Bodenbeschaffenheit und -mikroorganismen bis hin zu Klima- und Wettervorhersagen, die sekundengenau abgerufen und verarbeitet wurden. Auf dem Tabletcomputer in seiner Hand konnte Jegor praktisch zu jedem Korn in der Erde, jeder Pflanze vor sich Dutzende Kurven, Grafiken, Diagramme und Tabellen abrufen. Was er höchstens zum Spaß oder zu Demonstrationszwecken bei Besuchen der Oberaraber tat. Die eigentliche Arbeit verrichteten im Hintergrund automatisch intelligente Steuerungsprogramme.

Ganz anders als auf den armseligen Feldern der Kleinbauern in der weiteren Umgebung und den meisten Teilen des Landes. Seinem Arbeitgeber standen natürlich andere Mittel zur Verfügung. Vor gut zehn Jahren hatte der Saudi in Tansania Land in der Größe kleiner europäischer Fürstentümer gekauft. Damit war er längst nicht der Einzige. Die Investitionen, von manchen Nichtregierungsorganisationen und um Bestechungsgelder umgefallenen Oppositionspolitikern gern als »Land Grabbing« bezeichnet, waren mit dem Wandel der weltpolitischen Ordnung zu Beginn des einundzwanzigsten Jahrhunderts geradezu explodiert.

Halbstaatliche oder private Akteure aus China, Indien, von der Arabischen Halbinsel, aus Südkorea, den Vereinigten Staaten, Großbritannien, Deutschland und anderen entwickelten Staaten hatten vorzugsweise das bitterarme Subsaharaafrika als Korn-, Gemüse- und Obstkammer für die Bedürfnisse ihrer eigenen Nationen entdeckt. Im großen Stil pachteten oder kauften sie ganze Landstriche, um dort mit modernsten Methoden die Versorgung ihrer Bevölkerung oder Konzerne sicherzustellen. Immer wieder gab es Vorwürfe, dass dafür angestammte Bewohner der Gebiete entschädigungslos von ihrem Land vertrieben wurden, während sich korrupte Beamte und Politiker Millionen auf Konten in der Schweiz oder Singapur schaufeln ließen. Jegor wusste nicht, was davon zutraf, und es lag auch nicht in seinem Zuständigkeitsbereich. Er war für das Gedeihen der Pflanzen verantwortlich. Und das brachten sie nun einmal hundert Mal besser zustande als die Einheimischen. Entgegen dem von einigen Hilfsorganisationen gern verbreiteten Bild von im Einklang mit der Natur lebenden Menschen zerstörten diese im Allgemeinen die Natur auf brutale Weise und damit auch ihre eigenen Lebensgrundlagen. Achtzig Prozent der tansanischen Bevölkerung lebten als Kleinbauern von Subsistenzlandwirtschaft. Sie warf kaum ab, was diese Menschen zum Leben brauchten. Doch anstatt ihren Boden wenigstens nachhaltig zu bestellen, überforderten sie ihn durch zu häufigen Anbau ungeeigneter Produkte, schlechte Fruchtfolge, falsche Bewässerung und Düngung. Dürren, Fluten und Schädlinge taten das Übrige. Oft waren die kleinen Felder schon nach wenigen Jahren unfruchtbar und benötigten danach Jahrzehnte, um sich zu regenerieren. Wenn sich dann überhaupt noch jemand darum kümmerte. Statt daraus zu lernen, zogen sie weiter und verbrannten das nächste Stück Wald, um es binnen weniger Jahre in eine weitere Brache zu verwandeln. ArabAgric, der Konzern, für den Jegor arbeitete, hatte vielen von ihnen einen Job gegeben, der ihnen ein Mehrfaches ihres früheren Einkommens einbrachte. Zudem förderte er mit zahlreichen Projekten die Bevölkerung der Umgebung, finanzierte Krankenhäuser, Schulen und andere Ausbildungsstätten. Mochten die Aktivisten es Ausbeutung nennen, Jegor sah, dass die Arbeiter auf seinen Feldern glücklicher, wohlhabender und gesünder waren als die Kleinbauern draußen, ihre Kinder die Schule und manche sogar die Universität besuchten. Die Jobs auf ihren Plantagen waren heiß begehrt. Zugegeben, es gab auch andere Projekte, bei denen die Bauern etwa mithilfe nationaler und internationaler Organisationen lernten, wie sie ihr Land ertragreicher und nachhaltiger bestellten. Manche konnten damit inzwischen sogar den wachsenden Hunger der westlichen Welt nach Biolebensmitteln befriedigen. Und damit gelegentlich sogar ihren eigenen.

Aber so war der Lauf der Welt. Er selbst hatte nach dem Studium in seiner Heimat Weißrussland keine Perspektiven gesehen und sie verlassen. So strömten die Menschenzüge über die Welt. Während sich die einen in der Hoffnung auf eine bessere Zukunft durch die Wüste und über das Meer nach Europa kämpften, wanderten die anderen von dort auf jenen Kontinent, dem man in den kommenden Jahrzehnten einen gigantischen Wachstumsboom prophezeite. Und Jegor hatte bereits seinen Anteil daran. Selbst im Westen war Landwirtschaft für viele Menschen noch immer mit dem Bild des romantischen Bauernhofs aus dem Werbespot verbunden, dabei war sie heute im Optimalfall eine der fortschrittlichsten Industrien überhaupt, durchdigitalisiert und -automatisiert. Erfolgreich hatte er in den vergangenen Jahren zusammen mit großen westlichen Konzernen neue dürre- und schädlingsresistente sowie ertragreichere Sorten gezüchtet, erprobt und in die Massenproduktion überführt. Die Arbeit daran musste man sich inzwischen wie jene beim Entwurf eines neuen Automodells oder einer Software vorstellen.

Der Großteil fand am Computer und in Laboren statt. Moderne Technik wie Big Data hatte das Plantagenmanagement revolutioniert. Sie konnten das Wetter nun wesentlich besser voraussagen und damit die notwendige Bewässerung effizienter gestalten, die mögliche Verbreitung von Schädlingen genau berechnen und entsprechend verhindern, unterschiedliche Bodenqualitäten auf den Quadratmeter genau bestimmen und so seine Bedürfnisse für eine optimale Nutzung bedienen.

Viele Menschen empfanden diese Form der Landwirtschaft als Vergewaltigung der Natur. Andere argumentierten, dass herkömmliche Methoden die wachsende Weltbevölkerung nicht würden ernähren können. Jegor hatte keine Meinung dazu. Die Saudis zahlten gut. Ihn und seine Mitarbeiter. Mit einem von ihnen besprach er am Rand eines großen Tomatenfelds gerade die kommenden Tage, als ihn ein Anruf aus dem Labor erreichte.

»Wegen dieser Maisproben, die du uns gebracht hast«, sagte sein Kollege. »Wir haben Besuch. Kannst du rüberkommen?«

»Wenn es dringend ist?«

»Ist es.«

»Okay. Ich bin draußen auf M438. Dauert ein paar Minuten.«

Bequem im Wagen sitzend, ohne auch nur die Karte hervornesteln und gegen irgendeine Maschine halten zu müssen, passierte Jegor dank der automatischen Identifikationssysteme die geöffneten Schranken zu dem Verwaltungstrakt. Er fuhr vorbei an den zweigeschossigen Bürogebäuden, an deren Fassade der Schriftzug »ArabAgric« prangte, ließ die eingeschossige Qualitätskontrolle rechts liegen und parkte vor den weitläufigen Gebäuden, Glashäusern, Test- und Zuchtplantagen der Forschungs- und Entwicklungsabteilung. In der Hitze des Parkplatzasphalts standen überwiegend echte Gelände- oder Kleinwagen. Über ihren Karosserien flirrte die Luft.

Jegor spazierte an den Laboren vorbei, in denen Wissenschaftler aus siebzehn Ländern an besserem Saatgut, wirksameren Mikroorganismen für die Böden und anderen Methoden forschten, um die Ernte noch ertragreicher zu gestalten. Sein Ziel war Labor Sieben und dort Stavros Patras.

Der mächtige Grieche begrüßte ihn mit einem Lachen und einem Handschlag. Sein stattlicher Bauch passte kaum unter den weißen Labormantel.

»Alter Russe, was hast du uns da wieder angeschleppt? Dafür reisen schon extra Gäste an.«

Wie Jegor war er vor Jahren vor der Krise in seinem Heimatland in vielversprechendere Gefilde geflüchtet. Umgeben war er von einer Tischlandschaft voll Reagenzgläser, Petrischalen und anderen glänzenden oder glasigen Laborgeräten. In manchen keimten hellgrüne Blättchen, in anderen warteten Nährlösungen oder undefinierbare Flüssigkeiten. Auf einem Tisch lagen Teile von Maiskolben, -blättern und -stängeln neben einem Laptop.

Begutachtet wurden sie von vier Männern, die Jegor noch nie gesehen hatte.

»Das sind Kollegen von unserem Forschungs- und Entwicklungpartner Santira«, stellte Stavros sie vor. »Sie interessieren sich für deinen Mais.«

Drei der Männer widmeten sich mehreren großen Koffern in einer Ecke des Raums. Einer reichte Jegor die Hand.

»Gordon Hemsworth. Haben Sie auch Proben von Vorjahrespflanzen?«, fragte er ohne große Einleitung.

»Nein«, antwortete Jegor. Daran hatte er nicht gedacht. Warum auch?

»Okay«, sagte Gordon. »Dann müssen wir welche auftreiben.

Würden Sie uns dabei helfen? Mit Ihrem Arbeitgeber ist schon alles geklärt. Sie bekommen die dafür notwendige Zeit.«

Jegor zuckte mit den Schultern. »Klar.«

»Bestens! Ich freue mich auf die Zusammenarbeit«, rief Gordon und schüttelte noch einmal überschwänglich Jegors Hand. Dann wandte er sich an Stavros. »Wie weit ist die Sequenzierung?«

»Läuft noch«, erwiderte der Grieche.

»Sollten wir beschleunigen«, sagte Gordon und trat zu seinen Kollegen, die inzwischen begonnen hatten, auf einem leeren Tisch Geräte aus den Koffern aufzubauen.

»Wow«, entfuhr es Stavros. »Third-Generation-Sequenzing-Maschinen.«

»Das Neueste vom Neuen«, erklärte Gordon selbstbewusst.

»Wir sind hier auch nicht schlecht ausgestattet«, meinte Stavros, »aber das …«

»Was ist das?«, fragte Jegor ihn leise, während Gordon seinen Kollegen Anweisungen gab.

»State-of-the-Art-Sequenzierungsgeräte. Die sogenannte Sequenzierung ermöglicht die Bestimmung der Nukleotid-Reihenfolge in einem DNA-Molekül. Erinnere dich an das Human-Genome-Projekt in den Neunzigerjahren des letzten Jahrtausends. Mit den damals verwendeten Methoden dauerte es noch Jahre. Inzwischen entwickelte Methoden ermöglichen eine wesentlich schnellere und billigere Entschlüsselung. Deshalb spricht man von Third-Generation-Sequenzing. Das machte Firmen erst möglich, die inzwischen industrialisiert für hundert Dollar aufwärts dein Erbgut analysieren.« Er zeigte auf Gordons Team. »Diese Typen hier stellen gerade Equipment im Wert von einigen Millionen Dollar, das sie extra eingeflogen haben, auf meinem Tisch auf. Dein Mais muss sie wirklich sehr interessieren.«

20

Dieses Mal saß Jessica am Kopf des Tisches in einem der Besprechungszimmer des Situation Rooms. Mit ihr Vertreter von Homeland Security, des Innenministeriums, von FBI, CIA, NSA, CDC. Und Rich. In der zweiten Reihe die Adlaten ihrer Vorgesetzten am Tisch. Deutlich mehr Männer als Frauen, da wie dort.

»Wir haben eine gewaltige Aufgabe vor uns«, erklärte Jessica der Runde. »Wir müssen so schnell wie möglich die Urheber des Erregers finden. Dazu verfolgen wir vorerst vier Ansätze:

Einerseits müssen wir herausfinden, wie der Erreger seinen Weg zu Jack Dunbraith fand. Die Infektion fand mutmaßlich vor sechs bis acht Tagen noch in Washington statt, da litt er unter Symptomen eines grippalen Infekts. Mr. Allen, Rich, sagt, es handle sich um ein Virus, das nicht durch die Luft übertragbar ist, nur durch eine sogenannte Schmierinfektion. Das schränkt unsere Suchfelder zum Glück gewaltig ein. Jack Dunbraith muss den Überträger berührt haben. Oder einen Gegenstand, den dieser kurz davor anfasste.«

Jaylen Bland, der FBI-Verantwortliche, stöhnte auf: »Das lässt immer noch genug Möglichkeiten.« Er beugte sich über einen mehrseitigen Ausdruck. »Dunbraiths Agenda für diese Tage weist über siebzig Termine auf. Plus einige hundert Personen, die sich in denselben Räumlichkeiten aufhielten wie er, also Papiere, Türklinken, Tischplatten, Wasserflaschen und andere Gegenstände berührt haben könnten.«

»Politiker«, seufzte Rich, »haben ihre Finger überall.«

Jessica warf ihm einen ermahnenden Blick zu, bevor sie fortfuhr: »Das gesamte Umfeld des Verstorbenen muss auf den Erreger untersucht werden, damit wir seinen Ursprung finden. Die Wohnhäuser der Familie Dunbraith und das Büro des Ministers wurden abgesperrt. Die Münchner Delegation wurde bereits untersucht, inklusive mir. Insgesamt müssen wir diskret vorgehen. Die Medien werden auch so ausflippen. Darum kümmert sich die Pressestelle des Weißen Hauses in Koordination mit uns.

Der zweite Ansatz liegt in der Besonderheit des Erregers. Wenn er wirklich, wie wir annehmen, auf den Minister persönlich zugeschnitten war, brauchte der Biodesigner dafür ein Muster vom Erbgut des Ministers.«

»An das kommt er nicht so ohne Weiteres«, erklärte Tom Cantor, der Verantwortliche von Homeland Security. »Öffentlich ist das nicht bekannt, aber wir schützen schon seit einigen Jahren die Erbinformationen aller Regierungsmitglieder und anderer führender Politiker, soweit wir dazu in der Lage sind. Die Politiker sind gebrieft, sich möglichst vorsichtig zu verhalten. Kein Händeschütteln mit ungeprüften Personen, keine persönlichen Gegenstände, die sie berührt haben, ohne sorgfältigste Reinigung an Fremde geben, verschenken, in der Öffentlichkeit wegwerfen – ein benutztes Taschentuch etwa – und so weiter. Besonders schwierig ist das natürlich bei öffentlichen Auftritten und im persönlichen Umfeld, sagen wir bei Schulfreunden von Kindern und Ähnlichem.«

»Die Geliebte, wollten Sie sagen«, brummelte Rich grinsend dazwischen.

Tom ignorierte ihn. »Die Aufgabe der Bodyguards umfasst inzwischen auch diesen Bereich, etwa das Reinigen oder Sichern sämtlicher in dieser Hinsicht kritischer Gegenstände, wie benutzte Trinkgläser, angefasste Türklinken, abgekaute Knochen bei einem

Grillfest, um nur ein paar zu nennen. Das geht so weit, dass wir Onlineplattformen durchsuchen, ob dort Devotionalien und Fan-artikel verkauft werden, zum Beispiel ein Sporttrikot, das eine entsprechende Person während des College getragen hat und das etwa in Schweißresten verwertbare DNA tragen könnte. Wir kaufen sie über Strohmänner auf und ziehen sie so aus dem Verkehr. Aber natürlich können wir unmöglich alle erwischen.«

»Sie müssen nur die eine finden ...«, sagte Jessica.

»Die Nadel im Heuhaufen«, bemerkte Tom. »So groß wie die Welt.«

»Wir haben noch einen dritten Ansatz«, erklärte Jessica. Sie nickte Jaylen zu.

»Schon 2006 schuf das FBI ein Direktorat gegen Massenver-nichtungswaffen«, erklärte dieser. »Seitdem kümmert sich darin eine Einheit für Biologische Gegenmaßnahmen um die rasanten Entwicklungen auf dem Gebiet. Sie verfolgen die wissenschaft-lichen Fortschritte ebenso wie die wachsende Gemeinde der Bio-hacker. Ähnlich wie bei IT-Hackern erwartete das Büro auf die-sem Gebiet eine Entwicklung von White Hats, Grey Hats und Black Hats – also konstruktiven Hackern im Rahmen der Lega-lität, solchen, die Grenzen manchmal überschreiten, aber eher, um Schwächen zu offenbaren, und schließlich jenen, die krimi-nelle, terroristische oder kriegerische Ziele verfolgten. Zur Ge-meinschaft der legalen ›Garagengenetiker‹ hat das Büro über die Jahre eine tragfähige Verbindung aufgebaut, auch wenn nicht alle Mitglieder diese Kontakte begrüßten. Das FBI hat sogar eine jährliche Konferenz der Do-it-yourself-Biohacker etabliert und sponsert den iGEM-Wettbewerb des Massachusetts Institute of Technology. Doch ...«

»iGEM?«, fragte jemand aus der Runde.

»*International Genetically Engineered Machine Competition*«, erklärte Rich. »Ein internationaler Schüler- und Studentenwettbewerb des MIT, in dem die Teilnehmer aus sogenannten BioBricks, biologischen Standardbausteinen, neue biologische Systeme schaffen sollen. Gibt es seit 2003, inzwischen ein großes Ding mit Teams aus der ganzen Welt. Kids, tausend Mal cleverer als ihre Sponsoren«, endete er mit einem offensiven Grinsen gegenüber Tom.

Der ihn wieder ignorierte und stattdessen weiterredete:

»Unsere Kontakte beschränken sich jedoch auf die US-Szene. Westeuropa verursacht uns derzeit am wenigsten Kopfzerbrechen, da Labore und erst recht die DIY-Szene besonders strengen Gesetzen unterliegen. Weite Teile Osteuropas, Asiens, Afrikas und Lateinamerikas sind dagegen Blackboxes.«

»Danke«, übernahm Jessica wieder das Wort. »Derartige Kontakte werden wir natürlich nützen, um uns sehr sensibel nach etwaigen Gerüchten oder Informationen umzuhören.

Dieser Organismus ist hochkomplex«, fuhr sie fort. »Die Detailanalysen laufen noch, aber eines ist jetzt schon klar: Ein solches Virus kann nicht jeder x-beliebige Garagengenetiker zusammenbasteln. Aber auch in dieser Szene gibt es einige Player mit ausreichend moderner Ausrüstung sowie Know-how. Die ›Bestandteile‹ – wenn man es so nennen will – kann man – so wie viel anderes genetisches Zubehör – inzwischen relativ einfach bei den entsprechenden Produzenten bestellen, auch online. Das sind im Allgemeinen spezialisierte Auftragslabore. Obwohl sich viele freiwillig gewissen Beschränkungen unterwerfen, unterliegen sie kaum zwingenden Sicherheits- oder Liefervorschriften. Vielleicht finden wir auf diesem Marktplatz der Zutaten jemanden, der den Herstellern der Waffe sozusagen Teile der Munition geliefert hat. Außerdem benötigt man zur Konstruktion eines solchen Organismus Equipment, das man nur in professionellen Laboren findet oder irgendwo kaufen muss. Das heißt, für den Fall, dass der Erreger nicht in einem professionellen oder gar staatlichen Labor gebaut wurde, müssen sämtliche Secondhandbörsen nach entsprechenden Verkäufen in den letzten Jahren durchsucht werden. Unübersehbar viele Deals werden das nicht gewesen sein.«

»Viel Glück dabei«, murmelte Tom.

»Niemand hat gesagt, dass es einfach wird«, meinte Jessica, als ihr ein Gedanke durch den Kopf schoss. Sie wandte sich an Tom: »Sagten Sie vorher nicht etwas von Papieren, Türklinken und Wasserflaschen, die Dunbraith angefasst haben könnte, nachdem sie womöglich durch den Überträger berührt wurden?«

»Ja.«

»Wie wäre der Überträger infiziert worden? Beispielsweise durch Papier? Einen Brief? Rich, würde man wie bei einem Anthrax-Attentat weißes Pulver oder Ähnliches in dem Brief benötigen?«

»Nein«, erwiderte der Professor. »Man muss dem Mikroorganismus nur eine bequeme Reise verschaffen. Entweder er ist resistent genug, oder das Poststück bietet entsprechende Grundlagen, ist warm und feucht oder was immer der Mikroorganismus zum Überleben braucht.«

Jessica war mit den Sicherheitsmaßnahmen in den Postzentralen einigermaßen vertraut. Nach den Anthrax-Anschlägen 2001 waren neue Richtlinien für alle staatlichen Stellen ausgegeben worden. Verdächtige Pakete wurden besonders kritisch überprüft.

»Gab es in der Postzentrale während der infrage kommenden Tage auffällige Sendungen an Mitarbeiter oder Kontaktpersonen des Ministers?«, fragte sie Tom.

»Sehen wir uns an.«

»Danke. Rich meint außerdem, dass ein so fortschrittlicher GMO womöglich nicht der einzige da draußen ist. Falls er recht hat, könnte das helfen. Alle Nachrichtendienste sollen jegliche Meldungen zu verdächtigen GMOs weltweit melden, gleichgültig, ob es sich um Waffen oder anderes handelt.«

Die Vertreter der Dienste notierten die Anordnung kommentarlos.

Sie wandte sich an die Runde: »Meine Damen und Herren, wir haben es mit einem überlegenen Gegner zu tun. Weit überlegen! Und er kann jeden Moment erneut zuschlagen. Wir dürfen keine Zeit verlieren!«

21

Der Wecker des Smartphones musizierte direkt in Helens Kopf. Beim Öffnen fühlten sich ihre Lider an wie Sandpapier. Während sie nach dem Gerät neben dem Bett tastete, erinnerte sie sich an den Grund für den frühen Lärm. Mit einem Mal war sie hellwach. Dabei zeigten die Ziffern auf dem Schirm gerade mal fünf Uhr morgens.

Punkt halb sechs erwartete sie vor der Haustür eine dunkle Limousine. Ein Chauffeur sprang heraus, grüßte sie freundlich mit ihren Namen und öffnete Helen die Tür zur Rückbank, während Greg auf der anderen Seite einstieg. Durch die abgedunkelten Fenster konnte Helen die Außenwelt nur erahnen. Nachdem zwischen der Rückbank und den Vordersitzen eine verdunkelte Scheibe hochfuhr, erkannte sie auch die Silhouette des Fahrers kaum mehr.

»Geheimhaltung«, beantwortete seine Stimme durch einen Lautsprecher Gregs aufgebrachte Frage. »Sie haben sich dazu bereit erklärt.« Mit einem leisen Klacken verriegelten sich die Türen.

Während der Fahrt rätselte sie mit Greg über ihr Ziel, doch nach einer Weile schwiegen sie schläfrig. Helen fragte sich, ob sie nicht doch mit ihrer Mutter hätte telefonieren sollen, wie sie es am Vorabend während Gregs spätem Bürobesuch überlegt hatte. Oder ihrer Schwester. Nein, die hatte schon Kinder. Besser mit Carol, ihrer besten Freundin. Noch eine Meinung einholen. Auch wenn Doktor Benson davon abgeraten, ja, es eigentlich verboten hatte, Fremde einzubeziehen. Helen war nicht immer einer Meinung mit ihrer Mutter, weiß Gott nicht! Aber in dieser Sache fiel sie Helen als Erste ein. Vielleicht eben deshalb, weil sie eine Mutter war. Ihre Mutter. Was hätte sie mit Helen gemacht, hätte sie die Möglichkeit bekommen? Was hätte sie *aus* Helen gemacht? Aber manche Entscheidungen musste man wahrscheinlich allein treffen.

Eine halbe Stunde später hielt der Wagen. Der Fahrer ließ sie vor einem flachen, einstöckigen Gebäude aussteigen, hinter dem Helen die Heckflossen von Business-Jets entdeckte. Typische Landmarks, die ihr den Ort verraten hätten, erkannte sie keine. Der Chauffeur begleitete sie bis zur Tür, an der sie ein junger Steward in schwarzer Uniform empfing.

Das Innere des Gebäudes, einen ebenso noblen wie nüchternen Abfertigungsraum, verließen auf der anderen Seite gerade drei Personen Richtung Flugzeuge.

»Sie führen, wie vereinbart, keine elektronischen Geräte mit sich?«, fragte der Steward, während er sie zu einer Sicherheitsschleuse mit Ganzkörperscanner bat. Das war eine der wenigen Anweisungen von Doktor Benson gewesen: kein Smartphone, keine Kamera, kein Computer, nichts, was ihre Position identifizieren oder verraten könnte. Eine stoisch wirkende Frau bat sie durch das Gerät. Helen war schon durch, als die Frau Greg bat zurückzutreten.

»Was haben Sie da in der Hosentasche?«, fragte sie ihn.

Greg hieb sich gegen die Stirn. »Ich Traumtänzer!«, rief er und zog sein Smartphone hervor. »Reiner Automatismus! Das Ding stecke ich einfach jeden Morgen ein. Ohne nachzudenken.«

Helen verdrehte die Augen. Ohne nachzudenken! Mit einem entschuldigenden Schulterzucken reichte er es dem Steward. »Ich bekomme es bei der Rückkehr ja sicher wieder, oder?«

»Natürlich«, sagte der Steward und nahm das Gerät entgegen. »Wir nehmen es so lange in Verwahrung.«

Daneben durchleuchtete ein Sicherheitsmann ihr Gepäck.

»In Ordnung«, stellte er fest. An den Handgriffen ihrer Taschen montierte er Namensschilder, dann führte er sie durch dieselbe Tür wie die drei davor an der Hinterseite des Gebäudes hinaus.

»Automatismus!«, zischte Helen ihm zu. »Was sollte das denn?!«

»Ist mir einfach passiert«, flüsterte Greg zurück. »Sorry.«

Helen wusste nur zu gut, dass Greg manchmal unkonzentriert war. Doch die Ausrede kaufte sie ihm nicht ab. Durch die kühle Dämmerung erreichten sie nach etwa hundert Metern einen kleinen Jet mit aufgeklappter Treppe. An seiner Flanke zählte Helen zwölf runde Fenster mit herabgelassenem Lichtschutz. In so einer kleinen Maschine war Helen noch nie geflogen.

Im Inneren trennte ein schmaler Gang neun Reihen Doppelsitze auf der linken Seite von Einzelsesseln rechts. Während die rechte Seite leer war, blickten ihnen aus den Doppelreihen sechs Paare neugierig entgegen. Die geschlossenen Fenster verstärkten in Helen das Gefühl, in eine Konservendose zu steigen. Beim Vorbeigehen nickte sie den anderen Passagieren zu, die den Gruß verschämt und stumm erwiderten, bis sich Helen und Greg in der drittletzten Reihe niederließen, Helen am verdunkelten Fenster, Greg daneben. Sie versuchte den Lichtschutz hochzuschieben, doch vergebens.

Vorne duckte sich ein weiteres Paar in den Flieger. Ein verdammt attraktives Paar. Sie sah aus wie ein Katalogmodel, er Typ ehemaliger Quarterback. Ihre Kinder brauchten optisch sicher kein Aufpeppen. Plätze nebeneinander blieben ihnen nur mehr in der letzten Reihe. Auf halbem Weg entschieden sie sich für Einzelplätze. Die Frau setzte sich schräg vor Greg, der Mann hinter sie. Kaum saß er, beugte er sich über den Gang zu Greg.

»Hi, ich bin Mike. Diana möchte einen kleinen Frankenstein.«
Er lachte dröhnend. »Nicht wahr, Schatz?« Seine Frau ignorierte
ihn und vertiefte sich in ein Magazin. Zu Greg: »Ich mache bloß
Spaß.«

»Greg«, erwiderte Greg.

»Ich glaube ja immer noch an eine versteckte Kamera«, sagte
Mike und sah sich demonstrativ um.

Greg lachte. »Genau das habe ich auch gesagt!«

»Aber was soll's! Spaß muss sein, was?« Über den Gang hinweg
gab er Greg einen jovialen Stupser gegen den Arm. Sein Lachen
nervte Helen. Vor ihm hatte seine Frau Kopfhörer aufgesetzt.

»Verstehst du, Greg«, plapperte Mike weiter. »Ich bin selbst an
Biotechs beteiligt, ich kenne mich ein wenig aus. Das Ganze ist
ein Riesenschwindel, jede Wette.«

Warum kommst du dann mit?, fragte sich Helen. Aus demselben Grund wie Greg: nach außen hin den Macker markieren, innerlich aber zweifelnd. »Und selbst wenn nicht – das kann nicht
gut gehen! Ich meine: Golem, Frankenstein, Dr. Moreaus Insel,
Schöne neue Welt, hallo? Nichts gelernt?« Er zuckte mit den
Schultern. »Aber ich lasse mich gern eines Besseren belehren.«

Genau. Wie Greg. Der das bloß noch nicht so zugab.

Ein Steward schloss die Tür. Keine Minute später hörte Helen
das Starten der Triebwerke. Der Pilot kündigte eine Flugzeit von
voraussichtlich drei Stunden an. Eine Stewardess begrüßte sie,
kündigte ein kleines Frühstück, Getränke und Snacks während
des gesamten Flugs an, bevor sie auf das Filmprogramm hinwies
und den Sicherheitstanz mit Schwimmweste vorführte. Das Flug-
personal kannte das Ziel ihrer Reise nicht, vermutete Helen. Geheimhaltung. Und wenn jemand fragte? Vielleicht konnte Helen
noch ein Stündchen schlafen. Sie schloss den Sicherheitsgurt. Ein
paar Minuten später waren sie in der Luft. Doch ihre Gedanken
gönnten Helen keinen Schlaf.

22

An diesem Morgen erwartete Jason Brill beim Betreten des US-Außenministeriums kein Business as usual. Schon an der Sicherheitsschleuse dauerte es länger als üblich. Dahinter führte ihn eine FBI-Mitarbeiterin an eine im Flur aufgebaute Reihe von Tischen. Gut zwei Dutzend FBI-Mitarbeiter an Laptops befragten jeden einzelnen Neuankömmling. Einige nahmen ihrem Gegenüber außerdem mit Wattestäbchen Speichelproben ab.

So wie viele Menschen überfiel Jason angesichts der Kontrollen das flaue Gefühl, bei einem Unrecht ertappt werden zu können, von dem er gar nicht wusste, dass er es begangen hatte. Bange überlegte er, während er warten musste, was er angestellt haben könnte. Oder jemand anders, dessen Verbrechen man aus absurden Gründen ihm in die Schuhe schieben würde. Er stand ziemlich weit unten auf der Rangleiter, und Scheiße rollte bekanntlich nicht nach oben.

Jason kam gegenüber einer Latina mittleren Alters zu sitzen. Ein Namensschild an ihrer Brust stellte sie als María Solér vor, sie beäugte ihrerseits den Ausweis an seinem Revers.

»Jason Brill, Praktikant?«

»Ja.«

»Okay, Mister Brill, ich habe eigentlich nur eine Frage an Sie: Ist Ihnen in den vergangenen drei Wochen irgendetwas Ungewöhnliches aufgefallen oder zugestoßen?« Jason versuchte, seine Aufregung zu verbergen. Etwas Ungewöhnliches? Was meinte sie damit? Was hätte er bemerken sollen? »Hier im Haus oder bei Ihnen privat? Es ist sehr wichtig. Unser Gespräch bleibt vertraulich. Auch Sie werden nicht darüber sprechen, nicht einmal mit Ihren Kollegen.« Damit es keine Zeugen gibt, falls ihr mir etwas unterschieben wollt?! Herrschaften, beruhige dich! »Versuchen Sie sich bitte zu erinnern. Irgendetwas. Mag es noch so unwichtig oder lächerlich erscheinen. Es muss nichts mit Ihrer Arbeit hier zu tun haben. Die kleinste Kleinigkeit. Personen, Gegenstände, Vorkommnisse. Eine Krankheit.«

Personen, Gegenstände, Vorkommnisse. Eine Krankheit. Die Frau war gut. In diesem Haus wimmelte es von Freaks. Sein Leben als Praktikant war geprägt von einem Sechzehnstundentag mit zu viel stumpfsinniger Routinearbeit, zu wenig regulären Mahlzeiten und noch weniger Freizeit, geschweige denn Sex. Meistens war er völlig übermüdet, was sich irgendwann wie krank anfühlte. Doch seit seinem Praktikumsantritt vor acht Monaten war das normal. Nichts Ungewöhnliches also. Jason versuchte sich trotzdem zu erinnern. Ihm fiel nichts ein. Doch.

»Schnupfen hatte ich mal«, sagte er. »Wenn das schon unter Krankheit fällt.«

»Wann?«

»Vor einer guten Woche vielleicht?«

María tippte etwas in ihren Computer.

»Haben Sie verdächtige Personen gesehen? Überraschenden Besuch bekommen? Auffällige Postsendungen erhalten?«

Wegen eines Schnupfens? Jason blickte sie ratlos an. Hörte gleich wieder auf, an seiner Lippe zu kauen. Wofür brauchten die einen Sündenbock?

»Können Sie das irgendwie eingrenzen?«, bat er. »Es fiele mir leichter, wenn Sie mir sagen, wonach Sie suchen.«

»Mir auch«, antwortete María. Sie wusste es also selbst nicht. Oder durfte es nicht sagen.

Jason wollte helfen. Personen. Besuch. Postsendungen. Sein Gedächtnis war ein blankes Blatt. Oder voller Unsinn.

»Sorry, aber mir fällt wirklich nichts ein. Das Ungewöhnlichste war eine Werbesendung mit einem Probeexemplar eines feuchten Reinigungstuchs. Habe ich noch nie bekommen, so etwas.«

»Reinigungstuch«, wiederholte María mit ironischem Blick. Na großartig, jetzt hatte er sich lächerlich gemacht.

»Da können Sie sehen, wie abwechslungsreich mein Leben ist.«

»Zum Reinigen von Geschirr oder der Hände?«

»Für das Geschirr«, sagte Jason.

Sie musterte ihn.

»Haben Sie es verwendet?«

Und wenn? Dafür zahle ich also meine Steuern.

»Ja. Daheim bei mir in der Küche.«

María tippte.

»Sonst noch was?«

Jason ging noch einmal in sich. Vergeblich.

»Sorry, nein.«

Unter dem Tisch holte sie einen Latexhandschuh hervor und zog ihn über, dann nahm sie aus einer Dose ein Wattestäbchen.

»Mund auf, wir benötigen noch eine Speichelprobe von Ihnen.«

Jason gehorchte, dabei brach ihm aus unerfindlichen Gründen der Schweiß aus. Hoffentlich merkte sie es nicht. Er war sich doch keiner Schuld bewusst!

Sie vollführte die Prozedur innerhalb von Sekunden und verpackte die Probe.

»Okay«, sagte sie und drückte ihm eine Visitenkarte in die Hand. »Sollte Ihnen noch etwas einfallen, melden Sie sich.«

Immerhin besser als »Rufen Sie uns nicht an, wir melden uns bei Ihnen«.

Hoffentlich blieb es dabei.

23

Die Straßen zu der Bäuerin schienen Jegor noch staubiger als beim letzten Mal. Gelegentlich kamen ihnen klapprige Autos, Busse oder überladene Lastwagen entgegen, und sie hüllten sich gegenseitig in Staubwolken. Gordon entpuppte sich als gesprächiger bis geschwätziger Mitfahrer, während Andwele angesichts des fremden Gasts fast verstummte. Stattdessen zog er durch halsbrecherische Überholmanöver immer wieder die Aufmerksamkeit auf sich.

Auf der Fahrt achtete Jegor genauer auf die Grenze zwischen den vertrockneten und gesunden Maisfeldern. Ein paar Mal hielten sie an, damit Gordon Pflanzen begutachten und Proben nehmen konnte. Etwa zwei Kilometer vor dem Haus der Landwirtin begannen die saftig grünen Regionen. Jegor ließ Andwele weiterfahren. Wieder hüllte sie die Bremsung vor Najumas Haus in eine Staubwolke. Im Hauseingang wartete niemand. Jegor, Gordon und Andwele sprangen aus dem Wagen. Sie gingen außen um das Haus herum. Auch die notdürftige überdachte Terrasse war verwaist.

Jegor entdeckte Najumas Gestalt am Ende der Tomatenstauden vor dem Mais. Gebückt stand sie bei der Ernte, pflückte die roten Früchte und legte sie in einen Korb neben sich. Andwele schien keine Sorge zu haben, als Eindringling zu gelten. Er machte sich auf den Weg durch die Stauden. Auf halber Strecke rief er der Bäuerin etwas zu. Erst jetzt bemerkte sie ihre Besucher. Mit einem Griff an ihren Rücken richtete sie sich auf. Jetzt entdeckte Jegor auch die zwei Kinder zwischen den Stauden. Neugierig verfolgten ihre Blicke Andwele, Gordon und Jegor. Andwele hatte Najuma erreicht und redete auf sie ein. Sie zuckte die Schultern, schien nachzudenken. Dann bedeutete sie Andwele, Gordon und Jegor, ihr zur Hütte zu folgen.

Das Innere des Minihauses bestand aus einem finsteren Raum. Drinnen stand die Luft vor Hitze und Rauchgeruch. In der Mitte eine offene, aber erloschene Feuerstelle, nur weiße Asche. An den Rändern mehrere schmutzige Matratzen und Decken am Boden. Sie hatte also mehr als die zwei Kinder, die Jegor bislang kennengelernt hatte. Hätte ihn auch gewundert, wenn es anders gewesen wäre. In dieser Gegend umwuselte üblicherweise eine ganze Schar von Kindern eine Frau ihres Alters. Vielleicht besuchten die anderen die Schule. Er sah keine Hinweise auf einen Mann. Was nichts hieß. Vielleicht arbeitete er in Daressalam auf einer Baustelle. Oder auf einer Plantage anderer ausländischer Investoren oder der verbliebenen Großgrundbesitzer aus Kolonialzeiten. Oder in einem der Safarireservate als Guide, Koch oder im Service. Oder aber er gammelte einfach nur herum, wie so viele hier, die nach dem Kindermachen abhauten und die Frauen mit dem Nachwuchs und der Arbeit alleinließen.

Aus einem windschiefen Regal mit ein paar Schüsseln, Töpfen und kleinen Schubladen zog Najuma einen kleinen, länglichen braunen Gegenstand an einem Stängel. Eine Pfeife, erkannte Jegor. Eine Maiskolbenpfeife!

»Dieser Kolben ist von der Ernte des letzten Jahres«, übersetzte Andwele ihre Erklärungen.

»Großartig!«, lachte Gordon.

Sie hielt ihnen das Ding vor die Nase, redete noch mehr.

»Sie würde uns die Pfeife überlassen«, erklärte Andwele. Dabei rieb er Daumen und Zeigefinger aneinander.

»Kann man die verwenden?«, fragte Jegor Gordon. »Oder ist das Erbmaterial vom Rauch zerstört?«

»Auf der Innenseite wahrscheinlich schon«, antwortete Gordon. »Aber an der Außenseite finden wir sicher etwas.«

Najuma hatte sich schon wieder abgewandt und kramte in der Lade. Sie zauberte noch eine Pfeife hervor. Diese war kleiner, der Kopf kürzer, dicker und dunkler. Auch der Stiel und das Mundstück waren deutlich brauner gefärbt als bei der ersten.

»Und die ist aus der Ernte vor zwei Jahren«, erläuterte Andwele. Er nickte Najuma anerkennend zu.

»Wir nehmen sie beide«, sagte Gordon. »Was möchte sie dafür?«

Andwele trat in Verhandlungen. Najuma gestikulierte aufgeregt und erhob die Stimme, Andwele gab ihr Kontra. Jegor blickte sich in dem armseligen Gemäuer um. Wie konnte man auch nur auf die Idee kommen, mit den Bewohnern eines solchen Lochs zu verhandeln? Jede Summe, die Najuma verlangen würde, wäre für Jegor Taschengeld. Und für seinen Arbeitgeber, dem er die Auslagen natürlich verrechnen würde, nicht einmal Peanuts.

»Sei großzügig«, wies Jegor Andwele halb laut an. Der warf ihm einen mürrischen Seitenblick zu. Seiner Ansicht nach musste man diese Leute nicht schonen. Erst recht nicht Frauen. Um sein Gesicht weder vor Jegor noch vor Najuma zu verlieren, verhandelte er ein paar Sätze weiter, bevor er der Frau ein Bündel Schillinge in die Hand drückte, das für sie wohl ein Jahreseinkommen bedeutete. Zufrieden zählte sie, dann ließ sie die Scheine zwischen ihren Rockfalten verschwinden. Zum ersten Mal seit Minuten war es still um Jegor. Bis Najuma ihnen mit lautstarkem Schwatzen die Pfeifen übergab. Gordon steckte sie in eine Plastiktüte. Jegor bedankte sich, Najuma antwortete mit einem weiteren Wortschwall.

Gordon konterte mit einer Frage. »Ihr habt mir von den Geistern erzählt, die Najuma bei eurem ersten Besuch erwähnte. Kann sie mir die noch einmal beschreiben?«

In einem neuen Übersetzungsdurcheinander schilderte Andwele Najumas Beschreibungen. Sie deckten sich mit jenen des ersten Mals. Kopflos summend flogen die Geister mit unsichtbaren Insektenflügeln umher. Gordon konnte damit ebenso wenig anfangen wie Jegor und Andwele.

Der Abschied kam Jegor fast wie ein Rückzug vor. Er war froh, die stickige Hütte verlassen zu dürfen. Draußen wartete der Landcruiser mit seiner Klimaanlage.

Sie wollten gerade einsteigen, als Gordon ihn fragte: »Haben Sie etwas zum Zeichnen dabei?«

Jegor blickte ihn verdutzt an, zog dann aber aus dem Handschuhfach des Wagens einen Notizblock und einen Stift, die er Gordon reichte. Der gab sie an Andwele weiter.

»Diese Geister, die angeblich den Mais gesegnet haben – kann sie die zeichnen?«

Zuerst wich die Frau zurück, doch auf Andweles Drängen hin griff sie zögerlich nach Stift und Block. Sie schlug eine leere Seite auf und legte den Block auf den Kotflügel des Landcruisers. Den Stift wusste sie kaum zu halten. Mit unbeholfenen Strichen zeichnete sie eine Art Oval. Etwas versetzt an einem der Enden krakelte sie einen kleineren Kreis. Doch ein Kopf?, fragte sich Jegor. Gegenüber fügte sie einen zweiten dazu. Zwei Köpfe?

Als Nächstes kritzelte Najuma am anderen Ende des Ovals zwei weitere Kreise. Als zeichne ein Kind ein Gesicht mit vier Ohren an den falschen Stellen. Langsam begann sie, das zentrale Oval mit Linien zu füllen. Als sie damit einigermaßen fertig war, zeichnete sie ein Kreuz in den ersten Kreis. Mit weiteren Strichen kritzelte Najuma daraus eine Art Stern, bis der Kreis dicht gefüllt war mit Strichen, die sich alle in der Mitte trafen.

Jegor konnte sich keinen Reim darauf machen. Nun schon geübter und rascher füllte Najuma die übrigen Kreise mit ähnlichen Linien. Kurz musterte sie ihr Werk, dann präsentierte sie es ihren Besuchern erwartungsvoll. Jegors fünfjährige Tochter konnte besser zeichnen.

»Was soll das sein?«, fragte Andwele.

»Ein Geist«, sagte Jegor. Gordon nahm den Block, bedankte sich bei Najuma und schenkte ihr den Stift.

Nachdem sie eingestiegen und Andwele losgefahren war, betrachtete Gordon die Zeichnung und drehte sie in alle Richtungen.

»Einen Versuch war es wert«, bemerkte er abschließend und klappte den Block zu. »Okay, wir brauchen weitere Proben von anderen Bauern mit gesundem Mais.«

24

»Hallo, Mami! Wir sind gerade beim Frühstück!« Vollgekleckert mit Kakao, stürzte Amy auf sie zu. Die überschwängliche Begrüßung hüllte Jessica in Wärme.

»Das hoffe ich doch!«, antwortete sie und schloss ihre Tochter in die Arme.

»Was machst du schon hier?«, fragte Amy. So viel zu Kinderliebe. »Papa hat gesagt, du kommst später.«

»Hallo, Liebes.« Colin begrüßte sie mit einem flüchtigen Kuss. »Du siehst... nicht gerade wach aus.«

»Charmant.«

»Schön, dass du es überhaupt nach Hause schaffst.«

Hörte sie da einen leisen Vorwurf? Colin wusste, dass sie ihm nichts zu den Ermittlungen sagen durfte und er daher gar nicht zu fragen brauchte. Das brachte ihr Job mit sich. Nicht immer einfach, mit der vertrautesten Person nicht über alles sprechen zu können. Wenn er das denn war.

Jeder von uns braucht seine Geheimnisse, meinte Colin dazu. Worauf sie sich fragte, welche seine waren.

Jamie kam – ebenfalls im Pyjama – dahergeschlendert, ganz der Coole, der tat, als hätte er seine Mutter nicht vermisst. Ihre Umarmung ließ er gnädig über sich ergehen.

Colin war schon wieder in der Wohnküche verschwunden, die Kinder hinter ihm her. Jessica warf den Mantel über einen Haken, arbeitete sich aus ihren Stiefeln und folgte ihnen.

Der Esstisch des gemütlichen Colonials bot ein Schlachtfeld halb voller Teller, verstreuter Cereals, Krümel, verschütteten Kakaos, Fruchtsafts und Ahornsirups. Auf der Arbeitsplatte der Küche tropfte zwischen einer aufgerissenen Mehlpackung, einer Ölflasche, einer teigverklebten Schüssel und einem verschmierten Schneidbrett ein umgefallener Milchcontainer vor sich hin in den Mehlstaub. Colin kratzte gerade ein paar verbrannte Pancakes aus der Pfanne auf dem Herd.

»Die sind hinüber«, schimpfte er.

Jessica atmete einmal tief durch. Im Stehen schnappte sie sich eine der halb gegessenen Toastbrotscheiben von Amys Teller, tunkte sie in Ahornsirupreste ebendort und spülte den ersten Bissen mit einem Schluck aus Colins Kaffeetasse hinunter.

»Tut mir leid«, erklärte sie. »Aber ich habe wahnsinnig viel zu tun. Ich erkläre es euch später.« Sie stopfte noch einen Bissen in sich hinein. Colin hatte inzwischen neuen Teig in die Pfanne gegossen und sah sie nur über die Schulter an. Die Kinder saßen wieder auf ihren Plätzen.

»Pancakes!«, riefen sie im Chor. »Pancakes!«

Jessica vernichtete die Toastreste und den Inhalt von Colins Kaffeetasse. »Ich habe es furchtbar eilig«, erklärte sie. »Ich muss duschen und dann wieder los.«

»Aber wir wollten heute Terry und Shayla besuchen«, rief Amy.

»Papa fährt ja mit euch zu euren Freunden«, beschwichtigte Jessica sie.

Colin stellte die Pfanne unnötig laut ab. Jessica vermied seinen Blick und lief mit einem »Ich muss jetzt duschen« in den ersten Stock.

Sie hatte eben ihre Kleidung in den Wäschekorb geworfen und genoss die ersten warmen Wasserstrahlen, als sie Colins Stimme hörte.

»Was soll das?«, fragte er. Seine Stimme klang gedämpft durch den Duschvorhang.

»Sorry«, sagte sie nur und shampoonierte ihr Haar. »Kann nichts darüber sagen. Nur so viel: Ich leite eine Taskforce in einem dringenden und hochwichtigen Fall.«

»So wichtig, dass du nach einer Auslandsreise nicht einmal mit deinen Kindern und deinem Mann frühstücken kannst?«

»Bitte, Colin, nicht schon wieder diese Diskussion. Ich bin hier nicht die Einzige, die manchmal viel arbeitet.«

»Aber die Einzige, die ständig viel arbeitet. Wir sehen dich kaum noch!«

»Das stimmt nicht, und das weißt du auch.«

Jessica ließ das Wasser länger als nötig über ihren Körper laufen, weil es sich wunderbar anfühlte und weil sie keine Lust hatte, dem schlecht gelaunten Colin gegenüberzutreten.

»Die Situation ist außergewöhnlich«, erklärte sie. »Al Waters persönlich hat mich gebeten…«

»Und wenn es die Präsidentin wäre…«, erwiderte er ungehalten.

»Fast. Ich werde diesen Job machen, Colin. Du kannst mich dabei unterstützen oder nicht, deine Entscheidung.«

Jetzt traute sie sich hinaus.

Colin war nicht mehr da.

Wütend und mit schlechtem Gewissen föhnte sie notdürftig das krause, dunkelrotbraune Haar. Durch den Bademantel drückten sich trotz regelmäßigen Joggens an Taille, Hüften und Schenkel Konturen, die vor drei Jahren nicht da gewesen waren. Tat ihr der Job vielleicht doch nicht gut?

Sie schminkte sich eilig und zog gerade die Jacke ihres Hosenanzugs über, als ihr Telefon klingelte. Die Nummer hatte sie erst vor wenigen Stunden eingespeichert. Rich.

»Die komplette Analyse des Virus ist gerade gekommen«, sagte er. »Ein Wagen ist zu dir unterwegs, sollte gleich da sein. Mehr erzähle ich dir unterwegs.«

Jessica war schon auf den Stufen ins Erdgeschoss.

»Wohin fahren wir?«

Doch er hatte aufgelegt.

Die Wohnküche war endgültig verwüstet. Colin kaute mit schmalen Lippen auf etwas herum, die Kinder spielten nur mehr mit dem Essen und Jamie außerdem mit seinem Mobiltelefon. Colin hatte recht. Sie sollte wenigstens mit ihnen frühstücken. Doch sie hatte keine Zeit. Sie verkniff sich eine Bemerkung, küsste die beiden Kinder auf die Stirn und Colin flüchtig auf die Wange.

Sie griff nach ihrer Tasche und öffnete die Tür. Vor der Auffahrt bremste ein dunkler SUV mit blinkendem Blaulicht auf dem Dach und im Kühlergrill.

Den Fahrer kannte Jessica nicht. Auf dem Beifahrersitz saß Tom, auf der Rückbank Jaylen und Rich, der in die Mitte rutschte, um Jessica Platz zu machen. Sie hatte die Tür noch nicht geschlossen, da sprang der Wagen förmlich los und drückte sie in den Sitz. Neben ihr klappte Rich einen Laptop auf, den er auf seinen Knien balancierte. In die Rückseiten der Vordersitze waren große Bildschirme eingelassen, ebenso wie vorne auf dem Armaturenbrett vor dem Beifahrersitz.

»Klärt mich endlich jemand auf, was hier los ist?«

Sie war die Leiterin der Taskforce und schien als Einzige keine Ahnung zu haben.

Rich rief eine Tabelle auf seinem Bildschirm auf, die Sekundenbruchteile später auch auf den anderen Monitoren erschien.

»Wir wissen, welches Virus sie als Ausgangsorganismus verwendet haben«, erklärte er.

Der Fahrer nahm die Kurven, als müsse er einen Grand Prix gewinnen. Jessica wurde gegen die Tür geworfen, dann gegen

Rich gedrückt. Sie fühlte sich in ihre Kindheit zurückversetzt, in der sie sich mit ihren Geschwistern oder Freundinnen auf die zu schmale Rückbank im Wagen ihres Vaters gedrängt hatte. Sie hängte ihre Hand in den Griff über der Tür und konzentrierte sich wieder auf den Bildschirm in dem Sitz vor ihr und Richs Ausführungen.

»Ich hatte auf Eindeutiges gehofft, so etwas wie das 2011 von Ron Fouchier experimentell gezüchtete Vogelgrippevirus.«

Jessica erinnerte sich an den Fall. In den Versuchen hatte der Wissenschaftler aus Rotterdam gezeigt, dass nur wenige Mutationen genügten, um ein häufig tödliches, aber für Menschen wenig ansteckendes Vogelgrippevirus durch die Luft übertragbar und damit hochansteckend zu machen. Die Folge war eine weltweite Kontroverse, ob solche Experimente überhaupt durchgeführt werden sollten, und wenn ja, ob man ihre Ergebnisse veröffentlichen durfte.

»Leider ist es bloß ein zwar besonders ansteckender, aber ganz ordinärer Grippesubtypus. Sein Genom ist veröffentlicht, quasi jeder könnte es also hergestellt, sogar irgendwo geordert oder entwendet haben.«

»Warum rasen wir also durch die Gegend, als wäre der Leibhaftige hinter uns her?«

»Weil er nicht hinter uns her ist, sondern wir ihm in Gestalt des Virus auf die Spur gekommen sind. Als uns der Subtypus klar war, wussten wir auch, welche Gensequenzen neu eingefügt worden sind. Und bei einer wurden wir fündig. Einfach gesagt, handelt es sich um eine Startersequenz, also eine, die andere Gene unter bestimmten Umständen aktiviert. Das Spannende daran ist, dass wir wissen, wer sie entwickelt hat.«

»Und woher wissen wir das?«

»Weltweit gibt es relativ strenge Regeln für Genmanipulationen, in den Vereinigten Staaten zum Beispiel müssen Labore

Experimente an die Food and Drug Administration melden. Dadurch existieren umfangreiche Register und Datenbanken zumindest der legal durchgeführten Versuche, auch auf internationaler Ebene, so wie das *Biosafety Clearing-House* und diverse andere.«

»Und eine der Sequenzen taucht in diesen Datenbanken auf?«

»Yep. Sie wurde vor zwei Jahren eingereicht. Und da wird es spannend: Aus verschiedenen Gründen wurden die Experimente nicht zu Ende geführt und die konkreten Ergebnisse in keinem Fachmagazin oder sonst wo veröffentlicht. Das heißt ...«

»... nur jemand, der damals an dem Projekt arbeitete, kann es eingesetzt haben«, führte Jessica seinen Gedanken aufgeregt zu Ende. »Oder er hat die Informationen weitergegeben.« Sie klammerte sich wieder an ihren Griff, um nicht bei der nächsten Kurve statt des Laptops auf Richs Schenkeln zu landen.

»Und wer hat dieses Experiment eingereicht?«

»Dorthin sind wir gerade unterwegs«, verkündete Tom von vorne. »Ebenso wie ein SWAT-Team. In eineinhalb Stunden sollten wir da sein.«

»Okay, Leute, wir hatten unseren Spaß«, lachte Rich. »Ich glaube, sie will wissen, wohin es geht.« Er hatte eine Art zu lachen, dass Jessica ihm nicht böse sein konnte. »Baltimore«, verriet er. »Wir fahren nach Baltimore.«

25

Helen hasste Landeanflüge. Wenn der Flieger in der Luft die Bremsklappen ausfuhr und langsamer wurde, sagte ihr Bauch ihr, dass sie mangels Geschwindigkeit abstürzten. Und erst das Herantasten an die Landebahn! Diesmal war es noch schlimmer. Weil Helen gar nichts sah. Nur warten konnte. Als der Pilot die Maschine schließlich gekonnt sanft aufsetzte und bremste, schloss Helen kurz erleichtert die Augen.

Einige Minuten später standen sie in der Parkposition. Das klickende Geräusch beim Öffnen der Sicherheitsgurte klang für Helen wie eine kollektive Befreiung aus verhassten Fesseln.

»Na endlich!«, kommentierte Mike und sprang als Erster auf. »Dann besuchen wir mal den genetischen Supermarkt!«

Die Stewardess öffnete die Tür und wartete am Cockpiteingang. Als Greg vor Helen die Stufen der Flugzeugtreppe hinunterging, gab er den Blick frei. Auf eine weiß gestrichene Betonwand. Von der Decke strahlte grelles Neonlicht. Links und rechts schlossen gewaltige graue Metalltore die Halle. Die Luft war lauwarm und roch süßlich blumig.

Das Flugzeug stand in einem Hangar. Am Fuß der Treppe warteten zwei schwarze Kleinbusse mit verdunkelten Scheiben.

»Als wären wir Drogenhändler«, flüsterte Greg. »Oder ihre Entführungsopfer.«

»Oder ein Scheich auf Urlaub«, erwiderte Helen munter.

26

Das Labor lag in einem gesichtslosen Gewerbegebiet am Rande Baltimores. Während der letzten Kilometer koordinierten sie noch einmal das Vorgehen mit den anderen Mitgliedern der Taskforce und dem lokalen SWAT-Team, das bereitstand und auch die Hinterausgänge sicherte. Sie hatten Pläne des Gebäudes und das SWAT-Team einen Einsatzplan. Innerhalb von zehn Minuten wollten sie die sechshundert Quadratmeter kontrollieren. Sogar einen Durchsuchungsbefehl hatten sie innerhalb einer Stunde bekommen.

Das fragliche Experiment vor zwei Jahren hatten fünf Mitarbeiter betreut. Drei davon, unter ihnen auch der Forschungsleiter, arbeiteten noch vor Ort. Mit ihnen wollten sie als Erstes sprechen.

Um 13:27 Uhr gab Jessica den Einsatzbefehl. Ein Trupp von zwölf Männern stürmte durch die Vordertür, Jessica, Tom und Jaylen hinterher. Hinter dem Empfangstisch hockte vor der Waffe eines Polizisten reglos eine geschockte Empfangsdame, während die übrigen elf Männer weiter ins Gebäude trampelten. Jessica folgte ihnen mit einigem Abstand, während sie einen Raum nach dem anderen sicherten. Ihr folgte ein zweites Team, das die in den bereits gesicherten Räumen befindlichen Mitarbeiter wegeskortierte. So arbeiteten sie sich bis ins letzte Archiv vor. Sie stießen auf keinerlei Widerstand, nur erschrockene bis panische Gesichter. Nach zehn Minuten war tatsächlich alles vorbei.

Dreiundsechzig verschüchterte Frauen und Männer erwarteten sie dicht gedrängt in einem großen Raum.

»Entschuldigen Sie bitte die Aufregung«, erklärte ihnen Jessica, während ihr Blick über die Anwesenden glitt. »Wir müssen Sie leider bis auf Weiteres bitten, hierzubleiben und den Anweisungen der Polizisten Folge zu leisten. Im besten Fall können Sie in einer Stunde wieder ganz normal arbeiten.«

Damit verließ sie den Raum.

Der SWAT-Kommandeur empfing sie im Flur. Bei ihm warteten Rich, Tom und Jaylen.

»Da lang«, sagte er. »Wir haben alle drei.«

Wie besprochen waren die Zielpersonen in gesonderten Räumen untergebracht.

Im ersten, einem einfachen Büro, saß ein gedrungener Mittvierziger mit dunklem Vollbart und Halbglatze auf einem Bürostuhl, flankiert von zwei SWAT-Männern mit ihren Maschinenpistolen.

»Sean Pickard?«, fragte Jessica.

»Ich hoffe, Sie haben eine gute Erklärung für diese Aktion«, sagte er furchtlos.

Jessica zog einen Stuhl heran, auf den sie sich rittlings vor Pickard pflanzte.

»Ich hoffe, *Sie* haben eine gute Erklärung für uns.«

27

Neben ihren Gentech-Maschinen hatten Gordon und sein Team einen großen Bildschirm und eine Kommunikationsanlage auf ihrem Arbeitstisch installiert. Während sich Gordon um den Verbindungsaufbau bemühte, sagte Stavros zu Jegor: »Dir muss ich ja nicht erklären, was wir gemacht haben.«

Musste er nicht. In Hochtechnologielaboren wie hier war Genomanalyse von Pflanzen längst Alltag. 1983 war die erste gentechnisch veränderte Pflanze – eine Tabakart – produziert worden. Seit Mitte der Neunzigerjahre, also bereits seit einer Menschengeneration, wurden gentechnisch veränderte Pflanzen für den Lebensmittelgebrauch industriell angebaut. Heute nutzte man etwa zehn Prozent der weltweiten Landwirtschaftsflächen für den GMO-Anbau. Der Anteil an der weltweiten Ernte lag deutlich darüber. Dank des gewaltigen Wachstums der Computerkapazitäten fand der Hauptteil der gentechnischen Arbeit inzwischen in Chips statt.

Auch die Analysemethoden hatten sich rasant entwickelt. Eine der wichtigsten Technologien der modernen Biologie war die Polymerase-Kettenreaktion, besser bekannt unter ihrem englischen Namen Polymerase Chain Reaction, kurz PCR. Mit ihrer Hilfe konnte man einzelne DNA-Schnipsel rasch vervielfältigen und für zahlreiche Aufgaben einsetzen. So wie viele Technologien dieser Art hatte sie vor ein paar Jahren noch ein Vermögen gekostet und ewig gedauert. Heute konnte jeder Heimlaborant das notwendige Equipment für wenig Geld im Internet bestellen. Als Zwölfjähriger hatte Jegor von seinem Vater einen Chemiebaukasten geschenkt bekommen. Damit hatte er im elterlichen Bad nach faulen Eiern stinkenden Schwefelwasserstoff produziert oder mithilfe von Wasserglas magische Kristallgärten gezüchtet. Ähnlich konnten die Jugendlichen heute statt mit Chemie mit Genen herumbasteln. Erste Genbaukästen erhielt man online für wenige hundert Dollar. Man konnte sich ausmalen, wie weit die professionellen Anwendungen einer Technologie waren, deren einfachere Version bereits ihren Weg in die Kinderzimmer gefunden hatte.

»Verbindung steht!«, rief Gordon. Sie gesellten sich zu den anderen an dem Tisch. Auf dem Bildschirm sah Jegor über mehrere Fenster verteilt dieselben Gesichter wie beim letzten Gespräch.

Gordon begrüßte die Teilnehmer am anderen Ende der Welt, dann begann er: »Wir haben uns den Mais einmal oberflächlich angesehen. Und allein, was wir bis jetzt gefunden haben, ist ebenso faszinierend wie alarmierend.«

Na großartig, dachte Helge. Noch ein Fall. Auf dem Bildschirm richtete Gordon den Kolben wie eine Waffe auf sie. »Das ist ein verdammter Supermais!«, erklärte er. »Zuerst haben wir ihn natürlich auf seine Widerstandsfähigkeit gegen den Armyworm untersucht. Wir verglichen bekannte und angenommene Resistenzen des Mais mit bekannten Resistenzen anderer Pflanzen. Das kann normalerweise dauern, aber uns kamen Erfahrung, unsere sehr fortschrittlichen Suchalgorithmen und das Glück zu Hilfe, deshalb haben wir schon ein Ergebnis: Wir fanden Gensequenzen, die eigentlich im Samen des Niembaums Azadirachtin herstellen!«

»Ein beliebtes biologisches Insektizid im Niembaumöl«, ergänzte einer der anwesenden Wissenschaftler.

»Die können da doch unmöglich auf natürlichem Wege hinge-kommen sein«, bemerkte Helge.

»Das denke ich auch!«, polterte Gordon. »Die Algos fan-den noch weitere Parallelen. Manche mit artfremden Sequen-zen, manche mit solchen aus bekannten transgenen Maissorten. Dieser Mais trägt Resistenzen gegen die sechs wichtigsten Mais-schädlinge in Subsaharaafrika! Dazu besitzt er Gene für beson-dere Dürreresistenz. Zudem scheint er wie Golden Rice extra viel Beta-Carotin zu produzieren.«

»Um Vitamin-A-Mangel auszugleichen …«, bemerkte Helge.

»Genau. Und frage nicht, was wir noch nicht entdeckt haben.«

Ungläubig schüttelte Helge den Kopf.

»Aber wie kommt dieser Supermais auf das Feld einer armen Kleinbäuerin und ihrer Nachbarn, die Reste der Vorjahresernte als Saatgut verwenden?«

»Wenn sie die Wahrheit sagt. Dazu kommen wir noch.«

So wie viele afrikanische Staaten hatte auch Tansania das Car-tagena-Protokoll unterzeichnet. Dieses schrieb den internationa-len Umgang mit gentechnischen Organismen fest. Deshalb hatte Tansania lange Zeit die Einfuhr oder die Genehmigung von Test-feldern für gentechnisch verändertes Material verweigert. Mitt-lerweile jedoch waren die Regeln gelockert und unter strengen Auflagen Testfelder genehmigt worden. Noch arbeiteten Santira und ArabAgric nicht damit, doch die Vorbereitungen liefen. Be-reits genehmigte Testfelder anderer Unternehmen waren gekenn-zeichnet und bekannt.

»Aber die Sache ist noch mysteriöser«, fuhr Gordon fort. »Diese Anhäufung mächtiger Gene ist nicht natürlich. Üblicher-weise findet man im Erbgut genmodifizierter Organismen Hin-weise darauf, dass sie künstlich manipuliert wurden. Die fehlen uns hier völlig.«

»Also doch ein zufälliges Mutationswunder?«, fragte Helge.

»Ich tippe eher auf CRISPR/Cas9.«

»Du meinst, da draußen experimentiert jemand mit einem Supermais und möchte sich die Mühen der offiziellen Genehmigungsverfahren sparen?« Die Jahre dauerten, wie Helge wusste. »Und er muss auch nicht wirklich etwas befürchten, denn abseits der ungewöhnlichen Häufung von Genen gibt es keine Smoking Gun, die eine Genmanipulation beweist?«

»Nun, dieser Herausforderung werden die Behörden weltweit dank CRISPR/Cas ohnehin bald gegenüberstehen. In Wahrheit hat sich die Diskussion über gentechnisch veränderte Lebewesen dank dieser Entdeckung erübrigt. Wir könnten auf unseren Feldern längst GMOs pflanzen, und kein Mensch könnte beweisen, dass wir es tun.«

»Aber die Bäuerin beteuerte, dass sie das Saatgut aus der Vorjahresernte verwendet hat«, wiederholte Gordon.

»Wir brauchen Proben der Vorjahrespflanzen. Haben wir eine Chance, die zu bekommen?«

»Haben wir längst«, erklärte Gordon. »Analyse läuft noch. Zu allem Überfluss haben wir bei Bodenanalysen Mikroorganismen gefunden, die in dieser Gegend nicht vorkommen. Womöglich hat da jemand nicht nur bei den Pflanzen nachgeholfen, sondern auch bei den unterstützenden MOs im Boden. Wir sind allerdings noch nicht dazu gekommen, sie genauer anzusehen.«

»Die Frage ist doch«, sagte Helge, »wem bringt es etwas, diesen Mais einfach so auf den Feldern wachsen zu lassen. Hat schon jemand ein Patent darauf angemeldet?«

»Gute Frage«, antwortete Gordon verdutzt. »Haben wir noch nicht überprüft.«

»Okay, machen wir gleich hier«, sagte Helge und nickte Horst Pahlen zu. Der aktivierte den Laptop vor sich, rief eine Webseite auf und tippte ein paar Suchbegriffe ein. Auf dem Bildschirm tauchte eine Reihe von Antworten auf.

»So einfach geht das?«, hörte Helge leise Jegors osteuropäischen Akzent aus den Lautsprechern.

Ebenso aus dem Hintergrund antwortete der Grieche: »Klar. Da draußen gibt es Datenbanken, die du genauso durchsuchen kannst wie das Internet mit einer klassischen Suchmaschine.«

Währenddessen scrollte Horst die Ergebnisse durch.

»Nichts«, murmelte er. Er variierte die Suchbegriffe, erhielt neue Antworten. Lehnte sich schließlich zurück und erklärte: »Patentiert hat das Ding bis jetzt niemand.«

»Dann sollten wir es glatt tun«, feixte einer seiner Wissenschaftler.

»Diese Pflanze macht Milliardeninvestitionen zunichte, wenn wir die Ausbreitung nicht stoppen«, rief Helge. »Wie es aussieht, kann sie jeder anbauen, beziehungsweise wird sie sich auf natürliche Weise verbreiten. Stell dir vor, was das für uns bedeuten würde!« Und für unseren Börsenkurs.

Aus dem Lautsprecher fragte der Russe: »Verlieren gentechnisch veränderte Pflanzen bei natürlicher Fortpflanzung mit anderen Arten nicht oft schon in der nächsten Generation viele ihrer Vorteile und nach ein paar Saatgenerationen fast alle?«

Neben Helge antwortete Horst: »Das hängt davon ab …« Er verstummte und hieb sich mit seiner Pranke gegen die Stirn, dass die wenigen Haare in alle Richtungen hochsprangen. »Ach du liebe Scheiße! Gordon, habt ihr Hinweise auf einen *Gene Drive* gefunden?«

»Haben wir noch nicht untersucht«, erwiderte Gordon. Jegor folgte der Diskussion stoisch.

»*Gene Drive* kennst du?«, fragte ihn Stavros leise, während Gordon weiter mit seinen Leuten diskutierte.

»Hey, ich züchte das Zeug, klar weiß ich, was ein *Gene Drive* ist. Wenn man zu erreichen versucht, dass sich die Eigenschaft der Elternteile nicht nach den Mendelschen Gesetzen unterschiedlich auf die Nachkommenschaft verteilt, sondern alle Nachkommen die gleiche Eigenschaft übernehmen.«

»... sucht nach Cas«, fing Jegor die scheppernde Stimme Horst Pahlens auf. »Wir arbeiten auch schon daran. Wäre ich sie, würde ich den *Gene Drive* per CRISPR/Cas einbauen.«

»Machen wir«, erwiderte Gordon.

»Okay, beeilt euch. Alles Weitere besprechen wir, sobald ihr Ergebnisse habt.«

Der Bildschirm wurde schwarz.

»*Gene Drive* per CRISPR/Cas?«, fragte Jegor den Griechen.

»Ich dachte, du züchtest das Zeug«, spottete Stavros.

»Und du solltest mich dafür über die neuesten Technologien aufklären, Hirni«, schimpfte Jegor. »Also was ist das nun?«

»Stell dir Folgendes vor. Der resistente Mais hat eine zusätzliche Fähigkeit eingebaut bekommen: Er kann mittels CRISPR/Cas jenen Genabschnitt, der die Resistenz ermöglicht, in das ursprünglich nicht resistente Chromosom des anderen Elternteils einkopieren. Nun tragen beide Chromosomen, also das gesamte Erbgut, die Resistenz. Und nicht nur das, sie tragen sogar die Fähigkeit des Einkopierens. Und das gilt auch für alle Nachkommen dieser Art!«

»Klingt nach einer hübschen Variante, gewünschte Eigenschaften innerhalb weniger Generationen über eine ganze Population zu verbreiten«, meinte Jegor. »Oder unerwünschte auszulöschen.«

»Exakt. Wie es mit anderen – nicht gentechnischen – Methoden sogar schon vor Jahrzehnten gelungen ist, etwa mit der Tsetsefliege, der Überträgerin der Schlafkrankheit, auf Sansibar. Oder der Schraubenwurmfliege in Panama. Mit Gentech versucht man es inzwischen bei Moskitos, die Malaria und neuerdings das Zika-Virus verbreiten.«

Jegor blinzelte ein paar Mal.

»So ein einfach zu produzierender *Gene Drive* ist irre«, bemerkte Jegor. »Da baut der eine dann irgendeine Eigenschaft in einen Organismus ein. Und wenn die Eigenschaft wem anderen nicht passt, dann baut er einfach einen anderen *Gene drive*, der sie wieder ausradiert.«

»Denkbar.«

»Aber was ist, wenn es in den manipulierten Abschnitten zu einer natürlichen Mutation kommt, die dann womöglich ebenfalls an alle weitervererbt wird?«

»Auch denkbar. Gut, wenn es eine positive Mutation ist. Wie immer man positiv definiert. Doof, wenn es eine negative Mutation ist.«

»Verdammt riskante Geschichte eigentlich.«

»Vor allem, wenn man bedenkt«, mischte sich Gordon ein, der ihrer Unterhaltung gefolgt war, »dass sich inzwischen jeder einigermaßen versierte Hobbygenetiker in seinem Küchen- oder Garagenlabor daran versuchen kann.«

28

Nach dreißig Minuten Fahrt in dem Wagen ohne Aussicht fühlte sich Helens Magen flau an. Da halfen weder die dezente Liftmusik noch die komfortablen Ledersitze. Selbst die Fenster nach vorn zur Fahrerkabine waren komplett blickdicht.

Mit Helen und Greg fuhren Mike, seine Frau Diana und ein drittes Pärchen, Jelena und Douglas. Mike und Greg hatten sich über lange Strecken des Flugs gut unterhalten. In Mikes und Gregs Witzeleien über die versteckte Kamera hatten sich die anderen nicht eingemischt. Entweder nahmen sie die Sache ernster als die beiden, oder Mike und Greg überspielten ihre Anspannung besonders eifrig.

Schließlich waren Greg und Mike beim Football gelandet und blieben während der Busfahrt dabei. Helen hatte recht gehabt: Mike war tatsächlich Quarterback eines Collegeteams gewesen. Eine Knieverletzung hatte seine vielversprechende Profikarriere vorzeitig beendet. Jetzt war er Führungskraft eines internationalen Konzerns, dessen Namen er nicht nannte, und Partner eines Risikokapitalgebers. Eine andere Vermögensklasse und einer der Typen, die zu jedem Thema etwas zu sagen haben.

»Scheint, als wären wir noch in den Staaten«, sagte Greg. »Wir mussten durch keine Grenzkontrollen.«

»Bei der Flugdauer wären wir maximal bis Mexiko gekommen«, meinte Mike. »Da kann man auf einem regionalen Flugplatz auch ohne Kontrollen ins Land.«

Während der Fahrt nahm Helen lange gerade Strecken, aber auch kurvige Abschnitte wahr. Ein paar Mal hatten sie angehalten und waren gleich darauf weitergefahren. Kreuzungen wahrscheinlich oder kurze Staus. Sie waren jetzt seit vier Stunden unterwegs. Selbst Mike hielt seit ein paar Minuten seine Klappe, auch wenn ihn das Schweigen unruhig auf seinem Platz hin- und herwetzen ließ. Obwohl man ihnen einen nachvollziehbaren Grund für die andauernde Verdunkelung während ihrer Reise gegeben hatte, wirkte sich die buchstäbliche Aussichtslosigkeit auf Helens Stimmung aus. Langsam beschlich sie die Angst, dass ihre Reise doch ein anderes Ziel als das versprochene haben könnte. Auch wenn jemand dafür einen absurden Aufwand treiben würde. Wie hatten sie sich nur darauf einlassen können?

Da hielt der Wagen erneut.

Auf den Bildschirmen des internen CCTV-Systems verfolgte Stanley Winthorpe die Ankunft seiner Gäste. Hintereinander hielten die Wagen im Schatten der Platanen auf dem weitläufigen Patio, der von schlichten, eleganten weißen Gebäuden und einer hohen Mauer eingefasst war. Eine junge Frau in legerem hellem Kostüm empfing die Neuankömmlinge mit den üblichen Floskeln und Erklärungen. Im Kontrollraum waren sie nicht zu hören, die Operatorin hatte den Ton ausgestellt. Stanley hatte die Sicherheitszentrale wie eine futuristische Raumschiffbrücke in Weiß entwerfen lassen, deren Effekt sich nach acht Jahren noch nicht abgenutzt hatte.

»Wir hätten sie nicht herbringen sollen«, sagte Cara Movelli neben ihm. Die hochgeschossene Mittvierzigerin trug ihr übliches Outfit, schwarze Jeans und schwarzes Langarmshirt, die blonden Haare ein wenig unordentlich zu einer Art Vogelnest hochgesteckt.

»Wir haben hier alles unter Kontrolle«, entgegnete Stanley,

während er auf den Monitoren verfolgte, wie die Besucher die bereitstehenden Elektrocarts bestiegen.

»Dachten wir. Bis Jill gestern verschwand und ihre heimlichen Aktivitäten bekannt wurden«, sagte Cara. »Die Kontodaten zeigen, dass sie sehr gleich nach ihrem Studienbeginn damit begonnen haben muss. Während dieser Zeit war sie regelmäßig hier zu Besuch. Was immer sie da draußen angestellt hat – wir wissen nicht, was davon sie hier hereingebracht hat.«

»Oder was sie mit hinausgenommen hat«, ergänzte Sicherheitschef Sam Pishta, ein durchtrainierter Endfünfziger mit Collegefrisur und klugen Augen.

»Sagt der Sicherheitschef«, meinte Stanley höhnisch.

»Wir können sie nicht lückenlos überwachen«, erinnerte ihn Sam. »Und selbst wenn, diese Kids sind uns überlegen, Stan. Das weißt du.«

Stanley ließ den Blick über die anderen Monitore wandern. Parklandschaften, Räume, Häuser, manche belebt mit Kindern und Erwachsenen, manche leer.

»Das war der Plan«, sagte er, mehr zu sich, und es klang fast so, als zweifle er selbst daran.

»Weit überlegener als geplant und erwartet«, sagte Cara. »Und die jüngeren Generationen sind noch weiter als Jill. Warum warnt sie uns außerdem vor Gene? Die Nachricht galt klar Hannah und uns.«

»Was soll der Junge hier drin schon anstellen?«, erwiderte Stanley verärgert. »Da hätte Jill schon deutlicher werden müssen.«

»Ich frage mich auch, warum sie das auf diese Weise gemacht hat, du nicht? Als wolle sie einen Insider, der wüsste, wovon sie spricht, warnen. Dabei aber gleichzeitig etwas anderes verheimlichen, was Außenstehende nicht wissen sollen. Aber was wollte sie wem mitteilen? Und was verheimlichen? Wer sind die Insider? Wer die Außenstehenden?«

»Sie muss davon ausgehen, dass Jim und Hannah die Nachricht früher oder später zu sehen bekommen«, stieg Sam in das Ratespiel ein. »Und kurz darauf auch wir hier.«

»Wir sind nur Insider bei dem Wissen um ihre genetische Besonderheit«, erklärte Stanley. »Davon weiß sie aber nichts.«

»Und wenn doch?«, fragte Cara.

»Weil wir es ihr noch nicht gesagt haben?«, blaffte Stanley sie an. »Es ist zu früh, selbst für sie.«

»Vielleicht ist sie selbst dahintergekommen.«

»Was würdest du in so einem Fall tun? Was?!«

»Fahr mich nicht so an, Stan! Keine Ahnung! Wahrscheinlich zu meinen... Eltern rennen. Sie zur Rede stellen.«

»Eben. Hat sie aber nie getan. Es muss etwas anderes sein.«

»Wie auch immer. Ich bleibe dabei. Solange wir Jill nicht gefunden und ihre Heimlichkeiten aufgeklärt haben, sollten wir alle Aktivitäten stoppen.«

»Kommt nicht infrage«, erklärte Stanley bestimmt.

»Du führst dieses Unternehmen nicht allein«, bemerkte Cara.

»Und du bist nicht für die Kundenberatung zuständig«, konterte Stanley. »Auch nicht für Forschung und Entwicklung.«

»Aber wie die anderen Partner für das ganze Unternehmen.«

»Kinder machen manchmal so Sachen, wenn sie erwachsen werden«, sagte Stanley mit einem Schulterzucken, um Gelassenheit zu demonstrieren. Krisen bewältigte man nicht, indem man sie zusätzlich aufblies, fand er.

»Sachen?!«, erwiderte Cara empört. »Jill ist zehn, auch wenn sie wirkt wie eine Fünfzehnjährige! Und kaum war sie in freier Wildbahn, haben wir die Kontrolle über sie verloren!«

Doch Stanley hörte ihr nicht mehr zu. Auf den Bildschirmen kamen die Besucher zu seinem Lieblingsmoment ihrer Visite: der erste Kontakt.

»Welche Frage Sie auch haben, wir beantworten sie«, erklärte ihre Führerin. Ihre Gesichtszüge verrieten südostasiatische Vorfahren. Sie hatte sich als Doktor Rebecca Yun vorgestellt. Jetzt steuerte sie den Elektrocart, in den sie Helen, Greg, Diana, Mike, Jelena und Doug gesetzt hatte. Die Wagen folgten einem asphaltierten Weg durch eine Parklandschaft, die in eine Ansammlung von Häusern überging. Zwei Dutzend klassische All-American-Suburbs, in großzügigem Abstand, umgeben jeweils von zaunlosen Gärten, auf denen Spielzeug und Fahrräder verstreut lagen. In einem Garten spielte ein halbes Dutzend Kinder unter Aufsicht eines Erwachsenen Fangen. Helen schätzte ihr Alter auf sechs bis zehn Jahre. Ausnahmslos Minimodels.

»Hübsch«, bemerkte Greg leise zu Helen. »Aber …«

»Stopp!«, rief Mike hinter ihnen.

Eines der Kinder war dem Fänger ausgewichen, indem es wie in einem Martial-Arts-Film aus dem Stand weit über dessen Kopf sprang. Rebecca hielt an.

»Was …«, stammelte Greg.

Wütend wandte sich der Fänger dem Springer zu, der ihn spöttisch angrinste. Erneut übersprang er den Fänger in einem Tempo, dem Helens Augen kaum folgen konnten. Nach seiner Landung klatschte er einen anderen lachend ab.

»Wow«, bemerkte Mike hinter ihnen nur.

»Unfair, Gene!«, rief ein anderer Junge. Wirre blonde Haare hingen ihm in die Augen. »Du weißt, dass Brian das nicht kann.«

»Dann soll er es lernen«, lachte der Angesprochene. Seine dunklen Locken bedeckten keck die Stirn. Auch bei Brians drittem Versuch flog Gene ansatzlos zwei Meter in die Luft und schlug dabei noch einen Salto, in dessen Verlauf er den Fänger mit dem Fuß gegen die Schulter stupste, sodass dieser stolperte und fiel. Vor Zorn begann er zu weinen. Bevor der Erwachsene eingreifen konnte, rief der blonde Junge: »Genug!«

Ohne dass Helen gesehen hätte, wie es geschehen wäre, hing er waagrecht vor ihnen in der Luft, ein Fuß an Gene. Doch auch dieser hatte sich so schnell gedreht, dass der Fuß des Angreifers nur seine Schulter streifte, statt ihn am Kopf zu treffen. Der Springer landete und wirbelte wie im Zeitraffer in eine Verteidigungsposition. Keinen Moment zu spät. Ebenso rasant setzte der Blonde nach. Mit einer Sensenbewegung seines rechten Beines versuchte er den anderen zu fällen. Dieser sprang mühelos darüber und bereitete bereits in der Luft seinen nächsten Gegenschlag vor. Mike pfiff leise durch die Lippen. Rebecca wollte weiterfahren, doch einstimmig riefen die Passagiere: »Stopp!«

Helen war kein Fan von Martial-Arts-Filmen. Trotzdem hatte sie ab und zu Kampfszenen daraus gesehen. Absurde, bei aller Gewalt durchaus ästhetische Choreografien, in denen sich die Kämpfer minutenlang jenseits der Schwerkraft in kunstvollen Posen und rasendem Tempo umtanzten, meterhoch durch die Luft wirbelten, die menschliche Natur überwanden. Helen wusste, dass die Filmemacher Hilfsmittel dafür benutzten: Seile, an denen die Schauspieler hochgehoben wurden und schwangen und die später aus den Bildern wegretuschiert wurden, Trampoline, Kräne und seit einigen Jahren vom Computer geschaffene, lebensecht wirkende Körper, denen nur mehr die Gesichter aufmontiert wurden. Doch der blonde Junge vor ihr sprang gerade ohne Seile und Kräne aus dem Stand einen Doppelsalto weit über den Kopf seines Gegners.

»Verdammt«, flüsterte Mike hinter ihr, »wir sind in Professor X' Schule für hochbegabte Jugendliche gelandet.«

»Wo?«, fragte Helen leise Greg.

»Er meint die Mutantenschule aus den X-Men-Comics.« Jungswissen.

»Stopp sie endlich«, bellte Stanley Winthorpe in das Mikrofon. Der Betreuer versuchte sein Möglichstes, die Streithähne zu trennen, doch sie waren zu schnell und hoch für ihn. Wie ein Kind, über dessen Kopf Ältere sein Käppchen hin und her warfen, hüpfte er vergeblich zwischen ihnen herum.

»Wieder Gene«, bemerkte Cara neben ihm. »Er ärgert die klassischen Kinder besonders gern.«

»So sind Jungs«, schnappte Stanley. »Gehen manchmal auf Schwächere los.«

»So sind Bullys«, widersprach Cara. »Bloß hat man gegen getunte Bullys noch weniger Chancen.«

»Nenn sie nicht getunt«, forderte Stanley verärgert.

»Könnte Jill das mit ihrer Nachricht gemeint haben?«, fragte Sam. »Dass er schwächere Kinder gern piesackt?«

»Wenigstens hat Brian in Nelson einen ebenso getunten Verteidiger«, sagte Cara unbeirrt.

Stanley befahl den Cartfahrern über deren Headsets: »Fahrt endlich weiter!«

»Ich weiß gar nicht, was du hast«, sagte Cara. »Da werden unsere Gäste gleich mit einer Leistungsdemonstration begrüßt. Du sagst doch immer: Jedes Kundenpärchen hat seine eigenen Motive, sich eines unserer Kinder machen zu lassen – auch wenn die wenigsten sie zugeben würden: Überheblichkeit, Abstiegsangst, Sozialdarwinismus, Minderwertigkeitskomplexe, Anerkennung, Angeberei, pure Gemeinheit … Gene und Nelson leisten gerade Überzeugungsarbeit für Bullys und einstige Bullyopfer gleichzeit… Fuck!«

Helen ahnte mehr, was gerade geschah, als dass sie es sah. Vielleicht lief deshalb für sie die Szene wie in Zeitlupe ab. Beide Jungs schwebten in verrenkten Haltungen in der Luft. Genes Fuß traf den Kopf des Blonden mit voller Wucht. Ein Speichelfaden aus seinem Mund vollzog die Schleuderbewegung nach. Dann war der Augenblick vorbei. Der Blonde landete, geschickt wie eine Katze, taumelte aber kurz. Der andere landete gerade neben ihm, hob zum nächsten Schlag aus, doch der Blonde blockte bereits wieder. Den Moment nutzte der Betreuer, um endlich zwischen sie zu springen und jeden an einem Arm zu packen.

»Schluss!«, befahl er. »Vertragt euch!«

Die verschwitzten Haare klebten den Jungen am Kopf. Sie zögerten, blitzten sich an. Dann klatschten sie ab.

»Das sind übrigens Nelson«, sagte Rebecca mit einer Geste zu dem Blonden hin, »und Gene. Jungs. Streiten manchmal. Nichts Ernstes. Geht schnell vorbei, wie Sie sehen.« Sie setzte den Wagen in Bewegung. Diesmal hielt Greg sie nicht auf.

»Gene ist übrigens unser Ältester.«

»Der Älteste?«, fragte Doug. »Soll das heißen, er war der Erste? Der Prototyp sozusagen?«

»Gemeinsam mit einem Mädchen, ja«, sagte Rebecca.

Helen fühlte einen Schauer über ihren Rücken laufen. Dann stimmte die Geschichte also?

»Wow«, flüsterte Doug.

»Aber nicht der netteste«, hörte Helen zum ersten Mal Diana mehr als zwei Worte sagen.

»Diese Jungs waren besser als jeder Filmtrick«, sagte Doug.

»Deshalb sind Sie hergekommen«, erinnerte ihn Rebecca, während sie Fahrt aufnahm.

Bin ich das?, fragte sich Helen.

»Was meinte dieser Nelson, als er sagte, dass Brian das nicht kann?«, fragte Jelena.

»Brian verfügt nicht über Genes und Nelsons Fähigkeiten. Manchmal respektieren die Kinder das noch nicht. Werden sie aber früher oder später.«

Werden sie?, fragte sich Helen. Warum sollten sie?

»Wieso hat er die Fähigkeiten nicht?«, hakte Diana nach.

Rebeccas Antwort kam etwas verspätet.

»Er ist ein klassisches Kind«, sagte sie nüchtern. »Einige leben hier auf der Anlage. Kinder des Personals, die auf natürlichem Weg gezeugt wurden.« Sie sah auf ihre Armbanduhr. »Es ist jetzt halb zwölf«, erklärte sie eilig. »Um Viertel nach zwölf holen wir Sie zu einem kleinen Mittagessen ab. Gleich danach beginnen Sie mit der Führung.«

»Soll das heißen«, ließ Doug sie nicht davonkommen, »wir haben gerade einen Streit zwischen normalen und genetisch modifizierten Kindern gesehen?«

»Wir bevorzugen den Begriff ›moderne‹ Kinder«, sagte Rebecca.

»Neusprech«, murmelte Doug.

»Aber eigentlich war es eine kleine Neckerei zwischen zwei modernen – Nelson und Gene.«

»Okay«, dröhnte Mike, »ich denke, wir wollen einen Nelson, keinen Brian, was, Schatz?«

Seine Frau verzog das Gesicht ob seiner Vulgarität.

»Wissen die Kinder um ihre … Beschaffenheit?«, fragte Doug.

»Nein«, sagte Rebecca. »Dafür ist selbst Gene noch zu jung.«

»Und die Eltern?«, fragte Mike.

»Nein. Für das normale Erziehungspersonal sind diese Kinder hochbegabte Waisen oder Kinder von Leihmüttern, die wir adoptiert haben.«

»Und das Personal glaubt an das Hochbegabtenmärchen?«, fragte Mike. »Ich an deren Stelle wäre da sehr skeptisch.«

»Mike, nicht wahr?«, erwiderte Rebecca. »In Ihrem Unternehmen stehen Sie auch vielem sehr skeptisch gegenüber. Aber Sie werden offensichtlich verdammt gut bezahlt dafür, Ihre Skepsis nicht zu laut zu äußern. Oder umgekehrt: Sie äußern Ihre Skepsis nicht zu laut, um verdammt gut bezahlt zu werden.«

Mike setzte zu einer empörten Antwort an. Rebecca kam ihm zuvor: »Das ist hier nicht anders.«

Ganz schön frech, dachte Helen. Beleidigte Mike als Schmerzensgeldkassierer und entlarvte ihn als Wasserprediger-aber-Weintrinker. Konnte sie sich vermutlich erlauben. Einem Superkind zuliebe würde Mike darüber hinwegsehen. Wie er es in seinem Unternehmen auch tat. Woher auch immer Rebecca davon wusste. Welche Informationen hatten sie über Helen und Greg?

29

Helge hatte alle anderen Termine hintangestellt. Sobald die Nachricht neuer Erkenntnisse aus Tansania eintraf, eilte er mit Horst und den anderen in den abhörsicheren Besprechungsraum. Auf dem Monitor wartete bereits Gordon.

»Gepriesen seien unsere neuen Maschinen«, erklärte er. »Sonst wäre das nicht so schnell gegangen.«

»Haben genug gekostet«, grummelte Helge. »Und? Ergebnisse?«

»Wir haben Cas9 nachgewiesen«, sagte Gordon trocken.

»Sch…«, unterdrückte Horst einen Fluch.

Unbeeindruckt fuhr Gordon auf dem Monitor fort. »Wenn es nach Auffinden des artfremden Genabschnitts aus dem Niembaum und der anderen Sequenzen noch eines Beweises bedurft hätte, dass dieser Mais gezielt genmanipuliert wurde – da ist er.«

»Aber kann das Cas9-Protein nicht beim Einbau der sonstigen Änderungen in die DNA gekommen sein?«, fragte Helge.

»Jein«, mischte Horst sich ein. »Du würdest es heute verwenden, um die Änderung beim ersten Mal durchzuführen. Das Cas9-Protein ist sozusagen die Schere, mit der man die DNA aufschneidet. Aber wenn du die Eigenschaft heterozygot, also ohne *Gene Drive*, einbaust, brauchst du es nur für dieses eine Mal und dann nicht mehr. Das Cas9 bleibt also nicht im Organismus. Nur wenn du den *Gene Drive* willst. Weil das kopierende Gen das Cas9-Protein zum Aufschneiden des DNA-Abschnitts am nicht resistenten Chromosom braucht. In jeder nachfolgenden Generation. Man baut also quasi die Schere mit ein. Wobei man das mit einiger Mühe wahrscheinlich auch verhindern könnte. Bloß jetzt noch nicht. Wenn wir einmal davon absehen, dass dieses Konstrukt hier eigentlich überhaupt nicht von unserer Welt ist. Ich wüsste nicht, wer so etwas Komplexes schon so funktionierend konstruiert und auch gezüchtet hätte.«

»Falls dieser Mais seine Eigenschaften wirklich an all seine Nachfolgegenerationen weitergeben kann…«, setzte Helge an.

»…werden immer mehr Bauern in der Umgebung durch reine Auskreuzung den Wundermais haben«, vollendete Gordon den Satz.

»Kommen dazu wie die Jungfrau zum Kind«, bemerkte Helge.

»Stellt sich die Frage, wie die jetzt schon Gesegneten dazu kamen«, meinte Horst.

»Allerdings. Du hast sie sicher gefragt.«

»Du kennst diese Völkchen«, sagte Gordon. »Die sehen überall irgendwelche Zauber oder Geister als Ursachen.«

»Dann findet die wahre Ursache! Oder die Geister!«

30

Jessica lehnte an der Wand des Flurs zwischen den Türen, hinter denen Sean Pickard auf der einen Seite und Hsiao Jinjin, ein zweiter Verdächtiger, auf der anderen Seite saßen. Rich lehnte neben ihr, Tom und Jaylen standen ihnen gegenüber.

»Ihre Aussagen passen zusammen«, sagte Tom. »Ihre Alibis beginnen wir natürlich gerade erst zu prüfen. Die fachlichen Aussagen muss Rich bewerten.«

»Ihr Erklärungen klingen schlüssig«, meinte Rich. »Sie haben die Experimente angemeldet und begonnen. Dabei haben sie alle Vorschriften befolgt. Wie schon erklärt, ging es um eine Sequenz, die bestimmte Gene aktivieren soll. Als sie damit halb durch waren, erschien in einem Fachmagazin ein Artikel über eine Methode, die das Problem bereits auf einfachere und elegantere Weise gelöst hatte. Wissenschaftlerschicksal. Ich habe das nachgeprüft. Die Veröffentlichung der anderen Experimente, die hausinternen Protokolle ihrer Versuche bis zum Abbruch. Alles passt.« Er zuckte mit den Schultern. »Was natürlich nicht heißt, dass nicht irgendjemand die Versuche ohne Protokollierung fortgesetzt haben könnte. Was in diesem Labor angesichts der herrschenden Sicherheitsreglements schwierig sein dürfte, aber in jedem gut ausgestatteten Garagenlabor möglich wäre.«

»Wenn eine einfachere Lösung für diese Aufgabe existiert«, fragte Jessica, »warum haben unsere Killervirusingenieure dann diese gewählt?«

»Das muss ich mir noch im Detail anschauen, kann aber dauern. Vielleicht wollten sie die unbekannte Lösung einsetzen. Vielleicht funktioniert sie in ihrem speziellen Zusammenhang besser. Vielleicht sind sie auch eitel. Oder doof. Wer weiß ...«

»Ich gehe noch einmal zu Melanie King hinein«, sagte Jessica und deutete mit dem Kopf zur Tür, hinter der die dritte Verdächtige saß. »Tom, du zu Hsiao Jinjin, Jaylen zu Sean Pickard.« Dann hatte jeder von ihnen jeden der drei einmal befragt. »Ich nehme Rich mit, aber er kann jederzeit zu jedem von euch kommen, falls nötig.«

»So leicht wirst du mich nicht los«, lachte Rich, während sie die Tür zu dem Befragungsbüro öffnete, in dem eine brünette Mitdreißigerin zwischen zwei SWAT-Männern auf ihrem Bürostuhl saß und ihr besorgt entgegenblickte. Bevor Jessica sich vorstellen konnte, rief die Frau aufgeregt: »Mir ist noch etwas eingefallen! Ihre Kollegen fragten, ob ich die Versuchsdaten an Dritte weitergegeben habe. Ich weiß nicht, ob Ihnen jemand anderer schon davon erzählt hat: Vor zwei Jahren wurde unser IT-System gehackt. In dem befanden sich auch alle Unterlagen zu den Experimenten!«

»Das fällt Ihnen jetzt ein?«, rief Jessica. Keiner der drei hatte einen solchen Vorfall bisher erwähnt.

»Hat man die Hacker gefunden?!«

»Das müssen Sie unseren IT-Verantwortlichen fragen.«

31

Helens und Gregs Zimmer war ein großzügiger, heller Raum mit einer Glaswand zu einer Terrasse. Großes Doppelbett mit Blick in die Baumwipfel. An einer Wand ein imposanter Flachbildschirm auf einem Schwenkarm. Wie in manchen Hotels lief darauf ein Begrüßungsvideo, darüber eingeblendet der Schriftzug »Willkommen in *New Garden!*«. Eine Couch und ein bequemer Polstersessel vor der linken Hälfte der Glaswand.

»Keine Musterkinder hier«, bemerkte Greg. Sah sich um. »Die Show da draußen hat mich nicht überzeugt. Auch wenn sie glatt nach Drehbuch verlief: Leistungsdemonstration bei Ankunft, Superheld verteidigt Schwächeren gegen Superschurken. In Wirklichkeit hatten sie wahrscheinlich versteckte Trampoline.«

Doch Helen sah in seinen Augen, dass seine Überzeugung Risse bekommen hatte. Sie selbst spürte große Verunsicherung. Gepaart mit Angst. Würden sie tatsächlich vor eine solche Entscheidung gestellt werden? Undenkbar, hatte Greg doch behauptet.

»Quatsch, Trampoline!«, schnaubte sie. »Wenn es da draußen welche gab, warum haben dann dieser Brian und der Betreuer sie nicht auch genutzt?«

»Weil ihre Rolle das nicht vorsah?«, entgegnete Greg.

Helen öffnete die Glastür und trat hinaus. Greg folgte ihr. Die Luft fühlte sich frühsommerlich an. Aus den Bäumen hörte sie

Vögel, sah aber keine. Die Terrasse war auf beiden Seiten mit Wänden wie Scheuklappen von den Nachbarterrassen getrennt.

»Wenn Brian wirklich ein klassisches Kind war, wie Rebecca es nannte«, murmelte sie, »Gene und Nelson dagegen ...«

Greg beugte sich weit über das Geländer, aber ein Vorsprung verhinderte, dass er hinüberlugen konnte.

Helen drückte ihm einen Kuss auf die Wange.

»Es ist gut, wenn du kritisch bleibst«, sagte sie. »Aber nicht auf einem Auge blind, bloß um recht zu behalten. Ich bin auch nach wie vor mehr als skeptisch, aber wir müssen unsere Urteilsfähigkeit behalten. Dazu sollten wir neugierig und offen bleiben. Denn womöglich müssen wir eine Entscheidung treffen. Eine sehr weitreichende Entscheidung.«

Greg seufzte. Und nickte. Nicht nur ihr zuliebe, das sah sie. Sondern akzeptierend, dass sie recht haben könnte. Schweigend blickten sie in die Baumkronen. Dann sah er sie an, schüttelte nachdenklich den Kopf, als könne er selbst nicht glauben, dass er die Möglichkeit in Betracht zog.

32

Sonntagmorgen hatte Irvin Vater-Sohn-Zeit. Er brachte Buddy zum Baseballtraining und beobachtete gemeinsam mit anderen Vätern von den Zuschauerbänken des Schulstadions die Kids.

»Noch träumen sie«, sagte sein Nachbar. »War bei mir nicht anders. Wer wolltest du werden, Irv? Babe Ruth? Joe DiMaggio?«

»Wo kommst denn du her? Mike Schmidt! Bester Moustache ever!«

»Aw! Mann …! Na ja. Und dein Kid?«

»Soll seinen Spaß haben.«

»Wer keine Träume hat, dem können sie nicht zerplatzen?«

»Und wie machst du deinen Kleinen zu einem DiMaggio?«

Im selben Augenblick fiel ihm das Gespräch mit Greg vom Vorabend ein. Er kramte sein Smartphone hervor.

»Entschuldige«, sagte er seinem Nachbarn. »Ich habe einen dringenden Anruf.« Er stieg hinauf in die leeren Reihen. Suchte im Netz die Nummer der regionalen NSI-Agentur. Rief an. Nach einigen Erklärungen war die Frau am anderen Ende bereit, seine Geschichte aufzunehmen. Er erzählte, was er wusste. Besser: woran er sich erinnerte. Dass der Freund eines Freundes sich im Geheimen ein Designerbaby machen lassen wollte. Was technisch eigentlich noch längst nicht möglich sei. Also Betrug wäre. Oder doch nicht. Und in diesem Fall eine Revolution. Er merkte, wie bescheuert es klang und wie skeptisch seine Gesprächspartnerin blieb. Trotzdem hörte die geduldig zu. Weil Irvin sich kurzfasste.

Schließlich war er wegen Buddy hier, nicht wegen Greg. Entsprechend würden sie dort damit umgehen. Er hatte Greg den Gefallen getan. Ein Bekannter hat mir erzählt ... mein lieber Greg! Wie auch immer. Nur für den Fall, dass. Er hatte seine Pflicht getan. Er steckte das Handy ein. Auf dem Platz hatte Buddy gerade einen Spitzenschlag geliefert.

»Hey! Go, Buddy!«

Der Junge würde seinen Weg machen. So oder so.

33

»Das hätten wir«, sagte der junge Mann von der Staatsanwaltschaft, der mit Hannah und Jim in der Bank gewesen war. Mit ihnen im Raum befanden sich Gardner und zwei Beamte, die sie bisher nicht kannten – eine Frau, Eve, und ein Mann, Aldridge. Sie alle standen um einen Rechner auf dem Schreibtisch des Staatsanwalts. »Der Richter hat uns auf Anfrage den Zugriff auf den Serverplatz bei Servzon gestattet, den mutmaßlich Jill über June Pues Namen gemietet hat. Servzons Administratoren haben uns daraufhin einen Zugang auf den Rechner gegeben, ohne dass der andere Nutzer – also Jill – etwas davon bemerkt. Und so sieht das aus.«

Er klickte mit seiner Maus herum, auf dem Bildschirm öffnete sich ein Fenster. Darin sah Hannah ein einzelnes Symbol.

»Das ist alles?«, fragte Jim.

»Allerdings«, bestätigte der Staatsanwalt. »Ein sogenannter innerer virtueller Server.«

Er klickte es an. Ein Pop-up-Fenster sprang auf und verlangte ein Passwort. »Und zwar verschlüsselt. Aber die Details erklären Ihnen vielleicht besser die Kollegen.«

Aldridge, ein schmaler, fahriger Kerl, sagte: »Verschlüsselt heißt Sackgasse. An den Server kommen nur die Mieter. Wir haben uns das Ganze trotzdem genauer angesehen, unter anderem die Logs des äußeren Servers. Ich erspare Ihnen die Details. Wer immer diesen äußeren Server gemietet hat und den inneren anlegte, hat beim Einloggen einmal einen Fehler gemacht und versehentlich beim äußeren Server das Passwort für den inneren Server angegeben. Das zugehörige Log hätte er löschen können, hat es aber nicht getan. Dummer Fehler.«

Hannah verstand kein Wort. Musste sie auch nicht, vermutete sie.

»Dank dieses Fehlers konnten wir den virtuellen inneren Server öffnen.«

Das war die Hauptsache.

Der Staatsanwalt gab eine Ziffern-Kombination ein. Und dann war das Fenster voll mit Ordnersymbolen. Hunderte.

»Was ist das?«, fragte Hannah. »Was hat Jill da gemacht?«

»Das fragen wir uns auch«, sagte der Staatsanwalt. »Es sind über tausend Ordner, in denen sich Hunderttausende weitere Ordner und Dokumente befinden. Wir konnten bisher nur stichprobenartig hineinsehen. Hinweise auf ihren Aufenthalt haben wir keine gefunden. Wir dachten, vielleicht können Sie etwas damit anfangen.« Er öffnete einen der Ordner und darin eine Datei. Über den Bildschirm wand sich eine bunte Spirale aus miteinander verbundenen Kügelchen.

»Sieht aus wie der Abschnitt eines Genoms«, meinte Hannah.

»Die meisten Inhalte des Servers scheinen sich mit derselben Thematik zu beschäftigen«, erklärte der Staatsanwalt. »Deshalb haben wir Sie gerufen. Unsere Leute haben davon keine Ahnung. Sie suchen weiter nach anderen Hinweisen.«

»Können wir diese Daten auch untersuchen?«, fragte Hannah mit gebanntem Blick auf den Monitor.

»Wir bitten Sie darum. Immerhin ist es Ihr Kind. An die Originaldaten dürfen natürlich nur unsere Mitarbeiter. Aber wir richten Ihnen einen Parallelserver ein, auf den wir alle Daten überspielen. Auf den können Sie zugreifen.«

»Was ist das?«, murmelte Hannah. »Was hast du da getrieben, Jill?«

34

Das Mittagessen fand in einem großzügigen Raum mit Glaswänden an drei Seiten, einem Buffet an der vierten und drei Dutzend kleiner Tische statt. Hinter den Glaswänden breitete sich die Parklandschaft aus. Kinder sah Helen keine. Einige Paare hatten sich bereits an je einem Tisch niedergelassen. Im Raum befanden sich auch Besucher, die nicht mit ihnen im Flugzeug gekommen waren. Vermutlich waren sie von woanders hergebracht worden.

Helen und Greg setzten sich an einen freien Tisch nahe einer Glaswand.

Trotz der langen Reise verspürte Helen wenig Appetit. Nach ein paar Bissen schob sie ihren Teller beiseite. Im nächsten Augenblick betrat ein Mann in weißem Arztkittel den Raum. Flüsternd stieß sie Greg an.

»Da kommt Doktor Winthorpe. Der von dem Video.«

In seinem Gefolge Rebecca und zwei weitere Wissenschaftler. Die eine hätte sich gut auf dem Cover eines Frauen-ab-vierzig-Magazins gemacht, der andere präsentierte eine Frisur und Zähne wie John F. Kennedy.

»Ich wünsche Ihnen einen wunderschönen Tag, meine Damen und Herren!«, sagte Doktor Winthorpe. »Ich weiß: Sie alle haben viele Fragen, manche sind skeptisch« – Helen warf einen kurzen Seitenblick zu Greg –, »aber das ist normal. Sie erwartet etwas Unbekanntes, etwas völlig Neues. Aber Sie sind Menschen, die dem Unbekannten und Neuen eine Chance geben –

deshalb sind Sie hier. Bitte fragen Sie uns alles, was Sie wollen! Fordern Sie uns. Denn Ihre wichtigste Entscheidungsgrundlage am Ende des Tages wird nicht Ihr neu gewonnenes Wissen sein. Nicht die beeindruckenden Kinder. Und nicht die Meinungen anderer in der Gruppe. Entscheiden wird eines: Ihr Vertrauen. Nur wenn Sie uns hundertprozentig vertrauen, werden auch Ihre Kinder die Chance haben, ihre Potenziale hundertprozentig auszuschöpfen. Als Erstes wollen Sie natürlich wissen: Kann das alles überhaupt wahr sein? Laut den Medien ist man noch lange nicht so weit, die menschliche Natur genetisch zu beeinflussen. Nun. Der wesentliche Grund dafür ist ein Tabu: Der Mensch soll nicht ›Gott spielen‹. Dieses Narrativ zieht sich seit Beginn der Menschheit durch die Geschichtenerzählung. Vom Golem und dem Zauberlehrling über wieder gezüchtete Dinosaurier bis zu intelligenten Maschinen gehen die Geschichten für die menschlichen Schöpfer schlecht aus. Und obwohl schon die Bibel dem Menschen gebot, sich die Natur untertan zu machen, sind viele Menschen heute fest davon überzeugt, dass der Mensch nur Katastrophen auslöst, wenn er in die Natur eingreift. Dieses Narrativ haben die meisten von uns heute so verinnerlicht, dass jede Gegenrede geradezu als Gotteslästerung gilt. Nichtgläubige verwenden statt Gotteslästerung lediglich andere Vokabeln wie »unethisch«. Um dieser Ausgrenzung zu entgehen, ignorieren viele Forscher diese Denkverbote deshalb inzwischen in aller Stille. Auch wir. Weshalb wenig bis nichts über die wahren Entwicklungen an die Öffentlichkeit dringt.«

Sein Blick wanderte kurz zu Helen, nahm wie zu den anderen auch Augenkontakt auf.

»Dabei ist dieses Narrativ falsch. Neue Technologien haben der Menschheit gesamt gesehen immer ein besseres Leben gebracht: von der Zähmung des Feuers über die Entwicklung des Ackerbaus, des Rads, der Schrift, des Buchdrucks, der Entdeckung der Elektrizität… Die Errungenschaften der modernen Medizin und Technik lassen immer mehr Menschen gesünder, länger und komfortabler leben als alle Generationen davor.«

Greg beugte sich zu Helens Ohr. »Typischer Technodeterminist«, flüsterte er. »Wir müssen nach wie vor in Kalifornien sein.«

Helen reagierte nicht. Sie hörte Winthorpe zu.

»Damit will ich nicht sagen, dass alles Heil in der Technik und dem Fortschritt liegt. Natürlich müssen wir sie immer kritisch im jeweiligen kulturellen Zusammenhang debattieren. Aber wir sollten sie nicht reflexartig ablehnen.«

Gregs Miene verfinsterte sich, als Winthorpe seinen Kommentar relativierte. Der Doktor kannte sein Publikum.

»Überbevölkerung und Klimawandel sind wunderbare Beispiele dafür, wie fabelhaft uns das gelingt, denkt jetzt sicher die eine oder der andere von Ihnen. Da ist es wieder, das Narrativ! Wir werden auch diese Herausforderungen bewältigen!« Er räusperte sich kurz und fuhr dann fort: »Entschuldigen Sie diesen kleinen Exkurs. Aber er ist wichtig, damit Sie verstehen, warum Sie bisher nichts von uns – und von anderen – gehört haben. Wie schon…«

»Es gibt noch andere?« Ein rundlicher Enddreißiger in weinrotem Poloshirt schrie fast.

»Gehen Sie davon aus«, erwiderte Winthorpe. »Das Bejing Genomics Institute BGI etwa ist das weltgrößte Unternehmen für Gen-Sequenzierung. Seit Jahren sammelt und sequenziert es ganz offiziell Tausende Genome hochintelligenter Menschen. Wozu wohl? Nutztiere, wie zum Beispiel Schweine, werden dort längst industriell geklont. Oder in Miniversionen als ›Schoßferkelchen‹ gezüchtet und verkauft. Auch die erste Veröffentlichung über Versuche mit der revolutionären Genmanipulationsmethode CRISPR/Cas9 an menschlichen Embryos kam 2015 aus China. Ebenso wie der nächste Versuch in 2016, in dem chinesische Forscher versucht haben, HIV-resistente Embryos herzustellen.«

»Oh, wow …«, murmelte der Mann im Polo.

»Die Chinesen sind nicht die Einzigen«, erläuterte Winthorpe. »Selbst in Europa ändert sich langsam etwas. Großbritannien etwa hat Versuche an befruchteten menschlichen Eizellen innerhalb der ersten sieben Tage zugelassen. Zur möglichen Verhinderung von Krankheiten. Heißt es. Vorerst dürfen sie noch nicht eingepflanzt werden. Vorerst.

Schon davor durften zur Verhinderung schwerer Schädigungen Eingriffe in die Keimbahn vorgenommen werden. Dazu wird in die entkernte Zellhülle einer anonymen Spenderin der befruchtete Zellkern eines Paares eingesetzt.«

»Heißt das«, fragte eine schmale Frau mit schwarzem Pagenkopf und Designerbrille, »dass ein solches Kind dann drei Elternteile hat?«

»Sehr gute Frage. Manche sagen Ja, andere Nein.«

Die Frau nickte nachdenklich. »Das mag Ihnen jetzt alles sehr technisch, ja unmenschlich erscheinen«, fuhr Winthorpe fort. »Aber der Fortschritt in der Gentechnik wird vielen Kindern ermöglichen, gesund auf die Welt zu kommen. Und darauf kommt es an. Vor allem helfen Ihnen solche Beispiele zu sehen, wie weit selbst die offizielle Entwicklung bereits ist.«

Er breitete einladend die Arme aus.

»Und jetzt folgen Sie mir auf die spannendste Reise Ihres Lebens!«

35

Jason Brill kopierte und heftete Präsentationen ab, als María Solér vor ihm auftauchte. Bei ihr war ein männlicher Kollege. Sofort war sein schlechtes Gewissen wieder da.

»Hallo, Jason. Du hast für die nächsten Stunden frei. Bitte begleite uns zu dir nach Hause.«

Sie duzten ihn schon. Mangelnder Respekt. Das war es jetzt also. Sie hatten ihn. Weswegen auch immer. Jason war sich keiner Schuld bewusst. Er ließ sich nichts anmerken und folgte den beiden.

»Worum geht es?«, fragte er so unbefangen wie möglich.

»Das sehen wir bei dir daheim.«

Auf der Rückbank der zivilen Limousine kutschierte Solérs Kollege ihn eine Dreiviertelstunde quer durch Washington, bis sie zu dem Sechzigerjahre-Wohnblock kamen, in dem Jason während seines Praktikums wohnte. Während der Fahrt versuchte er möglichst souverän den Grund ihres Besuchs zu erfahren, doch die beiden blieben einsilbig, was Jasons Unruhe zu einer sanften Panik steigerte. Die Limousine hielt neben einem Kleinbus. Sie stiegen aus, und aus dem Kleinbus gesellten sich zwei Frauen und Männer mit schweren Koffern zu ihnen. Einen Moment lang überlegte Jason zu fliehen. Absurde Idee. Gemeinsam begleitete der Trupp ihn bis zu seiner Apartmenttür. Dort zogen sich die vier aus dem Bus Overalls und Latexhandschuhe über.

»Aufsperren, bitte«, sagte María Solér.

Jason gehorchte, traf zum Glück sofort das Türschloss und konnte das Zittern seiner Finger verbergen.

Die Overalls betraten das Apartment zuerst. María, Jason und Marías Kollege folgten ihnen. Die Wohnung bestand aus einem einzigen Raum mit Kochnische und einem winzigen Bad. Einer der Overalls stand bereits an der Spüle und hielt mit seiner gummiüberzogenen Hand das Reinigungstuch hoch.

»Ist das hier das Tuch, von dem Sie Mrs. Solér erzählten?«, fragte er. »Das Sie zugeschickt bekamen?«

Jason begriff erst nach ein paar verwirrten Sekunden, wovon der Mann redete.

»Ja«, antwortete er verdutzt. Die ganze Aufregung wegen dieses Fetzens?

Der Overall ließ das Tuch in einer Tüte verschwinden.

»Das Kuvert, in dem es kam, haben Sie nicht zufällig noch?«

Jason überlegte. Ein wenig Spannung fiel von ihm ab, zum ersten Mal. Vielleicht wollten sie ihm doch nicht ans Leder. Das Tuch war vor etwa zwei Wochen gekommen.

»Doch, kann sein«, meinte er eifrig. »In dem Schrank unter der Spüle ist der Müll. Eine Tonne für den Hausmüll, ein Karton mit Altpapier und einer mit anderem recyclebarem Material. Wenn, dann ist er beim Papier.«

Der Overall öffnete das Kästchen. Währenddessen verteilten sich die anderen drei über das Apartment und benahmen sich wie die Spurensucher aus einer TV-Kriminalserie. Mülltonne und Kartons samt Inhalt verschwanden in großen Tüten.

»Okay«, sagte der Overall.

»Danke für die Kooperation«, sagte María zu Jason. »Die Kollegen werden hier noch eine Weile brauchen. Wir hätten noch ein paar Fragen an dich. Aber die stellen wir dir woanders.«

Fuck!

36

Winthorpe und die anderen hatten sie wieder auf Elektrocarts verteilt und in die Wohnsiedlung gekarrt. Dort spielten Kinder in den Vorgärten und auf der Straße, Helen schätzte ihr Alter von gerade mal lauffähig, also eineinhalb, bis sechs, vielleicht sieben Jahre. Alle sahen sehr gesund und die meisten ungewöhnlich sportlich aus. Irgendetwas empfand Helen anders als in vergleichbaren Situationen, vielleicht war es die Art der Bewegung bei den Kindern, schneller, gewandter, exakter als in ihrem Alter erwartet, oder die Weise, wie sie miteinander umgingen, Helen hätte es nicht näher sagen können. Was immer es war, weckte in ihr ein Gefühl der Irritation und gleichzeitig großer Gelassenheit.

Mütter und Väter schoben Kinderwagen mit ganz Kleinen über die Gehwege. Aus einigen strahlten Helen große Augen an, oder die Babys schliefen tief und zufrieden in ihren weichen Decken. Ein Werbespot hätte das Idyll nicht besser inszenieren können.

»Ach, wie süß!«, hörte sie Frauenstimmen von mehreren der Besuchercarts. »Entzückend! Reizend! Zum Knuddeln!«

Auch Superwunderkinder waren süß – welch ein beruhigender Gedanke!

Einige Damen wollten aus ihren Gefährten springen, wurden von den Wissenschaftlern aber zurückgehalten.

»Sie sehen«, sagte Rebecca, »auch unsere Kinder sind zuallererst einmal Kinder.«

Mit diesen Bildern und Eindrücken in ihrem Inneren gelangten sie zu einem Flügel des zentralen Gebäudes, an dem sie die Carts verließen.

Winthorpe führte sie durch einen langen Flur mit Kinderbildern an der Wand, bevor sich vor ihnen eine kleine Halle öffnete. Helen erinnerte sie an die schon fast altmodischen Tradingfloors in Börsen oder bei Brokern. Nur trug das Personal an den langen Tischen vor den zahllosen Bildschirmen statt Hemd, Schlips, Hosenträger und Einheitsfrisur hier Hoodies, Holzfällerhemden oder T-Shirts. Einige Plätze waren leer. Bei manchen Bildschirmen hatten sich zwei oder drei Personen versammelt und diskutierten leise. Insgesamt befanden sich an die sechzig Personen im Raum, mehrheitlich Männer. Auf den Monitoren erkannte Helen vorwiegend komplizierte, bunte Konstruktionen aus miteinander verbundenen Kugeln und amorphen Formen oder Kurven und Grafiken. Die Arbeitenden beachteten die Besucher nicht.

»Früher gewannen Wissenschaftler Erkenntnisse vor allem ›in vivo‹«, erklärte die Wissenschaftlerin namens Souza. »Soll heißen, durch Beobachtung von oder Experimenten an lebensfähigen Organismen. Später kam als Erkenntnisquelle ›in vitro‹ dazu, also Experimente im Reagenzglas. Seit den gewaltigen Fortschritten der Computertechnologie, insbesondere der Chipkapazitäten und beim Sammeln und Verarbeiten riesiger Datenmengen, wird ›in silicio‹ immer wichtiger. Darunter versteht man in unserem Bereich die Modellierung und Simulation komplexer chemischer oder biologischer Vorgänge auf dem Computer. Heute werden zum Beispiel mögliche Medikamente am Computer entworfen und dort auch gleich deren Wirkung berechnet. So kann man schon unheimlich viel herausfinden, ohne ein einziges Experiment im Labor durchführen zu müssen, geschweige denn Tierversuche oder Tests an Menschen. Schon in den Neunzigerjahren des vorigen Jahrhunderts halfen diese Methoden etwa bei der Entwicklung von Aids-Medikamenten.«

Durch eine Tür zu einem Nebenraum trat eine Frau mittleren Alters, lief an der Besuchergruppe vorbei und flüsterte Doktor Winthorpe etwas ins Ohr, während Souza ihren Vortrag unbekümmert fortsetzte.

»Inzwischen existieren weltweit Datenbanken, in denen massenhaft genetische Daten gesammelt werden…«

Am Hals von Stanley Winthorpes Einflüsterin leuchteten rote Flecken. Hatte sie einen Ausschlag? Oder war sie aufgeregt? Helen erinnerte die Szene irritierend an jenen Moment in der Emma-E.-Booker-Grundschule am 11. September 2001, als der damalige Präsident George W. Bush vom Crash des zweiten Flugzeugs in das New Yorker World Trade Center erfuhr.

»…chinesische Intelligenzsammlung haben wir schon erwähnt«, sagte Souza. Winthorpes Einflüsterin verschwand, und der Doktor lauschte wieder seiner Kollegin. Dabei wirkte er abwesend, den Blick in eine andere Realität gerichtet. Versuchte offenbar, das Gehörte einzuordnen. Wie Bush damals in der Booker. Doch Souza gewann Helens Aufmerksamkeit rasch zurück. »Inzwischen haben wir quasi von beiden Seiten gigantische Datenmengen: vom Genotyp, der genetischen Ausstattung der Lebewesen einerseits, und vom Phänotyp, also dem, was die Organismen und die Umwelt aus dieser Ausstattung machen. Jetzt muss man diese beiden Seiten nur mehr abgleichen und matchen, um herauszufinden, welche Gene und welche Umweltbedingungen wie für welches Aussehen und Verhalten verantwortlich sind – oder nicht. Deshalb sind momentan die ganzen Datensammler so heiß auf unsere Körper-, Gesundheits- und Verhaltensdaten und natürlich auf unsere DNA. Viele tragen beispielsweise Daten verschiedener Krankheitsbilder zusammen und analysieren die Genome der Kranken, um mögliche genetische

Ursachen und damit mögliche Vorbeuge- oder Behandlungsmaßnahmen zu entdecken. Bei einem Projekt wurden die Gesichtsformen mit dem Genom abgeglichen, um aus der DNA eines Menschen sein Aussehen ableiten zu können. Die Firma Decode Genetics hat bereits das Genom Tausender Isländer analysiert und kann wegen der engen Verwandtschaft und der Rückverfolgbarkeit der Stammbäume bis ins neunte Jahrhundert Rückschlüsse auf die gesamte Inselbevölkerung ziehen. Probensammeln und Suche in dem Datenwust sind längst automatisiert, werden also von Robotern und Programmen erledigt. Das ermöglicht die Bewältigung der gigantischen Informationsmengen. Auch wir arbeiten mit mächtigen Computerprogrammen und künstlichen Intelligenzen, um das ungeheuer komplexe menschliche Erbgut auf seine genauen Funktionen hin zu analysieren und mögliche Veränderungen erst einmal am Computer zu simulieren. Biotechnologie ist heute eine Informationswissenschaft.«

Sie zeigte in den Raum.

»Die Leute, die hier arbeiten, gehören zu den gescheitesten und besten ihrer Zunft. Und wie Sie bald sehen werden, bekommen sie noch von anderer Seite Unterstützung. Sobald wir durch eine ›in-silico‹-Entwicklung zu einem Ergebnis kommen, das wir weiterverfolgen wollen, gehen wir damit ins Labor.«

Mit diesen Worten wandte sie sich einer Tür zu und verließ den Raum. Die Besucher folgten ihr. Helen entging nicht, dass Winthorpe zurückblieb und sich leise mit Doktor Ben Oden unterhielt.

Als sie Souza über den Flur in den nächsten Raum gefolgt waren, konnte sie Winthorpe nirgends mehr sehen. Was hatte ihm seine Einflüsterin mitgeteilt, das wichtiger war als seine Gäste? Hoffentlich kein genetisches 9/11.

37

Horst warf Fotos und Ausdrucke mit Zahlenreihen, genetischen Codes und Statistiken auf Helges Besprechungstisch. Auf den Bildern erkannte Helge die genetisch manipulierten indischen Ziegen und die gleichfalls veränderte brasilianische Baumwolle, auf die ihre Scouts vor ein paar Wochen gestoßen waren. Auf den Ausdrucken waren einige Passagen farbig angezeichnet. Helge musste sie nicht lesen. Horst erklärte ihm den Inhalt in wenigen Worten: »Gene Drive per CRISPR/Cas. Da wie dort.«

Helge starrte auf die Unterlagen, dann Horst an.

Zwei Minuten später waren der Sicherheitschef und der Leiter der Rechtsabteilung mit am Tisch.

»Von den Verursachern haben wir noch keine Spur«, sagte Horst. »Unsere Teams ermitteln fieberhaft. Aber drei Fälle auf drei Kontinenten mehr oder minder zeitgleich – das ist kein Experiment mehr. Das ist ein strategischer Angriff auf unser Geschäft. Und wer weiß, worauf noch. Irgendjemand da draußen experimentiert mit der nichtkommerziellen Verbreitung genmanipulierter Organismen. Wir müssen herausfinden, wer dahintersteckt. Und was sie noch vorhaben.«

»Zum Glück ist das so in allen drei Ländern illegal«, sagte der Leiter der Rechtsabteilung. »Ich schlage vor, dass unsere Niederlassungen vor Ort die dortigen Behörden in Kenntnis setzen. Gleichzeitig könnten wir die zuständigen internationalen Stellen informieren. Es handelt sich ganz klar um Verletzungen des

Cartagena- und des Nagoya-Protokolls zur Biosicherheit. Außerdem könnten einige unserer Politikberater politische Stellen aufmerksam machen, dass unsere Wirtschaftsinteressen massiv gefährdet sind! Die Politiker sollen etwas unternehmen!«

»Da wollen wir nichts überstürzen«, wandte Helge ein. »Ich wäre nicht böse drum, die Urheber ausfindig zu machen und mich vielleicht ein wenig mit ihnen zu unterhalten, bevor wir andere auf die Geschichte aufmerksam machen. Wer weiß, was daraus werden kann.« Er prüfte seinen Kalender auf dem Smartphone. »Ich bin ab morgen früh mit Horst unterwegs in die USA, Ostküste, Westküste, ein paar heiße Biotech-Start-ups checken. Mein Assistent koordiniert unsere interne Kommunikation.«

38

»Leider«, erklärte der IT-Chef des Labors in Baltimore. »Die Eindringlinge in unser System wurden nie ausgeforscht. Seit damals haben wir unsere Sicherheitsvorkehrungen massiv erhöht«, fügte er stolz hinzu. »Heute kann so etwas nicht mehr passieren.«

Diese Haltung ist fast eine Garantie dafür, dass es wieder passiert, dachte Jessica.

Das war vor einer Stunde gewesen. Inzwischen waren sie auf dem Weg zurück nach Washington. Diesmal saß Jaylen auf dem Beifahrersitz des SUV, er war beim Einsteigen schneller gewesen. So landete Jessica wieder auf der Rückbank neben Rich, der sich abermals mit dem Mittelsitz begnügte, worüber sie nicht böse war. Von ihm ging eine gelassene, warme Souveränität aus, die ihr angenehmer war als Toms und Jaylens ehrgeizige Korrektheit.

»Pickard, King und Hsiao bleiben in Haft, bis ihre Angaben überprüft sind«, sagte Tom. »Der Hack hat die Sache natürlich verkompliziert.«

»Der Hack kann auch eine Tarnung sein«, gab Rich zu bedenken, »in Auftrag gegeben von einem der Verdächtigen.«

Jessica hörte nur halb zu. Dass sein Oberschenkel gegen ihren lehnte, war in dieser Situation kaum zu vermeiden. Das eigentlich Bemerkenswerte daran war, dass es ihr auffiel. Und dass es sie nicht störte, im Gegenteil.

39

Doktor Justine Delacroix, die Frau, die Stanley aus der Führung geholt hatte, ging mit ihm zu einem Elektrocart und fuhr mit ihm über den halben Campus.

»Tut mir leid wegen der Unterbrechung«, sagte sie, »aber das ist wirklich wichtig.«

Sie hielt vor einem Komplex, den die Besucher nicht gesehen hatten: das medizinische Zentrum für das Personal. Hier konnten alle gängigen Behandlungen durchgeführt werden, sodass sie nur in ernsten Fällen auf Kliniken außerhalb des Campus ausweichen mussten. Doch das kam selten vor.

Zwei Wissenschaftler aus Stanleys Team warteten bereits, der leicht untersetzte Doktor Elmar Shoe und Doktor Vadira Andarpi, den eine hohe Stirn über der Adlernase kennzeichnete. Andarpi trug einen großen Tabletcomputer mit sich. Sam Pishta war auch da.

»Was gibt es?«, fragte Stanley, seinen Ärger über die ungeplante Unterbrechung mühsam unterdrückend.

»Bitte folgen Sie uns«, forderte Andarpi ihn auf.

Stanley ging mit den anderen zu einem Krankenzimmer, in das sie vom Flur aus durch ein großes Glasfenster mit Jalousie hineinsehen konnten.

Im Einzelbett lag eine junge Frau. An ihrer Brust sah Stanley ein Neugeborenes. Auf einem Stuhl neben dem Bett saß ein junger Mann und unterhielt sich mit der Frau.

Mit einer knappen Geste aktivierte Andarpi sein Tablet, rief ein Programm auf und hielt den Screen so, dass alle ihn sehen konnten. Das Porträt einer Frau mit bronzefarbener Haut und dunklen Locken erschien. Die frischgebackene Mutter im Zimmer. Dazu am oberen rechten Bildrand der Text:

Sondra Farrukah

32, ehem. Erzieherin Haus 12

»Sie war eine unserer Erzieherinnen. Vor sechs Monaten informierte sie uns darüber, dass sie schwanger ist.«

Ein Foto der strahlenden Schwangeren.

»Der Vater ist Jack Wolfson.« Der Mann am Bett. »Er arbeitet im Service.«

Andarpi wischte zu einem Bild, das Farrukah mit dickerem Bauch zeigte.

»Sondra Farrukah ist nicht die Erste auf dem Gelände, die auf natürlichem Wege schwanger wurde. Im Lauf der Jahre haben sich ja fast zwei Dutzend natürlich gezeugte Kinder auf dem Campus angesammelt.«

Als wüsste Stanley nicht selbst darüber Bescheid, blendete er auch von einigen dieser Kinder Fotos ein. Stanley und seine Mitgründer hatten diese von Beginn an in das Konzept miteinbezogen. Sie wollten den Umgang von klassischen und modernen Kindern miteinander studieren.

»Wie ihr Vertrag es für diesen Fall vorsieht, haben wir Sondra auf eine weniger strapaziöse Stelle in der Verwaltung versetzt. Vor zwei Tagen wurden sie und Jack glückliche Eltern eines gesunden Mädchens. Kendra.«

Vom Bildschirm griente Stanley ein verschmiertes rotbraunes Neugeborenes an. Jetzt lag es ganz ruhig da drin an der Brust seiner Mutter.

»Und?«, fragte Stanley ungeduldig. »Die Kleine ist nicht die

Erste, wie Sie schon sagten. Warum also bin ich hier und nicht bei unseren Besuchern?«

»Das besprechen wir an einem vertraulichen Ort«, sagte Pishta.

Der Sicherheitschef ging mit ihnen den Flur hinunter durch eine Glastür mit der Aufschrift »Nur für autorisiertes Personal«.

Dahinter öffnete er eine von mehreren Türen. Das kleine Besprechungszimmer besaß entgegen der restlichen transparenten, glasreichen Architektur der Anlage keine Fenster. In dem Raum stand ein Tisch für acht Personen mit ebenso vielen Stühlen. Die der Tür gegenüberliegende Wand beherrschte ein flächendeckender Monitor. Solche diskreten Besprechungszimmer fanden sich in allen Abteilungen des Komplexes. Uneinsichtig, abhörsicher.

Widerwillig ließ Stanley sich nieder und sah das Team herausfordernd an.

Mit einer Geste aktivierte Delacroix den Wandmonitor. Auf dem Bild hielt ein Arzt dem Baby Kendra ein stiftartiges Gerät an die Ferse. Blutentnahme für die obligate staatliche Überprüfung auf Erbkrankheiten, wusste Stanley.

»Wie bei allen Neugeborenen auf dem Campus, ob klassisch oder modern, haben wir bei dieser Gelegenheit nicht nur das Blut, sondern gleich das gesamte Genom analysiert«, erinnerte ihn Delacroix unnötigerweise.

»Weiß ich doch!«, bemerkte Stanley unwirsch.

Delacroix blendete Grafiken einiger Genomsequenzen ein. Stanley erkannte sie sofort. Sie stammten aus jüngeren Kindern am Campus. Diese waren höchstens zwei Jahre alt und gehörten zu den genetisch am weitesten entwickelten.

»Genome der siebten und achten Generation«, bemerkte er. Seine Kinder kannte er ganz genau. Jedes einzelne. »Die ersten zwei Abschnitte gehören jeweils Edwin und Carlina.«

Diese Sequenzen waren unter anderem für die Produktion bestimmter Botenstoffe im Gehirn verantwortlich, dank derer die Kinder eine deutlich höhere Intelligenz, schnellere Muskel- aktions- und kürzere Reaktionszeiten aufwiesen. Die spezielle Zusammensetzung des Abschnitts war bei keinem bislang entzif- ferten Genom beobachtet worden. Ihre hochentwickelten Algo- rithmen hatten jedoch errechnet, dass sie theoretisch möglich, nützlich und stabil sein müssten. Also hatten sie es versucht. Die ersten Versuche waren schon an der Einnistung der befruchteten Eizelle gescheitert. Nach ein paar leichten Abänderungen hatten sie Erfolg gehabt. Edwin und Carlina erwiesen sich bereits in die- sem frühen Stadium als intelligenter und leistungsfähiger als alle Kinder davor.

»Die dritte Sequenz finden wir bei Cheng, Donna und Alek- sandr«, demonstrierte Stanley sein Wissen. Auch dieser Abschnitt war für das Gehirnwachstum beziehungsweise dessen Struktur verantwortlich. Er war die Weiterentwicklung eines früheren Mo- dells. Die damit ausgestatteten Kinder besaßen unter anderem die Anlage für eine immens erhöhte Fähigkeit zur Erkennung von Mustern in komplexen Systemen. Wie alle anderen musste auch diese Gabe durch eine entsprechende Ausbildung gefördert wer- den, sonst prägte sie sich kaum aus.

»Den vierten und fünften Abschnitt bei Donna, Aleksandr, Alison und Nbwele.« Erst vor wenigen Jahren entdeckte Sequen- zen, von Stanleys Team optimiert, die unter anderem für den Energiehaushalt der Kinder zuständig waren. Sie verwerteten Nahrung besser, weshalb sie weniger davon benötigten, und schliefen nur drei bis fünf Stunden pro Nacht.

Sie bauten den Kindern nie alle der möglichen Änderungen ein. Im Allgemeinen beschränkten sie sich auf eine bis fünf, um die Genexpression und Auswirkung besser studieren zu können.

»Du siehst, ich weiß, was ich hier sehe. Genomabschnitte von insgesamt sieben Kindern – Edwin, Carlina, Cheng, Donna, Aleksandr, Alison und Nbwele. Sie gehören mit zu den besten und gescheitesten, die wir bislang haben.«

»Das ist das Genom der neugeborenen Kendra«, erklärte Delacroix.

Ohne eine Miene zu verziehen, ließ Stanley den Blick über die einzelnen Mitglieder des Teams schweifen. Er musste Zeit gewinnen. Stanley Winthorpe hatte als einer der brillantesten Studenten seiner Generation gegolten. Seine frühen Arbeiten zu so verschiedenen Bereichen wie Proteinfaltungen und epigenetischer Genexpression galten nach wie vor als wegweisend. Manche schätzten ihn noch immer als einen künftigen Nobelpreisträger ein. Entwicklungen und die daraus resultierenden Patente im Bereich der Synthetisierung medizinischer Wirkstoffe hatten ihm noch vor seinem dreißigsten Geburtstag Milliardeneinkünfte gesichert. Sie finanzierten all seine weiteren Projekte, allen voran die Kinder. Seitdem waren weitere Patente auf dem Gebiet der synthetischen Genetik hinzugekommen. Keine Herausforderung war ihm je zu groß erschienen. Im Gegenteil hatte er immer gern die unlösbaren Aufgaben angegriffen. Selten in seinem Leben hatte ihn etwas irritieren, überraschen oder gar verstören können. Unbekannte Phänomene waren dazu da, erforscht und damit der Welt des bekannten Wissens hinzugefügt zu werden. Für alles existierte eine Erklärung. Man musste sie nur finden.

»Du hast das falsche Bild«, sagte er zu Delacroix.

Delacroix legte den Kopf schief, verzog den Mund.

»Wir haben es doppelt und dreifach und dann noch einmal geprüft«, sagte sie.

»Und danach noch einmal«, fügte Doktor Andarpi von der anderen Seite des Tisches hinzu.

»Und wir auch«, ergänzte Pishta. »Es besteht kein Zweifel.«

»Es ist Kendras Genom«, bestätigte Delacroix. Wie ihre beiden Kollegen und Pishta war sie während ihrer Präsentation stehen geblieben. Stanley erhob sich, ohne den Blick von dem Monitor zu nehmen, und studierte die Aufnahme.

»Kann nicht sein«, erklärte er entschieden. »Kendra – nicht wahr? – wurde auf natürlichem Weg gezeugt. Es ist unmöglich, dass diese Abschnitte als natürliche Mutationen in ihrem Genom entstanden. Un-mög-lich.« Er unterstrich jede Silbe mit einem Klopfen seiner Fingerknöchel auf die Tischplatte.

»Das denken wir auch«, erwiderte Delacroix trocken.

Stanley konnte seinen Ärger nicht länger verbergen.

»Also kann es nicht das Genom dieses Kindes sein«, beharrte er.

»Vielleicht wurde es nicht natürlich gezeugt«, sagte Shoe.

Bevor Stanley etwas sagen konnte, fügte Pishta hinzu: »Wir haben sofort alle Sicherheitsmechanismen überprüft. Wir konnten nichts entdecken. Es ist nach wie vor unmöglich, einen unserer Embryos außerhalb der vorgesehenen Prozesse und damit unbemerkt einzupflanzen.«

»Offensichtlich ist es das nicht«, höhnte Stanley. Die Überzeugtheit seiner Mitarbeiter brachte ihn zum Kochen. Die größte Gefahr für jede Existenz war seiner Ansicht nach die Illusion von Sicherheit.

»Jemand anders soll sich die Prozesse noch einmal ansehen.«

»Wir haben zwei Teams darauf angesetzt«, erklärte Pishta. »Das erste kam zum selben Ergebnis. Das zweite prüft noch.«

Stanley umrundete den Tisch. Als könnten ihm die Bilder mehr verraten, wenn er direkt davorstünde. Er schüttelte den Kopf.

»Es kann nicht sein«, murmelte er. Dann richtete er sich auf.

In ihrer Forschungs- und Entwicklungsarbeit ließ er seinen Partnern und Mitarbeitern viel Raum. Er vertraute ihnen. Er drehte sich zu ihnen um.

»Und das steckt alles in Kendra drin?«, fragte er. »So viel haben wir bislang nie in ein einzelnes Kind gepackt.«

»Ja«, bestätigte Delacroix.

»Damit wäre sie das bestausgestattete Kind am Campus.«

»Ja.«

Stanley nickte nachdenklich.

»Checkt sämtliche Überwachungsvideos aus der Zeit, in der Kendra gezeugt sein worden muss.«

»Schon dabei.«

»Danke«, sagte er. »Über jegliche neue Erkenntnis dazu will ich bitte sofort informiert werden.«

Er wandte sich zur Tür. Die anderen setzten sich ebenso in Bewegung. Delacroix hatte den Raum schon verlassen. Shoe und Andarpi folgten ihr. Stanley ließ sie hinaus, bevor er Pishta mit einem Kopfnicken anhielt.

»Sam, auf ein Wort.«

Stanley schloss die Tür hinter den Wissenschaftlern. Sam Pishta setzte sich auf die Tischkante.

»Was ist das für eine Geschichte?«, fragte Stanley.

»Du hast alles gehört«, sagte Sam. »Wir haben sämtliche Prozesse auf den Kopf gestellt. Sie sind sicher.«

»Keine Spuren zu wackeligen Kollegen und Mitarbeitern?«

»Nein. Warum auch? Macht keinen Sinn. Die kritischen wollen das Projekt ja unterbrechen oder beenden. Warum sollten sie dann neue Kinder hinzufügen?«

Stanley schüttelte den Kopf. Er wusste auch keine Antwort.

»Alles gleichzeitig«, murmelte er. »Haben wir Neuigkeiten von Jill?«, fragte er.

»Da fragen wir am besten Hannah.«

Er aktivierte den Monitor und baute eine Verbindung nach Boston auf. Auf dem Bildschirm erschien Hannahs Gesicht.

»Wie weit seid ihr?«, fragte Stanley sie ansatzlos.

»Einen guten Schritt wahrscheinlich«, antwortete die Frau in Boston. »Die Polizei hat Zugriff auf Jills Server bekommen. Und darauf Daten gefunden. Berge von Daten. Riesige Berge.«

»Gefällt mir immer noch nicht, dass wir die Polizei hinzugezogen haben«, moserte Stanley.

»Wir hatten keine andere Wahl«, sagte Sam. »Irgendwann hätten ihre Kommilitonen nach Jill gefragt.«

»Außerdem wären wir ohne die Behörden weder an die geheimnisvollen Bankkonten noch an diesen Server gekommen«, sagte Hannah auf dem Bildschirm. »Die Polizei hat eine Weile rumgestöbert, jedoch noch keine Erkenntnisse über ihren Aufenthalt gewonnen. Ich konnte sie überreden, dass sie uns eine Kopie der inneren Maschine abziehen. Da sie nicht weiterkamen, stimmten sie zu, schließlich bin ich Biologin und Jills offizielle Mutter. Mit der Analyse haben wir aber erst vor einer halben Stunde begonnen.«

Auf dem Monitor sprang ein extra Fenster auf mit einer Desktopoberfläche voll Ordnern und Dokumenten. Hannah klickte eines davon an, und eine Textdatei öffnete sich.

»Ich konnte bislang nur ein paar Dutzend Dokumente überfliegen. Vieles sieht nach Biotechnik und -informatik aus. Das wäre nicht weiter ungewöhnlich, ist schließlich eines ihrer Studienfächer. Allerdings sind einige Inhalte sehr fortgeschritten und spezialisiert, weit mehr als für ihr Studium erforderlich. Für mich sieht es nach einer Materialsammlung zu verschiedenen Themen aus.«

»Welche?«

»Da kann ich noch nicht einmal spekulieren. In einem Dokument wird der iGEM-Wettbewerb erwähnt. Vielleicht hat sie da mitgemacht, ohne es uns zu sagen.«

»Du bist ihre Adoptivmutter«, schimpfte Stanley, »und für sie verantwortlich. Jetzt müssen wir wissen …«

»Ich habe gerade erst mit der Durchsicht begonnen«, fiel Hannah ihm harsch ins Wort. »Ich brauche etwas Zeit.«

»Haben wir nicht. Erstell ein System, nach dem wir die Daten durchsuchen sollen. Wir setzen hier vorerst zwanzig Leute dran. Gib uns den Zugang. Hat die Polizei irgendeinen Hinweis auf ihren Aufenthaltsort?«

»Es sind Tausende Dokumente«, erwiderte Hannah. »Die Polizei sucht nach ihr. Unter anderem über die Kreditkartendaten und andere Geldflüsse. Diese Auswertungen stehen erst am Anfang. Aber wie es aussieht, hat sie mit Wertpapieren gezockt – und zwar sehr erfolgreich. Da geht es zum Teil um zweistellige Millionenbeträge! Was sie damit gemacht hat, das wissen wir noch nicht.«

»Was ist mit Jim Delrose?«

»Sucht sie nach wie vor mit seinen Leuten in der Stadt, auf Bahnhöfen, Flughäfen.«

Stanley beendete grußlos die Verbindung und wandte sich an Sam: »Dir ist klar, dass wir Jill vor der Polizei finden müssen.«

Er schaltete den Monitor wieder an.

»So, mal sehen, wo unsere Gäste gerade herumlaufen.«

Er aktivierte das CCTV-System, bis Bilder der Besucher auf ihrer Tour erschienen. In einer großen Gruppe standen sie auf einem Flur und blickten durch eine dunkle Glaswand.

Eine Stunde lang hatte Rebecca Yun sie durch die Unterrichtsanlagen für die Kinder geführt. Ineinander übergehende Räume, von Kleinkindergärten über Indoor-Sportanlagen und Lernräume bis zu Laboren, in denen Kinder vom Krabbelalter bis zu Teenagern hin und her liefen, spielten, bastelten, sich unterhielten, übten, betreut von einer Schar Erwachsener. Kinder, wie Helen sie von ihren Verwandten, Freunden und Kollegen kannte. Lustige, verspielte, kokette, konzentrierte. Nur ganz selten blitzten Außergewöhnlichkeiten durch, besonders bei körperlichen Aktivitäten. Helen war allerdings klar, dass sie die geistigen Fähigkeiten in dieser Situation schwierig sinnvoll prüfen oder bewerten konnte. Sie musste sich auf das Wort der Wissenschaftler verlassen. Während der ganzen Tour spürte sie in sich nach Gefühlen der Ablehnung oder Angst oder sonst einem Instinkt, der diese Kinder ablehnte, der ihr einen – wenn auch völlig irrationalen – Grund geben könnte, selbst *kein* solches Kind zu wollen. Doch die großen Augen, die lachenden Münder, die oft dann doch noch unbeholfenen kindlichen Bewegungen der kleinen Gliedmaßen, Händchen, Füßchen verstärkten in ihrem Inneren nur jenen Wunsch, der sie hierhergebracht hatte: ein Kind zu haben. Und da kein Gefühl, kein Instinkt, kein archaischer Trieb in ihr während der letzten Stunde eine große rote Flagge geschwenkt hatte – warum sollte es kein solches Kind sein? Ein *modernes* Kind, wie Rebecca es nannte. Es würde trotzdem ihres, Helens, Kind sein.

Fast, als habe er ihre Gedanken gelesen, lachte Mike vor ihr:

»Da bin ich jetzt aber erleichtert. Sind ja doch ganz normale Kids.«

Durch die großen Panoramascheiben blickten sie in einen Raum mit Monitoren an den Wänden, auf denen Videospiele flackerten. Die Kinder lümmelten in ihren Sitzsäcken, auf Sofas und bunten Matratzen oder sprangen vor den Monitoren umher. Helen entdeckte hektische Actionspiele, Wettrennen, Weltraumschlachten. Geschickt sandten die Kinder irgendwelche Figuren auf Hindernisparcours, jagten Autos über kurvige Straßen zwischen Ölfässern und Bäumen hindurch, wichen mit Raumschiffen rasend schnell den Trümmern explodierender Sternenkreuzer aus. Andere beschäftigten sich mit dem Aufbau von Städten oder abstrakten Mustern, deren Zweck sich Helen nicht offenbarte. Zwei spielten Schach.

»Natürlich sind sie das«, bestätigte Rebecca. »Fast.«

»Schau mal, wie der dort Grand Theft spielt«, sagte Mike zu Diana. »Gegen den käme nicht einmal unser Killian an. Obwohl er sicher drei Jahre älter ist.«

Hatten die beiden schon einen Sohn? Helen konnte nicht glauben, dass Eltern einem klassischen Kind ein modernes Geschwisterchen geben würden. Es wäre doch unfair gegenüber dem Älteren! Andererseits, wenn sie darüber nachdachte: Warum sollte das jüngere Kind Nachteile erleiden, nur weil beim älteren gewisse Möglichkeiten einfach noch nicht existiert hatten? Trotzdem würde das Erstgeborene sich ein Leben lang zu kurz gekommen fühlen. Irgendwie würden die Eltern für einen Ausgleich sorgen müssen. Falls das möglich war…

Und wenn man denselben Konflikt auf die gesamte Menschheit umlegte? Erneut erfasste Helen ein leichtes Schwindelgefühl, wenn sie an die ungeheuren Konsequenzen dachte.

Rebecca zeigte auf die Schachspieler: »Sie besiegen die besten Computer und künstlichen Intelligenzen. Was einem Schachgroßmeister seit Anfang des neuen Jahrtausends nicht mehr gelang.«

»Nimm das, Terminator«, spöttelte Mike. »Der Mensch kommt zurück!«

40

»Hallo, Mami! Shayla hat mir ein Pony geschenkt!«

Wieder war Amy die Erste an der Tür. Und schon wieder trug sie einen Pyjama. Immerhin einen frischen.

»Du liebe Güte!«, rief Jessica spielerisch. »Wo hast du das denn untergestellt? Im Garten?«

»Ein Spielzeugpony«, belehrte ihre Tochter sie naseweis. Jetzt kam auch Jamie und umarmte sie kurz.

Hinter ihm tauchte Colin auf.

»Sieh an, welch seltener Gast gibt uns die Ehre.«

Jessica ging nicht darauf ein, sondern richtete sich auf und drückte ihm einen Kuss auf, den er nicht erwiderte.

»Papa wollte uns gerade ins Bett schicken«, erklärte Jamie.

»Deshalb habe ich mich beeilt, damit ich euch noch eine Gutenachtgeschichte vorlesen kann.«

»Ich will lieber auf meinem iPad spielen«, moserte Jamie.

»Sicher nicht!«, entschied Jessica. »Ab ins Bett! Ich bin gleich bei euch.«

Mit einem Klaps auf den Hintern schickte sie Jamie in den ersten Stock. Widerwillig stapfte er die Holztreppe hinauf. Seine Schwester folgte ihm und half mit dem einen oder anderen Schubs nach, damit er auch wirklich oben ankam.

Seit zwei Jahren bewohnten sie das heimelige Colonial im Westen der Hauptstadt, inzwischen waren sie hier angekommen.

»Soll nicht ich das mit der Gutenachtgeschichte übernehmen?«, versuchte Colin einen Versöhnungsversuch. »Dann kannst du etwas ausspannen. Du siehst noch müder aus als heute Morgen.«

»Danke, lieb von dir«, erwiderte Jessica. »Aber ich habe die beiden in den letzten Wochen ohnehin kaum gesehen, wie du weißt.« Den letzten Halbsatz hätte sie sich sparen können.

»Wahrscheinlich schläfst du gleich neben ihnen ein.«

»Vermutlich sogar vor ihnen«, meinte Jessica.

Sie nahm die Treppe in die erste Etage. Von wo sie in eine Diskussion verwickelte Kinderstimmen hörte.

»Falls du es doch wieder herunterschaffst«, fragte Colin vom Fuß der Treppe, »noch ein Glas Wein? Und eine Kleinigkeit zu essen?«

Er gab sich wirklich Mühe.

»Und eine Fußmassage?«

»Auch die.«

»Dann schaffe ich es.«

41

»Wir haben eine erste Systematik in Jills Dokumenten gefunden«, erklärte Hannah auf dem Bildschirm in Stanleys Besprechungszimmer. »Offensichtlich gibt es zwei große Blöcke: Biotechnologie und Investment beziehungsweise Finanzen. Um die Biotech habe ich mich mit den zwanzig Kollegen vom Campus gekümmert. Investment machen Jim, Sam und seine Leute. Da wir dort eher Hinweise zu Jills Aufenthalt vermuten, reden wir darüber zuerst. Jim, Sam?«

Sicherheitschef Sam Pishta saß neben Stanley. Jim war auf dem Monitor neben Hannah zu sehen.

»Wir haben unser Rechnungswesen miteinbezogen«, erklärte Sam. »Die kennen sich besser aus.« In einem kleinen Extrafenster ließ er schnell hintereinander zahllose Kontoauszüge durchlaufen. »Bislang haben wir nur Einblick in das eine Konto beim BCI. Für Jill dürfte es bloß die Ausgangsbasis gewesen sein. Wir konnten mehrere Konten bei Onlinebrokern identifizieren, die sie bald danach eröffnet haben muss und auf die oder von denen sie das BCI-Konto-Guthaben überwies. Außerdem diverse Konten bei anderen Banken, in den USA und Offshore. Die Kleine hat scheinbar ein ganzes Finanznetz aufgebaut. Weiß der Teufel, wofür. Um Einsicht in dieses bemühen sich gerade die Ermittler. Wir hier arbeiten in zwei Teams. Eines durchsucht das Konto chronologisch. So wollen wir verstehen, was Jill angestellt hat. Das andere Team arbeitet sich von hinten, also von heute aus, in die Vergangenheit. Hier hoffen wir am ehesten auf schnelle Hinweise zu Jills Aufenthaltsort. Inzwischen sind wir aber drei Monate zurück und haben noch nichts. Wahrscheinlich bediente sich Jill für den Alltag inzwischen anderer Konten, in die wir noch keinen Einblick haben.

Anfangs sind es kleinere, später größere Summen. Wir können annehmen, dass sie erfolgreich mit Wertpapieren spekulierte. Unterstützt wurde diese Annahme durch einen eigenen Ordnerblock, in dem wir Computerprogramme fanden.« Auf dem kleinen Fenster öffnete er einen Ordner mit nichtssagenden Programmsymbolen. »Einer unserer Finanzmenschen meinte nach einem ersten Check, dass es sich um komplexe Handelsalgorithmen handle. Damit kennt er sich kaum aus. Um das zu beurteilen, müssen wir Fachleute hinzuziehen.«

»Wir haben also weiterhin keine Ahnung, wo sie steckt«, stellte Stanley fest.

»Leider nein«, gestand Sam neben ihm.

»Und die Behörden auch nicht?«

»Wir stehen in ständigem Austausch mit ihnen. Bislang ohne Ergebnis.«

»Hinweise auf den Grund ihres Verschwindens?«, fragte Stanley. »Ist sie abgehauen? Wurde sie entführt?«

»Wissen wir auch nicht.«

»Mehr zu der Warnung vor Gene?«

»Auch nicht.«

Schmallippig sagte Stanley: »Hannah, habt ihr mehr?«

»Wie man es betrachtet«, erwiderte Hannah. »Erstens haben wir herausgefunden, dass Jill mächtige Bioinformatikprogramme auf den Servern laufen hatte. Und wie es aussieht, hat sie diese sogar noch selbst erweitert. Wie, das schauen wir uns gerade an. Damit hat sie wohl unzählige In-silico-Modelle entworfen und Experimente durchgeführt. Soweit wir bislang ausmachen konnten, reicht das von Arbeiten zu Escherichia coli und anderen Bakterien, Grippe- und anderen Viren über verschiedenste Nutzpflanzen- und -tierarten. Wir sehen uns auch an, ob diese Arbeiten mit ihrem Studienplan in Verbindung stehen oder nicht.«

»Warum sollte sie Arbeiten für das Studium verstecken?«, fragte Stanley ungeduldig.

»Ist nur ein Check, Stan. Um sicherzugehen. Auch mit Aspekten der menschlichen Genetik scheint sie sich auseinandergesetzt zu haben.«

»Aspekte?«, fragte Stanley spöttisch. »Welche Aspekte?«

»So weit sind wir noch nicht. Wir reden hier von Abertausenden Dokumenten, die über drei Jahre hinweg entstanden sind! Ich frage mich, wann sie das gemacht hat.«

»Sie benötigt nur drei Stunden Schlaf«, erinnerte Stanley sie.

»Trotzdem«, sagte Hannah. »Allein kann sie das kaum geschafft haben. Entweder hat sie geniale Hilfsprogramme geschrieben, die ihr weitestgehend eine Automatisierung vieler Prozesse erlaubt haben, oder sie hatte Hilfe.«

»Oder beides.«

»Aber wir haben sie und ihre Kommunikation rund um die Uhr bewacht«, wandte Stanley, an Sam gerichtet, ein.

»Sie hat uns mit dem Konto ausgetrickst«, musste Sam eingestehen. »Und mit diesem Server auch.«

»Wie?«, fragte Stanley.

»Wissen wir noch nicht«, erwiderte Sam in einem Ton, der hörbar machte, wie unangenehm ihm das wiederholte Geständnis war, von einer Zehnjährigen so vorgeführt zu werden. »Wahrscheinlich hat sie sich auf der Uni irgendwie USB-Sticks mit Tails besorgt und damit unbeobachtet von ihrem Laptop aus gearbeitet.«

»Tails?«

»Das ist im Prinzip ein Betriebssystem mit Programmen und

Treibern und allem anderen, was du brauchst, um auf einem Computer zu arbeiten. Bloß kann das Ganze von einer DVD oder einem USB-Stick gestartet und betrieben werden. Auf dem Computer, in den du den Stick steckst, bleiben keinerlei Spuren irgendeiner Arbeit zurück. Die Verbindung zum Internet wird über das Anonymisierungsnetzwerk TOR hergestellt. Da ist also auch nichts zu holen. Insgesamt kannst du so völlig anonym und unbemerkt bleiben. Dann hat sie abends vielleicht nicht an ihren Studien gearbeitet, wie die Kameras in ihrem Zimmer zeigten, sondern an diesen Geschichten hier. Vielleicht hat sie sich über die Konten aber einfach auch noch andere Computer gekauft, die wir nicht kennen. Wobei sie die sehr gut versteckt haben musste, denn die hätten wir früher oder später gefunden. Wir durchsuchen die Dokumente übrigens auch nach Hinweisen auf eine Kommunikation mit eventuellen Helfern«, erklärte er weiter. »So ein Server bietet sich dafür an. Indem man einfach anderen Zugang gewährt und sich in gemeinsamen Dokumenten austauscht.«

»Okay«, sagte Stanley bestimmt, obwohl er restlos genervt war. »Macht weiter. Bringt Ergebnisse. Wir sehen uns um Mitternacht wieder. Jetzt muss ich zu unseren Gästen.«

42

Für das Abendessen versammelten sich alle im selben Raum wie zum Mittagessen. Erhellt wurde er nur vom Flackern der Kerzen auf den Tischen, dem Buffet und den Windlichtern draußen auf dem Rasen, deren Schein durch die Glaswände drang. Aus unsichtbaren Lautsprechern hörte Helen leise Klaviermusik.

Statt des Zweiertischs waren für Helen und Greg Plätze an einem von acht großen runden Tischen vorgesehen. Dort saßen bereits Mike und seine Frau Diana sowie zwei weitere Pärchen. Dazu kamen vier Wissenschaftler. Für jedes Pärchen einer, registrierte Helen. Statt weißer Mäntel trugen sie elfenbeinfarbene bis weiße Freizeitkleidung. Eine Art Dresscode der Reinheit, mutmaßte Helen. Zwei der Wissenschaftler gossen Wasser in die bereitstehenden Gläser.

Erst jetzt fiel Helen die Abwesenheit jeglichen Servierpersonals auf. Geheimhaltung, vermutete Helen. Auf dem langen Buffettisch warteten einige Platten und Silberkuppeln. Die Wissenschaftler selbst boten Gemüse- und Fruchtsäfte sowie Wasser an. Helen entschied sich für einen grünen Smoothie.

Als alle saßen, erhob sich Stanley Winthorpe am Nachbartisch.

Nach ebenso kurzen wie pathetischen Begrüßungsworten verwandelte er mit einer Handbewegung die Glaswand hinter seinem Tisch in eine Projektionsfläche, auf der statt des Gartenblicks eine raumhohe Aufnahme der Welt aus dem All erschien.

»Neunundneunzig Komma neun Prozent des Erbguts aller

Menschen auf dem gesamten Planeten gleichen sich.« Statt des Planeten erschien ein grimassierender Affe, der nicht nur Helen ein Grinsen entlockte. »Im Übrigen teilen wir auch über achtundneunzig Prozent unserer Gene mit den Schimpansen.« Der Affe wurde abgelöst von einer Kachelwand Hunderter Fotos von verschiedensten Gesichtern aus aller Welt. Instinktiv erfasste Helen die faszinierende Vielfalt. So viele verschiedene Schicksale, Erlebnisse, Gefühle, Gedanken, Wünsche und Hoffnungen! »Für die Unterschiede zwischen uns und den restlichen acht Milliarden Menschen sind nur ein Promille unserer Gene verantwortlich.

Früher verwendete Konzepte wie ›Rasse‹, die vor allem über die Hautfarbe definiert wurden, hat die Genetik widerlegt. Es gibt keine ›Rassen‹. Im Gegenteil. Die Unterschiede zwischen Populationen machen nur etwa 15 Prozent der genetischen Varianz aus, während die übrigen 85 Prozent Unterschiede zwischen Individuen innerhalb der jeweiligen Population sind. Das Rassenmodell war eine Schöpfung des westlichen Chauvinismus. So gibt es zum Beispiel objektiv keine ›gelbe‹ Hautfarbe. Nordasiaten und Nordeuropäer haben dieselbe Hautfarbe. Die genetische Varianz ist übrigens in Afrika mit Abstand am größten. Doch trotz dieser Gemeinsamkeiten des Erbguts leben Menschen sehr unterschiedlich, von fast steinzeitlichen Gruppen im Amazonasgebiet oder Papua-Neuguinea bis zu modernen Großstädtern.«

Winthorpe stellte Bilder unbekleideter, dunkelhäutiger Menschen mit weißer Körperbemalung Ballbesuchern in ihren Roben oder Fräcken gegenüber. Er wechselte zu einem anderen Gegensatzpaar. Auf der linken Seite randalierten vermummte Jugendliche in verrauchten Straßen eines heruntergekommenen US-Stadtgebiets, wie Helen an den Polizeiuniformen erkannte. Auf der rechten Seite arbeiteten Studenten gemeinsam mit Lehrern in einem Workshop.

»Die einen leben – freiwillig oder unfreiwillig – in Bildungs-losigkeit und Aggression, während andere für mehr Wohlstand kooperieren. Kurz: Wie wir leben, hängt nicht nur von unseren genetischen Voraussetzungen ab. Sondern davon, was wir daraus machen. Deshalb endet unser Angebot nicht bei biologischer Technik.«

Hinter Winthorpe waren nun Aufnahmen von Kindern zu sehen. Weinende, zornige, Spielzeug um sich werfende, streitende Kinder.

»Die meisten von Ihnen hier sind Onkel, Tanten, haben Kinder im Freundeskreis, kennen also die üblichen Probleme«, wechselte Winthorpe in die Praxis. »Dank ihrer schnelleren geistigen und/oder körperlichen Entwicklung – je nachdem, wofür Sie sich entscheiden – kommt es früher zu Konflikten. Damit können Sie als Eltern genauso umgehen wie andere Eltern auch.«

Zu den Bildern streitender Kinder im Hintergrund erklärte er: »Schwieriger wird der Umgang zwischen modernen und klassischen Kindern. Spätestens ab dem zweiten Lebensjahr wird der Entwicklungsunterschied deutlich. Wenn die modernen Kinder keine genetischen Wachstumsbeschleuniger mitbekommen haben, sehen sie zwar wie normale Zweijährige aus, reden und benehmen sich aber bereits wie Vierjährige. Man kennt das von vereinzelten klassischen Wunderkindern, die dann sowohl Schwierigkeiten haben, sich bei Gleichaltrigen einzufügen, als auch bei Älteren, denen sie geistig zwar gewachsen, körperlich und häufig sozial aber deutlich unterlegen sind. Deshalb empfehlen wir im Allgemeinen das Wachstumspaket mitzubuchen.«

Greg flüsterte Helen zu: »Ich komme mir vor wie auf einer Kaffeefahrt. Kaufen Sie auch noch diese wunderbare Heizdecke!«

Sie schob ihn weg. Für den Moment konnte er sich seine Bemerkungen sparen.

»Dabei müssen Sie trotzdem berücksichtigen, dass die Kinder

für ihr Alter körperlich und/oder geistig weiterentwickelt sind, aber nicht emotional und sozial. Dies verlangt bei der Erziehung besondere Berücksichtigung. Stellen Sie sich ein Kind vor, das aussieht, redet und denkt wie eine Achtjährige, sich emotional aber verhält wie eine Fünf- oder Sechsjährige. Für diese Asynchronizität gibt es zwar auch unter klassischen Kindern viele Beispiele, aber bei den modernen ist es die Regel. Sie werden lernen, damit umzugehen. Und irgendwann wird es die neue Norm.«

Bilder einer Familie.

»In jenen Regionen und Ländern, aus denen sie stammen, leben bereits einige Eltern, die ihren eigenen modernen Nachwuchs großziehen. Die ältesten dieser Kinder sind mehrere Monate alt, ihre Eltern werden Ihnen als Mentoren beistehen, sollten Sie sich für ein modernes Kind entscheiden. Über die USA verstreut leben außerdem bereits etwa fünfzig Paare, die gerade ein oder zwei moderne Kinder erwarten. Mehrere tausend Interessenten wie Sie werden sich mit hoher Wahrscheinlichkeit in den nächsten Monaten ebenfalls dafür entscheiden. Das heißt, wenn Sie umziehen oder auf Reisen gehen, werden Sie in vielen Gebieten der USA bald Gesellschaft finden. Das gilt im Übrigen auch für einige Länder Asiens und des arabischen Raums. Für Europa, Afrika und Lateinamerika haben wir derzeit aus rechtlichen Gründen kein Angebot. Wir pflegen dieses Netzwerk bewusst und ermuntern alle Eltern, es intensiv zu nutzen.«

Neue Bilder, neue Erklärungen.

»Außerdem stehen Ihnen per verschlüsselter Onlineverbindung jederzeit unsere Beraterinnen und Berater für Fragen zur Verfügung. In Ihrer Umgebung bieten wir zudem ausgesuchtes und geschultes Personal an, das Ihnen bei der Förderung Ihrer Kinder in allen Bereichen hilfreich zur Seite steht. Für die ersten Jahre sind das vor allem Grundschul- und Highschool-Lehrerinnen und -Lehrer. Später empfehlen wir, die Kinder vorzeitig zum Studium zu schicken, so wie wir es mit unseren Ältesten bereits getan haben. Bis Ihre Kinder so weit sind, wurde das Projekt längst veröffentlicht, und die Universitäten werden sich auf die neue Klientel einstellen. Die besten Häuser werden sich um diese modernen Wunderkinder reißen. Die Schulgelder und andere Gebühren übernehmen übrigens wir teilweise oder ganz, je nach Paket, das Sie wählen. Dazu mehr morgen.«

Die Bilder hinter ihm erloschen und gaben wieder den Blick in den nächtlichen Garten frei.

»Das war ein kleiner Überblick zum Thema Erziehung. Jetzt wünsche ich Ihnen aber erst einmal guten Appetit bei unseren köstlichen Speisen! Bitte bedienen Sie sich am Buffet!«

43

Amy und Jamie schliefen mit regelmäßigem Atem und roten Bäckchen, das Haar wirr in die Stirn gefallen, und Jessica schloss das Buch. Leise schaltete sie die Nachttischlampe aus und schlich aus dem dunklen Zimmer. Draußen wartete Colin mit dem Weinglas.

»Ich brauche noch eine Dusche«, sagte Jessica. »Komme gleich.«

»Lass dir Zeit.«

Colin stieg die Treppe hinab, so leise es die knarrenden Bohlen zuließen.

Im Badezimmerspiegel inspizierte sie zuerst ihr Äußeres. Nach allem, was geschehen war, sah sie blendend und gar nicht müde aus, fand sie. Colin kannte das Verhältnis von Geschehenem zu ihrem Aussehen nicht. Sie legte ihre Handys auf die Ablage, warf die Kleidung in eine Ecke.

Als sie wenige Minuten später erfrischt aus der Dusche stieg, leuchtete auf dem sicheren Mobiltelefon das Symbol für einen entgangenen Anruf.

Seufzend wickelte Jessica sich in den Bademantel, ein Handtuch um ihr Haar, und rief zurück. Am anderen Ende meldete sich Jaylen von Homeland aus der Taskforce.

»Wir haben da was.«

Das war es dann mit dem Glas Wein.

»Muss ich dafür kommen?«, fragte Jessica.

»Besser.«

»Gleich?«

»Ja.«

Jessica fluchte so leise, dass er sie nicht hören konnte. In ihrem Magen wuchs ein Ballon. Unten wartete Colin. Mit einem Versöhnungsglas Wein.

Eilig lief sie ins Schlafzimmer, schlüpfte in eine Bluse und ein Kostüm. Band die Haare hinten zusammen. Hastete die Treppe hinunter ins Wohnzimmer, erklärte Colin: »Sorry, Schatz, etwas ist dazwischengekommen.«

Sein Blick versteinerte beim Anblick ihres Job-Outfits, der Ballon in Jessicas Magen schrumpfte.

»Musst du wieder weg?« Eisig.

Sie biss sich auf die Lippen, nickte.

Colin senkte den Blick in sein Glas, schüttelte den Kopf. Dann leerte er es mit einem Schluck und stand auf.

»Gute Nacht«, sagte er und ging an ihr vorbei in den Flur und die Treppe hinauf ins Schlafzimmer.

44

Das Speisenangebot fand Helen angenehm übersichtlich, zumal sie nicht von Appetit überwältigt wurde. Sie entschied sich für ein wenig Suppe und Salat. Greg griff bei der Rohkost und dem Schinken zu. Dazu ein dunkles Brötchen.

»Wird sicher super, wenn du deinem Vierjährigen nicht mehr bei den Mathehausaufgaben helfen kannst«, brummte er. »Und wenn er zwanzig ist, sperrt er mich wahrscheinlich in ein Reservat, wie wir es heute mit Gorillas tun.«

»Keine Sorge, so schnell wird die Veränderung nicht vonstattengehen«, bemerkte Rebecca, die hinter ihm alles mitgehört hatte. Mit vollen Tellern kehrten sie an den Tisch zurück.

»Aber irgendwann wird es so weit sein«, ließ Greg nicht locker.

»Und wir werden lernen, damit umzugehen«, sagte Rebecca. »Wir haben Empfehlungen für das Zusammenleben klassischer und moderner Menschen entwickelt. Für mehrere Generationen.«

Kaum saßen die meisten, begann Winthorpe schon mit dem zweiten Teil seiner Ausführungen.

»Eine entscheidende Rolle für die Akzeptanz des modernen Menschen wird die Kommunikation spielen. Wobei wir hier auf Erfahrungen zurückgreifen können.«

Hintergrundbild: eine ältlich wirkende Aufnahme eines Neugeborenen.

»Das erste künstlich gezeugte Kind galt 1978 vielen als Tabubruch und Skandal. Heute ist das gängige Praxis, die jedes Jahr Hunderttausende Menschen gebiert und doppelt so viele zu glücklichen Eltern macht.

Als ebensolcher oder noch größerer Tabubruch wird gern die Manipulation der Keimbahn bezeichnet. Die Gegner argumentieren mit der Würde des Embryos und damit, dass wir keinen Einfluss nehmen dürften auf das Schicksal künftiger Generationen, wenn wir mögliche Nebenwirkungen nicht kennen.«

Hinter ihm wurden schnell wechselnde Bilder technologischer Entwicklungen eingeblendet, von einem Steinrad bis zu einem Computertomografen.

»Seit es denkende Menschen gibt, beeinflussen wir zukünftige Generationen auf vielfältige Weise, ohne die Folgen zu kennen. Wir beginnen damit schon, indem wir sie in die Welt setzen.«

Der Bilderreigen an der Wand stoppte mit Michelangelos berühmtem Motiv aus der Sixtinischen Kapelle, in dem Gott mit ausgestrecktem Finger Adam zum Leben erweckt.

»Aus der Bibel lassen sich weder Verbote noch Empfehlungen ableiten. Die einen warnen davor, Gott zu spielen. Andere erinnern daran, dass Gott den Menschen nach seinem Bild formte. Der Schöpfer schuf mit dem Menschen also einen Schöpfer.

In islamisch dominierten Staaten finden Sie ebenso viele verschiedene Haltungen. Mir gefällt Mohammeds Ausspruch: »Gott hat keine Krankheit ohne deren Medizin geschaffen.« Entsprechend offen stehen Teile der muslimischen Welt technischen Neuerungen gegenüber.

Aus den Religionen, die sich auf Moses als Stammvater berufen, hat sich sogar eine Gesellschaft entwickelt, die Biomedizin uneingeschränkt fördert: Israel. Das Land besitzt, gemessen an seiner Einwohnerzahl, die meisten Befruchtungskliniken der Welt und die weitaus höchste Rate künstlich gezeugter Kinder. ›Seid fruchtbar und mehret euch‹ lautet eines der obersten Gebote für orthodoxe Juden. Dabei sind alle Mittel erlaubt. Auch bei Gentests vor und während der Schwangerschaft sind Israels Frauen weltweit führend. Schwangerschaften werden oft bei den geringsten Schäden abgebrochen. Schon bei einer Umfrage in den Neunzigerjahren fanden es zwei Drittel der israelischen Humangenetiker unverantwortlich, wissentlich ein Kind mit Erbschäden auf die Welt zu bringen. Ironie der Geschichte: Nur acht Prozent ihrer deutschen Kollegen waren damals dieser Ansicht. Wobei ich eine Umfrage unter Eltern für interessanter hielte. Wie werden denn Sie sich diesbezüglich entscheiden? Alle bekannten genetisch bedingten Krankheiten können wir hier bereits verhindern, nur zur Information.«

Gott und Adam verwandelten sich in einen antiken Buddha, von dem die bunte Bemalung abblätterte.

»Entspannt gehen die fernöstlichen Religionen und Philosophien mit der Frage um. Im Kreis der ewigen Wiedergeburt nimmt man viele Formen an, eine Verbesserung wird allerdings angestrebt.«

Buddha morphte zu einer Pinselzeichnung des Konfuzius und diese zu einer Laotses.

»Nicht zuletzt auf dieser Basis haben sich China, Südkorea, Japan und Singapur in den vergangenen Jahrzehnten als Speerspitzen der weltweiten Genforschung etabliert.«

Die Götter und Weisen wurden überblendet von einer wandfüllenden wehenden amerikanischen Flagge.

»In den Vereinigten Staaten erlaubt die Religion des Geldes ohnehin fast alles. Vor diesem Hintergrund wird deutlich, dass die kommunikative Herausforderung vielfältig ist, aber nicht so schwer, wie Sie vielleicht gedacht haben. Die wesentlichen Debatten werden sich früher oder später um die Themen Gleichheit und Gerechtigkeit drehen.«

Hatten wir ja schon, dachte Helen.

»Über diese Themen debattiert unsere Gesellschaft ohnehin bereits heftig, wenn auch in anderen Zusammenhängen«, sagte dann auch Winthorpe. »In Zukunft wird dieser Aspekt einfach noch hinzukommen.«

Was die Diskussion nicht einfacher machen wird, dachte Helen.

45

»Mit hoher Wahrscheinlichkeit«, sagte der Vertreter der Centers of Disease Control. Auf dem Wandmonitor im Situation Room war das Bild des Reinigungstuchs aus Jason Brills Wohnung eingeblendet. »Das Ding war getränkt mit den Viren. Nirgendwo anders in unseren bisherigen Ermittlungen fanden wir annähernd so hohe Konzentrationen.«

Daneben die Aufnahme eines aufgerissenen Postkuverts.

»Genauso wie dieser Umschlag. Da drin wären sie allerdings inzwischen gestorben. Das war der Trick: Auf dem feuchten Tuch überlebten die Viren den Transport.«

»Haben wir ein Bild von Brill?«, fragte Jessica.

»Moment.«

Auf dem Monitor erschien ein adretter Collegeboy, wie sie zu Tausenden im Politbusiness herumliefen. »Jason Brill hat sich daran infiziert, als er das Tuch verwendete. Beginnend vor neun Tagen klagte er über eine leichte Verkühlung. Nichts Ungewöhnliches um diese Jahreszeit. Er arbeitet direkt im Büro des Ministers.« Ein Symbolvideo zeigte Menschen im Büro, die in Gegenwart anderer niesten, sich die Hände gaben, nacheinander an Türklinken griffen, Papiere tauschten. »Die genaue Infektionskette kennen wir noch nicht, doch bei einigen direkten Kollegen konnten wir die Infektion auch nachweisen. Wir sind ziemlich sicher, dass Brill Patient null ist. Beziehungsweise Überträger null.«

»Woher stammt das Kuvert?«, wollte Jessica wissen.

»Interessanter Widerspruch«, erklärte Tom. Sie blendete ein neues Gesicht ein.

Den Mann schätzte Jessica auf Mitte, vielleicht Ende dreißig. Das Foto war eindeutig nach einer Verhaftung gemacht worden. Das magere, kantige Gesicht mit dem verwegen-trotzigen Blick war von wirren gewellten Haaren eingerahmt, ein wenig wie ein Britpopper der Neunzigerjahre.

»Daniel Boldenack, dreiundvierzig, lebt in Louisville, Kentucky, kam schon im Alter von fünfzehn Jahren in Konflikt mit dem Gesetz wegen Drogenkonsums und -handels in geringfügigem Maß. Seitdem immer wieder. Handel mit hartem Zeug konnte ihm nie nachgewiesen werden, obwohl es mehrmals Untersuchungen gab. Mit achtzehn hing er eine Zeit lang mit regierungsfeindlichen rechtsextremen Milizen herum. Zu denen hat er allerdings nach unserem Wissen keinen Kontakt mehr. Er scheint ein brillanter Kopf zu sein. Trotz seiner Vorgeschichte konnte er ein Biotechstudium in Stanford abschließen. In die Arbeitswelt hat er sich aber nie so richtig integriert. Er blieb nie lange in einem Job, und alle waren weit unter seiner Qualifikation. Dann fiel er in der Biohacker-Community vor einigen Jahren durch blöde und provokante Sprüche auf, worauf ihn die freien Labore, die er damals besuchte, verbannten. Seitdem haben wir ihn zusätzlich auf dem Radar, aber er wurde nicht mehr auffällig. Allerdings kaufte er sich nach und nach sein eigenes Labor aus Top-Notch-Equipment zusammen. Auch sein Kommunikationsverhalten ist nicht gerade transparent. Er verwendet schon seit Jahren Anonymisierungswerkzeuge, und seine beobachtbaren Kommunikationsmuster lassen darauf schließen, dass er parallel andere Kommunikationswege nutzt. Aufgrund seines gesamten Persönlichkeitsprofils haben unsere Programme ihn bislang lediglich in einem Beobachtungsmodus, aber nicht als Gefahr für die nationale Sicherheit identifiziert. Das taten sie erst, als wir den Aspekt der Biowaffe hinzufügten.«

»Sie meinen, wir könnten es mit einem inländischen Terroristen zu tun haben?«, fragte Jessica.

»Er wäre nicht der erste«, bemerkte Jaylen.

»Gab es in den vergangenen Tagen auffälliges Verhalten?«

In einem zweiten Fenster neben dem Gesicht rief der FBI-Mann eine Übersicht von Grafiken auf. Visualisierungen verschiedener Analysen, wusste Jessica – Bewegungsprofile, Kommunikationsmuster, andere. Das Programm zeigte für sie verschiedene Hitzestufen von Auffälligkeiten an, reichend von Grün über Gelb und Orange bis Rot. Alle befanden sich im gelborangen Bereich. Nur das Bewegungsmuster zeigte tiefrot.

»In den vergangenen zwei Wochen war er ungewöhnlich viel unterwegs«, erklärte Jaylen.

»Unter anderem in Washington«, erkannte Jessica sofort.

»Verdächtig auch deshalb, weil wir ihn zeitweise gar nicht erfassen konnten.«

»Und wo liegt der interessante Widerspruch, den Sie eingangs erwähnt haben?«, fragte Jessica.

Auf dem Bildschirm erschien eine Karte der Vereinigten Staaten. Zwei rote Punkte, einer eher östlich. Kentucky, wenn er Boldenacks Wohnort Louisville markierte. Der zweite in Kalifornien.

»Dank des *Mail Isolation Control and Tracking Programs* der US-Post, bei dem alle Sendungen US-weit fotografiert werden, wissen wir, dass der Brief in San Diego, Kalifornien, aufgegeben wurde.«

»Von Boldenack?«

»Wissen wir noch nicht. Auf dem Kuvert finden sich verschiedenste Fingerabdrücke. Aber keiner von Boldenack.«

»Würde ich auf so einem Paket auch nicht hinterlassen«, bemerkte Jessica. »Organisieren Sie ein Team für Boldenack. Beim Zugriff möchte ich dabei sein. Wann wird das sein?«

»Gegen Morgen«, antwortete der FBI-Mann.

Sie rechnete schnell nach.

»In Ordnung. Besorgen Sie einen Jet. Wir fliegen nach Louisville, Kentucky. Ich gebe Rich Allen Bescheid, er soll mitkommen.«

Und Colin musste sie informieren.

46

Hauptgang: vegetarisch, Fisch, Fleisch. Für jeden etwas dabei. Helen wählte den Fisch. Winthorpe redete schon wieder.

»Kommen wir zu einem der schwierigsten Themen: dem Umgang mit Ihrem persönlichen Umfeld. Was werden Ihre Freunde sagen? Ihre Familie? Sie alle haben Kinder um sich herum. Was erklären Sie deren Eltern? Ich kenne kaum einen härteren Konkurrenzkampf als jenen zwischen Eltern der Mittel- und Oberschicht darum, wer das begabteste, überlegenste, sportlichste, durchsetzungsstärkste und liebenswerteste Kind hat. Diesen Eltern müssen Sie in Zukunft erklären, dass Ihr Kind auf jeden Fall deutlich bessere Voraussetzungen besitzt. Diese Eltern werden Sie hassen!«

»Wow, der versteht es zu verkaufen«, flüsterte Greg. »Bin neugierig, wie er aus der Nummer rauskommt.«

»Die Lösung ist ganz einfach«, fuhr Winthorpe fort. »Sie sagen es nicht.«

Stille im Raum. Kein Besteck klapperte. Kein Glas klimperte.

»Na toll«, äußerte sich Helen spontan. »Und was sage ich dann? Keine Ahnung, woher die Kleine so superschlau ist – von mir hat sie das sicher nicht?«

»Exakt«, antwortete Winthorpe schmunzelnd in das allgemeine Gelächter hinein. »Sie lügen nicht einmal dabei.«

Jetzt hatte er die Lacher auf seiner Seite.

»Aber irgendwann wird es herauskommen.«

»Das liegt an Ihnen. Und wenn, so hat sich bis dahin die öffentliche Diskussion darauf eingestellt, und es wird leichter.«

Kaum hatte Winthorpe geendet, meldete sich ein Mann vom Nebentisch: »Eines würde mich interessieren, wenn ich mich umsehe« – was er tat –, »welche Eigenschaften und Fähigkeiten werden die meisten hier wählen?« Die Gäste waren eine Mischung mehrerer Ethnien, wenn auch mit einem deutlichen Übergewicht hellhäutiger Europäischstämmiger, hatte Helen festgestellt. »Groß? Hellhäutig? Intelligent? Sportlich?« Er richtete seine Rede nicht nur an Winthorpe, sondern an alle. »Worauf ich hinauswill: Werden die Möglichkeiten, die uns hier geboten werden, nicht zu großer Konformität führen? Wir alle werden unsere Kinder dem gängigen Idealbild möglichst nahebringen wollen.«

Er verstummte, vielleicht fiel ihm die Ironie seiner Bemerkung in diesem Moment selbst auf. Bei aller ethnischen Vielfalt hatten die Anwesenden sehr viel gemeinsam. Sie trugen dieselben Kleidungsmarken, Frisuren, Brillen, Make-ups. Die meisten schienen einigermaßen sportlich, keiner war deutlich übergewichtig. Niemand war kleiner als ein Meter sechzig. In jeder kalifornischen Großstadt – ja, in den meisten Großstädten der Welt – würden sie sich bei einer Vernissage oder in gewissen teuren Restaurants als führende Managerinnen und erfolgreiche Selbstständige bestens einfügen.

Alle Blicke richteten sich auf Winthorpe. Statt einer Antwort wechselte die Projektion, auf die sich nun alle Aufmerksamkeit richtete. Zuerst dachte Helen an einen Flashback in Doktor Bensons Praxis. Dutzende Babyporträts kachelten die Wand. Alle Hautfarben, von hell bis dunkel, braune Augen, blaue, grüne. Verschiedenste Gesichtsformen, von rund bis länglich, Nasen breit und schmal, keine Haare, viele Haare, glatt, lockig.

»Die Kinder unserer bisherigen Eltern beantworten diese Frage am besten«, erklärte Winthorpe. »Die Vielfalt sehen Sie selbst. Größenwahl von eins siebzig bis zwei Meter zwanzig.«

»Deutlich größer als die Weltbevölkerung im Schnitt«, stellte jemand halblaut fest, Winthorpe ging jedoch nicht darauf ein.

»Ebenso unterschiedlich wie beim Äußeren wählten die Eltern auch bei den nicht sofort sichtbaren Eigenschaften«, fuhr er fort. »Mit einer Ausnahme: Praktisch alle entschieden sich gegen genetisch bedingte Erbkrankheiten. Abgesehen davon können wir zumindest bislang keine Tendenz zur Konformität feststellen. Warum sollten wir auch? Überlegen Sie selbst. Was, glauben Sie, macht Ihren Erfolg als Onlineunternehmer aus?«, sprach er den Fragesteller direkt an. Er schien sehr gut vorbereitet und jeden seiner Gäste genau zu kennen. »Doch nicht Konformität! Sondern genau das Gegenteil. Weil Sie einzigartig sind! Ihre Ideen, Ihre Fähigkeiten. Ich wette, das wünschen Sie auch Ihrem Kind.«

»Viele Kulturen werden Ihr Angebot aber nicht in Anspruch nehmen können, sagten Sie selbst. Europäer, Afrikaner, Lateinamerikaner. Das schränkt die Vielfalt schon ein.«

»Das werden diese Weltkreise nicht lange aufrechterhalten, aus Angst, ins Hintertreffen zu geraten.«

»Abwarten. Und in den übrigen Fällen wird es eine unbewusste, kulturell bedingte Auswahl sein«, widersprach der Mann. »So, wie viele Menschen ihrem Kind einen etwas selteneren Namen geben – nur um im nächsten Jahr aus der Statistik zu erfahren, dass ihr Kind einen der populärsten Namen des Jahrgangs trägt. Herdentrieb.«

»Das verhindern schon die verschiedenen Ideale unterschiedlicher Kulturen. Nicht überall etwa mag man eine Figur so dünn wie derzeit in den westlichen Staaten. Oder denken Sie an bestimmte Gehörlosengruppen vor allem in den USA, die sich nicht als behindert, sondern als Minderheit verstehen und sich nach Möglichkeit auch gehörlosen Nachwuchs wünschen. Bei künstlichen Befruchtungen mit Eizellen- und Samenspenden ziehen sie oft Spenderinnen und Spender mit erhöhter Wahrscheinlichkeit auf erbliche Gehörlosigkeit vor. Wir hatten hier zwar noch keinen solchen Fall, aber wer weiß, was noch kommt.«

»Sich bewusst eine Behinderung zu wünschen ist doch absurd!«, rief eine Frau dazwischen.

»Wie gesagt, sie verstehen sich nicht als behindert.«

»Und Sie?«, fragte die Frau. »Als was verstehen Sie Gehörlose? Würden Sie so einem Wunsch nachkommen?«

»Diese Entscheidung müssen die Eltern treffen.«

»Das ist die Frage«, widersprach die Frau. »Haben Sie jemals Guy de Maupassants ›Draußen auf dem Lande‹ gelesen?«

»Ich gestehe: nein«, entgegnete Winthorpe mit süffisantem Lächeln. Helen spürte seinen Unwillen gegen die Literaturlektion einer kalifornischen Upperclass-Tussi, die mit ihren Kenntnissen französischer Literatur angeben wollte, aber er bremste sie nicht.

»Darin gibt eine arme, verzweifelte Bäuerin aus Geldgründen einen ihrer Söhne an eine reiche, aber kinderlose Ziehfamilie. Als wohlerzogener, erfolgreicher Erwachsener besucht der Weggegebene Jahre später seine ursprüngliche Familie. Worauf sein immer noch in jämmerlichen Verhältnissen lebender Bruder fortan der armen Mutter vorwirft, seinerzeit nicht ihn in ein besseres Leben weggegeben zu haben.«

»Sie meinen, das Kind sollte die Entscheidung treffen? Das noch zu zeugende?«

»Nein! Ich meine ...«

»Aber es ist eine großartige Geschichte!«, unterbrach Winthorpe sie. »Ein wunderbares Argument für moderne Kinder!«

»So hat sie es nicht gemeint«, flüsterte Greg Helen zu. »Aber Winthorpe hat recht.«

Als Helen ihn ansah, hatte er seinen Blick schon wieder auf Winthorpe gerichtet. Zum ersten Mal hatte Greg die dauerskeptische Maske abgelegt, und Helen entdeckte in seinem Gesicht so etwas wie Offenheit. Sie hatte sich noch nicht festgelegt, ob sie ein modernes Kind wollte, aber eine eindeutige Richtung. Wenn morgen keine klaren Gegenargumente auftauchten, würde sie sich dafür entscheiden. Ohne Greg jedoch würde sie es nicht durchziehen wollen. Sie legte die Hand auf Gregs, was er mit einem kurzen Lächeln quittierte, bevor er wieder interessiert lauschte.

Am dritten Tag

47

Während der Anfahrt zu Daniel Boldenacks Haus beobachtete Emilio Verres die Umgebung ganz genau. Über die Minikamera und das Mikrofon in seiner Brille war Jessica live dabei, obwohl sie in einem getarnten Einsatzbus zwei Straßen weiter saß.

Die Wohngegend im Süden Louisvilles war typisch für eine amerikanische Vorstadt im sonntäglichen Morgengrauen. Für einen Moment wanderten Jessicas Gedanken zu ihrer Familie, die an diesem Sonntagmorgen ihr Frühstück schon wieder ohne sie einnehmen würde. Auf ihre nächtliche Nachricht aus dem Situation Room hatte Colin noch nicht reagiert.

Das Gebäude war ein einfacher Rotziegelbau mit Holzelementen, umgeben von einer zaunlosen Rasenfläche, wie fast jedes Haus in der Straße. Amerikanische und asiatische Familienkutschen, kaum teurere europäische Wagen, parkten in den Einfahrten oder verließen sie gerade. Ein übersichtliches Terrain. Mit dem Nachteil, dass ihre Leute auf den Straßen ebenfalls gut gesehen wurden.

Verres hatte zwei Viermanngruppen des SWAT-Teams als Unterstützung, die sich in ihren Wagen Boldenacks Haus von der Rückseite näherten. Zwei weitere Teams sicherten in ihren Autos die Vorderseite ab und waren bereit, rasch die Flächen zu Boldenacks Nachbarn zu blockieren. Nur zwei der insgesamt fünf Wagen hatten geparkt. Die anderen drei fuhren erst jetzt in das Gebiet ein, um möglichst wenig aufzufallen. Die Bilder aus ihren Bord- und Helmkameras flimmerten über die Monitore vor Jessica, Rich, Tom, Jaylen und den anderen, mit denen sie sich in den Bus drängte. Ein eigenartiges Gefühl, fand Jessica, fast als wäre man in den Köpfen dieser Personen da draußen, als wäre man sie. Verres' Fahrer hielt vor Boldenacks Auffahrt und ließ das Team aussteigen. Er trug die Uniform eines Streifenpolizisten.

»Möglicher Bioterrorist«, lautete seine Information und die seiner Kollegen. Er ging die Einfahrt hinauf und läutete.

Nachdem er eine Minute gewartet hatte und gerade wieder den Klingelknopf drücken wollte, hörte Jessica über sein Mikro von drinnen eine Männerstimme.

»Wer ist da?«

»Emilio Verres, Louisville Police. Wir suchen Zeugen zu einer Einbruchserie in der Nachbarschaft, Mister Boldenack. Vielleicht haben Sie etwas gesehen.«

Möglichst unauffällig an und in das Haus kommen, das war Verres' Auftrag.

Die Tür öffnete sich einen Spalt. Dahinter war ein hageres Gesicht zu erkennen, in das braune Haarsträhnen fielen. Der Mann von den Fahndungsbildern.

»Um diese Zeit?«, fragte er, ohne die Tür weiter zu öffnen. »Habt ihr sie noch alle? Ich habe nichts gesehen.«

Bevor Boldenack die Tür wieder schließen konnte, hatte Verres einen Fuß in den Spalt gestellt und seinen Ausweis gezückt. Er schob ihn Boldenack unter die Nase und erklärte leiser:

»Wir kommen wegen Ihnen, Mister Boldenack.« Neben dem Ausweis präsentierte er nun auch den Durchsuchungsbefehl. »Wir dürfen uns bei Ihnen umsehen. Wir können diese Sache zivilisiert regeln, wenn Sie uns ...« Weiter kam er nicht. Boldenack wollte die Tür zudreschen, klemmte aber bloß Verres' Fuß ein. Dessen stabile Schuhe fingen den Druck auf. Die Tür sprang zurück, wurde jedoch von einer Kette gehalten.

»Zugriff«, erklärte Verres in seine Brille und warf sich mit der Schulter gegen die Tür. Die Kette riss krachend aus ihrer Halterung. Boldenack war im Inneren des Hauses verschwunden. Die Bilder auf Jessicas Bildschirm verwackelten, verrauschten. Verres hastete Boldenack hinterher. Im Kopfhörer hörte sie die hektischen Befehle, den Atem und das Laufen der Kollegen. Boldenack wollte nach hinten raus. Durch ein rustikales Wohnzimmer sprang er zu einer Terrassentür. Bis er sie geöffnet hatte, war Verres fast bei ihm. Gleichzeitig rannten über den Rasen sechs dunkle, schwer bepackte und gesicherte Gestalten. Verres' Kollegen in voller Montur. Waffen im Anschlag, so laut brüllend, dass Boldenack erschrocken innehielt. In diesem Moment packte Verres ihn, drehte ihm einen Arm auf den Rücken und warf ihn zu Boden. Mit zwei routinierten Handgriffen legte er ihm Handschellen an. Einen Fuß auf dem Rücken des Gefesselten, öffnete er die Terrassentür und ließ die Kollegen ein.

Gemeinsam hoben sie Boldenack hoch und erklärten ihm seine Rechte.

»Besser, Sie kooperieren«, sagte Verres. Die ganze Aktion hatte gerade mal eine Minute gedauert und sie nicht gefordert. »Zeigen Sie uns Ihr Labor.«

»Das war simpel«, kommentierte Tom. Der Bus parkte nun direkt vor dem Gebäude. Noch immer folgten sie auf den Monitoren den Brillenkameras von Emilio Verres und dreien seiner Männer, die das restliche Haus durchsuchten.

Boldenack hatte sich offenbar entschieden, mit ihnen zusammenzuarbeiten. Ohne Widerstand zu leisten, führte er Verres in die Garage. Jessica verfolgte, wie dieser sehr genau darauf achtete, ob Boldenack sie hereinlegen wollte oder unauffällig Sicherheitsmaßnahmen für sich selbst zu ergreifen suchte. Sein Persönlichkeitsprofil zeigte keinerlei Charakteristika eines Selbstmord-attentäters. Falls sich in seinem Labor ungesicherte gefährliche Substanzen oder Organismen befanden, würde er sich nicht ohne Schutz hineinbegeben, nur um die Beamten mit in den Tod zu ziehen. Ohne Zögern ließ er Verres die Tür öffnen.

Die Garage hätte Platz für zwei große Geländewagen gebo-ten. Stattdessen war sie gefüllt mit einem eindrucksvoll wirken-den Labor. Jede Menge modern aussehender technischer Geräte, verschiedenste Glas- und Metallutensilien, kleinere und größere Tanks mit Anzeigen und Kabeln und Schläuchen daran.

»Labor gefunden«, informierte Verres seine Kollegen über Funk.

»Gebäude gesichert und leer«, bestätigten diese im Gegenzug, »außer fünf Katzen.«

»Wollen Sie rein?«, fragte Verres an die Einsatzleitung und die Besucher aus Washington gerichtet. Es klang wie: »Traut ihr euch?«

»Wir kommen«, erklärte Jessica kurz entschlossen.

Verres empfing die Gruppe in der Garage. Boldenack beäugte die neuen Eindringlinge feindselig.

»Schöne Ausrüstung haben Sie hier«, sagte sie zu ihm. »Warum wollten Sie die den Kollegen nicht zeigen?«

Rich begann bereits neugierig mit der Inspektion der Anlagen und Unterlagen.

»Finden Sie es doch heraus«, rotzte Boldenack ihr entgegen.

»Vielleicht sollte ich Sie darüber informieren, dass Sie unter dem Verdacht stehen, einen tödlichen Terroranschlag mit Bio-waffen vorbereitet oder sogar durchgeführt zu haben. Für Sie steht der elektrische Stuhl in Aussicht!«

Boldenacks Miene angesichts dieser Nachricht machte Jessica sofort skeptisch. Es war mehr ein Gefühl als Wissen. Boldenack wirkte nicht ertappt. Sondern überrascht, erschrocken, panisch.

»Terroranschlag?!«, keuchte er. »Damit habe ich nichts zu tun!«

»Das sagen sie alle«, erwiderte Jessica.

»Ich schwöre!«, beteuerte Boldenack mit weit aufgerissenen Augen. An seinem Hals traten die Sehnen hervor.

»Was treiben Sie hier dann sonst, das wir nicht sehen sollen?«

Boldenack, die Hände immer noch hinter dem Rücken gefesselt, sackte auf einem Hocker zusammen.

»Drogen«, sagte Rich hinter Jessica. »Er arbeitet an Bakterien, die Drogen synthetisieren.«

Er trat neben Jessica und fixierte Boldenack. »Ist es nicht so?«

Boldenack nickte, sah auf. »Mann«, flüsterte er ehrfürchtig. »Rich Allen.«

Jessica und die anderen im Situation Room wechselten Blicke.

»Bakterien, die Drogen herstellen?«, fragte Emilio Verres.

»Stellen Sie sich vor, Sie müssen das Zeug nicht mehr irgendwo in Lateinamerika, Asien oder auf einem heimlichen Feld anbauen und dann umständlich durch die halbe Welt transportieren«, erklärte Rich. »Stattdessen scheißen Ihnen ein paar Liter genetisch manipulierter Bakterien das Zeug in so einen Tank da«, er nickte in Richtung eines schillernden Zylinders.

»Insulin können sie seit Jahrzehnten«, maulte Boldenack. »Jetzt können sie auch Heroin und Kokain. Und anderes. Noch sind die Mengen nicht berauschend. Buchstäblich. Ich experimentiere an der Mengenoptimierung.«

»In ein paar Jahren züchtest du dir deinen Tagesbedarf in einem Kochtopf«, sagte Rich. »Geräte und Zutaten bekommst du für ein paar Dollar online. Das ist die Zukunft.«

»Na toll!«, rief Jessica. »Drogenscheißer? Bakterien, die dauerhigh sind?«

»Ein Gentech-Walter-White«, sagte Rich. »Ich sehe die Serie schon vor mir.«

48

Gemächlich steuerte Andwele den Range Rover über die Piste. Sie war besser als außerhalb des ArabAgric-Geländes. Auf beiden Seiten erstreckten sich die Felder, als auf der linken etwas über der Ackererde blitzte. Auf dünnen Beinen liefen kopfgroße Metallkugeln wie Riesenspinnen verteilt über die Furchen. Aus manchen stach ab und zu ein dünner Stab in den Boden, als legten die Monstren Eier ab. Jegor kannte den Anblick. Gordon nicht.

»Sind die gruselig!«, rief er von der Rückbank. »Was ist das?«

»Prototypen von Analyse- und Saatrobotern«, erklärte Jegor. »Testen wir gerade, ob wir sie großflächig einsetzen sollen. Erlauben zentimetergenaue Analyse des Ackerbodens ebenso wie präzise Aussaat, automatisiert über unsere Datensysteme gesteuert. Wo der Boden besser ist, pflanzen sie mehr Samen, wo er nicht so fruchtbar ist, weniger. Dafür fügen sie dort eventuell bodenstärkende Mikroorganismen hinzu.«

»Die Erde wird in den weltweiten Computer integriert«, bemerkte Gordon.

»Moderne Landwirtschaft ist längst eine Informationstechnologie«, sagte Jegor. »So wie eure Genetik.«

Vor ihnen tauchte die Unternehmenszentrale aus dem spätnachmittäglichen Dunst auf.

»Wie viel Fläche habt ihr hier?«, fragte Gordon.

»Insgesamt zweihundertfünfzigtausend Hektar«, antwortete Jegor.

»Wie sichert ihr das Gelände?«

»Stacheldrahtzäune. Videoüberwachung. Außerdem die da.« Er beugte sich etwas nach vorn und zeigte nach schräg links vorne. Gordon suchte in der angewiesenen Richtung. Zuerst sah er nichts. Dann entdeckte er in etwa fünfzig Meter Höhe den kleinen Punkt. Eine Drohne.

»Ebenfalls mit Kameras ausgestattet«, sagte Jegor. »Fliegen selbstständig ihre programmierten Routen. Eine Software meldet verdächtige Vorkommnisse, die sich die Sicherheitsabteilung auf ihren Schirmen dann genauer ansehen kann.«

Gordons Blick folgte dem Gerät. Jetzt erkannte er es genauer. Ein Quadrokopter. Den Korpus mit den Kameras trugen vier rundum montierte Propeller. Rasch näherte sich das Flugobjekt.

»Stopp!«, rief Gordon. »Stopp!«

Erschrocken legte Andwele eine Vollbremsung hin, die sie in die Gurte hängte.

»Die Zeichnung!«, rief Gordon aufgeregt. »Die Zeichnung der Bäuerin von den Geistern! Haben wir sie noch?«

Jegor kramte im Handschuhfach, zog den Notizblock hervor.

Gordon war bereits aus dem Wagen gesprungen, riss die Beifahrertür auf und Jegor den Block aus der Hand. Er schlug die Seite mit der Zeichnung auf und hielt sie hoch. Hundert Meter entfernt und für seine Augen doch direkt neben der Zeichnung des Knödels mit den vier Kreisen an den Seiten entfernte sich langsam der dunkle Fleck mit den vier summenden Rotoren. Nur der Mittelteil des Fluggeräts war kleiner als auf der Zeichnung.

»Die Geister«, murmelte Gordon. »Da sind unsere Geister.«

»Unsere sind es sicher nicht«, erklärte der Sicherheitschef des Santirageländes. »Wir haben programmierte Flugrouten, die nur wenige Mitarbeiter einstellen. Individuell gesteuerte Flüge führen wir selten durch. Für alle gibt es Protokolle.«

Auf dem Bildschirm seines Laptops in der mit Technik und Monitoren vollgestopften Überwachungszentrale zeigte er Gordon die Listen.

»Außerdem«, sagte Stavros, »wie sollen fliegende Kameras normalen Mais in Wunderpflanzen verwandeln?«

»Ihr verwendet nur Überwachungsdrohnen?«, fragte Gordon. »Keine mit Tanks zum Versprühen von Pestiziden?«

»Noch machen wir das über die montierten Anlagen oder mit Flugzeugen«, erklärte Jegor. »Ein Drohnenkonzept wird gerade für noch nicht erschlossene Felder erarbeitet.«

»Verwendet sonst jemand in der Region Drohnen?«

»Keine Ahnung«, antwortete Jegor.

»Einige Hilfsorganisationen haben in den letzten Jahren damit begonnen«, erklärte der Sicherheitschef. »Soviel ich weiß, aber in erster Linie zur Überwachung von Konflikten und gegen Wilderei, also bloß mit Kameras. Ich höre mich um.«

»Tun Sie das. Schnell. Bitte.«

49

»Wir haben das Menü so bedienerfreundlich wie möglich gestaltet«, erklärte Rebecca.

Der Bildschirm vor Helen und Greg zeigte auf der linken Seite eine Multiple-Choice-Liste zum Ankreuzen und diverse Regler. Auf der rechten Seite ein nacktes Kind von vielleicht sieben Jahren, einen androgynen Jugendlichen, einen Erwachsenen. Bei ihrem Anblick lief Helen ein Schauer über den Rücken. Auf fremde Weise ähnelten sie ihr und Greg.

»Die Illustration rechts ist symbolisch«, sagte Rebecca. »Wir haben sie auf Basis Ihres Genmixes angenähert.«

Der Schauer von Helens Rücken kam jetzt in Wellen.

»Sie klicken die gewünschten Eigenschaften an«, sagte Rebecca.

Helen überflog die Liste. Geschlecht, Haarfarbe, Augenfarbe, Athletik, Ausdauer, Schlafdauer, Reaktionsschnelligkeit …

»Und erinnern Sie sich an gestern Abend. Natürlich bildet diese Auswahl nur eine Grundlage. Lebensumstände werden starken Einfluss auf die Entwicklung nehmen. Ob Ihr Kind unter- oder übergewichtig ist, hängt auch von seinem Lebensstil ab, also Ernährung, Bewegung, geistige Anregung, soziales Umfeld und so weiter. Insgesamt finden Sie dreißig Parameter«, sagte Rebecca. »Bei manchen können Sie mit den Reglern die Graduierung einstellen. Bei den Haaren die Farbe und den Grad der Glattheit beziehungsweise Locken. Einige Eigenschaften sind inkompatibel. Aber das zeigt Ihnen das System. Sie müssen sich dann für eine entscheiden. Wenn Sie bei einem Punkt nichts anklicken, belässt das Programm die vorhandene Genomsequenz.«

Erwartungsvoll blickte sie von Greg zu Helen.

Wenn ich nichts anklicke, hat mein Kind gegen die »modernen« Kinder keine Chance. Wenn ich nichts anklicke, dachte Helen, entscheidet überall der Zufall. So wie seit Jahrmilliarden. Und ich muss nichts entscheiden. Sie schob sich auf ihrem Stuhl vom Tisch weg.

»Ich glaube, ich kann das nicht«, sagte sie.

»Natürlich können Sie«, entgegnete Rebecca sanft.

»Wie... wie soll ich das entscheiden?«, fragte Helen. »Woher weiß ich, was meinem Kind in Zukunft nützt?«

»Vielleicht sollte der Nutzen nicht Ihr Auswahlkriterium sein«, gab Rebecca sanft zu bedenken.

»Was dann?«

»Ihre Liebe«, sagte Rebecca. »Welches Kind würden Sie am meisten lieben?«

Darüber hatte Helen nie nachgedacht. Sie würde jedes Kind lieben. Davon war sie überzeugt. Obwohl sie wusste, dass die Wahrheit eine andere war. Eltern hatten Favoriten. Helen hatte es erlebt. Sie sah es bei Verwandten und Freunden.

»Selbstlos lieben, wohlgemerkt«, fügte Rebecca hinzu. »Nicht die Liebe jener Eltern, die von ihren Kindern Dankbarkeit, Gegenliebe oder Abhängigkeit wünschen – und sei es unbewusst.«

Mit Unbehagen musterte Helen die seltsam puppenhaften, verschieden alten Helengregs auf dem Bildschirm.

»Augenfarbe?«, fragte Rebecca, die Hand auf dem Touchscreen.

Greg warf Helen einen fragenden Blick zu.

»Blau?«, sagte sie schließlich.

Die Augen der Avatare färbten sich. Rebecca nahm ihre Hand vom Monitor. »Jetzt Sie. Welches Blau? Hier ist die Palette.«

Zögerlich tasteten Gregs Finger über den Bildschirm. Spielten mit der Augenfarbe. Wieder der fragende Blick zu Helen.

Sie zuckte hilflos mit den Schultern. Nickte. Meinetwegen.

»Komm«, sagte er.

»Es ist nur ein Versuch am Computer«, ermunterte Rebecca sie. »Ein Spiel. Keine Verpflichtungen.«

Langsam kehrte Helen an den Tisch zurück.

»Früher hat Kindermachen mehr Spaß gemacht«, sagte sie.

50

»DFF, Drones for Food, ist eine Hilfsorganisation, die Kleinbau-
ernkooperationen in der Dritten Welt mit Drohnen zu Ertrags-
steigerungen verhelfen will«, erklärte ArabAgrics Sicherheitschef,
als der Wagen vor einem einstöckigen hellblauen Gebäude hielt.
Bis zu der Siedlung waren sie etwa vierzig Kilometer Richtung
Daressalam gefahren. An der Straße vereinzelt die üblichen ärmlichen Obst- und Gemüsestände und Ministraßenküchen. Dahinter und zwischen den Häusern einige Menschen. Die allge-
genwärtigen Kinder.

»Drones for Food. The sky is the only limit«, verkündete ein
buntes handgemaltes Schild über der Eingangstür.

»Noch nie gehörter Slogan«, spottete Gordon.

Auf ihr Klopfen öffnete ein junger Schwarzer die Tür. Der
Sicherheitschef stellte sich vor, erklärte, dass er einen Termin vereinbart hatte, und sie wurden eingelassen.

In einem schwülen Büro unter einem surrenden und flappenden Deckenventilator empfing sie ein junger, schlaksiger braun
gebrannter Amerikaner mit Bart. Die Einrichtung war einfach
und hatte schon einige Jahre auf dem Buckel.

»Darren Zona«, stellte er sich überschwänglich vor. Auf seinem
Schreibtisch türmten sich Unterlagen um einen Laptop.

»Ich habe mir Ihre Angaben angesehen«, sagte er mit einem
Blick in den Computer. »Im beschriebenen Gebiet sind wir nicht
tätig.«

51

»Wunderschön!«, schwärmte Rebecca.

Helen und Greg hatten ein Mädchen entworfen. Und einen Jungen.

»Zwillinge«, sagte Rebecca. »Gute Idee.«

Entscheidungsschwäche, dachte Helen.

»Zwei auf einen Streich«, meinte Greg.

»Du redest da von meinem Bauch«, erinnerte ihn Helen.

Blaue Augen für sie, braune für ihn. Blond gewellte Haare sie, dunkelbraune Locken er. Eins achtzig sie. Zwei Meter er. Sie schlank, er schlank mit athletischen Anteilen. Wie sich wohl die anderen zukünftigen Eltern entschieden? Helen und Greg hatten viel ausprobiert. Ob Gott bei Adam und Eva so gehadert hatte?

»Wollen Sie einen Ausdruck?«, fragte Rebecca.

»Das wäre toll!«, sagte Helen. »Würde mir die Schwangerschaft ersparen, wenn Sie sie gleich ausdrucken könnten.«

»Daran arbeiten andere«, antwortete Rebecca lachend.

Was war daran so lustig?, fragte sich Helen.

Rebecca drückte einen Knopf. Leise surrend schob ein Drucker zwei Blatt Papier heraus. Sie reichte sie ihnen.

»Wie gesagt: Ihre Eizellen haben wir mitgenommen. Falls Sie sich gleich entscheiden sollten. Wir benötigen sechs Stunden Vorlauf, falls Sie alles schon hier abschließen wollen«, erklärte Rebecca. »Sobald Sie Ihr Okay geben, legen wir los. Ich weiß«, schob sie gleich hinterher, »es ist eine schwere Entscheidung.

Nein«, wechselte sie ihre Tonlage, fixierte Helen und Greg, »ist es nicht.« Sie pausierte bedeutungsschwanger. »In Wahrheit haben Sie längst entschieden. Stehen Sie dazu.«

52

Jessicas Augen brannten vor Müdigkeit. Ihr Nacken und ihre Schultern fühlten sich an wie aus Beton. Das Dröhnen der Triebwerke übertönte die Stimme von dem Bildschirm nur nicht, weil sie den Lautsprecher ganz hochgedreht hatten. Nach dem wahrscheinlich erfolglosen Einsatz in Louisville waren sie auf halbem Weg nach Washington zurück. Mit Mühe konzentrierte Jessica sich auf ihr Gegenüber auf dem Monitor. Sein Gesicht wurde vom grünen Stoff eines Kapuzenoveralls eingerahmt. Hinter ihm erkannte Jessica unscharf Teile von Boldenacks Garagenlabor. Darin mehr grüne Silhouetten.

»Boldenack kooperiert«, sagte der Ermittler. »Zumindest tut er so. Er behauptet weiterhin, an drogensynthetisierenden Bakterien gearbeitet zu haben. Mit Bioterrorismus will er nichts zu tun haben. Aber natürlich können wir uns darauf nicht verlassen.«

»Tu ich auch nicht«, sagte Jessica.

»Zwei Teams durchforsten derzeit seine Aufzeichnungen, sowohl zu seinen Versuchen als auch zu seinen Bestellungen und Geschäften. Dort erhoffen wir uns am schnellsten Hinweise. Ohne sehr viel Glück werden wir die ersten Erkenntnisse aber frühestens morgen sehen. Wenn überhaupt so schnell. Die Analyse der Mikroorganismen wird länger in Anspruch nehmen. Zwei, drei Tage mindestens.«

»Das muss schneller gehen«, forderte Jessica.

Rich legte seine Hand beschwichtigend auf ihren Unterarm.

»Geht kaum«, sagte er so leise, dass seine Stimme in Louisville nicht gehört würde.

»Wir sind keine Zauberer«, entgegnete der Mann ruhig.

»Sie wissen, worum es geht«, erinnerte Jessica den Mann auf dem Bildschirm.

»Ja. Umso sorgfältiger müssen wir vorgehen.«

Jessica wusste, dass er recht hatte. »Okay. Wir hören von Ihnen.«

Der Bildschirm ging aus. Jessica streckte sich, drehte den Hals, rieb sich das Genick.

»Soll ich?«, fragte Rich mit ausgestreckten Fingern über ihren Schultern.

Als Jessica sich vollends zu ihm umwandte, erklärte er lachend: »Ich muss fragen. Sonst habe ich am Ende eine Klage wegen sexueller Belästigung am Hals.«

Jessica zögerte einen Augenblick, dann gab sie müde nach: »Ja, gern. Danke.«

»Fürs Protokoll«, sagte Rich, »sie hat Ja gesagt«, und drückte seine Finger sanft, dann fester in Jessicas Betonschultern.

Als Tom die Szene neben ihnen beobachtete, erklärte Rich ihm: »Sie hat ausdrücklich Ja gesagt, Sie haben es gehört.«

Tom sagte nichts.

Rich war ein begnadeter Masseur, und Jessica schloss für einen Moment die Augen. Durch das Rauschen der Motoren hörte sie neue Nachrichten eintreffen, die Tom und Jaylen entgegennahmen. Für ein paar Minuten redeten die beiden am anderen Ende der Kabine, aber es war ihr gleichgültig, sie genoss die angenehmen Berührungen, die sie so entspannten, dass sie in einen Sekundenschlaf wegnickte, aus dem ihr Kopf wie eine Schnappmesserklinge wieder hochfuhr.

Rich hatte seine Massage beendet und beugte sich neben ihr mit Tom und Jaylen über Papiere, die sie eifrig diskutierten.

Als die drei ihr Erwachen bemerkten, wandte sich Tom an sie: »Wir haben gerade einen eigenartigen Hinweis bekommen. Momentan haben ja alle die Anweisung, ungewöhnliche Aktivitäten im Biotechbereich an uns zu melden. Auf den ersten Blick besteht zwar kein Zusammenhang – aber irgendwie doch.«

»Kommen Sie dann mal auf den Punkt?«

»Die Informationen stammen aus der routinemäßigen Beobachtung internationaler Unternehmen durch unsere Dienste«, erklärte er und meinte damit die Industriespionage durch die NSA und andere US-Dienste.

»Hier sind ein paar Ausdrucke.«

Er breitete mehrere Papiere auf dem kleinen Besprechungstisch vor ihr aus. Rechts oben auf jedem Blatt fand Jessica einen Firmenschriftzug: Santira. Sie sah Statistiken, Texte, Zahlen. Auf Bildern erkannte sie Felder, Soja- und Maispflanzen, Ziegen und ein paar Gesichter, Managertypen.

»Mitarbeiter eines europäischen Chemie- und Biotechkonzerns entdeckten in den vergangenen Wochen immens hochentwickelte Genmanipulationen an Organismen in Brasilien, Indien und Afrika. In Brasilien handelt es sich um Baumwolle, in Indien um Ziegen und in Afrika um Mais. Sie haben die Organismen noch nicht komplett durchanalysiert, meinen aber jetzt schon, dass diese Manipulationen um Jahre dem voraus sind, was die Wissenschaft derzeit hergibt.«

Rich, der bis jetzt schweigend zugehört hatte, griff sich einige der Papiere, überflog sie.

»Wie unser Killervirus«, sagte er mehr zu sich selbst. »Nur viel friedlicher.«

»Damit nicht genug«, erklärte Tom. »Die manipulierten Pflanzen und Tiere wurden bei armen Bauern entdeckt, die weder genetisch modifiziertes Saatgut noch Samen zur Tierzucht verwendeten. Abgesehen davon, dass sie die bislang entdeckten

Manipulationen ohnehin nicht am Markt erstehen könnten. Wir wüssten nicht, wer so etwas Komplexes herstellen kann.«

»Und diese Bauern besitzen es plötzlich, einfach so«, bemerkte Jessica. »Kein Wunder, dass der Konzern unruhig wird. Werden unsere auch, sobald sie davon erfahren.«

»Santira hängt das hoch auf«, sagte er. »Der CEO, ein gewisser Helge Jacobsen, kümmert sich persönlich darum.«

»Wo wurden die Organismen gefunden?«

Neben ihr studierte Rich die Unterlagen, kam aus dem Kopfschütteln nicht mehr heraus. »Wow«, »unglaublich« und »puh«, hörte Jessica ihn mehrmals flüstern.

Tom rief auf dem Monitor eine Weltkarte auf. Sie zeigte vier rote Punkte, einen in München, den zweiten im westlichen Indien. Die anderen beiden fand sie auf der Südhalbkugel. Mitten in Brasilien. Und in Tansania, nicht weit von der Küste nahe Daressalam entfernt.

»Wie es scheint, war das Virus, das Jack Dunbraith tötete, nicht der einzige fortgeschrittene genmanipulierte Organismus da draußen«, stellte der FBI-Mann fest. »Wenn Santiras Informationen stimmen, haben wir es mit Auftreten auf der ganzen Welt zu tun.«

»Von denen wir nicht wissen, ob sie miteinander zusammenhängen«, wandte Jessica ein. »Wenn ich es richtig verstanden habe, sind die anderen drei Killerviren …«

»GMOs …«, korrigierte Rich. »Die wissen es noch nicht genau.«

»Wie auch immer … Killer für das Geschäftsmodell unserer Biotechkonzerne, nicht für die betroffenen Bauern. Die bringen sie nicht um, sondern ihnen im Gegenteil ein besseres Leben.«

»Interessantes Detail«, vermerkte Jaylen, »Santira hat bislang keine offiziellen Stellen über ihre Entdeckung informiert. Obwohl die Freisetzung solcher Organismen in diesen Ländern verboten oder bewilligungspflichtig wäre. Sie verletzt auch diverse internationale Vereinbarungen wie das Cartagena- oder Nagoya-Protokoll.« Auf Jessicas fragenden Blick erklärte Rich: »Internationale Abkommen zu diversen Fragen der Bioökonomie. Bei Cartagena geht es vor allem um den internationalen Umgang mit gentechnisch veränderten Organismen, also Handel, Freisetzung und so weiter. Nagoya soll in erster Linie biologische Vielfalt und den Interessenausgleich zwischen genetischen Ressourcen regeln. Gab es in den letzten Jahren ja immer wieder, die Geschichten: Ein großer Konzern macht altes Wissen einer Urbevölkerung industriell nutzbar, meldet ein Patent darauf an und lässt dann die ursprünglichen Nutzer dafür zahlen. Und alle anderen natürlich auch. So etwas soll mittels Nagoya-Protokoll verhindert oder für alle zufriedenstellend geregelt werden.«

»Und warum informiert Santira nicht? Was meinen Sie?«

»Wir wissen es«, sagte Tom. »Sie wollen erst einmal auf eigene Faust nach den Verursachern suchen.«

»Verstehe ich«, warf Rich ein. »Die Typen würde ich auch gern kennenlernen. Die will jedes Unternehmen in seiner Entwicklungsabteilung.«

»Können wir die damit befassten Schlüsselpersonen bei Santira genau im Auge behalten?«, fragte Jessica Tom.

»Wie genau?«

»So genau, dass wir erfahren, wenn sie etwas finden. Und wo sie es finden.«

»Tun wir schon. CEO Helge Jacobsen und F&E-Chef Horst Pahlen sind gerade in die USA eingereist …«

»Auf der Suche nach den Urhebern der GMOs?!«

»Nein, sie besichtigen Biotechunternehmen, die Santira eventuell kaufen will.«

»Gut. Vielleicht hat die Sache nichts mit unserer zu tun. Trotzdem: Überwacht die Typen. Überwacht das gesamte Unternehmen. Mit allen Mitteln.«

Sie richtete sich auf, stemmte die Arme in die Hüften. »Hochentwickelte GMOs auf der ganzen Welt, deren Urheber man nicht kennt ... Rich, was meinst du?«

Der Wissenschaftler sah von den Papieren hoch. »Ich bin kein Mathematiker«, sagte er, »aber die Wahrscheinlichkeit, dass solche Ereignisse zufällig gleichzeitig weltweit auftreten, halte ich für verschwindend gering. Zudem wir niemanden kennen, der in dieser Komplexität dazu in der Lage wäre. Es liegt also nahe, eine einzige Quelle für die Ereignisse anzunehmen.« Er zeigte auf die Papiere. »Wenn stimmt, was da steht, treten wir endgültig in eine neue Epoche ein. Oder besser: Wir werden in eine neue Epoche getreten.«

53

Helen hatte das Gefühl, dass sie die Sache zu pragmatisch angingen. Als suchten sie den Kindergarten oder die Schule für ihr Kind aus. Und nicht seine Gene.

»Was würde es kosten?«, fragte Greg.

Von sehr unregelmäßig verdienten durchschnittlich fünftausend Dollar im Monat blieb Helen kaum die Hälfte übrig. Greg verdiente etwa dasselbe. Damit hatten sie deutlich mehr als der US-Durchschnitt. Miete, Versicherungen und andere laufende Kosten summierten sich zu rund zweitausend Dollar monatlich. Der Rest ging für laufende Kosten und ihre Altersvorsorge drauf.

Aus dem Studium war sie mit Schulden gekommen. Die bisherigen Versuche künstlicher Befruchtung hatten sie und Greg einige tausend Dollar gekostet. Gemeinsam hatten sie rund fünfzigtausend Dollar auf der hohen Kante. Sie hatten die Anzahlung einer Wohnung überlegt. Oder eines Häuschens. Den Rest musste die Bank geben. Vielleicht kam etwas von ihren Eltern. Mit solchen Summen konnte sie nicht auf ewig rechnen. Jobs kamen und gingen. Die Politik der vergangenen Jahrzehnte radierte die Mittelschicht aus. Blieb die Hoffnung, dass sie es nach oben schafften, statt wie die meisten abzurutschen.

»Natürlich ist das nicht billig«, sagte Rebecca. »Aber Sie dürfen das Geld nicht als Ausgaben verstehen, sondern als Investition in Ihr Kind und seine Zukunft. So wie seine Collegevorsorge.

Erstens zahlen Sie nur bei Erfolg, soll heißen, bei Geburt eines gesunden Kindes.«

»Misserfolg definieren Sie wie?«, fragte Greg misstrauisch.

»Gut, dass Sie fragen«, fing Rebecca seine Zweifel offensiv auf. »Wie bei jeder herkömmlichen Schwangerschaft kann es vorkommen, dass sich die Eizelle nicht einnistet oder der Embryo in den ersten Monaten abgeht. In ganz seltenen Fällen kann es, ebenfalls wie bei herkömmlichen Schwangerschaften, zu Komplikationen kommen, die eine Abtreibung nahelegen. Das ist dann aber Ihre Entscheidung.«

Wofür würden sie sich entscheiden, wenn sie statt eines geplanten »modernen« Kindes ein behindertes erwarten würden? Oder doch nur ein klassisches? Hatte Helen eben »nur« gedacht? Rebecca ließ ihr keine Zeit zum Nachdenken, fuhr schon fort:

»Inklusive sind sämtliche Informationen und Unterweisungen, ein Beratungspaket und die medizinische Betreuung der Kinder durch geschulte Ärzte bis zum achtzehnten Lebensjahr sowie eine umfassende Krankenversicherung. Außerdem das Ausbildungspaket für die Kinder und laufendes Mentoring durch Personen, die bereits Erfahrung in der Erziehung solcher Kinder und dem Umgang mit ihnen haben.«

Auf dem Monitor erschien eine Zahl.

»Insgesamt kommen Sie auf eins Komma sieben Millionen Dollar.«

»Dann brauchen wir nicht weiterzureden«, sagte Greg. In Helens Ohren klang er erleichtert. Sie selbst schwankte zwischen Enttäuschung, fast Ärger und ebenfalls Erleichterung.

»... aber«, setzte Rebecca fort, »Ihnen würden wir gern ein besonderes Angebot machen. Wir denken bei diesem Projekt naturgemäß sehr langfristig. Wir befinden uns in einer frühen Phase. Sie gehören zu den Ersten, die dieses Angebot erhalten. Dabei sind Sie eines der allerersten Paare überhaupt mit einem

Einkommen von weniger als einer Million jährlich. Ich gebe zu, dass Sie strategische Kunden für uns sind: Sie zeigen, dass nicht nur Superreiche dieses Angebot bekommen und in Anspruch nehmen können.«

»Bei den Preisen können aber nur die«, wandte Greg ungehalten ein.

»Warten Sie. Nach Veröffentlichung des Projekts wird es natürlich sowohl einen Ansturm auf das Angebot als auch viele Diskussionen geben. Dank der Masse werden wir die Tarife massiv senken können. Eltern in der jetzigen Phase bieten wir mehrere Pakete an. Dabei geht es einerseits vor allem um kommunikative Belange, etwa sich für Veröffentlichungen zur Verfügung zu stellen, mit Medien zu sprechen, aber auch um Buch-, Film- und andere Rechte in Millionenhöhe. Bei manchen Paketen bekommen Sie Ihre Investition vertraglich garantiert vielfach zurück, je nachdem, wozu Sie bereit sind. Außerdem können Sie sich in dieser Phase als Mentoren für andere Eltern engagieren. Dieses Engagement würde ebenfalls vergütet werden. Und hätte vor allem den Vorteil, dass Ihre Kinder rasch im Kreis ihresgleichen Gesellschaft finden. Kurz gesagt, könnten Sie Ihr Investment schon mit vergleichsweise geringem Aufwand auf null reduzieren. Übrigens«, fügte sie mit einem Wink auf die Ausdrucke mit dem Mädchen und dem Jungen hinzu, »auch bei Zwillingen. Im besten Fall bekommen Sie sogar Millionen. Wobei das nicht der ausschlaggebende Punkt sein sollte.«

»Aber Sie wollten ihn uns natürlich nicht vorenthalten«, bemerkte Greg spöttisch.

»Geld war nie der wesentliche Antrieb für Ihr Tun«, erwiderte Rebecca, »ebenso wenig wie bei Ihnen, Helen, oder?«

Sie drückte jedem von ihnen eine geheftete Mappe in die Hand. Helen blätterte sie durch. »Vertragstexte.«

»Studieren Sie sie in Ruhe«, sagte Rebecca.

»Wir können doch ohne Anwalt keinen solchen Vertrag unterschreiben!«, wandte Greg ein.

»Das werden Sie müssen«, meinte Rebecca. »Aus Geheimhaltungsgründen. Derzeit können wir das Risiko noch nicht eingehen, dass die Öffentlichkeit davon erfährt.«

»Unmöglich«, beharrte Greg.

»Sie würden ohnehin keinen Anwalt finden, der Sie seriös beraten kann«, sagte Rebecca. »Präzedenzfälle existieren nicht. Wir betreten komplettes Neuland. Wir alle. Lesen Sie es einfach erst einmal«, sagte Rebecca.

»Wir haben die Videos aus sämtlichen Laboren sowie alle mit Sondra Farrukah und Jack Wolfson zu der Zeit von Kendras Zeugung durchsucht«, erklärte Sam Pishta.

Über mehrere Bildschirme der Sicherheitszentrale hampelten Menschen im Zeitraffer durch Labore und über verschiedene Teile der Anlage. Nicht, dass Stanley darauf etwas kontrollieren konnte oder sollte. Bloße Demonstration, dass Sam und sein Team ihre Hausaufgaben erledigt hatten.

»Wir finden niemanden aus dem Team, der ihnen geholfen haben könnte. Nichts. Den beiden fehlen sowohl jegliches Knowhow als auch die Zugangsberechtigungen. Wir stehen vor einem Rätsel. Sollen wir mit ihnen reden?«

Als Stanley und Sam in das Zimmer auf der Krankenstation traten, trafen sie die besorgten Blicke von Sondra Farrukah.

»Ist etwas mit Kendra?«, fragte sie aufgeregt. »Warum lässt man uns nicht nach Hause?«

Jack Wolfson saß an der Bettkante und hielt ihre Hand.

Stanley und Sam stellten sich an das Fußende des Betts. Stanleys

Blick wanderte zwischen den beiden hin und her, bevor er ihn auf Kendra ruhen ließ. Das verstärkte die Nervosität der beiden Eltern noch. Was Stanleys Ziel war. Sondra biss auf ihre Unterlippe, strich viel zu schnell über das kleine Köpfchen an ihrer Brust. Kendra ließ sich davon nicht aufwecken. Stanley dehnte den Moment weiter. Nickte nachdenklich vor sich hin.

»Wieso?«, fragte er schließlich ruhig. »Sollte denn etwas mit ihr sein?«

Dabei versuchte er, beide Gesichtsausdrücke zu erfassen. Sondras. Jacks. Aus dem Antlitz der Frau starrte ihm völliges Unverständnis entgegen. Soweit Stanley das beurteilen konnte. Jacks Augenbrauen zogen sich zusammen, dazwischen bildete sich eine tiefe Falte. Seine Kiefermuskeln flatterten.

»Nein«, erwiderte er wie aus der Pistole geschossen. »Was sollte mit ihr sein?«

»Das frage ich Sie.«

»Was ist denn nur los?«, fuhr Sondra fast weinend dazwischen.

Jack drückte ihre Hand.

»Es ist alles in Ordnung, mein Schatz«, tröstete er sie. »Das haben die Ärzte doch schon gesagt.« Und zu Stanley wütend: »Was wollen Sie? Sagen Sie schon! Sehen Sie denn nicht, was Sie hier anrichten?«

»Kendra« – Stanley sprach den Namen in diesem Moment vielleicht zu scharf aus, nahm sich sofort zurück – »hat besondere Begabungen. So wie die meisten Kinder hier.«

Sondras Augen wurden größer, ihr Unterkiefer fiel herab, während aus Jacks Gesicht die Finsternis nicht verschwand. Im Gegenteil meinte Stanley unter den grimmigen Augenbrauen nun einen lauernden Blick wahrzunehmen.

»Sie meinen ...«, stammelte Sondra.

Entweder war sie wirklich ahnungslos oder spielte brillant.

Jack wandte sich an seine Partnerin, lächelte jetzt.

»Das ist ja wunderbar, Schatz!«

Schatz blieb sprachlos. Stanley schied Sondra als mögliche Mitwisserin aus. Sie reagierte zu authentisch, fand er. Blieb Jack. Den er ab sofort fixierte.

»Sie ist das erste hochbegabte Kind von zwei Mitarbeitern aus dem Servicebereich«, fuhr Stanley fort. »Und wir fragen uns…«

»Warum sollte unser Kind denn nicht hochbegabt sein können?«, fuhr Jack gekränkt dazwischen.

»Wie… wie können Sie das überhaupt jetzt schon feststellen?«, fragte Sondra verunsichert. Gute Frage.

»Ja«, bekräftigte Jack mit einem Blick auf die beiden Männer vor sich, der Stanley geradezu frech erschien, »wie können Sie das jetzt schon feststellen?«

»Wir können.« Bei der Antwort beließ es Stanley. Er verlor die Geduld. Er bekam Jack nicht zu fassen, hatte aber keine Idee, wie er mehr aus ihm herausbekommen könnte. Sam war auch keine Hilfe.

»Meine kleine Prinzessin«, flüsterte Sondra erleichtert und schenkte dem schlafenden Baby einen verliebten Blick.

Stanley lockerte seine Kiefermuskeln. Dann eben nicht.

»Glückwunsch noch einmal«, brachte er hervor. »Sie können nach Hause. Ich wünsche Ihnen alles Gute.«

Draußen fragte er Sam nach seinem Eindruck.

»Sie hatte keine Ahnung«, antwortete der Sicherheitsmann. »Bei ihm bin ich nicht sicher. Haben Sie die kleinen Schweißperlen auf seiner Stirn bemerkt? Aber ich wüsste auch nicht, wie wir ihn knacken könnten.«

54

Liz Growley runzelte die Stirn, als sie den Bericht dieses Polizisten aus San Francisco las. Zwei Instanzen des *Suspicous Activity Reporting* hatte er bereits absolviert. Noch einmal las sie die ursprünglichen Angaben. Ein Freund hatte ihm erzählt, dass diesem ein Bekannter erzählt hätte... Wenn sie so was schon las! Angebot für Designerbabys. Na klar. Frankenstein lebt! *Get a life!* Spinner. Paranoiker. Verschwörungstheoretiker. Wichtigtuer. Fantasten. Arschlöcher, die anderen die Zeit stehlen wollten. Querulanten. Geisteskranke. Gehörte zu ihrem Job. Die Kunst war, die Spreu vom Weizen zu trennen. Irgendjemand musste diese Entscheidung treffen. In ihrem Fall halfen Computerprogramme, Besprechungen, Komitees. Die Computerprogramme sagten klar Nein. Die anderen zweifelten heftig, wagten aber nicht zu entscheiden. Schoben die Verantwortung weiter. Bis sie an irgendwem hängen blieb. In diesem Fall an Liz. Sie musste den Unsinn nicht noch eine Instanz weiter reichen. Sich zu drücken war nicht ihre Art. Die Stichworte waren ohnehin im System. Falls jemand explizit danach suchte, waren die Infos da. Alles andere war Zeitverschwendung.

Lieber Irvin, dachte sie, danke für deine Meldung, aber sie wandert erst mal ins digitale Archiv. Ist gleich: digitales Nirwana, wie ich unsere Datenbanken kenne. Und auf zum nächsten Fall.

55

»Diskutiert haben wir alles, oder?«, fragte Greg. Seit dem Termin mit Rebecca waren sie über das Gelände gelaufen und hatten sich unterhalten. Sie wanderten über eine Wiese ihren Schatten hinterher. Mittag war lange vorbei. Sie hatten keinen Hunger. In einiger Entfernung lagen die Gebäude der Forschungsabteilung. Irgendwoher klangen Kinderstimmen.

Helen nickte. »Wir müssen uns nur mehr entscheiden. Ja oder Nein. Und falls Ja: ein Kind oder gleich zwei?«

Durch ihren Kopf rasten die Argumente der letzten Tage. Und der letzten Jahre. Die Für und Wider. Hin und her gewirbelt von Helens Gefühlen. Widersprüchlichen Gefühlen.

Angst. Ängste. Womöglich doch wieder nicht schwanger zu werden. Dem Kind seine Zukunft zu verbauen. Es wegen seiner Andersartigkeit nicht lieben zu können. So oder so einen Fehler zu begehen. Der Aufgabe nicht gewachsen zu sein. Gregs Gefühle und Gedanken nur schwer einschätzen zu können. Durch die Entscheidung – welche auch immer – einen Keil zwischen sie zu treiben. Ihre Familien, ihre Freunde. Würden sie Helen und Greg und ihr Kind verstoßen? Womöglich bekämpfen? Ja, den sozialen Aufstiegswunsch der meisten Menschen aus der Mittelschicht hatten auch sie immer besessen. Aber durften sie so weit gehen?

Trotz. Natürlich. Weshalb nicht? Andere taten es auch. Nur weil andere es tun, muss es nicht richtig sein. Wenn wir es nicht tun, tun es andere (trotzdem). Und wir bleiben auf der Strecke.

Das Argument von Waffenverkäufern und anderen Geschäftemachern mit Verbrechern, denen es in Wahrheit nur um den größtmöglichen Profit ging. In ihrem Fall hier ging es um sozialen Profit. Nein, ging es nicht. Nicht das ganze Leben war ein Markt. Nicht nur.

Mut. Was wagte sie? Wie weit war sie bereit zu gehen? Gegen die Ansicht anderer? Der Mehrheit? Gar Gregs?

Zweifel. Handelte sie überhaupt gegen die Mehrheit? Wie viele Eltern würden das Angebot ablehnen, wenn sie es denn erhielten? Eine Minderheit, glaubte Helen. Nachdem sie die Argumente dafür und dagegen erst einmal abgewogen hatten. Ihre Gefühle, so wie Helen gerade – vielleicht –, gefunden, eingehegt und beobachtet hatten.

Am einfachsten war die Zwillingsfrage. Die Möglichkeit bestand bei einer künstlichen Befruchtung ohnehin. Helen hatte sie nie ausgeschlossen, fand sie sogar reizvoll. Obwohl sie wusste, dass Zwillinge mehr als die doppelte Belastung bedeuteten. Zwillinge wären okay. Bei einem Ja wäre sie dafür.

Vielleicht hatte Rebecca recht. Sie hatten sich längst entschieden. Vielmehr, etwas in ihnen hatte für sie entschieden. Und sie mussten nur dazu stehen. Ein tief sitzendes Reptiliengehirn, das nicht dachte, sondern instinktiv das Überleben sicherstellen sollte. Die bestmögliche Anpassung an die Umwelt. Wie seit Anbeginn des Lebens. Wenn die Umwelt in Zukunft aus modernen Kindern bestand. Welchen instinktiven Schluss zog dieses Reptiliengehirn? Aber auch der logische Schluss des Homo sapiens? Oder schummelte sich hier bloß ein archaischer Trieb durch die evolutionären Schichten und gab sich als rationaler Gedanke aus? War der Mensch nicht Mensch, weil er sein Reptilienhirn beherrschte, überwunden hatte? Und nun? Dürfen wir? Nicht? Müssen wir? Die Krone der Schöpfung reichte sich weiter. Übrig blieb nur ihr Kopf. Helens verwirrter Kopf.

Gedankenverloren blätterte sie durch den Vertrag.

»Klingt alles besser, als ich glauben kann«, sagte sie.

»Zugegeben«, stimmte Greg zu. »Rebecca hat keine Fragen offengelassen. Es bleibt natürlich ein Risiko.«

»Das bleibt es ohnehin. Risiken gegen Chancen.«

»Hast du dich schon entschlossen?«, fragte Greg.

Helen bückte sich, riss zwei Grashalme aus. Reichte einen davon Greg.

»Verstecke ihn hinter deinem Rücken in einer Hand«, forderte sie. »Ich mache dasselbe. Dann zeigen wir uns gleichzeitig eine Hand. Grashalm heißt Ja. Leer heißt Nein.«

Greg griff zu, verbarg die Hände hinter seinem Rücken.

»Und wenn wir uns nicht dasselbe zeigen?«, fragte er.

»Jetzt schauen wir erst einmal«, sagte sie. Ballte hinter sich eine Faust um ihren Halm. Streckte Greg ihre Rechte entgegen. Er präsentierte seine Linke. Größer als ihre, knochiger.

Ein Blick.

»Drei … zwei«, zählte sie. »Eins. Jetzt.«

Greg öffnete die Hand. Darin: ein Halm.

Daneben Helens Handfläche. Mit Halm. Sie begann zu zittern.

»Gratuliere!«

Rebecca schien sich mehr zu freuen als Helen und Greg.

Greg reichte ihr den Stift, mit dem er den Vertrag unterzeichnet hatte.

»Sie haben das Kommunikationspaket unterschrieben«, sagte Rebecca. Die höfliche Umschreibung für ein paar Millionen, die Helen, Greg und ihre Kinder kassieren würden. »Ihr erstes und wichtigstes Hilfsmittel für die kommenden Monate und Jahre bekommen Sie gleich von mir.«

Sie reichte jedem von ihnen eine edle Lederbox, wie für eine wertvolle Uhr. Helen wog, riet. Zu ihrer leisen Enttäuschung fand sie darin ein knopfartiges Teil, an dem eine kleine Klemme befestigt war.

»Kameras«, erklärte Rebecca fröhlich. »Klipsen Sie sie einfach an Ihren Kragen oder Ihr Shirt, und sie filmen alles mit, was in Ihrem Gesichtsfeld passiert. Ihr Leben. Und das Ihres Kindes. In den Boxen finden Sie die Gebrauchsanleitung. Ist ganz einfach. Im Prinzip sind sie die praktischere Variante einer Action-Kamera, wie man sie beim Sport am Helm befestigt. Für Videos länger als zwei Stunden müssen Sie die Kamera mit Ihrem Smartphone, Computer oder einem Server koppeln. Für Ihren Aufenthalt hier finden Sie in den Boxen zwei Minifestplatten zum Speichern. Zeichnen Sie ruhig auf, wie Sie sich in den kommenden Stunden fühlen. Wenn Sie morgen zur Einpflanzung der Eizelle gehen. Die Schwangerschaft. Geburt. Und alles, was danach folgt. Später geben Sie uns eine Auswahl, die Sie selbst bestimmen, für Kommunikationszwecke.«

Gratuliere, dachte Helen mit einem mulmigen Gefühl.

56

»Danke fürs Bringen«, sagte Jessica zu Rich, als er seinen Wagen vor der Einfahrt ihres Hauses parkte. Die Fenster waren alle dunkel. Nackte Baumgerippe im Garten streckten ihre krummen Äste wie Gichtfinger in den Nachthimmel.

»Keine Ursache.«

Zögerlich blickte sie hinüber.

»Ich warte, bis du drinnen bist«, sagte Rich, der ihr Zaudern falsch deutete.

»Ja. Danke«, sagte sie und raffte ihren Mantel zusammen.

»Oder ist es etwas anderes?«, fragte Rich.

Als sie einen Sekundenbruchteil zu spät zu ihrer Antwort ansetzte, fragte er: »Schwierigkeiten daheim?«

Jessica öffnete die Tür. »Mein Mann und meine Kinder sehen mich zu selten«, sagte sie.

Rich legte die Hand auf ihre Schulter, strich mehrmals tröstend darüber.

»Das wird wieder«, sagte er. Sein Griff drückte ihre Schulter sanft, als wolle er sie zurückhalten, dann gab er ihr einen kaum spürbaren und doch entschiedenen Schubs. Jessica folgte ihm und stieg endgültig aus. Beugte sich noch einmal hinunter.

»Danke.«

57

Den restlichen Nachmittag und das Abendessen erlebte Greg in einer Blase. Manchmal gelangte Helen zu ihm herein, dann wieder war er darin allein.

Die Grashalme hatten den Ausschlag gegeben. Geniale Helen! In Wahrheit wusste man in diesem Moment schon, was man wollte. Wagte bloß nicht, es sich einzugestehen. Zog man den Halm, der der eigenen unbewussten Entscheidung widersprach, begann man zu diskutieren, sich selbst vom Gegenteil zu überzeugen. Was nicht notwendig gewesen war. Das war ihm in dem Augenblick klar geworden, als er die Grashalme in ihrer beider Handflächen gesehen hatte.

Und dann hatten sie unterschrieben.

Sie würden Zwillinge bekommen. Wenn alles klappte. Vielleicht nicht beim ersten Versuch. Aber wahrscheinlich irgendwann im kommenden Jahr. So viel war schon vorher klar gewesen.

Aber jetzt.

Beim Spaziergang über das abgeriegelte Gelände hatte er sich – immer noch – wie ein Gefangener gefühlt und doch gleichzeitig als Mitglied eines kleinen, sehr exklusiven Kreises. Einer – künftigen – Elite, wenn man so wollte. Seine ursprünglichen Vorbehalte waren nicht völlig verschwunden, aber überstimmt worden von einer Euphorie, die ihn bei den Gedanken an die großartige Zukunft ihrer Kinder erfasst hatte. Ein Gefühl, das Helen zu teilen schien.

Aufgekratzt wie Frischverliebte probierten sie ihr neues Spielzeug aus, machten Pläne, malten Fantasien. Oder was bis vor wenigen Tagen Fantasien gewesen wären. Und für den Großteil der Menschheit noch lange bleiben würde. Sie trafen auf andere Mitreisende, alle hatten unterschrieben. Gegenseitig versicherten sie sich, wie glücklich sie sich schätzen durften, aber auch, welche Verantwortung damit einherging, ihren Kindern gegenüber und auch der Gesellschaft. Bla. Bla. Natürlich, dieser letzte Teil.

Ein erfreulicher Aspekt war nun auch der Ort.

»Sie sind in San Diego«, hatte Rebecca eine seiner ersten Fragen nach der Unterzeichnung beantwortet. »Daheim, in den Vereinigten Staaten.«

Was für Greg eine kleine Überraschung gewesen war, fast ein Schock. Und ihn gleichzeitig ein wenig stolz gemacht hatte. Hier also war so etwas schon möglich. Noch immer die größte Nation auf Erden! Die Blase, in der er schwebte, wuchs und stieg noch ein Stück.

Und er schwebte darin, noch viele Stunden später in seinen Träumen.

Am vierten Tag

58

Das Vibrieren an ihrem Handgelenk weckte Jessica sofort. Sie hatte die Digitaluhr angelegt und den Wecker auf stumm geschaltet, damit Colin weiterschlafen konnte. Lautlos verließ sie das Schlafzimmer. Im Bad nur das Notwendigste. Kaltes Wasser ins Gesicht, Deo, Parfum, Haare. Über die Jahre hatte sie gelernt, sich binnen Minuten adrett zu machen. Sie schlüpfte in die bereitgelegte Kleidung und schlich hinaus.

Ein kurzer Blick aus dem dunklen Flur in das Schlafzimmer der Kinder. In der Finsternis konnte sie ihre Konturen in den Betten nur erahnen. Aus den Räumen roch es warm nach Bett, Plüschtieren und Potpourri.

Fünfundvierzig Minuten später saß sie zwischen übernächtigten Gesichtern im Situation Room. Auf dem Tisch standen halb geleerte Kaffeetassen und Teller voller Krümel.

Auf dem Monitor das grieselige Standbild einer Überwachungskamera. Eine Suburb-Straße mit Bäumen zwischen der Fahrbahn und dem Bürgersteig. Die Kamera musste an einem Haus- oder Ladeneingang angebracht sein. Auf der Straße zwei Autos in entgegengesetzter Richtung. Ein Fußgänger. Der Mann war nicht besonders dick gekleidet. Kein kaltes Winterwetter wie in D. C., schloss Jessica.

»Hat uns einige Recherchen gekostet«, erklärte Tom Cantor von Homeland Security. »Aber hier haben wir ihn.«

Das Standbild wurde zum Video. Die Autos fuhren aus dem

Bild, andere folgten. Der Fußgänger spazierte durch das Bild und verschwand ebenfalls nach unten vom Monitor. Einer der passierenden Wagen blinkte, ein Pick-up, hielt am rechten Bildrand. Erst jetzt bemerkte Jessica dort die beiden blauen öffentlichen Briefkästen der U.S. Mail. Ein Mann stieg aus dem Pick-up. In der Hand hielt er ein Kuvert im US-Letterformat. Er warf es in die rechte Box. Das Video stoppte, als das Kuvert halb in dem Schlitz steckte. Tom vergrößerte die Szene. »Unsere Techniker haben gezaubert«, sagte er. Auf dem Kuvert entzifferte Jessica Teile des Absenders.

Boldenack. Louisville.

»Der Mann ist nicht Boldenack«, sagte Jessica.

»Nein«, bestätigte Tom.

Er zoomte wieder aus dem Bild. Ließ den Film weiterlaufen. Als der Briefversender wieder einstieg, wandte er der Kamera sein Gesicht zu. Standbild. Vergrößerung. Ein dunkelhaariger Weißer. Eckiges Gesicht. Athletisch. Definitiv nicht Boldenack.

»Wir haben ihn durch unsere Gesichtserkennungen geschickt.«

Neben dem Standbild ein Führerschein mit ernstem Porträtfoto. Derselbe Typ, etwas jünger.

»Jack Wolfson. Arbeitet und lebt in einer Gated Community in San Diego, *New Garden*.«

»War schon jemand dort?«

»Wir wollten Sie zuerst informieren.«

»Sicher unser Mann?«

»Ja.«

»Noch geht niemand rein. Finden Sie alles über den Laden heraus. Behalten Sie ihn im Auge.« Sie zögerte einen Herzschlag lang. Zwei Mal waren sie in den beiden vergangenen Tagen umsonst ausgerückt. »Wir fliegen hin. Jetzt.«

Sollte sie Colin anrufen? Oder eine Textnachricht schicken? Er schlief noch. Sie entschied sich für die SMS.

59

Andwele lehnte unter dem Bastdach der Straßenküche und genoss seinen gebratenen Maiskolben. Dabei schäkerte er mit der Köchin, einer drallen Frau Mitte dreißig mit ansteckendem Lachen. Ab und zu ließ er seinen Blick über die Landschaft gleiten. Von seinem Standplatz übersah er mindestens ein Viertel des gesegneten Gebiets. Die Luft darüber zitterte in der Mittagssonne. Außer ihm hatten Jegor und Gordon sechs weitere ArabAgric-Mitarbeiter in dem Areal und drum herum stationiert. Sie sollten nach den fliegenden Geistern Ausschau halten. Die Befragungen der lokalen Bauern hatten ergeben, dass sie mehrmals wöchentlich von irgendjemandem gesichtet wurden. Ganz wohl war Andwele bei dem Gedanken nicht. Gordon war zwar davon überzeugt, dass es sich um Drohnen handelte. Aber was wusste er schon von diesem Land? Von dieser Welt, in der aller Natur noch zahllose Geister innewohnten, Maschinen eine Seele bekamen und man seine Feinde noch mit Zaubern belegen konnte?

Das Motorrad hatte er im Schatten eines nahen Buschs abgestellt. Gordon hatte auf dem Zweirad bestanden, weil Andwele damit beweglicher war. Andwele wollte keinen Staub schlucken. Jegor hatte ihm erklärt, dass er womöglich die Pisten verlassen musste, um die Drohnen zu verfolgen. Andwele verstand das. Wenn es Drohnen waren. Sollten es Geister sein, würde er sie zum Teufel fliegen lassen. Andwele lachte über den Witz der Maisbraterin und biss noch ein paar Körner ab.

60

Irgendwo über den Weiten des Mittleren Westens versammelten sich Rich, Tom von Homeland Security, FBI-Jaylen, ein General und die restliche Taskforceführung mit Jessica vor dem Monitor im Besprechungsbereich des Flugzeugs. Auf dem Bildschirm leuchteten die Satellitenaufnahmen der Gated Community, in der der Briefversender Jack Wolfson wohnte. Kaum hatten sie den Ort identifiziert, hatte ein Rechercheteam seine Arbeit begonnen. Die ersten Ergebnisse hatte es ihnen direkt in den Flieger gesendet.

»*New Garden* liegt in San Diego«, erklärte FBI. »In die Gated Community dürfen nur Bewohner, Berechtigte und Gäste mit Einladung. Nach unseren derzeitigen Erkenntnissen etwa fünfhundert Personen.« Inmitten eines riesigen Parks verstreut lagen in drei Bereichen zahlreiche Gebäude. Von einem zentralen ringförmigen Komplex gingen mehrere Erweiterungen aus. Dazwischen erkannte Jessica Sportanlagen. Nordöstlich davon verteilten sich zwischen Baumansammlungen verschiedene Häusergruppen. Ein- und Zweifamilienhäuser, soweit Jessica von den Dächern schloss, verbunden durch ein Netz von Wegen und Straßen. Ein Waldstreifen vor einer doppelten Mauer mit Stacheldrahtkrone und dazwischenliegendem Wassergraben sicherte das Gelände. Es existierte nur ein großer Eingang. So weit eine recht normale Gated Community.

Der General zeigte auf den linken, westlichen Bereich des zentralen Gebäudekomplexes.

»Hier befinden sich medizinische und biologische Forschungseinrichtungen.«

Finger auf den rechten, östlichen Teil.

»Das hier ist eine luxuriös ausgestattete Schule für die Kinder der Bewohner. Und dies hier«, sagte er mit einem Hinweis auf die Häusergruppen, »sind die Wohnbereiche. Betrieben wird die Community von einer Stiftung, deren Eigentümer diverse Unternehmen und andere Stiftungen sind. Wem die gehören, verliert sich in einem Gewirr von Firmenbeteiligungen und Off-Shore-Gesellschaften. Keine ungewöhnliche Konstruktion für internationale Konzerne, die keine Steuern zahlen wollen, für eine Gated Community eher schon. Wir sind dran.«

»Eine Sekte?«

»Nein. Einige Bewohner oder Teilzeitnutzer konnten wir identifizieren. Unter ihnen befinden sich namhafte Wissenschaftler, vor allem Biologen, Biochemiker, Genetiker.«

»Das würde passen.«

Er legte einige Ausdrucke mit Fotos und Kurzlebensläufen auf den Tisch. Jessica überflog die Namen.

»Mehrere von ihnen haben gemeinsam erfolgreiche und lukrative Unternehmen in diesen Bereichen gegründet. Manche sind Millionäre, wenigstens einer« – er zeigte auf einen grau melierten Mann namens Dr. Stanley Winthorpe – »sogar Milliardär.«

»Stanley«, bemerkte Rich überrascht. »Wow!«

»Du kennst ihn?«, fragte Jessica.

»Klar. Eine Koryphäe in unserem Bereich. Wir sind uns auf Kongressen ein paar Mal über den Weg gelaufen.«

»Und?«

»Einer der Besten«, meinte Rich anerkennend.

»Wir untersuchen gerade die Verbindungen zu den Betreiberfirmen der Community«, fuhr Tom fort. »Schätze, da werden wir Zusammenhänge finden. Was weder fragwürdig noch verboten wäre.«

»Welchen Grund sollten diese Leute haben, ihre Karrieren und ihre Vermögen durch einen solchen Anschlag zu gefährden?«, fragte Jessica.

»Das müssen wir herauskriegen. Unsere Analyseabteilung hat noch keine Motive gefunden.«

Jaylen übernahm: »Die Kommunikationsmuster sind nicht ganz unauffällig, aber auch nicht ungewöhnlich für Forschungseinrichtungen. Sie verwenden teilweise Verschlüsselung. Aber nicht auffällig genug, um in den letzten Jahren bei einem unserer Überwachungsprogramme Alarmglocken läuten zu lassen. Kontakte zu den örtlichen Behörden und der lokalen Bevölkerung vorhanden, aber nicht intensiv. Auf dem Gelände war nur selten jemand von ihnen. Ein örtlicher Abgeordneter besuchte sie einmal und war ganz angetan. Er schwärmte von der fantastischen Ausstattung, dem motivierten Personal, den Wohnhäusern. Viele Kinder hat er gesehen.«

»Im Gegensatz zu individualisierten Biowaffen«, sagte Jessica. »Wissen wir schon mehr über diesen Jack Wolfson?«

»Es handelt sich um einen einfachen Servicemitarbeiter. Nach allem, was wir bis jetzt über ihn wissen, kann er das Virus nicht hergestellt haben.«

»Aber andere auf diesem Areal schon?«

Rich hatte die Lebensläufe der Wissenschaftler genauer studiert und mischte sich ein: »Einige davon vielleicht. Obwohl, wie schon richtig festgestellt: Warum sollten sie?«

»Okay«, sagte Jessica mit einem Blick auf den General. »Wir sind nicht im Irak oder sonst wo, sondern auf amerikanischem Boden. Das Gelände ist zivil und groß, und die Sache darf nicht zum Monsterspektakel werden. Wir können also nicht in einer Großaktion gleich alles besetzen.«

»Nein«, bestätigte der General.

»Wie gehen wir also vor?«

»Für die Sicherung von außen haben wir vorerst dreihundert Mann mit leichtem Gerät angefordert. Plus zwei Hubschrauber.«

»Puh«, stöhnte Jessica. »Nicht gerade dezent. Aber wohl nicht zu vermeiden. Wir brauchen eine Geschichte für die Medien.«

»Entdeckung und Sicherung potenziell gefährlicher Chemieabfälle einer uralten illegalen Deponie«, schlug der General vor.

Illegale Chemieabfälle. Könnte durchgehen. Im Nachhinein konnte man sich immer noch geirrt haben. Entwarnung. Keine Abfälle. Keine Gefahr für die umliegenden Wohngebiete. Zurück zu Business as usual. Und sie hatten ihren Bioterroristen.

»Wie stellen Sie sich das Reingehen vor?«, fragte Jessica.

»Gezielt und entschieden. Sie, Tom und Jaylen gehen mit ein paar FBI-Beamten zuerst rein. Freundlich, aber bestimmt.«

»Ich komme mit«, erklärte Rich. Sein Blick verriet Neugier, aber auch gelassene Selbstsicherheit. »Ihr werdet schnell Fachwissen benötigen.«

Jessica nickte, und auch der General war einverstanden. »Begleitet werden Sie von drei Dutzend Antiterrorspezialisten, die zuerst unauffällig in den Wagen bleiben.«

»Wir wollen Jack Wolfson, den Sicherheitsverantwortlichen der Community und den Anlagenmanager sprechen«, führte Jessica seinen Plan fort.

»Wolfson befragen wir sofort, die beiden anderen müssen inzwischen die SWAT-Teams zu den Laboren und den Wissenschaftlern führen. Nach dieser Erstsicherung übernehmen wir nach und nach das restliche Gelände von innen.«

»In Ordnung«, sagte Jessica. Schadete nicht, dem General für seine Ideen zu schmeicheln. Wer wusste, wofür sie ihn noch brauchen würde. »So machen wir das.«

61

Andwele schreckte hoch. Laut durcheinanderplappernd, rüttelten ihn die Kinder an den Schultern. Zeigten aufgeregt hinter sich. Die Sonne stand bereits tief und warf lange Schatten. Andwele sprang auf. Er hatte den Kindern der umliegenden Häuser ein paar Schilling versprochen, falls sie die Geister sichteten und ihm Bescheid sagten. So musste nicht er sich die ganze Zeit die Augen aus dem Kopf stieren.

Er klopfte sich die Hose ab und hielt Ausschau.

Da war er. Ein kleiner Punkt, weit hinten über den Feldern Richtung Berge. Er zog sein Handy hervor und rief die anderen an. Konferenzschaltung.

»Da ist eine!«, rief er in das Headset. »Von meiner Position Nordwest.« Das angeschaltete Handy steckte er zurück in die Hosentasche. Er hastete zu seinem Motorrad, die Kinder im Schlepptau. Mit ausgestreckten Händen forderten sie ihren Lohn. Andwele fingerte ein paar zerknitterte Scheine aus der Tasche und warf sie ihnen hin. Startete die Maschine.

»Ich sehe sie auch«, hörte er eine Stimme aus dem Knopf in seinem Ohr. »Bin unterwegs.« Einige Hände klammerten sich immer noch an ihn. Vorsichtig beschleunigte er. Sie würden schon loslassen. Nach ein paar Metern ließen ihn die letzten fahren. Dann gab er Gas. Das Vorderrad löste sich kurz vom Boden, und Andwele jagte die Maschine über einen schmalen Fußpfad zwischen den Feldern Richtung Berge.

Der kleine Punkt bewegte sich nach links. Der Weg war keinen Meter breit. Die Felder wurden zu Unterholz. Zweige peitschten gegen Andweles Arme. Durch den Motorenlärm hörte er nichts mehr im Headset. Der Punkt wurde größer, schien ihm. Der Weg vor ihm dunkler. Bald würde die Sonne hinter den Bergen verschwinden. Jetzt fuhr er wieder zwischen Feldern. Doch der Weg wand sich in einer schwachen Kurve von der Flugrichtung der Drohne ab. Andwele folgte ihm bis zu einem Acker auf der linken Seite. Dahinter erstreckte sich vertrocknetes Grasland mit vereinzelten Büschen und Bäumen. Andwele steuerte in die staubigen Furchen. Die Maschine sprang wie ein bockiges Pferd darüber, bevor er sie wieder unter Kontrolle bekam. Von hinten holte ihn die eigene Staubwolke ein. Er drehte den Gasgriff bis zum Anschlag und schoss vorwärts in die frische Luft. Beim Erreichen des Graslands war die Drohne deutlich größer geworden. Und flog niedriger. Andwele hielt direkt auf sie zu. Er musste das Tempo etwas drosseln. In dem hohen, trockenen Gras konnte er den Untergrund nicht genau erkennen. Überall konnten Löcher lauern. Im dümmsten Fall lagen irgendwo Tiere auf der Lauer. Dafür hörte er wieder jemanden im Ohr.

»… Richtung Osten.«

»Ich habe sie vor mir, vielleicht dreihundert Meter«, rief er. »Etwa dreißig Meter hoch. Ich glaube, sie kommt runter.«

Er konnte bereits die Umrisse erkennen. Ein schwerfälliger Körper. Auf die Entfernung konnte Andwele die Größe nicht einschätzen. Ein Meter im Durchmesser, vielleicht weniger. Die Sonne lag jetzt auf dem Bergkamm. In ihrem Licht leuchtete das Fluggerät orangefarben. Andwele drosselte die Geschwindigkeit weiter. Das Ding sank tatsächlich langsam. Gemächlich fuhr ihr Andwele hinterher. Wie ein großer Vogel, der zur Landung ansetzte, schwebte sie über den Baumkronen. Najuma hatte das gut beschrieben. Aus dieser Entfernung ähnelte sie wirklich der Krakelei der Bäuerin.

»Sie kommt runter«, sagte Andwele ins Headset. »Ich versuche mich möglichst unauffällig zu nähern.«

Soweit unauffällig mit einem Motorrad in dieser Gegend überhaupt möglich war. Die Büsche wurden dichter. Einige dornig. Im Schritttempo suchte sich Andwele seinen Weg, musste in größeren Bögen ausweichen, um weiterzukommen. Die Drohne sah er nur mehr kurz in den Lücken zwischen den Bäumen. Aber die Richtung war klar. Wenige Minuten später lockerte sich das Unterholz wieder. In etwa zweihundert Meter Entfernung entdeckte er eine Miniwindhose. Bis er begriff, dass dort die gerade landende Drohne übermannshoch Staub aufwirbelte. Schemenhaft erkannte er dahinter zwei Männer neben einem zerbeulten Toyota Pick-up.

»Habe sie«, sagte er ins Headset. Er hielt hinter einem Busch, stellte den Motor ab und zog die kleine Kompaktdigitalkamera aus der Oberschenkeltasche seiner Cargohose.

Über eine Stunde war Andwele dem Pick-up gefolgt. Bald hatten sie eine reguläre Straße erreicht, auf der, wenn auch dünner, so doch genügend Verkehr unterwegs war, dass Andwele nicht als einziges anderes Fahrzeug hervorstach. Während der Fahrt war es finster geworden. Um nicht aufzufallen, hatte er sich weit genug zurückfallen lassen. Abwechselnd hatten zwei seiner Kollegen, die zu ihm aufgeschlossen hatten, die Verfolgung übernommen. Der Toyota mit der Drohne vor ihnen musste vorsichtig fahren. Nachtfalter und andere Insekten flatterten durch Andweles Scheinwerferlicht, manchmal reflektierten im Unterholz kleine Augenpaare den Schein. Ein paar Mal kamen sie an Siedlungen vorbei. In den meisten beschränkte sich das Licht auf offene Feuer oder vereinzelte Glühbirnen in oder vor den Häusern sowie den spärlichen Gegenverkehr. In einiger Entfernung wuchs ein schwacher Lichtpilz über die Silhouette der Landschaft. Die Richtung kannte Andwele. Jetzt hatte er wieder die Führung. Die beiden anderen hinter ihm folgten mit ausgeschalteten Lichtern, mussten sich auf seines verlassen. Windschiefe Holzmasten am Straßenrand, mit einem durchhängenden Kabel verbunden. Daran verrostete Straßenlampen, von denen nicht alle funktionierten und die den Toyota hin und wieder beleuchteten. Armselige Hütten am Straßenrand. Der Pick-up fuhr ins besser beleuchtete Zentrum der Ansiedlung. Der Verkehr wurde dichter, Menschen waren unterwegs und bevölkerten die Straßenränder. An einer Kreuzung bog der Pick-up nach rechts, an der nächsten nach links ab. Neben einem hellblauen Haus rollte er in die Einfahrt und verschwand dahinter im Hof. Über dem Eingang des Hauses las Andwele auf einem bunten, selbst gemalten Schild den Schriftzug: »Drones for Food. The sky is the only limit.«

62

Viel geschlafen hatte Helen nicht. Zuerst gar nicht. Dann unruhig. Wüste Träume von Kindern, die ganz und gar unkindliche Dinge anstellten. Immer wieder schreckte sie schweißgebadet hoch. Hellwach jedes Mal. Manchmal schnarchte Greg leise neben ihr. Andere Male erkannte sie an seinem Atem, dass auch er wach war. Sie hatte keine Lust, noch mehr mit ihm zu diskutieren. Geredet hatten sie genug. Sie begann natürlich zu zweifeln, Gedanken rasten, setzten die Träume fort. Gefühlt ewig wälzte sie sich, bis sie wieder einschlief. Erst gegen Morgen tiefer. Wieder so ein Traum. Kinderfratzen. Sie riss sich selbst aus einer ausweglosen Traumsituation in die Wachheit. Dank dichter Vorhänge war das Zimmer stockdunkel. Sie blickte auf den Digitalwecker: 7:32. Lag ein paar Sekunden nur da. Kein Einschlafen mehr. Heute war der Tag. Oder nicht. Helen starrte auf die weißen Ziffern.

7:33.

7:34.

Helen stand auf, ging zu den Terrassentüren, schob den Vorhang einen Spalt weit auf. Das Laub der Bäume flirrte im weichen Licht der Morgensonne. Ein neuer Tag. Tausend Grüns. Licht, Schatten. Leben.

Sie stand da, ihren Oberkörper umarmt, merkte sie. Ließ nicht los. Auf den Blättern blitzte weiterhin das Licht.

Auf den Monitoren sah Winthorpe die Bilder der Überwachungskameras an der inneren Schleuse des Haupteingangs. Davor warteten drei dunkle SUVs.

»FBI«, sagte Sam Pishta zu Stanley. »Sie wollen mit Jack Wolfson sprechen.«

Diesen Namen konnte Stanley sofort zuordnen.

»Den Vater der kleinen Kendra mit dem Supergenom?«

Das konnte kein Zufall sein.

Sam nickte.

»Drei Riesenwagen für einen Mann? Haben sie gesagt, warum?«

Sam schüttelte den Kopf.

»Außerdem wollen sie mit dem Sicherheitsverantwortlichen und dem Manager der Anlage reden...«, ergänzte Sam. Die Nachricht jagte Hitze bis in Winthorpes Fingerspitzen und Haarwurzeln. »... also mir und ...«

»Und mir«, erklärte Winthorpe, der sich bemühte, die Kontrolle über seinen Körper zurückzugewinnen. »Ich möchte wissen, was da los ist.«

Sam nickte.

»Müssen wir sie ohne Durchsuchungsbefehl hereinlassen?«

»Nein. Aber ich schätze, sie haben einen«, sagte Sam. »Bloß haben sie ihn uns noch nicht gezeigt. Zuerst versuchen sie es freundlich.«

»Was bringt dich darauf?«

»Das«, sagte Sam.

Er schaltete alle Monitore auf die Überwachungskameras an den Geländeaußengrenzen um. Winthorpe musste zweimal hinsehen.

»Shit«, entfuhr es ihm. Zum ersten Mal seit Jahrzehnten.

Kaum verborgen hinter Bäumen und Gebäuden patrouillierten militärische Einsatzfahrzeuge. Zwei Bildschirme zeigten Hubschrauber in so großem Abstand in der Luft zirkeln, dass man sie nicht hörte. Sie waren eingekreist von einer Armee!

»Sind sie wegen der Kinder da?«

»Kann ich nicht sagen. Warum sollten sie dann ausgerechnet Jack Wolfson sprechen wollen?«

»Als Ablenkung?«

»Vielleicht. Vielleicht nicht.«

»Sollen wir unsere Anwälte informieren?«

»Vielleicht warten wir, bis wir wissen, was sie wollen.«

Konzentriert schaute Stanley auf die Monitore mit den Militärs.

»Shit«, murmelte er nur mehr. »Sie treiben Wolfson auf und lassen ihn zum Empfang bringen.«

Sam nickte. Er gab Befehl, das Tor zu öffnen.

Gated Community schön und gut, aber derartige Sicherheitsvorkehrungen fand Jessica übertrieben, als sich das schwere Metalltor vor ihnen zur Seite schob, nachdem sich jenes hinter ihnen geschlossen hatte. Die Stimme aus dem Lautsprecher gab ihrem Chauffeur Anweisungen, bis zu den ersten Gebäuden zu fahren.

Dahinter öffnete sich die Parklandschaft, die sie auf den Satellitenbildern gesehen hatten. In einiger Entfernung entdeckte Jessica eine Gruppe Kinder und Erwachsene. Die Gruppe verhielt sich unauffällig. Mit hoher Geschwindigkeit brachte sie der Wagen die zweihundert Meter zu dem vor ihnen liegenden flachen Gebäudekomplex.

In einem eleganten Patio mit viel weißem Stein im Teilschatten großer Bäume erwarteten sie zwei Männer. Jessica erkannte den Sicherheitschef Sam Pishta aus den Briefingunterlagen. Und Doktor Stanley Winthorpe. Der Milliardär begrüßte sie persönlich. Interessant.

Die Wagen hielten. Die wandelnden Kampfmaschinen der SWAT-Teams blieben in den SUVs verborgen. Nur Jessica, Rich, Tom, Jaylen und ein paar FBI-Beamte sprangen hinaus.

Winthorpe kam ihnen lächelnd mit ausgestreckter Hand entgegen, hinter ihm folgte, reservierter, der Sicherheitschef Sam Pishta.

»Guten Tag! Richard, welche Ehre! Was verschafft uns das Vergnügen?«

»Stanley«, erwiderte Rich den Gruß mit einem Fingertipp an die Schläfe. Konkurrenten. Und Winthorpe wusste nun, dass sie kompetente Unterstützung hatten.

Jessica stellte sich und die anderen vor, während die FBI-Leute einen Halbkreis um die Gruppe bildeten.

»Ist Jack Wolfson zu sprechen?«

»Er wird gerade geholt«, erklärte Winthorpe. »Darf ich fragen, worum es geht?«

»Nein«, erwiderte Jessica freundlich, aber entschieden. Die Machtverhältnisse musste sie von Beginn an klarstellen. Sie präsentierte ihm den Durchsuchungsbefehl. »Wir können das hier ohne großes Aufsehen erledigen«, sagte sie. »Oder anders.«

Winthorpe überflog die Papiere kaum, sah Jessica an.

»Ohne großes Aufsehen ist uns natürlich lieber«, sagte er höflich.

Hinter ihnen tauchten aus dem Gebäude zwei Männer auf. Einer davon war Jack Wolfson. Der andere brachte ihn zu der Versammlung.

»Da ist er ja!«, versuchte Winthorpe sich unbeschwert. »Jack, diese Leute wollen Sie sprechen.«

Wolfson war ein stämmiger, trainierter Mann mit eckigem Kiefer, auf einfache Art ganz attraktiv, bis Jessicas Blick auf seine ungepflegten Fingernägel fiel. Er beäugte die fremden Besucher misstrauisch. Bevor irgendjemand reagieren konnte, hatten zwei

FBI-Beamte seine Arme auf den Rücken gedreht und mit Handschellen fixiert.

»Was …?«, setzte Winthorpe überrascht an.

Mit einer dezenten Geste gab Jessica den SWAT-Teams in den Wagen ihr Einsatzzeichen.

Aus den SUVs im Patio sprangen schwer bewaffnete Mitglieder von Spezialeinheiten, wie Stanley sie aus den Nachrichten oder Filmen kannte. Helme, Schutzbrillen, schusssichere Westen, schwere Stiefel, das ganze Programm. Ein halbes Dutzend joggte auf sie zu, und ihr Stampfen ließ Stanleys Magen sich verkrampfen. Als sie ihn, Sam und Wolfson einkreisten, bewahrte er nur mit Mühe Haltung. Er hasste sich für diese Angst.

Jessica Roberts zeigte auf Sam.

»Sie bringen acht dieser Männer in Ihre Sicherheitszentrale und sorgen dafür, dass unsere Leute hereinkommen. Ansonsten gehorchen Sie den Anweisungen von Oberst Lawsome hier.« Einer der Soldaten trat einen Schritt vor.

Noch hatte Stanley nichts gestanden. Jeder seiner Muskeln war angespannt, um sein Zittern zu unterdrücken. Einen Wimpernschlag überlegte er, alles zu leugnen. Doch ihre Pläne kollidierten gerade mit der Realität. Nun, auch für dieses Szenario hatten sie einen Plan. Ungefähr. Krisenkommunikation für den Fall vorzeitigen Auffliegens.

Sam musste den gleichen Gedanken gehabt haben, denn er flüsterte Stanley zu: »Wir müssen den Schaden begrenzen. Dazu …«

»Ruhe!«, brüllte Jessica in einer Lautsärke, die Stanley und Sam zusammenfahren ließ. Keiner hatte der kleinen Frau eine solche Stimme zugetraut.

»Mr. Winthorpe, Sie führen die anderen Teams zu den wissenschaftlichen Laboren und den Wissenschaftlern, die auf der Anlage arbeiten«, befahl sie streng. »Bitte verhalten Sie sich kooperativ und versuchen Sie nicht, jemanden zu warnen.«

Selten hatte sich Winthorpe so hilflos und gedemütigt gefühlt.

63

»Morgen, Helen! Morgen, Greg!«, begrüßte Mike sie mit seiner üblichen Aufgedrehtheit im Frühstücksraum. Auch er trug seine Kragenkamera. Helen fühlte sich unwohl bei dem Gedanken, dass sie nun auf Mikes Dokuvideos verewigt war. Aber er auch auf ihren. Fast alle Gäste, die mit ihnen angereist waren, saßen an den Tischen oder trafen gerade ein. Die meisten mit Kameras an ihren Hemd-, Polohemd- oder Blusenkrägen und T-Shirt-Ausschnitten. Helen war froh über die Zweiertische. So kam niemand auf die Idee, sich während des Frühstücks mit ihnen unterhalten zu wollen. Außer sie ließ sich am Buffet erwischen. Was sie tunlichst vermied.

Helen war ohnehin umsonst gekommen, stellte sie fest. Sie brachte keinen Bissen hinunter. Ein paar Schluck Orangensaft, das war's. Greg bemerkte es.

»Wir können immer noch alles abblasen«, sagte er leise. »*Du* kannst immer noch alles abblasen«, betonte er.

Helen schüttelte den Kopf. Entschieden.

»Nein«, sagte sie.

»Wir müssen das nicht tun, nur weil alle anderen hier es tun«, sagte er. »Niemand draußen tut es. Mit einem klassischen Kind, wie sie es nennen, würden wir immer noch zur überwältigenden Mehrheit gehören.«

»Hör auf!«, zischte Helen ihn wütend an. »Ich dachte, wir hätten das gemeinsam entschieden!«

Greg fuhr erschrocken zurück. »Ha… haben wir. Ich dachte bloß, falls du …«

Einen Augenblick lang wollte Helen die Kamera abdecken. Diese Diskussion musste niemand sehen. Andererseits: warum nicht?

»Wenn du nicht willst, sag es!« Sie versuchte, ihre Stimme möglichst leise zu halten. »Aber versuch nicht, die Entscheidung auf mich abzuschieben!«

»Tu ich nicht.«

»Doch!«

Greg schaute sie schuldbewusst an, senkte den Blick auf den nahezu unberührten Frühstücksteller.

»Entschuldige bitte«, murmelte er. »Du hast recht.«

Er sah wieder hoch, lächelte sie an. »Wir haben uns entschieden. Dafür.«

Sie hatten Jack Wolfson in einen der SWAT-Team-Wagen mit den verdunkelten Scheiben gesetzt und die Türen geschlossen. Die Hände hinter dem Rücken gefesselt, hockte er auf der Bank an der einen Wagenseite, links und rechts neben ihm FBI-Beamte, Jessica, Rich und Jaylen gegenüber. Zwei helle Lichter an der Decke tauchten ihn in weißes Licht und ließen die anderen im Halbdunkel. Auf Jessicas Knien lag ein Laptop.

Mit der Entscheidung für ihre Befragungsstrategie hatte sie gewartet, bis sie Wolfson gesehen hatte. Sanft? Direkt? Raffiniert? Brutal?

Sie konnte sich täuschen, doch dieser Mann vor ihr war nicht gefährlich. Eher dumm und harmlos. Zuerst also sanft.

Sie startete die Aufzeichnung der Sicherheitskamera, die Wolfson bei der Aufgabe des Briefkuverts zeigte.

»Das sind Sie?«, fragte sie.

»J-ja«, antwortete Wolfson.

»Was ist in dem Kuvert?«

Wolfson blickte vom einen zum anderen.

»Ich ... weiß es nicht.«

Jessica kannte diese Unsicherheit. Der Mann hatte nicht nur Scheu vor Polizisten. Er verbarg etwas.

»Wenn Sie es nicht wissen, wer weiß es dann?«

Wolfson schwieg. Jessica hob die Augenbrauen. Wolfson wand sich. Dann also deutlicher.

»Dieser Brief spielt eine wesentliche Rolle in einem Mord. Einem Mord an einer wichtigen Persönlichkeit. Und Sie haben ihn aufgegeben. Ist Ihnen klar, dass Sie auf dem direkten Weg zum elektrischen Stuhl sind, wenn Sie das nicht aufklären können?«

Wolfson schien noch weißer als das Licht in seinem Gesicht zu werden.

Dann begann er zögerlich zu erzählen.

Lautlos steuerte Rebecca das Elektrocart über den Rasen, neben ihr Helen, dahinter Greg. Helen nahm die Welt wie durch eine Glaswand wahr. Vielleicht ein unbewusster Schutzmechanismus. Der Gedanke dümpelte nur an der Oberfläche ihrer Gefühle dahin. Vor ihnen lag der Klinikkomplex. Zweihundert Meter links hinter ihnen begann die Wohnsiedlung. Dazwischen die Hubs und Sportanlagen. Ein anderer Cart mit zwei Passagieren fuhr parallel zu ihnen. Hinter den Bäumen, einen halben Kilometer rechts vor ihnen verborgen, lag der Empfangsbereich mit dem Patio. Auf den Wiesen dorthin entdeckte Helen ein paar spielende Kinder. Zwischen den Kindern und ihnen noch ein Cart. Noch mehr Kunden auf dem Weg. Aus allen Richtungen kamen sie.

»... paar Minuten, und alles ist erledigt«, sagte Rebecca. »Danach ruhen Sie sich noch ein paar Stunden aus. Und dann bringen wir Sie nach Hause.«

Über den Kindern flog ein Hubschrauber, so weit oben, dass Helen ihn kaum hörte. Wie ein kleines Insekt zog er in einem weiten Bogen in die Richtung, aus der Helen, Greg und Rebecca gekommen waren. Gedankenverloren folgte Helen ihm mit dem Blick, bis sie ihren Hals hätte dafür verdrehen müssen.

Zurück in die Gegenwart. Sie näherten sich dem flachen Gebäudekomplex, dessen Glaswände die Sonne reflektierten. Die anderen Carts kamen nun schnell näher. Wie Bienen zum Eingang ihres Stocks.

Sam Pishta wusste, dass Widerstand gegen die Soldaten zwecklos war. Er hatte selbst jahrelang in einer ähnlichen Einheit gedient und verfolgte anerkennend, mit welcher Professionalität und schnellen Auffassungsgabe die in ihrer Ausrüstung so schwerfällig wirkenden Männer den Erklärungen seiner vier Mitarbeiter in der Sicherheitszentrale folgten. Nicht auszuschließen, dass sich unter den acht Männern mehrere mit Doktortiteln befanden. Binnen zehn Minuten hatten sie die wesentlichen Funktionen verstanden und übernommen. Auf den Bildschirmen konnten sie bereits Stanley Winthorpe folgen, der eines der anderen Teams zum Hauptlabor führte, während die übrigen zu den weiteren Laboren unterwegs waren, deren Lage Sam ihnen auf dem Anlagenplan gezeigt hatte.

»Sie verraten mir natürlich auch nicht, was Sie suchen?«, versuchte er es beim Teamführer Oberst Lawsome.

Der schenkte ihm nur einen mitleidigen Blick, der im nächsten Moment abschweifte, um konzentriert ins Nichts zu starren. Eine Nachricht über das im Helm integrierte Headset, vermutete

Sam. Lawsome nickte, bevor er in das Helmmikro befahl: »Bringt Doktor Winthorpe sofort in die Sicherheitszentrale!«

Wolfson hatte Jessica im Wagen gelassen. Mit Tom, Jaylen und Rich eilte sie durch einen langen Flur und über zwei Stockwerke in die Sicherheitszentrale. Dort warteten Sam Pishta und Stanley Winthorpe zwischen einigen Männern des SWAT-Teams, während andere neben den Securitymitarbeitern der Anlage die Monitore überwachten.

»Mr. Winthorpe, Mr. Pishta, hinaus auf den Flur!«, forderte Jessica. Die beiden gehorchten verdutzt.

Sie gab Oberst Lawsome ein Zeichen, dass alles in Ordnung war, und schloss die Tür zu dem Raum.

Sie, Rich, Tom und Jaylen waren neben den beiden die Einzigen hier draußen.

»Entweder ist Jack Wolfson verrückt, oder ich bin es«, eröffnete sie Winthorpe. »Oder Sie sind es. Er hat uns eine völlig absurde Geschichte aufgetischt«, sagte sie mit einer Armbewegung, die das Gelände umschrieb. »Genetisch modifizierte Wunderkinder? Dutzende? Fast hundert?«

Stanley Winthorpe lächelte. Gezwungen, merkte Jessica sofort. Sie ließ ihn gar nicht zu Wort kommen.

»Wolfson behauptet, die ältesten sind zehn. Einer von ihnen, Eugene, hat es ihm erzählt.« Winthorpes Lächeln gefror. Sein Gesicht verlor Farbe. »Und ihm versprochen, dass Wolfson und seine Freundin ebenfalls ein solches Kind bekommen könnten, wenn Wolfson für Eugene einige Aufträge erfüllt.«

Winthorpe und Pishta wechselten einen Blick. Erwischt. Nein, mehr als das. Irgendetwas war ihnen in diesem Moment klar geworden. Winthorpes Mund bewegte sich wie der eines Fisches. Als wolle er etwas sagen. Es kam kein Wort heraus.

»Der verarscht uns jetzt, oder?«, fragte Jessica Rich.

»Stanley?«, fragte Rich ihr Gegenüber nur.

Winthorpe brachte noch immer keinen Ton hervor.

Um Jessica weitete sich die Welt. Bis in die Unendlichkeit. Sie vergaß zu atmen. Die Situation hatte sich gerade fundamental geändert. Bislang hatten sie mit Terroristen gerechnet. Genialen Nutzern einer jungen Hochtechnologie. Doch wenn sie Winthorpes Reaktion richtig deutete, hatte das hier eine andere Dimension. Eine ganz andere. Ihr Ausmaß musste Jessica erst erfassen. Denn es sprengte jede Vorstellung. Sie standen am Anfang von etwas ganz Neuem. Etwas Riesigem. Wie undurchsichtige Gewitterwolken ballte sich das Gefühl in ihr.

Dann begriff sie, dass Panik sie erfasste.

»Das wäre das originellste Ablenkungsmanöver seit Langem«, sagte Rich in seinem spöttischen Ton.

Jessica spürte den Boden wieder. Er hatte recht. Bis jetzt kannten sie nur die Erzählungen eines kleinen Angestellten und die – zugegebenermaßen beunruhigende – Reaktion eines Spitzenwissenschaftlers darauf. Mehr nicht. Noch immer suchten sie den Schöpfer einer hochentwickelten Biowaffe.

Irritiert hatte sie Richs Formulierung »wäre«. Nicht »*ist* das originellste Ablenkungsmanöver«. Wäre. Als existiere tatsächlich die Möglichkeit, dass es kein Ablenkungsmanöver war.

Sie hatte keine Wahl. Sie zog ihr Handy hervor. Drückte den Kurzwahlbutton.

»Externe Wachen verstärken«, befahl sie. »Straßensperren. Niemand außer den Nachbarn wird näher als zweihundert Meter an das Gelände herangelassen. Niemand betritt oder verlässt das Gelände, bis ich weitere Anweisungen gebe. Verstärkung drinnen asap. Zweihundert Männer. Plus ein CDC-Team. Auf den Hof. Innere Teams sofort zu mir. Ist die Covergeschichte mit der Deponie schon draußen?«

Der General am anderen Ende verneinte.

»Gut. Können wir vergessen. Von dem Gelände einer illegalen Deponie würden wir sofort alle Anwesenden evakuieren. Das ist unter den gegebenen Umständen nicht möglich. Im Gegenteil. Vorerst müssen alle hierbleiben. Daher Planänderung für die Kommunikation. Neues Cover: Eine Person in der Community von gefährlichem, ansteckendem Virus infiziert. Anlage wird bis zur weiteren Klärung unter Quarantäne gestellt. Für die Bevölkerung der umliegenden Gebiete besteht kein Grund zur Besorgnis, sie kann ihrem Alltag normal nachgehen.«

»... denn für ihren American way of life sind Designerbabys keine Gefahr«, kommentierte Rich sarkastisch.

64

Game over, dachte Stanley resigniert. Sie hatten ähnliche Szenarien immer wieder durchgespielt, doch keiner hatte damit gerechnet, dass es auf diese Weise eintreten würde. Leben. Nicht vollständig planbar. Jetzt ging es darum, den Schaden zu begrenzen.

»Sie sollten Folgendes wissen«, sagte er mit gedämpfter Stimme zu den Behördenvertretern. »Nicht alle Menschen hier sind eingeweiht. Das bitte ich Sie bei der Kommunikation zu berücksichtigen. Nur die beteiligten Wissenschaftler wissen Bescheid. Wenn das vorerst so bleiben soll, müssen Sie entsprechend vorgehen.«

Jessica Roberts nickte, begriff schnell. »Unsere Einsatzkräfte dürfen und werden vorläufig auch nichts davon erfahren. Solange Unwissende auf Ahnungslose treffen, ist das also kein Problem. Sorgen Sie dafür, dass Ihre Eingeweihten nicht mit Unautorisierten sprechen. In Ihrem eigenen Interesse. So, Sie können wieder da hinein«, sagte sie zu Sam und öffnete ihm die Tür zur Sicherheitszentrale. Nachdem sie die Tür hinter ihm geschlossen hatte, war Stanley allein mit der Gruppe. Kein angenehmes Gefühl.

»Ihre Labore und die Wissenschaftler finden die SWAT-Teams auch ohne Ihre Hilfe«, erklärte Jessica Roberts. »Wir gehen jetzt zurück zu Wolfson.«

Sie liefen los.

Zweiter Schritt der Krisenkommunikation: dem Gegenüber

durch Ablenkung den ersten Schock nehmen. Es musste sich an den Gedanken gewöhnen können.

»Darf ich endlich erfahren, was Sie herbringt?«, fragte er, um Fassung bemüht, während er von den anderen umringt den Flur entlangging. Offensichtlich waren sie aus einem anderen Grund gekommen. Was wollten sie von Wolfson?

Jessica Roberts hielt kurz an, musterte ihn. Wog offenbar ab, ob sie ihm die Wahrheit sagen sollte.

»Ein personalisiertes Killervirus, das unsere Experten in einem Mordfall entdeckt haben«, antwortete sie. »Verschickt von Jack Wolfson. Der bei Ihnen arbeitet.«

Der Doktor lächelte Jessica an, als nehme sie ihn auf den Arm. Sie sagte nichts weiter. Bis er begriff, dass sie es ernst meinte.

»Das ist lächerlich«, war alles, was ihm einfiel. »So etwas machen wir hier nicht. Wir wüssten nicht einmal, wie es geht. Wenn es überhaupt schon geht.«

»Tut es«, erwiderte Rich. »Glaub es mir.«

Jessica betrachtete Winthorpe sehr genau. Die Ereignisse der vergangenen Minuten hatten einiges an der Fassade dieses sonst sicher sehr beherrschten Mannes bröckeln lassen. Seine Aufrichtigkeit konnte Jessica trotzdem nur schwer einschätzen. Vielleicht würde Bewegung mehr lockern, Dynamik in die Sache bringen. Sie eilten weiter.

»Jack Wolfson ist einer unserer Servicemitarbeiter«, erklärte Winthorpe auf der Treppe ins Erdgeschoss. »Er kann Genmanipulation nicht einmal buchstabieren.«

»Was den Verdacht natürlich auf jene hier lenkt, die es können«, sagte Jessica.

Winthorpe stoppte wieder, erbleichte.

»Sie glauben doch nicht …?«

»Wolfson war es nicht. Er will bloß einem Jungen namens Eugene geholfen haben«, sagte sie und setzte ihren Weg fort.

»Eugene ist zehn Jahre alt«, erklärte der Wissenschaftler. »Auch wenn er die intellektuellen Fähigkeiten eines klassischen Wunderkindes von Anfang zwanzig hat.«

Sie erreichten den Ausgang zum Patio, in dem noch immer die drei finsteren Wagen warteten.

»Also schlau genug, so ein Ding zu basteln, wenn er die Kenntnisse und die Mittel hat?«

»Das ist absurd.«

»Das denke ich auch. Ein Kind.« Wenn auch ein superschlaues. Falls Wolfsons und Winthorpes Geschichte stimmte. Und nicht bloß eine großartige Vernebelungstaktik war. »Aber wer war es dann?«

»Personalisierte Biowaffen sind pure Theorie. Kein Labor ...«

»So wie genmanipulierte Kinder?«, unterbrach ihn Jessica.

Der Wissenschaftler verstummte. Vor ihnen rauschte ein Konvoi von fünfzehn Humvees und Mannschaftswagen auf den Hof. Aus ihnen sprangen weitere Schwerbewaffnete. Erste Teile der angeforderten Verstärkung. Und ein Trupp Mitarbeiter der Centers for Disease Control. Noch nicht in ihren einschüchternden Schutzanzügen. Aber mit schweren Kisten im Gepäck, darin auch die Overalls.

»Vielleicht war Eugene nur irgendjemandes Werkzeug«, meinte Jessica. »Wie auch immer. Wir besetzen das gesamte Gelände. Alle Anwesenden stehen unter Arrest.«

»Habe ich alle Einsatzkräfte innerhalb der Anlage zugeschaltet?«, sprach Jessica in ihr Headset, einen Finger an dem Knopf im Ohr. Die Kommandeure aller Einzeltrupps bestätigten.

»Okay, Leute«, sagte sie. »Ihr seid alle Profis. Verhaltet euch entsprechend. Auch wenn ihr Dinge hört, die euch völlig verrückt erscheinen. Ich meine wirklich absurd. Unglaublich. Wir klären das später. Auf der Anlage befinden sich überwiegend Zivilisten, darunter über hundert Kinder.« Sie wusste natürlich, dass unter den Soldaten auch solche waren, die bereits Zehnjährigen mit Sprengstoffgürteln am Leib gegenübergestanden hatten. Die dann auch explodiert waren. »Kinder« bedeutete für sie keine Entwarnung.

Eingezwängt zwischen Fahrer und Jessica auf der Frontbank des Humvee, deutete Stanely Winthorpe auf den Gebäudekomplex. Die Wagen hatten kaum gehalten, da sprangen die Kampfmaschinen hinaus. Leise und konzentriert liefen sie zu den verschiedenen Eingängen des Hauses, die ihnen Stanley Winthorpe auf dem Plan gezeigt hatte. Auf der anderen Seite des Gebäudes war ein zweites Team unterwegs, während in seinem Inneren ein drittes die Verbindungsgänge zu den Flügeln sicherte. Durch großzügige Fenster erkannte Jessica ein Großraumlabor mit zahlreichen Arbeitstischen, Geräten und Menschen in weißen Kitteln. Erwachsene und etwa ein Dutzend Kinder. Zwei davon hatten sie bemerkt und deuteten aufgeregt nach draußen. Die Soldaten bezogen Stellung an den Türen. Jessica öffnete mit dem Zahlencode, den Winthorpe ihr ansagte. Die Glastür schob sich mit leisem Zischen zur Seite. Jessica trat ein. Gleichzeitig öffneten sich die anderen Türen. Durch die breiten Durchgänge zu den benachbarten Sälen sah Jessica weitere Personen.

»Kinder, meine Damen und Herren, wir sind hier im Auftrag der Regierung der Vereinigten Staaten!«, rief sie in den Saal. »Erwachsene nehmen das nächststehende Kind bei der Hand. Die freien Hände legen Sie bitte auf den Kopf und gehen Sie langsam an die gegenüberliegende Wand.« Die Wissenschaftler blickten sich irritiert um. »Dort stellen Sie sich mit dem Gesicht zur Wand nebeneinander auf, legen Ihre Mobiltelefone hinter sich auf den Boden und warten auf weitere Anweisungen.«

Jessicas Aufforderung unterstrichen die mit ihren schweren Stiefeln durch die Türen stampfenden Soldaten, die Waffen schussbereit. Keine Minute später war der Saal leer, und drei Dutzend Weißkittel standen mit erhobenen Händen an der Wand, dazwischen verschreckte Kinder. Noch immer zweifelte sie an Winthorpes Geschichte. Trotzdem musste sie fragen.

»Wo ist Eugene?«

65

Das Einsetzen der befruchteten Eizellen empfand Helen angenehmer als einen Besuch bei der Frauenärztin. Zwar saß sie auch hier halb nackt und exponiert da. Den Unterschied machten ihre Erwartungen an die Prozedur. Im Normalfall hoffte sie auf Gesundheit und fürchtete sich ein wenig vor schlechten Ergebnissen. Diesmal erwartete sie, schwanger zu werden. Mutter. Von zwei Kindern. Modernen Kindern.

»Das war es«, sagte die Ärztin. »Sie können sich anziehen.«

Helen spürte in sich hinein, ob sie eine Veränderung bemerkte. Ihr fiel nichts auf.

»In den nächsten Tagen sollten Sie Anstrengungen und Aufregungen vermeiden«, erinnerte sie die Ärztin freundlich, während Helen in ihre Hose schlüpfte.

»Vergessen Sie Ihre Kamera nicht«, erinnerte sie die Ärztin.

Für den Eingriff hatte Helen sie abgenommen. Das musste sie wirklich nicht mitfilmen. Sie steckte das Gerät an, bedankte sich und verließ den Raum. Befangen und euphorisch zugleich.

Im Wartezimmer saß Greg. Mit Kameraclip. Einen Moment lang überlegte sie, welche Aufnahmen nun entstehen würden. Und später womöglich veröffentlicht. Da sprang Greg schon auf und umarmte sie.

»Alles in Ordnung?«

»Alles in Ordnung.«

Sie brachen in Lachen aus. Dann küssten sie sich. Lange.

Schließlich lösten sie sich voneinander und gingen eng umschlungen zur Tür.

»Mein Gott«, sagte Greg, »ich kann nicht glauben, dass wir das getan haben!«

Vor ihnen sprang die Tür auf. Den Rahmen füllte ein dunkelgrüner Riese mit Helm, undurchsichtiger Visierbrille, schusssicherer Weste, schweren Stiefeln und Waffe im Anschlag.

Instinktiv schob sich Greg schützend vor Helen. Nur Körper in diesem Moment, Handlung. Dann erst spürte er sein Herz bis in den Kopf hämmern, wo es erste Gedanken löste. Die Kamera filmte noch immer alles mit. Wer wusste, wozu das gut war. Zwischen den Soldaten trat eine Zivilistin hervor.

»FBI«, sagte sie und zückte eine Marke. »Keine Sorge, es besteht keine Gefahr. Bitte kommen Sie mit.«

Greg musterte die Marke. Er hatte keine Ahnung, wie er deren Echtheit beurteilen sollte. Würde wohl stimmen, mit der bewaffneten Begleitung.

»Was … was ist los?«, fragte Helen.

»Wir müssen das Gelände sichern«, erklärte die FBI-Frau.

»Warum?«, fragte Greg. »Meine Frau hat einen medizinischen Eingriff hinter sich. Sie darf sich nicht aufregen.«

»Das muss sie auch nicht«, sagte die Frau vom FBI freundlich und forderte sie mit einer Handbewegung auf, ihr zu folgen. Zwei Soldaten gingen an Helen und Greg vorbei in den Behandlungsraum. Greg hörte die Stimme der Ärztin.

Vor ihnen gaben andere Soldaten die Tür frei.

Greg nahm Helen bei der Hand, sie folgten der Frau.

Diese wandte sich zu ihnen um, streckte ihnen eine offene Hand entgegen.

»Ach, und Ihre Kameras, bitte.«

Als sie nicht gleich reagierten, zeigte sie an ihre Krägen. Sie wusste also Bescheid.

Sie reichten ihr die Geräte. Die Frau gab sie weiter an einen Soldaten, der sie in einer Schenkeltasche verschwinden ließ.

Greg dachte nur mehr an sein Gespräch mit Irvin und verfluchte sich dafür.

Tatenlos musste Sam Pishta das Treiben auf den Bildschirmen verfolgen. Inzwischen hatten Mitglieder der Einsatzkräfte die Plätze seiner Sicherheitsleute an den Monitoren übernommen. Die Übertragungen zeigten überall die gleichen Bilder. Bullige Figuren in Helmen und Kevlarwesten mit automatischen Waffen bewachten in verschiedenen großen Räumen und Häusern der Anlage Gruppen von Erwachsenen und Kindern. Die Zivilisten wirkten eingeschüchtert bis verängstigt. Das Erziehungspersonal versuchte weinende Kinder zu beruhigen. Zwei Hubschrauber kreisten nun niedriger über dem Gelände. Nachdem die erste Phase der Aktion – die Sicherung der gesamten Anlage und Festsetzung sämtlicher Personen – abgeschlossen war, gingen einige Teams bereits zur zweiten Phase über: Erforschung. Und Befragung. Er wollte nicht wissen, mit welchen Mitteln.

66

Helen fühlte sich betrogen. Um das glückliche Gefühl, die aufgeregte Hoffnung, auch die Sorge und Unsicherheit, ob sich die befruchteten Eizellen einnisten würden, um die gemeinsamen Momente mit Greg in ihrer neuen Situation, um all das, was sie sich für die ersten Stunden und Tage nach der Prozedur vorgestellt hatte. Stattdessen bewachten je zwei Soldaten die drei Eingänge in den Speisesaal. An den Wänden im Abstand von je fünf Metern hatten weitere Posten bezogen. Auf den Stühlen an den Tischen dazwischen fanden nicht alle Gäste Platz. Frauen saßen. Viele Männer standen. Die Menschen starrten vor sich hin, kauten auf ihren Lippen, hielten Tränen zurück oder auch nicht, unterhielten sich aufgeregt. So mussten sich Menschen in Kriegs- oder Terrorgebieten fühlen: hineingeworfen ins Unerwartete, ins Undenkbare, jeglicher Sicherheit beraubt...

Als Helen und Greg in den Raum gebracht worden waren, hatten Mike und Diana ihre Gesellschaft gesucht. Inzwischen redete Mike aufgebracht auf einen der Soldaten am Haupteingang ein. Helen verstand nur Wortfetzen. »Was? Erklärung! Amerikanischer Bürger!« Sie versuchte, ruhig zu bleiben, spürte Gregs Hand um ihre Schulter. Neben ihr saß Diana. Starrte ins Leere.

Die Soldaten hatten sie direkt vom Kliniktrakt in den Speisesaal eskortiert. So wie nach und nach alle anderen. Ohne Erklärungen. Greg hatte gefragt, sich beschwert, sich aufgeregt, einen Anwalt verlangt. Vergeblich. Vom Personal der Anlage hatten sie seither nichts gesehen. Keine Rebecca. Kein Stanley Winthorpe. Keine Kinder.

Mike kam zu ihnen zurück. Warf die Arme hoch.

»Kein Wort!«, erregte er sich. »Wir müssen warten. Jemand würde kommen.« Über die Wiesen draußen rasten in einiger Entfernung zwei Humvees.

»Vielleicht doch versteckte Kamera«, versuchte er eine Beruhigung, einen Scherz, was immer. Er hockte sich vor seine Frau, fasste ihre Hände.

»Alles kommt in Ordnung, Schatz«, redete er beruhigend auf sie sein.

Diana nickte. »Klar«, sagte sie.

»Haben sie euch auch die Kameras abgenommen?«, fragte Helen.

»Allen«, antwortete Mike. »Wollen wohl keine Doku. Verstehe ich. Würde ich auch nicht wollen.«

Er richtete sich wieder auf. Scannte den Raum, die Soldaten. »Zweiundzwanzig«, sagte er. »Gegen achtzig. Vielleicht sollten wir einfach rausgehen. Sie werden schon nicht auf uns schießen.«

»Darauf lasse ich es nicht ankommen«, sagte Greg.

»Entspann dich, Mike«, sagte Diana. »Du brauchst nicht den Helden zu spielen.«

»Das können die mit uns nicht machen! Wir sind schließlich nicht irgendwer!«

Die Unruhe im Raum wuchs. Die Wände schienen näher zu kommen. Stimmen wurden lauter.

»Was soll das?! Wir wollen raus.«

»Wir wollen raus!«, wiederholte jemand anders.

»Wir wollen raus!«, ein Dritter.

»Wir wollen raus!«, fiel Mike ein.

»Wir wollen raus! Wir wollen raus!«

Einige der Frauen standen auf. Ein paar Männer drängten auf die Ausgänge zu.

»Wir wollen raus! Wir wollen raus!«, donnerte es jetzt durch den Saal. »Wir wollen raus! Wir wollen raus!«

Unruhig sahen sich die Soldaten an. Strafften sich. Als die ersten Männer auf sie stießen, drängten sie die Angreifer mit schräg wie Schilder vor sich gehaltenen automatischen Waffen einige Schritte zurück. Die Männer setzten zu einem weiteren Vorstoß an, an allen drei Ausgängen.

»Wir wollen raus! Wir wollen raus!«

»Ruhe«, brüllte einer der Soldaten, wurde jedoch kaum gehört. Er senkte seine Waffe und richtete den Lauf auf die Menge vor sich. Die anderen taten es ihm gleich. Die vorderen Reihen der Festgehaltenen verstummten, wichen zurück. Die Reaktion pflanzte sich fort wie ein Domino Day ins Innere des Pulks. Nur aus der Anonymität des Zentrums schallten noch vereinzelte Rufe. Dann verstummten auch sie. Übrig blieb empörtes Gewisper der Machtlosen.

Der Junge sah aus wie ein ganz normaler Zehnjähriger, fand Jessica. Vielleicht muskulöser. Ein wenig erinnerte er sie an ihren Sohn Jamie. Nur etwas in seinen Augen irritierte sie. Jessica bekam es nicht zu fassen, es war nur ein vages Gefühl.

Unter den Kindern hatten sie einige gefunden, die wie Zehnjährige oder sogar älter aussahen. Vorerst musste sie sich auf Winthorpes Angaben verlassen, bis die Ermittlerteams sich einen ersten Überblick über die Menschen in *New Garden* verschafft hatten. Unter anderem auf die Behauptung, dass Eugene nie über seinen – angeblichen – Zustand aufgeklärt worden war. Wohingegen Jack Wolfson behauptete, dass der Junge sehr wohl darüber Bescheid wusste.

Nach ihrem ersten Schock hatten sich in ihr die Zweifel immer breiter gemacht. Angesichts der harmlos und normal wirkenden verängstigten Kinder fragte sie sich, ob sie überreagiert hatte. Ob Winthorpe und Konsorten sie grandios an der Nase herumführten und am Ende böse blamieren würden. So gesehen erschien ihr die Unterhaltung mit einem kleinen Jungen über mögliche Killerviren absurd, ja peinlich.

Sie hatten Eugene in ein Besprechungszimmer nahe der Sicherheitszentrale gebracht. Dort saß er in einer bequemen Sitzgruppe an einem Sofatisch. Neben ihm seine Ziehmutter aus dem Familienhaus, in dem Eugene lebte. Rund um ihn herum und gegenüber auf den Sofas und Sesseln Jessica, Rich und Tom.

Im Gegensatz zu den meisten anderen Kindern wirkte Eugene ruhig und nicht ängstlich. Auf Jessica machte er sogar eher einen aufgekratzten, neugierigen, fast amüsierten Eindruck. Zu Beginn hatte Rich ihn um eine Speichelprobe gebeten. Ohne Nachfragen oder Weigerungen ließ er Rich den Wattestab in seinen Mund stecken.

Jessica überlegte, wie sie ihn behandeln sollte. Wie Jamie? Oder wie ein hyperintelligentes Designerkind? Fast alles sprach für die erste Version – manches, wie etwa seine auffallenden Muskeln und einige seiner fast vogelhaft raschen Bewegungen, für die unheimlichere. Sie würde sein Verhalten abwarten und dann urteilen müssen. Am ehesten vertraute Jessica ihren Beobachtungen und Richs Reaktionen. In fundamentalen Veränderungssituationen stolperten die meisten Menschen unbewusst und oft hilflos nacheinander durch die klassischen Gefühlsphasen: erst Verleugnung, dann Zorn, gefolgt von Verhandlungsversuchen, wenn diese nicht gelangen, Resignation und schließlich eventuell Akzeptanz. An Rich hatte Jessica nichts davon beobachtet. Als hervorragender Wissenschaftler, der er war, suchte er, von Offenheit und Neugier getrieben, einfach nach Hinweisen für oder gegen die gehörten Geschichten.

»Am beunruhigendsten finde ich, dass du genmanipulierte Kinder überhaupt für möglich hältst«, flüsterte sie ihm zu.

»Finde ich auch«, wisperte er.

Sie wandte sich dem Jungen zu. »Eugene«, begann sie, »kennst du in eurer Siedlung hier einen Mann namens Jack Wolfson?«

»Natürlich«, erwiderte das Kind mit seiner Knabenstimme. »Was ist mit ihm?«

»Er sagt, er hätte dir bei ein paar Dingen geholfen, um die du ihn gebeten hättest.«

Wachsam beobachtete sie ihn. Würde er wie ein Kind formulieren? Oder wie ein Erwachsener?

»Sollte er das nicht?«, fragte Eugene verwundert. »Alle Erwachsenen hier helfen uns, wenn wir sie darum bitten.«

»Jack sagt, dass er dir bei Dingen geholfen hat, die ihr Kinder hier nicht tun dürft.«

»Wie bitte?« Leichte Empörung im Ton. Wie Jamie, wenn er sich zu Unrecht angegriffen fühlte. Oder ertappt wusste. Soweit ein ganz normales Kind. »Was soll das gewesen sein?«

»Zum Beispiel soll er Postsendungen für dich in eure Gated Community und wieder hinaus geschmuggelt haben.«

»Blödsinn«, sagte der Junge. »Der lügt.«

Die Worte kamen direkt. Bei Jamie hätte Jessica jetzt gedacht, dass er die Wahrheit sagte. Aber sie kannte Eugene nicht, deshalb wollte sie ihrem Gefühl nicht zu weit trauen. Da fügte Eugene hinzu: »Natürlich dürfen wir Post empfangen und verschicken. Über unsere Eltern. Ich habe bloß einen anderen Weg gewählt. Das ist nicht ausdrücklich verboten.«

Gewählte Worte.

Und Eugene hatte Postverkehr zugegeben! Wenn schon. Falls er ein normales Kind war.

»Jack hat noch ganz andere Sachen erzählt«, fuhr Jessica fort.

Eugene zuckte mit den Schultern.

»Zum Beispiel, dass du ihm dafür versprochen hättest, ein besonders gescheites und starkes Kind zu bekommen.«

Eugene runzelte die Stirn. Dann lächelte er.

»Das stimmt«, sagte er.

Überrascht musterte Jessica den Jungen.

»Und?«, fragte sie. »Hast du?«

»Hast du Doktor Winthorpe schon zu der kleinen Kendra befragt?«, erwiderte Eugene, weiterhin lächelnd.

»Werde ich Ihnen jede Information aus der Nase ziehen müssen?«, schnaubte Jessica Stanley Winthorpe an. »Was meint Eugene, wenn er von der ›kleinen Kendra‹ spricht?«

Stanley Winthorpes Gesicht blieb unbewegt. Sie hielten ihn bis auf Weiteres in der Überwachungszentrale fest. Von *New Gardens* Personal war nur Sam Pishta anwesend, um die FBI-Beamten bei der Bedienung der CCTV-Anlagen zu unterweisen. Pishta war kooperativer als Winthorpe. Die übrigen Taskforce-Mitglieder waren auf der Anlage unterwegs, nur Rich behielt Jessica vorläufig bei sich.

»Wer ist Kendra? *Was* ist mit ihr?«

An den flatternden Kiefermuskeln bemerkte Jessica, dass Winthorpe nicht so gelassen war, wie er vorgab.

»Sie ist Wolfsons neugeborene Tochter«, erklärte er endlich. Sein Blick glitt für einen Wimpernschlag zu Sam Pishta, der gerade am anderen Ende des Raums einem der FBI-Beamten etwas erklärte. Jessica hatte es bemerkt.

Sie rief ihn zu sich. Jessica fragte ihn nach Kendra. Nach einem kurzen Blick zu Winthorpe, der darauf nicht reagierte, begann Pishta zu erzählen. Von einem drei Tage alten Mädchen, das auf natürliche Weise gezeugt worden war. Und trotzdem ein ganz außergewöhnliches Erbgut besaß. Sie hatten bereits alles überprüft. Die Sicherheitssysteme wiesen keine Lücken auf. Behauptete er.

Wieder etwas, das sie überprüfen mussten.

»Was immer geschehen ist«, sagte sie zu Winthorpe, »wenn stimmt, was Sie uns hier auftischen, dann sind Ihre Experimente gehörig außer Kontrolle geraten!« Sie schlug mit der Faust gegen die Wand. »Und wenn nicht, wenn Sie uns hier verarschen, dann gnade Ihnen Gott!«

»Gene *kann* das nicht gewesen sein!«, beharrte Winthorpe, ohne Jessicas letzten Satz überhaupt gehört zu haben. »Er ist gerade mal zehn Jahre alt! Er weiß nichts über seine Herkunft, seine Genetik! Und selbst wenn, er besäße nicht die Möglichkeiten, weder die technischen noch die handwerklichen noch das Wissen!«

»Woher weiß er dann überhaupt von Kendras Eigenschaften?«

Winthorpe schüttelte ratlos den Kopf.

»Kann das Erbgut des Mädchens auf natürlichem Weg mutiert sein?«, fragte Jessica.

»Nein.«

»Mensch, Stanley«, bemerkte Rich, »du weißt ja weniger als deine Kinder.«

»Dieses Kind ist mir nicht geheuer«, sagte Jessica in einer Flurecke vor dem Überwachungsraum zu Rich, Tom und Jaylen. »Zuerst leugnet er alles, dann gibt er plötzlich einen Hinweis, der sogar Stanley Winthorpe schockt. Habt ihr den Doktor gesehen? Kalkweiß! Eugene weiß viel mehr, als er sollte. Vielleicht müssen wir den Jungen doch intensiver befragen.«

»Er ist ein Kind«, gab Rich zu bedenken.

»Ist er das?«, fragte Jaylen.

Jessica machte sich die Entscheidung nicht leicht. Musste erneut an Jamie denken. Trotzdem. Sie redeten hier von Killerviren und genmanipulierten Kindern!

»Stecken Sie ihn in einen Verhörraum«, befahl Jessica.

»Als Kind hat er das Recht auf die Gegenwart eines Erziehungsberechtigten und eines Anwalts«, wandte Tom ein. Ausgerechnet.

»Ich weiß«, seufzte Jessica. Ein gebrannter Mann? Wollte alles richtig machen. »Dann sorgen Sie dafür, dass nicht wir ihn in den Raum stecken, sondern die Erziehungsberechtigten. Dort lassen wir ihn erst einmal schmoren.«

»Und wenn er sich bloß einen Spaß erlaubt hat?«

»Dazu war sein Wissen zu brisant und der Zeitpunkt der Offenbarung zu gelungen.«

Trotzdem blieb ihr schlechtes Gewissen. Zuallererst war Eugene ein kleiner Junge.

67

»Verdammt! Jetzt hebt schon ab«, schimpfte Hannah, während ihr Telefon nur ein Freizeichen meldete. »Was ist da los?«

Seit der Entdeckung von Jills geheimen Aktivitäten hatte sich Hannah fast ununterbrochen durch den Berg an Daten gegraben. Drei Stunden Schlaf hatte sie sich gegönnt. Gemäß Stanleys Freigabe hatte sie neunzehn ihrer Kollegen in San Diego mit eingeteilt. Jedem und jeder hatte Hannah für den Beginn ein paar Dutzend Ordner nach dem Zufallsprinzip zugeteilt.

Hannah hatte sich zuerst eine Übersicht über ihren Teil gemacht. Bei all ihren Ordnern handelte es sich offensichtlich um In-silico-Simulationen an Genomen. Einfacher wurde die Sache dadurch, dass Jill zu den meisten Experimenten mehr oder minder sorgfältige Dokumentationen verfasst hatte. Schwieriger machte die Sache, dass sie weder den Experimenten noch den zugehörigen Dateien selbsterklärende Bezeichnungen gegeben hatte. Ein Wust an Kürzeln verlängerte Hannahs Suche und Verständnis deutlich. Erst in den frühen Morgenstunden hatte sie grob verschiedene Inhalte identifiziert. Einige der Simulationen variierten bekannte Genmanipulationen an Mais, Soja, Reis, verschiedenen Getreide- und Knollenarten sowie Baumwolle beziehungsweise versuchten diese offensichtlich weiterzuentwickeln. Soweit Hannah das beurteilen konnte. Grüne Genetik war nicht ihr Fachgebiet. Die meiste Zeit recherchierte sie, schlug nach und verglich mit wissenschaftlichen Quellen, damit sie überhaupt verstand, woran Jill gearbeitet hatte. Vertiefen würden sie ihre Untersuchungen in einer späteren Phase. Wiederholt fragte sie sich, wann Jill diese Simulationen durchgeführt hatte und ob sie dabei allein gewesen war. Sie konnte es sich nicht vorstellen.

Gegen drei Uhr morgens öffnete sie mit brennenden Augen einen Ordner, den nur ein Buchstabe bezeichnete: F. Darin fanden sich wieder einmal Hunderte weitere Dokumente. Im ersten Subordner stieß Hannah auf Simulationen mit Viren statt mit Pflanzen, worauf sie beschloss, dieses neue Thema erst nach einer Schlafpause anzugehen.

Beim Frühstück gegen sechs Uhr traf sie einen übernächtigten Jim in der Küche. Mit wirrem Haar stand er an dem Kochblock und schüttete einen Energydrink in sich hinein.

»Nichts«, sagte er, als er sie sah.

»Sucht weiter«, war ihre einzige Antwort.

Noch immer jagten Jim und sein Team Jill und June Pue. Inzwischen hatte die Polizei Flugdaten ausgewertet und begonnen, auf Bahnhöfen und großen Busterminals nachzuforschen. Doch weder Fluggastdaten noch Bilder aus Überwachungskameras führten zu einer Spur des Mädchens. Jim war nach einer schnellen Dusche wieder verschwunden, und Hannah widmete sich erneut Jills Simulationen. Wieder benötigte sie mehr als zwei Stunden, bevor sie die Begleittexte überflogen hatte und im Ansatz verstand, worum es gehen könnte.

Dann überflog sie einige der Texte noch einmal. Mit einem Anflug von Panik ließ sie sich kurz in ihren Stuhl zurückfallen und flüsterte: »Sch…«

Hektisch öffnete sie weitere F-Subordner, überflog deren Dokumentationen und widmete sich dem nächsten Versuch. Als sie sich das nächste Mal zurücklehnte, bemerkte sie, dass drei Stunden vergangen waren.

Es war kurz vor ein Uhr Mittag in Boston, doch für Hannah

war eine neue Zeitrechnung angebrochen. Mit zitternden Fingern wählte sie Stanleys Nummer. Nach dem fünfzehnten Versuch, auch bei anderen Nummern, unter anderem Sam Pishta, die alle nur Freizeichen ertönen ließen, drosch sie den Hörer des Funktelefons wütend in seine Halterung. Auch auf E-Mails und Textnachrichten auf verschiedenen Apps reagierte niemand.

»Was, zum Teufel, ist dort los?«

Gab es Schwierigkeiten mit den Netzen im Raum San Diego? Hannah gab entsprechende Suchbegriffe in eine Suchmaschine ein. Sie fand keine aktuellen Meldungen dazu. Die Top-News betrafen einen großen Polizei-Militär-Einsatz am Rand San Diegos. Vielleicht hatte der etwas damit zu tun. Sie schaltete zu der Live-Berichterstattung eines lokalen TV-Senders, der online streamte. Die üblichen aufgeregten Reporterstimmen schilderten die Absperrung eines Gebiets im Osten der Stadt, einer Gated Community, auf der sich unter anderem eine Schule befand. In Hannahs Magen breitete sich ein ganz schlechtes Gefühl aus. Bilder von gepanzerten Fahrzeugen mit schwer bewaffneten Soldaten auf dem Turm, die Straßenzüge absperrten. Hannah kannte die Gegend, und das flaue Gefühl verteilte sich in ihrem ganzen Körper. Dem hektischen Geplapper des Reporters entnahm Hannah, dass die Polizei Schutzmaßnahmen wegen der Entdeckung eines ansteckenden Virus auf dem abgesperrten Gelände getroffen hatte, für die Bevölkerung jedoch keine Gefahr bestehe. Mehr Aufnahmen, Hubschrauber, die in der Ferne über einem Gelände kreisten. Luftaufnahmen, aus großer Entfernung herangezoomt.

Hannahs Glieder, noch zittrig von ihrer Entdeckung aus den Stunden davor, erfasste ein Schüttelfrost. Sie klammerte sich an die Armlehnen ihres Schreibtischstuhls, wollte die Kontrolle über ihren Körper zurückgewinnen.

Niemand durfte in das Gelände der Community hinein, erklärte der Journalist. Niemand heraus. Noch gab es keine weiteren Informationen von den offiziellen Stellen, doch wie es aussah, waren in den letzten Stunden Hundertschaften in und um das Gelände stationiert worden.

Ob eine einzige Virusinfektion diesen Aufwand rechtfertigen konnte, fragte die Sprecherin im Newsroom eines nationalen Senders, zu dessen Livestream Hannah umgeschaltet hatte. Der Megaeinsatz war bereits Hauptnachricht auf allen Sendern. Hannah lauschte den wildesten Spekulationen der Reporter, die zu den immer gleichen Bildern durch den Äther geschickt wurden, und stellte nach und nach erleichtert fest, dass sie, bei aller Abenteuerhaftigkeit, der Wahrheit nicht einmal ansatzweise nahekamen. Doch sie machte sich keine Illusionen. Vor Ort würde man sie früher oder später entdecken. Oder hatte es schon.

Ihr Körper zitterte nicht mehr. Eine eigenartige Ruhe befiel sie. Resigniert spielte sie mit der Computermaus, klickte zwischen den Berichten hin und her. Wartete inmitten durcheinanderrufender Journalisten, Sirenen und Hubschrauberlärm darauf, dass die Bombe platzte.

68

Sieht aus wie in den Kinderzimmern meines Sohnes und seiner Freunde, dachte Jessica. Eugenes Zimmer war allerdings größer. Dreißig Quadratmeter, schätzte Jessica. Bett, Schränke, ein Sofa, Schreibtische. Diese wirkten sehr groß für einen Zehnjährigen. Zwei Monitore und ein Laptop. Unordentlich verstreute Unterlagen. Auf dem zweiten Tisch fand sie eine Art Minilabor mit Mikroskop, Petrischalen und Geräten. Auch nicht sehr aufgeräumt. Über den Boden verstreut Kleidungsstücke, Bücher, ein Sitzhocker. An einer Wand ein weiterer großer Monitor. Wenigstens zwei Spielekonsolen. In einem offenen Regal Boxen mit technischen Bauteilen.

Als routinierte Sicherheitsexpertin erfasste ihr Blick nicht nur, was sie sah, sondern auch, was sie vermisste. Keine Star-Wars- oder Sportler-Poster an den Wänden. Wenige Bücher. Darunter nur ein Kinderbuch. Huckleberry Finns Abenteuer. Die übrigen waren Fachbücher zu Mathematik, Geschichte, Wirtschaft und Biologie. Kaum Spielzeug.

Sechs Männer in Overalls betraten den Raum.

»Suchen Sie jeden Zentimeter ab«, befahl Jessica. »Bei der geringsten Auffälligkeit informieren Sie mich sofort!«

»Sie haben hier alles überwacht?«, fragte Jessica.

»Fast«, antwortete Sam Pishta.

Jessica starrte auf die Bildschirme in der Sicherheitszentrale. Die Einsatzkräfte waren jetzt überall. Die Kinder hatten sie mit ihren Erziehern in den Sporträumlichkeiten untergebracht. An den Wänden der Säle standen die Bewacher. Einige Kinder hatten sich schon an sie gewöhnt, doch vor allem die Kleinsten drückten sich verschreckt an die Erzieher und Lehrerinnen. In den Laboren, Verwaltungsgebäuden und Quartieren schwärmten die Ermittler aus, oder es herrschte Leere.

»Toiletten, Bäder, Schlafzimmer der Erzieher nicht«, sagte Sam Pishta. »Und natürlich existieren unter Bäumen und in einigen Ecken tote Winkel. Aber in die muss man hinein und wieder heraus. Man kann dort höchstens unbemerkt pinkeln oder einen Quickie veranstalten.«

»Gut zu wissen«, meinte Rich grinsend.

»Wie lange werden wir brauchen, bis wir erste Erkenntnisse haben?«, fragte Jessica Rich.

»Worüber?«, fragte Rich. »Die besten Quickieorte, das Virus oder die Kinder?«

Darauf musste sie nicht antworten, ein strenger Blick genügte.

»Die Kinder relativ rasch«, lenkte er sofort ein. »Die notwendigen Genomsequenzierungen dauern nur ein paar Stunden. Das CDC-Team arbeitet bereits daran. Beim Virus sieht es anders aus. Wir haben noch nicht einmal eine Spur. Das wird detaillierte Forensik und kann Tage, womöglich Wochen dauern, wenn niemand etwas verrät.«

Dann mussten sie jemanden dazu bringen, dass er etwas verriet, überlegte Jessica.

»Wie lange speichern Sie die Aufzeichnungen?«, fragte sie Sam.

»Kommt darauf an.«

»Wir brauchen alles von dem Tag an, an dem Jack Wolfson den Brief aufgab. Und von dort rückwärts alles mit Wolfson sowie Personen, mit denen er Kontakt hatte.« Eine Nachdenksekunde darauf fügte sie hinzu: »Und von Eugene im Kinder-labor.«

Plan trifft Realität, dachte Stanley. Oder in diesem Fall: Kein Plan trifft Realität. Mit der vorzeitigen Entdeckung des Projekts durch die Behörden hatte er sich abgefunden. Sie hatten Pläne für dieses Szenario. Keinen Plan hatten sie für die Behauptungen der Behörden, von ihrem Gelände aus sei ein individualisiertes Killervirus versandt worden. Keinen Plan hatten sie für das Szenario, einige der Kinder, namentlich Gene, wüssten über ihr Wesen Bescheid. Das hatten sich Stanley und seine Partner bei aller intellektuellen Überlegenheit der Kinder gegenüber Gleichaltrigen einfach nicht vorstellen können. Nicht in diesem Alter. Schon gar kein Plan existierte für die Vorstellung, die Kinder könnten selbst in der Lage sein, Experimente und Wer-wusste-was anzustellen. Die Entdeckung von Jills In-silicio-Simulationen hatte ihnen dieses Versäumnis bereits bewusst gemacht. Zeit zum Nachbessern hatten sie noch nicht gehabt. Sämtliche Kräfte waren auf die Analyse von Jills Daten gebündelt worden. Jetzt hatte sich alles geändert.

Widerspruchslos versammelten sich *New Gardens* Wissen-schaftler im großen Besprechungs- und Präsentationsraum des Forschungstrakts. Von allen Seiten wurden sie von Soldaten her-beieskortiert, besorgt tuschelnd die einen, still die anderen, manche sehr bleich. Einige der Soldaten blieben zwischen ihnen stehen und forderten Ruhe, andere gingen wieder. Stanley hielt nach drei ganz bestimmten Mitarbeitern Ausschau. Als er den ersten von ihnen sah, spazierte er auf ihn zu, kritisch beäugt von den anwesenden Soldaten. Er stellte sich neben Dr. Richard Tang. Der hübsche Schwarzhaarige mit den markanten Backenknochen und dem Raubtierblick, Sohn einer Brasilianerin und eines Vietname-sen, war schon als sein Student zu ihnen gestoßen.

»Was ...?«, fragte Tang, ohne Stanley anzusehen, doch schon unterbrach ihn ein Soldat und drängte sich zwischen sie.

»Ruhe!«

Tang verstummte. Nebeneinander standen sie da und verfolgten das Eintreffen der anderen. Tang suchte Stanleys Blick, fand ihn. Unter den aufmerksamen Blicken des Soldaten blieb ihm nur, die Augenbrauen fragend zu heben. Stanley schloss kurz die Augen und schüttelte fast unmerklich den Kopf. Nicht jetzt.

Raunen füllte den Raum, als Jessica Roberts und Rich eintraten, gefolgt von vier schwer bewaffneten Soldaten.

Die Wissenschaftler in dem großen, hell getäfelten Besprechungsraum verstummten, als Jessica und die anderen eintraten. Drei Dutzend neugierige Augenpaare richteten sich auf sie. Jessica fixierte Stanley Winthorpe. Sie stellte Rich und sich kurz vor, obwohl im Raum sicher alle längst wussten, wer sie waren, beziehungsweise Rich kannten. Dann bat sie die Anwesenden, Platz zu nehmen. Zögernd folgten ihr die meisten und suchten Sitze an dem gigantischen lanzettförmigen Tisch. Wer zu langsam war, musste ganz nahe bei Jessica und Rich sitzen. Einige blieben lieber am anderen Ende des Raumes oder vor den Fenstern stehen.

»Meine Damen und Herren«, begann Jessica, »wir sind hier, weil wir in einem Mordfall ermitteln. Etwas aufwändig, mögen Sie sagen, und das stimmt. Doch inzwischen wurde uns eine Geschichte präsentiert, die noch viel unglaublicher ist als unser ursprünglicher Fall. Genetisch modifizierte Kinder.« Im Raum wurde es unruhig. »Wir arbeiten gerade an ersten Genomanalysen zur Bestätigung, aber ich möchte jetzt von Ihnen hören, ob mir Dr. Winthorpe nicht bloß größenwahnsinnige Fantasien erzählt.«

Einige der Anwesenden räusperten sich, andere sahen einander an oder suchten Winthorpes Blick. Ihre Mienen wirkten erschrocken oder verunsichert. So reagierten nicht Ahnungslose. Sondern Ertappte.

»Keine Antwort kann auch eine sein«, bemerkte Rich neben ihr.

Nach einem tiefen Atemzug hatte sich Jessica gefangen.

»Sieht so aus, als hätten Sie Geschichte geschrieben«, sagte sie zu den Versammelten. In einigen Gesichtern entdeckte sie Erleichterung. »Wenn Sie mich fragen, eine Horrorstory.« Die Gesichter verfielen. »Aber das zu entscheiden ist nicht an mir.« Sie hatte einen Entschluss gefasst. »Wir werden die Präsidentin informieren. Bis dahin empfehlen wir Ihnen, uns vorbehaltlos bei unseren Ermittlungen zu unterstützen. *New Garden* ist aus Gründen der nationalen Sicherheit vorläufig unter unserer Kontrolle. Das bleibt es bis zur Klärung der wichtigsten legalen Fragen.«

Jemand unter den Zuhörern stöhnte auf. Ja, das konnte Jahre dauern, dachte Jessica.

»Niemand verlässt das Gelände. Vorläufig dürfen Sie sich in diesem Raum und einem beschränkten Bereich im Freien aufhalten, der von Militär bewacht wird. Ihre Gäste haben wir nebenan abgesondert. Unsere erste Priorität gilt momentan noch dem ursprünglichen Grund unserer Anwesenheit«, erklärte sie. »Doch dabei wird es sicher nicht bleiben. Von *New Garden* aus wurde höchstwahrscheinlich das individualisierte Killervirus verschickt, das vor drei Tagen Außenminister Jack Dunbraith ermordete. Sie verstehen sicher die Tragweite.«

Die entstehende Unruhe nutzte Stanley zu einem neuen Versuch, mit Tang Kontakt aufzunehmen. Der Soldat zwischen ihnen hatte sich etwas entfernt und ließ den Blick über die aufgeregt raunenden Anwesenden gleiten.

»Schlimmster Fall«, flüsterte Stanley Tang zu. »Das Archiv muss weg.«

»Verschwinden oder vernichten?«

»Verschwinden. Das Wissen ist zu wertvoll.«

»Okay«, sagte Tang. »Ich sage es weiter und sehe zu, was ich selbst tun kann.«

»Ruhe jetzt«, zischte der Soldat von hinten dazwischen. »Das gilt auch für euch«, befahl er den Nebenstehenden.

Jessica ließ den Blick über die erregten Gesichter wandern. Der gleiche Schock wie bei Wolfson, Winthorpe und Pishta.

»Sie alle hier stehen unter Verdacht. Ich empfehle daher absolute Kooperation. Wir werden Sie einzeln vernehmen. Aber Sie können natürlich auch gleich etwas melden, wenn Sie es für zweckdienlich halten.«

Jessica erwartete keine Wortmeldungen. Am Ende des Raumes jedoch hob jemand die Hand. Sie gehörte zu einer großen Frau mit blonden Haaren.

»Cara Movelli, Gründungspartnerin«, stellte sie sich vor. Sie trat zwischen den anderen hervor und ging quer durch den Raum auf Jessica zu. »Ich weiß nichts von einem Killervirus«, begann sie. »Aber vielleicht finden Sie etwas in den geheimen Dateien unserer Ältesten, die wir gerade selbst erst entdeckt und zu analysieren begonnen haben.«

Aus den Augenwinkeln nahm Jessica wahr, wie Stanley Winthorpe zusammenzuckte, sich aber sofort wieder fing.

»Ihre Älteste?«, fragte sie.

»Jill«, erklärte Cara Movelli. »Sie ist das einzige Kind, das nicht mehr am Campus lebt, sondern seit drei Jahren am MIT studiert.«

Sie war bei Jessica angelangt. »Sie wussten noch gar nichts

davon«, stellte sie fast amüsiert mit einem Seitenblick auf Stanley Winthorpe fest. »Wir stießen bei ihr vor zwei Tagen auf Aktivitäten, von denen wir keine Ahnung hatten. Unter anderem Computersimulationen für Genmanipulationen an unterschiedlichsten Organismen.«

Jessica sah Stanley Winthorpe wütend an.

»Das Material ist allerdings so umfangreich, dass wir uns erst eine bruchstückhafte Übersicht verschaffen konnten. Da könnten wir ordentlich Verstärkung gebrauchen.«

Jessica überschlug die Informationen. Potenzielle Verdächtige konnten sie das Material nicht sichten lassen. Klang nach Stoff für Experten.

»Rich?«, fragte sie ihn.

»Darauf muss ich Dutzende Spezialisten ansetzen«, erklärte er. »Das dauert.«

Jessica nickte. »Jill?«, fragte sie dann. »Ich dachte, Eugene ist der Älteste.«

»Er und Jill«, sagte die Frau mit dem italienischen Namen.

»Warum ist nur sie am MIT?«, wollte Jessica wissen.

»Dank manipulierter Wachstumsgene sieht sie bereits aus wie ein groß gewachsener Teenager«, erklärte Cara Movelli.

»Ja, warum denn nicht?«, fuhr Rich beißend dazwischen. »Wenn wir es bei Lachsen, Hunden oder Rindern können, warum nicht bei Menschen?«

Bevor Jessica die Behauptung verdauen konnte, fuhr Cara Movelli schon fort.

»Wegen ihres älter wirkenden Äußeren hielten wir es für einfacher als bei dem Jungen.«

Darüber musste Jessica später nachdenken. Wie über so viel anderes.

»Dann müssen wir möglichst schnell mit Jill sprechen.«

»Das würden wir auch gern«, sagte Cara mit einem weiteren

Blick zu Stanley Winthorpe. Dieser reagierte nicht. »Aber Jill ist seit zwei Tagen verschwunden. Einen Tag nach Jack Dunbraiths Tod.«

69

Auf dem Bildschirm vor Jessica waren zwei Fenster geöffnet. Links war Al Waters zu sehen. Vom rechten Fenster blickten sie die Präsidentin persönlich und ihr Stabschef Steve Pitt an. Zugeschaltet über eine sichere Leitung, Waters aus Washington, die Präsidentin und ihr Stabschef aus Denver, wo sie sich für die Eröffnung einer Landwirtschaftsmesse aufhielt. Jessica und Rich hatten ihren Bericht beendet. Die drei auf dem Monitor schauten, als käme noch mehr. Oder als hätten sie nicht verstanden. Oder als wäre die Tonverbindung abgebrochen. Doch ihre Lippen bewegten sich nicht. Bis die Präsidentin sich näher zur Kamera beugte und fragte: »Habe ich das alles richtig verstanden?«

»Ja, Mrs. President«, antwortete Jessica schlicht. Konnte sie es doch selbst noch kaum glauben.

»Dagegen ist das individualisierte Killervirus ja harmlos!«, rief sie aus. »Das wäre das Ende der Menschheit, wie wir sie kennen!« Sie war sichtlich erschüttert. »Ich kann das nicht glauben. Will es nicht glauben.«

»Geht mir auch so«, sagte Jessica. »Aber ich habe die Kinder gesehen. Die Wissenschaftler, die ganze Situation hier.«

»Dr. Allen?«, fragte die Präsidentin nur.

»Sie haben das ganz richtig erfasst, Mrs. President«, bekräftigte Rich. »Und ich neige nicht zu Aufgeregtheit, wie Sie wissen.«

»Al«, wandte sich die Präsidentin an den Sicherheitsberater.

»Davon muss ich mich mit meinen eigenen Augen überzeugen. So schnell wie möglich. Mrs. Roberts, kann man die Anlage für einen Besuch ausreichend sichern?«

»Natürlich. Sie ist bereits extrem gesichert.«

»Steve«, wandte sich die Präsidentin an ihren Stabschef, »sag alle Termine für heute und morgen unter einem Vorwand ab!«

»Aber Mrs. President«, setzte Steve zu einem Einwand an. »Es gibt noch keine Beweise. Und morgen sollten Sie doch ...«

»Wir reden«, unterbrach die Präsidentin ihren Stabschef mit einem strengen Blick, »über nicht weniger als das Schicksal der gesamten Menschheit! Buchstäblich! *Was* könnte in diesem Moment wichtiger sein? Ich sehe nichts. Gar nichts! So etwas kann man nicht aus der Ferne beobachten oder delegieren. Ich zumindest nicht. Informiere alle Regierungsmitglieder sowie die Mitglieder der Ethikkommission, die in den nächsten Stunden diskret zu *New Garden* gebracht werden können. Sag ihnen nicht, worum es geht, aber betone die höchste Dringlichkeit.«

Steve nickte.

»Wann können wir dort sein?«, fragte sie.

»San Diego?«, fragte Steve rhetorisch. »Die Air Force One steht bereit. In spätestens vier Stunden können wir vor Ort sein.«

»Unsere Visite muss topsecret erfolgen«, forderte die Präsidentin.

»Okay, wir finden eine andere Maschine als die Boeing«, erwiderte Steve knapp.

»Danke, Mrs. Roberts, Richard«, sagte die Präsidentin in den Bildschirm. »Wir sehen uns heute Nachmittag.« Und fügte leise hinzu: »Helfe uns Gott!«

»Von der Seite würde ich nicht viel erwarten ...«, sagte Rich, nur für Jessica vernehmbar.

Die kleine Kendra sah aus wie jedes andere Baby, stellte Rich fest. Vielleicht noch ein wenig süßer.

»Die Tests sind eindeutig?«, versicherte er sich noch einmal bei Cara und Sam. Die beiden nickten. Vorerst musste er sich, wie bei so vielen Dingen in dieser Geschichte, auf Aussagen der Beteiligten verlassen. Doch das Team der CDC bereitete gerade jenen Bestätigungstest vor, den sie bei den anderen Kindern bereits durchgeführt hatten. Die Ergebnisse würden in wenigen Stunden vorliegen. Inzwischen ging Rich davon aus, dass sich das eigentlich unmögliche Ergebnis bestätigte. Doch auch wenn für Zweifel immer weniger Raum war, durften sie Jack Wolfsons Aussagen so lange nicht für bare Münze nehmen, bis sie erste echte Beweise besäßen.

Den Vater des Kindes, Jack Wolfson, bewachte die Polizei als einen Hauptverdächtigen in einem gesonderten Raum. Ihm wurde zumindest Beihilfe zum Mord an Außenminister Jack Dunbraith angelastet. Mit Jessicas Zustimmung durfte Rich ihn vernehmen.

Wolfson saß in einem Besprechungsraum auf einem Stuhl an einem kleinen Tisch. Seine Hände waren mit Handschellen hinter dem Körper gefesselt. Bewacht wurde er von zwei Uniformierten mit gefährlich aussehenden Maschinenpistolen. Oder so. Rich hatte keine Ahnung von dem Zeug.

»Eugene versprach Ihnen ein genetisch modifiziertes Kind?«

Die Diktion vom »modernen« Kind würde er sich sicher nicht aneignen. »Wie wollte er Ihnen denn dazu verhelfen?«

Jack verzog den Mund, zögerte, bevor er damit herausrückte: »Einfach mit einer Pille«, sagte er.

»Einer Pille?«, fragte Rich nach.

Jack nickte. »Eigentlich so eine kleine ovale Kapsel, in der etwas drin war. Eine Flüssigkeit, ein Pulver, ich weiß es nicht.«

»Zum Schlucken?«

»Ja.«

Was konnte ihm Eugene da verabreicht haben? Rich hatte verschiedene Ideen, aber sie waren so jenseits aller derzeitigen Möglichkeiten, dass er sie nicht in Betracht ziehen konnte. Aber auch personalisierte Killerviren und Designerkinder waren ihm vor wenigen Tagen noch jenseitig erschienen. Oder Wolfson machte sich über sie lustig.

»Wann war das? Erinnern Sie sich an das Datum?«

Jack kramte in seinem Gedächtnis.

»Dritter Juni«, erklärte er schließlich.

»Sicher?«

»Ja. An so einen Tag erinnert man sich.« Er biss sich auf die Lippen. »Ist Kendra denn … ich meine, hat Eugene …?«

»Was?« Wenn er es wissen wollte, sollte er es aussprechen.

»Hat Eugene Wort gehalten?«, fragte Jack.

»Womit?«

»Dass Kendra ein modernes Kind ist? Ich …«, er senkte den Blick auf den Tisch, »kann das ja nicht prüfen.«

Falls er spielte, machte er das gut. Richtig gut.

»Diese Auskunft kann ich Ihnen zurzeit noch nicht geben«, sagte Rich.

Was würde mit diesen Kindern geschehen? Rich hatte bisher keine Zeit gehabt, darüber nachzudenken. Er merkte, dass er es kaum wagte. Hoffentlich war das alles nur eine große Illusion!

Die Videowand im Überwachungszentrum ließ sich in maximal dreißig Einzelbilder teilen.

»Auf der Anlage und um sie herum filmen mehrere hundert Kameras permanent«, erklärte Oberst Lawsome. »Die Software meldet zudem ungewöhnliche Vorkommnisse.«

»Als da wären?«, fragte Jessica.

»Personen, die von außen eindringen, zum Beispiel. Orte, an denen mehr Menschen sind als normalerweise. Und so weiter.«

In einem Fenster entdeckte Jessica Eugene in dem Besprechungszimmer, das sie zu einem Verhörraum umfunktioniert hatten. Er lümmelte auf seinem Stuhl, die Finger über dem Bauch verschränkt. Dann sprang er auf und lief um den Tisch. Versuchte die Türklinke. Als sie sich nicht öffnen ließ, schlug er einmal gegen die Tür, dann setzte er sich wieder. Blickte direkt in die Kamera. Lächelte er dabei?

Sollte er doch. Warten.

Ein anderer Ausschnitt zeigte jene Personen, die Stanley Winthorpe als »Kunden« bezeichnete und die noch immer im großen Speisesaal versammelt waren. Die meisten Frauen hatten am Vorabend oder am Morgen angeblich befruchtete Eizellen für Designerbabys eingesetzt bekommen. Freiwillig. Jessica schüttelte es bei dem Gedanken. Ohne dass sie den Grund dafür wusste. Ein Gefühl. Sie hatte noch keine Gelegenheit gehabt, darüber nachzudenken. Und nach wie vor fehlten die endgültigen Beweise.

Auf anderen Ausschnitten sah sie eine Gruppe Wissenschaftler mit Rich, eine andere im Besprechungsraum versammelt, Erzieherinnen und Erzieher mit Kindern, einige Geländeperspektiven, über eine Wiese fuhr ein Humvee. Der Großteil der Bilder wechselte in unregelmäßigen Abständen zu anderen Motiven und Blickwinkeln.

»Wir haben das Gelände unter Kontrolle«, erklärte John.

»Gut«, sagte Jessica. »Die Präsidentin und die Ethikkommission sind bereits in der Luft. Wir erwarten sie in drei Stunden.«

»Sie können kommen.«

»Wäre es ein Problem, die Lage der Zivilisten zu erleichtern?«, fragte Jessica. »Die flippen uns in diesem Speisesaal sonst irgendwann aus.«

Obwohl sie gute Lust gehabt hätte, den Haufen noch länger schmoren zu lassen.

70

Als Sicherheitsmann kannte Jim die finsteren Ecken des ansonsten so properen Studentenstädtchens Cambridge, der nahen Großstadt Boston und ihrer Umgebung. Musste er kennen. Falls sein Schützling abhaute. Auch wenn er Jill dort nie gefunden hatte. Diesmal suchte er nicht sie. Langsam fuhr er durch die finstere Unterführung, an deren Wände sich die Junkies drückten, Stoff gegen Geld tauschten und sich das Zeug gleich vor Ort auf provisorischen Öfchen aus Getränkedosen kochten und gierig spritzten. Nicht einmal vor dem anrollenden Wagen wandten sie sich ab. Auf der Beifahrerseite streckte Erin ein Foto von June Pue durch das offene Fenster. »Hat einer von euch diese Frau gesehen?«

Jim hatte auch keine andere Idee mehr. Jills Dokumente auf dem geheimnisvollen Server durchwühlte Hannah. Er hatte von dem Genzeug keine Ahnung. Anderes Hilfreiches hatten sie bis jetzt nicht entdeckt. Blieb die Straße. Inzwischen überwog sein Zorn auf das Mädchen die Sorge um es. Jill hatte sie alle hintergangen, und jetzt ließ sie ihre Mutter und ihn im Ungewissen. Jims Smartphone spielte eine Melodie. Hannah. Er nahm das Gespräch an.

»Ihr müsst sofort herkommen«, sagte sie.

»Was ist? Habt ihr Jill?«

»Nein. Kommt trotzdem. Jetzt.«

Vor dem Haus erkannte Jim bereits die zwei Wagen. Sie waren dunkel, unauffällig, unmarkiert und doch von Weitem eindeutig zu identifizieren.

»FBI«, bemerkte auch Erin. »Hoffentlich ist nichts passiert.«

Im Haus erwarteten sie vier Beamte in Anzügen. Hannah wirkte angespannt.

»Mister Delrose, wir müssen Sie bitten, bis auf Weiteres mit uns zu kommen«, eröffnete ihm einer der Männer. »Ebenso wie Ihre Kolleginnen und Kollegen.«

Jim wusste, dass er nichts angestellt hatte. Trotzdem beschlich ihn ein unangenehmes Gefühl.

»Weshalb?«

»Nationale Sicherheit«, erklärte der Mann.

Das unangenehme Gefühl wuchs zu einem rot blinkenden Alarm an.

»Wegen einer verschwundenen Jugendlichen?«

In welche Schwierigkeiten hatte Jill sich gebracht? Sie gebracht? Jim warf Hannah einen fragenden Blick zu. Sie hob nur hilflos die Augenbrauen.

»Ich sage Ihnen doch«, erklärte sie gespielt geduldig, »er weiß nichts.«

»Was weiß ich nicht? Hat es mit den Dokumenten auf Jills Server zu tun?«

»Auch«, sagte Hannah.

»Packen Sie Zeug für ein paar Tage«, erklärte der FBI-Mann. »Sie kommen alle mit.«

»Ich muss dringend mit den Leuten in San Diego sprechen«, erklärte Hannah. Es klang, als bestünde sie nicht zum ersten Mal darauf. Was war in San Diego?

»Alles zu seiner Zeit«, erklärte einer der Beamten. »Jetzt müssen Sie erst einmal mitkommen.«

»Ich will einen Anwalt«, erklärte Jim.

»Wir müssen mit«, erklärte Hannah resigniert. »Aber keine Sorge, für dich wird sich alles aufklären, Jim.«

»Was soll sich aufklären?«, fragte Jim genervt. »Wovon reden alle hier? Was ist los?!«

71

Greg war nicht beim Militär gewesen. Die bewegungslose Ruhe und Aufmerksamkeit der Soldaten entlang der Wände und am Eingang faszinierten ihn. Oder konnten die im Stehen schlafen? Wegen ihrer Visierbrillen erkannte er das nicht.

Nach dem abgewürgten Protest war die Aufregung resignierter Stille gewichen. Die meisten Gäste saßen stumm auf den Stühlen, und ein paar Männer, für die kein Platz frei gewesen war, auf dem Boden. Manche unterhielten sich leise. Ab und zu raffte sich jemand auf, um die Soldaten am Eingang etwas zu fragen. Die Antwort blieb immer dieselbe. Bis es neue Befehle gab, mussten sie bleiben. Zum Glück befanden sich Toiletten innerhalb des bewachten Areals.

»Ich habe Hunger!«, rief plötzlich jemand hinter ihm.

Die Soldaten reagierten nicht.

»Ich auch!«, rief eine zweite Stimme.

Würde es zu einem zweiten Aufstandsversuch kommen?, fragte sich Greg. Auch sein Magen meldete Bedürfnisse.

Da bewegte sich einer der Soldaten bei der Tür. Die Rufe verstummten. Doch der Mann neigte nur leicht den Kopf, als höre er etwas. Wenige Augenblicke später gab er seinen Männern kurze Handzeichen. Sie setzten sich in Bewegung und versammelten sich hinter ihm in der Tür oder draußen.

Dann trat er zwei Schritte vor.

»Ladies und Gentlemen, danke für Ihre Geduld! Der unmittelbare Anlass für Ihre unkomfortable Situation ist vorüber. Sie dürfen sich bis auf Weiteres draußen zwischen den Soldaten die Beine vertreten oder auf Ihre Zimmer gehen.«

Mit einer vagen Geste wies er auf das etwa vierhundert Meter breite Gebiet hinter den Scheiben. Greg entdeckte patrouillierende Soldatengruppen und Humvees entlang zweier Linien links und rechts der großen Wiese, die in den Wald überging.

»Wie Sie sehen, sind die anderen Areale von Soldaten gesichert und dürfen von Ihnen nicht betreten werden. Das gesamte Gelände wird videoüberwacht.«

»Wie in einem Polizeistaat«, flüsterte jemand hinter Greg. »Verlassen dürfen Sie *New Garden* noch nicht. Entsprechende Versuche sind sinnlos. Das Gelände ist rundum gesichert. Wir bitten Sie, sich in spätestens vier Stunden wieder hier einzufinden, also Punkt sechzehn Uhr. Bis dahin folgen Sie allen Anweisungen, die Sie womöglich erhalten, ob von Soldaten oder Zivilisten. Dann werden wir Sie über das weitere Vorgehen informieren. Bitte nehmen Sie bei dieser Gelegenheit Ihre Ausweise mit. Essen wird derzeit zubereitet und wird in etwa dreißig Minuten hier ausgegeben. Danke.«

Der Soldat drehte sich um und verschwand mit seiner Truppe.

Verwirrt blickten sich die Leute um. Keine große Erleichterung, bemerkte Greg, stattdessen Verunsicherung.

»Ich lasse mich hier doch nicht einsperren«, maulte Mike. »Wer weiß, ob die uns jemals wieder hinauslassen.«

»Was meinen Sie damit?«, fragte ein nebenstehender Schlaks mit Nerdbrille namens Newton.

»Was ich meine?«, fragte Mike spöttisch. »Gentech-Wunderkinder vielleicht? Die bisher in der Öffentlichkeit unbekannt sind? Und das vielleicht bleiben sollen?«, fügte er vieldeutig hinzu.«

»Wie sollte das …?«, setzte Newton an.

»Wäre nicht die erste Geschichte, von der man erst nach Jahrzehnten durch die Freigabe gesperrter Dokumente erfährt.«

»Aber wie sollten sie verhindern, dass wir etwas erzählen?«, fragte Newton empört.

Mike lächelte ihn mitleidig an.

»Sie meinen doch nicht …?«, flüsterte Newton entsetzt.

»Ich meine gar nichts«, sagte Mike. »Aber ich werde hier nicht tatenlos herumsitzen. Was ist, Kumpel?«, stieß er Greg an. »Machen wir eine kleine Erkundungstour! Die Damen leisten sich inzwischen beim Essen Gesellschaft.«

Mit Cara Movelli hockte Rich vor einem Bildschirm und arbeitete sich durch einen Abschnitt von Jills Daten. Vor zehn weiteren Bildschirmen halfen ihnen je drei *New-Garden*-Wissenschaftler. Rich hatte keine Wahl gehabt. Zwar hatte er Jills Dateien rasch einem genetischen Forensikteam des FBI zugänglich gemacht, doch das war noch zu klein für die Datenmassen und musste sich auch erst einarbeiten.

Richs und Jessicas Überlegung war einfach, was die *New-Garden*-Mitarbeiter betraf: Im schlimmsten Fall steckten alle unter einer Decke und wussten etwas über das Killervirus. Dann würden sie eventuelle Entdeckungen dazu in Jills Unterlagen nicht verraten. Jessica und Rich hielten die Version für die unwahrscheinlichste. Eher wussten einige oder sogar nur eine Person davon. Oder gar niemand. Zudem gab es bei Jill womöglich gar nichts zu finden, weil der Schöpfer in *New Garden* saß.

Sie hatten daher beschlossen, die Wissenschaftler in Dreierteams einzelne Datenabschnitte analysieren zu lassen.

Waren nur einige eingeweiht, war die Wahrscheinlichkeit sehr gering, dass Rich ausgerechnet ein Dreierteam zusammengewürfelt hatte, das mit oder ohne Jill an dem Killervirus gearbeitet hatte und eine Entdeckung in ihren Daten geheim halten würde. Viel größer war die Chance, dass die Mehrheit der Wissenschaftler kooperierte, so wenigstens Jessicas und Richs Hoffnung. Und wenn nicht, hatten sie immer noch das Back-up der FBI-Forensiker, auch wenn sie dann länger auf Ergebnisse warten mussten.

»Ich kann mir nicht vorstellen, dass sie darin ein Killervirus finden«, sagte Cara. »Jill macht so etwas nicht.«

»Wer dann?«

»Keine Ahnung.«

Rich nahm einen Schluck von dem Kaffee, der vor ihm auf dem Schreibtisch stand. Cara Movelli schien ihm so unbeschwert, dass er spontan Vertrauen zu ihr gefasst hatte. Bleib vorsichtig, warnte er sich trotzdem laufend.

»Warum eigentlich San Diego?«, fragte er. »Warum keine einsame Insel am Ende der Welt, auf der Sie unbeobachtet arbeiten können?«

»Wie Doktor Moreau oder Jurassic Park? Wo fallen Menschen am wenigsten auf? Zwischen vielen anderen Menschen.«

Das Argument leuchtete Rich ein.

»Offiziell, auch für das Service- und Lehrpersonal sowie viele wissenschaftliche Mitarbeiter, sind wir eine normale Gated Community, in der sich hauptsächlich Forscher niedergelassen haben. Eingeweiht sind nur wir beteiligten Wissenschaftler. Wir sind auch die offiziellen Eltern der Kinder.«

»Aber woher kommen die Kinder wirklich?«

»Von Leihmüttern. Ist hier in den USA ja kein Problem.«

»Die nicht wissen, was in ihnen heranwächst?«

»Natürlich nicht.«

»Wo leben die Leihmütter? Hier?«

»Führen ihr normales Leben bei sich zu Hause, die meisten in Kalifornien. Sie gehen zu den regelmäßigen Kontrollen in eine kooperierende Klinik, werden von den auftraggebenden ›Eltern‹

besucht, das ganze Pipapo. Aber sie kennen nicht einmal *New Garden*. Nach der Geburt geben sie die Kinder an unsere ›Personaleltern‹ ab, und die kommen hierher.«

»Deshalb schöpft auch niemand vom restlichen Personal Verdacht.«

»Genau.«

»Wie viele derzeit?«

»Zweihundertsiebenundachtzig. Die meisten werden die Schwangerschaft aber wegen der üblichen Komplikationen bei neuen Varianten wohl nicht beenden.«

Ihre Kaltschnäuzigkeit erschreckte Rich, doch die damit verbundene Offenheit steigerte paradoxerweise sein Vertrauen in sie. »Und wie umgehen Sie die obligatorischen Tests auf Erbkrankheiten?«

»Müssen wir nicht. Die genetischen Veränderungen der Kinder fallen in diesen Tests nicht auf.«

»Und all die misslungenen Experimente?«, fragte Rich.

»Gehen sehr früh ab oder werden von uns rechtzeitig beendet. Jahrelang gelang uns nur die Replikation weiterer Eugenes, Jills und der beiden anderen Erfolge. Allerdings waren sie, wie wir mit der Zeit feststellten, bis auf einen alle noch viel besser, als wir erwartet hatten. Doppelte Schwarze Schwäne sozusagen. Sie bekamen ja schon einen Eindruck von Jills Fähigkeiten.«

»Und wie haben Sie es damals gemacht? Die ersten Kinder. Technologisch war das doch praktisch unmöglich.«

Cara nickte nachdenklich.

»Unmöglich nicht, aber sehr, sehr schwierig. Verbunden mit einer Menge Glück. Ihnen brauche ich nicht zu erklären, wie aufwändig Gene-Editing mit den alten Methoden war. Wir kamen auch woandersher.«

»Wer ist eigentlich ›wir‹?«

»Vierzehn Gründungspartnerinnen und -partner unter Führung von Stanley. Er stellt den Großteil der Finanzierung. Im Lauf der Jahre kamen zweiundzwanzig weitere dazu. Ehemalige Studenten oder Mitarbeiter der Gründer.«

»Und nie wollte jemand die Sache vorzeitig an die Öffentlichkeit bringen?«

»Natürlich gab es immer wieder Diskussionen. Aber letztlich überwogen doch die gemeinsamen Interessen.«

»Keine internen Kritiker?«

»Nicht so heftig, dass sie damit nach außen gingen«, sagte Cara.

»Sie waren jetzt bereit, mit uns zusammenzuarbeiten«, stellte Rich fest.

»Die Katze ist aus dem Sack. Weitere Heimlichtuereien wären sinnlos.«

»Verstehe. Ich habe Sie unterbrochen: Woher kam Ihr Team mit seiner Arbeit?«

»Von den großen Versprechen der Gentechnologie für Menschen, zum Beispiel Erbkrankheiten zu verhindern. Etwa die mutierten BRCA-Brustkrebsgene zu ersetzen. Aber für die Ausmerzung von Erbkrankheiten kennen wir in den allermeisten Fällen mit der Präimplantationsdiagnostik eine wesentlich einfachere und bewährte Methode: Man setzt der Frau nur befruchtete Eizellen ein, die den Gendefekt nicht tragen. Aufgabe erfüllt. Wozu also aufwändig Gene austauschen? Diese ganze Diskussion über Erbkrankheitenausmerzung mittels Keimzellenmanipulation ist doch bloß ein PR-Instrument. Deshalb konzentrierten sich unsere Experimente natürlich bald in die andere Richtung.«

»Optimierung. Was immer das bedeutet.«

»Letztlich hatten wir einfach Riesenglück. Zwei von vielen Experimenten gelangen. Wobei wir uns – offensichtlich zu Recht – darauf verließen, dass die Natur so komplexe Schöpfungen wie den Menschen ohnehin nur in die Welt bringt, wenn sie einigermaßen funktionieren. So war es dann auch. Die ganz überwiegende Zahl befruchteter manipulierter Eizellen nistete sich gar nicht erst ein. Von den eingenisteten gingen, wie gesagt, die allermeisten innerhalb der ersten Tage oder Wochen ab. Die Natur sagte »Nein« zu ihnen. Nur ganz wenige kamen zur Welt: Jill und Eugene. Danach noch die zwei anderen Varianten.«

»Die Kids da draußen sind also letztlich nur vier Varianten?«

»Das änderte sich mit CRISPR/Cas9. Wir hatten schon vor der offiziellen Veröffentlichung 2012 von dem Ansatz gehört und experimentierten bereits seit 2011 damit. Da muss man Stanley seine Meriten lassen. Er erkannte sofort, dass es noch andere Möglichkeiten geben müsse. Also durchsuchten wir sämtliche zugänglichen Datenbanken nach ähnlichen Bakteriengenomsequenzen. So fanden wir noch andere Methoden, die inzwischen auch bekannt sind, etwa CRISPR/Cpf1. Anfangs kämpften wir mit denselben Herausforderungen wie die anderen, so etwa das 2015 veröffentlichte Experiment des chinesischen Teams um Junjiu Huang, welches das für die Blutkrankheit β-Thalassämie verantwortliche Gen manipulieren wollte, oder das 2016 veröffentlichte von Yong Fan, das versuchte, HIV-resistente Embryos zu schaffen: Zielgenauigkeit et cetera. Aber nach zahlreichen weiteren Experimenten mit diversen Cas-Varianten bekamen wir das in den Griff, so wie der Rest der Community auch. Bloß waren wir schneller. Parallel zu den ersten erfolgreichen Tests wählten wir – natürlich unter höchster Geheimhaltung – ausgesuchte Partnerkliniken, um die ersten Kunden zu akquirieren. Was soll ich sagen?« Sie zuckte mit den Schultern. »Der Rest ist Geschichte. Oder wird es gerade.«

72

Über den Himmel zogen in der Sonne leuchtende Haufenwolken wie eine Herde großer, träger Tiere. Der Friede täuschte. Zwischen ihnen kreisten dunkle Hubschrauber wie Wespen über einem Stück Fleisch. Ihre fahrenden Gegenstücke patrouillierten über die Wiesen. Beeindruckende Bilder, dachte Greg, einschüchternd. Mike und er wirkten dagegen geradezu lächerlich in ihrem kurzerhand okkupierten Golfcart. Von den uniformierten Patrouillen bekamen sie keine Auskunft. So viel hatten sie nach mehrmaligem Fragen verstanden.

Die Soldaten waren überall. Zu den meisten Gebäudekomplexen ließen sie Greg und Mike nicht vor: dem Empfangsbereich, dem dahinterliegenden Flügel. Den Laboren. Den Wohnhäusern der Kinder. Überhaupt zu den Kindern.

Auf ihrer Rundfahrt am ersten Tag waren sie nicht über das gesamte Areal geführt worden, Teile des Parks hatten sie nur von Weitem gesehen. Mike steuerte den Wald in dem ihnen zugänglichen Bereich an.

»Ausgerechnet wenn wir hier sind, kommen die«, schimpfte Mike.

Greg musste es loswerden.

»Vielleicht kein Zufall«, sagte er.

»Weshalb?«

»Helen darf nichts davon erfahren.«

»Wovon?«

»Du erzählst es niemandem!«

»Jetzt rede schon!«

»Bevor wir hergekommen sind, habe ich einem Freund von der Reise erzählt.«

»Aber du wusstest doch nicht, wo es hingehen würde. Außerdem, wie sollten Polizei und Militär an die Info …«

»Der Freund arbeitet bei der Polizei«, erklärte Greg. »Ich dachte, wenn die Geschichte ein Betrug ist, müssten die Behörden es doch erfahren. Und wenn nicht – dann erst recht.«

»Großartig! Hättest du damit nicht bis nach eurer Rückkehr warten können?« Er schüttelte den Kopf. »Trotzdem: Wie hätten sie dich finden sollen?«

»Keine Ahnung«, antwortete Greg. »Ich hatte ein Smartphone zum Flughafen mitgenommen und wollte es hereinschmuggeln. Sie haben es entdeckt und behalten es bis zu unserer Rückkehr.«

»Aber natürlich kann man seine Position bis dorthin verfolgen«, sagte Mike nachdenklich. »So finden sie den Flughafen. Dort können sie in den Flugplänen nachsehen«, dachte er laut weiter. »Selbst wenn die falsch sind, haben sie sicher Möglichkeiten. Positionsmelder des Flugzeugs. Satelliten. Was weiß ich. Aber mal realistisch betrachtet: Falls dein Kumpel die Geschichte gemeldet hat – wer nimmt so was ernst? Und selbst wenn – dass die Behörden innerhalb von drei Tagen alles recherchiert haben und eine Armee losschicken? Unsere Behörden? Glaube ich im Leben nicht! Die benötigen dafür drei Jahre! Wie auch immer.« Er beschleunigte den Cart in Richtung eines Waldabschnitts, den sie noch nicht erkundet hatten. »Spekulationen bringen uns nicht weiter.«

Mike fuhr im Schatten der Bäume. Links von ihnen lag eine offene Rasenfläche, rechts und vor ihnen in einiger Entfernung der Wald. Mike fand einen schmalen Fahrweg und folgte ihm zwischen den Bäumen hindurch.

»Abenteuerspielplatz für die Kinder«, bemerkte er.

Gregs Blick streifte suchend umher. »Ob sie hier auch Kameras haben? Ich kann keine sehen.«

Nach kaum einer Minute erreichten sie eine Mauer. Greg schätzte ihre Höhe auf fünf Meter. Oben Stacheldraht, Glasscherben. Auf einer Strebe Kameras, in entgegengesetzten Richtungen entlang der Mauer ausgerichtet.

In einem Abstand von vielleicht sechs Metern setzte sich außerhalb der Wald fort. Weit genug, um nicht über die Baumkronen herein- oder hinauszuklettern. Der Fahrweg verlief in beide Richtungen entlang der Mauer. Mike sah sich um.

»Siehst du einen Baum, auf den wir hinaufkommen?«, fragte er Greg. »Ich hätte gern ein wenig Aussicht.« Doch die Stämme waren stark, glatt, und die untersten Äste wuchsen erst in sechs, sieben Meter Höhe. Das Dach des Carts war zu niedrig. Mike wählte den linken Weg entlang der Mauer. Nach einer Minute mündete wieder eine Zufahrt aus dem Wald in den Mauerweg. Zwei Minuten später eine weitere. Die Mauer beschrieb auf dieser Strecke eine leichte Linkskrümmung. Keine Türen, Vorsprünge, Wachtürme. Mike hielt erneut.

»Sie stehen an der nächsten Kreuzung«, sagte der Operator. »Aber immer noch im erlaubten Terrain.«

Einer der Screens im Überwachungszentrum zeigte den Cart mit den beiden Besuchern von schräg oben vorne aus der Perspektive einer der Mauerkameras. Zu sehen waren nur Schnauze und Dach des Carts, nicht seine Insassen.

»Und wo ist der andere Typ?«, fragte John Lawsome.

»Biegt gerade auf den nächsten Zubringerweg zur Mauer«, sagte der Operator und zeigte auf den Monitor, auf dem ein Cart zu sehen war, der gerade im Wald verschwand.

»Was will der dort? Das ist doch einer der Wissenschaftler aus dem Bereich nebenan? Wo erfasst ihn die nächste Kamera?«

»Hier«, erklärte der Kameramann und schaltete auf eine Mauerkamera um, deren unbewegte Bilder einen schmalen Waldpfad von oben zeigten. »Die Wälder sind schwarze Löcher.«

Auf dem anderen Screen setzten die beiden Besucher, identifiziert als Michael Kosh und Gregory Cole, ihren Weg fort. Der Operator schaltete um auf die Mauerkameras, die ihrer Fahrt folgten.

»Als Nächstes müssten sie an der Stelle rauskommen, wo auch der andere hinfährt.«

»Treffen sich die dort?«

Mike Kosh und Greg Cole erschienen.

»Wo ist der andere?«, fragte John.

Der Operator zuckte mit den Schultern. »Müsste eigentlich längst da sein.«

»Schick jemanden hin«, befahl Lawsome.

Auf einem kleinen Videowandabschnitt links oben betrat währenddessen Jessica den Raum, in dem Eugene mit verschränkten Armen an einer Wand lehnte.

Eugene empfing Jessica mit lauerndem Blick. Er lehnte an der Wand gegenüber der Tür und bewegte sich nicht. Sie schloss die Tür hinter sich, umrundete den Tisch und setzte sich auf dessen Kante. So blieb sie immer noch in einer erhabenen Position gegenüber dem Jungen.

»Und?«, fragte er keck. »Hast du Stanley zu Kendra befragt?«

»Ja«, antwortete Jessica.

»Er war sicher nicht amüsiert.«

»Woher wusstest du davon?«

»Das hat dir Jack Wolfson doch erzählt. Ich habe sie gemacht.«

»Und das soll ich glauben?«

»Nein«, lachte er. »Hey, ich bin ein Kind! Wie sollte ich?«

»Jack hat noch etwas anderes behauptet«, erklärte Jessica. »Dass er ein Kuvert, mit dem er eine Biowaffe verschickte, von dir bekam.«

»Glaubst du den Quatsch?«

Jessica beschloss, sich ein wenig zu öffnen. Vielleicht spiegelte Eugene die Reaktion.

»Ich weiß nicht, was ich bei euch hier noch glauben soll«, seufzte sie. »Ich habe heute schon so viele verrückte Geschichten gehört. Designerbabys, angeblich Dutzende Kinder«, sagte sie und studierte dabei Eugenes Gesicht.

Der nickte nur.

»Ja, das klingt ziemlich verrückt.«

»Und dabei kannst du mir nicht ein bisschen weiterhelfen, Eugene?«

»Ich will spielen gehen«, erklärte er weinerlich.

»Das kannst du«, sagte Jessica, von dem Stimmungswechsel irritiert. »Willst du uns helfen?«

»Wie denn?« Jetzt heulte er fast. Jessica packte sogleich das schlechte Gewissen.

»Erzähl einfach, was du weißt.«

»Aber ich weiß doch nichts!«

»Und Kendra…?«

»Habe ich zufällig gehört! Darf ich jetzt spielen gehen? Bitte!«

Vor ihnen hörte Greg das Unterholz rascheln. Dann entdeckte er den Schatten. Er tippte Mike auf die Schulter, legte den Zeigefinger an die Lippen. Mike nickte. Er hatte es auch gehört. Etwa dreißig Meter entfernt, zwischen den Bäumen.

»Soldaten?«, flüsterte Mike.

Zwischen den Baumstämmen entdeckte Greg hinter einer Kurve einen anderen Cart. Etwa zehn Meter entfernt davon im Wald hockte eine Gestalt. Ein Mann.

»Was macht der da?«, wisperte Mike.

»Kann es nicht erkennen.«

Der Mann richtete sich wieder auf. Lief über knackende Zweige und raschelndes Laub zu seinem Cart. Stieg ein. Greg hörte, wie sich das leise Geräusch der Reifen auf dem Waldboden entfernte.

»Da ist er wieder«, sagte der Operator. Der Cart tauchte aus derselben Lücke im Wald auf, in der er verschwunden war. »Die beiden anderen stehen immer noch an der Kreuzung. Haben sich also nicht getroffen.«

»Wohin fährt er?«

»Zurück Richtung Gebäude. Das Team hat ihn gleich erreicht.«

»Kannst du zurückpfeifen, jetzt, wo er wiederaufgetaucht ist.«

»Soll ich es in den Wald zu den anderen schicken?«

»Nicht nötig. Das sind Zivilisten.«

»Komisch.« Hoch über Greg und Mike knatterte leise ein Hubschrauber. Sonst war der Wald wieder still. Mike startete den Cart und lenkte ihn entlang der Mauer, die sich unverändert weiterzog. Meterhoch, Stacheldraht. Hier kamen sie nicht heraus. Bei der nächsten Kreuzung schlug Greg vor: »Dreh um. Ich möchte wissen, was der Typ da gemacht hat. Das war doch seltsam.«

Mike stieg aus, streckte sich. Blickte sich um. Setzte sich wieder. Zweigte ab in den Waldweg Richtung freies Gelände. Nach der ersten Kurve lenkte er den Cart nach links zwischen die Bäume.

»Was machst du?«

Aus dem Waldboden wuchs kaum Unterholz, die Bäume standen weit genug auseinander, um zwischen ihnen hindurchzufahren, auch wenn es etwas mehr Geschick und Geduld erforderte als auf den präparierten Wegen.

»Ein bisschen Privatsphäre«, erklärte Mike. »Die Kameras sind nur über der Mauer angebracht, nicht auf dem Waldweg, durch den wir gekommen sind. Auch in den anderen Einmündungen habe ich keine gesehen. Wenn wir an einen verdächtigen Ort fahren, sollten wir das unbeobachtet tun.«

Er machte sich ein Vergnügen aus einer möglichst rasanten Geländefahrt. Sie kreuzten den Weg, über den der Mann gekommen und gefahren war. Mike steuerte zu der Stelle, an der sie ihn beobachtet hatten. Stoppte das Gefährt. Sie sprangen ins Freie.

»Hier muss es sein.«

Greg entdeckte den Fleck als Erster. Sohlenabdrücke, verwischte Erde, aufgewühltes altes Laub am Fuß eines großen Baumes. Zwischen zwei Wurzeln Zweige und Laub, die anders wirkten als das Umfeld. Greg hockte sich hin, schob sie zur Seite. Darunter ertastete er eine kleine Höhlung. Er griff hinein. Etwa einen halben Meter tief drin lag ein Gegenstand. Ein schuhkartongroßes Paket, erkannte Greg, verpackt in mehrere Schichten transparenten Plastiks, die wenig elegant mit breiten Klebestreifen umwickelt worden waren.

»Okaaaay«, meinte Mike, der sich neben Greg gekauert hatte. »Etwas primitives Versteck.«

»Die einfachsten Lösungen sind oft die besten«, sagte Greg. »Muss etwas Interessantes sein, wenn es in dieser Situation hier gelagert wird.« Er musste sich auf den Bauch legen, um mit den Fingerspitzen daran zu gelangen. »Wird wohl keine Bombe sein.« Überrascht stellte er fest, wie schwer das Paket war, als er es herauszog. Kurz entschlossen riss er die Folie herunter. Darunter kam ein Karton zum Vorschein. Greg öffnete ihn. Darin fanden sie übereinander zwei Kästchen aus Plastik und Metall.

»Festplatten«, stellten sie gleichzeitig fest.

Greg schob das Plastik zurück in das Loch. Eine Festplatte reichte er Mike. Die andere steckte er unter seinem Hemd in den Hosenbund. Dann legte er den Karton zurück und bedeckte das Loch mit Zweigen und Laub.

»Die nehmen wir mit«, sagte er und stieg in den Cart. Mike hatte die zweite Festplatte unter seinem Hemd versteckt.

»So abenteuerlustig auf einmal«, bemerkte Mike. »Gefällt mir.«

Er steuerte den Wagen über die Strecke, auf der sie gekommen waren, aus dem Wald hinaus. Von dort fuhr er Richtung Anlage.

»Da sind sie«, sagte der Operator, als Michael Kosh und Gregory Cole in ihrem Cart aus dem Wald auftauchten.

»Irgendetwas Auffälliges?«, fragte Lawsome.

»Nein«, erwiderte der Operator nach einem konzentrierten Blick auf den Monitor. »Haben vermutlich auch eine Pinkelpause eingelegt. Soll ich jetzt jemanden schicken?«

»Sie befinden sich im erlaubten Bereich, und auch sonst scheint nichts ungewöhnlich zu sein«, stellte Lawsome fest. Er hatte genug anderes zu tun. »Nein.« Inzwischen rannte die Hälfte der Besucher irgendwo herum. Ganz zu schweigen von den Kindern, die inzwischen mehrere Monitore bevölkerten. Die Kleinen hatten lange genug herumgesessen, mussten sich bewegen. John kannte das von seinen eigenen Kindern. Bislang verhielten sich alle friedlich. Hoffentlich blieb das so bis zum Eintreffen der Präsidentin.

73

Mit einigen von *New Gardens* Wissenschaftlern stand Rich um einen großen Tisch mit Monitoren. Darüber verstreut lagen Dutzende Ausdrucke durcheinander. Jessica und die Mitglieder der Taskforce hatten sich unter sie gemischt.

»Das sind Auszüge aus den Simulationen des Mädchens am MIT«, erklärte Rich. Er schüttelte den Kopf. »Die Kleine ist ein Genie.«

»Sollte sie auch sein, so wie ich es verstehe«, bemerkte Jessica trocken.

»Sie hat vorweggenommen, woran in ähnlicher Form weltweit gerade Hunderte Labore arbeiten«, sagte Rich.

»Schlecht für die Labore«, meinte Jessica. »Oder gut, falls sie das Wissen verwerten dürfen.«

»Wohl eher nicht«, wandte Cara Movelli ein. »Das Mädchen ist unser Kind. Als Erziehungsberechtigte verfügen wir über die Verwaltungsgewalt ihres geistigen Eigentums.«

»Das wird zu klären sein«, widersprach Rich.

»Wie auch immer«, unterbrach Jessica die Streithälse. »Warum haben Sie mich gerufen?«

»Bei den Analysen in den letzten Tagen fand das Team hier grobe Themenfelder, mit denen Jill sich beschäftigte. Sie arbeitete mit hochkomplexen Programmen zur Modellierung und Simulation genetischer Veränderungen. Die Programme muss ich mir noch näher ansehen. Sie scheint gängige Software selbstständig erweitert zu haben. Aber Genaues wissen wir noch nicht. Auf jeden Fall waren darunter Manipulationen an verschiedenen Nutzpflanzen und -tieren. Unter anderem Baumwolle, Mais und Ziegen.«

Er wartete. Jessica begriff.

»Als ich davon erfuhr«, setzte Rich fort, »habe ich mir natürlich sofort diese Versuche genauer angesehen.« Er griff ein paar Blätter. »Einige der Simulationen bilden genau ab, was in den letzten Wochen in Südamerika, Afrika und Asien gefunden wurde.«

Brasilien, Tansania und Indien, um genau zu sein, dachte Jessica. Wahrscheinlich wollte Rich vor Cara nicht zu konkret werden.

»Sozusagen die Entwürfe?«, fragte sie.

»Könnte sein«, antwortete Rich. »Für mich sieht es danach aus. Zumal sich in den begleitenden Bild- und Testdateien welche finden, die im ersten Überblick nicht nach Recherchematerial, sondern nach ›Mission erfüllt‹ aussehen. Irgendwoher scheint sie eine Bestätigung für das Gelingen der Experimente bekommen zu haben. Dazu müssten wir die Dateien aber mit der anderen Quelle abgleichen können.«

Puzzlesteine fügten sich zusammen. Neue Fragen tauchten darauf auf.

»Wollen Sie sagen«, unterbrach Cara Movelli ihn aufgeregt, »dass diese Organismen bereits im Feld eingesetzt werden?«

Weder Jessica noch Rich antworteten.

»Aber wie sollte Jill das angestellt haben?«, fragte Cara ungläubig, fast verzweifelt. »Sie müsste die Organismen manipulieren. Sie bräuchte Testfelder und -tiere. Schließlich müsste sie das Material an die Zielorte bringen und verteilen! Sie ist zehn Jahre alt! Wann soll sie das alles gemacht haben? Selbst wenn sie nur drei Stunden Schlaf benötigt.«

»Sie hat die Modelle von Ihnen unbemerkt entwickelt«, sagte

Rich. »Und wie ich es verstehe, war sie auch anderweitig aktiv. Scheint alles keine unlösbaren Probleme für das Mädchen darzustellen.«

»Gibt es eigentlich Neuigkeiten von dem anderen Schauplatz?«, fragte Jessica Tom.

»Nein.«

»Dann wird es Zeit, einmal mit den Verantwortlichen dort zu reden. Stellen Sie mir einen Kontakt zu diesem – wie hieß er? – zu diesem Jacobsen her.«

»Machen wir«, sagte Tom. »Außerdem haben wir noch immer Hannah Pierce, Jills Ziehmutter, in Boston in Gewahrsam, die unbedingt mit ihren Leuten hier sprechen will.«

»Kann ich mir vorstellen.«

»Sie sagt, es sei sehr dringend. Sie habe da etwas in Jills Daten gefunden.«

»Noch etwas?«, fragte Rich. »Für heute hätte ich eigentlich genug.«

»Was darauf wohl gespeichert ist, dass es versteckt werden muss«, sinnierte Mike.

Greg betrachtete die Ausbuchtung unter seinem Hemd und zog den Bauch ein, damit sie nicht auffiel.

Mike stellte den Cart neben dem Eingang zu den Gästezimmern ab. Helen war nicht auf dem Zimmer. Wahrscheinlich saß sie noch mit Diana im Speisesaal. Die Festplatte verstaute er im Vorraum im Schrank.

Er traf Mike wieder auf dem Flur, wo dieser gerade sein Zimmer verließ.

»Wir brauchen einen Computer und Verbindungskabel«, sagte Greg. »Möglichst unbeobachtet.«

»Das wird schwierig. Aber denken wir nach. Wo gibt es hier

Computer? In den Hubs für die Kids. In der Verwaltung. In den Familienhäusern.«

»Am besten wäre ein Laptop. Den wir an einen unbeobachteten Ort bringen können. In den Hubs waren welche.«

»Müssen wir nur herausbringen.«

»Vielleicht nicht einmal. Wir müssen nur den Bildschirm aus dem Blickwinkel der Kameras drehen ...«

»... von denen wir nicht wissen, wo sie überall sind. Ganz abgesehen davon, dass in den Computern Spyware sitzen könnte. Man will ja wissen, was die Kids so spielen.«

»Vielleicht sollten wir es einfach versuchen«, schlug Mike vor. »Frechheit siegt.«

»Probieren wir es. Mit einer Platte. Ich hole meine.«

Eine Minute später hatte er die Box zwischen die Seiten eines Modemagazins geschoben, das Diana für die Reise mitgenommen hatte. Wer genau hinsah, bemerkte natürlich dessen ungewöhnliches Format. Aber wer sah heutzutage schon genau hin?

Sie schlenderten zu den Hubs. Niemand hielt sie auf. Im Spielecenter saßen einige Kinder und Betreuer vor den Screens. Bei ihrem Eintreten würdigten die Spielenden sie keines Blickes. Greg und Mike stellten sich zu einer Frau, Mitte dreißig, schätzte Greg, Brille, Hoodie, Jeans, die zwei Jungen beim Anflug auf eine Stadtlandebahn zusah.

»Komische Situation da draußen«, eröffnete Mike das Gespräch.

»Kann man sagen«, erwiderte die Frau, ohne den Blick von dem Bildschirm zu nehmen. Erst als die Jungs aufgesetzt hatten, wandte sie sich ihnen zu.

Mike streckte ihr die Hand entgegen. »Mike.«

»Meredith«, stellte sich die Frau vor. »Die Kids nennen mich Mary.« Die beiden Jungen steuerten den Flieger zu seiner Parkposition. Greg stellte sich auch vor.

»Wie kommen die Kids mit der Situation zurecht?«, fragte er dann.

»Okay«, sagte Mary. »Für die meisten ist es inzwischen ein großes Abenteuer.«

»Die beste Art, damit umzugehen«, meinte Greg.

Mike setzte sich auf eines der Sitzobjekte neben Mary. Das Magazin mit seinem ungewöhnlichen Inhalt legte er außerhalb ihrer Sicht.

»Mary, wir haben eine Frage: Gibt es hier oder woanders einen Laptop, den wir verwenden können?«

»Spielen können Sie hier auf jedem Terminal«, antwortete Mary. »Auch wenn das normalerweise für die Kinder vorgesehen ist. Aber was ist gerade normal?«

»Eben«, sagte Mike. »Wir wollen nicht spielen. Wir brauchen einen Laptop. Und ein Kabel, um eine externe Festplatte anzuschließen.«

Nun musterte Mary sie kritisch.

Mike zuckte mit den Schultern. »Unsere eigenen Computer durften wir ja nicht mitbringen.«

»Aber externe Festplatten schon?«

»Vielleicht hilft uns der Laptop dabei herauszufinden, was hier abgeht«, sagte Greg.

Mary blieb skeptisch. Doch ihre Augen zeigten, dass Greg sie neugierig gemacht hatte.

»Ich habe einen«, gestand sie. »Bei uns im Haus.«

»Und auch ein Kabel?«

»Ja.«

»Würden Sie ihn uns leihen?«

Mary sah sich um, als fühle sie sich beobachtet.

»Okay«, sagte sie mit gesenkter Stimme.

»Aber wir dürfen nicht in den Wohnbereich. Sie müssten ihn herbringen. Ohne dass jemand etwas bemerkt.«

»Ich muss nur kurz Tim da drüben Bescheid sagen, dass er meine beiden Kinder hier im Auge behält.«

»Was hat die da drin gemacht?«, fragte John den Operator, als auf dem Bildschirm die Erzieherin das Wohnhaus wieder verließ. Sie trug ein lockeres Hemd über einem T-Shirt und Jeans.

Auf den übrigen Bildschirmen die gewohnten Szenarien. Menschen in Räumen. Wiesen, Gebäude, ab und zu Soldaten oder Fahrzeuge. Alles ruhig.

Der Operator spielte die Aufzeichnung im Zeitraffer ab.

»Sie ging kurz in ihr Schlafzimmer. Dort gibt es keine Kameras. Dann kam sie wieder raus. Das war's.«

Auf dem Monitor setzte sie sich in den Cart und fuhr aus dem Bildausschnitt. Der Operator schaltete zu einer anderen Kamera, um ihr zu folgen, bis sie wieder den Hub erreichte, in dem sie die zwei Gäste angesprochen hatten.

»Hm«, murmelte Lawsome. »Was ist da los?«

Jessica hastete über die Flure, bellte in ihr Headset: »Was?«

Permanent wollte jemand etwas von ihr. Diesmal ein Operator aus der Sicherheitszentrale.

»Ich habe hier einen Anwalt in der Leitung, der behauptet, Doktor Winthorpe zu vertreten, und ihn sprechen möchte. Er hat über die Medien von der Abriegelung des Geländes gehört.«

»Sagen Sie ihm, dass der Doktor beschäftigt ist«, schnappte Jessica. »Er meldet sich, sobald er Zeit dafür hat. Sollte er lästig bleiben, schicken Sie jemanden hin und setzen ihn fest.«

Sie hatte das Labor, in das Rich sie gebeten hatte, erreicht und beendete die Verbindung.

Als sie die drei Mitarbeiter der Centers for Disease Control entdeckte, musste sie einen spontanen Kloß im Hals hinunterwürgen. Neben ihnen versammelten sich um den Arbeitstisch Rich, Tom, Jaylen, Cara Movelli und Stanley Winthorpe.

»Was gibt's?«

»Wir haben die ersten Analysen«, sagte Rich.

Wie üblich verstand Jessica nichts von den Buchstabenkolonnen und Strichlinien auf dem Monitor. Hätte bestenfalls geahnt, worum es sich handelte. Wären darüber nicht die Porträts und Namen der Kinder eingeblendet gewesen. Eugene, vier weitere und ein Neugeborenes. Kendra.

»Eugene, die vier zufällig ausgewählten Kinder und die kleine Kendra besitzen tatsächlich ein außergewöhnliches Genom«, erklärte Rich.

»Ihr Erbgut wurde also manipuliert?«, fragte Jessica nach.

»Ja.«

Jessica hörte ihren Atem, das Blut in den Ohren. Bis jetzt war es nur eine Wahrscheinlichkeit gewesen.

Vor ihrem inneren Auge sah sie Jamie und Amy. Neben Eugene und den anderen hier.

»Ja«, bestätigte Rich die unausgesprochenen Gedanken der Taskforce-Mitglieder. »Zeitenwende.«

Die Wissenschaftler dagegen wirkten entspannt. Fast stolz. Bis Tom sie fragte, und dabei zitterte seine Stimme vor Wut: »Was haben Sie sich dabei gedacht?! Was haben Sie *getan*?!«

74

»Schon verrückt, wie schnell man in so einer Situation paranoid wird«, bemerkte Mike, als sie in seinem Zimmer den Laptop hinten aus seiner Hose zogen, wo er ihn unter dem Hemd an seinem breiten Rücken versteckt hatte.

Nebeneinander setzten sie sich an den Schreibtisch, starteten das Gerät, steckten die Festplatte an.

In einem Fenster auf dem Bildschirm erschienen Dutzende Ordner. Ihre Namen – Zahlen-Buchstaben-Kombinationen – ergaben für Greg keinen Sinn. Mike klickte einen beliebigen an. Darin befanden sich noch mehr Ordner mit obskuren Bezifferungen. Wieder klickte er auf einen. Dokumente. Texte. Bilder. Klick. Ein Bild.

»Was... zum Teufel... ist...« Mike beendete seine Frage nicht. »Heilige Scheiße!«

Stumm starrten sie auf den Bildschirm. Das nierenförmige Ding auf dem Schwarz-Weiß-Ultraschallbild erinnerte Greg an die Aufnahmen von Embryos in einer frühen Entwicklungsphase. Er war kein Mediziner, aber irgendetwas stimmte damit nicht.

»Was...?« Greg verstand es noch immer nicht. Er deutete auf eine Stelle auf dem Monitor. »Ist... das... ein Auge?«

Mike nickte.

»Und das? Eine Hand?«

»Sieht so aus«, flüsterte Mike.

»Die gehört da nicht hin.«

Er öffnete weitere Bilddateien. Seltsame verborgene Gebilde, die, so viel erkannte Greg, noch weniger Ähnlichkeit mit Menschen zeigten als menschliche Embryos in den ersten Wochen.

Langsam klickte er sich durch die Galerie.

Stöhnend wandte er sich ab, als Farbfotos abgegangener missgestalteter Föten erschienen. Musste dann doch wieder hinsehen und weitermachen. Er fühlte sich wie beim Besuch eines Monstrositätenkabinetts alter pathologischer Sammlungen. Keiner von ihnen sprach ein Wort. Irgendwann schloss Greg die Augen, ließ sich gegen die Stuhllehne fallen.

»Mein Gott!«, stöhnte er.

Als er die Augen wieder öffnete, hatte Mike verschiedene Textdateien geöffnet.

»Sieh her.«

Der Text bestand aus medizinischem Kauderwelsch. Greg verstand nichts. Überschrift, Zahlen, Daten.

Mike wies ihn auf eine Zeile hin.

»Schau, die Jahreszahl: 2004. Und hier: Abortus.«

Er öffnete weitere Ordner, Bilder, Texte.

»Fuck!«, keuchte er. »Unsere Frauen dürfen das niemals sehen.«

»Was dürfen wir niemals sehen?«, fragte Dianas Stimme von der Tür. »Was ist los mit euch? Wo steckt ihr? In fünf Minuten müssen wir alle im Speisesaal sein. Vergessen? Habt ihr eure Ausweise dabei?«

Greg sprang auf, verstellte Diana und Helen die Sicht auf den Laptop, während hinter ihm Mike das Gerät zuklappte und versuchte, die Festplatte verschwinden zu lassen.

»Zeit übersehen«, sagte er. »Wir kommen.«

Diana kramte ihren Ausweis aus einer Reisetasche, steckte ihn in ihre Gesäßtasche.

»Und was dürfen wir niemals sehen?«, wollte jetzt auch Helen wissen. Greg schluckte. Er wusste, dass sie nicht so einfach aufgeben würde.

»Alles dürft ihr sehen«, erklärte Mike neben ihm und drängte sie Richtung Ausgang. »Später. Los, gehen wir.«

»Nichts da«, beharrte Helen. Die kleine, flinke Diana war bereits an ihnen vorbei.

»Was ist das für ein Laptop?«, fragte sie, während Mike noch versuchte, sich zwischen sie und das Gerät zu schieben.

»Ausgeliehen von einer Betreuerin«, erklärte Greg.

Diana warf Mike einen eindeutigen Blick zu: Lügen, Ausreden, Hinhalten – sinnlos.

»Das wollt ihr nicht sehen«, flehte Mike. So hatte Greg ihn noch nicht gehört. Doch sie hatten keine Chance mehr. Schon hatte Diana die Festplatte entdeckt, die Mike auf dem Boden an die Seitenplatte des Schreibtischs gelehnt hatte. Daneben das Kabel. Verbotene Früchte. Immer die besten. Fast immer.

»Das sind die Aufzeichnungen, bevor Wolfson an besagtem Tag *New Garden* verließ und das Kuvert aufgab«, erklärte der Soldat mit dem Namen Ed auf dem Brustschild. »Wir konnten drei Tage weitestgehend rekonstruieren. Aber es existieren auch Lücken von insgesamt mehreren Stunden, wenn er sich in nicht überwachtem Gebiet aufhielt.«

New Gardens Sicherheitschef Sam Pishta verhielt sich kooperativ, soweit Jessica das bislang mitbekommen hatte. Sofort hatte er ihnen alle Videos zur Verfügung gestellt. Vier Mitarbeiter standen Jessicas Leuten permanent für Informationen und Führungen zur Verfügung.

»In diesen drei Tagen taucht er nirgends mit dem Kuvert auf«, erklärte Ed. »Und auch niemand anders in seiner Umgebung. Auch Eugene nicht. Was nichts bedeutet. Sie könnten es zum

Beispiel am Körper versteckt getragen und an unbeobachteten Orten übergeben haben.«

»Wussten sie denn von der Überwachung?«

Ed zuckte mit den Schultern.

»Schwer zu sagen.«

Neben Ed saß Said. Auch er spulte die Aufzeichnungen im Schnellrücklauf ab. »Das sind die Aufnahmen zu Eugene aus diesen Tagen. Nichts Auffälliges, soweit ich es beurteilen kann. Für die Videos aus den Laboren brauche ich noch Spezialisten, die sie sich genauer ansehen. Wann bekommen wir die?«

Sie waren auf diese Situation nicht vorbereitet. Inzwischen befanden sich über fünfhundert Soldaten, Polizisten und FBI-Beamte in und um *New Garden*. Aber sie benötigten wenigstens zweihundert Genetiker, hatte Rich behauptet, um auch nur die notwendigsten Informationen schnell zu sichten und zu überprüfen. Es war wie ein Erdbebeneinsatz, zu dem überraschend eine Flut hinzugekommen war. Und eine Pandemie. Und ein Kometeneinschlag. Sie waren gezwungen zu improvisieren. Und Prioritäten zu setzen.

»Ich sehe zu, was ich tun kann«, sagte Jessica.

Aus dem grauen Himmel über San Diego benetzten einzelne Tropfen Jessicas Haut. Sie legte den Kopf in den Nacken, schloss die Augen und wartete auf die nächste feuchte, kühle Berührung ihres Gesichts.

Für ein paar Minuten hatte sie eine Auszeit von dem Wahnsinn genommen. Sich einen der wenigen ruhigen Orte an einer windgeschützten Wand gesucht. Seit ihrer Ankunft in *New Garden* hatte sie keinen Moment zum Nachdenken gehabt. Eine Entscheidung nach der anderen treffen müssen. Geschlafen hatte sie höchstens wenige Minuten am Stück. Und das auch nur, wenn sie irgendwo aus völliger Erschöpfung eingenickt war und die anderen sie gnädig für eine Weile in diesem Zustand belassen hatten.

Nun besaßen sie also Gewissheit: Ab sofort schrieben die Menschen endgültig ihre eigene Geschichte. Und vielleicht hatten sie gerade das E von »Ende« getippt. Oder das A von »Anfang«. Aber wovon?

Einzelne Tropfen tippten auf ihre Nase, ihre Wangen, die Stirn wie nasse, kalte Fingerspitzen. Jessica öffnete die Augen, suchte in den grauen Schwaden nach Mustern oder Figuren, wie sie es im Sommerhimmel und seinen großen weißen Haufenwolken manchmal mit ihren Kindern tat, wie sie selbst als Kind ihre Fantasie hatte spielen lassen.

Sie kramte in der Innentasche ihrer Jacke, fand das schmale Portemonnaie. Zog das Bild heraus. Amy und Jamie grinsten sie an, sonnengebräunt, strahlende Riesenaugen, die Haare vom Meereswind zerzaust, einer dieser für die Ewigkeit gebannten Glücksmomente, perfekt. Der Bildrand war abgegriffen und angegraut, ein Knick im Papier streifte Amys Stirn. Von fern hörte sie die anderen Kinder herumtollen.

»Deine?«

Jessica hatte Rich nicht kommen gehört. Sie nickte.

»Du hast auch zwei«, erinnerte sich Jessica.

»Fünfzehn und siebzehn, auch Junge und Mädchen«, sagte er.

»Du siehst sie zu selten, meintest du.«

»Hast du dir sogar gemerkt. Besser für die zwei.« Er versuchte zu lachen, was ihm nicht gelang.

Auf das Bild platschte ein fetter Tropfen. Jessica wischte ihn mit dem Ärmel ihrer Jacke fort. Dann über ihre Wange, von wo er gekommen war.

Rich hatte es bemerkt. Vorsichtig legte er eine Hand um ihre Schulter und drückte sie sanft. Sie ließ es geschehen. Sie brauchte das jetzt. Er auch.

»Was wird aus ihnen werden?«, sinnierte sie bang.

»Meinst du unsere?«, fragte Rich. »Oder … diese hier?«

»Alle«, sagte Jessica.

75

Jessica, Rich, die übrigen Taskforcemitglieder, Stanley Winthorpe und Cara Movelli standen an der Rückseite des Patios aufgereiht, eine kleine Armee von Soldaten sicherte das Areal, als die sechs Hubschrauber auf der Wiese daneben landeten. Leibwächter sprangen heraus, konzentrierte Bewegungen, hinter Sonnenbrillen prüfende Blicke in alle Richtungen. Nach unauffälligen Zeichen der Freigabe folgten die weiteren Passagiere. Aus dem dritten Helikopter stieg die Präsidentin. Aus den anderen einige Minister, Sicherheitsberater und Mitglieder der Ethikkommission. Zwölf Personen waren Jessica angekündigt worden. Die Sicherheitsmaßnahmen auf dem Areal hatten sie noch einmal verstärkt. Zielstrebig lief die Präsidentin mit flatternder Kleidung auf Jessica zu, den Rest der Truppe im Schlepptau.

Jessica stellte Stanley Winthorpe und Cara Movelli vor.

Die Wissenschaftler und die Präsidentin maßen sich mit Blicken. Die Führerin der Vereinigten Staaten, eine der Mächtigsten der Welt. Und die Mitschöpfer von Lebewesen, die zwar Menschen waren, aber selbst dieser mächtigen Frau in vielerlei Hinsicht überlegen. Ebenso wie ihren eigenen Schöpfern. Wer von ihnen würde am Ende mehr Einfluss auf die Gestaltung der Zukunft gehabt haben?

»Na, dann«, sagte die Präsidentin, »zeigen Sie uns Ihre schöne neue Welt.«

In der darauffolgenden Stunde führten Jessica, Stanley und Cara die Präsidentin über die Anlage. Zeigten ihr einen Übersichtsplan, ein Werbevideo, mit dem Winthorpe und Partner Befruchtungskliniken rekrutiert hatten und das eine knappe, gut verständliche Übersicht auf Idee, Geschichte, Konzept und Durchführung lieferte. Einen Zusammenschnitt von Studienvideos, die Kinder in den verschiedensten Entwicklungsstufen zeigten, wie sie komplexe mathematische Probleme diskutierten und zur Verblüffung ihrer Lehrer lösten, innovative Experimente in Computersimulationen und Laboren durchführten sowie außergewöhnliche sportliche Leistungen erbrachten. Sie besichtigten die Anlage, bis sie zuletzt zu einem der Wohnhäuser gelangten.

Trotz der Fähigkeiten, die sie bei den Kindern auf den Videos gesehen hatten, schien Jessica die Situation lächerlich. Der Präsidentin ging es offensichtlich ebenso. Als zwei bewaffnete Kampfmonster sie in das Haus begleiten wollten, wehrte sie ab.

»Das sind Kinder«, sagte sie und trat ohne sie ein.

»Ist er da drin?«, flüsterte sie Jessica zu.

Jessica folgte ihr und hielt ihr das Smartphone mit einem Foto der Notiz, die bei Jill Pierces Kleidung in Boston gefunden worden war, vor die Nase. *Achtet auf Gene! Er ist gemeingefährlich!*

Nach Jessicas Briefing hatte die Präsidentin darauf bestanden, den seltsamen Jungen kennenzulernen.

»Ja. Wir haben ihn bereits eine Weile abgesondert und befragt, aber das hat nichts gebracht. Deshalb ließen wir ihn vorerst zu seiner Familie zurück.«

Die Präsidentin nickte und betrat das geräumige Wohnzimmer, in dem sich fünf Kinder und ebenso viele erwachsene Betreuer versammelt hatten.

»Die meisten Kinder schlafen schon«, klärte Jessica die Präsidentin leise auf. An den Wänden des Raums standen ein halbes

Dutzend bewaffnete Uniformierte. Zwei Kinder schienen sich an ihre Anwesenheit gewöhnt zu haben und spielten unbefangen auf Tabletcomputern. Zwei saßen auf dem Schoß ihrer Erzieher, die beruhigend auf sie einredeten, leise sangen oder ihnen über den Kopf streichelten. Die Jüngsten wirkten nicht älter als zwei Jahre. Was täuschen konnte, wie Jessica inzwischen wusste, auch wenn sie es noch immer nicht glauben wollte. Eugene wischte und tippte auf einem Tablet.

»Die sehen ganz normal aus«, flüsterte die Präsidentin Jessica zu.

Als die gesamte Entourage in den Raum drängte, richteten sich alle Blicke auf sie. Teile des Trosses mussten auf dem Flur bleiben, streckten sich und tippelten auf ihren Zehenspitzen, um einen Blick zu erhaschen.

Jessica wisperte der Präsidentin ins Ohr: »Der dunkel gelockte Junge da drüben, das ist Eugene.«

Die Präsidentin nickte fast unmerklich. Der Junge hatte das Tablet zur Seite gelegt und blickte ihnen abwartend entgegen.

»Hallo Kinder! Guten Tag auch den Erwachsenen! Ich freue mich, Sie kennenzulernen!«

Mehrstimmige Erwiderungen, schüchtern. Gespannt warteten alle auf eine Ansprache der Präsidentin. Als sie ansetzte, erhob sich Eugene.

Die Soldaten an den Wänden spannten sich. Eugene trat in den leeren Raum vor der Präsidentin. Auf dem Fuß folgte ihm ein Soldat, der sich nicht einmal durch einen verärgerten Blick der Präsidentin aufhalten ließ.

»Wen haben wir denn hier?«, fragte sie, während auch die anderen Soldaten unruhig wurden. Statt ihre geplante Ansprache zu halten, bückte sich die Präsidentin, um auf Augenhöhe mit dem Jungen zu sein, eine spontane Geste, die Jessica gefiel, auch wenn sie nicht sicher war, dass sie geschickt war. Sobald sich ihre

Blicke auf gleichem Niveau trafen, sagte Eugene mit seiner Kinderstimme: »Tust du nicht.«

Du. Fast hätte Jessica gegrinst, doch dafür war die Situation zu ernst. Der Soldat hatte seine Hände nur wenige Zentimeter griffbereit über Eugenes Schultern, wovon sich der Junge nicht im Mindesten beeindrucken ließ.

Die Präsidentin lächelte routiniert. Eugene ließ sie nicht antworten. »Du glaubst immer noch nicht, was du gehört und gesehen hast. So wie die Hälfte deiner Begleiter dahinten. Alles aufgeblasen, denkst du. Halb so wild. Wunder hast du auch keine gesehen. Die andere Hälfte ist schlauer. Und hat die Hosen gestrichen voll. Oder kocht vor Zorn.«

Die Präsidentin hielt ihr Lächeln.

»Du bist also ein besonders cleverer Junge«, sagte sie.

»Clever genug, um herauszufinden, was ich eigentlich bin«, antwortete Eugene. »Clever genug, um es von denen« – er deutete Richtung Cara und Stanley – »unbemerkt zu tun. Viel cleverer, als sie geplant hatten.« Er grinste die Präsidentin an. »Und viel cleverer als du.«

Das Lächeln der Präsidentin wurde zur Maske.

Bevor sie antworten konnte, fuhr Eugene fort. »Ich bin nicht nur clever. Ich bin eine neue Art. Na ja, nicht wirklich. Aber so gut wie.« Er zuckte mit den Schultern. »Doch wir werden miteinander auskommen«, sagte er lauter als zuvor, auch an alle hinter der Präsidentin gerichtet. »Die Typen da« – wieder auf Stanley, Cara zeigend – »haben sich dazu schon eine Menge Programme ausgedacht.« Er weidete sich an Caras und Stanleys offensichtlicher Überraschung. »Ja, Stan, Cara, ich weiß noch mehr, als ihr dachtet. Ihr hättet eure IT besser schützen sollen. Sie zu hacken war kinderleicht.« Er lachte. »Wortspiel!«

Cara Movelli hatte in ihren Erklärungen Jessica gegenüber die Integrationsprogramme in einem Halbsatz erwähnt.

»Wie auch immer, diese Pläne sind erstens etwas eindimensional aus eurer Sicht formuliert. Unsere Perspektive fehlt. Außerdem geht ihr von einer viel zu langsamen Entwicklung aus. Deshalb werden wir diese Pläne überarbeiten.« Zunehmend fasziniert und beunruhigt verfolgte Jessica Eugenes Auftritt. Natürlich lag es am Kontrast zwischen seinem kindlichen Äußeren, der Knabenstimme und den gewählten, erwachsenen Formulierungen. Hier sprach kein kleiner Junge. Vielmehr schien er sich auf Augenhöhe mit der Präsidentin zu sehen. Mindestens. Auf die sie sich freiwillig begeben hatte. Wenn auch aus anderen Gründen. Unglaube. Mangelnde Vorbereitung. Falsche Einschätzung. Ohne Geplänkel hatte er der Führerin der freien Welt das Heft aus der Hand genommen und den Rahmen für die Diskussion abgesteckt. War direkt in Verhandlungen zweier Feldherren getreten. Jessica hatte ihren eigenen Sohn auch schon großspurig erlebt. Dabei jedoch unwissend. Ahnungslos. In Kindersprache. Süß oder penetrant. Aber nicht bedrohlich. Eugene war anders. Von ihrem Kreuz ausgehend wanderte eine harte Gänsehaut über Jessicas Rücken.

»Damit du diese Planung nicht auf die lange Bank schiebst, werden wir sie hier und gemeinsam machen.«

»Nun, Eugene, richtig?«, versuchte die Präsidentin das Ruder wieder in die Hand zu bekommen. »Das entscheiden wohl …«

»Ich«, unterbrach der Junge sie unverschämt mit seiner Piepsstimme. »Und niemand wird das Gelände verlassen, bis wir uns geeinigt haben.«

»Ich denke …«, setzte die Präsidentin erneut an. Das Lächeln war aus ihrem Gesicht verschwunden.

Eugenes Lächeln hingegen wurde noch freundlicher. »Empfehle ich zumindest«, unterbrach er sie erneut, als sei die Präsidentin eine lästige Querulantin. Am erstaunlichsten fand Jessica, dass die Präsidentin es zuließ. »Falls du dich fragst, warum ihr bleiben solltet, seht euch Projekt 671F/23a aus Jills Daten an. Und geht davon aus, dass es auf dem Campus bereits eingesetzt wird.«

Noch ein Blick Jessicas zu Cara. Hilfloses Schulterzucken.

»Ich sage nur Kendra«, fügte Eugene beinahe schadenfroh hinzu und jagte Jessica damit einen weiteren Schauer über den Rücken.

Vielleicht hatte Jill Pierces Warnung ihre Berechtigung. Oder steckten die beiden unter einer Decke?

»Eugene«, sagte Jessica, sich des Risikos bewusst, dass sie damit in das Gespräch zwischen Eugene und der Präsidentin zu einem Zeitpunkt intervenierte, der die Präsidentin nicht gut aussehen ließ. Aber vielleicht ließ er sich in diesem Überlegenheitsmoment hinreißen. »Weißt du, wo Jill ist?«

Die Frage irritierte ihn für einen Augenblick, bevor er unwirsch antwortete: »Ich bin doch nicht ihr Aufpasser.«

»Ich hätte gute Lust, den Rotzlöffel bei Brot und Wasser in ein Verlies zu werfen!«, fauchte die Präsidentin vor der Haustür inmitten der Runde ihrer Begleiter. »Was bildet der sich ein?! Macht mich da drinnen vor allen zum Kasper!«

Sie fuhr Rich an. »Von welchen Projekten sprach der Bengel?«

»Wahrscheinlich von den Daten des Mädchens am MIT, die kürzlich entdeckt wurden«, erklärte der Professor nüchtern.

»Und die haben Sie noch nicht untersucht?«

»Es sind Unmengen. Wir sind noch dabei, uns einen Überblick zu verschaffen.«

»Dann wissen Sie ja, wonach Sie als Nächstes zu suchen haben. Wie lange wird es dauern, bis ein brauchbares Ergebnis vorliegt?«

»Falls wir etwas finden, haben wir womöglich schon nach einer Stunde einen ersten Überblick. Falls.«

»Finden Sie etwas. Und machen Sie eine halbe Stunde daraus.«

Sie wandte sich noch einmal dem Haus zu, die Fäuste in die Hüften gestemmt.

»Und was machen wir mit dem unverschämten Kerl da drinnen? Eine Lektion braucht er auf jeden Fall.«

»Er spielt mit uns«, meinte Jessica. »Er verrät immer nur, was ihm gerade passt und wann es ihm passt. Wir haben wenig Handhabe.«

»Quatsch! Von dem Balg lassen wir uns nicht auf der Nase herumtanzen! Himmel! Wir haben inzwischen *Beweise*! Von hier kam das Killervirus! Was, wenn hier noch ganz andere Biowaffen gezüchtet werden? Noch schlimmer: Hier werden Designerkinder gezüchtet!« Interessante Bewertung, dachte Jessica. »Und dieser Junge weiß eine ganze Menge darüber. Teilweise mehr als seine Schöpfer, wie mir scheint! Das ist ein absoluter Ausnahmezustand! Der verlangt außergewöhnliche Maßnahmen!«

Jessica ließ die Kopfwäsche mit innerem Lippenkauen über sich ergehen. In dieser Situation konnte sie nur verlieren. Hielt sie sich an die Gesetze, warf man ihr – wie jetzt – mangelnde Initiative und Durchsetzungsfähigkeit vor. Hätte sie Eugene härter angefasst, würde man es ihr womöglich ebenso vorhalten. Gehörte zum Job.

»Sorgen Sie dafür, dass er verrät, was er weiß«, forderte die Präsidentin. »Isolieren Sie ihn von den anderen. Befragen Sie ihn strenger als bisher. Dann wird er schon plaudern. Ist ja kein geschulter Terrorist, der auf Verhöre eingestellt wurde. Oder lassen Sie ihn von jemand anders befragen, wenn Sie meinen, dass der es besser kann. General?«

»Jederzeit, Mrs. President.«

Aus Jessicas Gesicht wich das Blut. Strenge Befragung? Kein Terrorist, der auf Verhöre eingestellt wurde? Welche Methoden stellte sich die Frau vor? Hatte sie tatsächlich Folter angedeutet? Gegenüber einem Zehnjährigen?! Welch absurde Idee! Zumal man sehr genau wusste, dass Folter keine brauchbaren Informationen brachte, sondern nur niedrige Rachetriebe und perverse Gewaltfantasien befriedigte. Aber das scheinbar auch an höchster Stelle.

»Bei ihm wie bei jedem anderen Verdächtigen bekommt man am ehesten zuverlässige Informationen, wenn man Vertrauen aufbaut.«

»Hat bisher schon prächtig funktioniert«, höhnte Jaylen.

Fall du mir jetzt in den Rücken!

»Er ist trotz allem ein Kind«, wandte Jessica ein.

»Er ist einer gegen Hunderte Millionen Amerikaner«, stellte die Präsidentin fest. »Wer ist wichtiger?«

Das sollten Sie am besten wissen, dachte Jessica abgestoßen. Menschenrechte. Wer sie einem Menschen abspricht, kann sie auch für niemand anders verteidigen. »Er hat Rechte. Als Kind sogar besondere.«

»Das werden wir als Nächstes diskutieren«, sagte die Präsidentin, nun wieder souveräner. »Nach allem, was ich höre, stellt sich die Frage, ob er ein Kind ist... oder ein Mensch... was er überhaupt ist. Meine Herren?«, forderte sie ihre Entourage auf, wirbelte herum und stapfte zu den wartenden Elektrocarts. Noch einmal wandte sie sich an Jessica. »Ich hoffe, Sie haben mich nicht missverstanden.« *Das* nun hatte Jessica genau verstanden. Die Präsidentin hatte ihr gar nichts befohlen. Offiziell.

Jessica und zwei FBI-Männer brachten Eugene in den Verhörraum. Dieser eine Befehl war eindeutig gewesen: Isolieren Sie ihn. Den konnte Jessica weder missverstehen noch verweigern. Vertrauen zu dem Jungen baute sie so nicht auf.

Gleichzeitig entdeckten sie und Eugene die beiden abgedeckten Überwachungskameras in den Ecken unter der Decke.

»Was soll das?«, fragten sie die FBI-Männer wie aus einer Stimme.

Obwohl Jessica sofort begriff: Sie zeigten dem Jungen die Instrumente. Ihr wurde übel dabei.

»Hängen Sie das sofort ab!«, befahl sie den Männern.

»Aber...«, setzte einer an, doch sie unterbrach ihn wütend: »Sofort, habe ich gesagt!«

»Good Cop, bad Cop?«, fragte Eugene. Er schien nicht beunruhigt.

»Bad Cops gibt es hier nicht«, erklärte Jessica. »Danke«, sagte sie kühl zu den beiden Beamten, nachdem sie die Kameras befreit hatten, und schickte sie hinaus. Sie setzte sich an den Tisch und forderte Eugene auch dazu auf. Der Junge blieb lieber stehen, eine Hand in der Hosentasche. Betrachtete sie. Sah sich um. Zu den Kameras. Wieder zu ihr.

»Du hast die Präsidentin sehr verärgert«, erklärte sie.

»Dann wäre sie äußerst unsouverän und für ihren Job denkbar ungeeignet«, sagte Eugene. »Deutliche Worte waren notwendig. Ich glaube, sie hat noch nicht ganz verstanden, worum es hier geht.«

Wer hat das schon, dachte Jessica. Wenn die Kameras jetzt mitliefen, amüsierten sich die Operatoren vermutlich köstlich. Oder empörten sich über den Frechdachs. Auf jeden Fall würde die Präsidentin früher oder später die neuerlichen Provokationen hören. Das wusste Eugene ganz genau.

Er setzte sich und rieb sich die Augen.

»Ich bin müde«, erklärte er mit roten, hängenden Lidern, plötzlich ganz kleines Kind. Den Trick hatte sie schon einmal erlebt. Vielleicht war es diesmal keiner. Es war spät. Bei dem Gedanken musste Jessica ein Gähnen unterdrücken. Wie viel hatte sie in den letzten Tagen geschlafen?

»Ich auch«, sagte sie mitfühlend. »Du kannst ganz schnell ins

Bett, wenn du uns sagst, was du weißt. Denn dass du eine Menge weißt, hast du der Präsidentin gegenüber zugegeben.«

»Ich rede nur mit ihr«, erklärte er quengelig.

»Das ist nicht nett«, meinte Jessica. »Ich höre dir auch zu.«

Eugene starrte sie mit hängenden Schultern an.

»Was willst du denn wissen?«, fragte er leise.

Jetzt keinen Fehler machen. Mit bekannten, weniger bedrohlichen Themen beginnen.

»Weißt du, wer Kendras Genom manipuliert hat?«

»Ich«, antwortete er schulterzuckend. »Hat Wolfson doch gesagt.«

»Wie hast du das gemacht?«

»In den Schullaboren. Da schaut keiner so genau hin.«

»Und was hast du da gemacht?«

»Das ist zu kompliziert für dich.«

Mistkerl! Sollte sie ihm glauben? Sie benötigte Beweise. Informationen, die nur er besitzen konnte.

»Versuch, es mir zu erklären.«

»Morgen«, sagte er, legte die Hände auf den Tisch, den Kopf darauf und schloss die Augen. »Oder der Präsidentin. Jetzt muss ich schlafen.«

Jessica betrachtete ihn ein paar Sekunden. Schlafende Kinder weckten in ihr besondere Schutzgefühle.

Bei Eugene jedoch war sie sich nicht sicher. Spielte er wieder einmal mit ihr? Sollte sie ihn wach halten? Müde Kinder waren unerträglich. Sie musste nur an ihre beiden denken. Wenn er wirklich müde war, würde sie nichts mehr erreichen. Wenn er bluffte? Hatte es nicht geheißen, dass er nur drei Stunden Schlaf benötigte?

»Eugene?«, fragte sie und rüttelte ihn sanft an der Schulter. »Wir sind noch nicht fertig.«

Der Junge schüttelte sich ein wenig, ohne den Kopf zu heben

oder die Augen zu öffnen, und gab ein schwaches »Hmmhm«
von sich.

Schlafentzug war eine Foltermethode.

Leise stand Jessica auf und verließ den Raum.

76

»Nun, wir haben in den USA solche Experimente nie explizit verboten«, erklärte Donald Blithers, Juraprofessor in Yale, in dem Moment, als Jessica den Konferenzraum betrat. »Verboten sind die Förderungen solcher Experimente aus öffentlichen Geldern. Privat darf man finanzieren, was man will. Die Federal Food and Drug Commission muss Experimente mit und das Freisetzen von gentechnisch manipulierten Organismen freigeben. Dagegen haben die Leute hier höchstwahrscheinlich verstoßen. Sämtliche Diskussionen sind jedoch sowieso hinfällig. Die Kinder sind da.«

Exakt, dachte Jessica, so wie meine auch. Die von den Eugenes dieser Welt in Zukunft belächelt würden. Blithers verstummte, und alle Blicke richteten sich auf Jessica, als die Präsidentin sie zu sich winkte. Leise fragte sie Jessica nach dem Verlauf der Befragung.

»Er braucht eine Pause«, wich Jessica aus, ohne zu lügen. »Und er will mit Ihnen sprechen.«

»Unverschämte Forderungen stellen! Waren Sie streng genug?«

»Angemessen«, sagte Jessica und suchte sich einen Platz am anderen Ende des Tisches. Blithers, der ihrer Unterhaltung indigniert gefolgt war, fuhr fort:

»Wir stehen nur mehr vor der Frage: Und jetzt?«

»Wir stehen vor einer viel größeren Frage«, warf George Vanouskaukis ein, Professor für Philosophie und Ethik in Stanford. »Die Grenzen des Menschseins wurden neu definiert. Und werden es in Zukunft laufend weiter. Auf beiden Seiten. Sind diese Kinder noch Menschen im herkömmlichen Sinn? Wenn nicht, was sind sie dann? Sind auf sie die Menschenrechte anzuwenden? Wenn sie die neuen Menschen sind, was sind dann wir? Wenn die Beschreibungen und Videos stimmen, werden wir für sie in ungefähr das sein, was kleine Geschwister oder sehr schlaue Menschenaffen für uns sind! Sind auf uns dann noch die Menschenrechte anwendbar? Das hier ist erst der Anfang!«

»Unsinn«, polterte Reginald Obfort, ebenfalls Ethikprofessor, Harvard. Seine Auseinandersetzungen mit Vanouskaukis waren legendär. »Natürlich sind wir alle Menschen!«

»Bestimmen die Philosophen, was ein Mensch ist?«, fragte Rich. »Vielleicht überlassen Sie das lieber Fachleuten wie uns Biologen.«

Obfort lachte höhnisch. »Den Fachleuten, die uns bis vor wenigen Stunden noch erklärt haben, dass wir Designerbabys frühestens in ein paar Jahrzehnten sehen werden, wahrscheinlich aber noch viel später oder gar nie? Diesen Experten? Ha! Ihnen überlasse ich noch nicht einmal meinen Hund zum Gassigehen!«

Punkt, dachte Jessica.

»Vielleicht könnten die Damen und Herren Biologen die Kinder zur invasiven Art erklären«, pöbelte er weiter. »Wie Karnickel in Australien oder Waschbären in Europa.«

»Oder Philosophen und Theologen in der Biologie«, biss Rich zurück.

»Meine Damen und Herren, vielleicht sollten wir uns vorerst auf die unmittelbaren Handlungsoptionen konzentrieren«, versuchte Blithers Dampf aus der Diskussion zu nehmen. »Ich sehe fünf Möglichkeiten. Erste Möglichkeit: Wir lassen den Dingen ihren Lauf. Vielleicht gar nicht uninteressant. Nach dem heutigen Großeinsatz fliegt die Sache eher früher als später auf. Danach wird eine weltweite Diskussion losbrechen. Und ein

Sturm auf die Institution, von willigen Möchtegerneltern und von Gegnern bis hin zu Anschlägen, machen wir uns nichts vor. Zweite Möglichkeit – und die würde ich vorerst kurzfristig so oder so vorschlagen: vorläufiges Moratorium, Eingrenzen und Geheimhaltung. Was nicht einfach wird, aber möglich sein müsste. Vorausgesetzt, dieses Mädchen wird gefunden, bevor es noch mehr Schaden anrichtet. Geheimhaltung, bis wir langfristige Entscheidungen getroffen haben. Dritte Variante: Übernahme der Einrichtung und des Know-hows durch den Staat, um es im Geheimen auszuwerten und weiterzuentwickeln. Rechtlich problematisch, aber vermutlich durchsetzbar. Außerdem ist die Frage zu klären: Weiterentwickeln zu welchem Zweck? Optimierung – das Wort wohlgemerkt in Anführungszeichen gesetzt – der amerikanischen Bevölkerung? Der Weltbevölkerung? Einer kleinen Elite? Nur gewisser Eigenschaften, etwa für militärische Zwecke? Vierte Möglichkeit: langfristig weiterentwickeln und geplant öffentlich machen. Das muss man verdammt gut vorbereiten! Soll die neue Technologie allen zugänglich sein? Zu welchen Bedingungen? Wie soll das überhaupt möglich gemacht werden? Welche Rechte und Pflichten haben die Eltern bei der Auswahl der zukünftigen Eigenschaften ihrer Kinder? Haben sie überhaupt welche? Wie sollen Menschen mit so unterschiedlichen Fähigkeiten in Zukunft zusammenleben? Wie schnell soll man einen derartigen Prozess zulassen? Kann man ihn überhaupt steuern? Um nur ein paar der Fragen aufzuwerfen. Allein die Diskussion und Gesetzesvorbereitung bedürfen realistisch betrachtet Jahre, eher Jahrzehnte. Wie sollen wir ein Projekt solcher Dimensionen über mögliche Regierungs- und Administrationswechsel hinweg geheim halten? Ganz zu schweigen von den internationalen Implikationen. Geben wir der ganzen Welt Zugang zu der Technologie? Können wir überhaupt verhindern, dass sie sie erhält? Oder sich holt? Wahrscheinlich nicht. Das heißt, die gerade angerissenen Fragen müssten auf internationaler Ebene geklärt werden.«

»Vergessen Sie es«, sagte die Präsidentin. »Das ist langfristig nicht geheim zu managen.«

»Das denke ich auch«, sagte Blithers. »Eine fünfte Option haben wir natürlich auch noch. Wobei, das möchte ich gleich vorausschicken: Für mich ist sie keine, ich muss sie nur der Vollständigkeit halber erwähnen.«

»Wir killen alle Beteiligten inklusive der Kinder, Eltern und Wissenschaftler, pulverisieren sämtliche Unterlagen und Erkenntnisse und versenken die Überreste an der tiefsten Stelle des Meeres«, kam ihm der General zuvor.

»Können Sie auch vergessen«, erklärte die Präsidentin sehr entschieden. »Wir reden von inzwischen mehr als tausend amerikanischen Bürgern nach allem, was ich bisher weiß. Darunter Kinder. Unschuldige Zivilisten.«

»Haben wir woanders auch keine Probleme damit«, wisperte Rich, sodass die Präsidentin es nicht hörte.

»Ob die Zivilisten unschuldig sind, wird sich noch weisen«, meinte Obfort. »Vielleicht haben sie sich beim Annehmen des Angebots oder Austragen der Kinder strafbar gemacht.«

»Dann die abgeschwächte Variante«, sagte der General. »Alle Beteiligten werden bis an ihr Lebensende an einem geheimen Ort interniert.«

»Ein Millionärs-Guantanamo?«, spottete Rich. »Spannend!«

»Werden wir bis auf Weiteres ohnehin tun müssen«, fuhr der General unbeirrt fort, »um die Sache unter Verschluss zu halten. Die Unternehmensleitung muss uns sofort die Daten sämtlicher externer Wissensträger aushändigen, vor allem der bereits schwangeren Frauen und Jungeltern und der involvierten Befruchtungskliniken, damit wir sie schnellstmöglich einfangen!«

»Für jedwede Entscheidung ist es viel zu früh«, sagte die Präsidentin. »Wie Professor Blithers feststellte, müssen unzählige Fragen geklärt werden. Dazu…«

»Wir brauchen Sie draußen!«, flüsterte eine Stimme in Jessicas Ohr. »Dringend!«

Jessica hatte gelernt, Besprechungen unaufgeregt zu verlassen, auch wenn es dringend war.

»Was gibt's?«, fragte sie vor der Tür.

»Wir haben einen Aufstand der Besucher.«

»Und? Den bekommen die Soldaten nicht unter Kontrolle?«

»Oberst Lawsome sagt, das müssen Sie persönlich sehen.«

Der Speisesaal war näher als das Überwachungszentrum, weshalb Jessica direkt hinfuhr. Lawsome traf gleichzeitig mit ihr ein. Schon von draußen sah sie den Tumult. Selbst durch die geschlossenen Türen hörte sie ein Brüllen wie das Brausen eines Sturms. Die Uniformierten hatten ihre Waffen auf die Menschen gerichtet. Aus der Menge heraus warfen einige Geschirr auf die Soldaten, das über den weggeduckten Köpfen an den Wänden zersplitterte. Die Soldaten wirkten deutlich unruhig. Vor ihnen wüteten weder islamistische Terroristen noch verarmte Kriegsopfer, die sie in fremden Sprachen bedrohten, noch nach rassistischen Polizeimorden wütend randalierende und plündernde Slumbewohner, kurz: nicht ihre gewohnten Gegner. Wahrscheinlich überraschte es sie, dass sich diese distinguierten Gut- und Bestverdiener genauso benahmen. Jessica fragte sich, was die Leute dermaßen aufbrachte. Abgesehen davon, dass sie seit zwei Stunden erneut ohne Angabe von Gründen festgehalten wurden.

»Wir versuchen sie seit einer halben Stunde zu beruhigen«, erklärte Lawsome. »Ohne Erfolg.«

Jessica riss die Tür auf. Blickte in ein Getümmel aus erhitzten Köpfen, wirren Haaren, geschwenkten Armen. Eine Gestank-wolke aus Angst, Schweiß und Kotze schlug ihr entgegen.

Jessica konnte lauter schreien, als die meisten Menschen einer Frau ihrer Statur zutrauten.

»Was ist los?!«, brüllte sie in den Raum.

Die Überraschungstaktik wirkte. Für einen Augenblick hielt der Saal die Luft an. Jessica nützte den Moment. Sie zeigte auf einen großen, sportlich wirkenden Mann im vorderen Bereich des Tumults. »Sie! Sagen Sie mir, was die Leute hier wollen.«

Als atme ein großes Tier aus, entwich der Zorn aus der Menge.

Der Angesprochene schob sich nach vorn.

»Mike Kosh«, stellte er sich vor. »Wir müssen mit Doktor Winthorpe sprechen. Sofort!«

»Sie müssen den Anordnungen der Soldaten Folge leisten«, stellte Jessica die Hierarchien klar. »Momentan haben wir höhere Prioritäten als Ihre Gespräche mit Doktor Winthorpe.«

Kosh wandte sich um, winkte jemanden in der Menge zu sich. »Greg!« Ein schlaksiger Mittdreißiger folgte dem Signal. Auf einem Arm trug er einen aufgeklappten Laptop, in der anderen Hand eine externe Festplatte. Neben Kosh angekommen, präsentierte er Jessica den Bildschirm und meinte: »Vielleicht ändert das Ihre Prioritäten.«

Zuerst wollte Helen nicht mitkommen, als sie erfuhr, wohin sie gehen sollten. Die Präsidentin. Persönlich. Deshalb hatte man sie hier eingesperrt. Helens spärliches Make-up war über ihr ganzes Gesicht verschmiert. Ihre Augen gerötet. Greg und Mike hatten sie gebeten, die Bilder nicht anzusehen. Mit Gewalt hatten sie ihnen den Laptop vorenthalten wollen. Helen und Diana hatten an einen Scherz geglaubt. Diana hatte Mike schließlich ausgetrickst. Mit-hilfe anderer im Speisesaal hatten sie Mike und Greg ferngehalten.

Praktisch alle Frauen hatten sich am Vortag oder morgens befruchtete Eizellen einsetzen lassen. Schon die ersten Bilder ließen sie erbleichen. Viele wollten nicht mehr hinsehen. Andere klickten weiter. Diskutierten mit zitternden Stimmen. Manche erbrachen das eben eingenommene Abendessen. Andere begannen zu weinen.

So wie jetzt wieder, während Jessica Roberts die Bilder der Präsidentin, den Mitgliedern der Ethikkommission und dem Trüppchen Wissenschaftler um Winthorpe präsentierte. Jessica hatte Helen, Diana, Greg, Mike und zwei weitere Paare als Abgesandte der Besucher mit zur Präsidentin genommen. Helen hatte sich mit Dianas Hilfe wieder notdürftig herzeigbar gemacht.

»Diese Bilder stammen aus früheren Phasen des Projekts«, rief Winthorpe schließlich. Er wandte sich an die Frauen: »Sie müssen keine Sorgen haben! Diese Fehlgeburten geschahen in den ersten Schwangerschaftswochen. Kein Kind kam jemals mit derartigen Missbildungen auf die Welt. Es hätte sie nicht überlebt!«

Helen schluckte zwei Mal schwer, um ihren Magen unten zu halten.

»Sie haben uns belogen!«, brüllte eine Frau mit sich überschlagender Stimme. »Sie sagten, wir bekommen gesunde Kinder!«

Andere fielen in ihre Klage ein, doch Winthorpe blieb ruhig. »Und dabei bleibe ich. Sie werden gesunde Kinder bekommen!«

»Diese Bilder sehen nicht so aus!«

»Aus Forschungszwecken haben wir sie natürlich dokumentiert. Damit wir es beim nächsten Mal besser machen können. Und inzwischen können wir es sehr gut! Wie Sie an den Kindern, die Sie in den letzten Tagen kennengelernt haben, sehen konnten.«

»Und wie viele kamen mit Missbildungen zur Welt?«, fragte die Präsidentin kühl dazwischen.

Winthorpe ließ sich auch von ihr nicht aus seiner abstoßenden Ruhe bringen. »Keines.«

»Das heißt, die Kinder entwickelten sich entweder wie gewünscht oder starben zu einem sehr frühen Zeitpunkt im Mutterbauch.«

»Ja«, erwiderte Winthorpe nach einem Zögern, das kaum wahrnehmbar war.

Zum Glück saß Helen.

»Nicht immer von selbst allerdings«, fügte Cara Movelli hinzu. Unter Winthorpes kaltem Blick ergänzte sie: »Wir brachen auch Schwangerschaften ab, wenn sich negative Entwicklungen abzeichneten. So wie es die meisten Eltern heute tun, wenn in der Schwangerschaft eine Beeinträchtigung festgestellt wird.«

Die Diskussion hatten Helen und Greg auch geführt. Was, wenn? Sie tendierten zum Abbruch, hatten sie sich eingestanden. Der Gedanke daran löste den Kloß in ihrem Hals. Für diesen Moment wenigstens. Ihr Körper blieb eine zum Zerreißen gespannte Saite.

»Sie haben diese Missbildungen bewusst in Kauf genommen«, stellte die Präsidentin fest. »Sie haben diese Kinder zu Versuchstieren gemacht.«

»Nicht Kinder, sondern Zellhaufen und Embryos überwiegend in sehr frühen Entwicklungsstadien«, korrigierte Winthorpe. »Und: keine *Tiere*.«

»Versuchs*menschen*«, feixte die Präsidentin. »Macht die Sache gleich besser!«

Helen fühlte sich ein wenig getröstet, als selbst die sonst so beherrscht wirkende Präsidentin ihre Fassung verlor.

»Hätten wir die Diskussionen Ihrer Ethikkommission hier abgewartet, wären wir nie zu Ergebnissen gekommen«, erwiderte Winthorpe abfällig.

»Das kann unter Umständen der Zweck einer solchen Kommission und ihrer Diskussionen sein«, erwiderte die Präsidentin.

Genau, dachte Helen – mit einem sehr schlechten Gewissen allerdings, hatte sie doch genau davon profitiert. Doch all ihre Gedanken wurden momentan überwältigt von dem unbeherrschbaren Zittern ihres Körpers. Greg, der es bemerkt hatte, legte einen Arm um ihre Schulter und drückte sie an sich.

»Ich bleibe dabei. Unsere Ergebnisse können sich sehen lassen«, sagte Winthorpe.

»Durchaus. Zehnjährige, über deren Treiben Sie keinerlei Kontrolle mehr haben. Wahrscheinlich illegal freigesetzte GMOs. Personalisierte Killerviren. Hunderte oder Tausende Fehlgeburten und Abtreibungen. Und wer weiß, was noch kommt. Ja, sehenswert.«

»Und die Kinder da draußen? Die zählen für Sie nicht? Richten Sie den Blick auf die Lebenden, auf das Positive.«

»Wo gehobelt wird, fallen Späne – oder was wollen Sie sagen?«, spottete die Präsidentin.

»Über Kollateralschäden müsste die Präsidentin der Vereinigten Staaten wohl am besten Bescheid wissen«, gab Winthorpe zurück.

Helen verfolgte den Schlagabtausch mit einem flauen Gefühl im Magen. War das schon ein Zeichen, dass sich die Eizellen einnisteten? Die berühmte Morgenübelkeit? Auch wenn es mitten in der Nacht war? Unwahrscheinlich.

»Streiten Sie später!«, fuhr Helen dazwischen, ohne sich darum zu kümmern, zu wem sie da sprach. »Hier geht es um unsere Kinder!«

»Sie hat recht«, stimmte ihr die Präsidentin überraschend zu und wandte sich an Cara Movelli. Vielleicht war sie aber auch nur dankbar für den Ausweg aus der Diskussion. »Sie scheinen mir kooperativer. Sagen Sie mir die Wahrheit. Sind auch behinderte Kinder zur Welt gekommen?«

»Nein«, antwortete Movelli. In Helens Ohren klang sie aufrichtig.

»Warum eigentlich nicht?«, fragte einer der älteren Männer um die Präsidentin. »Pardon: Professor Reginald Obfort«, schob er hinterher.

»Ich weiß, wer Sie sind«, sagte Cara. »Ihre Frage hat Stanley schon beantwortet: aus demselben Grund, der heute die meisten Eltern dazu bewegt. Um sich und dem Kind unnötige Belastungen und Qualen zu ersparen.«

»Viel Spaß bei den Diskussionen mit Behindertenverbänden.«

»Die Diskussion wurde lange vor uns geführt«, entgegnete Cara. »Wir werden ganz andere Diskussionen führen müssen. Für diese Kinder sind längst wir die Zurückgebliebenen.«

In Helen stieg die Übelkeit wieder hoch.

77

»Das ist Projekt 671F/23a«, erklärte Rich der Präsidentin.

Die gesamte Entourage hatte sich in einem der Labore vor einem großen Wandbildschirm versammelt. Rich spielte Jills Modelle und Simulationen auf den Screen.

»Wenn es funktioniert, ist es brillant. Und einmal mehr ein Prinzip, an dem Wissenschaftler in aller Welt gerade arbeiten. Wenn auch erst an den Vorstufen. Statt Maschinen immer kleiner zu machen – Stichwort Nanotechnologie –, versucht man zunehmend, Mikroorganismen zu instrumentalisieren. ›Biologisierung der Industrie‹, Sie kennen das. Bei 671F/23a experimentierte Jill in silicio, also auf dem Computer, mit einem Virus, das eine Art Mikromaschine darstellt. Wir müssen uns die Arbeit noch im Detail ansehen, aber nach allem, was wir in dieser Stunde herausgefunden haben, geht es um Folgendes.«

Mit dem Finger auf dem Touchscreen seines Tablets drehte er das bunte Kugelmodell auf dem großen Bildschirm.

»Das ist das manipulierte Genom eines Grippevirus. Grundsätzlich infiziert es alle: Frauen, Männer, Kinder. Jede und jeder kann also Überträger sein. Die roten Abschnitte sind zusätzlich eingefügt oder ersetzen ursprüngliche. Sie verleihen dem Virus mehrere Eigenschaften. Erstens: Sie erhöhen seine Ansteckungskraft. Dieses Virus ist also deutlich infektiöser als eine übliche Grippe. Zweitens wurden ihm seine symptomerzeugenden Eigenschaften weitestgehend genommen. Wer angesteckt wird, bekommt vielleicht einen leichten Schnupfen oder spürt ein Kratzen im Hals. Das aber war es dann schon. Kein Fieber, keine Bettruhe. Womöglich bemerkt man die Ansteckung gar nicht. Drittens: Es besitzt Abschnitte, die wir aus Viren kennen, die sich im ganzen Körper finden. Ein bekanntes Beispiel etwa ist das Ebolavirus. Bei manchen Menschen, die Ebola überlebten und keine Symptome mehr zeigten, wurden in bestimmten Körperteilen noch ein Jahr oder später haufenweise Viren nachgewiesen. Unter anderem in den Augen und den Hoden.«

Grauenerregend fand Jessica diese Vorstellung.

»Die Hoden interessieren uns in diesem Zusammenhang besonders«, fuhr Rich fort. Mittels Tablet ließ er einen roten Abschnitt aufleuchten.

»Womit wir bei der vierten Eigenschaft wären: Wenn wir die begleitenden Texte des Mädchens nach der ersten Durchsicht korrekt interpretieren – wir müssen das alles natürlich erst verifizieren, aber das wird dauern –, ermöglicht dieser Abschnitt dem Virus, in den Hoden an ganz bestimmte Zellen anzudocken, an die sogenannten Samenvorläuferzellen.«

»Die Zellen, aus denen männliche Spermien entstehen?«, fragte Jessica.

»Ebendiese.«

»Und was macht das Virus dort?«

»Es baut neue Abschnitte in das Genom dieser Zellen ein. Wenn ich es richtig verstanden habe, jene Änderungen, die Doktor Winthorpe und Kolleginnen in den Genomen der modifizierten Kinder vorgenommen haben.«

»Sie wollen mir sagen, dass dieses Virus in infizierten männlichen Hoden mit den Samenvorläuferzellen das machen würde, was Doktor Winthorpe und seine Truppe im Reagenzglas an befruchteten Eizellen durchführen?«, fragte die Präsidentin ungläubig.

»Exakt.«

»Du liebe Güte!«

»Das können Sie sagen.«

»Wer so etwas entwerfen kann, ist wohl auch in der Lage, das Killervirus, das Jack Dunbraith ermordet hat, zu designen.«

»Definitiv.«

Die Präsidentin schüttelte den Kopf.

»Das ist ein Albtraum!«

»Für viele Bio- und Molekulargenetiker auch ein feuchter Traum«, sagte Rich. »Wäre er bloß schon zu Ende. Jill hat jedoch noch eine fünfte Eigenschaft eingebaut: Üblicherweise müsste man damit rechnen, dass nur ein Teil der von einem infizierten Mann gezeugten Kinder die Eigenschaften erhält. Schließlich stammt die Hälfte des Erbgutes immer noch von der nicht infizierten Mutter. Deshalb hat Jill einen Gene-Drive mittels CRISPR/Cas9 eingebaut.«

»Einen was?«

»Kurz gesagt: Das Spermium kann beim Verschmelzen mit der weiblichen Eizelle die neuen Eigenschaften auch in den mütterlichen Teil des Erbgutes einbauen.«

»Womit das Kind die Eigenschaften auf jeden Fall bekommt«, schloss die Präsidentin. »Und weitergibt.«

»Ganz genau. Und jede weitere Generation übernimmt die Änderungen zu hundert Prozent. Inklusive der Fähigkeit, sie auf Genomteile nicht infizierter Eltern zu übertragen! Wir haben außerdem Hinweise darauf, dass Jill die Technik bei Tieren in der Praxis bereits erfolgreich getestet hat.«

Der Präsidentin entfloh ein hysterisches Lachen.

»Lassen Sie mich das zusammenfassen«, sagte sie. »Dieses Kind hat ein hoch ansteckendes Virus entworfen, das Designerbabys produziert.«

»Und sein kleiner Bruder behauptet, dass es in *New Garden* bereits eingesetzt wird.«

Die Präsidentin musste einen Moment über die Bemerkung nachdenken. »Er behauptet«, begriff sie langsam, »dass wir alle … bereits infiziert sein könnten!«

Im Raum wurde es sehr still.

»Könnten«, bestätigte Rich. »Vorläufig wissen wir nicht einmal, ob das Virus in vivo überhaupt existiert. Oder nur als Computermodell. Vielleicht blufft der Junge.«

»Irgendwo von dieser Anlage mit bis jetzt undenkbaren genetisch hochgezüchteten Kindchen kommt ein bislang ebenfalls kaum machbares personalisiertes Killervirus, eines der Kindchen betreibt seit Jahren unentdeckt hochkomplexe Experimente, ein anderes weiß alles Mögliche über das Treiben der Doctores, das es nicht wissen sollte – und Sie glauben, es blufft bloß?«

»Ich sagte vielleicht.«

»Meint er damit Jack Wolfson, den Vater der kleinen Kendra?«

»Womöglich.«

»Mein Gott«, flüsterte jemand aus der Ethikkommission.

»Der hat damit herzlich wenig zu tun«, sagte Rich. »Alles Menschenwerk.«

»Können wir überprüfen, ob er blufft?«, fragte die Präsidentin.

Rich warf dem Leiter des CDC-Teams einen aufmunternden Blick zu.

»Wir kennen das Grippevirus, auf dessen Basis die Kids ihre Simulationen gebastelt haben«, erklärte dieser. »Für Letzteres existiert bereits ein Test, sogar ein Schnelltest auf Speichelprobenbasis. Wir müssen nur ausreichend Teststreifen herbringen. Mein Team sucht gerade nach den nächstliegenden Quellen. Leider …«

»Leider *was*?«

»Leider lässt sich eine Virusinfektion erst ein paar Tage nach der akuten Infektion nachweisen.«

»Heißt das, wir müssen hier mehrere Tage warten?!«

Der Mann zuckte mit den Schultern.

»Aber wenigstens Jack Wolfson können wir sofort testen«, wandte die Präsidentin ein.

»Allerdings.«

»Dann sollten wir das so schnell wie möglich tun!«

»Ist bereits eingeleitet. Aber ...«

»Aber *was*?!«, fragte die Präsidentin kalt.

»Wir wissen ungefähr, was wir suchen«, sagte Rich. »In der Ordnergruppe, in der sich 671F/23a befand, liegen eine Menge weiterer Modelle und Simulationen. 671F/21, 22, 24 und so weiter, jeweils mit diversen Unterkategorien. Ich habe sie natürlich auch kurz überflogen.« Er rief andere Kugelspiralmodelle auf. Jessica erkannte keinen Unterschied. Oder nur Unterschiede.

»Jill hat verschiedenste Eigenschaftskombinationen entworfen. Je nachdem, welches Virus da draußen ist, wird es entsprechend andere Eigenschaften in die Samenvorläuferzellen einbauen.«

»Aber Eugene sprach von 671F/23a. Um welche Eigenschaften ging es dabei?«

»Größe, Kraft, Ausdauer, Schlafbedürfnis und mehr – vereinfacht gesagt. Bei den meisten anderen Viren der Serie aber auch. Die Unterschiede dürften in den Variationen der Eigenschaften liegen.«

»Wenn 671F/23a schon existiert und einige von uns bereits infiziert sind, bei ihnen also diese Vorläuferzellen bereits umgeschrieben würden, würde das Virus in die Welt hinausgetragen, sobald wir *New Garden* verlassen?«, fragte die Präsidentin.

Rich nickte. »Superintelligenz, körperliche Überlegenheit und Attraktivität würden sich verbreiten wie eine Seuche.«

Am fünften Tag

78

Gordon setzte sich gar nicht nieder. Er warf Darren Zona, dem Leiter von Drones For Food, die Fotoausdrucke von den Aufnahmen der beiden Männer mit der Drohne und ihrer Fahrt zu DFF auf den Tisch, wo sie sich in einem Fächer verteilten.

Zona sprang auf.

»Was soll das?«

»Ich dachte, Sie sind in der Region nicht aktiv«, sagte Gordon. »Auf diesen Bildern sieht das anders aus.«

Jetzt studierte Zona die Ausdrucke genauer. Einen nach dem anderen, einige noch einmal genauer. Er schüttelte den Kopf.

Eher ungläubig als verneinend, dachte Gordon. Dann griff er zum Telefon. »Darren hier. John und Haji sollen heraufkommen.«

Er deutete auf einen der Stühle vor seinem Schreibtisch.

»Setzen Sie sich, bitte.«

Als sie beide saßen, entstand eine peinliche Stille.

»Eigentlich geht es Sie nichts an, wo wir arbeiten«, sagte Darren schließlich.

»Eigentlich nicht«, erwiderte Gordon. »Aber in diesem Fall wurden einige Gesetze gebrochen, was Ihre kleine Organisation hier in ziemliche Schwierigkeiten bringen könnte. Und die Verantwortlichen ins Gefängnis. *Sie* geht es deshalb etwas an.«

Genug gesagt. Mehr war auch nicht nötig.

Die beiden Gerufenen traten ein. Gordon erkannte sie sofort als die Männer auf Andweles Fotos, den Untersetzten mit dem kahl rasierten Kopf und den spindeldürren mit den auffällig großen Zähnen im Oberkiefer. Argwöhnisch traten sie an den Tisch. Wortlos schob ihnen Darren die Ausdrucke hin. Sie zeigten Haji und John im Gelände beim Beladen des Pick-ups mit der Drohne und beim Abladen im fahlen Licht einer Lampe an der Rückseite des DFF-Gebäudes. Die beiden überflogen sie. Blickten sich betreten an.

»Wir können das erklären«, sagte der Größere.

»Das hoffe ich«, sagte Darren.

»Testflug«, erklärte der Mann mit einem Schulterzucken.

Darren legte ein gefährliches Lächeln auf.

»Testflug. Eine Stunde von hier. Weit außerhalb der genehmigten Zone.« Sein wölfisches Grinsen wurde noch breiter. »Haji. Dieser Gentleman hinter dir sagt, dass ihr Gesetze gebrochen habt. So schwer, dass ihr dafür womöglich ins Gefängnis müsst.«

Haji und John sahen sich erschrocken zu Gordon um. Der hob bloß die Brauen. Er hatte diese Gesetze nicht gemacht. Auch wenn er Darren nicht verraten hatte, um welche es überhaupt ging.

»Aber wenn ich ihn recht verstanden habe«, fuhr Darren fort und fixierte Gordon mit seinem Blick, »könnte er darüber hinwegsehen, wenn ihr ihm die Wahrheit erzählt.« Und direkt an Gordon gerichtet: »Ist das nicht so?«

Gordon nickte. »Wenn ich überzeugt bin, dass ihr die Wahrheit sagt, könnte ich ein Auge zudrücken«, bestätigte er.

79

»Ihr Erziehungskonzept müssen Sie überdenken, wenn ich mir Eugene ansehe«, sagte Jessica zu Cara Movelli und Stanley Winthorpe. »Brave Kinder sehen für mich anders aus.«

»Dafür sind sie verdammt schlau«, entgegnete Stanley.

»Erst halb so groß wie du, Stan, und schon sind sie dir über den Kopf gewachsen«, meinte Rich.

»Der Kleine ist ausgebufft, aber in diesem Fall würde es mich nicht wundern, wenn er blufft«, widersprach Winthorpe. »Wie soll er denn dieses Virus hier geschaffen haben? Experimente in den Laboren der Hubs werden von den Lehrkräften und Wissenschaftlern begleitet und kontrolliert. Selbst wenn er sich von Wolfson die notwendigen genetischen Komponenten auswärts bestellen und hereinschmuggeln ließe. Was nicht einfach wäre.«

»Die kleine Kendra hat er hinbekommen«, erinnerte Rich ihn. »Auf jeden Fall sollte ein Team sofort Eugenes Laborarbeitsplatz noch einmal untersuchen. In seinem Kinderzimmer wird er die notwendigen Instrumente ja wohl nicht verstecken können.«

»Nein«, sagte Cara.

»Dem Kerl ist alles zuzutrauen«, sagte die Präsidentin. »Sehen Sie überall nach.«

»Kann das Virus außerhalb hergestellt worden sein?«, fragte Rich. »Von Jill in Boston?«

»Sehr unwahrscheinlich«, sagte Cara. »In der Uni unterliegt sie strikten Regeln und Kontrollen. Zu Hause hat sie kein Labor.

Außerhalb der Uni wird sie fast pausenlos überwacht. Sie hat schlicht und einfach nicht die Möglichkeiten.«

»Wie es aussieht, hatte sie die Möglichkeiten zur Entwicklung, Produktion und zum Versand der GMOs für Mais, Baumwolle und Ziegen«, wandte Sunderson ein. »So etwas schafft auch ein Superwunderkind nicht allein. Schon gar nicht, wenn es kaum unüberwachte Zeit dafür hat. Das heißt: Irgendwo muss sie ein Labor und Mitarbeiter haben.«

»Das FBI folgt gerade von Boston aus der Spur des Geldes«, sagte Jessica.

»Dann sollen sie sich beeilen«, forderte die Präsidentin.

»Das heißt auch«, fuhr Rich fort, »dass sie Komplizen haben muss, Mitwisser. Wer an solchen Organismen arbeitet, weiß, was er tut. Im Gegensatz etwa zur Erstellung von kriminellen IT-Programmen. Bei denen kann man einzelne Komponenten von online buchbaren Freelance-Fachleuten irgendwo in der Welt programmieren lassen. Leuten, die gar nicht wissen, für welchen übergeordneten Zweck sie da codieren. Erst die Auftraggeber führen die Einzelkomponenten dann irgendwo zusammen. So einfach geht das aber bei GMOs noch nicht.«

»Was heißt noch nicht?«

»Wird eher früher als später kommen«, sagte Rich. »Sie können heute wie gesagt schon alles mögliche Gerät und auch genetisches Material online bestellen. Inklusive Spezialanfertigungen. In Zukunft wird das ein gigantischer Markt werden. Aber momentan haben wir drängendere Probleme zu lösen. Wo lässt Jill arbeiten? Und wer tut das dort?«

»671-bla«, sagte Jessica. »Du meinst, Jills Labor könnte es hergestellt haben?«

Rich wackelte mit dem Kopf. »Wie gesagt, sie hätte Mitwisser. Da sehe ich noch einen Knackpunkt: Für die Mitwisser ist es eine Sache, GMOs zu schaffen, die Pflanzen und Tiere gegen Krankheiten resistent machen. Idealisten wären wahrscheinlich sogar dazu bereit, daraus kein Milliardenbusiness zu machen, sondern tatsächlich den Ärmsten der Menschheit zu helfen und die Macht multinationaler Konzerne zu brechen. Aber es wäre doch eine ganz andere Sache, wissentlich ein Virus zu kreieren, das binnen einer Generation große Teile der Menschheit verändert. Und zwar zu meinem, des Schöpfers Nachteil, weil diese neuen Generationen mir haushoch überlegen sind.«

»Aber nichts anderes tun die Damen und Herren Doktoren in *New Garden* ja auch.«

»Ihr Plan war aber ein anderer. Weniger, langsamer. Zumindest sie wären noch nicht so sehr davon betroffen. Und ihre eigene Nachkommenschaft würde zur neuen Elite gehören. Jills Modell sähe ganz anders aus. Dass sie dafür hochqualifizierte und gleichzeitig willige Mitarbeiter findet, halte ich für wesentlich unwahrscheinlicher. Wer schafft sich schon gern selbst ab?«

»Nichtsdestotrotz«, erwiderte Jessica. »Wir können vorerst kein Risiko eingehen. Mrs. President, vorläufig darf niemand mehr *New Garden* verlassen«, forderte sie. »Die CDCs müssen alarmiert werden und entsprechende Maßnahmen einleiten. Sie selbst und die Kommission müssen hierbleiben, bis Quarantänequartiere eingerichtet sind und wir über einen Test verfügen.«

»Dieser kleine Satansbraten«, fluchte die Präsidentin. »Nimmt uns hier als Geiseln!«

»Jill hat uns gewarnt«, erinnerte Cara.

»Aber wir wussten nicht, wovor«, wandte Jessica ein. »Oder?«
Cara verneinte.

»Welches Verhältnis haben die zwei eigentlich zueinander?«, fragte Jessica. »Jill und Eugene?«

»Ambivalent«, sagte Cara. »Sie sind wie Geschwister aufgewachsen, ältere Schwester und kleinerer Bruder, obwohl sie fast auf den Tag gleich alt sind, und entsprechend vertragen sie sich –

oder gelegentlich auch nicht. Jill war Eugene zumindest körperlich immer weit voraus. Im Lauf der Jahre wurde Eugene deshalb auch etwas eifersüchtig oder neidisch auf Jill, glaube ich. Persönlich fand ich immer, dass sie den angenehmeren Charakter hat, aber das ist subjektiv. Seit Jill am MIT studiert, hat sich das Verhältnis abgekühlt. Naturgemäß, sie sehen sich ja kaum noch.«

»Stehen sie sonst in Kontakt? Telefon, Messenger-Apps, Mail?«

»Ja, aber das verfolgen wir natürlich.«

»Über Jills Experimente haben sie sich nie ausgetauscht?«

»Nicht auf den uns bekannten Kanälen.«

»Vielleicht spielte Wolfson den Postillion.«

»Möglich.«

»Jills Warnung könnte also ernst zu nehmen sein, weil kaum jemand Eugene so gut kennt wie sie?«

»Oder sie will ihm eins auswischen, weil sie gerade wieder einmal sauer auf ihn ist. Was weiß man schon bei Kindern.«

»Mit dem Kerl werde ich auf jeden Fall gleich noch einmal ein Wörtchen reden«, schimpfte die Präsidentin. Mit ihrem Zeigefinger hätte sie Stanley Winthorpe fast erstochen. »Und Sie kommen mit! Sie auch«, sagte sie zu Rich. »Ich brauche neutrale Fachkompetenz. Woher weiß der eigentlich von Ihren Interna?«, fuhr sie Cara Movelli an.

»Keine Ahnung«, murmelte Cara. »Ihre und unsere Spezialisten versuchen das gerade herauszufinden.«

»Das wird ein Fest für die Medien«, stöhnte die Präsidentin. »Wir brauchen einen Spin für diese Geschichte. Die Wahrheit können wir unmöglich erzählen.«

»Für die weiträumige Absperrung machen wir bislang die Infektion einer Person mit einem hochansteckenden Virus verantwortlich«, erklärte Jessica. »Ihre Anwesenheit ist nicht bekannt. Aber Ihre Abwesenheit von der öffentlichen Bühne wird demnächst auffallen. Irgendwann wird jemand eins und eins zusammenzählen: geheimnisvoller Großeinsatz plus Verschwinden der Präsidentin.«

»Dann bin ich eben für ein paar Tage krank«, winkte die Präsidentin ab.

»Wenige Tage nach dem Tod des Außenministers? Besser nicht.«

»Dann schicken wir eine Doppelgängerin«, sagte die Präsidentin unwirsch. »Wäre nicht das erste Mal. Ach was, das Öffentlichkeitsteam wird etwas ausarbeiten«, schloss sie das Thema ab. »Wichtiger ist, was wir als Nächstes tun. Mrs. Roberts hat leider recht. Vorerst müssen wir hier komplett abriegeln. Außerdem wird dieses ganze Unternehmen gestoppt. Wie viele Kinder und Schwangere haben Sie noch mal in freier Wildbahn?«, fragte sie Cara. »Ich kann mir die Zahlen nicht merken.«

»Hundertzweiundneunzig Leihmütter in unserem Auftrag, die bei Gelingen hierherkommen ...«

»Himmel!«

»... Zwölf Kundenkinder im Alter von wenigen Tagen bis zu gut sechs Monaten. Siebenundachtzig Schwangere in verschiedenen Stadien. Wobei noch nicht bei allen sicher ist, dass die Eizellen sich einnisten.«

»Und nicht alle leben in den USA.«

»Die meisten. Der Großteil sind sehr bis Superreiche, die auf der ganzen Welt zu Hause sind. Mal hier, mal dort. Während der Schwangerschaft und den ersten Lebensjahren empfehlen wir allerdings, in erreichbarer Nähe zu bleiben. Nähe ist für Menschen mit Privatjet natürlich relativ.«

»Sie werden, überwacht von einem unserer Teams, alle Eltern unter einem Vorwand zu einem dringenden Besuch mit ihren Kindern in die USA rufen«, sagte die Präsidentin. »Gesundheitskontrolle, was weiß ich. Denken Sie sich etwas aus.« An den Stabschef gerichtet: »Unsere besten Juristen sollen Gründe fin-

den, warum wir diese Personen dann bis auf Weiteres festset-
zen oder wenigstens ihre Ausreise und eine Veröffentlichung verhindern können, selbst wenn sie sich die teuersten Anwälte der
Welt leisten. Das Ganze ohne öffentliches Aufsehen. Dasselbe gilt
natürlich für alle, die ohnehin im Land sind. Und zwar so schnell
wie möglich.«

Der Stabschef nickte. »Einfach wird das nicht, rechtlich«,
wandte er ein. »Aber wir werden Möglichkeiten finden.«

»Und natürlich müssen sofort sämtliche Neukundenanwer-
bungen gestoppt sowie die kooperierenden Kliniken und Mediziner ebenfalls zum Schweigen verpflichtet beziehungsweise eventuell verhaftet werden. Auch für die Leihmütter benötigen wir
schnellstmöglich eine Lösung. Je nachdem, was gesetzlich möglich ist.«

»Angesichts der Bedrohung wahrscheinlich fast alles«, meinte
der Stabschef.

»Kommt darauf an, ob man die Entwicklungen als Bedrohung
betrachtet oder nicht«, meinte die Präsidentin. »Doktor Winthorpes
und Doktor Movellis Kunden sehen sie wohl eher als Chance. Bis
zur Klärung dieser Frage aber müssen wir dem Ganzen einen Rie-
gel vorschieben.«

Entscheidet eben mal so über das Leben von Hunderten Menschen, dachte Jessica. Nun, dafür waren Präsidentinnen da. Und
eigentlich ging es um weit mehr als ein paar hundert Menschen.
Vorläufig entschied sie für die ganze Menschheit.

»Es war ein langer Tag«, sagte die Präsidentin. »Wo werden wir
unter diesen Umständen übernachten?«

»Die Gästequartiere sind nicht komplett belegt. Dort können
wir Sie und die Kommissionsmitglieder provisorisch unterbrin-
gen. Wenn sich die Leute Zimmer teilen.«

»Werden sie müssen. Für eine Nacht wird ihnen das gelingen.«
Rich grinste. »Stecken Sie Vanouskaukis und Obfort zusammen.«

»Mit den anderen Gästen in den Nebenzimmern bekommen wir aber ein Sicherheitsrisiko, das…«

»Apropos. Wir sollten die Leute auf ihre Zimmer schicken. Wir können sie nicht im Speisesaal übernachten lassen.«

»Die Security wird sich freuen«, seufzte Jessica.

»Diese Menschen haben gerade andere Sorgen, als ein Attentat auf ihre Präsidentin zu verüben. Für die Soldaten können wir Liegen und Verpflegung einfliegen und die Sporthallen und Besprechungssäle belegen.«

»Schwieriger wird die Ablösung. Anwesende müssen vorerst bleiben. Neue können nur mehr in Seuchenschutzanzügen herein. Bekommen wir aber alles hin.«

Davon ging Jessica zumindest aus.

Einige der Besucherinnen und Besucher liefen durch den Raum wie Zootiere hinter Gitterstäben, andere weinten oder saßen erschöpft an die Wände des Besprechungsraums gelehnt, manche hatten den Kopf auf ihren verschränkten Armen auf den Konferenztisch gebettet. Andere starrten schweigend vor sich hin, durch die Panoramascheiben in die Nacht hinaus oder diskutierten noch immer aufgebracht. Helen, Greg, Mike und ein paar andere diskutierten erregt ihr Treffen mit der Präsidentin. Sechs Soldaten bewachten die Ausgänge. Ab und zu schallte die immer gleiche Frage aus dem Pulk der Festgehaltenen in ihre Richtung: »Wann dürfen wir endlich gehen?«

»Verdammt, Greg«, wisperte Diana hinter Helen, »was hast du uns da eingebrockt?«

Helen wandte sich um. »Wieso? Was meinst du?«

»Ich? Nichts. Gar nichts«, beeilte sich Diana zu sagen.

»»Greg, was hast du uns da eingebrockt««, wiederholte Helen. »Ich habe es genau gehört.«

Als Diana nicht darauf einging, wandte Helen sich an Greg. »Was meint sie?«

»Keine Ahnung«, entgegnete Greg. Den Gesichtsausdruck kannte Helen.

»Greg, bitte.«

Mit einem wütenden Blick fragte Greg Diana: »Hat Mike etwas verraten?«

Diana zuckte nur mit den Schultern.

Greg schloss die Augen, legte den Kopf in den Nacken.

Dann erzählte er.

Zuerst wollte Helen seine Geschichte nicht glauben. Vor ihrer Abreise hatte er die Behörden informiert! Womöglich wimmelte es deshalb jetzt hier von Polizei und Militär, war sogar die Präsidentin angereist! Saßen sie fest.

»Und du hieltest es nicht für nötig, das vorher mit mir zu besprechen?«, fragte sie eisig.

»Ich … fand die ganze Sache so … unsicher«, stammelte Greg.

»Ich auch!«, zischte Helen so laut, dass sich einige nach ihnen umdrehten. »Deshalb wollten wir sie uns ansehen!«

»Helen …« Greg legte seine Hand an ihren Arm. Brüsk schüttelte sie ihn ab.

»Stattdessen verrätst du uns!«, fauchte sie. »Uns. Vielleicht uns vier. Gefährdest unseren Kindertraum!« Tränen stiegen ihr in die Augen, die sie zurückzuhalten versuchte. »Weil ich zu blöd bin?! Weil du so etwas allein entscheiden musst?!«

Gregs erneuten Annäherungsversuch stieß sie wütend zurück. Sie lief zur Tür, Tränen kitzelten ihre Wangen, verstopften ihre Nase. In ihrem Kopf stürzten die Gedanken durcheinander wie Gebäude bei einem Erdbeben Stärke acht. Sie war nur mehr Körper. Gregs Griff nach ihrem Arm, als sie davonrannte, fühlte sich an wie die Krallen eines monströsen Müllkrans, sie riss sich los, stieß ihn fort, nahm nur unterbewusst wahr, dass Mike und

Diana sie aufhalten wollten, beruhigend auf sie einredeten, auch Greg hinter ihr her war. Sie hatte fast den Ausgang mit den Soldaten erreicht, als diese zur Seite traten. Obwohl Helen noch nicht die vordersten Reihen der Wartenden erreicht hatte, dachte sie, die Uniformierten gäben ihr den Weg frei. Stattdessen trat Jessica Roberts ein.

»Guten Abend, meine Damen und Herren!«, rief sie, und alle drehten sich nach ihr um. Überrascht blieb Helen stehen, wo sie war. Greg und Mike holten sie ein, sagten aber nichts.

Helen, nahe an der Eingangstür, erkannte in Jessica Roberts' Gefolge eine Handvoll weiterer Soldaten, die draußen Stellung bezogen und warteten.

»Sie sind müde!«, rief Jessica in den Saal. »Sie haben viele Fragen, die wir heute nicht mehr beantworten können! Gehen Sie bitte auf Ihre Zimmer! Der Rest des Geländes ist für Sie vorerst tabu. Schlafen Sie sich aus! Morgen besprechen wir das weitere Vorgehen!«

»Was gibt es da zu besprechen?«, rief Mike und drängte nach vorn. »Wir hätten heute schon abreisen sollen! Stattdessen sperren Sie uns jetzt in unsere Zimmer wie ungezogene Kinder! Wir haben Jobs, Familien! Die Leute werden sich Sorgen machen! Wir müssen sie informieren, dass wir erst morgen nach Hause kommen!«

»Damit müssen Sie sich bis morgen gedulden«, erklärte Jessica. »Heute ist es zu spät. Die Leute schlafen auch schon.«

»Wenn sie sich sorgen, tun sie das nicht«, widersprach Mike. »Warum können wir nicht endlich weg? Jetzt gleich?«

»Ja, warum?«, rief jemand hinter Mike.

»Genau! Wir wollen heim!« Immer mehr Stimmen fielen in die Forderung ein.

»Das besprechen wir morgen!«, wiederholte Jessica streng.

»Gar nichts besprechen wir!«, markierte Mike den harten Mann. »Wir werden ...«

»Klappe!« Jessica platzte der Kragen.

Einen Moment lang herrschte verblüffte Stille.

»Sie wollten hier in aller Heimlichkeit Ihre Wunderkindchen kaufen! Und wurden erwischt! Leben Sie mit den Konsequenzen!«

»Konsequenzen?« Mike zögerte einen Lidschlag lang. »Sie lassen uns also auch morgen nicht raus!«, rief er. »Sie wollen uns hier festhalten!«

»Wir reden morgen darüber«, beschwichtigte ihn Jessica. »Bitte suchen Sie jetzt in Ruhe Ihre Zimmer auf.« Sie wirkte auf Helen, als bedauere sie ihren Ausbruch. Selber schuld.

Mike machte einen weiteren Schritt auf sie zu. »Nein, wir gehen jetzt!«, rief er, schwang seinen Arm und bedeutete den anderen, ihm zu folgen. Er drängte sich an Jessica vorbei, ein paar Männer folgten ihm. Die Soldaten stellten sich ihnen entgegen. Doch im Raum entlud sich nach Stunden des Wartens, der Unsicherheit, der Sorgen und Ängste der aufgestaute Druck blitzschnell in eine hoffnungsvolle oder auch verzweifelte Dynamik Richtung Ausgang. Wie ein Druckkochtopf, dessen Ventil in höchsten Tönen zu pfeifen begann.

»Zurück!«, forderte Jessica mit erhobenen Armen, doch dem Druck mehrerer Dutzend Menschen konnte sie ebenso wenig standhalten wie die sechs Soldaten.

»Stopp!«, forderte ihr Anführer grimmig und stemmte sich gegen Mike und die Nachdrängenden. Helen wurde von der Masse Richtung Ausgang geschoben, von allen Seiten schrien die Menschen durcheinander: »Das könnt ihr nicht mit uns machen!« – »Wir lassen uns nicht einsperren!« – »Wir wollen nach Hause!« – »Lasst uns gehen!« – Jessica Roberts' Rufe gingen unter. Dann hörte Helen den ersten Schmerzensschrei. Einer der Soldaten hieb mit seinem Gewehrkolben auf die Männer in der ersten Reihe ein, die wegen des Drucks von hinten weder ausweichen noch sich wehren konnten. Nun schlugen auch die anderen Soldaten zu. Die Schmerzensschreie vermischten sich mit Wutgebrüll, die Männer schlugen mit bloßen Fäusten auf die Soldaten ein, als von hinten ein Sessel geflogen kam und einen Soldaten traf, der zu Boden ging.

»Aufhören!«, hörte Helen Jessica Roberts brüllen, die sich im allgemeinen Tumult selbst nur mehr mit heftigen Schlägen in alle Richtungen zu helfen wusste. Noch ein Sessel flog gegen die Soldaten. Zwei der Uniformierten wurden durch die breite Glasflügeltür ins Freie gedrängt. Dort kamen ihnen jene Kollegen zu Hilfe, die Jessica Roberts mitgebracht hatte. Mit vereinten Kräften prügelten sie Menschen zurück in Richtung Saal, die über am Boden Liegende stolperten und sich den Kopf oder getroffene Gliedmaßen hielten. Andere hieben mit ihren Fäusten oder zu Prügeln umfunktionierten Stuhlbeinen auf die Soldaten ein. Zwei weitere Sesselwürfe zersplitterten die Scheiben neben der Tür und vergrößerten damit den Ausgang. Die nun dort Hinausstürzenden bekämpften die Soldaten mit noch wütenderen Schlägen. Helen war mit der ersten Welle ins Freie geschwemmt worden und suchte Deckung vor den Schlägen, immer noch völlig benommen und verwirrt von ihrem Streit mit Greg. Greg selbst hatte sie aus den Augen verloren. Drinnen hörte sie einige Frauen, die sich um Beruhigung bemühten, etwas rufen, doch immer mehr drängten ins Freie. Wie auf einem Schnappschuss tauchte noch einmal Jessica Roberts in dem Getümmel auf, und in diesem kurzen Moment, den Helen mehr in sich auf- als wahrnahm, schien die Frau wie von Sinnen auf die Besucher einzuschlagen, nicht mehr, um sie in das Gebäude zurückzutreiben, sondern in blanker, ungezügelter Wut.

Helen drückte sich die Gebäudewand entlang, bis sie plötzlich außerhalb des Rings aus Soldaten stand. Eilig schob sie sich weiter ins weniger beleuchtete Halbdunkel, blickte außen auf das

Chaos, während sie zugleich einen möglichen Fluchtweg suchte. Die Prügelei nahm kein Ende, aus dem Saal kamen immer mehr Leute, die ersten flutschten zwischen den Soldaten hindurch.

Ohrenbetäubender Lärm ließ Helen zusammenfahren, dazu erleuchtete eine Batterie von Blitzen die Finsternis. Einer der Soldaten feuerte seine Waffe. In die Luft, erkannte Helen. Die Menschen erstarrten. Das Brüllen der Soldaten war nun wieder lauter, die Bewegung der Masse ruhiger. Helen lief so schnell wie möglich hinaus auf den finsteren Rasen und blickte nur hin und wieder zurück. Sie meinte Gregs Stimme zu hören, der ihren Namen rief. Doch erst etwa hundertfünfzig Meter entfernt, bei einem großen Baum, hielt sie an, drückte sich hinter den Stamm und beobachtete, was sie im Lichtschein aus dem Saal erkennen konnte.

Sie zitterte am ganzen Körper. Die Soldaten schienen die Situation wieder zu kontrollieren. Riegelten die Tür und die zerschlagenen Scheiben ab. Die Besucher hatten sich in den Saal zurückgezogen. Gefangene. Wie Mike es gesagt hatte. Soweit Helen sehen konnte, war niemand ernsthaft verletzt worden. Zumindest lag keiner auf dem Boden. Und wieder hörte sie Greg, der nach ihr rief.

Verwirrt, hin- und hergerissen stand sie in der Finsternis. Langsam ebbte die Angst ab, an ihrer Stelle schwoll die Wut an. Auf die Willkür der Behörden, die Gewalt der Soldaten, auch auf die Unbesonnenheit der Leute. Und wieder auf Greg. Erneut stiegen ihr Tränen in die Augen. Auch wenn Greg dort drin gefangen war. Sich vielleicht sorgte. In diese wahnsinnige Mischung aus Enttäuschung, Kontrolle und Gewalt würde sie vorerst nicht zurückkehren. Jetzt ging es einzig und allein um ihre Kinder. Sie wandte sich um und lief weiter in die Dunkelheit.

Aus dem beleuchteten Raum wirkte die Finsternis draußen über dem Gelände für Greg noch undurchdringlicher. Bis ein breiter Lichtstrahl über den Rasen schwenkte. Weiterhin hinderten ihn die Soldaten daran, Helen zu suchen. Nach dem Aufruhr durfte niemand den Saal verlassen. Gäste und herbeigerufene Sanitäter kümmerten sich um die Verletzten. Ein paar geschwollene Augen und Lippen, viele blaue Flecken, praktisch kein Blut. Am härtesten getroffen waren manche Egos. Mike saß leise fluchend auf einem Stuhl, ein Kühlkissen gegen seine linke Stirn gepresst.

Jessica Roberts stand mit ihrer Liste zwischen zwei Soldaten und vollendete ihre Bestandsaufnahme. Mit ihrem noch immer erhitzten Gesicht, das wirre Haarsträhnen umflogen, wirkte sie eher wie eine Rachegöttin nach gewonnener Schlacht als wie die besonnene Organisatorin, als die sie sich bislang dargestellt hatte.

»Fünf fehlen«, stellte sie fest. »Alle anderen sind da.« Sie erhob ihre Stimme. »Alle herhören, bitte!« Das Bitte im gebellten Befehl nur eine Floskel.

Müde, erschöpfte Häupter wandten sich ihr zu.

»Ich bitte Sie jetzt noch einmal, in aller Ruhe Ihre Zimmer aufzusuchen!«, bemühte sie sich um Contenance. »Jeder Versuch, woanders hinzukommen, ist derzeit sinnlos. Morgen reden wir dann über alles!«

»Das wird ein Nachspiel haben«, knurrte Mike.

Andere Proteste oder Widerreden blieben aus. Nach einem letzten prüfenden Blick auf die gebändigten Anwesenden, in dem ein Hauch Verachtung mitschwang, gab Jessica den Soldaten das Zeichen, den Eingang freizugeben.

Die ersten Besucher verließen den Raum mit kurzen Schritten und gebeugten Schultern entlang einer Phalanx neu eingetroffener Soldaten, die bis zum Schlaftrakt reichte.

»Meine Frau«, wandte sich Greg an Jessica. »Sie ist da draußen.«

Jessica warf einen Blick auf ihre Liste.

»Helen Cole«, half Greg ihr weiter.

Jessica sah auf. Zeigte hinaus, wo über Wiesen und durch den Wald inzwischen mehrere breitere und schmalere Lichtstrahlen irrten, sich zu einem wirren dynamischen Netz kreuzten, von großen Leuchten auf Humvees, die das Gelände ebenso absuchten wie die Patrouillen mit ihren Taschenlampen.

»Die Suchtrupps sind bereits unterwegs, wie Sie sehen«, sagte sie. »Die erwischen sie.«

80

»Mir egal, ob er schläft«, erklärte die Präsidentin beim Blick auf den Monitor harsch. Eugene hatte sich auf dem Tisch zusammengerollt und atmete gleichmäßig. Jessica wurde von ihrem schlechten Gewissen aufgefressen.

Hinter den Fenstern des Überwachungsraums schwenkten in der Entfernung Lichtstrahlen in den Nachthimmel. Von ferne hörten sie die Motoren der Humvees, die noch immer vier der untergetauchten Gäste suchten.

Jessica führte sie zu dem Zimmer, begleitet von Winthorpe, Rich und vier Soldaten. Als sie eintraten, bewegte sich Eugene, dann sah er mit zerzaustem Haar auf.

»Du willst sicher zu mir«, sagte er verschlafen. »Komm herein. Aber die da schickst du hinaus«, forderte er mit einem Fingerzeig auf die Soldaten. »Oder sollen sie alle mithören?«

Duzte weiterhin rotzfrech die Präsidentin der Vereinigten Staaten. Wie du mir, so ich dir. So wenig Diplomat wie die Präsidentin, dachte Jessica. Ließ sie nicht einmal ihr Gesicht wahren. Womit er ihre Gesprächsgrundlage erneut unnötig verschlechtert hatte. Das erwachsene und zugleich respektlose Verhalten, das so gar nicht zum Aussehen des Zehnjährigen passen wollte, ließ Jessica frösteln.

»Hör mal!«, sagte die Präsidentin laut. »Wir können auch anders!«

»Bringt dir aber nichts, glaub es mir«, erwiderte Eugene gelassen. »Die Soldaten raus, oder die Unterhaltung ist beendet.«

War dieses Kind so cool oder spielte es bloß brillant?

»Gene«, sagte Stanley Winthorpe, der sich bislang im Hintergrund gehalten hatte. »Du musst...«

»Stan«, unterbrach der Junge ihn mitleidig grinsend. »Ich muss gar nichts. Außerdem geht dich das alles hier nichts mehr an. Du bist Geschichte. Das ist eine Sache zwischen der Präsidentin und meinesgleichen.«

Zu Jessicas Überraschung brach die Präsidentin in herzliches Gelächter aus. »Du gefällst mir, Eugene! Typen wie dich könnte ich mehr in meinem Stab gebrauchen!«

Sie winkte die Soldaten hinaus.

»Darüber können wir uns gern unterhalten«, erwiderte Eugene und setzte sich auf dem Tisch in den Schneidersitz. »Das wäre sogar sinnvoll, mit Hinblick auf unsere gemeinsame Zukunft. Aber vorerst geht es um etwas anderes.«

»Wir müssen diese Situation schneller lösen«, eröffnete die Präsidentin ohne Umstände. »Mir ist die Tragweite der notwendigen Diskussion bewusst. Wir werden sie führen. Aber sie wird Zeit brauchen. Ich und die anwesenden Regierungsmitglieder haben auch andere Aufgaben zu erledigen. Wir können nicht hier warten, bis die Wissenschaftler Jills Projekt 671F/23a überprüft haben.«

»Ich musste jetzt die halbe Nacht in diesem muffigen Zimmer verbringen«, erklärte Eugene unversehens und erhob sich. Auf dem Tisch stehend, überragte er die Präsidentin deutlich. »Ich brauche frische Luft. Spaziergang?«

»Er ist gut«, flüsterte Rich Jessica zu. »Überraschend. Dominant.«

Jessica fand Eugene bedrohlich.

Die Präsidentin beherrschte sich, überlegte schnell.

»Ich dachte, du willst hier sprechen?«

Mit quengelnder Kinderstimme forderte Eugene: »Jetzt will ich aber hinaus!« Stampfte sogar mit dem Fuß auf!

»Sobald wir fertig sind«, sagte die Präsidentin streng.

Er kreuzte die Arme über der Brust: »Dann bin ich fertig.«

Jessica hätte ihn am liebsten vom Tisch gezerrt und ihn auf sein Zimmer geschickt. Rich neben ihr beobachtete mit verschränkten Armen die Situation.

Die Präsidentin atmetet zwei Mal tief durch.

»Okay, gehen wir.«

Schon war Eugene vom Tisch gesprungen und bei der Tür.

Die Präsidentin forderte vier Soldaten auf, sie zu begleiten.

»Als Schutz«, erklärte sie Eugene. Der widersprach nicht.

Über den Flur gelangten sie ins Freie.

Er schlug einen Weg auf die finstere Wiese ein. Jessica warf einen kurzen Blick in die Richtung, wo die suchenden Soldaten unterwegs waren. Weit genug entfernt. Die Präsidentin gesellte sich an Eugenes Seite, Jessica und Stanley an die andere, Rich hielt sich hinter Eugene und Jessica. Die vier Soldaten begleiteten sie mit einigen Metern Abstand, zwei auf gleicher Höhe mit ihnen. Im weichen Gras hörte man ihre Schritte kaum. Abgesehen von den suchenden Humvees war auf dem Gelände Ruhe eingekehrt. Die aufmüpfigen Gäste hatten sich endlich in ihre Zimmer zurückgezogen.

»Du glaubst, dass ich bluffe?«, fragte Eugene. »Und wartest nur darauf, dass deine Wissenschaftler Entwarnung geben?« Er wandte sich um zu Rich. »Solltest du nicht daran arbeiten?«

»Da mach dir keine Sorgen«, erwiderte Rich gelassen. »Ich habe meine Leute.«

»Und wenn. 671F/23a wird so oder so verbreitet werden. Wir können nicht darauf warten, dass Doktor Winthorpe und seine Genossen in Zeitlupe eine kleine Elite weltweit mit Kindern unserer Art versorgen. Das wären Perlen vor die Säue!«

»Mit ›Säue‹ meinst du Stans reiche Kunden?«, fragte Rich amüsiert.

»Hör mal, Gene«, fuhr Stanley Winthorpe wütend dazwischen. »Komm runter von deinem Trip! Du…«

»Was willst du mir sagen, alter Mann?«, fragte Eugene herablassend. »Hast du dir jemals überlegt, was du uns mit deinen Experimenten angetan hast?«

»Was denn, armes Kind?«, entgegnete Winthorpe höhnisch. »Dass du gescheiter bist, stärker, all deinen Alterskollegen haushoch überlegen?«

»Kannst du auch nur ansatzweise erahnen, was Jill und ich empfanden, als wir zum ersten Mal die Ergebnisse unserer Genomtests in Händen hielten? Was in diesem Moment in uns vorging? Wie hilflos und allein wir uns fühlten? Manipuliert? Spielzeug in den Händen von Größenwahnsinnigen?«

»Ihr seid etwas ganz Besonderes! Nenn uns nicht…«

»Ich, Jill und die anderen Kinder der ersten Generation moderner Kinder sind ohnehin massiv benachteiligt. Wir sind gezwungen, in einer intellektuell, körperlich und sozial völlig unterentwickelten Gesellschaft aufzuwachsen.«

»Du arroganter kleiner…«, schimpfte Winthorpe und wollte an Jessica vorbei auf den Jungen springen. Mit einer blitzschnellen Bewegung wich dieser aus, und ohne dass Jessica in der Dunkelheit genau sah, wie, landete der Wissenschaftler auf dem Boden, das Gesicht im Gras, Eugene auf seinem Rücken kniend, einen Arm nach hinten bis zu den Schultern verdreht.

»Keine Sorge!«, rief Eugene den Soldaten zu, die sich zwischen ihn und die Präsidentin geworfen hatten. »Alles in Ordnung. Die Präsidentin ist sicher.« Er zog an Stanleys Arm, was einen Schmerzensschrei zur Folge hatte. Beugte sich über den Kopf des Wehrlosen.

»Ich habe nicht darum gebeten, auf diese Welt zu kommen«, zischte er. Seine überlegene Gelassenheit war verschwunden. »So wie jedes andere Kind vor mir in der Menschheitsgeschichte.

Schon gar nicht so ... anders. Also verlange nicht, dass ich dir in irgendeiner Weise dankbar bin! Hast du dir jemals überlegt, was unsere Situation, unsere Fähigkeiten für uns bedeuten? Dass wir sie vielleicht nicht als Geschenk und Segen empfinden? Dass wir viel lieber dazugehören würden, statt ewig Außenseiter zu sein? Und bleiben müssen, wenigstens unsere Generation? Freaks, vor denen sich alle fürchten? Die viele Menschen wahrscheinlich eher umbringen würden, statt sie zu lieben?« Er zog noch einmal an dem Arm und bohrte sein Knie mit dem ganzen Gewicht seines kleinen Körpers in Stanleys Rücken, was diesem ein neues Stöhnen abpresste. »Wessen Kind bin ich überhaupt? Bin ich überhaupt ein Kind? Oder ein Produkt, auf dessen Gene du Patente anmelden kannst? Gehöre ich *zu* jemandem? Oder *gehöre* ich bloß *jemandem*, nämlich dir?« Abrupt ließ er Stanley los und sprang auf. »Hast du nicht überlegt«, spuckte er förmlich aus. »Und wenn, war es dir egal!« Leiser schob er nach: »Ganz zu schweigen von dem dämlichen Namen. Gene! Wie originell!«

»Wo er recht hat ...«, murmelte Rich.

Ächzend, doch mit wutglühenden Augen, wie Jessica selbst bei den schlechten Lichtverhältnissen sehen konnte, rappelte sich Stanley hoch. Massierte seine Schulter.

»Hör auf herumzuheulen«, feixte er. »Und verschone mich mit Keiner-liebt-mich-Klagen oder Schöpfer-Kreatur-Konflikt-Diskussionen. Die führen Menschen, seit sie denken und reden können. Ich hatte mehr von dir erwartet, Eugene. Aber gut, du bist noch sehr jung. Eines Tages wirst du erkennen, was du bist: ein einzigartiges menschliches Wesen, so wie wir alle.«

»Ach, Stanley«, erwiderte Eugene scheinbar gelassen, »emotionale Erpressung mit der Enttäuschter-Vater-Masche zieht bei mir nicht.« Er winkte ab, wandte sich an die Präsidentin. »671F/23a und andere Maßnahmen werden innerhalb von ein bis zwei Generationen Bedingungen schaffen, in denen nachfolgende Kinder ihre Fähigkeiten voll entfalten können.«

Superintelligenz, körperliche Überlegenheit und Attraktivität würden sich verbreiten wie eine Seuche, erinnerte sich Jessica.

»Andere Maßnahmen«, wiederholte die Präsidentin. »Ich brauche momentan wohl nicht zu fragen, welche.«

»Vorerst nicht. Sie stehen auch nicht zur Debatte. Wir werden sie im Rahmen der Gespräche offenlegen, damit die Menschheit sich darauf einstellen kann. Durchführen werden wir sie auf jeden Fall.«

Die Menschheit. Die Formulierung ließ Jessica schaudern. Als wäre er selbst ein Alien. Sie fragte sich jedoch, was so wenige Kinder, und seien sie noch so gescheit, unter Dauerüberwachung denn schon angestellt und vorbereitet haben könnten. Wenn sie an Jills Arbeiten dachte, andererseits…

Hundert Meter von ihnen entfernt im Wald blitzten Taschenlampen auf. Näher, als suchende Soldaten sein sollten. Zweige knickten unter Schritten. Eine Stimme rief etwas. Nervös blickten alle kurz hinüber, dann war es wieder still. Einer der Soldaten neben ihnen flüsterte in sein Headset.

Helen drückte sich hinter den Baum, lauschte auf Schritte. Gerade noch hatte sie sich unter einem Lichtstrahl weggeduckt. Jetzt war es wieder dunkel. In den letzten Minuten waren ihr die Suchtrupps immer näher gekommen. Schon bald nach ihrer Flucht aus dem Tumult waren die ersten erschienen, hatten die Wiesen mit großen Leuchten in taghelles Licht getaucht. Tastender Schein war über das Gelände gewandert. An den Rändern im Halbdunkel hatte Helen Soldaten mit Nachtsichtgeräten erkannt. Sie waren über die Wiesen und in den Wald ausgeschwärmt. Helen war schon vor ihnen in den Wald gelangt, wo sie sich bessere Chancen auf ein Versteck ausrechnete, ohne großen Plan, wie es weitergehen sollte. Ihre Instinkte trieben sie und ihre Angst. Vorsichtig hatte sie sich im spärlichen Mondlicht, das durch die Kronen fiel, von Baumstamm zu Baumstamm getastet, bis sie Schritte gehört hatte, die näher kamen. Eine Stimme forderte dazu auf, sich zu zeigen. Sie nannte Namen. Fünf. Darunter Helens. Viele waren bei der Schlägerei also nicht entkommen. Die Männer waren jetzt vielleicht noch zehn Meter von ihr entfernt. Sie hatten die Lampen wieder ausgeschaltet und verließen sich auf ihre Nachtsichtgeräte. Damit waren sie Helen gegenüber im Vorteil.

Sie suchte verzweifelt nach einem Ausweg, als die Schatten innehielten. Jemand flüsterte etwas. Den Moment nutzte Helen, um weiterzuhuschen, Abstand zu gewinnen. Keine Zweige unter ihren Füßen, Glück. Lange würde sie den Typen nicht mehr entkommen.

»Eines unserer Teams«, erklärte der Soldat nach kurzem Gewisper in sein Helmmikro der Präsidentin und Jessica. »Alles in Ordnung.«

Nichts war in Ordnung, aber das wusste er nicht. Die Präsidentin suchte wieder Abstand von ihm, bevor sie zu Eugene sagte: »Ihr wollt die Menschen, wie wir sie kennen, abschaffen. Und du meinst, wir werden das so einfach zulassen?«

»Warum nicht?«, antwortete Eugene. »Was habt ihr denn so Großartiges erreicht? Mehr Hungernde, Arme, Kranke, Chancenlose als je zuvor…«

»Aber auch mehr Gesunde, Gebildete, der Armut Entkommene…«

»…Ungleichheit, brutale Kriege, Klimawandel. Im Übrigen haben die Menschen schon immer die Menschen, wie sie sie kannten, abgeschafft. Ein Mensch aus dem Mittelalter würde uns alle für Wunderwesen halten und die Welt, in der wir leben, nicht wiedererkennen. Wir setzen diesen Weg nur fort.«

»Technische und soziale Entwicklung sind doch wohl ein Unterschied zur genetischen Veränderung der Natur!«

»Unsere Natur hat sich laufend genetisch verändert. Warum haben manche Menschen blaue Augen? Wegen einer kleinen Mutation irgendwo im Schwarzmeergebiet vor sechs- bis neuntausend Jahren. Warum vertragen Nordeuropäer Kuhmilch besser als Südeuropäer? Genetische Veränderung. Zwei von vielen Beispielen.«

»Aber das waren natürliche Veränderungen!«

»Und was ist daran besser als an gezielten?«

»Etwa, dass sie über Generationen hinweg verliefen und Zeit zur Anpassung gaben.«

»Der Neandertaler starb trotzdem aus. Was war besser daran, dass es über Jahrtausende hinweg geschah statt innerhalb weniger Generationen? Hör auf, deine Angst zu rationalisieren«, forderte Eugene.

Jessica hasste diesen Jungen zunehmend. Weil er auf alles eine Antwort hatte, die – wenigstens im ersten Augenblick – einleuchtend klang.

»Du schüttest das Kind mit dem Bade aus. Natürlich wirft diese Entwicklung Fragen auf. Wie schon bei grüner, roter und weißer Gentechnik in Medizin, Landwirtschaft und Industrie. Gegen die hast du auch nichts.«

»Viele Menschen schon.«

Eugene lachte so laut, dass sich die Soldaten besorgt nach ihnen umsahen. »Die dir egal sind! Sonst wäre Gentechnik in den USA nicht so weit verbreitet. Also komm mir nicht mit den Argumenten der Gegner! Folgen der Gentechnik für Armutsgeplagte und Benachteiligte weltweit waren dir scheißegal, solange du und deinesgleichen damit viel Geld verdienen konnten. Doch jetzt plötzlich ist deine Vorrangstellung als reiche weiße Frau der westlichen Welt, also als Mitglied der privilegiertesten Prozente der Menschheit – wenn man von reichen weißen *Männern* absieht –, in Gefahr! Ja, wer hätte gedacht, dass du je in diese Situation kommen würdest?«

»Wir reden von einer völligen Neudefinition des Menschenbildes!«

»Na, na, das hatten wir gerade schon. Im Übrigen, von welchem Menschenbild sprechen wir? Dem säkular-westlichen? Dem christlich-westlichen? Dem christlicher Fanatiker, von denen wir gerade hier in den USA eine Menge haben? Dem jüdisch-westlichen? Dem jüdisch-orthodoxen? Dem von gemäßigten Muslimen? Islamisten? Buddhisten? Radikalen, völkermordenden Buddhisten in Myanmar? Oder einem der unzähligen anderen? Welches Menschenbild? Der Mensch definiert sich ständig neu. Muss. Nicht zuletzt wegen der Technologien, die wir entwickeln. Wie bei allen Technologien stellt sich doch nicht die Frage des Ob, sondern des Was und Wie. Was tun, was unterlassen? Wie tun? Etwa: Wem gehört ein Genom, das einer Pflanze, eines Tieres oder eines Menschen? Irgendeinem Konzern, dem Lebewesen beziehungsweise Individuum oder der Allgemeinheit? Dürfen die damit verbundenen Möglichkeiten kommerziell genutzt werden? Und wenn ja, wie stellt man sicher, dass so elementare Veränderungen nicht wenigen Staaten, transnationalen Konzernen und einer kleinen Minderheit zugutekommen, denen sie Supermacht über die Nahrungsmittelversorgung, Gesundheit oder Intelligenz der Welt verleihen? Wie verhindert man Schäden durch die Freisetzung gentechnisch modifizierter Organismen?« Er schüttelte sich. »Grauenvolle Bezeichnung. Wenn man bedenkt, dass sie auch mich meint. Wie verhindert man, dass ein Saatgutkonzern Abermilliarden an Gensoja oder Baumwolle und auch gleich noch an dem dazu notwendigen Pestizid verdient, die Schädlinge jedoch wenige Jahre später resistent gegen das Pestizid werden und erst recht Schaden anrichten, weil es keine genetische Vielfalt mehr auf den Feldern gibt? Und darunter dann alle leiden, aber der Konzern die Kosten auf die Allgemeinheit abwälzt? Dass solche Konzerne deine Regierung und andere kauft? Dass dies in Zukunft auch die Winthorpes dieser Welt machen? Natürlich können sich genetisch veränderte Lebewesen wie invasive Arten auswirken. Stellt sich die Frage, ob wie die Kaninchen in Australien negativ oder wie Mais, Reis oder Weizen weltweit positiv? Diese Fragen musst du beantworten. Nicht deine kleinlichen Bedenken über das Weiterbestehen einer Menschheit, die in Wirklichkeit immer davon gelebt hat, sich zu entwickeln und eben nicht im Zustand des Höhlenmenschen oder mittelalterlichen Pestopfers zu verharren. Die jeden Tag schon eine neue ist und damit klarkommen muss, dass sie sich tags darauf schon wieder verändert haben wird. Zum Glück! Sonst würdest du immer noch an einem Schnupfen sterben, und die einzige Narkose vor der Operation durch einen Quacksalber wäre eine Flasche Rum!«

Stanley Winthorpe murmelte etwas, das für Jessica wie eine Beschimpfung klang, aber niemand verstand ihn. Und niemand beachtete ihn.

Ihre Wanderung hatte sie zum Eingangsbereich der Anlage geführt. Vor ihnen hoben sich die Schatten der Hubschrauber von der Wiese ab, mit denen die Präsidentin und ihr Tross vor wenigen Stunden eingeflogen waren. Unbeweglich und finster hockten sie da wie ruhende Ungetüme. Hinter ihnen strahlte Licht aus zwei Fenstern und warf lange Schatten der Räder über den Boden.

Eugene schlenderte darauf zu.

»Cool!«, rief er. Mit einem Mal vernahm Jessica jungenhafte Aufgeregtheit in seiner Stimme. »Sea Kings! Kenne ich nur aus Computerspielen!«

Er eilte darauf zu, als sich ihm ein Soldat in den Weg stellte. Im Gegensatz zu den anderen trug er keine Kampfuniform, sondern eine schicke blaue mit Mütze. Seine einzige Waffe war eine Pistole an seiner Hüfte. Die Präsidentin gab ihm mit einem Wink den Befehl, den Jungen durchzulassen.

Und dann stand er wie jeder normale Zehnjährige an den getönten Scheiben und versuchte, einen Blick ins Innere zu erhaschen. Genauso hatte Jamie schon einmal an einem Marine One geklebt, erinnerte sich Jessica.

»Willst du mal drinsitzen?«, fragte die Präsidentin gönnerhaft. Da war er wieder, dieser tantenhafte Ton, bemerkte Jessica besorgt. Ein weiteres Zeichen zu dem Wachhabenden, und dieser öffnete die Tür. Eilig kletterte Eugene hinein, während die Präsidentin und Jessica davor stehen blieben.

»Darf ich auf den Pilotensitz?«, fragte Eugene aufgeregt.

»Klar«, antwortete die Präsidentin.

Sie stieg zu ihm in den Helikopter und setzte sich auf den Copilotensitz. Der Bewacher folgte ihr, blieb hinter den Sitzen stehen.

Im Pilotensitz wirkte Eugene ein wenig verloren. Seine Finger glitten über die Instrumente, ohne sie zu berühren. »Ist das deiner?«, fragte er. »Ich meine, ist der jederzeit für dich startbereit? Du bist die Präsidentin.«

»Ich schätze ja«, lächelte sie und wandte sich an den Mann hinter ihr. »Pilot. Sind wir startbereit?«

»Mrs. President jederzeit«, antwortete er stramm.

Eugenes kleine Hände umfassten das Steuer. Simulierten Bewegungen, gegen die sich die Sperre stemmte. So blieb er sitzen und träumte. »Cool!«

»Gerade belehrt er uns noch über elementare Menschheitsfragen und diskutiert Zukunftsentscheidungen«, murmelte Rich. »Und jetzt das?«

»Hat er öfter, diese Stimmungswechsel«, flüsterte Jessica.

»Hat er oder macht er?«, wisperte Rich zurück.

»Gefällt mir auch nicht. Bis jetzt hat er sich damit jedes Mal aus kritischen Situationen getrickst.«

Misstrauisch sah sie sich um, während Rich die Schnauze des Helikopters umrundete. Vor ihnen lag, nur durch die Hubschrauber getrennt, das spärlich beleuchtete Hauptgebäude, hinter ihnen der dunkle Park. Etwas stimmte hier nicht.

81

Helen war in die Richtung weitergehastet, aus der die wenigsten Suchscheinwerfer kamen. Unter sich nur der Waldboden, über sich zwischen den Baumkronen manchmal schwarzblauer Himmel. Einmal war sie den Soldaten entkommen, doch sie waren überall. Diese Männer suchten sie nicht, sie jagten Helen! Jessica Roberts' Antworten waren zu ausweichend gewesen. Womöglich behielten die Hysterischen unter den Gästen recht. Man würde sie morgen nicht nach Hause lassen. Man würde sie nie wieder nach Hause lassen. Die Regierung könnte das Projekt beenden und sie dauerhaft hierbehalten. Oder in irgendeinem geheimen Guantanamo verrotten lassen. Oder noch schlimmer.

Als sie eine Gruppe von Büschen umrundete, fand sie sich zu ihrer Überraschung weit vorn auf der Anlage. Etwa dreißig Meter entfernt beleuchtete ein schwacher Lichtschein aus zwei Fenstern die Flanken einiger Hubschrauber. Mit ihnen mussten die Präsidentin und ihre Leute gekommen sein. Bei der Schnauze des einen entdeckte sie die Schatten mehrerer Personen, vier davon mit sehr massiver Statur. Schon wieder Soldaten in Schutzwesten und Helmen! Helen verlangsamte ihre Schritte. Etwas geschah dort vorn. Sie meinte mehrere Schatten zu erkennen, die sich der Gruppe sehr schnell näherten. Kleiner. Lautlos. Wie Laufvögel. Oder Raubtiere.

Jessica bemerkte die Schatten zu spät. Dann explodierte etwas in ihrem Kopf, schleuderte sie zu Boden. Durch einen Tränenschleier nahm sie andere Schatten wahr. Sie säbelten Beine in schweren Stiefeln um, sprangen auf Brustkörbe in Kevlarwesten, wirbelten gegen behelmte Köpfe. Die Soldaten wankten, zwei der vier strauchelten und stürzten nach heftigen Tritten gegen ihre Knie. Jessica versuchte sich hochzustemmen. Das waren Kinder! Höchstens sieben Jahre alt! Aber sie bewegten sich so schnell! Und kraftvoll! Schnellten aus dem Stand über die Köpfe der Soldaten, traten im Sprung gegen deren Körper, bevor diese auch nur zu einer Schutzbewegung oder Gegenwehr ansetzen konnten. Übermenschliche Martial-Arts-Akrobatik im realen Leben. Die beiden noch stehenden Soldaten hatten keine Chance, sie zu fassen. Hilflos fuchtelten sie mit den Läufen ihrer Waffen durch die Luft, immer zu langsam. Im Zwielicht und dem Tumult konnte Jessica die Kinder nicht zählen. Fünf vielleicht. Eines traf das Handgelenk eines Soldaten, und dieser ließ stöhnend seine Waffe fallen. Noch bevor sie den Boden berührte, hatte ein anderes Kind sie gefangen, war hochgeschnellt und rammte sie dem Mann mit Wucht ins Gesicht, während das erste ihm in die Kniekehlen sprang. Er stürzte, das bewaffnete Kind landete auf seiner Brust. Einen Lidschlag lang dachte Jessica, es würde schießen, doch es hieb noch zwei Mal zu, dann lag er reglos da. Auch zwei andere Soldaten waren bewegungslose Haufen auf dem Boden, nur einer wehrte sich noch gegen drei kleine Wesen, die vereint mit den eroberten Schnellfeuergewehren auf ihn eindroschen. Jessicas Kopf dröhnte, ihr Körper war eine schmerzende Wunde, aber sie hatte sich auf die Ellenbogen hochgerappelt, als vor ihr zwei Füßchen auftauchten. Sie gehörten zu einem Mädchen, höchstens so alt wie Amy, das gerade dazu ausholte, den schweren Lauf der Maschinenpistole erneut auf Jessicas Kopf zu donnern, als Rich auf sie zustürzte. Mit ausgebreiteten Armen riss er sie zu Boden. In einer blitzschnellen Bewegung wand sie sich noch im Fallen auf den Rücken und trat ihm so brutal gegen den Hals, dass er sich aufbäumte, einen panischen Blick mit weit aufgerissenen Augen im Gesicht. Dann sackte er zusammen, ein zuckendes Bündel im Gras. Jessica wollte zu ihm robben, doch das Mädchen stand schon wieder vor ihr, nun den Lauf auf sie gerichtet. Jessica konzentrierte sich auf den Finger am Abzug. Sie sah einen Blitz, dann explodierte mit ohrenbetäubendem Lärm ihr Kopf.

Helen hockte starr. Der Angriff hatte vielleicht fünf Sekunden gedauert. Nun lagen die Erwachsenen bewegungslos auf dem Boden. Über sie beugten sich die Schatten von fünf Kindern. Tastend, prüfend. Erhoben sich. In den Händen die Maschinenpistolen der Überwältigten.

Täuschte sich Helen? Oder startete soeben der Motor des Hubschraubers? Ohne es bemerkt zu haben, war sie Schritt für Schritt näher gekommen, beobachtete die Szene aus vielleicht zehn Metern Entfernung.

Tatsächlich, die Rotoren mussten sich schon während der Attacke in Bewegung gesetzt haben und beschleunigten immer mehr.

Im Gebäude sprangen Lichter an.

Der Motor dröhnte lauter. Der Rotorenwind war so stark, dass sogar Helens Haar flatterte. Die bewaffneten Kinder kletterten durch die nun weit geöffneten Seitentüren ins Innere. Bei dem Lärm waren die Stimmen aus der Richtung des Gebäudes kaum mehr zu vernehmen. Voluminöse Schatten stürmten aus zwei Türen. Andere umrundeten die übrigen Hubschrauber, waren nur mehr wenige Meter entfernt. In den ohrenbetäubenden Lärm des Motors mischte sich weiterer Krach, dann ein Knallen. In den offenen Helikoptertüren blitzten helle Lichtscheine auf. Die heranstürmenden Schatten warfen sich zu Boden. Der Hubschrauber wankte. Eine der niedergeschlagenen Personen stützte sich mühselig auf die Ellenbogen. Hob einen Arm, winkte.

»Nicht schießen!«, brüllte Jessica. Sie wusste, dass sie gegen das Motorengebrüll chancenlos war. In ihrem Kopf drehte sich alles, als wirbelten die Rotoren direkt darin. Der Schmerz pulsierte bis in den Nacken. Trotzdem zwang sie sich auf die Beine. Sah auf einen Blick alles, was sie befürchtet hatte. Eugene im Pilotensitz, die Finger an den Instrumenten und dem Steuer. Neben ihm jetzt der Pilot. An seinem Kopf der Lauf einer Maschinenpistole. Durch die offenen Türen im Mittelbereich die Präsidentin. Neben ihr eines der Kinder, die sie angegriffen hatten. Ebenfalls mit einer Waffe, deren Lauf gegen den Schädel der Präsidentin drückte. Zwei weitere standen in der von Jessica abgewandten Tür.

»Nicht schießen!«, wiederholte Jessica, ihre eigene Stimme nicht hörbar, mit ausgebreiteten Armen um den Hubschrauber herumlaufend, den Soldaten entgegen. Der Wind warf sie fast zu Boden. Neben ihr hob sich die Schnauze des Hubschraubers. Aus den Augenwinkeln sah sie kleine Gegenstände aus dem Hubschrauber fallen. »Nicht schießen! Sie haben die Präsidentin!«

Gebannt verfolgte Helen, wie der Hubschrauber seinen plumpen Körper unbeholfen in die Luft zu bekommen versuchte. Ein Rad hob vom Boden ab, tippte noch einmal auf, hob wieder ab, wie ein Kind, das Laufen lernt. Von den Gebäuden auf der anderen Seite her war die Szene nun grell beleuchtet. Soldaten standen und knieten am Rasen, die Gewehre im Anschlag. Zwischen ihnen und dem Heli eine Gestalt mit ausgebreiteten Armen. Jedes Geräusch erstickt im Geheul der Rotoren. In der offenen Seitentür zu den Soldaten hin drei Umrisse von Kindern. Hinter ihnen am Boden noch jemand. Das Schießen hatte aufgehört. Der Hubschrauber hob sein zweites Rad. Setzte es noch einmal zwischen den leblosen Körpern ab. Der helle Lichtschein, der durch die Seitentür fiel, wurde schmaler. Die Kinder schlossen sie.

Der gleißende Lichtkegel, der Helen mit einem Mal umhüllte, riss sie aus ihrer Starre.

»Da ist eine!«, hörte sie Stimmen hinter ihr durch den Rotorenlärm brüllen.

»Bleiben Sie stehen!«

Panisch wandte sich Helen um, hob schützend die Hand gegen das blendende Licht, sah nur leuchtendes Weiß. Drehte sich um, fast blind von der Helligkeit, rannte los.

»Helen Cole? Bleiben Sie stehen!«, drang es dünn zwischen dem Rotorengeknatter von der einen Seite, »Nicht schießen!«, von der anderen.

Helen dachte nicht, sie flog über den Rasen.

Erst als sie sich an die Ladefläche des Helikopters klammerte und hochzog, wurde sie von einem der Kinder bemerkt. Im Gegenlicht erkannte Helen nur dessen Silhouette. Sie verlor den Boden unter ihren Zehen, stemmte sich halb in den Innenraum. Die Plattform schwankte, als der Hubschrauber an Höhe gewann. In einer abrupten Bewegung drehte er sich um die eigene Achse, die Motoren heulten auf, Helen rutschte ab und fand sich im grellen Licht der Gebäudescheinwerfer wieder. Sie klammerte sich an das Fußgestell eines Sitzes, während ihre Beine hinausglitten und im Flugwind baumelten. Panisch blickte sie an ihnen vorbei hinunter. Noch waren sie nicht zu hoch. Wenn sie jetzt losließ, würde sie sich bei der Landung vielleicht nur einen Knöchel verstauchen. Aber der Hubschrauber war im Augenblick ihr einziger Weg hier heraus! Hinter ihr lagen Soldaten auf dem Rasen und richteten ihre Waffen auf die Maschine. Eine Person stand mit ausgebreiteten Armen zwischen ihnen und dem Hubschrauber. Als sie sich umdrehte, erkannte Helen Jessica Roberts. Für einen Moment trafen sich ihre Blicke. Dann drehte sich der Hubschrauber weiter. Helen mobilisierte ihre letzten Kräfte, ihre Armmuskeln brannten, jetzt lohnte sich die Quälerei im Fitnessstudio. Mit einer geradezu übermenschlichen Anstrengung zog sie sich ins Innere des Hubschraubers, kleine Hände halfen ihr dabei. Kaum war sie drin, drosch jemand hinter ihr die Tür zu. Atemlos warf sie sich auf einen Sitz. Suchte nach Halt. Mit einer abenteuerlichen Kurve stieg der Hubschrauber weiter in die Dunkelheit. Irgendwo zwischen Erstaunen und Entsetzen stellte sie fest, dass auf dem Pilotensitz niemand saß. Zumindest konnte sie keinen Kopf mit Pilotenmütze wie auf dem Copilotensitz erkennen. Der Innenraum war eng und voll mit Kindern, in den Händen Maschinenpistolen, zu groß und bedrohlich, auch wenn sie die Läufe auf den Boden gerichtet hatten. Kindersoldaten! Himmel! Etwas ratlos betrachteten sie ihre unerwartete Passagierin, während sie sich irgendwo festzuhalten versuchten. Noch immer lag der Heli nicht gerade in der Luft, sondern schwankte und kurvte.

»Gene!«, brüllte einer. »Gene!« Keine Chance gegen den Motorenlärm. Der Junge glitt auf einen Sitz, schnallte sich an, behielt Helen im Auge.

Schräg hinter sich nahm sie eine Bewegung wahr. Eine Erwachsene mühte sich in dem schiefen, wackeligen Gefährt auf einen Sitz. Die ganze Situation war bereits so surreal, dass Helen sich nicht mehr darüber wunderte, wer da mit ihr in dem Hubschrauber saß: die Präsidentin. Doch in diesem Augenblick waren sie beide nur zwei einfache Frauen in einer unglaublichen Situation. Helen meinte in ihrem Blick dasselbe zu lesen, was auch sie dachte: Welch ein Albtraum! Wie wecke ich mich daraus auf?!

Aber immerhin: Sie war in der Luft, auf dem Weg hinaus.

Mit erhobenen Händen hielt Jessica die Soldaten weiterhin vom Schießen ab, während sie zwischen den parkenden Hubschraubern hin und her lief. Was für einen lächerlichen Eindruck sie bieten musste! Und wenn! Die ersten Piloten hatten ihre Sitze bereits eingenommen, starteten die Motoren.

»Niemand verlässt das Gelände!«, brüllte sie. Verzweifelt blickte sie sich um. Hatten die Soldaten keine entsprechenden Anweisungen bekommen? Sie sprangen in die Helikopter. Jessica musste einsehen, dass ihr hektisches Winken niemanden beeindruckte. Für einen Moment überlegte sie, einem der Soldaten eine Waffe zu entwinden und die anderen zu stoppen. Das würde sie vermutlich kaum ein paar Sekunden überleben. Instinktiv blickte sie sich um, entdeckte zwischen den noch immer reglosen Körpern am Boden mehrere Gegenstände, die beim Start aus dem Helikopter gefallen waren. Mit ein paar Schritten war sie dort. Drei Mobiltelefone. Ohne nachzudenken, raffte sie die Geräte an sich und sprang zu Rich, der am nächsten lag. Auf dem Rücken, die Augen fast aus dem Gesicht gesprungen, eine Hand um den Hals gekrallt.

»Rich!«, brüllte sie. Er reagierte nicht, sein Körper ein Brett, kein Zucken, kein Atemringen.

»Rich!«

Sie versuchte, die Hand von seinem Hals zu trennen, doch der Arm war zu verkrampft. Sie wusste nicht, wo genau der Tritt des Mädchens ihn getroffen hatte oder was sie tun konnte. Beatmen? Womöglich genau das Falsche, wenn der Kehlkopf zertrümmert war. Was sonst?

Ihr Blick sprang zwischen dem Erstickenden und den startenden Helikoptern hin und her, dann presste sie die Lippen auf seine und drückte so viel Luft wie möglich in ihn hinein.

Richs Körper spannte sich wie ein Bogen rücklings durch, die Hand schnellte von seinem Hals auf den Boden. Jessica holte tief

Luft und wollte zur nächsten Beatmung ansetzen, als Rich mit einem scharfen Pfeifen einatmete. Mit irrem Blick sah er sich um, fuchtelte mit den Armen, zeigte ihr schließlich einen nach oben gestreckten Daumen und scheuchte sie weg. Sie verstand, sprang auf und rannte zu den Gebäuden, in denen die Überwachungszentrale lag. Während hinter ihr die Motoren lauter wurden, stürmte sie hinein. Treppen hoch, Flure entlang. Atemlos stürzte sie in den Raum. Aufgeregt debattierten Soldaten und Polizisten durcheinander, telefonierten, funkten, gaben Befehle durch.

»Stoppen Sie die Helikopter!«, forderte Jessica. »Niemand darf die Anlage verlassen!«

Die drei fremden Mobiltelefone ließ sie auf einen Tisch fallen. Sie sahen aus wie die Spezialgeräte hochrangiger Politiker oder Militärs, die abhörsichere Kommunikation benötigten. Jessica ahnte, wem sie gehörten.

Einige der Männer und Frauen warfen ihr kurze irritierte Blicke zu. Widmeten sich wieder dem Durcheinander.

Auf den Monitoren war wenig zu erkennen, immerhin rappelten sich inzwischen zwei der niedergeschlagenen Soldaten wieder auf, und auch Rich kämpfte auf allen vieren darum aufzustehen.

Hinter Jessica stampfte der kommandierende General herein. »Maschinen bleiben am Boden!«, polterte er mit dröhnender Stimme. »Starts sofort stoppen!«

Jetzt hatte er ihre Aufmerksamkeit. Jessica war ganz seiner Meinung. Je geringer das Risiko, desto besser.

»Was ist los?«, fragte er. »Warum flog der Heli ab? Wer flog? Weshalb ließen Sie nicht schießen?«

»Die Präsidentin ist an Bord«, erklärte Jessica. »Entführt von ein paar Kindern.« Der General zeigte keine Regung, und Jessica fügte hinzu: »Klingt lächerlich. Ist aber so.«

»Verstehe«, sagte der General nach einer Denksekunde. »Headquarter soll Marine One tracken, Daten an die Alarmeinheiten draußen durchgeben! Sie sollen die Verfolgung aufnehmen.«

Jessica wandte sich an einen Verbindungsmann des San Diego Police Department: »Sie haben doch eine Air-Control-Einheit?«

Der Mann nickte.

»Die muss auch hinauf. Sofort.«

Der Mann zückte sein Telefon.

»Was ist passiert?«, wollte der General wissen.

»Wir wissen es noch nicht genau«, antwortete einer der Männer an den Geräten.

»Ich weiß es«, erklärte ihm Jessica. »Ich war dabei.«

In kurzen Worten schilderte sie ihm die Ereignisse.

»Die Kinder?«, fragte er ungläubig. Straffte sich.

»Wir müssen sie so schnell wie möglich wieder einfangen! Falls sie wirklich dieses Virus tragen...«

»Okay«, bellte er in den Raum. »Luftverstärkung aus NAS North Island! Kritische Person an Bord des Marine One! Nur Beobachtung! Seucheneinheiten alarmieren! Außerdem die Handys der Präsidentin und des Piloten orten!«

Hektisch folgten die Frauen und Männer den Befehlen. Beendeten Gespräche an ihren Geräten und begannen neue.

»Verdammt!«, murmelte der General. »Wir sind blind hier. Haben keine Ahnung, wo die hinwollen.«

»Wir können ohnehin nirgendshin«, erinnerte ihn Jessica. Ihr Kopf fühlte sich an wie ein Ballon kurz vorm Platzen, in den weiter stoßweise glühende Luft gepumpt wurde. Sie zeigte dem General die drei Telefone.

»Das mit dem Orten der Telefone ist eine gute Idee«, sagte sie. »Aber offensichtlich hat jemand anders auch daran gedacht. Ich fürchte, sie mussten die Dinger auf Wunsch der Kinder zurücklassen.«

»Verdammte Minimistkerle«, grollte er. Hob den Blick wieder auf die Monitore. »Im Zweifelsfall werden die Einheiten eine Entscheidung treffen müssen. Die Präsidentin zu retten oder die Ausbreitung des Virus zu verhindern.«

»Ich weiß«, sagte Jessica. »Wir können kein Risiko eingehen. Bezüglich des Virus. Zur Not müssen Ihre Leute mannstoppend arbeiten.«

Der General verzog keine Miene.

Unter ihnen sah Helen die Lichter einer Stadt glitzern. Eugene steuerte den Hubschrauber unbeleuchtet wenige Dutzend Meter über den Dächern. Im Licht der Straßenlaternen erkannte Helen Details in Gärten und auf der Straße. Liegen neben Swimmingpools. Eine Menschengruppe an einer Straßenecke, die zu dem Lärmmacher über ihnen hochblickte. Kreuzungen, an denen die Ampellichter ihre Farbe wechselten.

Für eine Unterhaltung war es zu laut. Unverändert klammerte sich eines der Kinder, ein Junge, an den Copilotensitz, in der freien Hand die Maschinenpistole, deren Lauf an die Schulter des Copiloten gedrückt. Ein ungeschicktes Manöver, ein Schwächeanfall, ein unglücklicher Zufall würden genügen, dachte Helen, und der Mann hätte ein Loch in seinem Rumpf. Oder mehrere, je nachdem, auf welche Funktion die Waffe eingestellt war.

Die Präsidentin saß mit angespannter Miene schräg hinter Helen. Neben ihr noch ein Junge, eine Waffe quer über die Schenkel gelegt, auf sie gerichtet.

Nur Helen bedrohte niemand direkt. Zwei weitere Kinder, Mädchen, hatten Waffen auf dem Schoß und ließen die Blicke abwechselnd durch den Innenraum und ins Freie wandern. Hatte Helen in den ersten Minuten ihren spontanen Entschluss bedauert, ihre Panik angesichts der bewaffneten Kinder kaum beherrschen können, befand sie sich nun in einem Zustand gefasster Ruhe. Ein Gefühl sagte ihr, dass von diesen Kindern keine unmittelbare Gefahr ausging. Sie würden ihr nichts tun. Selbst die Erkenntnis, dass ein Zehnjähriger den Helikopter steuerte, beunruhigte sie nicht mehr als alles andere. Sie hatte die Selbstverständlichkeit beobachtet, mit der Eugene die Geräte bediente. Als habe er den Heli schon tausend Mal geflogen. In *New Gardens* Spielzimmern wahrscheinlich. Ob das für die Realität genügte? Schnurgerade jagten sie über die Stadt. Nicht beurteilen konnte sie, wie weit der Copilot auf seiner Seite mitsteuerte. Immerhin wusste er um seine bedeutende Passagierin. Um die eine.

Helen fragte sich nach dem Ziel der Kinder. Nach ihrer Flucht aus *New Garden* würden sie bestimmt von den anderen Hubschraubern und bald der gesamten Polizei und allem verfügbaren Militär der Region gejagt werden. Selbst wenn diese einige Zeit benötigen würden, um in die Luft und auf die Straßen zu kommen, irgendwann würden sie auftauchen. Helen wusste nicht, wie viele Minuten seit dem Start vergangen war. Fünf vielleicht. Höchstens zehn.

Helens Gedanken wanderten zu Greg, als aus Eugenes Pilotensitz dessen kleiner Arm auftauchte und sein Kinderfinger auf etwas vor ihnen zeigte. Der Hubschrauber bremste seine Geschwindigkeit und begann zu sinken. Helen versuchte einen Blick aus den vorderen Fenstern zu erhaschen. In einem engen Kreis überflogen sie etwas, das wie ein schlecht beleuchteter Großparkplatz aussah, auf dem nur ein Viertel der Plätze besetzt war. Eugene zog die Kurve noch enger, legte den Hubschrauber noch stärker in die Kurve. Mit einem Mal sackten sie so schnell ab, dass Helens Magen gegen ihren Hals drängte. Jetzt stürzen wir doch ab!, dachte sie verzweifelt. Im nächsten Augenblick fingen sie sich wieder, fast schon auf dem Boden, blieben noch einen Moment in der Schwebe, bevor sie sanft aufsetzten. Mit flinken Bewegungen fingerten Eugenes kleine Hände über die

Instrumente. Dann sprang er aus dem Sitz und wandte sich um. Nur ein kurzer Blick auf Helen, deren Anwesenheit ihm eines der Kinder ins Ohr gebrüllt hatte. An alle gerichtet, brüllte er: »Wir nehmen den dort!« Er zeigte auf einen älteren GMC-Van, der sich im Schatten außerhalb der Laternenlichter einige Meter vor ihnen versteckte. Ein Klassiker aus Helens Kindheit. Selbst für sie, die sich nicht für Autos interessierte.

»Versuchen Sie bitte keinen Unsinn!«

Der zweite Junge hatte bereits die Tür auf der Autoseite geöffnet. Nacheinander sprangen sie unter den laut flappenden Rotoren ins Freie. Als Helen zögerte, erklärte Eugene mit einem Fingerzeig auf ihren Bauch: »Bei uns sind Sie besser aufgehoben. Glauben Sie, die hier«, er wies auf die Präsidentin, »wird Sie und die anderen Mütter einfach gehen lassen? Wenn die gewinnen und Sie Ihr Kind überhaupt bekommen dürfen, wird man es Ihnen wegnehmen. Oder Sie damit irgendwo wegsperren. Bestenfalls.«

»Das ist…«, setzte die Präsidentin an, doch Eugene unterbrach sie.

»Sie sind eine von uns«, sagte er zu Helen. »Wir sind Ihre einzige Chance! Kommen Sie mit!«

Die Bemerkung verschlug ihr den Atem.

Eine von uns!

»Hören Sie doch nicht auf ihn!«, rief die Präsidentin. Sie packte Helen am Arm. »Er redet Unsinn!«

Eugene lächelte sie an. Lächelte! »Ich rede Unsinn? Wer hat denn *New Garden* militärisch abgesperrt und sie festgehalten? Ich etwa? Kommen Sie«, sagte er zu Helen, als wäre es eine Einladung. Schon wieder war alles in ihrem Kopf durcheinandergeraten. Eine von uns. Potenzielle Mutter zweier von euch. Wollte sie das? Diese kleinen Krieger. Helen spürte den Griff der Präsidentin. Wagte keinen Widerspruch gegen den Jungen.

»Diskutiere nicht mit Bewaffneten«, sagte sie zur Präsidentin und entwand sich deren Griff. Eugenes Winken mit dem Lauf der Waffe überzeugte auch die Präsidentin. Gemeinsam sprangen sie in den Wind der sich verlangsamenden Rotoren. Wie ein trainiertes Combat-Team liefen die Kids zu dem Auto, die beiden Frauen und den Piloten zwischen sich. Eugene steckte seine Hand dabei in die Hosentasche, zog sie wieder heraus, tappte auf andere Hosentaschen, eine Brusttasche am Hemd. Einen Moment lang meinte Helen Irritation in seinem Gesicht zu erkennen. Hatte sie sogar einen leisen Fluch gehört?

Helen suchte den Himmel nach anderen Hubschraubern ab, entdeckte zu ihrer Überraschung aber keinen. Sie lauschte auf Polizeisirenen. Nichts. Waren sie so schnell wieder gelandet, dass niemand ihre Spur hatte aufnehmen können? Aber die anderen Hubschrauber mussten ihnen doch gefolgt sein! Hielten sie so weit Abstand, dass Helen sie weder sehen noch hören konnte? Unwahrscheinlich. Doch Helen vernahm nur die üblichen Geräusche eines Parkplatzes in einer nächtlichen Stadt. Und das Splittern von Glas, als ein Junge mit seinem Gewehr das Seitenfenster des Vans einschlug. Eugene griff hinein, öffnete die Fahrertür. Kletterte ins Innere, öffnete die Beifahrertür. Hockte sich zurück auf den Fahrersitz, beugte sich darunter, sodass er fast unter dem Steuer verschwand. Während die anderen die Präsidentin und den Piloten auf der Beifahrerseite in den Wagen schoben und ihnen folgten, riss Eugene die Verkleidung unter dem Lenkrad ab und schloss die Startkabel kurz, wie Helen es nur aus Filmen kannte. Wo hatte der Junge solche Fertigkeiten gelernt? Mit sattem Gurgeln bollerte der Motor los, und Eugene hopste auf den Beifahrersitz. Schüttelte den Kopf, als könne er selbst nicht glauben, dass es ihm gelungen war.

Sie musste zu verblüfft geschaut haben.

»Filme, Internet«, erklärte er, während seine Hände wieder in den Hosentaschen wühlten. »Keine Hexerei. Könnten Sie auch, wenn Sie sich fünf Minuten hineintigern. Funktioniert natürlich nur bei älteren Wagen wie diesem.« Er deutete auf sie. »Sie fahren.« Als sie nicht sofort folgte: »Los.«

Von der Rückbank starrte Helen das schwarze Loch des Laufs einer Maschinenpistole an. Nein. Sie würden ihr nichts tun.

»Gehorchen Sie ihm«, sagte nun auch die Präsidentin ruhig, aber bestimmt. Helen setzte sich hinter das Steuer, schloss die Tür. Sie würde auf ihre Chance zur Flucht warten müssen. Als sie die Hände auf den abgegriffenen Kunststoff des Lenkrads legte, merkte sie, wie sie zitterten.

»Licht lassen wir noch aus, bis wir auf der Straße sind«, befahl Eugene.

Eine von uns? Helens Linke umfasste den Lenker mit festem Griff, sie atmete tief durch, dann drückte ihre Rechte den Automatikhebel in die Fahrposition.

»Marine One gelandet«, knackte eine Männerstimme aus dem Funkgerät. Sie gab Koordinaten durch. Angespannt standen Jessica und der General hinter den Kommunikationsoffizieren. Die Präsidentin war entführt worden, doch Jessica konnte nur daran denken, wie es Rich ging. Aus einem anderen Lautsprecher schallte die Ansage, dass zwei Wagen in fünf Minuten dort seien.

»Fünf Minuten!«, fluchte der General. »Bis dahin können die sonst wo sein! Wo sind die Hubschrauber des NAS?«

»Unterwegs. In zwei Minuten über dem Zielgebiet«, erklärte eine dritte Stimme.

»Ich hasse das«, zischte der General. »Blind zu sein.«

»Können wir in dem Gebiet um den Landeplatz Straßensperren errichten?«, fragte Jessica.

»Negativ«, erwiderte die Stimme eines Polizisten. »Zu viele

Straßen, Hinterhöfe, Gärten, um sie in der zur Verfügung stehenden Zeit zu sichern.«

»Aber Sie haben Verkehrskameras!«, rief Jessica in das Mikro. »Versuchen Sie darüber etwas zu entdecken!«

»Schon dabei. Wir müssen aber erst die Aufnahmen der letzten Minuten sichten, bevor wir wissen, wohin sie unterwegs sind, um die aktuellen darauf absuchen zu können.«

»Dann hoffen wir auf die Hubschrauber«, murmelte Jessica.

Konzentrier dich! Sie betrachtete eine Karte San Diegos auf einem der Bildschirme, in der jemand bereits den Landeplatz markiert hatte. Mitten im Stadtgebiet. »Wohin können sie wollen?«

»Bewaffnet? Mit der Präsidentin als Geisel?«, fragte der General. »Auf jeden Fall an keine öffentlichen Orte wie Bahnhöfe oder Busbahnhöfe. Der internationale Flughafen macht keinen Sinn, weil diese Kids keine Pässe haben und nie durch die Security kämen.«

»Welche Kinder außer Eugene sind eigentlich abgehauen?«

Der General blickte sie wortlos an. Jessica griff zu einem Telefon. Wählte.

»Bringen Sie Doktor Winthorpe und Doktor Movelli in die Kommandozentrale. Überprüfen Sie außerdem in allen Häusern die Anwesenheit der Kinder sowie des gesamten *New Gardens* Personals und der Besucher. Wir müssen wissen, wer das Gelände verlassen hat.«

Von der Terrasse ihres Zimmers lauschte Greg in die Nacht. Das Dunkel des Himmels zerschnitten immer wieder die Suchscheinwerfer der Militärs. Helen hatten sie ihm bis jetzt nicht gebracht. Er betete, dass ihr nichts zugestoßen war. Die Männer waren schwer bewaffnet, es war finster – eine falsche Reaktion …

Von ferne drang Lärm. Hörte er Schüsse? Heiße Angst schoss in sein Gesicht. Er ließ sich in den Loungechair auf der Terrasse fallen und starrte in die Nacht. Nebenan stritt jemand bei geschlossenen Türen, sodass Greg nichts verstand. Seine Gedanken wanderten zurück zu dem Streit mit Helen. Sie hatte ja recht. Irvin ohne ihre Zustimmung zu kontaktieren war respektlos ihr gegenüber gewesen. Er fragte sich, was er sich dabei gedacht hatte. Aber zu dem Zeitpunkt hatte alles so verrückt geklungen! Und war doch harmlos gegen das, was sie nun erlebten.

Nie wieder würde er Helen enttäuschen, schwor er sich. Bitte, lieber Gott, lass sie heil aus dieser Sache herauskommen. Bitte!

Jessica bekam die Kamerabilder der Suchhelikopter live auf die Bildschirme in der Zentrale übermittelt. Weiße Lichtscheiben passten sich der Landschaft unter ihnen an, schmiegten sich in ihrer Bewegung über Gebäude, Gärten, Parks, Straßen. Auf einem Parkplatz erfassten sie vereinzelte Autos, bevor sie gefroren, den übergroßen Körper des gelandeten Hubschraubers im Zentrum, als könnten sie ihn so festhalten.

»Marine One gefunden«, erklärte eine hohle Stimme aus den Lautsprechern. Der Lichtkegel eines zweiten Hubschraubers torkelte um den fixen Lichtkreis über den Parkplatz. Aus der Perspektive einer weiteren Kamera sah Jessica über benachbarte Straßen mehrere Blaulichter heranrasen.

In der grellen Beleuchtung der Helis bewegte sich nichts.

»Die sind längst weg«, murmelte der General neben ihr.

»Längst ist nicht so lange her«, meinte Jessica ohne großen Optimismus.

»Was macht die Analyse der Verkehrskameras?«, fragte sie in das Mikro, das sie mit dem San Diego Police Department verband.

»Noch nichts, sorry«, kam als Antwort.

Hinter ihnen sprang die Tür auf. Durch sie torkelte Rich mehr, als er ging. Sein Gesicht zerschunden, die Nase geschwollen, in den Bartstoppeln um den Mund stand dunkles Blut. Auch das Hemd war voller Blut und zerrissen.

Zwei Schritte und Jessica war bei ihm.

»Sie haben die Präsidentin«, sagte sie, legte ihre Hand auf seinen Arm. »Bist du so weit okay?«

»So weit«, krächzte er heiser.

»Was machst du hier?«

»Nachsehen, wie es dir geht.«

Jessicas geschwollenes Gesicht pochte härter.

»Du musst zu den Sanitätern«, sagte sie.

»Du auch«, sagte er, kaum verständlich.

»Später«, sagte sie. »Momentan habe ich Wichtigeres zu tun.«

»Haben wir«, zischte er. Er drückte kurz ihren Oberarm. »Danke.«

Sie erwiderte den Druck mit ihrer Hand, die noch immer auf seinem Arm lag.

»Danke für *deine* Hilfe da draußen.«

Er ließ sie wieder los.

»Wir sehen uns später«, keuchte er.

»Ja. Und sprich nicht zu viel.«

»Schwierig für mich, wie du weißt«, wisperte er mit einem schiefen Grinsen.

Er verließ den Raum, und Jessica wandte sich wieder den Monitoren zu, auf denen die ersten Blaulichter auf den Parkplatz jagten und wenige Meter vor dem Hubschrauber hielten. Türen sprangen auf, Polizisten schlüpften heraus, gingen dahinter in Deckung, die Waffen im Anschlag. Weitere Wagen kreisten die Maschine ein. Noch mehr Polizisten. Im weißen Licht der Scheinwerfer wirkte die Szene auf Jessica wie ein Bühnenstück.

Polizisten aus den Wagen am Heck des geparkten Hubschraubers liefen geduckt bis zum hinteren Rotor. Arbeiteten sich entlang dem Rumpf nach vorne. Weitere folgten ihnen. Die vorderen schnellten mit gezückten Waffen und eingeschalteten Taschenlampen durch die offenen Türen des Hubschraubers und zurück. Wieder hinein. Stürmten das Innere. Die Nachfolgenden sicherten. Mit Herzklopfen wartete Jessica auf Mündungsfeuer oder andere Signale. Zwei weitere Polizisten sprangen hinein. Sekunden später erschien einer in der offenen Tür, gab Handsignale, auch zu den Hubschraubern über ihm.

»Marine One gesichert«, erklärte einer der Piloten. »Ist aber nicht länger Marine One. Drin ist niemand. Die Vögel sind ausgeflogen.«

»Funkdisziplin, Pilot!«, brüllte der General wütend.

Als ob die gerade ihr Problem wäre, seufzte Jessica innerlich.

»Schicken Sie Bilder von Eugene Batton so schnell wie möglich an alle Polizisten und Behörden der Umgebung«, befahl sie der Einsatzzentrale. »Höchste Vorsicht! Suchen Sie eventuelle Überwachungskameras auf dem und um das Areal. Vielleicht findet sich darauf etwas. Welche Möglichkeiten haben wir noch?«

»Polizeiarbeit«, klang es aus einem Lautsprecher.

Jessica verkniff sich eine bissige Bemerkung.

82

»Ich fasse zusammen«, sagte Gordon und blickte auf seine Notizen. Sie standen in einer vollgeräumten Baracke am anderen Ende der Siedlung. Verrostete Geräte, Möbel, Kisten, Fässer, Kanister, Kram. Darren Zona wartete außerhalb der offenen Tür. In der anderen Hand hielt Gordon sein Smartphone. Mit dem Daumen strich er über eine Konversation bei Facebook.

»Vor eineinhalb Jahren kontaktierte jemand namens Allan Nieman dich, Haji, über Facebook. Nach ein paar Monaten, in denen ihr euch öfter unterhalten hattet, machte er euch einen Vorschlag für ein kleines Nebengeschäft. Dafür solltet ihr eine Drohne eures Arbeitgebers ›ausleihen‹. Ohne zu fragen.«

Gordon hielt auf dem Smartphone bei einem entsprechenden Chateintrag inne. Er stellte sich die beiden Typen vor, wie sie über ihren Bildschirmen hockten, Dollarzeichen in den Augen. Verführt von jemandem, der seinem Facebook-Profil sicher nicht seinen richtigen Namen gegeben hatte.

»Mit der Drohne solltet ihr ein neuartiges Pestizid über einem kleinen Gebiet versprühen, das euch Allan Nieman auf einer Karte anzeichnete, die er ebenfalls über Facebook schickte.«

John nickte betreten. Haji starrte stumm ins Zwielicht des Schuppens.

»Dass ihr die Bauern nicht informieren solltet, kam euch nicht verdächtig vor? Weil Allan Nieman behauptete, es sei unschädlich. Ach, und natürlich, weil er gutes Geld bot.«

Haji verzog das Gesicht.

»Das Ganze sollte zur Maisblüte stattfinden. Das Pestizid solltet ihr auf einem Marktplatz in der Nähe abholen. Das habt ihr gemacht. Zwanzig große Kanister. Ein Pick-up voll. Den Inhalt habt ihr mit den Sprühdrohnen verteilt. Allans Job war zu seiner Zufriedenheit ausgeführt.«

»Und den Bauern hat es geholfen«, erinnerte John ihn. »Das Pestizid tötet den Armyworm!«

»Nur in einem kleinen Detail habt ihr Allan Niemans Auftrag nicht erfüllt«, ignorierte Gordon den Einwurf. »Ihr solltet alle leeren Kanister vernichten.«

John zuckte mit den Schultern.

»Wäre doch schade gewesen«, sagte er.

»Wo ist der übrige?«, fragte Gordon. John kramte in dem Gerümpel, bis er einen gelblich verfärbten Großkanister unter einem halb zerfallenen Metallbettgestell hervorzog.

Gordon untersuchte ihn.

»Das ist der letzte?«

John nickte.

»Und seitdem habt ihr ihn nicht für irgendetwas anderes verwendet?«

»Nein.«

Gordon nahm den Kanister an sich.

»Ich muss erst die Spuren des Inhalts analysieren«, sagte er. »Um zu sehen, ob ihr die Wahrheit gesagt habt. Wenn nicht, komme ich zurück.« Er winkte mit seinem Smartphone. »Die Zugänge zu euren Facebook-Accounts habe ich. Und auch schon die Passwörter geändert. Bekommt ihr zurück, sobald ich alles untersucht habe. Bis dahin verhaltet ihr euch besser ruhig.«

Er verließ den Schuppen, den Kanister in der Hand. Mit einem Nicken verabschiedete er sich von Darren. »Haben Sie ein Auge auf die beiden.«

83

Durch die Kommandozentrale flogen die Fragen, Befehle, Antworten in alle Richtungen, als das San Diego Police Department eine Meldung durchgab.

»Wir haben Bilder der Verkehrskameras um den Parkplatz ausgewertet.«

Die Aufnahmen wurden auf die Bildschirme vor Jessica und dem General gespielt. Schwarz-Weiß-Bilder mit Timecode zeigten schwach beleuchtete, kaum befahrene Straßen und Kreuzungen. Die Uhrzeit im Bild zeigte 4:29. Über fünfundzwanzig Minuten alt, die Aufnahmen, dachte Jessica.

»Das ist eine Ausfahrt des Parkplatzes, auf dem der Hubschrauber landete«, erklärte die Stimme zu den Bildern, auf denen ein älteres Van-Modell aus der Ausfahrt bog. »Wir haben das gecheckt: Über zwei Stunden lang verließ kein Auto den Parkplatz. Etwa fünf Minuten nach der angenommenen Landezeit dann dieser Van. Und dann…« Die Bilder beschleunigten sich zum Zeitraffer, bis eine rasende Kolonne blinkender Polizeifahrzeuge eintraf. »…bis zum Eintreffen unserer Leute nichts mehr.«

In Jessicas Magen löste sich erstmals seit Stunden ein Knoten. Fünfundzwanzig Minuten Vorsprung hatten die Kinder.

»Konnten Sie die Spur des Vans aufnehmen?«, fragte sie.

»Sind dabei«, erklärte die Stimme. »Kann sich nur mehr um Minuten handeln, bis wir ihn haben.«

Jessica ballte die Faust.

84

Die meiste Zeit der Fahrt war Helen nervös und angespannt wegen der Waffen in den Händen der Kinder. Manchmal spürte sie Wut auf Greg. Dann auf sich. Dann wieder sorgte sie sich um ihn. Wie waren die Soldaten nach der Prügelei mit ihnen verfahren? Und wieder übernahmen Wut, Enttäuschung, Verwirrung. Bis Eugenes Stimme sie in die Gegenwart zurückholte.

»Jetzt links«, ordnete er an.

Helen bog ab. Nächtliche Straßen. Palmen säumten ihren Rand. Die Umrisse ihrer Wedel kaum sichtbar hinter dem blendenden Schein der Straßenlaternen. Der GMC war so alt, dass er kein Navigationssystem besaß. Der Junge hatte weder eine Straßenkarte noch eine andere Orientierungshilfe. Vielleicht wusste er gar nicht, wohin sie fuhren.

»Eugene«, versuchte es die Präsidentin wieder von der Rückbank, »was immer du vorhast…«

»Bitte«, unterbrach sie Eugene, »später. Ich muss mich konzentrieren.«

»Du musst Vernunft annehmen«, sagte die Präsidentin geduldig. »Wie stellst du dir vor, soll das weitergehen? Momentan sucht uns schon die gesamte Polizei des Bundesstaats Kalifornien plus eine beträchtliche Anzahl Elitesoldaten. Ihr habt nicht die leiseste Chance.«

Doch Eugene hatte sich längst die Finger in die Ohren gesteckt. »Da vorne rechts«, ordnete er an.

Und wenn Helen nicht gehorchte? Sondern einfach geradeaus fuhr? Wahrscheinlich konnte keines der Kinder fahren. Andererseits: Wer Helikopter steuern konnte, schaffte das vermutlich auch mit einem Auto. Auch wenn er kaum über das Lenkrad hinaussah. Ein Zehnjähriger am Steuer würde auffallen. Bloß wem? Auf ihrer Fahrt in den letzten dreißig Minuten hatte Helen keinen einzigen Polizeiwagen gesehen. Um diese Zeit zwischen tiefster Nacht und totem Punkt herrschte wenig Verkehr. Helen bog rechts ab.

Sie könnte einen Unfall provozieren. In ein parkendes Auto krachen. Oder an einen Laternenpfahl. Würde die Kids vielleicht sogar für einen Moment außer Gefecht setzen. Zwei hatten sich nicht angeschnallt, so viel hatte sie im Rückspiegel erkannt. Doch die Waffen waren immer noch auf die Präsidentin und den Piloten gerichtet, wenn auch nachlässiger als im Hubschrauber. Ein abrupter Halt an einer Laterne konnte trotzdem einen Finger am Abzug aktivieren. Zu riskant.

An einem großen Parkplatz befahl Eugene erneut zu halten. Er ließ Helen langsam durch die unbeleuchteten Reihen cruisen. Neben einem älteren Honda hieß er sie anhalten. Er sprang hinaus und verschwand hinter anderen Autos.

»Kinder«, redete die Präsidentin auf die anderen ein. »Hört auf mit dem Unsinn. Gebt uns die Waffen, bevor etwas geschieht, das keiner will.«

Als einzige Reaktion umfassten die Kinder ihre Gewehre fester.

Irgendwo hörte Helen einen Motor anspringen. Kurz darauf einen zweiten. Sekunden später bog ein Familien-Van um die Kurve. Hinter dem Steuer kaum sichtbar Eugene. Er bremste vor ihnen und sprang heraus.

»Ihr zwei, aussteigen«, befahl er Helen und dem Piloten. Dem Mann erklärte er: »Ab jetzt fahren Sie mit den anderen Kindern und der Präsidentin. Zuerst einmal zurück.«

Der Pilot setzte sich zögernd hinters Steuer, rückte den Sitz in die passende Position.

»Weitere Anweisungen gibt das Mädchen hier.«

Die Angesprochene hob ihre Waffe ein wenig an und bedeutete der Präsidentin mit einem Nicken auszusteigen.

Diese gehorchte und stieg in den anderen Wagen um, gefolgt von den Kindern.

»Tut mir leid, dass die Geschichte so ausging«, sagte Eugene zur Präsidentin. »Aber wir hören sicher noch voneinander. Schönen Tag noch!« Den anderen im Innenraum rief er ein »Ihr wisst, was ihr zu tun habt« zu, dann schlug er die Türen zu. Die Scheinwerfer des Wagens sprangen an, und langsam schob er sich zurück. Im Schritttempo verließ er den Parkplatz und bog in die Richtung, aus der sie gekommen waren.

Eugene blickte ihnen nach, bis sie verschwanden. Übrig blieb das beständige Geräusch eines laufenden Motors in der Nähe.

»Wir fahren mit einem anderen Wagen weiter«, erklärte Eugene.

In der Hand hielt er eine Pistole, die Helen bisher nicht aufgefallen war. Die des Piloten wahrscheinlich.

Er bemerkte ihren Blick.

»Nur für den Fall, dass Sie auf falsche Ideen kommen«, sagte er. »Aber das tun Sie nicht. Sie wissen, dass ich Ihre einzige Chance bin, Ihr Kind zu retten. Diese ganze Sache zu retten.«

Er steckte die Pistole tief in die Hosentasche. Mit einem schnellen Griff würde er sie dort nicht herausbekommen. Ein Vertrauensbeweis gegenüber Helen? Oder eine Falle? Sie wusste, wie schnell er war. Er gab ihr ein Zeichen, sich zu bewegen. Sie lief neben ihm her, mit einer Mischung aus Angst, Ratlosigkeit und Neugier.

»Wohin fahren die anderen?«, fragte sie. Zwei Geiseln mit einem Haufen bewaffneter Kids in der Nacht. Kein beruhigender Gedanke.

»Keine Sorge«, sagte Eugene. Sie erreichten einen älteren, kleinen Honda, dessen Fahrertür offen stand. Der Motor brummte. »Ihnen geschieht nichts. Die Präsidentin ist eine zu gefährliche Begleiterin. Uns wird man zwar auch weiterhin suchen, aber nicht mit derselben Wut, als hätten wir die Oberbefehlshaberin noch in unserer Gewalt. Außerdem soll sie nicht wissen, wohin wir zwei fahren.« Seine Hand verschwand in der Tasche mit der Pistole. Helen verstand den Wink.

»Wohin fahren wir denn?«

»Weiter. Übrigens: Ich bin Eugene.«

»Ich weiß.«

»Und Sie?«

»Helen Cole.«

»Angenehm, Helen. Danke, dass du fährst.«

Helen nickte, und nach einem kurzen Moment des Bedenkens lenkte sie den Wagen auf die Straße und folgte Eugenes Anweisungen.

»Haben Sie ihn?«, rief Jessica in das Mikro. Auf den Bildschirmen vor ihr liefen zahllose Videos von Verkehrsüberwachungskameras in San Diego, auf manchen meinte sie den GMC-Van zu entdecken.

»Bis vor wenigen Minuten hatten wir ihn«, erklärte die Stimme. »Dann fuhr er in ein Gebiet, das nicht flächendeckend mit Kameras ausgestattet ist. Das macht die Suche wieder viel schwieriger. An zwei Kreuzungen tauchte er noch auf, danach nicht mehr. Von dort gibt es mehrere mögliche Strecken, die wir erst überprüfen müssen. Wagen sind bereits unterwegs.«

»Verdammt!«, zischte Jessica. »Sie dürfen sie nicht entkommen lassen!«

Zu seiner Überraschung hatte ein Polizist Greg in einen abgesperrten Flügel des Komplexes gebracht. Er führte ihn in einen Raum voll mit Soldaten und technischen Geräten, vor allem Bildschirme. Hektisches Durcheinanderreden erfüllte die Luft. Erwartet wurde er von Jessica Roberts. Sie sah anders aus als noch vor einer halben Stunde. Ihre linke Gesichtshälfte war aufgeschürft und geschwollen, ihre Haare zerzaust, die Kleidung voll Gras- und Erdflecken. Sie wirkte müde und verbiss sich Schmerzen.

»Sie sind einer der Typen mit den Daten über die missglückten Experimente, nicht?«, empfing sie ihn. Durch die geschwollenen Lippen klang sie wie nach einem Zahnarztbesuch mit örtlicher Betäubung. Sie schnippte ein paar Mal mit den Fingern, dann: »Greg, stimmt's?«

Gutes Gedächtnis.

»Ihre Frau – sie heißt Helen?«, fragte sie, nachdem er seine Suche und Sorgen noch einmal geschildert hatte.

Er nickte.

Sie ließ einen der Operatoren an den Bildschirmen die Aufzeichnungen einer Überwachungskamera abspielen. Die ersten Sekunden zeigten nur dunkle Bilder, die von hellem Aufleuchten unterbrochen wurden, in dem Greg nichts erkennen konnte. Nachdem jemand die Scheinwerfer angeschaltet hatte, wurden die Bilder besser. Wildes Durcheinander rennender und sich hinwerfender Soldaten, ein startender Hubschrauber, dann Jessica Roberts, die sich zwischen die Maschine und die Bewaffneten warf, während der Helikopter hinter ihr mit einem Mal unkontrolliert um die eigene Achse zu wirbeln begann. Ungläubig folgte Greg den Szenen.

»Stopp«, befahl Roberts dem Operator. Auf dem Bildschirm hatte sich der Hubschrauber etwa drei Meter über dem Grund hundertachtzig Grad um die eigene Achse gedreht und hing auf dem Standbild ziemlich schief in der Luft. Erst in der ruhenden Aufnahme erkannte Greg, dass die Seitentür noch offen stand. Etwas hing heraus. Greg identifizierte Beine. Dunkle Jeans. Darüber eine dunkle Bluse, Arme, die sich an einem Gestell im Inneren festklammerten. Der Kopf der Kamera zugewandt, das Gesicht zu einer panischen Fratze verzerrt. Greg erkannte es trotzdem sofort.

»Mein Gott«, flüsterte er. Sein Abendessen drängte nach oben. Er schluckte. Und begann unkontrollierbar zu zittern.

»Ist sie das?«, fragte Jessica Roberts.

»Was … was …?«

Jessica Roberts tippte den Operator an, der ließ das Video weiterlaufen. In Zeitlupe. Der Hubschrauber kreiselte weiter, während er stieg. Helens Beine wurden kürzer, gerieten außer Sicht. Als die Seite des Helikopters wieder vor die Kameras drehte, war er bereits wenigstens sechs Meter hoch und die Tür geschlossen. Der Operator drückte eine Taste, und der Film lief in normaler Geschwindigkeit weiter. Binnen Sekunden verschwand der Helikopter in der Nacht.

»Ich nehme an, Sie wissen auch nicht, wo sie hinwollte?«, fragte Jessica Roberts.

Mit offenem Mund starrte Greg auf den Monitor, auf dem Soldaten durcheinanderliefen.

»Ich … keine Ahnung«, stammelte er. »Wir haben uns gestritten.« Dann gefasster: »Sie ist also an Bord? Es geht ihr gut?«

»Sie ist mitgeflogen. Über ihr Befinden wissen wir nichts.«

»Wer fliegt denn da? Warum all die Soldaten? Haben Sie die Maschine denn nicht verfolgen lassen?«

»Danke für Ihre Mitarbeit«, sagte sie. »Wir informieren Sie, sobald wir Neuigkeiten haben. Sollte Ihnen noch etwas einfallen, sagen Sie uns umgehend Bescheid.«

»Aber Sie können mich jetzt doch nicht …!«

Sie übergab ihn an einen Soldaten, der ihn entschieden zur Tür hinausbugsierte.

»Und wie ich kann«, sagte Jessica Roberts.

»So viel zu ›Verloren gehen kann sie ja nicht‹«, rief er wütend über seine Schulter, bevor sich die Tür schloss. Zornig, widerwillig, hilflos und mit rasendem Herzklopfen ließ er sich von dem Uniformierten aus dem abgesperrten Bereich eskortieren. Der ließ ihn einfach in dem langen leeren Flur zu den Schlafquartieren stehen. Wie ferngesteuert setzte Greg einen Fuß vor den anderen. Jeder Schritt schien ein vielfaches Echo zu werfen. Seine Augen waren Staudämme kurz vor dem Bersten. Noch ein Schritt. Noch einer. Und noch einer.

85

Ein paar Kilometer waren sie auf der Interstate 8 Richtung Westen unterwegs gewesen, bevor Eugene Helen auf die 805 lotste. So früh am Morgen war der Verkehr noch dünn. Die meiste Zeit waren sie in bebautem Gebiet unterwegs. Den Gedanken an einen Unfall hatte Helen noch einmal kurz hervorgekramt und wieder verworfen. Sie könnte stattdessen zu schnell fahren und auf eine Polizeistreife hoffen, die sie kontrollierte. Was würde Greg tun? Manchmal hatte er gute Einfälle. Manchmal ganz schlechte. Eugene würde eine erhöhte Geschwindigkeit schnell mit Pistolendrohungen unterbinden. Andererseits: Würde er auf eine Raserin am Steuer des Wagens, in dem er mitfuhr, schießen? Dabei könnte er selbst umkommen. Je länger Helen über mögliche Auswege nachdachte, desto klarer kristallisierte sich ein Gefühl in ihrem Bewusstsein heraus. Sie war sich gar nicht sicher, ob sie Eugene entkommen wollte. Weshalb war sie denn überhaupt aus *New Garden* geflohen?

Du bist eine von uns, hatte Eugene gemeint. Und auch wenn sich Helen dessen nicht so sicher war, trennte ihre Entscheidung für die zwei modernen Kinder sie doch vom großen Rest der Welt. Noch wusste sie nicht, wie die Behörden mit den modernen Kindern und ihren Eltern weiter verfahren wollten. Vielleicht sollte sie sich so lange bedeckt halten, bis sie mehr herausgefunden hatte. Abwarten, was Eugene vorhatte. Auf jede Chance achten – in welche Richtung auch immer sie gehen würde.

Die Straßenschilder zeigten Helen an, dass sie Richtung Tijuana fuhren. Keine zehn Kilometer bis zur Grenze. Wollte Eugene nach Mexiko? Vor Jahren hatte Helen den Trip einmal mit einem von Gregs Vorgängern unternommen. In diese Richtung belasteten sich die US-Behörden nicht mit strengen Grenzkontrollen. Auch die Mexikaner hatten sie durchgewunken.

Eugene forderte keinen Richtungswechsel mehr.

»Willst du nach Mexiko?«, fragte Helen. »Hast du einen Pass?«

Wortlos zog Eugene das Dokument aus einer Gesäßtasche.

»Aber ich nicht«, log Helen.

»Klar doch«, meinte Eugene gelassen. »Welche Konturen drücken sich schon die ganze Nacht durch die linke Gesäßtasche deiner Jeans? Nachdem die Behörden alle Kunden aufgefordert hatten, zum abendlichen Come-together mit Ausweisen aufzutauchen? Glaubst du, ich habe nicht mitbekommen, was in *New Garden* abging?«

»Woher hast du den?«, fragte Helen.

»Von Stanley geklaut«, lachte Eugene. »Bekam ich vor einem Jahr für einen Trip mit Stanley, ein paar anderen seines Teams und einigen der älteren Kinder nach Kanada.«

Zehn Minuten später erreichten sie die Grenze. Für ein paar Minuten verdichtete sich der Verkehr, vor der Station wurden die Wagen einzeln abgefertigt. Die Grenzbehörden mussten von der Entführung der Präsidentin informiert worden sein, dachte Helen. Vielleicht eine Stunde war seitdem vergangen. Funktionierte das so schnell? Wussten sie auch schon von ihr und Eugenes Verschwinden? Mit klopfendem Herzen lenkte Helen den Wagen im Kriechgang auf die Kontrolle zu. Tatsächlich standen dort schwer bewaffnete Beamte und äugten in jedes Auto. Einen Kleinbus winkten sie heraus. Während mehrere Grenzbeamte ihn kontrollierten, winkten andere die Folgewagen durch.

»Ganz entspannt bleiben«, sagte Eugene und klang so.

Helen überlegte fieberhaft, welche Zeichen sie den Uniformierten geben könnte. Blicke? Sich aus dem Wagen werfen? Sie würden Eugene erwischen. Und sie.

Sie sind eine von uns. Bin ich nicht. Aber sie wollte auch nicht zu einer Abtreibung gezwungen werden oder in einem Internierungslager landen. Ihre schweißnassen Hände umklammerten das Lenkrad, als der Wagen vor ihnen, ein dunkelblauer Pickup neueren Baujahrs, der ihr noch dazu die Sicht verstellte, nach dem Kontrollblick seine Reise fortsetzte. Helen ließ den Wagen bis zu dem Grenzbeamten rollen. Der Mann beugte sich herab, um in den Wagen zu sehen.

Mit einer Kopfbewegung gab er Helen das Zeichen zur Weiterfahrt.

Ein Blick in den Rückspiegel versicherte ihr, dass er sich bereits um den nächsten Wagen kümmerte und ihnen keinerlei Aufmerksamkeit mehr schenkte.

Mehrspurig zuckelte die Kolonne weiter Richtung mexikanischer Kontrolle. In ihrer Spur sah Helen nur zwei Beamte gelangweilt an ihre Station gelehnt. Die Wagen vor ihr nahmen es als Aufforderung, langsam, aber praktisch unkontrolliert weiterzufahren. Eugene reichte ihr seinen Pass, Helen fingerte ihren eigenen aus der Jeanstasche und hielt beide aufgeklappt bereit.

Fünf Minuten später steuerte sie den Honda über mexikanische Straßen.

An einer der ersten Ausfahrten befahl Eugene: »Hier rechts.«

Das größte Straßenschild wies zum Flughafen Tijuana.

»Fliegen?«, fragte Helen. »Ich fliege nirgendwohin. Willst du mir auf einem öffentlichen Flughafen eine Pistole unter die Nase halten?«

»Du bist bisher nicht wegen der Pistole mitgekommen. Und du wirst es weiterhin nicht tun, Helen«, sagte Eugene. »Wir müssen an die Öffentlichkeit gehen. Jill und ich haben das vorbereitet. Aber wir müssen es zu Ende bringen. An einem sicheren Ort. Du musst uns dabei helfen.«

»Wie soll das gehen? Wir haben kein Geld. Allein bekommst du sowieso kein Ticket. Spätestens beim Ticketkauf oder Einchecken landet dein Name in Datenbanken, die früher oder später durchsucht werden.«

»Was das Geld betrifft, haben wir kein Problem«, sagte Eugene. Aus seinem Hosenbund zauberte er eine Rolle Bargeld, deren Wert Helen nicht einschätzen konnte. Danach fragen konnte sie ihn später. Bei diesem Kind wunderte sie sich über nichts mehr. »Und wer hat denn gesagt, dass wir Linie fliegen?«

Der Lichtstrahl der Arztlampe in Jessicas Auge jagte einen Flashback durch ihr Gedächtnis an den Blitz in ihrem Kopf, als das Kind sie mit dem harten MP-Magazin getroffen hatte.

»Wahrscheinlich Gehirnerschütterung«, sagte er.

Die Militärärzte und -sanitäter hatten ihr Lager in einigen von *New Gardens* medizinischen Behandlungsräumen aufgeschlagen.

»Sie brauchen ein paar Tage Ruhe.«

Wie wahr! Ein paar Wochen trafen es besser.

»Im Gegenteil«, sagte sie und stemmte sich von der Liege hoch. »Ich brauche etwas, das mich wach hält. Schauen Sie mich nicht so an. Ruhe ist gerade nicht drin.«

Während der Arzt etwas notierte und dann eine Spritze aufzog, desinfizierte ein Sanitäter die Abschürfungen in ihrem Gesicht mit einer brennenden Flüssigkeit. Jessica biss die Zähne zusammen.

»Wie geht es den zusammengeschlagenen Soldaten?«, fragte sie den Arzt, als er die Spritze in ihren Oberarm drückte.

»Werden alle wieder«, sagte er. »Ein paar blaue Flecken und Platzwunden.«

»Und Professor Allen?«

»Den können Sie selbst fragen«, sagte er. »Auch wenn er Ihnen nicht viel wird antworten können. Ihr Beatmungsversuch hätte fast seinen Kehlkopf ruiniert. Andererseits hat er wohl seine Panik gelöst. So gesehen war das also in Ordnung. Er ist nebenan.«

Jessica sprang von der Liege.

Rich saß auf einem Stuhl und hielt sich ein Auge zu. Seine Locken hingen wirr über den weißen Verband, der seinen Kopf wie ein Stirnband umfing. Seine Nase war rot geschwollen und die geplatzte Oberlippe mit einem Spannpflaster geflickt. Sein Hals war ein einziger blauer Fleck. Drei Meter vor ihm stand eine Sanitäterin mit einer Sehtesttafel.

Als er Jessica sah, ließ er die Hand sinken.

»Steht dir«, sagte sie mit Blick auf seinen Kopfverband.

»Deine orange Gesichtshälfte finde ich auch supersexy«, krächzte er verwaschen, auch weil er die Lippen kaum bewegen konnte. »Vor allem mit dem Veilchen mittendrin.«

»Wir sind noch nicht fertig«, unterbrach ihn die Sanitäterin.

»Sind wir«, widersprach Rich heiser und stand auf.

»An der Stimme könntest du noch arbeiten«, frotzelte Jessica.

»Die sagen, das kommt in ein paar Tagen wieder in Ordnung«, nuschelte er.

Rich verabschiedete sich von der Sanitäterin mit einem Handwinken und dirigierte Jessica mit einer Hand in ihrem Rücken hinaus. Sie landeten in einem Flur, hinter dessen Panoramaglaswänden sich der Park in der nebelverhangenen Morgendämmerung erstreckte. Als sie ihre fahlen Spiegelbilder entdeckten, lachte er.

»Schlimmer als Halloween«, ächzte Rich. Er wurde wieder ernst. »Was ist mit der Präsidentin?«, fragte er.

»Wir suchen sie noch.«

»Shit …«

In die Glaswand war eine Tür eingelassen. Rich drückte die Klinke, und sie ließ sich öffnen. Von draußen drang ein kühler Luftzug herein. Er trat hinaus, Jessica folgte ihm.

Rich legte den Kopf in den Nacken, starrte in den Himmel.

»Schätze, nach dieser Nacht ist klar, was mit den Kindern geschehen wird«, sagte er.

»Sauer?«, fragte Jessica.

»Nein«, antwortete er. Er sah sie an, wandte sich ihr zu. Stand sehr nah vor ihr. »Höchstens darüber, dass sie dich so zugerichtet haben.«

Jessica musste grinsen, obwohl es schmerzte.

»Gäbe kaum einen passenderen Moment für einen Flirt«, sagte sie.

Um seine Mundwinkel zuckte wieder das spöttische Lächeln.

»Wenn die hier« – er zeigte auf seine Lippen – »nicht gerade eine Baustelle wären, würde ich dich jetzt küssen!«

»Wenn die Präsidentin nicht vor unseren Augen entführt worden wäre, wir kein Killervirus suchen würden und uns nicht mit gewalttätigen Designerbabys herumschlagen müssten, würde ich vielleicht sogar mitmachen«, erwiderte sie kokett. »Aber leider …«, sie hängte sich bei ihm ein und steuerte ihn zurück ins Gebäude, »müssen wir gerade die Welt retten.«

»Wenn ich nicht verheiratet wäre« hatte in ihrer Aufzählung gefehlt, wurde Jessica bewusst. Aber Rich hatte ihr gerade den ersten guten Moment seit Wochen geschenkt.

86

Von dem spektakulären Blick durch die Panoramafenster der Hotelsuite auf die morgendliche Golden Gate Bridge hatte Helge nichts. Mit Horst Pahlen und Santiras Sicherheitschef Micah Fox saß er an einer kahlen Wand, in der keine Kamera versteckt werden konnte. Das hatte Micah überprüft. Aus dem Fernseher lieferten hektische Reporterberichte von irgendwelchen nächtlichen Ereignissen in San Diego akustische Deckung. *Breaking News!*

Auf dem Laptop vor ihnen ruckelte ein verwackeltes Handyvideo über den Bildschirm: Von der Ladefläche startete eine Drohne mit ihrer Fracht.

»Sie haben alles mit Videos dokumentiert«, erklärte Gordon in dem eingeblendeten Fenster rechts oben. Er zeigte Ausschnitte der Filmchen, wie John und Haji die Kanister auf dem Marktplatz abholten und die Drohne aus den Kanistern befüllten. »Materialreste aus dem Kanister analysieren wir gerade genetisch. Es handelte sich nicht um Maiskörner, also nicht um Saatgut, das zeigen auch die Videos. Aber auch um kein Pestizid, wie man es von diesem Lieferanten erwarten würde. Sondern irgendeinen Staub oder Pulver. Unter dem Mikroskop sieht es aus wie Maispollen. Ich bin sicher, dass wir unser Wundermittel haben.« Im laufenden Video versprühte die Drohne einen vagen Nebel über den Feldern. »Die gesamte Korrespondenz findet ihr ebenfalls in den Accounts.«

»Und Allan Nieman?«, fragte Helge.

»Allan Niemans gibt es mehrere«, sagte Gordon. »Erste grobe Überprüfungen ergaben nichts. Das muss unsere Security vertiefen. Ich tippe auf einen Falschnamen. Vielleicht findet ihr ja heraus, wer hinter dem Facebook-Account steckt. Im schlimmsten Fall am Behördenweg. Zuerst würde ich es aber anders versuchen. Social Engineering oder so.«

»Wir kümmern uns darum«, erklärte Micah kühl. Niemand musste ihm seinen Job erklären. »Was ist mit Dokumenten in dem Hafen, aus dem die Kanister geliefert wurden?«, fragte er. »Es muss ein Absender existieren.«

Gordon schüttelte den Kopf. »Allan Nieman gab ihnen den Ort und einen Ansprechpartner, bei dem sie die Kanister abholen konnten. Zu dem fahren wir als Nächstes. Vielleicht weiß er mehr darüber, woher sie stammen.«

Helge prüfte die IWC an seinem Handgelenk.

»Wir haben unseren nächsten Termin in einer Stunde. Danach melden wir uns wieder.«

Helge schloss den Laptop, für einen Moment wanderte sein abwesender Blick zu dem TV-Gerät, auf dem die verwackelten Aufnahmen eines tief fliegenden Hubschraubers abgelöst wurden vom Video eines Polizeieinsatzes auf einem Parkplatz. Begleitet von hysterischem Reportergeplapper, stürmten Polizisten den dort parkenden Helikopter im grellen Lichtkegel eines Scheinwerfers und blinkendem Blaulicht. Der Textticker darunter lieferte auch nicht mehr Aufschluss. Helge stand auf. Vor ihrem Termin brauchte er noch etwas zwischen die Zähne.

87

»Fuck!«, fluchte der Stabschef neben Jessica beim Blick auf die Bildschirme mit der Berichterstattung. »Die Medien flippen völlig aus!«

Der nächtliche Helikopterflug hatte die Geschichte in den Schlagzeilen erneut ganz nach oben katapultiert. »Findet eine Ablenkung«, bellte er den Sprecher der Präsidentin an, »oder sonst was! Das muss weg von den Schirmen! Niemand darf von dem hier erfahren, schon gar nicht, dass die Präsidentin hier war und...«, er stockte, weil ihm die Ironie seiner Worte bewusst wurde. »...Präsidentin hier war.« War. Ganz richtig formuliert.

»Bekommt die Geschichte unter Kontrolle!«

Wenigstens die erzählte Geschichte, dachte Jessica. Wenigstens die draußen verbreitete Geschichte.

»Wir...«, setzte der General an, doch der Stabschef fuhr sofort dazwischen: »Sie waren für die Sicherung zuständig! Sie halten überhaupt den Mund!«

Die dauersteinerne Miene des Generals verriet auch diesmal keine Reaktion. Viel verbrannte Erde gerade, dachte Jessica.

»Haben wir Neuigkeiten von der Präsidentin und den Kindern?«, versuchte Jessica mit einer Frage an Tom und den SDPD-Offizier abzulenken.

Schmale Lippen, Kopfschütteln.

»Das SDPD hat zwar den GMC gefunden, aber er war leer«, erklärte Jaylen. »Da die Kameras in dem Gebiet locker installiert sind, kommen eine Menge Autos infrage, die sie genommen haben könnten. Sie werden zurzeit alle gesucht und kontrolliert. Bislang ohne Erfolg. Weitere Teams suchen die unmittelbare Umgebung rund um den Fundort des GMC ab, falls sich die Kinder mit der Präsidentin noch dort aufhalten sollten.«

»Wir können auch keine klassische Fahndung rausgeben«, erklärte FBI, »zu riskant.«

»Ganz zu schweigen von dem PR-Desaster, falls sie tatsächlich gefunden würden«, mischte sich der Stabschef ein, »und es zu einem Stand-off mit der Präsidentin als Geisel käme.«

Jessica missfiel, wie der Mann jegliche Fassung verlor. Sie mussten jetzt einen kühlen Kopf bewahren. Aber natürlich waren selbst US-Spezialeinheiten nicht immer perfekt funktionierende Kampfmaschinen, wie die Medien-PR oder patriotische Actionthriller das Klischee gern präsentierten – was spätestens seit den desaströsen Einsätzen in Afghanistan oder dem Irak eigentlich bekannt war. Der Stabschef wusste schon, was er sagte, wenn er von »der Geschichte« sprach, die unter Kontrolle zu bekommen war. Solange möglichst wenige wussten, dass »die Geschichte« mit den Tatsachen nicht übereinstimmte, war das kein Problem. Doch das drohte sich gerade zu ändern. Entweder sie brachten die Geschichte unter Kontrolle. Oder endlich die Tatsachen.

88

Helen stellte den Wagen in einem mehrstöckigen Parkhaus am Flughafen ab. Hier würde er nicht so schnell gefunden werden. Weiterhin kämpfte sie mit sich selbst. Eugenes Idee klang verrückt. Seine Fähigkeiten ängstigten Helen. Seine Argumente jedoch schienen ihr nicht komplett abwegig. Sein kindliches Äußeres aktivierte in ihr trotz allem einen Beschützerinstinkt. Sie konnte diesen Jungen doch nicht sich selbst überlassen!

Eugenes Ziel war nicht der Linienterminal. Sie gingen zum *General-Aviation-Gebäude*, dem Terminal für Hobbypiloten, Flugschulen und Privatjets. Entschlossen suchte Eugene die erste Flugschule auf, Helen neben sich. Nervös schwankte sie innerlich zwischen Sorge um ihre vielleicht bereits in ihr heranwachsenden Kinder, den zwiespältigen Gefühlen gegenüber Greg und der Hoffnung, dass sie erwischt würden.

In einem kleinen Büro empfing sie eine freundliche Dame. Ihr Brustschild wies sie als Esmeralda Chimenez aus.

»Wir haben eine vielleicht etwas seltsame Frage«, begann Helen, wie mit Eugene besprochen. Dabei fühlte sie sich überraschend sicher. »Weil wir es sehr eilig haben, suchen wir einen Flugschüler für Düsenjets, der noch eine Menge Praxismeilen benötigt. Wir würden uns an den Kosten eines Fluges mit einer substanziellen Summe beteiligen, wenn wir an unser gewünschtes Ziel fliegen könnten.«

Die Frau runzelte die Stirn, und Helen erklärte rasch weiter:

»Linienflüge dauern deutlich länger, und wir müssen so schnell wie möglich an unser Ziel gelangen.«

Das überzeugte die Dame nicht, ihre Stirn blieb kraus.

Helen legte ihre Pässe auf den Tisch.

»Nichts Illegales«, beteuerte sie. »Meine Mutter ist schwer erkrankt.«

Skeptisch blätterte Esmeralda in den Dokumenten. Mit spanischem Akzent stellte sie fest: »Ihr Sohn? Trägt einen anderen Namen als Sie.«

»Der Name seines Vaters. Wir haben bei der Hochzeit unsere Namen behalten.« In sichtlicher Missbilligung der Idee verdrehte Esmeralda die Augen. »Aber er bestand darauf, dass seine Kinder heißen wie er.«

Esmeralda schob ihnen die Pässe über den Tisch zurück.

»Wir haben niemanden, der derzeit Praxismeilen braucht«, sagte sie abweisend.

Helen wartete einen Wimpernschlag lang, ob die Frau es sich anders überlegen wollte, bevor sie die Pässe wieder an sich nahm.

»Trotzdem danke für Ihre Zeit«, verabschiedete sie sich, während sie und Eugene sich zum Gehen wandten.

Drei Minuten später saßen sie zwanzig Meter weiter im Büro der nächsten Flugschule, ihnen gegenüber eine Angestellte namens Mercédès Dosantos. Dieselbe Erklärung, nur am Schluss legte Helen noch einen drauf: »Linienflüge mit zwei Mal umsteigen dauern zu lange! Meine Mutter liegt im Sterben!«

Dosantos nickte nachdenklich.

»Da fielen mir sogar drei angehende Piloten ein«, sagte sie. »Wohin soll es denn gehen?«

»Brasilien.«

»Brasilien ist groß. Geht es etwas genauer?«

»Montes Claros.«

»Nie gehört.«

Sie zuckte mit den Schultern. Dann griff sie zum Telefonhörer. Auf Spanisch begann sie ein Gespräch. Helen verstand nur einzelne Worte. Neben ihr wetzte Eugene unruhig auf seinem Stuhl wie ein gewöhnlicher Zehnjähriger.

»Mami«, sagte er mit seiner Kinderstimme, »wann sind wir da?«

»Ich … weiß nicht«, erwiderte Helen, überrascht von dem Schauspiel.

Mercédès legte die Hand über die Sprechmuschel, fragte Helen: »Was verstehen Sie unter ›substanziellem Beitrag‹?«

»Zwanzigtausend US-Dollar«, antwortete Helen. »Bar. Die zweite Hälfte nach der Ankunft, ausgehändigt von den Leuten, die uns abholen.«

Ungerührt gab Mercédès die Summe auf Spanisch durch. Hörte zu. Legte auf.

»Wird ein paar Minuten dauern«, sagte sie. »Dann wissen wir vielleicht mehr. Auslandsflug mit Tankzwischenstopps, sagt der Fluglehrer. Macht die Sache nicht einfacher. Und wahrscheinlich teurer.« Sie sprach, als wäre eine Preiserhöhung für Helen selbstverständlich möglich. »Ihre Ausweise könnten Sie mir inzwischen schon einmal zeigen.«

Dieselben Fragen nach den Namen wie zuvor von Esmeralda. Weniger Unzufriedenheit über die Antwort. Sie gab ihnen die Pässe zurück, ohne Namen oder Passnummern zu notieren.

Ihr Telefon klingelte. Kurzes Zuhören. Hand über die Sprechmuschel, Frage an Helen: »Fünfundzwanzigtausend. Start in einer Stunde, okay?«

»Klar«, erwiderte Helen baff.

Mercédès gab die Antwort durch. Legte auf.

»Sie müssen es wirklich eilig haben«, sagte sie in einem Ton, als wäre dieser Deal für sie zwar nicht gerade Alltag, aber auch nicht allzu ungewöhnlich. »Ich bringe Sie in den Wartebereich.«

Auf dem Weg grinste Eugene hinter Mercédès' Rücken Helen triumphierend zu.

Abwarten, dachte Helen. Noch sind wir nicht im Flieger. Geschweige denn in Brasilien. Noch immer konnte sie nicht glauben, was sie hier tat. Sie sollte Greg wenigstens eine Nachricht zukommen lassen, dass es ihr gut ging.

Der Pilot war ein kleiner, attraktiver Enddreißiger.

»Jonathan Green«, stellte er sich mit Raubtiergrinsen vor.

»Klingt nicht mexikanisch«, sagte Helen.

»Südafrikanisch«, erklärte er.

Der Flugschüler war ein formloser Endzwanziger und hieß Emilio Durante.

Gemeinsam spazierten sie über das Rollfeld zu einem kleinen Jet mit spitzer Schnauze und zwei Triebwerken links und rechts des Hecks, dessen Treppe zum Boarding bereits heruntergeklappt war.

»Learjet 60«, erklärte Jonathan.

An der Treppe angekommen, zögerte Helen nicht mehr. Sie hatte sich entschieden, vor allem um ihre ungeborenen Kinder zu schützen und vorerst möglichst weit weg von den US-amerikanischen Behörden zu kommen.

Im Inneren war die Maschine luxuriöser als jene, die sie, Greg und die anderen nach San Diego gebracht hatte. Jon kassierte das Geld von Helen, zählte nach und bat sie, sich einen Platz zu suchen. Seit Mercédès' oberflächlicher Durchsicht ihrer Pässe hatte sie niemand mehr nach den Ausweisen gefragt. Offenbar mussten sie auch keine staatlichen Sicherheitskontrollen oder Check-ins passieren.

»Möchtest du beim Start im Cockpit mit dabei sein?«, fragte er Eugene.

»Au ja!« Der Junge mimte perfekt den begeisterten Zehnjährigen, stellte Helen erneut fest. Oder war er es? Sie durchschaute dieses Kind nicht.

Und in diesem Moment wuchs vielleicht bereits ein kleiner Eugene in ihr heran.

Die drei Jungs verschwanden im Cockpit. Wenn die zwei großen wüssten, wen sie da zu sich einluden. Hoffentlich übernahm Eugene hier nicht auch das Steuer.

Helen schnallte sich an und starrte gedankenverloren aus dem Bullauge. Eine neue Welt.

Die Maschine setzte sich in Bewegung. Langsam rollte sie aus ihrer Parkposition zum Rollfeld. Helen spürte ihr Herz schneller schlagen. So war sie noch nie geflogen.

Die Startbahn. Die Maschine beschleunigte. Angespannt blickte Helen auf die Piste, die unter ihr vorbeiraste.

Sie bemerkte nicht, wann sie abhoben. Helen fühlte die Beschleunigung im Magen. Mit einem Mal waren sie in der Luft. Stabil. Stiegen steil in einer langen Kurve in Richtung der Berge. Unter ihnen wurde die Landschaft kleiner. Links von ihr versanken die Berge tiefer unter der Sonne. Geblendet vergaß Helen, warum sie hier saß, mit wem, was geschehen war, und spürte nur mehr das Licht durch ihren ganzen Körper fluten. Verlor sich in dem Gefühl. Die Wärme machte sie müde. Erst jetzt wurde ihr bewusst, dass sie die ganze Nacht nicht geschlafen hatte.

Durch ihren Kopf schossen die Bilder der vergangenen Stunden, der Tage davor. Vermischten sich bald mit ihren Träumen, während der Pilot zielstrebig Richtung Süden flog.

89

Wohin auf dem Gelände sich Greg auch bewegte, standen Polizisten oder Soldaten Wache. Die Flure vor ihren Zimmern. Der Weg zum Frühstückssaal. Im Speiseraum selbst. Gegen neun Uhr morgens war er gut gefüllt. Die Menschen waren hungrig nach Nahrung und Nachrichten. Er setzte sich zu Diana und Mike. Mikes rechte Gesichtshälfte und Auge waren geschwollen. Greg erzählte ihnen von Helens Flucht in dem Helikopter.

»Recht hat sie«, lautete Mikes Kommentar. »Wer weiß, ob wir hier lebend rauskommen.«

»Hör auf!«, fauchte Diana.

Ihre Fragen konnte Greg nicht beantworten. Wer wie geflohen war. Warum die Soldaten sie nicht gestoppt hatten. Immerhin erklärte es den Helikopter, den sie in der Nacht gehört hatten. Sie warteten darauf, dass ihnen endlich jemand mitteilte, wie es weiterginge, doch die anwesenden Soldaten vertrösteten sie laufend. Unmut machte sich breit, nach den Erfahrungen der vergangenen Nacht wagte jedoch niemand einen weiteren Aufstand.

Erst als Jessica Roberts in der Tür erschien, wurden Rufe laut.

»Wir wollen endlich nach Hause!«

»Was soll das hier?!«

»Wenn ich erst einmal mit meinem Anwalt gesprochen habe, dann können Sie einpacken!«

Die Frau wartete, bis Ruhe eingekehrt war, dann erklärte sie kühl: »Wegen unvorhergesehener Ereignisse können wir Ihnen darüber leider noch keine Auskunft geben.« In das aufbrausende Gemurmel fuhr sie unbeirrt fort: »Aber wir werden ab sofort Ihre Familien und Firmen per E-Mail oder Textbotschaft informieren, dass Sie aus Krankheits- oder anderen Gründen für ein paar Tage weder erreichbar noch zu Hause sind. In wenigen Minuten kommen einige Beamte, bei denen Sie die Empfänger in eine Liste eintragen können.«

»Das ist eine Diktatur!«, schallte es aus dem Raum.

»Es geschieht zu Ihrer eigenen Sicherheit«, sagte Jessica abweisend.

»Das erklären sie immer, wenn sie dir den Fuß ins Genick stellen«, flüsterte Mike. »Mistkerle!«

»Danke!«, rief Jessica Roberts. »Über alles andere reden wir später!« Und wandte sich zum Gehen.

»Wer's glaubt«, murmelte Mike. Sein Aufrührergeist hatte in der vergangenen Nacht böse Federn gelassen. Doch auch der Rest der Anwesenden brachte angesichts der Wachsoldaten nicht mehr als empörtes Geschnatter zustande.

90

Gordon verglich den Ort mit Johns und Hajis Video. Er hatte sich von John die Abholstelle der Kanister in dem Kaff nahe der Wunderfelder auf einer Karte zeigen lassen. Nicht ohne nachdrückliche Ermahnung, die Wahrheit zu sagen, sonst... Auch wenn der Ort jetzt in der Dunkelheit etwas anders wirkte, die beiden hatten ihn an die richtige Stelle geschickt. Ein Laden am Rand eines armseligen Marktes. Dahinter eine Lagerstelle für Autoteile und Zeug, das in westlichen Ländern auf dem Müll landen würde, hier jedoch einem vierten oder fünften Leben als Ersatzteil oder sonst was zugeführt wurde. Im Licht einiger Straßenlaternen schien der Marktplatz das abendliche Zentrum der Umgebung zu sein, so dicht war er bevölkert.

John trat in den Laden. Der Mann, bei dem John und Haji die Kanister abgeholt hatten, stand im Licht einer einsamen Glühbirne hinter dem schiefen Tresen aus abgewetztem Holz.

Gordon begrüßte ihn, fackelte nicht lange und zeigte ihm das Video der Abholung. Die Kanister. Woher? Wer brachte sie? Dabei zückte er ein paar Scheine.

Der Mann beugte sich vor, um das Bild genauer zu betrachten. Murmelte etwas. Richtete sich wieder auf.

»Mjuma Transports«, erklärte er. »Bringen öfter was. Adresse?« Unterhaltung in Sprachbrocken.

»Bitte«, erwiderte Gordon. Das war fast zu einfach gegangen.

Der Mann kramte in einem wackeligen Regal hinter sich in

einer Kiste, bis er einen Zettel fand. Er zeigte ihn Gordon. Eine Adresse in Daressalam. Und eine Telefonnummer. Gordon tippte beide in sein Handy. Er legte die Scheine auf den Tisch, bedankte sich und trat hinaus in die tropische Nacht. Auf seinem Smartphone wählte er die Nummer von Mjuma Transports. Vielleicht saß dort noch jemand im Büro.

91

Der Präsidentin brannten die Augen, ihr Rücken schmerzte. Lange Nächte und Stress war sie gewohnt. Entführungen nicht. Schon gar nicht durch hochgezüchtete Kinder. Nachdem Eugene sie mit der Frau verlassen hatte, war der Pilot auf Anweisung der verbliebenen fünf Kinder auf der Interstate 5 Richtung Norden gefahren. Unter anderen Umständen hätte die Präsidentin vielleicht sentimentale Erinnerungen an Trips aus ihrer Studienzeit hervorgekramt.

Nach etwa einer Stunde musste der Pilot abfahren. Sie steuerten Richtung Berge. »Ramona« stand auf einem Wegweiser. Diskussionen hatte die Präsidentin aufgegeben. Die Kids folgten stur den Vorgaben des Mädchens, welches das Kommando von Eugene übertragen bekommen hatte. Der Freeway wurde kurviger, führte sie durch bewohntes Gebiet, bis die Besiedlung dünner wurde. Wieder dichter. Dünner. Und verschwand. Eine Viertelstunde später, die sie in die Natur hineingefahren waren, sollte der Pilot in einen Waldweg einbiegen. Das gefiel der Präsidentin nicht. Durch ihre lähmende Müdigkeit drang die aufsteigende Angst jedoch kaum. Nach zehn Minuten auf dem menschenleeren Holperpfad, mitten in einem Tal, hieß es »Stopp«.

Der Pilot gehorchte.

»Aussteigen«, sagte das Mädchen mit der Maschinenpistole.

Der Pilot und die Präsidentin gehorchten. Warteten, dass ihnen die Kinder folgten. Stattdessen schlossen sie die Wagentüren, der Größte – immer noch zu klein dafür – setzte sich hinter das Lenkrad, wendete den Wagen und verschwand in der Richtung, aus der sie gekommen waren.

»Schnell, kommen Sie«, forderte der Pilot sie auf, packte sie bei der Hand und zog sie den Hügel hinauf zwischen die Büsche. »Bevor die es sich anders überlegen.«

Die Präsidentin folgte ihm, machte sich aber keine Sorgen. Die Kinder würden nicht zurückkehren.

Ein paar Minuten hockten sie mit Aussicht über das Tal. Den Wagen entdeckte sie nirgends mehr.

Beim Aufstehen spürte sie ihre Gelenke. Daran hätte dieser Winthorpe arbeiten sollen.

»Dann wollen wir mal«, sagte sie.

92

Auf Helges Monitor leuchtete Gordons Gesicht in körniger Auflösung und schrillen Farben. Schlechte Lichtverhältnisse für die Handykamera irgendwo in der afrikanischen Nacht. Gordons Stimme klang verrauscht. Neben der Musik aus der Stereoanlage der Hotelsuite verstand Helge ihn kaum, weshalb er, Horst und Micah dicht nebeneinandersaßen und das Handy kaum eine Handspanne vor ihren Gesichtern hielten.

»Ich habe den Ort gefunden, von dem die Typen die Kanister abgeholt haben. Eine Art Marktplatz in einem Kaff hier. Geliefert wurden sie von einem hiesigen Transportunternehmen namens Mjuma Transports. In deren Büro habe ich noch jemanden erreicht. Und konnte ihn davon überzeugen, mir den ursprünglichen Lieferanten der Kanister zu nennen.«

»Wer ist es?«, fragte Helge aufgeregt.

»Eloxxy heißen die«, krachte Gordons Stimme aus den Lautsprechern. »Die Zentrale des Unternehmens liegt in Montes Claros. Brasilien.«

Neben Helge hackte Horst bereits auf die Tastatur seines Laptops, suchte nach ersten Informationen.

»Und dorther kommen auch die Kanister?«, fragte Helge.

»Sagt Mjuma Transports. Die sind gar kein solcher Rostlaubenkutscher, wie ich erwartet hatte. Liefern in Tansania, Mozambique, Südafrika, Sambia, Kenia. Der Disponent, mit dem ich sprach, erklärte aber auch, dass die spezielle Lieferung die erste von Eloxxy und an diesen Ort war. Ich werde ihn morgen persönlich aufsuchen. Mal sehen. Vielleicht stoßen wir dann auf noch mehr Überraschungen.«

»Da hätten wir schon die erste«, mischte sich Horst ein. »Nicht weit von Montes Claros liegen die Felder mit manipulierter Baumwolle, die in Brasilien gefunden wurden.«

»In Ordnung«, sagte Helge. »Folgendes: Kaufen Sie die gesamte Ernte der gesegneten Bauern. Wenn möglich, kaufen Sie das Land. Nehmen Sie noch einen Sicherheitsgürtel von ein paar hundert Metern rundherum dazu. Schnell. Der Preis spielt keine Rolle. Sobald Sie Ernte und/oder Land haben, behalten Sie ein paar Proben und vernichten den Rest. Gründlich. Die Bauern dürfen nichts davon für die nächste Saat behalten. Verstehen Sie mich?«

»Ja. Was machen wir, wenn sie nicht verkaufen wollen?«

»Ist nur eine Frage des Preises.«

»Und wenn nicht?«

»Diese Pflanzen dürfen nicht überleben. Und sich schon gar nicht unkontrolliert weiterverbreiten.«

Am anderen Ende der Welt starrte Gordon in seine Kamera. Verarbeitete Helges Ansage.

»Verstanden«, gab er schließlich durch.

»Gute Arbeit, Gordon. Und gute Nacht nach wo auch immer.« Er beendete die Verbindung. An Micah gerichtet: »Dasselbe geben Sie den Teams in Indien und Brasilien durch. Ernten, Land und Herden kaufen, Musterexemplare behalten, den Rest vernichten.«

»Um jeden Preis«, wiederholte Micah. Ließ bewusst offen, ob er damit Geld oder etwas anderes meinte.

Helge antwortete ebenso offen: »Jeden Preis.«

Selbst heimliche Mitschnitte eines so geführten Gesprächs würden nichts beweisen können. Als Vorstandschef musste er wissen, wie man Anordnungen zu geben hatte.

Horst war dran.

»Wenig zu finden über Eloxxy«, erklärte der Oberforscher. »Kleiner Produzent von Pestiziden. Homepage ist wenig professionell und aussagereich. Wir setzen uns dran.«

»Der Laden soll die fortschrittlichsten GMOs auf dem Erdball produziert haben?«

»Vielleicht eine Tarnfirma. Oder überhaupt Falschangaben von oder an Mjuma Transports.«

»Die räumliche Nähe zu den brasilianischen Baumwollfeldern spricht für Eloxxy. Micah, du kennst sicher jemanden, der in Eloxxys IT-Systeme kommt. Und wir fliegen selbst hin, um mit diesen Leuten ein Wörtchen zu reden.«

93

Bis zur Straße wanderten sie eine halbe Stunde. Unterwegs diskutierten sie das weitere Vorgehen.

»Wir dürfen niemandem zu nahe kommen«, erklärte die Präsidentin.

»Weshalb?«

Ihn hatte noch niemand aufgeklärt!

»Das ist jetzt zu kompliziert. Trotzdem brauchen wir so schnell wie möglich Kontakt zur Polizei.«

Nebeneinander stellten sie sich auf den Seitenstreifen und winkten in den vorbeifahrenden Verkehr. Ein paar Wagen wurden langsamer und beschleunigten trotz der Pilotenuniform wieder, als sie an ihnen vorbei waren.

Der fünfte fuhr auch vorbei, bremste dann aber mit quietschenden Reifen. Die Präsidentin und der Pilot machten sich auf den Weg, da lenkte der Fahrer seinen Wagen schon halb neben der asphaltierten Fahrbahn zurück, bis er in einer kleinen Staubwolke neben ihnen zu stehen kam. Ein Mann im mittleren Alter stieg aus, mit schütterem Haar, rundlichem Gesicht und kurzärmeligem, blassgelbem Hemd über dem Bäuchlein.

»Mann, Sie sehen aus wie die Präsidentin!«

Die Präsidentin nickte.

»Das höre ich öfter«, sagte sie. Der restliche spärliche Verkehr kümmerte sich nicht um die Szene am Straßenrand.

»Wohin wollen Sie?«

Sie trat einen Schritt zurück. »Kommen Sie nicht näher.« Auf seinen verdutzten Blick erklärte sie: »Aber bleiben Sie bitte hier. Wie heißen Sie?«

»Edward Solowsky. Ed.«

»Okay, Ed, was ich Ihnen jetzt erzähle, wird in Ihren Ohren verrückt klingen, aber ich bitte Sie, einfach zu tun, was ich sage. Haben Sie ein Mobiltelefon bei sich?«

»Was ist das hier?«, fragte der Mann misstrauisch. »Versteckte Kamera?«

»Nein. Haben Sie denn ein Handy dabei?«

»Habe ich.« Er zog eines aus seiner Hosentasche.

»Dann rufen Sie bitte folgende Nummer an.«

Er machte keine Anstalten zu wählen. Sie schaute ihn mit einem Blick an, der üblicherweise funktionierte. Zumindest wenn die Leute wussten, wen sie vor sich hatten.

Auch jetzt tat er seinen Dienst. Natürliche Autorität. Erwarb man mit der Zeit in dem Job. Sie sagte die Nummer an, und er tippte. Während er dem Freizeichen lauschte, sagte sie: »Sobald sich jemand meldet, nennen Sie Ihren Namen, sagen Sie, wo Sie sind und dass Sie vor der Präsidentin stehen.«

Seine Augen wuchsen, doch er hatte keine Zeit für große Aufregung, aus dem Hörer tönte bereits eine Stimme. Folgsam tat er, was sie ihn geheißen hatte.

Aus dem Hörer drang erneutes Wispern. Währenddessen baute sich der Pilot, der zur Straße hin neben ihr stand, noch größer auf und ging ein paar Schritte seitwärts. »Ein Wagen auf der Gegenfahrbahn«, flüsterte er, »kam vor einer Minute auf unserer Seite vorbei. Und jetzt zurück. Der Beifahrer schien mit dem Handy zu filmen.«

»Danke«, antwortete die Präsidentin ebenso leise.

»Der Mann möchte mit Ihnen persönlich sprechen«, sagte Ed.

»Sagen Sie ihm, dass Sie zwei Meter entfernt von mir stehen und ich Ihnen nicht näher kommen darf. Er weiß, weshalb.«

Erschrocken gab er die Informationen durch und wich dabei einen Schritt zurück.

»Er sagt, dass Sie abgeholt werden«, stotterte Ed. »Er fragt, wo die Kinder sind.«

»Das bespreche ich später mit ihm.«

Sie nickte dem Mann zu, und er spielte weiter den Postillion. Kaum war er fertig, fuhr die Präsidentin fort: »Einige sind mit einem silbernen Ford Galaxy unterwegs, den ein Zehnjähriger lenkt. Sollten nicht so schwer zu finden sein.«

Ed runzelte die Stirn, verzog das Gesicht, gab dann aber doch alles so weiter, wie sie es ihm erzählt hatte. Die Antwort reportierte er an die Präsidentin.

»Es wird jemand geschickt. Sie bitten mich, bei Ihnen zu warten. Ich habe Ja gesagt. Dann hat der Mann aufgelegt.« Unsicher stand er vor ihnen, die Hand mit dem Handy baumelte neben seinem Oberschenkel. »Sie sind wirklich die Präsidentin, oder?«

94

Das Gesicht der Präsidentin füllte den Bildschirm fast aus.

»Mehr habe ich nicht zu erzählen«, sagte sie. »Der Trupp, der uns entführte, wirkte mir wie ein Teil einer gut funktionierenden Maschine. Mit den Waffen hantierten sie wie mit Spielzeug!« Sind doch auch Kinder, dachte Jessica. »Sie müssen sie finden! Ganz besonders diesen Eugene. Er ist gemeingefährlich! Jagen Sie ihn, bringen Sie ihn zur Strecke! Mit allen Mitteln! Er darf keinen weiteren Schaden anrichten! Vielleicht wissen noch andere moderne Kids in *New Garden* über Eugenes Pläne Bescheid. Der Junge hat eine Agenda. Vielleicht gemeinsam mit diesem Mädchen, das auch verschwunden ist.« So weit hatten sie auch schon gedacht. »Außer diesem Virus sprach er noch von anderen Maßnahmen, die sie einsetzen wollen. Gibt es neue Erkenntnisse aus ihren Daten?«

»Nicht wirklich. Die Experten durchforsten sie noch immer.«

»Ich bleibe vorerst hier in Quarantäne«, sagte die Präsidentin.

Jessica gab dem Operator ein Zeichen, die Videos einzuspielen, die in den letzten Stunden auf Onlineplattformen aufgetaucht waren. Unscharfe, verwackelte Aufnahmen aus einem fahrenden Auto zeigten einen Wagen am Straßenrand, vor dem sich drei Personen unterhielten. Dazu der Kommentar der Filmenden, schwer verständlich neben den Motorengeräuschen: »... sehr ähnlich ... Präsidentin ... meinst du? ... Was soll ... hier?«

»Von Ihrer Autostoppaktion kursieren erste Filmchen im Netz«, sagte Jessica.

»Zu klein und unscharf, um wirklich gefährlich zu werden, was meinst du, Al?«

»Die bisherigen zwei ja«, bestätigte der Sicherheitsberater. »Wir kümmern uns darum.«

»Hat jemand Verbindungen zu den Schlagzeilen um *New Garden* hergestellt?«

»Bis jetzt nicht. Wäre auch abwegig.«

»Apropos *New Garden*«, mischte sich Jessica ein. »Was machen wir nun mit den Kunden hier?«

»Darüber habe ich mir Gedanken gemacht. Zeit hatte ich schließlich genug. Ich muss es mit den Juristen und Ethikern besprechen, aber es wird darauf hinauslaufen. Wir machen den Leuten ein Angebot.«

Verwaschene Schwarz-Weiß-Bilder, Autokonturen, eine bewegte sich ins Licht im Vordergrund. Ein Kleinwagen asiatischer Herkunft, riet Jessica. Ein paar Bilder weiter hielt der Operator den Film an.

»Das Nummernschild haben wir«, sagte er. Einige Bilder weiter der nächste Stopp. Auf dem Beifahrersitz eindeutig ein Kind. Der Beifahrersitz weiter nach hinten geschoben, beide Gesichter nur graue Flächen verschiedener Tönung, die obere Hälfte im Schatten.

»Wenig zu erkennen«, sagte Jessica. »Haben wir brauchbare Vergleichsaufnahmen von der Flucht beziehungsweise der Kleidung, die Eugene und Helen Cole dabei trugen?«

Mit einem Knopfdruck holte der Operator Aufnahmen auf den Nebenschirm. Hatte mitgedacht und sie bereits vorbereitet. Helen Cole am Hubschrauber. Eugene in einem Moment, in dem das Cockpit des kreiselnden Helikopters von den Scheinwerfern hell erleuchtet wurde.

»Könnten sie sein«, stellte Jessica fest. »Sein Shirt, ihre Bluse, sehr ähnlich. Fahndung draußen?«

Der Operator tippte auf die nächste Taste. Auf einem dritten Monitor erschien ein Standbild desselben Autos von vorne, leicht schräg oben. Die Qualität war deutlich besser als auf dem anderen Bild. Wieder beide Gesichter im Schatten. Aber die Kleidungsstücke deutlicher.

»Eine dreiviertel Stunde, nachdem sie von dem Parkplatz verschwanden«, sagte der Operator, »passierten sie bei Tijuana die Grenze nach Mexiko.«

Jessica war selbst zum Fluchen zu müde.

»Kontakt zu den mexikanischen Behörden?«

»War bereits aufgenommen. Leider bekamen sie die Bilder ein paar Minuten zu spät. Und drüben gibt es nicht ausreichend Verkehrsüberwachungskameras.«

»Danke«, seufzte Jessica. So knapp!

Neben ihr stand bereits der Nächste mit einem Anliegen.

»Wir haben Kontakt zu Helge Jacobsen von Santira«, erklärte der Mann und streckte ihr ein Mobiltelefon entgegen. »Sie wollten ihn sprechen. Wir dachten, jetzt hätten Sie vielleicht Zeit.«

Jessica verdrehte die Augen.

»Der. Höchste Zeit! Danke.«

95

Helge hatte es sich in einem der hinteren komfortablen Ledersitze des firmeneigenen Falcon bequem gemacht, als Micah mit einem Telefon und einem aufgeklappten Laptop zu ihm kam.

»Sehr ungewöhnlicher Anruf«, erklärte er. »Die Dame gehört zum Stab des Sicherheitsberaters im Weißen Haus.«

Auf dem Laptop zeigte er Helge eine Webseite mit einem Porträt. Die Frau auf dem Bildschirm schätzte Helge auf Mitte dreißig. Bunte Mischung von Vorfahren aus aller Welt, schloss er aus den Gesichtszügen, Sommersprossen auf dunkler Haut und krausen Haaren.

»Eine gewisse Jessica Roberts. Möchte mit Ihnen über die GMOs in Afrika, Indien und Brasilien sprechen.«

Die Nachricht erwischte Helge kalt.

»Woher weiß sie davon?«

Micah zuckte die Schultern. »Keine Ahnung. NSA?«

»Fuck«, fluchte Helge leise, »ich dachte, unsere Kommunikation ist geschützt?«

»Ist nur eine Vermutung. Vielleicht war jemand bei uns unvorsichtig«, gab Micah zurück. »Sie können auch andere Quellen haben.«

Helge machte eine unwirsche Geste.

»Geben Sie schon her!«

Micah reichte ihm das Telefon. Helge meldete sich. Am anderen Ende die Frau, sie hatte eine angenehme, helle Stimme.

»Vielen Dank, Mr. Jacobsen, dass Sie sich für dieses Gespräch Zeit nehmen«, erklärte sie nach einer kurzen Vorstellung. »Ich wollte gern mit Ihnen als Hauptverantwortlichem Ihres Unternehmens direkt sprechen«, erklärte sie. »Worum es geht, haben unsere Mitarbeiter ja schon im Vorfeld besprochen. Die auf drei verschiedenen Kontinenten entdeckten Entwicklungen sind schließlich kein Pappenstiel.«

Saloppe Formulierung, fand Helge. *Unsere* Entdeckungen. Bevor er fragen konnte, woher sie davon wusste, fuhr sie bereits fort. »Als wir davon erfuhren, wurde uns mitgeteilt, dass Sie bereits ein paar Tage vor uns darauf gestoßen waren. Ich will es kurz machen, ich hörte, dass Sie startbereit im Flugzeug sitzen. Und ich hörte, Ihr Unternehmen führt eigene Recherchen durch.«

Als sie weiter nichts sagte, antwortete Helge: »Tun wir. Natürlich stehen wir erst am Anfang. Die Entdeckungen sind ja noch sehr jung.«

»Natürlich. Haben Sie denn schon lokale Behörden oder internationale Stellen informiert? Wir haben diesbezüglich noch keine Meldungen erhalten.«

»Bevor wir das tun, wollten wir mit unseren Überprüfungen ganz sichergehen.«

»Verstehe.«

Sie hatte verstanden, dass sie ein Druckmittel gegen ihn besaß, fluchte Helge innerlich.

»Haben Ihre Überprüfungen denn schon etwas ergeben? Etwa über die Urheber?«

»Leider. Nein.«

»Schade. Diese Organismen stellen möglicherweise eine große Gefahr dar. Das verstehen Sie natürlich auch. Umso mehr, als Sie noch keine Meldung gemacht haben. Deshalb bitten wir Sie, in dieser Sache fortan eng mit uns zu kooperieren.«

Diese Roberts zog die subtile Drohung der direkten vor, begriff er. Sie wusste längst, woran sie mit ihm war. Aber offensichtlich wussten sie noch nicht, woher die GMOs stammten. Jetzt ging es für ihn nur mehr darum, Zeit zu gewinnen.

»Wir brauchen Proben der betroffenen Pflanzen und Tiere, um sie mit Informationen aus anderen Quellen zu vergleichen«, fuhr sie fort.

»Was für andere …?«

»Können wir zu diesem Zeitpunkt nicht sagen«, schnitt Jessica Roberts ihm das Wort ab. Nehmen und geben, fluchte Helge innerlich, so sollte es sein. Doch sie wollte nur nehmen und nichts geben. Und in ihrer Position konnte sie es sich erlauben. »Meine Mitarbeiter klären das mit Ihren. Wir bleiben in Verbindung. Kontaktdaten haben Sie ja jetzt auch.«

»Selbstverständlich«, erwiderte Helge zähneknirschend. Eine Unverschämtheit.

Der Bildschirm wurde dunkel. Fragender Blick von Horst.

»Leck mich!«, fluchte Helge und schleuderte das Telefon in den Gang zwischen den Sitzen. »Arrogante Säcke! Sie wissen viel, aber offenbar nichts von Eloxxy. Wenn tatsächlich Eloxxy für die Superentwicklungen verantwortlich ist, müssen wir mit diesen Genies als Erste sprechen, um unsere Chancen zu wahren. Hat der Pilot irgendwelche Möglichkeiten, unsere Ortung durch Behörden oder Satelliten zu verhindern?«

Langsam rollte die Maschine in ihre Startposition.

96

Greg rannte durch die Nacht, Zweige brachen unter seinen Füßen, Scheinwerferstrahlen schwenkten durch das Dunkel, Hubschrauberlärm röhrte über ihn hinweg.

»Helen!«, brüllte er immer wieder. Jemand packte ihn am Arm, schüttelte ihn, Greg versuchte sich zu befreien, kam nicht los.

»Greg!«

Das Schütteln kam von dem Motorrad, mit dem er über den Waldweg jagte.

Eine Frauenstimme. »Greg! Wachen Sie auf!«

Hell. Greg, Schlamm statt Gehirn im Schädel.

Jessica Roberts' Gesicht direkt vor seinem.

»Greg«, wiederholte sie. »Wachen Sie auf! Hey!«

Neben ihr ein Soldat, hinter ihnen ein Doppelbett. Glastüren auf eine Terrasse. Auf dem Bett eine hingeworfene Bluse von Helen. Greg erkannte ihr Zimmer. Die Erinnerung kehrte zurück. Die Bilder von Helen in dem Hubschrauber. Er, der auch danach nicht daran glauben wollte. Sie weiter gesucht hatte, bis zum Mittagessen. Irgendwann war er ins Zimmer zurückgekehrt, hatte gehofft, sie dort zu treffen. Sich erschöpft kurz in den Lehnstuhl fallen lassen.

Jetzt war Greg hellwach, sprang auf.

»Ist was mit Helen?!«

»Unser letzter Stand ist, dass sie nach ihrer Flucht mit dem

Hubschrauber eines der Kinder weiter begleitete. Vielleicht kam sie nicht freiwillig mit«, erklärte Jessica. »Die Kinder hatten Waffen.«

»Mein Gott«, stöhnte Greg.

»Wie es aussieht, stahlen sie auf einem Parkplatz einen Wagen und fuhren bei Tjiuana über die Grenze nach Mexiko. Ihre Frau saß am Steuer.«

»Wollen Sie mich auf den Arm nehmen? Was soll Helen in Mexiko?«

»Das möchte ich von Ihnen wissen. Haben Sie oder Ihre Frau Verbindungen dorthin?«

»Gar keine.«

Diana und Mike waren auf dem Weg zum Abendessen, als eine Polizistin sie ansprach: »Diana und Mike Kosh?«

Dianas durch die künstlichen Befruchtungsbemühungen der letzten Jahre hervorgerufene Daueranspannung hatte sich in den letzten Tagen zur Hyperempfindlichkeit gesteigert. Die Vorfälle der vergangenen Stunden hatten sie nahe an eine Explosion geführt. Jede Überraschung schob sie noch einen Schritt weiter heran.

»Folgen Sie mir bitte kurz? Wir möchten mit Ihnen besprechen, wie Sie wieder nach Hause kommen.«

Noch ein Schritt weiter.

»Was gibt es da zu besprechen?«, fragte Mike unwirsch. »Sie müssen bloß die Tore öffnen und Ihre Cowboys anleinen.«

Diana konnte in diesem Moment gut auf Mikes Geplänkel verzichten. Sie drückte seinen Oberarm, um ihn zu bremsen, vielleicht auch, um sich zu bremsen oder festzuhalten, dann schob sie ihn sanft vorwärts.

Die Uniformierte führte sie in ein nüchternes Besprechungszimmer, in dem hinter einem Tisch eine Frau und ein Mann in Zivil warteten. Mit einer Geste boten sie Diana und Mike Plätze an. Die Polizistin, die sie hergebracht hatte, schloss die Tür von außen.

»Ich bin Carrie, das ist Tim«, stellte die Frau sie vor. Keine Nachnamen. Diana zweifelte, dass Carrie und Tim ihre wahren Vornamen waren. Ihr Unwohlsein verstärkte sich.

»Kommen wir gleich zur Sache«, sagte Carrie. »Was hier in den letzten Tagen geschehen ist und entdeckt wurde, wird aus nachvollziehbaren Gründen der nationalen Sicherheit auf absehbare Zeit absoluter Geheimhaltung unterliegen. Sie haben also zwei Möglichkeiten. Erstens: Bis zur Klärung der Lage bleiben Sie hier ohne nennenswerten Kontakt zur Außenwelt. Noch können wir nicht abschätzen, wie lange das dauern wird. Tage, Monate, Jahre. Machen wir uns nichts vor: vielleicht für immer.«

»Sind Sie verrückt?«, rief Mike. Diana brachte ihn mit einem Griff nach seiner Hand zur Ruhe. In dieser Situation war sein Machogehabe nutzlos. Doch ihr brach der Schweiß aus. Sie ahnte, was jetzt kommen würde.

»Oder?«, fragte sie mit zitternder Stimme nach der zweiten Möglichkeit.

»Oder Sie verpflichten sich zu absoluter Geheimhaltung – da würden wir Ihnen vertrauen«, erklärte sie mit einem Unterton, der Diana vermuten ließ, dass sie das nicht taten, aber etwas in der Hinterhand hatten, was das Vertrauen überflüssig machte – und was dann auch gleich folgte: »… und vor allem zur Beseitigung sämtlicher Beweise.«

Der verbale Schlag in den Unterleib raubte Diana den Atem. Unter ihrer Hand zuckte schon wieder Mikes, wohl um in seiner impulsiven Art zu fragen, was »Beseitigung sämtlicher Beweise« denn heißen sollte, doch Diana hielt ihn ein weiteres Mal zurück. Ihr war sofort klar, was Carrie meinte. Ihre schmalen Finger krallten sich so heftig um Mikes Pranke, dass er überrascht zu ihr sah. Das Zittern ihrer Lippen konnte Diana nicht kontrollieren.

Mit der geflickten Lippe unter der geschwollenen Nase und dem Verband um den Kopf ähnelte Rich eher einem Penner nach einem Trinkunfall als einem Spitzenwissenschaftler, hätten aus der »Baustelle«, wie er es nannte, nicht wie üblich die Augen wach und frech geblitzt.

»Was gibt's?«, fragte Jessica. »Du hast aufgeregt geklungen.«

»Das bin ich auch«, erwiderte er, immer noch heiser, aber schon mit etwas festerer Stimme. »Seht her!«

Mit Jessica hatte er die anderen verfügbaren Taskforcemitglieder in den Recrercheraum der Biologen gebeten.

Jessica drückte sich neben ihn auf einen Stuhl vor dem großen Bildschirm, die anderen sammelten sich hinter ihnen. In dem Gedränge berührten Jessicas und Richs Arme und Schenkel sich wie zufällig. Jessica wich nicht zurück.

»Wir haben eine sehr beunruhigende Erkenntnis gewonnen«, sagte Rich. »Und eine Smoking Gun gefunden. Beide hängen miteinander zusammen und stellen einige unserer Hypothesen infrage.«

Auf dem Bildschirm rief er Bilder von Baumwollpflanzen, Maisfeldern und Ziegen auf.

»Erinnert euch an Jills Modelle und Simulationen mit Baumwolle, Mais und Ziegen, zu denen wir wahrscheinlich bereits Umsetzungen in freier Wildbahn kennen. Ich habe zwei Leute an die Analyse dieser Daten gesetzt«, fuhr er fort, »und sie mit den Datensätzen von vier anderen Projekten vergleichen lassen. Dabei haben sie ein Muster entdeckt.«

Rich rief einige Dateien auf einem Bildschirm auf.

»Jill arbeitet sehr strukturiert. Jedes Projekt teilt sie in sechs

Stufen mit Kontrollschleifen ein. Erstens: In-silicio-Grundlagenversuche, also erst einmal auf dem Computer. Zweitens: In-silicio-Detailversuche. Drittens: erste In-vivo-Konstruktionsversuche der Organismen im Labor beziehungsweise unter Laborverhältnissen. In ihren Daten finden sich Dokumente, auch Fotos und Videos. Wir haben sie an das FBI, die CIA und CDC zu Analysen gegeben, damit diese darin eventuell Hinweise auf die Versuchsorte finden. Bei Nichtgelingen geht sie zurück zu Schritt zwei, also neue Detailsimulationen auf dem Computer. Bei Gelingen folgt viertens: erste Anwendung der Organismen im Labor. Wenn sie also manipulierte Maispollen hergestellt hat, wird der Mais nun damit bestäubt, großgezogen und die Ernte abgewartet. Bei Nichtgelingen – was bis jetzt scheinbar nicht passierte – geht sie zurück, bei Gelingen über zu fünftens: Vermehrung der GMOs zu verwendbaren Mengen, und dann zu sechstens: erste Freisetzungen. Das ist bei der Baumwolle, den Ziegen und dem Mais geschehen. Auch diese Dokumente werden analysiert auf Entstehungsort und Ersteller. Alle Dateien sind übrigens mit einem Datum versehen. Wir wissen also auch, wann welcher Schritt durchgeführt wurde. Mehrmals im Jahr, sie muss entweder in Glashäusern oder in tropischen Gebieten mit mehreren Erntezeiten pro Jahr arbeiten.«

»Brasilien, Tansania, Indien«, meinte Jessica. »Passt.«

Er rief neue Bilder auf den Monitor. Reisfelder, nicht so stimmungsvoll wie aus einem Tourismusprospekt, dafür aus den verschiedensten Blickwinkeln bis hin zu Nahaufnahmen einzelner Pflanzen.

»Zufällig wählte das Team auch ein Projekt, das ebenfalls bereits in der In-vivo-Erprobungsphase ist, also nicht nur am Computer simuliert, sondern in einem Labor oder auf einem Testfeld unter kontrollierten Bedingungen erprobt wird. Die Fotos und Videos dazu werden bereits analysiert. Am MIT kann sie diese Labor-

oder Freilandversuche sicher nicht durchführen. Das ist schon deshalb interessant, weil wir aufgrund der Zeitstempel annehmen dürfen, dass die Dokumentation der Projekte aktuell ist. Derzeit durchforstet das Team alle anderen Versuchsreihen auf ihren Status. Wer weiß, was noch alles gerade im Werden oder bereits freigesetzt ist und wovon wir bloß noch nichts erfahren haben!«

»Verstanden«, sagte Jessica. »Das ist ja alles sehr interessant, aber…« Schon während Richs Vortrag war in ihr ein unangenehmes Gefühl gewachsen. Rich hatte sich seit ihrem ersten Zusammentreffen im Situation Room als extrem fokussiert, effizient und auf das Wesentliche konzentriert gezeigt. Er war fähig, die richtigen Prioritäten zu setzen. In der herrschenden Situation würde er Jessica die eben erfolgte Aufklärung über Jills Arbeitsweise nicht aus Freude über diese Erkenntnis vorstellen. Diese Präsentation war nur die Einführung. »…ich hoffe sehr, dass es nicht auf das hinausläuft, was ich jetzt befürchte.«

»Und das wäre?«

»Dass Projekt 671F/23a bereits über Phase zwei hinaus entwickelt wurde. Und Eugene nicht geblufft hat.«

»Genau das haben wir natürlich sofort geprüft. Willst du die guten oder die schlechten Nachrichten zuerst?«

Jessica spürte heiße Säure in ihrem Magen.

»Mehrzahl? Die schlechten.«

»671F/23a wurde realisiert und freigesetzt.«

»Oh verdammt«, stöhnte Jessica. »Jack Wolfson?«

»Womöglich«, sagte er.

»Was kann da noch Gutes kommen?«

»Das Virus aus diesem Projekt ist nicht ansteckend«, erwiderte Rich. »Es wirkt nur in dem Menschen, dem es direkt verabreicht wurde.«

»Das hieße, Eugene hat halb geblufft. Wir sind nicht damit infiziert.«

Jessica fühlte keine Erleichterung. Eine böse kleine Stimme in ihr flüsterte, dass Rich mit seinen Neuigkeiten noch nicht am Ende war.

»Das waren jetzt eine schlechte und eine gute«, fuhr Rich fort und bestätigte damit Jessicas Befürchtungen.

»Was kommt noch?«

»Je nachdem, wie man es sieht. Wie es ausschaut, befinden sich andere Projekte der 671-Reihe seit zwei Tagen, also kurz nach Jills Verschwinden, in Stufe fünf.«

»Vermehrung für den Freilandeinsatz?!«

»Was mich besonders beunruhigt: Sie hat Stufe vier übersprungen – Versuche an ersten Testorganismen ...«

»Was Menschen wären.«

»Ja«, sagte Rich. »Sie will ohne Tests in die Verbreitung. Das heißt ...«

»Sie hat es eilig. Und sie riskiert dabei verdammt viel.«

Rich nickte.

»Was treibt sie plötzlich zu dieser Eile?«, fragte Tom hinter ihnen.

»Angst, nicht fertig zu werden, bevor jemand sie findet?«, schlug Jessica vor.

»Sie flüchtete, bevor wir von *New Garden* wussten.«

»Vielleicht musste sie damit rechnen, dass wir bald davon erfahren. Falls Eugene tatsächlich das Killervirus baute und verschickte – und sie von seinen Plänen wusste –, war der Tod des Außenministers für sie das Alarmzeichen. Deshalb vielleicht auch die Warnung vor ihm. Ab diesem Moment musste sie sich beeilen.«

»Und da kommt noch eine neue, verwirrende und gleichzeitig spannende Erkenntnis ins Spiel«, warf Rich ein. Weil er wegen seiner ramponierten Stimme eher flüsterte als sprach, hörten alle besonders aufmerksam zu. »In diesen F-Reihen verwendet sie einen anderen Grippevirusstamm als bei dem nicht ansteckenden 671F/23a. Und zwar denselben, der bei dem Killervirus verwendet wurde, das Jack Dunbraith ermordete.«

Stille.

Dann brach es aus allen gleichzeitig hervor.

»Hat Jill das Virus gebaut?«

»Kann das ein Zufall sein?«

»War ihre Warnung vor Gene ein Bluff?«

Rich wartete, bis sich alle beruhigt hatten, bevor er antwortete: »Zufall ist es höchstwahrscheinlich nicht. Sie verwendet auch die Sequenz des Labors aus Baltimore, das die Infektiosität des Virus steigert.«

»War das Attentat also so etwas wie ein Testlauf für die infektiöse Wirksamkeit des Basisvirus?«, fragte Jessica. »Und statt als personalisiertes Killerinstrument verwendet sie es nun mit anderen Eigenschaften als Transportvehikel zur massenhaften Verbreitung von Samenvorläuferzellenmanipulation?«

»Möglich«, sagte Rich. »Aber warum dann ausgerechnet ein mörderischer Testlauf, der alle Aufmerksamkeit auf sie ziehen würde?«

»So oder so: Wir müssen sie finden! Und stoppen!«

Im Speisesaal fand Greg Diana und Mike stumm an einem Tisch in ihrem Essen stochernd. Unter den Anwesenden herrschte eine deprimierende Stimmung, einige Frauen weinten. Die Anspannung, vermutete Greg.

»Darf ich?«, fragte er Diana und Mike.

Diana nickte, nicht bevor Mike ihr einen fragenden Blick zugeworfen hatte.

Etwas stimmte hier nicht.

»Was ist?«, fragte Greg.

»Wir können nach Hause«, sagte Mike. Diana starrte auf ihren Teller.

»Das sind doch fabelhafte Neuigkeiten!«

»Unter Bedingungen«, sagte Mike. »Wir verpflichten uns zur absoluten Verschwiegenheit.«

»Sollte machbar sein. Auch wenn ich mich frage, wie sie das durchsetzen wollen. Wenn doch jemand redet?«

»Deshalb verlangen sie auch die Beseitigung sämtlicher Beweise«, erklärte Mike.

»Welche Be...«, setzte Greg an, als er begriff. Sein Blick sprang kurz zu Diana, er wagte nicht, ihn auf ihr ruhen zu lassen.

»Verdammt«, flüsterte Greg. »Und wenn ihr nicht zustimmt?«

»Müssen wir bleiben«, sagte Mike. »Womöglich sehr lange.«

»Irgendwer wird draußen reden«, sagte Greg. »Ihr auch. Dann kommt wenigstens alles ans Licht!«

»Wer würde es glauben, wenn alle Beweise vernichtet sind?«

»Aber... die Kinder, die bereits leben?«

Mike zuckte mit den Schultern. »Keine Ahnung. Darüber haben sie nichts gesagt. Aber hey, in Guantanamo hat man die Menschen auch ohne Gericht für Jahre weggesperrt. Oder bringt sie überhaupt in Geheimgefängnissen um. In diesem Land ist inzwischen alles möglich.«

Gregs Blick wanderte zwischen Mike und Diana hin und her.

»Was... was werdet ihr tun?«

»Noch haben die befruchteten Eizellen sich wahrscheinlich gar nicht ganz eingenistet«, sagte Diana beherrscht. »So gesehen wäre es nicht einmal eine richtige Abtreibung.« Sie biss sich auf die Lippen, um deren Zittern zu unterdrücken. Mike ergriff ihre Hände, drückte sie.

Helen, dachte Greg nur.

97

»Scheiße hat den Ventilator erreicht«, textete Jessica an Colin. »Bin ok. Melde mich, sobald möglich. Können noch Tage sein. Sorry! Kuss, auch an die Kinder!«

Ein paar Atemzüge lang saß sie nur da und starrte durch das Fenster in die Abendstimmung. Die Wolkendecke war ein wenig aufgebrochen. Die Wirkung des Aufputschmittels, das der Arzt ihr am Morgen gespritzt hatte, war verflogen. Versteinerte Knochen, Muskeln wie nasse Fetzen, das Hirn feuchte Watte. Sie würde noch einmal zu ihm gehen. Nach dem Abendessen. Jetzt könnte sie die Eigenschaften der Designerkinder gebrauchen: wenig Schlafbedürfnis, schnellere Regenerationsfähigkeit, gesteigerte kognitive Fähigkeiten. Noch besser wäre, der Albtraum hätte ein Ende. Einen Moment lang beneidete sie Helen Cole um ihren Ausbruch.

Für das Führungspersonal der Behörden war ein kleiner Speisesaal eingerichtet worden, den die Militärküche mitbediente. Dort hatte sie sich um zwanzig Uhr mit Rich verabredet.

Er wartete vor der offenen Tür. Drinnen reihten sich ein paar Uniformierte an der Essensausgabe.

»Und wieder beweist du dein ausgesuchtes Händchen für charmante Rendezvousplätze«, begrüßte er sie heiser flüsternd, aber mit einem gut gelaunten Grinsen.

»Dann muss man sich auf das Rendezvous konzentrieren«, erwiderte sie, »das im Übrigen keines ist.«

»Ach komm, alles andere hier ist gerade gar nicht lustig, gönn uns doch das kleine Vergnügen.«

Ein Kantinenmitarbeiter klatschte einem Wartenden undefinierbaren Brei auf den Teller, dazu ein zerkochtes Stück Fleisch.

»Siehst du, was ich meine?«, sagte er mit leidender Miene.

Er hängte sich bei ihr ein und zog sie den Flur hinunter.

»Ich weiß etwas Besseres«, sagte er. Sie folgte ihm zögerlich ein paar Schritte um zwei Ecken, wo er eine Tür öffnete.

Der Raum war nicht groß, aber geschmackvoll eingerichtet. Bislang vielleicht das Büro eines Teilhabers. Oder eher einer Teilhaberin, schloss Jessica aufgrund des Interieurs. An der linken Wand eine elegante Designkommode, an der rechten ein stylisches Sofa. Das Zentrum vor der Glaswand zum Park jedoch bildete ein komplett gedeckter Tisch für zwei, im Licht zweier Kerzen funkelten Weingläser, feines Porzellan und Besteck. Neben dem Tisch ein Weinkübel, aus dem der Hals einer Flasche ragte, bereits geöffnet und mit einer Stoffserviette umwickelt.

»Eine kleine Flucht aus dem Wahnsinn«, sagte Rich und schob sie sanft weiter. »Wenigstens für ein paar Minuten.«

Jessica wehrte sich nicht ernsthaft. So unwirklich – und unpassend – die Inszenierung in diesem Augenblick war, so sehr genoss sie sie. Vielleicht auch genau deshalb.

Rich kam ihrer Frage zuvor: »Stanleys Reserven. Der Mann weiß zu leben.«

Er schenkte Rotwein ein, reichte ihr das Glas. Jetzt entdeckte sie auf einem Sideboard zwei Teller mit etwas, das wie eine kleine Vorspeise aussah, zwei große Teller, über die Servierschalen gestülpt waren, und eine kleine Käseplatte.

»Denk nicht darüber nach«, sagte er, während er ihr zuprostete, »genieß einfach.«

»Wenn ich jetzt trinke, bin ich sofort besoffen.«

»Umso besser.«

98

Eine heftige Erschütterung riss Helen aus dem Schlaf. Instinktiv klammerte sie sich an das Erste, was ihr zwischen die Finger kam. Armlehnen, registrierte sie. Um ihre Hüften fixierte sie ein Gurt. In ihren Ohren röhrte es. Die Vibrationen verringerten sich. Langsam setzte die Erinnerung ein. Der Blick aus dem Bullauge versicherte ihr, dass sie nicht träumte. Draußen raste ein Flughafen vorbei. Vom Sitz gegenüber lächelte sie Eugene an. Schwebte sie doch noch durch einen Albtraum?

»Gut geschlafen?«

Sie rieb sich die Augen. Eugene verschwand ebenso wenig wie das Interieur des Jets oder der Motorenlärm.

»Zwischenlandung zum Tanken«, erklärte Eugene. »Du hast fast sechs Stunden geschlafen.«

»Wo sind wir?«, fragte Helen.

»Guatemala. Wir bleiben nur zum Tanken, eine Stunde vielleicht.«

»Ich … muss meinem Mann sagen, wo ich bin. Er wird verrückt sein vor Sorge.«

Ihre Wut auf Greg war weitestgehend Unsicherheit, Sorge und Angst gewichen. Doch immer noch nagte an ihr die Enttäuschung über sein eigenmächtiges Vorgehen.

In Eugenes Gesicht schienen sich Helens Sorgen zu spiegeln. »Wir werden das arrangieren. Allerdings müssen wir überlegen, wie wir es anstellen.«

Seine Miene verdüsterte sich. »Dein Mann ist sicher noch in *New Garden*, gut bewacht. Wir müssten also dort anrufen oder eine Mail schicken. Spuren, die leicht zurückzuverfolgen sind, wenn man es nicht klug anstellt.« Leise, fast fassungslos schüttelte er den Kopf. »Wenn du dein Kind behalten willst, müssen wir vorsichtig sein! Wie die Präsidentin schon gesagt hat: Inzwischen sind alle Geheimdienste der USA hinter uns her. Und wer weiß, wie weit die US-Regierung die Informationen über mich und meinesgleichen international teilt. Vielleicht jagen uns längst die Geheimdienste und Behörden weltweit!«

Vielleicht war es ihre Schläfrigkeit, vielleicht Eugenes besorgter Vortrag, dass seine Argumente sich für Helen sehr überzeugend anfühlten.

»Großartige Aussichten.«

Der Flieger hielt an einer Parkposition.

»Aber lösbar«, bemerkte Eugene optimistischer. »Hunger?«, fragte er aufgeräumt. »Du hast seit gestern Abend nichts gegessen. Dahinten steht ein kleiner Kühlschrank mit Snacks. Bloß den Champagner solltest du dir verkneifen.«

»Das wird mir nicht schwerfallen«, sagte Helen. »Zum Feiern habe ich keinen Grund.«

99

Die Teller und Gläser waren so leer wie die Flasche, hinter der Glasscheibe war die Nacht hereingebrochen. Weit länger als eine Stunde lang hatte Rich serviert und abgeräumt, Wein nachgefüllt und jedes Mal, wenn ihr Gespräch auf die Ereignisse seit ihrem ersten Zusammentreffen im Situation Room kam, elegant zu anderen, leichteren Themen gesteuert. Für eine Weile hatte sie tatsächlich vergessen, wo sie war. Zum Käse hatten sie auf das Sofa gewechselt, und Rich kam mit einer frisch geöffneten Flasche.

»Nicht mehr«, bat Jessica mit der flachen Hand über ihrem Glas. Rich schenkte sich noch etwas ein, kostete.

Als er damit fertig war, ihn für gut befand und ihr zuprostete, fasste Jessica seine Hand und drückte sie. »Danke«, sagte sie. »Das war ein sehr schöner Abend.«

»Ganz mein Vergnügen«, sagte er und erwiderte den Druck. Er trank, stellte das Glas ab und legte genießerisch den Kopf nach hinten auf das Sofakissen, wo er ihn ihr zuwandte.

Jessica ließ sich gleichfalls in die Polster sinken, sah ihn an, lächelte und genoss den Moment. Sie spürte ihren Kopf schwerer werden, als sich Richs Gesicht näherte, nahm noch wahr, wie seine Lider flatterten, bis sie geschlossen blieben, während ihre Grenzen zwischen Wachen und Schlaf verschwammen.

Am sechsten Tag

100

Es war der längste Flug in Helens Leben. Gefühlt. Aber so viel nachzudenken hatte sie auch noch nie gehabt. Sie landeten noch einmal zum Tanken, mitten in der Nacht. Nördliches Brasilien, behauptete Eugene. Helen döste die meiste Zeit, wenn sie nicht gerade Gedanken wälzte.

Irgendwann färbte sich der nachtschwarze Himmel zu ihrer Linken dunkelblau. In der Ferne tauchte eine diffuse Linie auf, die sich innerhalb weniger Minuten zu einem Horizont verschärfte. Eine halbe Stunde später stieg darüber glühendes Orange hoch. Unter sich erkannte Helen weite Landschaften, wanden sich Flussläufe durch dichten Urwald. Dazwischen ab und zu Siedlungen, auch größere Städte. Schmale gerade Schneisen zogen sich durch die Landschaft, Helen tippte auf Straßen. Tiefrot schob sich die Sonnenscheibe über die Welt. Wenige Minuten später flogen sie durch den Tag.

»Frühstück?«, fragte Eugene.

Im Kühlschrank fanden sie noch Snacks und Fruchtsäfte. Auch der Junge aß mit ordentlichem Appetit.

»Was hast du vor?«, fragte Helen. Zum ersten Mal seit Tagen fühlte sie sich auf seltsame Weise stark. Vielleicht, weil sie keine Wahl hatte. Vielleicht, weil alles so endgültig anders war als bisher. Sie wusste nicht, ob Eugene ihr die Wahrheit erzählen würde.

»Erinnerst du dich an den Beginn deines Besuchs in *New Garden*?«, fragte er. »Eure Gruppe wurde Zeuge eines Streits zwischen Nelson und mir. Wegen Brian, einem Betreuerkind, das uns immer ärgert. Klassisches Genom. War dauernd eifersüchtig auf unsere Fähigkeiten und versuchte dies abwechselnd durch Einschleimen, Gemeinheiten und Hinterhältigkeit zu kompensieren. Ein echtes Wiesel.«

»Ihr wart auch nicht nett zu ihm, hörte ich.«

»So sind Kinder.«

»Aber doch nicht so schlaue wie du.«

»Manchmal schon. Geht dir nie jemand auf die Nerven? Und du wirst dann ungehalten?«

Helen hätte lügen müssen.

»Wir müssen dafür sorgen, dass dein Kind in eine Umwelt hineinwächst, in der es möglichst viele seinesgleichen gibt«, fuhr Eugene fort. »Stell dir vor, es gäbe nur ein paar wenige. Für Eltern mag das attraktiv klingen. Das besondere Kind. Aber das ist die Frucht eines idiotischen Konkurrenzdenkens. Für Kinder ist es die Hölle! Auch für deines. Wie einsam es wäre! Wie fremd! Außerdem kann es seine Fähigkeiten nur voll entfalten, wenn möglichst viele Gleichaltrige und Ältere es fordern und anregen, weil sie ebenso begabt sind wie es selbst. Die Menschheit war immer am erfolgreichsten, wenn sie kooperierte, nicht, wenn sie sich bekämpfte.«

Sein Blick, der sie während seiner Erklärung fixiert hatte, wanderte durch das kleine, runde Fenster in die Ferne.

»Wir haben in Brasilien ein Labor«, fuhr er fort und wandte sich wieder Helen zu. »Jill hat das organisiert, seit sie am MIT studiert. Dort probieren wir schon einiges aus. Jetzt müssen wir den letzten Schritt gehen. Schneller, als Jill das wollte.«

»Was soll das heißen, ihr habt ein Labor? Und habt etwas ausprobiert. Reist ihr regelmäßig nach Brasilien?«

»Aber nein! Wie sollten wir? Wir haben ein kleines Biotechunternehmen gekauft und ein paar Wissenschaftler angestellt, die wegen gewisser … Probleme in den USA nicht mehr arbeiten dürfen. In Brasilien schert das niemanden. Wir bezahlen gut, helfen ihnen bei ihren Problemen, und als Gegenleistung führen sie unsere Anweisungen aus.«

»Und diese Wissenschaftler wissen, … was … wer … ihr seid?«

»Natürlich nicht! Ein Einziger hat Jill einmal getroffen und hält sie für eines dieser Superhirne, die ein geniales Start-up gründen wollen. Von der Sorte laufen ja genug auf amerikanischen Eliteunis herum.«

»Von welchem Geld kaufen zwei Kinder ein Biotechunternehmen in Brasilien? Wer unterschreibt die Verträge? Wie …«

»Geld ist kein Problem. Da helfen die Finanzmärkte, wenn man sie mit schlauen Algorithmen zu bedienen weiß. Verträge unterschreiben hilfreiche Erwachsene, die dafür Geld bekommen. Firmen gründen, Strohmänner einsetzen, alles kein Thema. Hey, wir leben in den USA, mittlerweile eines der am besten geeigneten Länder für solche Malversationen weltweit, seit sie das den anderen Staaten verboten haben. In Boston verdiente Jill genug Geld und schuf sich ausreichend Freiräume, um alles durchzuziehen.«

Helen kam es so vor, als erzähle er mit einem gewissen Stolz. Wenn seine Geschichte stimmte, verriet er sie wahrscheinlich zum ersten Mal. Auch wenn sie von ähnlichen Konstruktionen schon öfter in den Medien gelesen hatte, wäre die Realisierung durch zwei Zehnjährige mehr als bemerkenswert. Vielleicht sogar ein Grund, stolz zu sein.

Und noch mehr Grund zur Sorge. Großer Sorge.

»Daher hast du das Geld?«

»Jill hat es mir bei ihren Besuchen heimlich gegeben. Für alle Fälle …«

»Von denen jetzt einer eingetreten ist.«

»Sieht so aus.«

»Was probiert ihr aus?«

»Alles Mögliche, woran weltweit ohnehin schon gearbeitet wird, bloß sind wir besser. Herstellung alternativer Energiequellen und diverser Werkstoffe durch Bakterien. Baustoffe. Medikamente. Pflanzen, Tiere schädlings- und krankheitsresistent machen. Bloß besser als die großen Biotechkonzerne. Der Unterschied ist: Wir machen kein Geschäftsmodell daraus. Dafür sind diese Dinge zu wichtig. Deshalb verteilen wir sie gratis. Wir helfen denen, die es wirklich brauchen.«

»Und jetzt?«

»Müssen wir den nächsten Schritt gehen.«

»Menschen«, begriff Helen.

»Dein Kind soll Spielkameraden haben, die sich nicht vor ihm fürchten.«

»Meine Kinder«, sagte Helen. »Wir wollen Zwillinge.«

»Umso besser«, lächelte Eugene. »Deine Kinder sollen in einer Welt leben, die sich auf sie freut.«

101

Jessica schreckte hoch, Traumfetzen zerstoben in der Dunkelheit. Ihr Kopf lag in einem Kissen, ihre Hand in einer anderen. Blinzelnd kam sie zu sich. Die Kerzen auf dem Tisch waren heruntergebrannt und glommen mit schwindendem Flackern in den Ständern. Auf dem Sofa neben ihr schlief Rich, sein Kopf war in ihre Richtung gedreht, so wie sie ihn zuletzt gesehen hatte, seine linke Hand noch immer um ihre rechte gelegt.

Sie erinnerte sich, was gewesen war, und wohliges Glück gepaart mit Dankbarkeit und höchstens einem Funken Bedauern erfüllte sie. Und dann musste sie, amüsiert über sie beide, grinsen. Eingeschlafen!

Zwei Atemzüge blieb Jessica noch, wie sie war, dann hob sie langsam den Kopf, arbeitete sich aus dem niedrigen Sitz und löste ihre Hand vorsichtig aus Richs. Sie hatte keine Ahnung, wie spät es war. Rich zuckte, drehte sich zur Seite und schlief weiter. Noch immer pochte ihr Kopf, aber sie fühlte sich wach wie seit zwei Tagen nicht. Sie schlich zum Tisch, blies die Kerzen endgültig aus und machte sich auf Zehenspitzen zur Tür. Fast dort, kehrte sie noch einmal zum Sofa zurück, beugte sich zu Rich und drückte ihm einen sanften Kuss auf die stoppelige Wange.

»Danke nochmals«, hauchte sie. Er brummte leise, und sie huschte zur Tür hinaus.

102

Während des Landeanflugs breitete sich unter ihnen eine hügelige Landschaft aus, bedeckt von einer Mischung aus wucherndem tropischem Wald und weitläufigen Feldern. Bäume und Gebäude warfen halblange Schatten.

Wenige Minuten später der Touchdown. Landen konnte der Pilotenschüler, das hatte er auf den Zwischenstopps bewiesen. Soweit Helen es erkennen konnte, war es ein kleiner Flughafen. Eine Landebahn, keine Umzäunungen, kaum andere Maschinen.

Sobald sie die Parkposition erreichten, sprang Eugene auf. Der Pilot trat aus dem Cockpit. Öffnete die Tür, klappte die Treppe hinaus.

Stellte sich ihnen dezent in den Weg.

»Geld gibt es draußen«, sagte Helen. Sie hatte das Vorgehen mit Eugene abgesprochen. Der Pilot blickte sie skeptisch an. Vor dem Flugzeug wartete keiner. Heißfeuchte Luft drang in die Kabine.

Der Mann ging voraus, hielt am Fuß der Treppe. Helen und Eugene waren ihm gefolgt. Helen händigte ihm den Rest der vereinbarten Summe aus.

»Sicherheitsmaßnahme«, erklärte sie unschuldig. »Musste niemand wissen, dass wir all das Geld mit uns herumgeschleppt haben.«

Der Pilot nahm das Bündel Scheine in Empfang, nickte, zählte nach. Mit einem Fingertipp an seine Mütze verabschiedete er sich.

»War mir ein Vergnügen«, sagte er. »Dort geht es zum Einreise-schalter«, wies er ihnen noch die Richtung, bevor er aus der Hitze zurück in die klimatisierte Kabine flüchtete.

»Und jetzt?«, fragte Helen.

Eugene winkte. Von dem kleinen Flughafengebäude steuerte bereits eine dunkle Limousine auf sie zu. Gleich darauf hielt sie vor ihnen, ein Fahrer in buntem Kurzarmhemd sprang heraus, lief um den Wagen und öffnete ihnen die Tür. Hinter Eugene kletterte Helen hinein und stellte erleichtert fest, dass der Innen-raum klimatisiert war.

Der Chauffeur lenkte den Wagen vorbei an dem Miniterminal, der eher an einen mittelgroßen Bahnhof erinnerte, auf eine Straße.

»Keine Einreiseformalitäten?«, fragte Helen.

»Nicht, wenn man weiß, mit wem man im Vorfeld reden muss«, erklärte Eugene. »Lass dich bloß nicht mit deinem visum-losen Pass erwischen.«

Mit moderater Geschwindigkeit steuerte der Fahrer die Li-mousine über die verwitterten Straßen durch Stadtviertel mit ärmlichen ein- bis zweistöckigen Häusern, zwischen denen ver-wahrloste Hunde streunten, Kinder mit sonnengebräunter Haut und pechschwarzem Haar spielten und tropische Pflanzen wucherten. Abgehalfterte Autos und Mopeds schienen die gängi-gen Verkehrsmittel, zwischen denen vereinzelt moderne Modelle glänzten. Ihr Chauffeur sprach kein Wort.

»Woher hat er gewusst, dass wir kommen?«, fragte sie Eugene.

»Ich habe noch von daheim aus Bescheid gesagt, dass mich jemand abholen muss.«

»Weshalb musste ich dann mitkommen?«

»Musstest du nicht, schon vergessen? Aber ich bin froh, dass du es getan hast. Ein allein reisendes Kind wäre doch auffällig. Und gefährdet.«

Gefährdet oder ängstlich hatte Eugene gestern Nacht in *New*

Garden und während der Entführung der Präsidentin nicht gewirkt.

»Wie hast du ihn informiert?«

»Unsere Firma schickt ihn. Dank Jill habe ich Kommunikationskanäle, die Winthorpe, Pishta und ihren Leuten nicht bekannt sind.«

103

Helge war in die Unterlagen einer Firma vertieft, die Santira eventuell kaufen wollte. Vor den Bullaugen des Jets zog der makellos blaue Himmel über Südamerika vorbei, als Micah sich ihm gegenüber niederließ und ihm ein paar zusammengeheftete Ausdrucke reichte.

»Das haben wir bis jetzt über Eloxxy herausgefunden.«

Der Sicherheitschef blätterte in seinem eigenen Exemplar. »Örtlicher Pestizidhersteller, gegründet 1972. Familienbetrieb, wehrte sich lange gegen die Übernahme durch große Konzerne. Zu denen in den Neunzigerjahren übrigens auch ein Vorläuferunternehmen Santiras gehört hatte.«

»Vor meiner Zeit«, bemerkte Helge, der in den Unterlagen blätterte, ohne genauer hinzusehen.

»Keine nennenswerten Neuentwicklungen seit der Gründung«, fuhr Micah fort, »auch nicht nach Übernahme durch die zweite Generation. Vor vier Jahren drohte die Insolvenz. Vor drei Jahren schließlich verkauften die Erben die Überreste. Käufer war eine Briefkastenfirma auf den Caymans. Sie wiederum gehört anderen Beteiligungskonstrukten. Vorerst kein physischer Eigentümer festzustellen.«

»Würde ich unter diesen Umständen womöglich auch so machen«, sagte Helge. »Versteck spielen.« Der Umstand bestätigte seinen Verdacht, dass sie den Urheber der geheimnisvollen Superorganismen gefunden hatten.

»Beim wichtigsten Personal wird es interessanter. Da ist einmal der Geschäftsführer, ein gewisser Alonso Gimp, Brasilianer. Übernommen von den Vorbesitzern.«

Helge überflog den Lebenslauf des Mannes.

»Und was soll daran interessant sein?«

»Nicht er«, erklärte Micah. »Außer ihm haben wir noch Verkaufsleiter Eduardo Palao, ebenfalls Brasilianer, bei dem wir noch vor dem Abflug einen Termin vereinbart haben, damit wir einen Vorwand für unseren Besuch haben. War früher bei einem Großhändler für Pestizide, Saatgut und anderes tätig. Auch keine große Nummer. Interessant wird es beim Leiter Forschung und Entwicklung. Rand Levinson, US-Amerikaner.«

104

Nach einer halbstündigen Fahrt durch die brasilianische Stadt hielt der Wagen vor einem weitläufigen einstöckigen Gebäude. Nicht besonders modern, aber besser in Schuss als das meiste, was Helen auf dem Weg hierher gesehen hatte. Dahinter erstreckten sich Felder und Wiesen. Teile davon waren mit folienbedeckten Konstruktionen überbaut. Gewächshäuser.

Der Fahrer öffnete ihnen die Tür, und sie stiegen aus. Die Luft schlug Helen noch feuchter als am Flughafen entgegen. Es roch nach einer Mischung aus süßlich, grün, fremden Gewürzen, Erde, Rauch und immer einem winzigen Hauch Verwesung.

Eugene ging voran. An dem Tresen in dem schmucklosen Empfangsraum erklärte er der dahinter wartenden Frau mit der auffälligen Brille selbstbewusst: »Sagen Sie Jill, dass Gene da ist. Sie erwartet mich.«

Die Frau schien nicht überrascht. Per Telefon gab sie die Nachricht weiter. Dann bat sie Helen und Eugene auf eine abgesessene Ledersitzgruppe. Helen sehnte sich nach einer Dusche. Sie hatten sich kaum niedergelassen, als in dem Flur, der in das Gebäude führte, ein Wesen erschien, das Helen hier nicht erwartet hatte.

Wie ein Model in der Laufstegschule stakste ihnen eine hochgeschossene Brünette entgegen, die sich bestens auf den Covers von Hochglanzmagazinen gemacht hätte. Etwas an ihrer Erscheinung wirkte auf Helen irritierend. Ihr Alter war schwer zu schätzen, von vierzehn bis zwanzig hätte Helen alles geglaubt.

Ihre Größe und körperliche Entwicklung legten eher die zwanzig nahe. Doch ihre Bewegungen passten nicht dazu. Hier ging keine Frau, die sich ihrer Wirkung auf andere Menschen, besonders auf Männer, schon bewusst war. Dieses Geschöpf bewegte sich trotz seiner Größe wie ein Kind. Irgendwoher kam Helen das Gesicht bekannt vor. Ihre Miene wirkte nicht, als freue sie sich über Eugenes oder Helens Anwesenheit. Im Gegenteil.

Bei ihrem Anblick sprang Eugene auf, auch Helen erhob sich.

Das Model überragte Helen um einen halben Kopf, Eugene reichte ihr gerade einmal bis an den Brustansatz. Mit großen Augen legte er den Kopf in den Nacken, ganz kleiner Bruder. Das musste Jill sein. Gleich alt, ein sehr ungleiches Paar. Und wahrscheinlich doch durch ein besonderes Band aneinandergeschmiedet.

»Verdammt, Eugene«, fauchte sie mit erwachsener Stimme zur Begrüßung, »was hast du angerichtet?!« Wütend warf sie mit einer Hand die Haare nach hinten. Die Geste hatte Helen schon einmal gesehen. Bei einem Mädchen in Doktor Bensons Werbevideo. Sie war das attraktive Wunderkind, dessen Hauptrolle Helen so bezaubert hatte! Im Video hatte man sie Sarah genannt.

Trotz ihrer grimmigen Stimmung magnetisierte sie Helen aufs Neue. In Fleisch und Blut und so groß gewann sie Helens Faszination noch leichter.

»Und wer sind Sie?«, fragte sie Helen unwirsch.

»Helen Cole«, sagte Helen.

»Sie ist eine von Stans Kundinnen«, erklärte Eugene.

Jill äugte auf Helens Bauch.

»Aber noch nicht lange«, stellte sie fest. »Wozu hast du sie mitgeschleppt?«, fragte sie Eugene. »Wieder mal eine Mami gebraucht?« Zu Helen: »Er gibt ja gern den harten Burschen, aber in Wirklichkeit… Na gut. Du bist eine von uns. Ich schätze, ihr werdet eine Zeit lang hierbleiben. Müssen. Eugene ist mein

Cousin. Sie sind seine Mutter, meine Tante.« Sie zuckte mit den Schultern. »Irgendeine Erklärung für eure Anwesenheit müssen wir ja haben. Kommt mit«, forderte sie und marschierte los, den Flur hinunter, durch den sie gekommen war. »Was ist geschehen?«

Und Eugene begann zu plappern. Wie der kleine Bruder, zu dem er neben dem großen Mädchen – fast Frau, zumindest vom Äußeren her – anscheinend wurde. Er erzählte von dem Eintreffen der Taskforce und dem anschließenden Besuch der Präsidentin. Dass alle nun über die kleine Kendra Bescheid wussten. Diesen Teil verstand Helen nicht.

Jill führte sie an verschlossenen Türen vorbei an das Ende des Gangs zu einer Glastür. Dahinter öffnete sich ein modernerer, großzügigerer Bereich. Wieder mehrere Türen. Eugene erzählte noch immer, während Jill eine der Türen aufschloss und sie in ein Labor ließ. Hinter sich schloss sie wieder ab. Sie waren die Einzigen in dem Raum. Eugene beendete seine Schilderungen.

»Großartig«, bemerkte Jill sarkastisch. »Ist nur eine Frage der Zeit, bis sie uns hier finden.«

»Wir waren vorsichtig.«

Helen erinnerte sich, dass in der Flugschule in Tijuana immerhin jemand ihre Namen gelesen hatte. Ob Mercédès sie sich gemerkt hatte? Ihre Gesichter? Vielleicht hatten Überwachungskameras sie gefilmt. Helens Ansicht nach war Eugene ziemlich optimistisch.

»Wie weit bist du?«, fragte er Jill.

»Noch am Anfang, was glaubst du?«, fuhr sie ihn an. »Ich habe erst vor drei Tagen begonnen. Zwangsläufig.«

»Es war Zeit.«

»War es nicht, verdammt! Mit deiner Ungeduld hast du alles gefährdet! Ganz zu schweigen von dem Minis...« Sie verschluckte, was sie sagen wollte, schüttelte den Kopf, schielte zu Helen. »Ich kann noch immer nicht glauben, dass du deine Scheißspinnerei wirklich durchgezogen hast! Du hast unsere gesamten Bemühungen hier zunichtegemacht!«, fauchte sie. »Seit Jahren arbeiten wir an echten Verbesserungen für die Menschen da draußen, damit wir eines Tages als Bereicherung angesehen werden und nicht als Bedrohung! Und was tust du?« Ihr Gesicht war rot angelaufen. Sie beugte sich hinunter zu Eugene, der sich vor Einschüchterung und Trotz verkrampfte. »Ist dir klar, welches Zeichen du damit gesetzt hast? Diese Kinder sind um nichts besser! Da frage ich mich als herkömmlicher Mensch doch: Wozu all die Verbesserungen?! Sie können bloß noch raffinierter killen als heutige Menschen! Toller Fortschritt!«

Killen? Was? Wen? Jill schien Helens Anwesenheit vergessen zu haben. Ihr gefiel der Verlauf dieser Diskussion nicht.

»Ohne das hättest du nie begonnen«, schimpfte Eugene zurück. Helen hätte gern gewusst, wovon sie redeten. Ohne was?

»Natürlich hätte ich. Wenn die Zeit reif gewesen wäre.«

»Ist sie.«

»Ist sie nicht!«

»Ist sie!«

»Nicht!«

»Doch!«

Auf einmal standen zwei streitende Kinder vor Helen. Ratlos verfolgte sie den Schlagabtausch, bis es ihr reichte.

»Ruhe!«, rief sie. »Ich habe zwar keine Ahnung, worum es hier geht, aber ihr nervt!«

Zwei erhitzte Gesichter wandten sich ihr verdutzt und mit großen Augen zu. Helen bekräftigte ihren Zwischenruf mit einer entschiedenen Geste.

»Ich bin eure Mutter und Tante, schon vergessen?«

Die beiden sahen sich an, fast schien es Helen, als schämten sie sich. Dann lachte Jill.

»Sie hat recht«, sagte sie. »Das ist lächerlich.«

»Nicht ganz«, widersprach Helen. »Wer oder was wurde oder wird umgebracht?«

»Nichts«, erwiderte Jill mit einem Kopfschütteln. »Das war bloß eine Metapher. Am besten lasst ihr euch vom Fahrer in das Hotel bringen, in dem ich auch abgestiegen bin. Wir reden heute Abend weiter. Ich habe viel zu tun.«

»Und das wirst du nicht ohne mich tun«, sagte Eugene. »Du glaubst nicht wirklich, dass ich dich das allein machen lasse? Wo kann ich arbeiten? Ich brauche einen Labortisch. Und wo sind die Brutanlagen?«

»Du hast wirklich schon genug Schaden angerichtet«, sagte Jill. »Hier rührst du nichts an.«

»Zu zweit sind wir schneller.«

»Fragt sich bloß, womit«, ätzte Jill. »Vergiss es. Das Modell Eugene war ein Prototyp. Genauso wie das Modell Jill. Sie wird es nicht mehr geben.«

Helen begann zu ahnen, worum es in dieser Diskussion ging. Hatte Eugene ihr im Flieger womöglich die Wahrheit angedeutet?

Unvermittelt fragte Jill sie: »Helen, wofür haben Sie sich bei Ihrem Kind entschieden?«

»Ich…« Helen geriet ins Stammeln. Der Ausdruck lag in ihrem Zimmer in San Diego. »Äh… Anlagen zu…« Fieberhaft überlegte sie. »…hoher empathischer Begabung, Komplexitätserfassung, Schnelligkeit, reduziertem Energiebedarf… äh, Größe zirka zwei Meter für den Jungen, eins achtzig für das Mädchen…«

»Gleich zwei!«, freute sich Jill.

Es war noch mehr gewesen, aber im Moment fiel es Helen nicht ein. Sie wusste nicht einmal, welches Kind sie sich wünschte! Wie ein Blitz schoss ihr eine Erinnerung an den Besuch bei Doktor

Benson durch den Kopf. Ein gesundes Kind war alles, was sie sich wünschte! Es schien lange her.

»Es ist noch so frisch«, redete sie sich heraus. »Ich habe nicht alles im Kopf behalten.«

Auf einmal sehnte sie sich nach Greg. Dem Greg vor einer Woche. Vor San Diego. Vor Doktor Bensons Verführung.

»Siehst du«, sagte Eugene. »Sie wollen ohnehin alle dasselbe.«

»Darum geht es doch nicht«, widersprach Jill. »Deine Anlagen verhalten sich zu jenen von Helens Kindern wie ein Festnetztelefon zu einem Smartphone! Beide sind dem Telegrafen deutlich überlegen, beide sind Kommunikationsmittel, und trotzdem besteht ein Riesenunterschied zwischen ihnen! Sieh das doch endlich ein!«

Erst jetzt begriff Helen die Diskussion der beiden in ihrer ganzen Tragweite. Sie führten dieselbe Debatte wie Greg und sie noch vor ein paar Tagen! Sollte die nächste Generation bessere Anlagen haben als man selbst? Nur kam in diesem Fall die nächste Generation bereits nach wenigen Jahren. Wie bei Computern und Handys. Helen wechselte ihr Smartphone alle zwei bis drei Jahre. Was machte man mit veralteten Menschenmodellen? Nach drei Jahren? Ihr wurde schlecht, sie musste sich setzen. Sie sehnte sich nach einer Umarmung.

»Ich muss meinem Mann Bescheid sagen, dass es mir gut geht«, sagte sie müde. Gut? Ansichtssache.

Irritiert unterbrachen die Kinder ihre Diskussion. Jill fragte: »Wo ist er? In *New Garden*?«

»Wahrscheinlich.«

»Anrufen darfst du nicht«, sagte sie. »Die Behörden könnten das Gespräch zurückverfolgen. Wir können von einer Wegwerfadresse eine E-Mail an *New Garden* schicken.«

Schon stand sie hinter einem Computer, tippte.

»Hier«, sagte sie kaum eine Minute später.

»Das ging schnell«, bemerkte Helen.

»Brauche ich oft, sind vorbereitet.«

Helen setzte sich.

»Schreib nichts, woran man erkennen könnte, wo und mit wem du unterwegs bist. Ich checke es dann noch einmal. Versenden kann nur ich es.«

Jemand klopfte an die Tür. Jill wandte sich von Helen ab und öffnete. Draußen stand ein langer, hagerer Mann. Auf seinen verwirrten Blick erklärte Jill, dass ihre Tante und ihr Cousin zu Besuch seien, stellte Helen und Eugene vor und im Gegenzug Rand Levinson. Diesem genügte Jills Erklärung offensichtlich. Leise lieferte er, was dem Tonfall nach für Helen wie ein kurzer Bericht klang, dann fragte er etwas.

Jill wandte sich um, sagte: »Bin gleich wieder da. Rührt nichts an!«, verließ den Raum. Und sperrte hinter sich zu.

Kaum war sie draußen, begann Eugene zwischen den Tischen herumzustreunen, die Hände hinter dem Rücken verschränkt wie ein interessierter kleiner Professor. Schnell tippte er mit seinen Fingern da- oder dorthin, hob etwas an, drehte es, wie ein Zahnarzt mit seinem Gerät bei der Gebisskontrolle. Helen war gespannt, wie lange die Autorität seiner großen Schwester, als die sie Jill betrachtete, wirken würde. Sie wusste nicht, warum sie sich seit ihrer gemeinsamen Reise zunehmend für sein Verhalten verantwortlich fühlte. Sie war es nicht. Oder doch? Wer war verantwortlich für wen? Und wofür?

Sie begann zu schreiben.

Jill überflog Helens Mail.

»Okay«, sagte sie. Beugte sich über die Tastatur und gab die Versandfunktion frei. Bevor Jill zurückgekommen war, hatte Helen selbst versucht, die Mail zu verschicken, doch Jill hatte Vorsichtsmaßnahmen getroffen. Jills Hände verdeckten die Tasten so weit, dass Helen die Befehle, die das Mädchen eingab, nicht erkannte.

Nachdem die Mail draußen war, setzte sich Jill auf die Tischkante neben Helen.

»Was hast du jetzt vor?«, fragte sie.

Das hätte Helen auch gern gewusst. Während des Fluges hatte sie viel darüber nachgedacht. Ohne Ergebnis. Ihre Kinder wollte sie schützen. Zur Welt bringen. Großziehen. Aber unter den Umständen einer Flucht?

»Darüber muss ich mir erst klar werden«, antwortete sie Jill.

»Möchtest du die Kinder behalten? Falls sich die Eizellen einnisten«, fügte Jill hinzu.

»Ich denke schon. Ja.«

»Dir ist klar, dass die Regierung das vorerst nicht ohne Weiteres zulassen wird. Dass du wahrscheinlich für Jahre zumindest unter Beobachtung…«

»Eugene hat mir die Schreckensszenarien schon ausgemalt«, unterbrach Helen sie.

»Kannst du dir vorstellen, so zu leben?«, fragte Jill. »Oder deshalb sogar umgebracht zu werden?«

»Sicher nicht! Aber das würden sie nicht tun!«

»Weshalb? Regierungen morden aus weitaus geringeren Gründen. Auch die Regierungen demokratischer Staaten. Sie betrachten uns und deine Kinder als Gefahr. Warum sonst hätten sie *New Garden* besetzt und abgeriegelt? Du kannst vorerst bei uns bleiben«, sagte Jill. »Du steigst im selben Hotel ab wie ich und Eugene. Das Problem mit dem Visum müssen wir noch lösen. Aber das bekommen wir hin. Um Geld musst du dir keine Gedanken machen. Dann kannst du dir in den nächsten Tagen in aller Ruhe dein weiteres Vorgehen überlegen.« Sie betrachtete Helen mitfühlend, wie eine halbwüchsige Nichte. »Wenn du

Heimweh bekommst, sag es mir. Wir dürfen kein Risiko eingehen, dass du etwas Unbedachtes tust und dich verrätst. So schnell
kannst du gar nicht schauen, wie du verhaftet und abgeschoben
wirst. Und was in den Staaten mit dir geschieht, haben wir ja
schon besprochen.«

»Keine Sorge«, sagte Helen. »Ich habe nicht vor, mich auszulie-
fern.« Ihr war klar, worum es in diesem Gespräch wirklich ging.
»Oder euch.«

»Noch nicht«, gab Jill zu bedenken. »Aber das kann sich
ändern.«

Helen dachte kurz darüber nach.

»Sollte es dazu kommen«, sagte sie, »gebe ich euch rechtzeitig
Bescheid.«

Jill musterte sie nachdenklich, bevor sie nickte.

»Kann Greg auf meine Mail antworten?«, fragte Helen. »Und
könnte ich hier irgendwo eine Dusche bekommen?«

Jill hatte Helen über einige Flure in ein kleines Bad mit Dusche
gebracht. Unterwegs hatte sie aus einer Kammer ein weißes
T-Shirt und einen Laborkittel mitgenommen. Die legte sie auf
das Waschtischchen vor der Dusche.

»Etwas anderes haben wir derzeit nicht. Heute Abend im
Hotel kann ich dir etwas leihen. Morgen kümmern wir uns um
mehr. Findest du nach der Dusche wieder in das Labor?«

»Ich denke schon.«

Helen duschte ausgiebig, dann schlüpfte sie in das bereitgelegte T-Shirt und ihre Hose und warf den Kittel über, der etwas
zu groß war, worauf sie ihn wieder auszog und über den Arm
legte. Den Weg zurück in das Labor über die altmodischen Flure,
auf denen es nach Spannteppich und fremden Reinigungsmitteln und Duftpotpourris roch, fand sie problemlos. Die meis-

ten Türen waren geschlossen, und Helen verspürte vorerst wenig Neugierde, einen Blick dahinter zu werfen. Dort, wo Türen offen standen, sah sie normale Büros mit abgeschabter Einrichtung oder Abstellzimmer.

Als sie in das Labor kam, saß Eugene an einem Tisch und hantierte mit einigen der Geräte, die Helen allesamt nicht kannte. Er beachtete sie nicht. Ratlos stand Helen herum, bevor sie sich einen Platz suchte und ihm zusah. Kurz darauf trat Jill ein.

»Verdammt, Eugene«, schimpfte sie, als sie ihn bei der Arbeit sah, »ich habe gesagt…«

»Du hast hier nicht mehr zu sagen, bloß weil du von unseren…«, er zögerte kurz, bevor er die nächsten Worte verächtlich ausspuckte, »Eltern? Schöpfern? geänderte Wachstumsgene bekommen hast«, unterbrach Eugene sie heftig. »Das ist unsere gemeinsame Arbeit, nicht allein deine! Ich darf hier genauso arbeiten wie du!«

»Du… ach, verdammt!« Entnervt winkte Jill ab. »Wenn du es bloß auch so tun würdest wie ich«, maulte sie.

»Ich brauche Hühnereier«, sagte Eugene, ohne aufzusehen.

»Sieh selbst, wo du welche herbekommst!«

»*Unser Unternehmen*«, erinnerte Eugene sie wütend. »Ich schwöre dir, wenn du mich ausbooten willst, lasse ich hier lieber alles auffliegen!«

»Diese Antwort allein zeigt schon, dass ich hier das Sagen haben sollte, nicht bloß wegen ein paar Wachstumsgenen.«

»Du hast dich immer schon für was Besseres gehalten«, ätzte Eugene. Seine Augen funkelten hasserfüllt.

Resigniert schüttelte Jill den Kopf und seufzte: »Unfassbar. Was soll's?« Sie winkte. »Komm mit.«

Helen folgte ihnen kurzerhand. »Das sehe ich mir auch an«, erklärte sie.

»Wenn du willst«, sagte Jill nur.

Raus aus dem Labor in den modernen Verteilerraum davor.

Jill öffnete eine andere Tür, nur um in einer Schleuse vor einer weiteren Tür mit Glasfenster zu landen, unter dem ein Warnschild prangte: »Achtung! Reinraum!«

Durch die Scheibe sah Helen zehn Personen in weißen Overalls, Papierhauben, Mundschutz und großflächigen Plexiglasbrillen, die wie Taucherbrillen am Kopf anlagen, an zwei langen Tischen hantieren. Bei genauerem Hinsehen erkannte sie vor jedem der Laboranten ein rechteckiges Gestell, das in mehreren Reihen vielleicht sechzig Hühnereier trug. Mit regelmäßigen Bewegungen senkten die Mitarbeiter ihre Hände über ein Ei nach dem nächsten. In ihren Fingern hielten sie kleine Pipetten.

»Hier wird die Bebrütung vorbereitet«, erklärte Jill. »In spezielle Hühnereier, spezifiziert pathogenfreie oder SPF-Eier, werden die sogenannten Saatviren eingebracht. Die Eier bekommen wir von Speziallieferanten. Ziemlicher Aufwand, sie in diese vergleichsweise abgelegene Gegend schaffen zu lassen. Dafür interessiert sich hier niemand für uns.«

»Du musst mich den Laboranten vorstellen«, forderte Eugene, der nur auf Zehenspitzen durch die Scheibe lugen konnte.

»Sobald sie mit ihrer Arbeit fertig sind und aus dem Reinraum kommen«, sagte Jill. Sie zeigte in den Raum, fuhr fort: »Durch die Tür dort hinten links kommt man in die Brutkammer.«

Sie verließen die Schleuse in den Verteilerraum, und Jill öffnete die Tür links vom Reinraum.

Dahinter bot sich Helen ein eindrucksvoller Anblick.

Dutzende mannshohe Glasschränke, dicht gefüllt mit Regalen voll Hühnereier, waren nebeneinander aufgereiht. Die Luft war warm und stickig und erfüllt vom Brummen der Brutkästen.

»Hier werden die Eier ein paar Tage bebrütet, bis sich die Viren darin vermehrt haben – je nach Virus zwischen drei bis sechs Tagen. So werden im Übrigen auch viele Impfstoffe hergestellt, zum Beispiel, wenn es um Grippeviren geht«, wandte sich Jill an Helen.

»Wissen eure Laboranten, was sie hier ausbrüten?«, fragte Helen.

»Sie meinen es zu wissen«, antwortete Jill. »Nur stimmt es nicht immer. Oder nur teilweise.«

105

Lieber Greggo,

ich wollte dir Bescheid sagen, dass es mir gut geht. Nach unserem Streit war ich sehr zornig und verletzt. Ich bin noch immer sehr enttäuscht. Vielleicht hast du erfahren, dass ich das Gelände verlassen habe. Ich kann nicht schreiben, wo ich bin. Diese E-Mail ist angeblich nicht zurückzuverfolgen (so sparen Sie sich Arbeit, Mrs. Roberts). Ich melde mich wieder, wenn ich weiß, wie es weitergeht.
Helen

Greg schluckte schwer vor Erleichterung.

»Kann diese Mail von Ihrer Frau sein?«, fragte Jessica neben ihm, auf den Bildschirm starrend.

»Ja«, würgte Greg hervor. »Greggo. So nannte sie mich früher manchmal. Wenn ich mich danebenbenommen hatte. Das wissen nur wir und ein paar enge Freunde.«

Den Spitznamen hatte sie lange nicht verwendet. Nicht, weil er sich nicht danebenbenommen hätte. Irgendwie war er verloren gegangen. Damals hatte sie ihm damit zu verstehen gegeben, dass sie sauer war. Aber auch bereit, ihm zu vergeben. Ob das noch immer galt?

Am Ende einfach »Helen«. Kein »Kuss«. Kein »In Liebe«.
Nur Helen.

»Und diese E-Mail-Adresse bei *New Garden* kennen nur Insider wie etwa Eugene«, sagte Jessica. »Würde zusammenpassen. Vielleicht ist Ihre Frau nicht freiwillig so geheimnistuerisch. Entdecken Sie in der Nachricht versteckte Hinweise? Zu dem Aufenthaltsort Ihrer Frau? Ob Eugene bei ihr ist?«

Greg las die Nachricht noch einmal. Und noch einmal. Seine Gedanken drehten sich nur um Helens Enttäuschung. Wenn ich weiß, wie es weitergeht ... Wie was weiterging? Ihre Schwangerschaft? Ihre Flucht? Oder handelte es sich um eine Entführung? Weitergeht. Gregs Magen drehte sich um bei dem Gedanken, dass sie ihre Beziehung meinen könnte. Dass sie die Kinder ohne ihn bekommen wollte.

»Greg?«, riss ihn Jessica Roberts aus seiner Starre.

Greg schärfte den Blick, der verschwommen auf den Bildschirm gestiert hatte. Versteckte Hinweise? Helen war nicht der Typ dafür. Beim nächsten Durchlesen konzentrierte er sich auf die Suche danach. Hoffte, einen zu finden. Damit er zu ihr könnte. Oder sie zu ihm zurückgebracht wurde.

»Ich kann nichts entdecken«, sagte er schließlich.

Jessica Roberts schickte ihn zurück auf sein Zimmer, wo er sich zur Verfügung halten sollte. Gerade als er die Tür öffnete, stand Richard Allen davor. Greg verschwand, Rich trat ein.

»Guten Morgen!«

»Gleichfalls«, erwiderte Jessica. »Angenehm geruht?«

Sie wussten beide, wohin der gestrige Abend hätte führen können, vielleicht sollen. Jessica hatte beschlossen, dass er das bleiben sollte, was er gewesen war: eine kleine Flucht aus dem Irrsinn.

»Eingeschlafen!«, lachte Rich los.

»Perfekt«, erwiderte Jessica lächelnd und hängte sich bei ihm ein, obwohl sie wusste, dass das an diesem Ort und in diesem

Moment auf andere reichlich unprofessionell wirken musste. Sie zog ihn vor die Tür.

»Frühstück?«, fragte sie.

»Heute müssen wir leider mit der Kantine vorliebnehmen. Frische Brötchen hat Stan nicht auf Lager.«

»Wie sage ich immer? Es kommt nicht…«

»…auf den Ort des Rendezvous an, sondern auf das Gegenüber.«

106

Der Learjet landete am frühen Nachmittag in Montes Claros.

Es herrschte ein für die Region milder Tag. Wolkenloser Himmel, leichter Wind, nicht ganz dreißig Grad. Der Flughafen war winzig, die Maschine parkte neben einigen anderen Businessjets und diversen Singlepropellern.

Im Terminal fragte man sie nach ihrem Pass. Als Schwede, Deutscher und Brite benötigten sie keine Visa. Einige Dutzend Menschen warteten auf einen der wenigen Linienflüge einer nationalen Airline, deren bevorstehenden Abflug schwer verständliche, dafür umso lauter schallende Lautsprecher ankündigten.

Vor dem Gebäude wartete eine bei Avis vorbestellte Limousine auf sie, zu der man ihnen auch einen Fahrer organisiert hatte. Er trug eine helle Hose und ein ebensolches Hemd mit gepressten Bügelfalten. Nachdem er ihnen in den Wagen geholfen hatte, reichte er Helge, Horst und Micah je zwei einfache Mobiltelefone.

»Wie bestellt«, sagte er. Die heute für viele international reisende Geschäftsleute übliche Verfahrensweise: im Ausland keine eigenen Telefone oder Computer mit Dateien und rückverfolgbaren Verbindungsdaten zu verwenden.

Helges Assistent hatte unter einem Vorwand und falschem Namen einen Termin beim Verkaufsleiter von Eloxxy vereinbart. Einmal dort, würde er auch wichtigere Persönlichkeiten zu einem Gespräch überreden können. Er musste die Fähigkeiten dieses geheimnisvollen Unternehmens für Santira gewinnen. Solches Know-how in ihrem Haus würde die Karten am Markt neu mischen. Nein. Es würde allen anderen die Trümpfe aus den Händen nehmen.

107

Liebe Helen,
vielen Dank für deine Nachricht! Du kannst dir nicht vorstel-
len, welche Angst ich um dich hatte! Bitte verzeih, was ich getan
habe – die Situation war einfach zu außergewöhnlich, ich habe
den Kopf verloren.
Ich bin noch in New Garden, *aber morgen dürfen wir nach*
Hause, sagen sie. Mike hatte recht. Bitte melde dich, wo immer
du dich gerade aufhältst! Ich hole dich auch gern sofort ab,
wenn du mir sagst, wo. Die Ereignisse der letzten Tage waren
für uns beide sehr verwirrend. Zu Hause können wir am
besten über alles sprechen, und auch du kannst dort am besten
betreut werden. Du fehlst mir furchtbar, und ich kann es nicht
erwarten, dich wieder in die Arme zu schließen!
Dein dich über alles liebender Greg

»Halten die dich – oder uns – für blöd?«, fragte Jill. »...›wenn du
mir sagst, wo‹. Geht es noch primitiver? Aber immerhin zeigt uns
die Mail, dass sie euren Aufenthaltsort nicht kennen.«

»Wenn es keine Finte ist, um euch in Sicherheit zu wiegen«,
wandte Helen ein. »Weil sie Zeit brauchen, um jemanden herzu-
schicken und euch aufzusammeln.«

»Uns aufzusammeln? Du sitzt im selben Boot.«

»Es könnte sein, dass uns die Mail etwas anderes sagt«, überlegte Helen nachdenklich.

»Was meinst du?«

»Da ist dieser eine Satz: Mike hatte recht. Der steht da so unmotiviert. Und vor allem passt er nicht.«

»Wer ist Mike? Womit hat er recht?«

»Mike ist ein anderer Kunde, den wir dort kennengelernt haben, mit seiner Frau. Nachdem die Behörden das Areal besetzt hatten, befürchtete er dasselbe wie ihr. Dass wir dort nicht so schnell hinauskommen würden. Oder gar nie mehr.«

Sie zeigte auf die Zeile.

»Und jetzt schreibt Greg, dass sie morgen nach Hause dürfen. Dann hätte Mike *nicht* recht. Warum schreibt er es dann hinein?«

»Vielleicht hat er das ›nicht‹ vergessen?«

»Eher nicht.«

»Du glaubst an eine versteckte Botschaft von Greg. Dass die Geschichte mit dem ›nach Hause dürfen‹ nicht stimmt. Sie soll dich bloß in Sicherheit wiegen. Könnte sein …«

Auf ihrem Laptop öffnete sie ein Browserfenster. In einem Newsaggregator hatte sie sich eine Nachrichtenübersicht zu den aktuellen Meldungen über die Abriegelung des Areals in San Diego eingestellt. Sie schafften es nicht mehr auf die Spitzenplätze der wichtigen Medien.

»Laut Behörden ist in *New Garden* ein ansteckendes Virus aufgetreten«, erklärte sie Helen. »Weshalb sie eine vorläufige Quarantäne verhängt haben. Gleichzeitig finden sich aber inzwischen Berichte lokaler Medien, dass Angehörige von Mitarbeitern der Gated Community und Schule seit gestern keinen Kontakt zu ihren Verwandten haben. Die Behörden erklären das mit Vorsichtsmaßnahmen, um Gerüchte zu verhindern, die die Bevölkerung unnötig beunruhigen würden. Hm-hm, Heimlichtuerei war schon immer das beste Mittel, um Gerüchte zu verhindern«, bemerkte sie spöttisch. »Auf jeden Fall sind inzwischen genug Medien vor Ort, um zu berichten, ob Menschen das Gelände verlassen. Das müssen wir weiterverfolgen. Womöglich hatte euer Mike tatsächlich recht. Ist ja auch meine Einschätzung.«

Den Gebäuden von Eloxxy sah Helge ihre zeitliche Abstammung an. Siebzigerjahre in der brasilianischen Provinz. Eine Mischung aus Folklore, billigem Bauhausabklatsch und Pragmatismus. Am westlichen Rand Montes Claros' gelegen, grenzte es an erste Felder. Möglicherweise Testfelder. Auf der Südhalbkugel herrschte Spätsommer bis Herbst, was in diesem tropischen Gebiet lediglich den langsamen Einzug halbwegs erträglicher Temperaturen bedeutete. Die Felder hier zierte fast immer irgendein Grünton.

Großartige Investitionen in die Bausubstanz hatten die neuen Eigentümer keine vorgenommen. Das Geld hatten sie lieber in erstklassige Leute gesteckt. Auf dem Firmenparkplatz standen unauffällige Mittelklassewagen, ein paar Pick-ups und Familienkutschen. Keine Hinweise auf die finanziellen Erfolge, die solche Forschungsergebnisse zeigen könnten. Kein Wunder, wenn sie alles verschenkten.

Hinter der Alurahmentür ein unspektakulärer Empfangstresen, über den eine rundliche Mittvierzigerin mit spitzer Brille lugte, die sie ein wenig wie eine Katze aussehen ließ. Nach Horsts Vorstellung bat sie ihn und Helge in eine Sitzgruppe aus abgesessenem schwarzem Leder, die auch noch zur Originalausstattung gehören musste.

In das Gebäude führte ein langer Korridor mit orangenfarbenen Fliesen am Boden und violetten Waben an der Decke. Wäre ihnen auf dem Flur ins Innere des Gebäudes ein Mann mit Riesenkoteletten, Schnurrbart, psychedelisch gemustertem Monsterhemdkragen, superbreitem Sakkorevers, Schlaghosen und zu hohen Absätzen entgegengekommen, Helge hätte sich keine Sekunde darüber gewundert.

Weit unten im Flur wechselte eine Person in weißem Laborkittel von einer Tür zur nächsten. Kurz darauf kamen aus einer anderen Tür zwei Personen, ins Gespräch vertieft. Ein hagerer Mann in Helges Alter, den Fotos in Micahs Unterlagen nach konnte es Chefentwickler Rand Levinson sein. An seiner Seite war eine attraktive junge Frau. Sehr attraktiv. Sehr jung. Das erkannte Helge sogar von seinem Platz aus. Fast so groß wie der Typ. Vielleicht eine Praktikantin. Niemand trug Schlaghosen. In ihr Gespräch vertieft, liefen sie den Flur hinab, bis Helge sie im Dämmerlicht kaum mehr erkannte. Aus wieder einer anderen Tür traten zwei Frauen in Bürokleidung, plapperten, verschwanden zwei Türen weiter wieder. Lebendig war es hier. Über dem Parkplatz vor dem Fenster flirrte die Luft.

Der smarte Mittdreißiger, der sie wenige Minuten später begrüßte, trug einen dunklen Anzug modernen Schnitts von der Sorte, in der selbst schlanke Menschen wie Knackwürste in zu enger Pelle aussahen. Weiße Zähne strahlten in seinem kupferfarbenen Gesicht, die schwarzen Locken glänzten gebändigt unter einer Menge Öl.

»Eduardo Palao«, stellte er sich mit festem Händedruck vor. »Nennen Sie mich Ed.«

In einem nüchternen Besprechungsraum setzten sie sich um einen billigen Tisch, in dessen Mitte sich ein paar leere Gläser um kleine Wasser- und Obstsaftflaschen gruppierten. Daneben stand ein Telefon.

Helge fackelte nicht lange.

»Ist Ihr Geschäftsführer Alonso Gimp anwesend?«, fragte er. »Oder der Leiter F & E, Rand Levinson?«

Er ließ Ed keine Zeit, die zu erwartende Gegenfrage zu stellen oder eine Ausrede zu formulieren.

»Wir haben Beweise, dass von diesem Unternehmen aus illegal gentechnisch veränderte Organismen in mehrere Länder weltweit gesandt und dort freigesetzt wurden. Wir können entweder zu den Behörden gehen. Oder uns unterhalten. Denn zugegeben, wir würden die Leute gern kennenlernen, die diese Organismen entwickelt haben.«

»Ich … habe keinen Schimmer, wovon Sie reden«, sagte Ed.

»Das kann sogar sein«, sagte Helge. »Deshalb möchte ich ja mit den verantwortlichen Personen sprechen.« Ein Kopfnicken Richtung Telefon. »So geht es am schnellsten. Oder Sie bringen uns direkt hin.«

»Ich weiß noch immer nicht …«

»Die Herrschaften werden mit uns reden, glauben Sie mir.«

Ed erhob sich.

»Ich sage es ihnen lieber persönlich.«

Den Mann, mit dem Ed zurück in den Besprechungsraum kam, erkannte Helge sofort: Rand Levinson. Ohne sich vorzustellen, setzte er sich gegenüber von Helge und Horst. Er war noch hagerer, als Helge gedacht hatte, was ihm eine asketische, fast priesterliche Ausstrahlung verlieh. Mit einem Blick gab er Ed, der an der Tür wartete, zu verstehen, dass er diese von außen schließen sollte.

Sobald das geschehen war, sagte Levinson: »Sie kommen nicht von der Agrargenossenschaft Recrop in Springfield, Missouri – Mr. Jacobsen und Mr. Pahlen, Vorstandschef und Chefentwickler bei Santira. Was wollen Sie?«

»Ich sehe, Sie machen Ihre Hausaufgaben, Mr. Levinson«, erwiderte Helge. »Wir auch. Baumwolle in Brasilien, Ziegen in Indien, Mais in Tansania. Sie wissen, wovon ich spreche.«

Levinson reagierte nicht.

»Wenn das rauskommt, können Sie den Laden hier dichtmachen.«

»Was. Wollen. Sie.«

»Zuerst einmal die Wahrheit. Haben Sie diese Organismen entwickelt?«

»Ich habe keine Ahnung, wovon Sie sprechen.«

Helge legte sein freundlichstes Lächeln auf.

»Sie denken, wir sind verkabelt! Okay. Haben Sie einen Safe Room in diesem Gebäude?«

Levinson griff zum Telefon.

»Geben Sie mir Keltys«, sagte er in den Hörer.

Wartete ein paar Sekunden.

»Wir brauchen Sie im Spezialbesprechungszimmer.«

Legte auf.

»Dauert ein paar Minuten«, sagte er.

108

Jaylen reichte Jessica einige Ausdrucke. Jessica behielt sie in der Hand, blickte aber den Überbringer an. Sie hatte weder Lust noch Zeit auf langwieriges Selberlesen.

»Schießen Sie los«, sagte sie.

»Helge Jacobsen«, erklärte Jaylen. »Wir konnten auf Teile seiner Kommunikation, Terminplanung und Reisen aus den letzten Tagen zugreifen. Nach Gesprächen – deren Inhalte wir leider nicht kennen – mit Mitarbeitern in Afrika, die den dortigen GMOs nachgehen, warf er seine ursprünglichen Pläne für die kommenden Tage über den Haufen. Stattdessen flog er mit einem Firmenjet Richtung Mexiko. Kurz vor dem Start sprachen Sie beide noch miteinander. Nach einem – wie sich nachträglich herausstellte – Tankzwischenstopp landete die Maschine vor über einer Stunde in der brasilianischen Stadt Montes Claros.«

Er zeigte auf den Ausdruck einer Karte Brasiliens. Der Ort lag im Landesinneren, mehrere Hundert Kilometer nördlich von Rio de Janeiro und São Paulo.

»Dort haben sie der Maschine für wenigstens eine Nacht einen Parkplatz gemietet, wie wir durch einen Anruf beim Flughafen erfuhren.« Er ließ den Finger auf der Karte liegen. »Montes Claros. Irgendetwas dort ist sehr wichtig.«

»Brasilien«, dachte Jessica laut, dann fiel es ihr ein. »Wo in Brasilien entdeckte Santira die Superbaumwolle?«

Rasch studierten sie die anderen Unterlagen, die an einer Übersichtswand hingen und darunter am Boden verstreut lagen.

»Hier«, rief sie. »Ich hab's.« Zufrieden präsentierte sie ihm die Ausdrucke der internationalen Funde. »Minas Gerais.« Die betroffenen Felder waren in einer Karte eingezeichnet. »Keine zehn Kilometer von Montes Claros entfernt.«

»Aber sein Team war ja schon vor Ort«, erinnerte Jaylen sie.

»Eben«, sagte Jessica. »Etwas anderes ist dort so wichtig, dass er persönlich hinwill. Wir brauchen sämtliche *Intelligence,* die wir von dort bekommen können: Satelliten, Kommunikationsüberwachung, wenn möglich, und *Human.* Stellen Sie mir einen Kontakt zu einem lokalen Team in der Nähe her. Brasilia, Rio, São Paulo, wer am schnellsten in dieses Montes Claros kommt. Die sollen sich das genauer ansehen.

Und stellen Sie einen kleinen Jet für wenigstens ein Dutzend Personen bereit, der ab sofort startbereit sein muss!«

109

Der Komplex war größer, als er vom Parkplatz aus gewirkt hatte. Nach einer Wanderung durch das orange-violette Labyrinth landeten sie in einem fensterlosen weißen Raum mit massiver Tür. Die Einrichtung war deutlich jünger als das bisher gesehene Interieur. Neben der Sitzgruppe wartete ein stämmiger Securitytyp.

Levinson streckte Helge und Horst eine Hand entgegen.

»Ihre Telefone, bitte. Und was Sie sonst noch an Elektrokram mit sich herumtragen.«

Bereitwillig übergaben ihm Helge und Horst ihre Mobiltelefone. Der Securitymann tastete beide Männer sorgfältig ab. Als er nichts fand, kassierte er die Geräte von Levinson, verließ den Raum und schloss die Tür. In dem Zimmer war es so still, dass Helge das Blut in seinen Ohren pochen hörte. Sie ließen sich an dem weißen Tisch in weiße Ledersessel nieder. Helge fühlte sich wie in einer Sicherheitszelle für Irre. Vielleicht keine so falsche Vorstellung.

»Was wollen Sie?«

Kein Freund vieler Worte, Levinson.

Helge sah sich um. »Heimelig haben Sie es hier. Abgelegen. Überforderte, desinteressierte, korrupte Behörden. So lässt es sich experimentieren, was?«

Levinson starrte ihn unverwandt an.

»Sind diese Organismen von Ihnen?«, fragte Helge.

»Sie stammen aus unserem Haus, ja.«

»Sie haben sie entwickelt?«

»Unser Team.«

»Weshalb?«

»Weil wir es können.«

Helge ließ sich nicht provozieren.

»Ich meine: Warum setzen Sie die Organismen einfach frei? Wenn sie das sind, was wir bisher darüber herausgefunden haben, sind sie Milliarden wert. Und Sie verschenken sie.«

»Darum geht es? Um Geld?«

»Worum sonst?«

»Um das, was Ihre PR-Abteilung so gern von *Ihrem* Geschäft behauptet, zum Beispiel? Mehr Nahrungsmittelsicherheit für eine wachsende Weltbevölkerung? Neue Energiequellen für alle? Bessere Lebensverhältnisse in Entwicklungsländern?«

Nun musste Helge schmunzeln.

»Hören Sie auf! Sie sehen nicht aus wie ein Weltverbesserer.«

»Wie sehen die denn aus?«

»Rand«, mischte Horst sich ein. »Sie wissen, wer ich bin. Sie wissen auch, dass mich nicht das Geld interessiert, sondern die Wissenschaft ...«

»Deshalb arbeiten Sie bei einer Konzernkrake ...«

»Ich bewundere aufrichtig, was Sie geschaffen haben. Das ist um mindestens fünf Jahre vor allem, was ich sonst kenne. Mindestens. Und ich kenne die Branche.«

»Für Schmeicheleien bin ich nicht empfänglich. Aber Sie haben schon recht.«

»Wofür sind Sie denn empf...«, setzte Helge an, doch Horsts Blick brachte ihn zum Schweigen.

»Ich möchte mit Ihnen zusammenarbeiten, Rand«, sagte Horst. In Helges Ohren klang er aufrichtig. Fast wie ein Student, der die seltene Chance hatte, sich bei seinem Wunschprofessor vorzustellen. Entweder perfektes Schauspiel. Oder authentisch. In dem Fall musste Helge ein Auge auf Horst haben.

»Sie können sich bei uns bewerben«, antwortete Levinson. »Ihre Gehaltsvorstellungen werden Sie allerdings herunterschrauben müssen.«

»Überlegen Sie, welche Möglichkeiten Sie und Ihr Team erst bei Santira hätten. In unserer Forschungs- und Entwicklungsabteilung arbeiten Hunderte Wissenschaftler. Wie viele sind es bei Ihnen?«

»Ein Bruchteil davon. Genug, um Sie um Längen zu schlagen, wie mir scheint.«

»Wie weit vorn Sie erst mit unseren Ressourcen und Budgets wären!«

»Sagen Sie«, mischte sich Helge ein, »was Sie verlangen, damit Sie und Ihr Team zu uns kommen.«

»Wie wäre es mit Horst Pahlens Job?«

Helge lachte. Horst nicht.

»Einverstanden«, sagte Helge, immer noch lachend. »Keine Sorge, Horst, wir finden was anderes für dich.«

»Keine Sorge, Horst«, wiederholte Levinson. »Ich bin nicht interessiert.«

»Schade«, sagte Helge. »Vielleicht überlegen Sie es sich ja anders, wenn Eloxxy von den Behörden geschlossen wird und Sie Ihren Job hier los sind. Wenn Sie dann nicht sogar in den Knast wandern. Brasilianische Gefängnisse. Brrr!«

»Ich kann eine solche Entscheidung nicht treffen«, sagte Levinson.

»Sie können nicht entscheiden. Geschäftsführer Gimp kann uns angeblich nicht helfen. Wer hat hier dann das Sagen?«

Als Levinson das Labor betrat, wirkte er auf Helen noch angespannter als bisher. Eilends lief er zu Jill, flüsterte etwas, das Helen nicht verstand. Eugene, einen Tisch neben Jill, arbeitete konzentriert weiter. Nach ein paar Sätzen drückte Jill Levinsons Unterarm nach unten, als Geste zu schweigen. Sie erhob sich und lotste ihn Richtung Ausgang.

Doch den versperrte Eugene mit vor der Brust gekreuzten Armen.

»Was soll das heißen?«, fragte er Levinson. »Sie drohen uns? Sie wollen uns erpressen? Wer?«

Der kleine Junge wirkte vor den beiden langen Gestalten wenig bedrohlich. Wenn man nicht um seine Fähigkeiten wusste. Was Jill tat. Zwar war sie ihm körperlich überlegen, aber wahrscheinlich wusste sie, dass dies nicht genügte, um an Eugene vorbeizukommen. Oder sie wollte eine offene Konfrontation vor Levinson vermeiden.

»Mein Cousin hat gute Ohren und ist ziemlich schlau«, erklärte sie ihm nach einem Moment des Zögerns. »So wie ich. Und er und seine Tante halten stille Anteile an Eloxxy. Die Sache geht sie also auch etwas an.« Sie warf Helen einen Blick zu, den Helen am ehesten als Aufforderung verstand mitzuspielen.

»Ein europäischer Biotechkonzern hat einige unserer Versuche entdeckt«, erklärte Jill ihrem »Cousin«. »Außerdem haben unsere Versender hier unsauber gearbeitet. So konnten die Europäer Eloxxy als Quelle identifizieren. Jetzt wollen sie Rand und sein Team anwerben oder Eloxxy kaufen. Falls er nicht zustimmt, wollen sie die Versuche und uns den Behörden anzeigen.«

»Dafür wandern wir hinter Gitter«, erklärte Levinson. »Dagegen versprechen die Europäer Topbedingungen und Riesenbudgets.«

Eugenes Blick sprang zwischen dem Mann und Jill hin und her.

»*Sie* wandern dafür hinter Gitter«, erwiderte er.

»Damit ist niemandem geholfen«, sagte Jill. Zwischen den beiden lief mehr stumme Kommunikation als gesprochene.

Jill trat zurück, lehnte sich an einen Tisch. Signal: Lasst uns in Ruhe darüber reden. Die beiden anderen und Helen gesellten sich zu ihr, bildeten einen kleinen Kreis, auch wenn Helen nicht wusste, was sie zu der Diskussion beitragen könnte.

»Vielleicht sollten wir uns mit ihnen zusammentun«, sagte Eugene. »Dann können wir unsere Arbeit fortsetzen. Zumal sie offenbar ein Vielfaches unserer Budgets bieten.«

Verwundert verfolgte Levinson das selbstbewusste Auftreten des Kleinen. In Helen nährte es erneut das Unbehagen über die Aussicht auf eine Welt voller Eugenes. Wohingegen ihr Jills ausgleichendes Vorgehen in der angespannten Situation gefiel.

»Sie kennen nur Bruchteile unserer Arbeit«, meinte Eugene.

So wenig wie Levinson das tut, dachte Helen. Obwohl er Eugene in diesem Moment sicher anders verstand. War es nicht doch an der Zeit, diese Geschichte zu beenden? Sie würde sich nicht ewig verstecken können. Oder wollen. Wollte sie Jills und Eugenes Wahnsinnsplan überhaupt unterstützen?

»Schinde Zeit«, forderte Jill Levinson auf. »Sag ihnen, dass wir ihr Angebot in Ruhe besprechen müssen. So eine Entscheidung trifft man nicht in Minuten.«

Levinson verließ den Raum.

»Eigentlich brauchen wir nur mehr ein paar Tage«, sagte Jill. »Die müssen wir ihnen abgewinnen.«

»Dazu genügt es, Verhandlungen zuzustimmen«, meinte Helen. »Oder sogar grundsätzliches Einverständnis zu bekunden. Sie werden den Laden nicht über Nacht schließen.«

»Gute Idee. Wir erklären, dass wir unsere laufenden Projekte hier beenden wollen, danach können wir fusionieren.«

»Warum überlassen wir ihnen nicht Levinson und die anderen?«, fragte Eugene. »Was fängt er ohne uns schon an?« Er lachte. »Santira würde sich wundern!«

»Und irgendwann packt Levinson aus?«

»Was weiß er schon?«, fragte Eugene.

»Er kennt unsere Gesichter, das Unternehmen hier. Wer sich wirklich hineinkniet, findet schließlich alles heraus. Dieser Helge Jacobsen hat uns schon ausfindig gemacht.«

»Soll Levinson meinetwegen unsere anderen Experimente weiterführen. Damit ist er auf Jahre beschäftigt. Uns geht es ohnehin nur um ein Projekt.«

»Dir geht es nur um dein Projekt«, sagte Jill.

Eugene verdrehte die Augen. »Fängt sie schon wieder davon an.«

Dieser Levinson nervte Helge. Aber er musste ihn ja nicht heiraten. Er wollte bloß, dass der Typ für sie arbeitete.

»Ich weiß nicht, woran Sie bei Eloxxy gerade im Detail arbeiten«, erklärte er, »aber ich kann nicht zulassen, dass Sie weiterhin hyperfortschrittliche GMOs gratis in der Welt verteilen. Sie ruinieren damit unser aller Geschäftsgrundlage. Abgesehen davon, dass Ihre mangelnden Testzeiten verantwortungslos sind.«

»Sie wissen nichts über unsere Testphasen«, antwortete Levinson. »Also spielen Sie sich jetzt nicht als Gärtner auf. Sie sind noch immer der Bock.«

»Wie Sie das auch sehen mögen, Ihre Arbeit bei Eloxxy muss schnellstmöglich enden. Am besten sofort.«

Levinsons Mund zuckte kurz zu einem müden Grinsen.

»Ich habe einen Vertrag. Mit Kündigungsfristen. So einfach geht das nicht.«

»Sie finden eine Möglichkeit«, sagte Helge. Er warf eine Klarsichthülle mit gehefteten Papieren darin auf den Tisch. Bestürzt erkannte Levinson sein eigenes Porträt aus jüngeren Jahren auf der ersten Seite.

»Rand Levinson«, sagte Helge, »einer der Begabtesten seines Jahrgangs am MIT, danach Nachwuchshoffnung bei einem der weltgrößten Chemiekonzerne, bevor er offiziell wegen unüberbrückbarer Konflikte mit Vorgesetzten gehen musste. Die Geschichte wiederholte sich bei zwei weiteren Arbeitgebern, gleichzeitig scheiterte Ihre Ehe, und Ihr Alkohol- und Drogenkonsum, der eigentliche Grund für Ihre Probleme, stieg noch höher, als er ohnehin schon gewesen war. Für seriöse Unternehmen waren Sie irgendwann verbrannt. Sonst würden Sie bei Ihrem Talent nicht in der brasilianischen Provinz sitzen.«

Je länger Helge redete, desto mehr verfiel Levinson. Gedankenverloren blätterten seine zittrigen Finger in den Unterlagen.

»Ich frage mich, ob wir Ihnen diese Chance überhaupt geben sollen«, sagte Helge. »Wir gehen ein verdammtes Risiko ein mit Ihnen. Nur Ihre Ergebnisse sprechen für sich. So eine Chance bekommen Sie nicht wieder. Wir helfen Ihnen sogar, von dem Zeug wegzukommen.«

Freundschaftlich legte Helge seine Hand auf den Unterarm seines bleichen Gegenübers.

Nach der Stille der Zelle waren die Geräusche aus dem Gebäude eine Wohltat, als Levinson sie schließlich zum Ausgang begleitete.

»Ihre letzte Chance«, erinnerte Helge Levinson leise. »Greifen Sie zu! Sprechen Sie in Ruhe mit Ihren Leuten. Aber ich werde mich nicht hinhalten lassen. In Wirklichkeit kann man so eine Entscheidung ziemlich schnell treffen. Zumal Ihre Optionen begrenzt sind.« Er schaute auf seine Uhr. »Ich komme morgen um zehn Uhr wieder, und dann akzeptiere ich nur ein Ja.«

Verloren saß Helen in dem Labor und sah den Kindern beim Arbeiten zu. Eugene hatte sich seinen eigenen Tisch eingerichtet. Konzentriert beugte er sich über seine Instrumente, Petrischalen, hantierte mit Eprouvetten und Geräten, die aussahen wie eine Kreuzung aus Laserdrucker und Eierkocher. Oder als hätte sich ein Flachbettscanner mit einem Druckkochtopf gepaart. Überhaupt fand Helen, dass die meisten Maschinen in diesem Labor wie wüste Mischungen aus Computern und Küchengeräten wirkten. Dazu jede Menge Gefäße in diversen Formen und aus verschiedenen Materialien, mit denen die Kinder gossen, auffingen, rührten, seihten, destillierten, mischten, aufbewahrten. Auch in ihren Bewegungen erinnerten sie Helen an ihre eigenen Tätigkeiten in der Küche. Nur dass diese zwei aus der Ursuppe des Lebens, der DNA, neue Rezepte entwickelten und zubereiteten.

Die Tür öffnete sich, und Levinson trat ein. Eugenes emsiges Treiben irritierte ihn nicht mehr. Als sei es selbstverständlich, dass ein Zehnjähriger in ihrem Labor arbeitete.

»Was sagt Jacobsen diesmal?«, fragte Jill.

»Wir verhandeln«, antwortete er. »Um ihn hinzuhalten, wie Sie das wollten. Er kommt morgen wieder.«

»Ich habe nachgedacht«, sagte Jill. »Wir könnten ein anderes Arrangement überlegen. Jacobsen will die Köpfe hinter den Entwicklungen. Ohne zu wissen, dass er die mit dem offiziellen Team nicht bekommt. Was er aber bei der praktischen Arbeit in Zukunft schnell herausfände. Wenn Eloxxy sein Vorhaben ungestört fortsetzen will, müssten wir also Sie ziehen lassen, wie bisher verdeckt bei der Arbeit unterstützen und gleichzeitig hier ein neues Team aufbauen. Sie wissen, wie schwierig und kostspielig es war, das bestehende Team hierher zu rekrutieren. Das ist für mich daher nur eine allerletzte Option, falls wir ihn nicht anders loswerden. Und kann auch für Sie nur eine Notlösung sein, Levinson, weil Sie damit rechnen müssen, dass wir unsere Unterstützung aus welchen Gründen auch immer früher oder später einstellen. Abgesehen von Toleranz gegenüber einigen Ihrer Bedürfnisse, die Santira vielleicht nicht zeigt, sobald man dort dahinterkommt. Sie sollten also alles daransetzen, dass Helge das Interesse an uns verliert.«

Das wird nicht einfach, dachte Helen. Eugene hatte von ihren spektakulären Entwicklungen erzählt. Wenn die tatsächlich existierten, würde ein Interessent wie dieser Jacobsen sich nicht so einfach abwimmeln lassen. Außerdem konnte er sie verraten – ohne zu wissen, wen er tatsächlich verriet. Wieder einmal wurde ihr schmerzlich bewusst: Sie war auf der Flucht. Sie musste sich verstecken. Sie und ihre Kinder. Und sie konnten jederzeit entdeckt werden.

110

Konzentriert schritt der Soldat über die Wiese. Auch wenn die Plauderei über Computerspiele mit seinen Kameraden entspannt und gut gelaunt wirkte, beschäftigten sie alle die Ereignisse der vergangenen Nacht. Ein paar Kleinkinder entführten die Präsidentin. Wo hatte man so etwas schon gesehen? Davor schon der Befehl, dass sie das Gelände vorerst nicht verlassen würden. Noch mehr Unruhe hatte die Ankunft der Teams der Centers of Disease Control gebracht, die seitdem in ihren Schutzanzügen über das Gelände stapften.

Hinter ihnen lag der Hubschrauberparkplatz, links Wald, rechts die Gebäudekomplexe, vor ihnen die Wohnsiedlung. Über ihnen zogen dichte Wolken dahin, durch die nur gelegentlich die Sonne blitzte und helle Flecken auf den Rasen warf, sodass dieser wie das Fell einer gescheckten Kuh aussah. Der Soldat ließ den Blick schweifen. Die hellen Flecken veränderten ihre Form, flossen über die Wiese. Ein paar Meter vor ihm blitzte etwas im Rasen. Die anderen sahen es nicht. Ein paar Schritte, dann entdeckte er einen kleinen, länglichen Gegenstand. Rundherum war das Gras stellenweise niedergetrampelt, an zwei Stellen sogar die Erdnarbe aufgerissen.

»Was ist das?«, fragte er die anderen, mit dem Lauf seiner Waffe darauf deutend.

»Sieht aus wie ein USB-Stick«, sagte ein anderer.

Sie beäugten das Teil genauer. Die meisten von ihnen hatten

Einsätze in Krisengebieten hinter sich. Hatten Boobytraps und andere Fallen im Irak oder in Afghanistan gesehen, hatten Kameraden an sie verloren. Aber sie waren hier nicht in Afghanistan. Oder im Irak. Andererseits hatten Bewohner dieser Einrichtung vergangene Nacht die Präsidentin gekidnappt.

Der Soldat kniete sich nieder, um das Teil genauer zu begutachten. Die anderen zogen sich ein paar Schritte zurück. Er konnte keine andere Verbindung zum Untergrund entdecken als die Grashalme, die es trugen. Aber wenn der Auslöser konstruiert war …

»Haben wir Entschärfer da?«, fragte er.

»Nein«, antwortete einer von hinten.

Sie könnten natürlich aus einiger Entfernung ein Zielschießen auf das Ding veranstalten. Aber wenn sich wichtige Daten darauf befanden? Noch einmal schaute er ganz genau, auf den Knien, die rechte Gesichtshälfte im Gras.

»Sicherheitsabstand«, forderte er von den anderen, worauf sie sich noch weiter entfernten.

»Lass es!«, sagte einer, als er die Hand nach dem Stick ausstreckte.

Er zögerte. Dann griff er zu.

111

Rand Levinson wartete, dass der Kaffee seine Tasse füllte. Der Duft stieg in seine Nase, ließ ihn jedoch kalt. Außer ihm hielt sich niemand in der Küche auf. Nachdem die neuen Eigentümer Eloxxy vor knapp drei Jahren übernommen hatten, hatten sie ihn als Entwicklungsleiter eingestellt. In ihrem Auftrag hatte er die Truppe von Wissenschaftlern und Laboranten auf vierzig Personen aufgestockt, die zehn Verwaltungs- und Vertriebsangestellten behalten. Alle waren froh, nach der Pleite bleiben zu dürfen. Vergleichbare Jobs waren rar in Montes Claros.

Er sah sich noch einmal um, ob sich wirklich niemand anders im Raum befand, bevor er die Tasse unter der Espressomaschine hervorzog, den Flachmann aus seiner Gesäßtasche holte, wo er vom Laborkittel verdeckt wurde, und die halb volle Tasse mit einem ordentlichen Schuss bis zum Rand füllte. Hastig ließ er die Flasche wieder verschwinden, dann plumpste er auf einen der altmodischen Plastikstühle und nahm einen tiefen Schluck.

Als er die Tasse wieder absetzte, stand Jills Cousin in der Tür. Der Junge mit den dunklen Locken und strahlend blauen Augen war ihm so unheimlich wie seine große Cousine.

Vor drei Tagen hatte sie plötzlich im Labor gestanden. Hatte Rand erzählt, welche Anweisungen er von seinen geheimnisvollen Arbeitgebern der vergangenen drei Jahre fast täglich per E-Mail bekommen hatte, und behauptet, dass sie es gewesen sei. Mit ein paar Fragen hatte er sie auf die Probe gestellt, ungläubig, überheblich. Mit präzisen, ausführlichen, teils selbst für ihn kaum nachvollziehbaren Antworten hatte sie ihn zuerst verblüfft, dann verängstigt und schließlich gewonnen. Im Handumdrehen hatte sie Lösungen für zwei Probleme gefunden, mit denen sie gerade kämpften. Er wusste nicht, wie alt sie war, aber viel mehr als achtzehn konnte sie nicht sein. Anfangs hatte er sie gefürchtet, dann gehasst und beneidet, obwohl sie sich reizend verhielt. Oder deshalb. Reizend meistens. Zwischendurch verdammt launisch. Eine Zicke. Diva. Wie ein Kind. Konnte sie sich leisten als Genie. Das verwirrte ihn umso mehr. Dazu war sie heiß. Überirdisch. Ein attraktives Genie. Die Monroe-Vision des alten Witzes. Monroe zu Einstein: »Wir sollten heiraten. Stellen Sie sich vor, mein Aussehen und Ihre Intelligenz.« Einsteins Antwort: »Und wenn es umgekehrt kommt?« Irrelevant. Bis jetzt wusste er nichts über sie. Weder, wo sie bisher gewesen war, weshalb sie auf einmal hier auftauchte, noch, womit sie sich an dem Laborplatz, den sie sich ausbedungen hatte, beschäftigte.

Und jetzt diese Tante mit ihrem unheimlichen Kind. Der Junge hatte denselben Blick wie Jill. Als schaue er direkt in Rands Innerstes. Und entdecke dort nichts von Interesse. Nur diese Tante wirkte ganz gewöhnlich.

Eugene machte einen Schritt nach vorn und zog die Küchentür hinter sich zu.

»Interessante Tage, was, Rand?«, fragte er. »Zuerst Jill. Dann wir, meine Mutter und ich. Und heute noch diese Europäer. Bringen uns in eine verdammte Lage, was?«

Rand lächelte hilflos. Was wollte dieses Kind von ihm? Warum klang nur seine Stimme wie die eines Zehnjährigen, aber nicht das, was er sagte?

Eugene setzte sich auf einen der freien Stühle. Seine erbarmungslosen Augen fixierten Rand.

»Baumwolle hier in der Nähe. Mais in Tansania. Ziegen in

Indien. Und anderes, das Santira noch nicht gefunden hat. Worüber soll ich reden? Mais, der Abwehrmethoden gegen den Armyworm und andere Schädlinge eingebaut bekam? Durch Gene des Niembaums, aber auch andere? Ich weiß nicht, ob Santira in seinen Analysen schon so weit ist: andere Abwehrmethoden, die der Mais in zufälliger Reihenfolge einsetzt, damit die Schädlinge keine Resistenzen entwickeln. Mit Gene Drive natürlich. Plus Mikroorganismen für einen fruchtbareren Boden.«

Rand hatte die Tasse sinken lassen. Jetzt schwieg der Junge, sah ihn unschuldig an.

»Weiß ich«, sagte Rand. »Ich habe sie engineered.« Was wollte das Kind?

»Du – ich darf du sagen, Rand? – du hast ausgeführt, was andere engineered haben, wenn du es so nennen willst. Nun will Santira dich und dein Team abwerben, um an Eloxxys Knowhow zu kommen. Natürlich könntest du zu Santira gehen. Dort würde man jedoch schnell enttäuscht sein. Und dann wanderst du doch ins Gefängnis.«

Rand leerte seine Tasse in einem Zug. Horrorfilme seiner Jugend kamen Rand beim Anblick des Jungen in den Sinn. Heute schaute er keine mehr. Er war Wissenschaftler, noch dazu einer, der Alkohol und Drogen schätzte, kein Verhandler. Politik war seine Sache nicht. Wenn der Kleine etwas wollte, sollte er damit herausrücken. Er wartete. Seine Finger spielten mit der leeren Tasse, gierig danach, sie aus der Flasche in seiner Hosentasche nachzufüllen. Bis oben hin.

»Du würdest nur zu gern Ja sagen«, bemerkte Eugene mit seiner kleinen Stimme. »Aber du weißt, dass du deine Hintermänner brauchst. Beziehungsweise Hinterfrauen. Dummerweise ist Jill nicht begeistert. Das hast du schon mitbekommen.«

Diese Augen! Rand musste daran vorbeischauen. Warum

brauchte niemand anderer einen Kaffee oder Snack oder Soft-drink aus dem Kühlschrank und setzte so dieser Unterhaltung ein Ende?

»Sie wird nicht mitmachen«, sprach Eugene aus, was Rand ohnehin schon gespürt hatte.

»Muss sie auch nicht«, fuhr der Junge fort. »Du brauchst einen Partner, der dir aus dem Hintergrund Lösungen liefert. Ich möchte meine Arbeit fortsetzen.« Seine Antwort auf Rands ver-ständnislosen Blick lautete: »Jill ist nicht das einzige Wunderkind hier. Lange Geschichte. Irgendwann erzähle ich sie dir. Um es kurz zu machen: Du brauchst Jill nicht. Ich biete dir einen Deal an. Du kannst Santira zusagen. Ich bin dein Back-up. Ich komme mit. Bekomme ein eigenes Labor. Offiziell bei Santira. Oder pri-vat, dann musst du dich darum kümmern. Musst du aushandeln. Bloß Jill, die halten wir raus. Sie muss nichts davon wissen.«

Saß Rand im Kindergarten? Okay, der Knirps kannte Details.

»Was will der Kleine, denkst du gerade«, setzte Eugene nach, lächelnd. »Spinnt der? Verstehe ich. Klar. Du brauchst Beweise. Bitte: Stell deine Fragen.«

112

»Wir dachten, Sie sollten zumindest darüber informiert sein«, sagte der Offizier mit dem Namensschild Lanston auf der Brust.

Er steckte einen USB-Stick in den Laptop.

»Den haben Soldaten draußen auf der Wiese gefunden. Zuerst dachten wir uns nichts dabei, bis wir ihn routinemäßig überprüft haben.«

Auf dem Bildschirm öffnete sich ein Fenster mit den Inhalten des Datenträgers. Nur zwei Ordnersymbole tauchten darin auf: Tails. Und 671F/27g.

Jessica wusste nicht, welchen sie interessanter fand. Wenn Tails war, was sie vermutete. Und wenn 671F/27g verwandt war mit 671F/23a.

»Wir wissen noch nicht, was die Zahlengeschichte soll«, sagte Lanston. »Aber wir fanden es zumindest interessant, dass in *New Garden* womöglich jemand ein Programm verwendet, mit dem man von fast jedem Computer unbemerkt und anonym ins Internet kommt.«

Also hatte Jessica, was Tails anging, richtiggelegen. Für den zweiten Ordner brauchte sie Rich.

»Wo haben Sie den genau entdeckt?«, fragte Jessica den Soldaten. Der Mann zeigte hinaus auf die Wiese.

»Da draußen.«

»Die genaue Stelle. Bringen Sie mich hin.«

Drei Minuten später standen sie mit dem Elektrowägelchen

mitten auf der Wiese. Vor ihnen steckte ein kleines gelbes Signalfähnchen im Grund.

Jessica stieg aus, schätzte die Position ein. Vorletzte Nacht war es dunkel gewesen. Davor war viel passiert, danach noch mehr. Sie war müde gewesen. Nicht müder als jetzt. Trotzdem. Hier konnte es gewesen sein. Die Stelle, an der Eugene und Winthorpe aufeinander losgegangen waren. An zwei Stellen war der Rasen in Mitleidenschaft gezogen. Es konnten Spuren der Auseinandersetzung sein. Hatte einer von ihnen dabei womöglich den Stick verloren?

»Nachdem wir den Stick gefunden hatten, haben wir uns natürlich genauer umgesehen«, sagte der Soldat. »Dabei haben wir noch das gefunden. Keine Ahnung, ob es wichtig ist.«

In seiner überraschend zarten Hand lag ein Knopf.

Jessica nahm ihn zwischen die Finger. So einen hatte sie schon einmal gesehen. An Eugenes Hemd.

Als sie zurück in die Kommandozentrale kam, wartete dort eine Nachricht auf sie. Eigentlich für Greg Cole.

Lieber Greg,
liebe Mrs. Roberts,
liebe Dienste,
wo immer ich gerade bin, kann ich die Berichterstattung über New Garden *gut mitverfolgen. Vorerst werde ich daher niemandem mitteilen, wo ich mich aufhalte.*
So habe ich auch gut Zeit zum Nachdenken.
Alles Liebe, Helen

Greg Cole würde sich nicht darüber freuen.

113

Trotz der Sonnenbrillen hielten Linda Courtes und Bob Steen die Hände über die Augen, als sie aus dem Viersitzer stiegen, der vor fünf Minuten auf dem kleinen Flughafen von Montes Claros gelandet war. Die Sonne hatte sich unter die dichter werdenden Wolken gesenkt und stand knapp über den Bäumen direkt vor ihnen.

Vor vier Stunden hatte Linda der Anruf aus den Staaten in Brasilia erreicht. Dringender Einsatz. Vorerst nur Erkundung. Schnellstmöglich. Mehr verrieten sie ihr nicht. Kam vor. Linda hatte Bob alarmiert, eine Stunde später waren sie am Flughafen in Brasilia gestartet. Maschine und Pilot stammten von einer kommerziellen Vermietung und nahmen an, dass sie im Auftrag von Three Times Ltd. flogen, einer Handelsfirma mit Sitz in der Hauptstadt.

Kurz vor der Landung hatte sie auf ihr sicheres Mobilgerät eine weitere Info erhalten: Die Zielpersonen Jacobsen und Pahlen hatten am Flughafen einen Wagen bei Avis gemietet. Ziel unbekannt, Satellitenaufklärung wegen Wolken leider nicht möglich.

Sie verabschiedeten sich von dem Piloten und nahmen ihre Taschen. Bob neben ihr war so groß wie sie selbst, das ungebügelte Poloshirt spannte etwas um seinen Bauch und hing über die Hose, wodurch es gnädig den ins Fett schneidenden Gürtel verdeckte. Schlecht in Form für einen Agenten, dachte sie, wie jedes Mal, wenn sie mit ihm arbeitete. Aber jemand anders war gerade nicht verfügbar gewesen.

Ein wirklich kleiner Flughafen. Eine Start- und Landebahn. Daneben ein Parkareal für die Maschinen, auf dem sich gerade zwei mittelgroße Linienflieger, sechs Businessjets und acht Propellermaschinen von der Art ihres Lufttaxis verteilten. Als Passagier ging man die paar Meter zum Terminal zu Fuß. Ein kleiner Umweg bei den Privatjets vorbei interessierte hier niemanden.

Der Asphalt war noch von der Sonne aufgeheizt. Linda lebte seit fünf Jahren in Brasilien, an das Klima hatte sie sich gewöhnt. Sie wanderten die kleinen Jets ab, bis Linda beim vierten hielt. Sie zog das Handy mit ihrem Briefing aus der Jackentasche. Verglich die Zahlen-Buchstaben-Kombination darin mit jener auf dem Flugzeugrumpf.

»Den hätten wir schon mal«, stellte sie zufrieden fest.

Zwei Leihwagenfirmen, eine nationale und Avis. Linda und Bob steuerten den Avis-Desk an. Dahinter erwartete sie ein eifriger junger Mann mit freundlichstem Lächeln. Linda fragte nach einem Wagen. Sie entschied sich für einen unauffälligen kleinen Nissan. Während sie die Formulare ausfüllte, fragte sie den jungen Mann beiläufig: »Freunde von uns sind heute mit einem der kleinen Jets da draußen gekommen. Europäer. Jacobsen, Pahlen. Ich habe leider die Adresse ihres Hotels vergessen. Haben sie Ihnen zufällig ihr Hotel genannt?«

Sie kannte ihre Wirkung auf Männer und strahlte den Jungen an. Zur Unterstützung der Antwortfindung schob sie mit dem Formular, ihrer Kreditkarte und ihrem Führerschein einen Geldschein über den Tresen.

»Das kann ich Ihnen leider nicht sagen«, erklärte er ernst, nahm aber wie selbstverständlich alles an sich und hantierte an seinem Computer. Als er fertig war, gab er Linda ihre Dokumente zurück. Das Geld behielt er.

Er reichte Linda die Autopapiere und den Schlüssel. »Aber falls

Sie ein Hotel benötigen, empfehle ich Ihnen das Intercity. Es ist das beste Haus in der Stadt.«

Auf dem Weg zu dem Hotel textete Linda der Zentrale den Verdacht, dass die Zielpersonen im Intercity abgestiegen seien. Noch bevor sie das Hotel erreichten, bekam sie eine Antwort.

Bestätigung. Laut Buchungssystems des Hotels Zielpersonen eingecheckt.

Da hatte irgendjemand aus Langley oder sonst wo kurz den Computer des Hotels »besucht« und nachgesehen.

Das Intercity war ein zehnstöckiger weißer Klotz, eines der höchsten Gebäude in der Umgebung. Im Inneren Designermöbel. Linda und Bob fragten nach zwei Zimmern. Sie bekamen eines im fünften und eines im siebten Stock. Linda nahm das obere.

Auf dem Weg hinauf debattierten sie über das weitere Vorgehen.

»Wenn sie heute nicht hier zu Abend essen, finden wir sie nicht«, meinte Linda. »Ich schlage vor, dass wir hierbleiben. Spätestens bei der Rückkehr erwischen wir sie.«

114

»Ja, das ist aus der Reihe, aus der auch 671F/23a stammt«, sagte Rich, den Blick auf den Bildschirm mit den Daten des USB-Sticks gerichtet.

»Das ist die einzige Simulation auf dem Stick?«, fragte Cara Movelli.

»Ja. Warum?«

»Wir haben Jills Simulationen der 671-Reihe inzwischen genauer analysiert«, sagte sie. »Sie hat dabei verschiedenste genetische Eigenschaftskombinationen erforscht, die durch das Virus in die Samenvorläuferzellen manipuliert werden könnten. Darunter waren auch alle Kombinationen, die wir bereits in der Praxis hier in *New Garden* realisiert haben. Wir müssen noch herausfinden, wie sie an die Daten kam. Entweder haben Jill und Eugene unser internes IT-System gehackt. Oder sie haben die Genome aller Kinder hier analysiert und dann entsprechend in ihre Computermodelle eingebaut. Vielleicht hatte Jill in Boston doch die Möglichkeit zu solchen Analysen. Wie auch immer – wir wissen, welche Kombination 671F/27g ist: Eugene. Und acht andere im Alter von fünf bis acht Jahren mit denselben Eigenschaften.«

Jessicas Gehirnwindungen glühten.

»Die fünf Ältesten davon sind letzte Nacht mit Eugene abgehauen«, fügte Cara hinzu.

115

Linda nahm eine erfrischende Dusche und warf sich für das Abendessen in ein neutrales Business-Kostüm. Weder wollte sie Bob gefallen, der gar nicht ihr Typ war, noch sonst irgendwelches Aufsehen erregen.

Das Hotelrestaurant war ein offener Bereich im Anschluss an die Lobby, ausgestattet mit Designermöbeln. Auf den Tischen flackerten Kerzen, vielleicht ein Viertel war besetzt. Meistenteils Geschäftsleute, vermutete Linda nach einer abschätzenden Musterung, kaum Touristen. Die Gesuchten entdeckte sie nicht. Sie und Bob wählten einen Platz, der ihnen eine gute Übersicht auf den Essbereich, den Zugang und das Salatbuffet gewährte, ohne der typische Agentenplatz an einer Rückwand zu sein, wo sie jedem Eintretenden sofort auffallen mussten. Linda bestellte Wasser, ein Glas Rotwein und holte sich eine kleine Schüssel mit Salat. Die Gäste aßen, bedienten sich mehrfach am Buffet, neue kamen hinzu. Sie mussten etwa eine Viertelstunde warten, bis drei Personen vom Treppenbereich herüberkamen, von denen einer Helge Jacobsen auf den Bildern ausreichend glich. Der Zweite war vermutlich Horst Pahlen, Santiras Entwicklungschef. Musste wichtig sein, wenn zwei Oberhäuptlinge eines Milliardenunternehmens klandestin in die brasilianische Provinz reisten. Den Dritten kannte Linda nicht. Typ ehemaliger Militär, vielleicht ein Leibwächter oder Sicherheitsmann. Bob hatte sie auch gesehen. Linda zückte ihr Handy. Während die drei am

Restaurantempfang darauf warteten, an einen Tisch gebracht zu werden, gab Linda vor, im Internet zu surfen oder eine Nummer zu suchen, und schoss ein paar Fotos der drei. Noch ein paar Aufnahmen, als der Kellner sie zu einem Tisch halb links von Linda und Bob geleitete. Zwischen ihnen lagen drei Tische und wenigstens zehn Meter, keine Gefahr also aufzufallen. Linda sandte die Fotos an ihren Kontakt. Dann gönnte sie sich einen Schluck Wein. Job erledigt.

Das war fast zu leicht gewesen.

116

Jessica schreckte hoch, als jemand ihre Schulter berührte. Wie lange hatte sie geschlafen? Es fühlte sich an wie eine Minute. Der härteste Teil dabei war, sofort aufmerksam zu sein. Was sie ohnehin nicht mehr konnte. Sie kämpfte damit, es vorzutäuschen.

»Nachrichten aus Brasilien«, sagte der Polizist, der sie geweckt hatte.

Brasilien? Was war dort? Helge Jacobsen. Heimlich genmanipulierte Baumwolle.

Sie eilte in die Kommandozentrale. Eine Operatorin erwartete sie bereits. Auf ihrem Bildschirm waren Fotos eines Privatjets, von Männern beim Essen in einem Restaurant.

»Kennen wir Jacobsens Terminplan?«

»Hält seine Kommunikation in den letzten Tagen besser unter Verschluss«, sagte Jaylen.

»Ich brauche eine direkte Verbindung zu den Leuten vor Ort«, forderte sie von dem CIA-Mann.

Jaylen hatte sein Telefon bereits zur Hand, wählte.

»Hi, Linda«, begrüßte er seine Gesprächspartnerin am anderen Ende. »Gute Arbeit. Hier will jemand mit dir sprechen.« Kurz stellte er Jessica und ihre Funktion vor, dann schaltete er auf laut. Jessica begrüßte die ferne Unbekannte, deren Stimme aus dem Lautsprecher rauschte.

»Hallo, Linda, toller Job! Bleiben Sie an Jacobsen dran. Lassen Sie seinen Jet überwachen. Wissen Sie, was er da will?«

»Nein. Wir folgen ihm morgen Früh. Unsere Ressourcen sind beschränkt.«

»Stocken Sie auf«, sagte Jessica. »Keine Kostenfrage. Danke, Linda!«

Ende der Verbindung.

»Was ist mit dem neutralen Flieger, der uns bei Bedarf jederzeit nach Montes Claros bringt?«, sagte Jessica. »Ist er startklar?«

Allerdings wollte sie eine solche Aktion nur starten, wenn sie ganz sicher sein konnte. »Brasilien verlangt Visa für US-Bürger, oder?«

»Ja.«

»Dann können nur Diplomatenpässe mitfliegen.« Sie besaß einen.

»Haben wir genug Leute unten und schnell genug vor Ort für eine größere verdeckte Operation?«, fragte sie.

»Zugegeben, es ist eine gewagte These«, erklärte Rich, doch in seiner Stimme hörte Jessica keine übertriebenen Selbstzweifel, wie man sie bei derart riskanten Ideen erwarten würde. Zumal, wenn man sie der Präsidentin der Vereinigten Staaten, die über einen Livebildschirm zugeschaltet war, sowie den anwesenden Teilen der Regierung und der Ethikkommission präsentierte. »Fassen wir zusammen, was wir bisher wissen.

Erstens: Bereits vor zehn Jahren gelang dem Team um Doktor Winthorpe, was bislang als noch nicht durchführbar galt, nämlich genetisch manipulierte Kinder mit überragenden Fähigkeiten auf einigen Gebieten ins Leben zu bringen.

Zweitens: Die zwei ältesten, quasi die Prototypen, das Mädchen Jill und der Junge Eugene, befinden sich auf der Flucht. Jill, die aufgrund ihrer Genetik schneller wuchs und trotz ihrer zehn Jahre bereits fast wie eine Erwachsene aussieht, verschwand vor vier Tagen vom MIT, einen Tag nach Jack Dunbraiths Tod. Eugene flüchtete vergangene Nacht aus *New Garden*.

Drittens: Nach Jills Verschwinden wurden Simulationen und Experimente mit gentechnisch manipulierten Organismen aus verschiedenen Bereichen entdeckt, die Jill durchführte oder durchführen ließ. Wie sie das angestellt hat, wissen wir noch nicht. Einige dieser Experimente wurden bereits in der Realität umgesetzt, darunter solche an Baumwolle in Brasilien, Mais in Tansania und Ziegen in Indien.

Viertens: Eugene wusste von Jills Versuchen. Er machte uns auf eine bestimmte Simulation aufmerksam. In dieser verändern Viren die Samenvorläuferzellen im männlichen Hoden, sodass die daraus entstehenden Samen genetische Veränderungen tragen. Und zwar die gleichen, die Doktor Winthorpe und sein Team ihren Kunden ermöglichen.

Fünftens: Ein Teil dieser menschenmanipulierenden Viren basieren auf einem ansteckenden Grippevirus – und zwar auf demselben, der auch für das Killervirus, das den Außenminister tötete, verwendet wurde. Mit hoher Wahrscheinlichkeit wurde Jack Dunbraith also von einem der Kinder ermordet. Die Frage bleibt, von welchem.

Sechstens: Die Analyse von Jills Daten ergab, dass sie bei den Projekten um diese speziellen menschenmanipulierenden Viren vorgestern in die erste In-vivo-Umsetzungsphase getreten ist. Wichtig in diesem Zusammenhang ist: Jill versucht sich hier anscheinend an zehn Viren, die, sollten sie jemals funktionieren und freigesetzt werden, die Samen der Infizierten auf unterschiedliche Weise manipulieren würden. Je nachdem, welches Virus man sich also einfängt, gestalten sich die Eigenschaften des Nachwuchses.«

»Moment«, fragte die Präsidentin dazwischen, »damit ich es auch sicher richtig verstanden habe: Wenn ich Virus eins erwische, kann mein Kind also zum Beispiel höher springen, besser rechnen, bei Virus zwei schneller laufen, besser komplexe Zusammenhänge erkennen, und es wächst schneller, bei Virus drei braucht es weniger Energiezufuhr und Schlaf für dieselbe Leistung, bei Virus vier ...«

»Vereinfacht gesagt ja«, bestätigte Rich. »Sie arbeitet mit jenen Manipulationen, die Doktor Winthorpes Team zuletzt entwickelte und die – wie soll man sagen – die ›besten‹ sind.«

»Sogar besser als sie selbst?«

»In einigen Belangen, ja.«

»Das hat Eugene also gemeint, als er von weiteren Möglichkeiten sprach«, schloss die Präsidentin.

»Mag sein«, sagte Rich. »Solche Viren, in ausreichenden Mengen freigesetzt, könnten je nach Menge und Verteilorten binnen weniger Jahre große Teile der Menschheit infizieren. Wir kennen die Bilder solcher Verbreitungssimulationen von Pandemieszenarien, ob Ebola, Aids, Vogel- und Schweinegrippe oder neuerdings das Zika-Virus, in denen sich von ein paar roten Punkten innerhalb kürzester Zeit rote Flächen über alle Kontinente verteilen. Bereits die kommende Generation der Menschheit könnte also mehrheitlich die neuen Fähigkeiten besitzen.«

»Die passende Welt für Eugene und seinesgleichen, die er sich wünscht.«

»Und Jill wohl auch«, sagte Rich. »Schließlich ist sie es, die derzeit die Experimente anstellt. Das bringt uns zu siebtens: Auf seiner Flucht verlor Eugene einen USB-Stick. Anhand von Fingerabdrücken konnten wir inzwischen nachweisen, dass er mit hoher Wahrscheinlichkeit in seinem Besitz war. Auf diesem Stick fanden wir ein Programm, mit dem man von Computern unbemerkt ins Internet kommt. Das könnte erklären, wie Eugene von Jills Experimenten wusste beziehungsweise sogar daran mitarbeitete und mit ihr kommunizierte, ohne dass jemand etwas davon bemerkte.

Und wir fanden einen Datensatz aus Jills Simulationen für die menschlichen Samenvorläuferzellen. Interessanterweise nur die Daten zu einem bestimmten Virus: jenem, das die Zellen exakt mit jenen Eigenschaften ausstattet, die Eugene besitzt. An der Realisierung dieses speziellen Modells arbeitet Jill übrigens nicht.«

Rich machte eine Pause, um sein Publikum die Informationsmassen verdauen zu lassen. Als niemand eine Frage stellte und er das Gefühl hatte, dass alle so weit waren, fuhr er fort: »Wir haben da draußen also ein Mädchen, das eilig versucht, die Menschheit auf zehn verschiedene Weisen genetisch zu manipulieren. Und einen Jungen, der irgendwohin unterwegs ist und die Daten für eine bestimmte einzelne Manipulation mitnehmen wollte. Wenn Sie mich fragen, sind wir Zeugen eines Wettlaufs. Jill möchte die Manipulationen in ihrem Sinn durchführen. Eugene möchte, dass in künftigen Generationen auch seinesgleichen lebt. Oder vielleicht will er Jill sogar aufhalten. Und nur seine – wie soll ich sagen – ›Art‹ durchsetzen.«

Nach einem kurzen Moment der Stille purzelten wenigstens zehn Meldungen durcheinander. Es dauerte ein paar Sekunden, bis die Präsidentin die Disziplin wiederhergestellt hatte.

»Eine These«, nutzte eine Politikberaterin die entstandene Stille. »Sehr weit hergeholt. Aber möglich wäre es.«

»Kinder«, meinte jemand anders. »Wir reden von Kindern! Glauben wir wirklich«, steigerte er sich in empörte Aufgeregtheit, »dass auch nur ein Teil von dem, was wir hier gehört haben, überhaupt wahr ist? Bislang haben wir doch kaum echte, handfeste Beweise. Bloß Erzählungen, Beobachtungen…«

»Meine Beobachtungen waren ziemlich eindrucksvoll«, unterbrach ihn die Präsidentin. »Ganz ehrlich: So unfassbar ich es immer noch finde – die Grundlagen stelle ich nicht länger infrage. Ich habe diese Kinder in Aktion erlebt.«

»Wir haben bereits untersuchte Genome einiger Kinder«, erinnerte Rich. »Zweifel sind ausgeschlossen.«

»Die These beinhaltet vor allem nicht nur ein sehr beunruhigendes, sondern auch zutiefst kränkendes Bild aus Jills und Eugenes Sicht von der bestehenden Menschheit«, stellte Professor Obfort fest, »dass nämlich die beiden uns gar nicht mehr als die größte Gefahr oder gefährlichsten Gegner sehen, sondern nur mehr als Wirte zur Aufzucht ihrer neuen Geschöpfe. Wir sind für sie bereits Geschichte.« Er fügte hinzu: »Wenn die These zutrifft.«

»Kränkend oder nicht«, stellte die Präsidentin fest. »Wir müssen diese Kinder stoppen. Jetzt noch dringender als zuvor. Ganz egal, wie.«

117

Der Fahrer brachte Helen, Eugene und Jill zum Hotel. Mit seinen zehn Stockwerken überragte es die meisten anderen Bauten der Umgebung. »Intercity« verkündete der Schriftzug an der Oberkante.

»Ist jeden Tag eine Fahrerei«, erklärte Jill. »Aber in der Nähe von Eloxxy gibt es leider keine komfortablen Hotels. Und sonst wo eigentlich auch kaum in dieser Stadt.«

In der Auffahrt erklärte sie: »Ihr wartet hier. Mit euren visalosen Pässen kann ich euch nicht einchecken. Wir buchen das Zimmer unter anderen Namen.«

Fünf Minuten später war sie zurück, Helen und Eugene stiegen aus. Die Lobby war ein weitläufiger Raum. An ihrem einen Ende war die Rezeption, an der die Gäste nicht direkt vorbeimussten, sodass Helen und Eugene nicht auffielen, am anderen Ende befand sich ein gut besuchtes Restaurant. Zielstrebig lief Jill zu den Fahrstühlen, gefolgt von Helen und Eugene, und drückte den »Aufwärts«-Knopf.

Linda hatte sich für ein vegetarisches Gericht entschieden, während Bob neben ihr zufrieden in sein Steak schnitt, aus dem das Blut quoll.

Nach ihrem Telefonat mit Jessica Roberts hatte sie sich ans Telefon gehängt und örtliche Sicherheitsdienste kontaktiert. Gleich der erste stellte ihr beliebig viel Personal zur Verfügung. Linda entschied sich vorerst für vier Zweierteams, die ab dem nächsten Morgen ihren Einsatz antreten sollten. Drei davon wollte sie um 5:20 Uhr in der Hotellobby treffen. Das vierte sollte sich direkt zum Flughafen begeben und nach Santiras Firmenjet sehen.

Im Restaurant waren jetzt die meisten Tische besetzt. Jacobsen, Pahlen und der dritte Mann unterhielten sich angeregt, während sie auf ihren Hauptgang warteten. Das neu hinzugekommene Publikum bestand aus ähnlichen Leuten wie bisher. Geschäftsleute, einige Touristen, später fanden sich offenbar auch ein paar Einheimische für ein feineres Dinner ein. Nachdem ihr Abend so erfolgreich und mühelos verlaufen war, hatten Linda und Bob sogar in eine einigermaßen lockere Unterhaltung gefunden. Wie es ihr Job erforderte, behielt Linda trotzdem die Augen offen und ihre Sinne scharf. Als sie von ihrem Salat aufsah, fiel ihr Blick vorbei an dem kleinen Stehpult, vor dem alle Gäste des Restaurants kurz warten mussten, um an ihren Platz gebracht zu werden, hinaus in den Lobbybereich des Hotels.

Die Dreiergruppe vor den Fahrstühlen fiel ihr sofort auf. Allen voran das ungewöhnlich attraktive junge Mädchen, daneben ein hinreißender Junge mit dunklen Locken und strahlend blauen Augen und eine leidlich attraktive Mittdreißigerin mit einem für die Gegend ungewöhnlich blassen Teint. Eine Mutter mit ihren Kindern.

Linda wollte sich schon wieder ihrem Essen widmen, als in ihrem Kopf Bilder hochsprangen. Die Gesichter hatte Linda schon einmal gesehen. Unauffällig griff sie ihr Handy, das sie in ihrer Handtasche verstaut hatte, und gab Bob ein Zeichen, sitzen zu bleiben. Dann stand sie auf und ging bis zum Empfangspult, während sie vorgab, ein Telefonat in Empfang zu nehmen. Hier war sie nah genug an den Aufzügen, um ein paar Fotos der Dreiergruppe zu schießen, gerade rechtzeitig, bevor diese im Lift verschwanden.

Zurück an ihrem Platz rief Linda die Bilder auf dem Touchscreen auf und vergrößerte die beste Ansicht mit einem Fingerstrich. Als Nächstes öffnete sie eine der fünf Bilddateien, die sie nach dem nächtlichen Anruf per verschlüsselter Mail erhalten hatte. Zwei der darauf Abgebildeten waren laut Anweisungen ihre eigentlichen Zielpersonen: Helge Jacobsen und Horst Pahlen. Die anderen drei hatte man ihr »sicherheitshalber« mitgeschickt. Was immer das bedeutete. Eine zeigte einen schnuckeligen zehnjährigen Jungen namens Eugene Batton. Die zweite eine umwerfende brünette Jugendliche namens Jill Pierce. Auf der dritten war eine gewisse Helen Cole abgebildet. Linda verglich sie noch einmal mit den Neuankömmlingen.

Eugene, Jill und Helen hatten soeben das Intercity in Montes Claros betreten.

Jill fuhr mit Helen und Eugene in den achten Stock.

»Ihr habt das Zimmer neben mir«, erklärte sie im Fahrstuhl. Ihr Blick fiel auf Helen und nahm Maß. »Du bist zwar etwas kleiner als ich«, stellte sie fest, »aber fürs Erste kann ich dir mit einer Hose und Shirts aushelfen. Gene, du musst auch mit meinem Zeug auskommen, selbst wenn es zu groß ist. Morgen besorgen wir frische Kleidung für euch.«

Helens Zimmer war geräumig, modern eingerichtet und sauber. Sie hatten sich kaum umgesehen, als es klopfte. Jill reichte ihnen frische Unterwäsche, zwei leichte Sommerhosen und T-Shirts, ohne einzutreten.

»Hier. Macht euch frisch, dann lassen wir uns ein Abendessen bringen.«

118

»Jackpot!«, jubelte Jessica, als ihr der Operator in der improvisierten Kommandozentrale die Bilder aus Brasilien präsentierte.

»Verbinden Sie mich bitte mit Linda«, forderte sie von Jaylen. Es dauerte dreißig Sekunden.

»Linda, neue Topzielpersonen sind der Junge Eugene, das Mädchen Jill und Helen Cole. Haben Sie Anzeichen festgestellt, dass Helen Cole entführt wurde, oder kann sie sich frei bewegen?«

»Die drei wirken sehr einträchtig.«

»Dann arbeitet sie also mit den Kindern zusammen«, sagte Jessica in einer Lautstärke, sodass Jaylen und die anderen bei ihr im Raum es hörten.

»Haben Sie schon Verstärkung zur Überwachung besorgt?«

»Ja.«

»Gut. Rufen Sie Kollegen zur Unterstützung. Wir dürfen die drei auf keinen Fall verlieren. Unter gar keinen Umständen! Wir reden von nationaler Sicherheit.«

»Verstanden.«

»Aber, und das ist ebenso wichtig, Linda, Sie müssen weiterhin unter dem Radar fliegen. Wen immer Sie dazuholen – Sie alle müssen unentdeckt bleiben, bis Sie anders lautende Befehle erhalten. Womöglich müssen Sie einen verdeckten Zugriff durchführen. Dazu müssen die beigerufenen Kollegen zahlenmäßig ausreichen und in der Lage sein.«

In der Leitung rauschte es für ein paar Sekunden, Jessica fürchtete, alles wiederholen zu müssen oder die Verbindung verloren zu haben, als Linda fragte: »Verdeckter Zugriff?«

»Nur, falls es notwendig sein sollte. Sie bekommen noch genauere Anweisungen. Jetzt sorgen Sie erst einmal für Verstärkung. Wir melden uns.«

Sie beendete die Verbindung.

»Die Maschine ist bereit?«, vergewisserte sie sich bei Jaylen.

»Jederzeit.«

»Holen Sie Greg Cole«, befahl Jessica einem der Soldaten, die den Raum bewachten. »Er soll seinen Pass mitnehmen. Mehr muss er nicht wissen. Wenn er sich weigert oder sonst wie Mätzchen macht, sagen Sie ihm, es geht um seine Frau. Zur Not sedieren Sie ihn.«

Zackig machte sich der Soldat auf den Weg.

»Vielleicht brauchen wir ihn für Gespräche mit ihr«, erklärte Jessica Jaylen.

»Er hat kein Visum«, wandte der Agent ein.

»Sorgt mich am wenigsten«, sagte Jessica. »Wir werden in der Sache allgemein nicht ganz ohne die Brasilianer auskommen. Diplomatische Schwierigkeiten sollten wir vermeiden.«

»Was wollen Sie tun? Die Brasilianer einweihen?«

»Keinesfalls. Wir brauchen jedoch einen guten Grund, warum ein Trupp Amerikaner mit Diplomatenstatus überraschend nach Montes Claros einfliegt. Vorerst, ohne allzu hohe Kreise zu bemühen. Macht bloß nicht die Pferde scheu.«

119

Jills Suite war deutlich größer als Helens Zimmer. Zu dritt saßen sie in der bequemen Sitzgruppe an den geöffneten Glastüren zum Balkon, durch die von draußen lauwarme Abendluft und die Geräusche der Stadt hereinströmten, während der Zimmerservice das Abendessen auf dem Sofatisch arrangierte. Helen wartete, bis sie wieder unter sich waren und alle ihre ersten hungrigen Bissen von den üppigen Burgern genommen hatten. Dann fragte sie: »Was habt ihr jetzt vor?«

Die Kinder wechselten einen Blick, bevor Jill antwortete:

»Wir sind wesentlich früher hinter die Ursachen für unsere außergewöhnlichen Fähigkeiten gekommen, als Stanley und die anderen bei *New Garden* geahnt haben. Uns wurde schnell klar, was ihr kommerzielles Modell bedeutete: Eine Minderheit wohlhabender bis reicher Menschen würde sich die genetische Veränderung ihres Nachwuchses leisten können, der Rest nicht. Damals gab es in *New Garden* nur ganz wenige von uns. Deshalb haben wir unser Anderssein noch stärker gespürt. Und auch begriffen, dass es viel mehr von uns geben muss, damit wir uns voll entfalten können. Darum begannen wir, Konzepte zu entwickeln, die uns und allen entgegenkommen und das kommerzielle Modell aushebeln.«

»Letztlich haben wir uns für ein Zwei-Stufen-Modell entschlossen«, fuhr Eugene fort. »Du siehst es gerade in *New Garden:* Ein paar Dutzend oder Hundert Eltern und Kinder kann man zur Not wegsperren, internieren oder vielleicht sogar verschwinden lassen. Mit Millionen weltweit wird das unmöglich. In einem ersten Schritt wollen wir deshalb dafür sorgen, dass möglichst viele Menschen moderne Kinder auf die Welt bringen. Dadurch erübrigt sich die Diskussion, ob man das überhaupt will oder nicht.«

Er biss von seinem Burger ab, während Jill ihren Laptop holte und öffnete.

»Dazu haben wir eine Art biologischer Minimaschinen entwickelt«, erklärte sie. »Sie bauen die genetischen Veränderungen bereits in die Samenvorläuferzellen in männlichen Hoden ein.«

Helen konnte nach den letzten Tagen nichts mehr wirklich überraschen. Nun also genetische Minimaschinen.

»Wie muss ich mir das vorstellen?«

Unterstützt von illustrierenden Bildern auf dem Laptop, die Helens Appetit deutlich zügelten, erklärte Jill: »Viren verteilen sich überall im Körper, auch in den Hoden. Dort baut unser Virus die gewünschten Veränderungen ein. An Ziegen haben wir das Prinzip zuerst erprobt, natürlich mit entsprechenden Viren, die Ziegen infizieren. Bei denen hat es geklappt.«

»Ziegen.«

»Säugetiere. Wie Menschen. Für Menschen verwenden wir als Basis natürliche Grippeviren. Man steckt sich sehr leicht damit an, ob Mann, Frau oder Kind, und gibt die Infektion weiter. Bei den angesteckten Männern finden dann die Veränderungen statt.«

Helen schwankte zwischen Ungläubigkeit, Entsetzen und Faszination. Den halb gegessenen Burger schob sie beiseite. Erst nach ein paar tiefen Atemzügen war sie zu ihrer nächsten Frage fähig.

»Warum verändert ihr mit den Viren etwas bei Männern, aber nicht bei Frauen?«

»Bei Männern ist es einfacher. Das ist der einzige Grund«, sagte Eugene.

»Aber ihr könnt doch nicht einfach die Menschheit mit eurem Manipulationsvirus verseuchen, ohne die Menschen zu fragen, ob sie das überhaupt wollen?!«, erregte sie sich.

»Am Ende sagen sie Nein«, wandte Eugene ein.

»Genau!«

»Das können wir uns nicht leisten. Du hast auch Ja gesagt.«

»Ich wurde gefragt!«

»Hättest du dich über ein überaus begabtes Kind beschwert, wenn du es vorher nicht gewusst hättest?«, fragte Jill.

Das verdammte Mädchen hatte auf alles eine Antwort!

»Und wenn dabei etwas schiefgeht?«, schnaubte Helen.

»Im schlimmsten Fall bekommen die Infizierten keine Kinder«, erklärte Jill. »Dann eliminiert sich der Fehler rasch selbst.«

»Diese Menschen können dann keine Kinder mehr bekommen? Oder laufen Gefahr, dass ihre Kinder behindert sind?«

»Sollte es tatsächlich in Einzelfällen dazu kommen, kann man das im zweiten Schritt korrigieren«, erwiderte Jill ruhig.

»Ach genau, ihr habt euch ja zwei Stufen überlegt«, bemerkte Helen sarkastisch.

»Für den Anfang, ja«, antwortete Jill. »Wenn Eugene mit seiner Ungeduld nicht alles kaputt gemacht hat.«

»Fängt die schon wieder ...«, regte sich Eugene auf.

»Hört auf!«, fuhr Helen dazwischen. »Stufe zwei.«

»In der zweiten Stufe gehen wir an die Öffentlichkeit«, sagte Jill. »Und stellen den Menschen weltweit einfache Instrumente zur Verfügung, um ihre Wunschkinder zu bekommen.«

»Hä? Wie muss ich mir das vorstellen? Ein Do-it-yourself-Designerbaby aus der Biotechbastelkiste?«

»So ungefähr«, bestätigte Eugene und weidete sich an Helens Fassungslosigkeit.

»Und wie soll das funktionieren, bitte schön?«

»Man sucht sich die Eigenschaft für sein Kind aus, so wie du das gemacht hast, online zum Beispiel.« Auf dem Laptop zeigte Jill ihr Entwürfe für ein Auswahlsystem, das sie tatsächlich an jene Oberfläche erinnerte, die sie und Greg mit Rebecca Yun bedient hatten. »Dann bestellt man bei einem entsprechenden Labor oder – sobald das Verfahren etabliert ist – beim Großproduzenten einfach Pillen oder einen Nasenspray. Wie jedes andere Medikament.« Jill klickte auf einen »Bestellen«-Button, auch wenn es sich bei der Grafik nur um ein Layout handelte. »In den Pillen oder dem Spray befinden sich dann Viren mit deinem personalisierten Modell. Du nimmst sie ein, und sie verändern deine Vorläuferzellen mit den Eigenschaften, die du dir für dein Kind wünschst.«

»Allerdings gibt es einen entscheidenden Unterschied zu Schritt eins«, sagte Eugene. »Das Virus ist nicht ansteckend. Soll heißen: Es verändert wirklich nur den jeweiligen Kunden.«

»Wir haben auf diese Weise übrigens schon ein Kind gezeugt«, sagte Jill. »In *New Garden*.«

»Kendra…«, erinnerte sich Helen an ein Gespräch der beiden kurz nach ihrer Ankunft bei Eloxxy.

»Genau genommen hat Eugene die Arbeit übernommen«, sagte Jill. »Ich war ja am MIT. So genau schauen die in *New Gardens* Laboren nicht hin. Damit haben sie nicht gerechnet.«

Jill grinste. Zehn Jahre alt, auch wenn sie nicht so aussah. Helen lief ein Schauer über den Rücken, der nicht mehr verschwinden wollte. Würde ihre Tochter auch so werden?

»So kommt jeder zu seinem Wunschkind«, sagte Jill.

»Jeder Mann«, warf Helen ein. »Frauen sind auf das Einverständnis der Männer angewiesen. Männer umgekehrt nicht.«

»Ein unschöner Rückschritt in der Diskussion um die Gleichberechtigung der Frau und die Selbstbestimmung über ihren

Körper«, gab Jill zu. »In einer dritten Phase werden wir auch das lösen können«, gab sie sich überzeugt. »Sobald wir Manipulationsmöglichkeiten für weibliche Eizellen finden.«

Was ihr einen überraschten Blick von Eugene einbrachte.

»Ein dritter Schritt?«, fragte er.

»Hätte ich schon noch mit dir diskutiert«, beschwichtigte sie ihn.

»Hundertprozentig bekommt das Kind die Eigenschaften dann aber trotzdem nicht vererbt«, wandte Helen ein. »Bei der Mutter wurde nichts verändert. Mendelsche Regeln, so weit habe ich in Biologie aufgepasst.«

»Wir bauen natürlich einen *Gene Drive* ein«, erwiderte Eugene.

»Natürlich. Was ist das?«

Zu den Bildern einer Grafik, in der es nach Helens Ansicht kreuz und quer zuging, erklärte er: »Einfach gesagt: Das männliche Erbgut kann die neuen Eigenschaften auch in den unveränderten Genomteil der weiblichen Eizelle einbauen.«

»So etwas geht?!«

Helen bemerkte, dass sie die Unterhaltung zunehmend lauter führte.

»Yep.«

»Puh«, flüsterte sie. »Aber wer soll diese Pillen produzieren? Wird das nicht verboten werden?«

»Auf Dauer wird man das nicht verbieten können«, zeigte sich Jill überzeugt.

»Und wenn, dann stellen wir die Anleitungen zum Selbermachen einfach online.«

»Dann also echtes Do-it-yourself.«

»Nur, wenn es sein muss. Wäre am Anfang sicher riskant für die Anwender.«

»Als größere Herausforderung sehe ich die Beschaffung des Contents, wenn du so willst.«

»Content?«, fragte Helen.

»Ich meine die genetischen Varianten«, erklärte Eugene.

Helen holte tief Luft. »Worum, glaubst du, geht es hier? Unterhaltungsindustrie?!«

»Wer weiß, vielleicht irgendwann auch das.«

Helen verdrehte die Augen. »Ich weiß nicht, ob ich das alles erleben will.«

»Du trägst es womöglich schon in deinem Bauch. Deshalb solltest du es wollen: möglichst viel Auswahl und Zugang für möglichst viele Menschen. Damit es deinen Kindern nicht irgendwann so geht wie mir und Eugene und den Internierten in *New Garden* gerade. Du musst uns helfen!«

»Das heißt also, selbst wenn man von eurem Virus auf Stufe eins infiziert ist, kann man seine Vorläuferzellen per Pille später einfach umschreiben?«

»Genau. Und – um deine Anregung aufzunehmen – irgendwann auch die Eizellen.«

»Und ein paar Jahre später? Wenn man neue, zusätzliche und« – sie malte mit den Fingern Anführungszeichen in die Luft – »›bessere‹ Änderungen einbauen kann?«

»Werden künftige Eltern dies tun. Warum veraltete Versionen verwenden? Manche Wissenschaftler träumen davon, irgendwann Kinder, Jugendliche, Erwachsene – mit älteren Versionen nachträglich aufzurüsten …«

»Mich zum Beispiel?«

»… so weit sind wir aber noch längst nicht.«

»Und wenn jemand so ein Virus baut wie ihr, nur nach seinen Vorstellungen, und damit die Menschheit infiziert?«

»Möglich.«

»Und wenn mehrere auf die Idee kommen?«

»Gibt das noch mehr Vielfalt. Vorausgesetzt, sie codieren sauber genug.«

»Codieren! Sie sind doch keine Programmierer!«

»Doch, genau das sind sie. Es heißt nicht umsonst genetischer Code. Genetik ist eine Informationswissenschaft.«

»Und wenn jemand lauter Irre codiert? Wahnsinnige? Mörder?«

»Warum sollte er das tun?«

»Warum wirft jemand Atombomben?! Oder steuert Passagiermaschinen in Hochhäuser?! Keine Ahnung!«, rief sie. Ihre Lautstärke kümmerte sie nicht. »Vielleicht um den perfekten Soldaten zu basteln! Oder die Bevölkerung einer feindlichen Nation auszurotten!«

»Tja, wie auch immer. Jetzt liegt es erst einmal an dir, ob deine Kinder ausreichend Gesellschaft haben werden. Du solltest uns helfen! In deinem Interesse. Und vor allem in dem deiner Kinder.«

»Ich … ich muss das alles erst einmal verdauen«, stammelte Helen und meinte damit nicht die zwei Bissen, die sie von dem Burger vor sich verdrückt hatte.

Am siebten Tag

120

Linda hatte den Wecker auf 5:00 Uhr gestellt. Auf keinen Fall durfte sie versäumen, wenn eine der fünf Zielpersonen das Hotel verließ. Ein Blick aus dem Fenster in den wolkenverhangenen Himmel sagte ihr, dass sie von oben keine Hilfe erwarten konnte. Durch diese Decke drang kein Satelliten- oder Drohnenblick. Um 5:20 Uhr trafen sie und Bob wie vereinbart die bestellten Sicherheitsleute in der Hotellobby, in der um diese Zeit nur Personal unterwegs war. Sechs Männer von unterschiedlichster Statur, aber alle Mestizen. Gemeinsam waren ihnen die schlecht sitzenden Anzüge und abgetragenen Schuhe. Sie zogen sich in eine uneinsehbare Ecke zurück, Linda verteilte die Aufgaben und Bilder der Zielpersonen. Zehn Minuten später hatten die Männer die Lobby verlassen und suchten sich unauffällige Plätze rund um das Hotel. Um sechs saß sie mit Bob im leeren Frühstücksbereich vor einem leeren Buffet. Immerhin einen Kaffee ergatterten sie. An die Tassen geklammert, beobachteten sie die Fahrstühle.

Zehn Minuten später tauchten die Kinder auf. Ohne Helen Cole. Ohne Abstecher in den nutzlosen Frühstücksbereich strebten sie direkt zum Ausgang. Linda und Bob folgten mit ausreichend Abstand und kamen gerade rechtzeitig, um sie in einer dunklen Limousine verschwinden zu sehen. Die beiden waren die wichtigsten Zielpersonen. Damit waren sie Lindas Job. Zwei Kinder. Wie konnten sie die nationale Sicherheit bedrohen? Vermutlich waren bloß einem Großkopf in Washington seine ungezogenen Braten ausgebüchst.

Mit Bob hastete sie auf den Parkplatz hinter dem Hotel. Er fuhr. Linda rief die Überwacher an und instruierte sie, auf die anderen zu warten. Zwei Minuten später hatten sie den Wagen mit ausreichend Abstand vor sich gut im Blick. Ihr unscheinbarer Nissan fiel im örtlichen Verkehr kaum auf. Höchstens durch das Nummernschild, das ihn als Leihwagen auswies. Mit weit über dreihundertfünfzigtausend Einwohnern war Montes Claros nicht mehr die Kleinstadt, die sie noch in den Sechzigerjahren gewesen war. Entsprechend lebendig floss der Verkehr. Bob hatte trotzdem keine Mühe, den beiden zu folgen. Eine Dreiviertelstunde lang, bis an den Stadtrand in einer besseren Gegend. Hinter einfachen Einfamilienhäusern, vereinzelten Wohnbauten, Läden und kleinen Unternehmen waren erste Wiesen und Felder zu sehen. Der Wagen bog auf den Parkplatz vor einem niedrigen, lang gestreckten Bau, der schon ein paar Jahrzehnte auf dem Buckel hatte. Über dem Eingang lehnten sich über die Jahre ausgebleichte blaue Buchstaben einer Seventies-Schrift dynamisch nach rechts. Eloxxy.

Der Wagen parkte, seine beiden Insassen stiegen aus und verschwanden in dem schmucklosen Portal. Bob fuhr vorbei, wendete hundert Meter die Straße hinunter und parkte auf der gegenüberliegenden Seite zwischen einem zerbeulten Pick-up und einem Kleinlaster, sodass sie den Eingang des Gebäudes gerade noch im Blick hatten. Er stellte den Motor ab.

»Hoffentlich hat der Wagen eine Standklimaanlage.«

Hatte er nicht. Aber noch war es nicht zu heiß.

Linda suchte im Internet, was sie über das Unternehmen fand. Nicht viel. Sie wählte die Nummer ihrer Verbindungsleute in den USA.

Beim Erwachen musste Helen sich zuerst orientieren. Als Nächstes realisieren, dass sie tatsächlich wach war und nicht nur in ihrem Traum in einer wildfremden Stadt auf eine Hotelwand starrte, während von der Straße unten Verkehrsgeräusche drangen.

Die Digitaluhr auf dem Fernseher zeigte fast zehn Uhr.

Helen blieb liegen, dachte nach.

Das Vertrauen der Kinder irritierte sie. Ließen sie da allein in ihrem Zimmer. Das alles war Wahnsinn. Zu groß für sie. Viel zu groß. Noch konnte sie die Pläne der Kinder stoppen. Wer war sie, über das Schicksal der Menschheit zu entscheiden? Bei ihren eigenen – künftigen – Kindern war es ihr schwer genug gefallen. Und dann Jills Einwand: Hättest du dich über ein überaus begabtes Kind beschwert, wenn du es vorher nicht gewusst hättest? Na ja, Menschheit. War vielleicht etwas hoch aufgehängt. Sie sollte sich nicht so wichtig nehmen. Und doch: Sie hatte selbst entscheiden können. Die Wahl gehabt. Künftigen Eltern würde dies verwehrt bleiben, wenn Jill und Eugene ihr Ding durchzogen. Andererseits: Wurde die Technologie zum Geschäft gemacht, wie Winthorpe es plante, hätten die allermeisten auch keine Wahl, weil sie sich das Angebot nicht leisten könnten. Welche dieser Wahllosigkeiten war vorzuziehen? War fairer? Und wenn die US-Behörden nach der Besetzung von *New Garden* die Technologie verschwinden ließen? Oder nur für eigene, etwa militärische Zwecke nutzten? Was, wenn Jills und Eugenes Technik noch nicht ausgereift war und es zu schlimmeren Folgen als vereinzelter Kinderlosigkeit kam?

Sie rappelte sie hoch. Noch blieben ihr ein paar Tage bis zu einer Entscheidung. Vielleicht sogar Wochen, abhängig von den Fortschritten der Experimente.

Kurz überlegte sie, ob sie versuchen sollte, Greg in *New Garden* zu erreichen. Doch die Gefahr war zu groß, dass die US-Geheimdienste ihre Spur bis in das brasilianische Hotel zurückverfolgen konnten.

Nach der Dusche schlüpfte sie in Jills zu lange Jeans. Das T-Shirt passte. Trotzdem brauchte sie eigene Kleidung. Sie steckte das Geld ein, das Jill ihr am Vorabend gegeben hatte, und fuhr mit dem Aufzug hinunter. Das Frühstück neigte sich dem Ende zu. Helen begnügte sich mit einem Kaffee und einem Croissant.

Am Empfang bestellte sie ein Taxi, das sie zu dem von Jill empfohlenen Einkaufscenter fuhr.

Linda hatte ihr Fenster halb geöffnet, so wie Bob auf seiner Seite, damit wenigstens ein schwacher Lufthauch sie im Wageninneren kühlen konnte. Die meiste Zeit saßen sie schweigend. Vor einer Dreiviertelstunde hatten die Überwacher vom Hotel angerufen. Eine Limousine hatte Jacobsen und Pahlen abgeholt. Nach zwanzig Minuten hatten sie sich erneut gemeldet. Jacobsens Wagen fuhr in Richtung desselben Stadtteils, in dem Linda und Bob inzwischen schmorten.

»Jetzt können die Wetten beginnen«, hatte Linda gemeint. »Kommen sie auch hierher?«

»Dafür oder dagegen?«, fragte Bob.

»Ich tippe dafür«, antwortete Linda nach kurzem Überlegen.

»Dann gibt es keine Wette«, bedauerte Bob. »So viele verschiedene Ziele wird es für Leute, die wir beobachten sollen, in dieser Gegend kaum geben.«

Bob stieg aus, vertrat sich die Beine im Schatten einiger Bäume. Rauchte eine Zigarette. Stieg wieder ein. Sie warteten. Bis ein Audi auf den Eloxxy-Parkplatz zufuhr. Gefolgt von einem älteren Kleinwagen, auf dessen Vordersitzen zwei von Lindas neuen Helfern saßen. Während der Audi parkte, fuhren die Überwacher vorbei. Auch an Lisa und Bob. Gaben nicht zu erkennen, ob sie ihre Auftraggeber erkannt hatten. Da klingelte Lindas Telefon.

»Sieht so aus, als müssten wir uns auch noch einen unauffälligen Parkplatz suchen«, sagte der Anrufer.

Punkt zehn Uhr standen Helge und Horst an Eloxxys Empfangstisch. Sie hatten sich noch nicht in der Sitzgarnitur niedergelassen, als Levinson sie schon abholte. Erneut brachte er sie in die Isolierzelle, wie Helge den Raum insgeheim nannte. Wieder mussten sie sich ihre Geräte abnehmen lassen.

Levinson bat sie, Platz zu nehmen, während er selbst stehen blieb. Angespannt verbarg er die Hände hinter dem Rücken.

»Es gibt zwei Positionen im Unternehmen«, gestand er. »Die eine Seite will weiterdiskutieren beziehungsweise ist eher ablehnend eingestellt. Die andere Seite wäre zu verschiedenen Formen der Zusammenarbeit bereit.«

»Stellt sich die Frage«, sagte Helge, »zu welcher Seite das Schlüsselpersonal gehört. Sie zum Beispiel.«

»Ich persönlich kann mir eine Veränderung vorstellen, wenn die Bedingungen stimmen.«

»Über die können wir reden. Und wie viele andere?«

»Sie brauchen niemand anders. Ich bin das Mastermind. Wenn Sie nicht das ganze Unternehmen wollen – ich bin zu einem Wechsel bereit. Die anderen sind gut, aber letztlich führen sie meine Anweisungen aus. So ein Team kann ich bei Ihnen auch zusammenstellen. Dauert nur etwas länger, als wenn Sie uns gemeinsam bekämen.«

Überrascht verschränkte Helge die Arme und sah Levinson an. Er wirkte immer noch so angespannt wie tags zuvor. Die freche Überheblichkeit ihres gestrigen Gesprächs war jedoch verschwunden. Der Sinneswandel irritierte ihn. Waren es ihre Drohungen gewesen? Oder steckte etwas anderes dahinter? Konnte ihm letztlich gleichgültig sein. Der für die Wunderprodukte verantwortliche Entwicklungschef war bereit, zu Santira zu wechseln.

»Was werden die anderen sagen, wenn Sie gehen?«, fragte er.

»Das kümmert mich nicht.«

»Wissen sie von Ihrer Veränderungsbereitschaft?«

»Das gehört zu den Bedingungen, die ich ansprach: Unsere Gespräche bleiben bis zu einer Einigung vertraulich.«

Helge löste seine Arme.

»Dann sollten wir eiligst alles vorbereiten. Ich kann nicht ewig in der brasilianischen Provinz herumsitzen. Ich komme noch einmal heute Nachmittag, dann erwarte ich konkrete Vorschläge.«

Helen fand einige Läden mit vertrauten Marken, probierte, entschied sich für zwei leichte Hosen, ein paar T-Shirts und zwei Blusen. Dazu einfache Unterwäsche. Auch für Eugene kaufte sie einige T-Shirts, zwei Hosen und Unterhosen. In einem Drogeriemarkt besorgte sie die notwendigsten Hygieneartikel. Mit vier großen Tüten ließ sie sich zum Hotel zurückkutschieren.

Auf ihrem Zimmer zog sie sich um, dann zappte sie durch die US-Nachrichtenkanäle auf der Suche nach Neuigkeiten aus San Diego. Wie es aussah, war das Areal immer noch gesperrt. Keine Berichte über Personen, die *New Garden* verlassen hatten. Mike hatte recht gehabt.

Sie sollte Greg schreiben.

Ein anderer Gedanke keimte in ihr auf: Sie könnte bei einem großen Medium wie einem TV-Kanal oder der New York Times anrufen und alles erzählen. Ihre Story für viel Geld verkaufen. Das könnte eine Menge Probleme lösen. Einfach wegsperren wäre nicht mehr möglich. Oder doch? Wenn sich die öffentliche Meinung gegen sie richtete? Womöglich doch. Sie hätte finanziell ausgesorgt. Aber würde sie ihre Kinder behalten dürfen? Würde sie je wieder ein ruhiges Leben führen? Sie verwarf den Gedanken. Vorerst. Sie wollte die Kinder. Als letzter Ausweg blieb immer noch die Öffentlichkeit.

Und jetzt? Sie brauchte Ablenkung. Sehenswürdigkeiten bot die Stadt keine. Auf Kabelfernsehen im Hotelzimmer hatte sie keine Lust. Sie bestellte ein Taxi. Gab Eloxxys Adresse an.

121

»Eloxxy haben sich unsere Leute natürlich sofort angesehen«, erklärte Jaylen. Er legte Jessica eine schmale Akte auf das Tischchen vor ihrem Sitz im Flugzeug. »Die Eigentümerverhältnisse änderten sich vor drei Jahren nach einer Übernahme. Zwei Prozent gehören dem neuen Forschungs- und Entwicklungschef, einem gewissen Rand Levinson.« Er wies auf die Papiere in der Akte. »Drittes Blatt. Zu dem Typ kommen wir noch. Ist aus einem anderen Grund hochinteressant.« Ein hagerer Kerl in mittlerem Alter mit schütterem Haar. Jessica blätterte weiter. »Die anderen Besitzer sind hinter einem undurchsichtigen Firmengeflecht in Steueroasen verborgen«, fuhr Jaylen fort. »Bekommen wir auch heraus, aber nicht über Nacht. Günstigerweise fanden wir in anderen Daten eine Schnittmenge. Sechstes Blatt.«

Jessica überflog die Diagramme, auf denen verschiedene Kästchen mit Firmennamen und Adressen durch Linien verbunden waren, während Jaylen erklärte: »Zwei der Tarnfirmen tauchen sowohl in dem Konvolut auf, welches das FBI auf Jill Pierce' Server gefunden hat, als auch in inzwischen gefundenen weiteren Bankkonten, die dieses Kind kurz davor eröffnet hatte.«

»Cool«, murmelte Jessica.

»Wir sind gerade noch am genaueren Auswerten, aber es sieht so aus, als hätte Jill Pierce mit Rand Levinsons Hilfe Eloxxy gekauft.«

»Um von ihm ihre Experimente durchführen zu lassen«, verstand Jessica. »Diese kleine ...«

»Aber nur die an Pflanzen und Tieren«, bemerkte Rich, der alles verfolgt hatte, neben ihr.

»Das wissen wir noch nicht«, sagte Jessica. »Vielleicht stammt ja sogar das Killervirus von Eloxxy.«

»Warum wurde es dann aus San Diego verschickt?«

»In einem bin ich mir sicher«, sagte Rich. »Levinson muss verstehen, woran er arbeitet, wenn er nach Jills Fernanweisungen handelt. Ich kann mir nicht vorstellen, dass sie ihm die F-Reihe offenbaren würde. Oder dass er ein Killervirus baut.«

»Dieser Levinson würde beides verstehen«, erklärte Jaylen.

Rich griff sich den Lebenslauf des Mannes.

»MIT, Topfirmen«, murmelte er. »Ja«, stellte er fest, nachdem er alles gelesen hatte. »Würde er.«

»Aber bei dem Killervirus wäre ich mir nicht so sicher, ob er nicht bei Eloxxy gebaut wurde«, wandte Jaylen ein. »Dieser Rand Levinson hat nämlich Verbindungen zu einem alten Bekannten in dem Fall. Blatt elf.«

»Daniel Boldenack, unser Biohacker!«, rief Jessica aus, als sie das Gesicht sah.

»Exakt. In seinem ersten Job arbeiteten sie bei demselben Unternehmen. Später fielen sie beide wegen Drogenproblemen und fragwürdigen Versuchen auf. Eine Zeit lang versorgte Boldenack Levinson mit Stoff.«

»Haben sie noch Kontakt miteinander?«

»Prüfen wir gerade. Die letzten Daten sind acht Jahre alt. Aber vielleicht waren sie seither einfach vorsichtig.«

122

Das Mittagessen hatte Helge nicht geschmeckt. Die Telefonkonferenzen danach waren auch nicht nach seinen Vorstellungen gelaufen. Immerhin hatte Micah dafür gesorgt, dass alle Beteiligten nicht verfolgbare Prepaidtelefone verwendet hatten, sodass Helges Aufenthaltsort nicht identifizierbar war. Entsprechend schlecht gelaunt trat er aus dem Hotel, wo der bestellte Wagen wartete. Warten sollte. Der Platz vor dem Eingang war leer. Genervt suchten er und Horst die Limousine, erblickten jedoch nur mehrere parkende Autos an der Tankstelle nebenan und auf dem fast leeren Hotelparkplatz. Wütend wollte Helge in die Lobby zurückkehren, als der Wagen vorfuhr. Eilfertig sprang der Fahrer heraus, lief um den Kühler und öffnete ihnen die Tür.

Mit einem gebrummten Gruß stiegen sie ein. Während der Fahrt redeten sie nicht viel.

Und wieder der Eloxxy-Parkplatz. Sie stiegen aus, Helge schob seinen Schlips zurecht. Die graue Wolkendecke nahm der Sonne die stechende Hitze, dafür war die Luft noch schwüler als am Vortag. In der Straße vor dem Parkplatz fuhren wenige Autos, ein paar Motorräder und Mopeds. Auf der gegenüberliegenden Straßenseite, etwa dreißig Meter entfernt, parkte soeben ein kleiner Toyota ein. Helge richtete noch einmal seine Krawatte. Etwas an dem Wagen machte ihn stutzig, er konnte nicht gleich sagen, was es war. War er zu sauber? Hatte er ihn schon einmal gesehen? Einen ähnlichen sicher, das Ding war ein Allerweltsauto. Heute

Vormittag? Beim Hotel, während er auf ihre Limousine gewartet hatte?

»Der kleine Toyota da vorne«, sagte er zu Horst, ohne auffällig hinzustarren, »ist dir der schon einmal aufgefallen?«

Horst warf einen Blick in die Richtung.

»Nein.«

»Steig noch einmal ein«, sagte er. Er selbst öffnete zur Überraschung des Fahrers die hintere Tür und setzte sich auf die Rückbank.

»Wir haben noch einen Weg«, sagte er. »Verlassen Sie den Parkplatz nach links und fahren Sie Richtung Zentrum zurück. Aber nehmen Sie ein paar Abzweigungen.«

Der Chauffeur gehorchte. Helge zückte sein Telefon, aktivierte die Kamera auf der Vorderseite und hielt das Gerät so, als führe er eine Videokonferenz. Dabei zielte er jedoch knapp an seinem Kopf vorbei, sodass auf dem Screen die Heckscheibe zu sehen war. Als sie den Toyota passierten, versuchte er einen unauffälligen Blick auf die Insassen zu werfen, die noch nicht ausgestiegen waren. Auf den vorderen Sitzen saßen zwei Männer, die sich abwandten. Über das wackelige Bild seines improvisierten digitalen Rückspiegels verfolgte er, wie der Toyota hinter ihnen ausparkte und sich hinter zwei Mopeds und einem zerbeulten Kleinwagen in ihre Richtung einordnete.

»Dreh dich nicht um«, forderte er Horst auf.

Nach dem ersten Abbiegen war der Toyota verschwunden. Ich bin paranoid, dachte Helge. Auch nach dem zweiten Abbiegen entdeckte Helge ihn nicht mehr.

»Und?«, fragte Horst.

»Kurz noch«, sagte Helge. Nach dem dritten Mal bat er den Chauffeur, zurück zu Eloxxy zu fahren. Das Handy hatte er weggesteckt. Jetzt drehte er sich um.

Da war er wieder. »Fahren Sie bitte zum nächstgelegenen Supermarkt oder Einkaufscenter oder irgendwohin, wo wir einen Kaffee bekommen.« Nach ein paar Minuten und zwei weiteren Abzweigungen hielten sie vor einem Imbiss. Der Fahrer öffnete Helge die Tür. Gemeinsam holten sie bei dem kleinen Laden zwei Becher Kaffee, einen für Helge, einen für Horst.

»Wer kann das sein?«, fragte Horst.

»Keine Ahnung? Jemand von Eloxxy?«

»Warum sollten sie? Sie wissen, dass wir hier sind.«

Auf dem Weg zurück ersparte sich Helge die Spielerei mit dem Smartphone. Stattdessen bat er den Fahrer, über die Rückspiegel auf den Verfolger zu achten. Als sie eine halbe Stunde nach ihrer ersten Ankunft erneut am Eloxxy-Parkplatz ankamen, bemerkte Helge beim Aussteigen, wie der Toyota wieder auf der gegenüberliegenden Straßenseite hielt, wenn auch diesmal deutlich weiter entfernt. Amateure.

»Womöglich sind es die Amis, die dich vor dem Abflug angerufen haben?«, meinte Horst.

»Wir versuchen, das herauszufinden.«

Helge hatte den Piloten angewiesen, dafür zu sorgen, dass die Behörden ihren Zielflughafen nicht kannten. Und dass sie nicht einfach zu tracken waren. Aber, verdammt, was wusste er schon, welche Möglichkeiten die Amis hatten? Die Sache schien ihnen ja auch verdammt wichtig zu sein, wenn jemand wie diese Roberts sich direkt aus einer Stabsstelle des Weißen Hauses bei ihm meldete.

Wenn in dieser fahrenden Schuhschachtel die CIA saß, hatte er ein Problem. Dann wussten sie nicht nur, wo er war, sondern auch, dass er die Behörden angelogen hatte. Von US-Agenten würde er andererseits ein weniger dilettantisches Verhalten erwarten.

»Tun Sie mir einen Gefallen«, sagte er dem Fahrer und drückte ihm einen größeren Schein in die Hand. »Fahren Sie noch einmal eine Runde und notieren Sie unauffällig das Kennzeichen des kleinen beigen Toyota, der die Straße hinunter links steht. Dann kommen Sie zurück und geben es mir. Ich bin da drin«, erklärte er mit einer Geste zum Firmengebäude.

Helge und Horst meldeten sich bei der Empfangsdame an. Levinson solle sich aber ruhig noch ein Viertelstündchen Zeit nehmen, meinte er, während sie in den abgewetzten Sesseln Platz nahmen. Fünf Minuten später betrat der Chauffeur das Foyer und steuerte direkt auf sie zu.

»Mitarbeiter einer lokalen Sicherheitsfirma«, erklärte er.

»Wir können nicht herausfinden, was die wollen?«, fragte Helge. Notfalls würde er die Nummer Micah im Hotel durchgeben, und er sollte sich darum kümmern.

Der Fahrer lächelte ihn an.

»Als Chauffeur hat man Freunde im Business«, sagte er. »Ich habe schnell ein paar Telefonate geführt, bevor ich hereinkam. Es war ziemlich einfach.« Erwartungsvoll hielt er inne. Helge verstand. Er kramte ein paar Scheine hervor und drückte sie dem Mann in die Hand, ohne genauer hinzusehen. Der begutachtete sie mit einem flüchtigen Blick, dann sagte er: »Beauftragt wurden die Männer von einer gewissen Linda Courtes.« Er reichte Helge einen zerknitterten Zettel mit dem Namen.

Helge wählte Micahs Nummer und gab den Namen durch.

Levinsons Gesichtsfarbe war fahler als sonst. Helge und Horst folgten ihm durch die orange-violetten Flure. Gerade als sie den Eingang zur Isolierzelle erreichten, klingelte Helges Telefon. Fox.

Er trat zur Seite und meldete sich mit einem kurzen »Ja?«.

»Linda Courtes ist von der US-Gesandtschaft in Brasilia«, erklärte Fox.

Helge war nicht leicht zu beeindrucken, diese Nachricht drückte ihm aber doch auf den Magen.

»CIA?«, fragte er leise. Levinson musste ihn nicht hören.

»Möglich, muss aber nicht sein. Auf jeden Fall US-Behörden.«

»Danke.«

Er legte auf.

Jessica Roberts hatte ihn also gefunden.

Wahrscheinlich sollte er als Nächstes Santiras Rechtsabteilung anrufen. Behinderung der Behördenarbeit. Mindestens. Andererseits – ohne ihn wüssten sie gar nichts.

»Ich muss noch einmal hinaus«, sagte er zu Horst und Levinson.

Mit langen Schritten fand er den Weg auf den Parkplatz. Suchte sich einen schattigen Platz unter einem Baum und rief Micah an. Helge wies ihn an, seinen Anruf über das Firmennetzwerk an einen externen Gesprächspartner durchzustellen. Dann sagte er ihm die Nummer, die ihm Jessica Roberts für weitere Kontakte gegeben hatte.

Montes Claros' Flughafen wurde bereits von Scheinwerfern erleuchtet, als Jessica den Jet verließ. Mit ihr kamen Rich und drei weitere Mitglieder der Taskforce mit gültigen Diplomatenpässen oder Visa. Und Greg Cole ohne Visum. Aber danach hatte noch keiner gefragt. Vielleicht konnte er mit seiner Frau sprechen. Sie zum Einlenken bewegen. Die anderen würden vorerst im Flieger bleiben.

Jessica und der Trupp warteten nahe dem Terminal auf die heranfahrenden Limousinen ihrer in Brasilien stationierten Kollegen, als auf ihrem sicheren Handy eine der Nummern aus San Diego aufleuchtete.

»Wir haben Helge Jacobsen in der Leitung«, sagte ihr Gesprächspartner. »Wollen Sie ihn sprechen?«

»Stellen Sie durch.«

In der Leitung klackte es.

»Mister Jacobsen, wo sind Sie?«

Schweigen am anderen Ende. Dann sagte Jacobsen: »Kurz nach unserem Gespräch vor zwei Tagen habe ich einen Hinweis auf die Urheber der GMOs erhalten. Ich wollte dem zuerst nachgehen, bevor ich bei Ihnen einen falschen Alarm auslöse.«

»Das ist sehr zuvorkommend von Ihnen gewesen.« Sarkasmus war über schlechte Telefonverbindungen leider schwer vermittelbar. »Dass Sie anrufen, lässt mich schließen, dass der Hinweis brauchbar war.« Warum meldete er sich genau jetzt?

»Womöglich«, sagte Helge. »Wir sind auf ein Unternehmen gestoßen, von dem aus womöglich die GMOs versandt wurden.«

»Das ist allerdings interessant«, sagte sie. »Wie heißt dieses Unternehmen? Wo finden wir es?«

»Brasilien«, sagte Helge. »In einer Stadt namens Montes Claros, Provinz Minas Gerais.«

»Da, wo 2015 diese Umweltkatastrophe mit der Flussvergiftung stattfand?«

»Die Provinz, ja.«

»Und der Name des Unternehmens?«

Sie hielt sich das freie Ohr zu, in das ihr eine Durchsage des Flughafens plärrte.

Helge verstand Roberts kaum, so sehr krachte eine andere Stimme dazwischen. Maschinell, wie aus einem Lautsprecher. Portugiesisch, verstand er nach ein paar Worten. Und dann erinnerte er sich. So eine Ansage hatte er selbst erst gestern gehört. Am Flughafen von Montes Claros. Verwirrt zögerte er.

»Ich ... ich habe Sie nicht verstanden«, sagte er. »Die Verbindung ist auf einmal sehr schlecht.« Er brauchte Zeit zum Nachdenken. Viel hatte er nicht. Wie war Jessica Roberts so schnell nach Montes Claros gekommen? Seine Beobachter mussten ihm schon länger auf der Spur gewesen sein. Warum war Roberts überhaupt hier? Zugegeben, die GMOs waren fortschrittlich und ihre Verbreitungsform geschäftsschädigend. Aber rechtfertigten sie den Aufwand, dass eine Mitarbeiterin der US-Präsidentin eine Auslandsvertretung informierte und kurzerhand nach Brasilien flog? Auf jeden Fall wusste sie längst, wo er sich aufhielt.

»Eloxxy«, sagte er. »So heißt das Unternehmen.«

»Danke.«

Ende der Verbindung.

Helge versenkte das Handy in seiner Jacketttasche, starrte ins Leere, auf die Straße, zu dem beigen Toyota.

123

»Scheiße«, flüsterte Levinson, bevor er brüllte: »Scheiße! Scheiße! Scheiße! Scheiße!«

Helge fürchtete, der Mann werde gleich zu weinen beginnen. Oder zusammenbrechen. Oder beides.

»Wir müssen weg«, sagte Helge. »Jetzt.«

»Ja«, erwiderte Levinson fahrig. Sah sich um, als jage ihn ein Gespenst. »Ich … ich muss noch etwas erledigen.«

»Wenn wir vorn rausgehen, wird man uns folgen. Gibt es einen Hinterausgang, den wir nehmen können?«

»Nur über die Testfelder«, sagte Levinson. »Von dort können wir zu benachbarten Straßen und uns ein Taxi rufen. Und anschließend?«

»Das sehen wir dann. Wie lange brauchen Sie?«

»Ich habe nichts vorbereitet. Ich wusste nicht, dass ich so schnell …«

Vom Flughafen benötigte Roberts wenigstens eine halbe Stunde. Ihnen blieben demnach noch etwa zwanzig Minuten, falls Roberts ihre Leute nicht schon früher hereinschickte.

»Beeilen Sie sich! Die können jeden Augenblick kommen!«

Seit ihrer Ankunft bei Eloxxy saß Helen im Labor herum und schaute den Kindern bei ihrer Arbeit zu. Anfangs hatte sie noch ein wenig gefragt, was sie da taten, doch die Antworten waren knapp geblieben, bis Jill ihr erklärt hatte, dass sie sich konzentrieren müsse.

Helen wälzte Überlegungen, wie es mit ihr weitergehen sollte, als plötzlich die Labortür aufgerissen wurde. Levinson stürmte herein, drei Schritt weit im Raum blieb er stehen, als besinne er sich auf etwas. Erschrocken sahen Jill und Eugene auf.

»Was gibt's?«, fragte Jill.

»Ah… nichts«, antwortete Levinson. Sein Blick irrte durch den Raum, traf Eugene, er riss die Augen auf, sein Kopf zuckte, unruhig wanderte sein Blick weiter. »Ich habe mich im Raum geirrt.«

Und war draußen.

»Was war das?«, fragte Jill, die Stirn in Falten gelegt.

»Er hat sich im Raum geirrt«, bemerkte Eugene trocken und widmete sich wieder seinen Geräten.

In Helens Kopf klang die Szene eigenartig nach. Die beiden Kinder hatten Levinson erst bemerkt, als er schon im Raum stand. Helen hatte ihn hereinkommen gesehen. Auf sie hatte er aufs Höchste erregt gewirkt. Aber nicht verirrt. Die Kinder schienen den Vorfall schon vergessen zu haben, klimperten konzentriert mit ihren Kochgeräten. Helen dachte noch über den Vorfall nach, als Eugene an ihr vorbeischlenderte mit der halblauten Bemerkung: »Muss mal.«

Sein muskulöser kleiner Körper bewegte sich drahtig wie immer, und doch war etwas anders. Helen hätte es nicht benennen können, es war ein Gefühl. So wie bei Levinsons Auftritt eben. Misstrauisch verfolgte sie, wie Eugene die Tür hinter sich schloss.

Helen wartete ein paar Sekunden, bevor sie die Tür wieder einen Spalt öffnete und hinausspähte. Eugene lief eilig den Flur entlang. An dessen Ende entdeckte sie in einer offenen Tür die Umrisse einer menschlichen Figur – den markanten Kopf mit dem dünnen, wirren Haar, die knochigen Schultern und die hagere Gestalt im weißen Laborkittel, die dunkle Hose mit den Falten über den Schuhen, weil zu lang. Levinson. Inzwischen kannte Helen das Gebäude gut genug, um zu wissen, dass sich dort die Personalküche befand. Eugene hielt auf ihn zu, trat in die Küche, und Levinson schloss die Tür hinter ihnen.

Sofort kam ihr Levinsons eigenartiges Verhalten in den Sinn, wie er die Augen so seltsam aufgerissen und mit dem Kopf gezuckt hatte. Es war ein Signal an Eugene gewesen, dessen war sie sich nun sicher. Welche Geheimnisse hatten die beiden?

Helen schlüpfte aus dem Labor, schloss die Tür und huschte möglichst schnell und leise zur Küchentür. Gedämpft drang Levinsons Stimme durch die Tür. Er klang aufgeregt, fast panisch.

»...können jeden Augenblick hier sein! Wir müssen sofort weg!«

Sie presste ihr Ohr an die Tür.

»Was hat Helge Jacobsen genau gesagt?«

»Die amerikanischen Behörden. Vielleicht sogar die CIA« – eine Monsterfaust hieb in Helens Magen –, »er weiß es nicht. Sie haben ihn wohl schon vor ein paar Tagen kontaktiert. Einige beobachten bereits das Gebäude. Andere sind gerade am Flughafen angekommen. Er hat nach einem Hinterausgang gefragt!«

Die Übelkeit verbreitete sich explosionsartig von Helens Magen aus in ihren gesamten Körper. Sie begann zu zittern.

»US-Behördenvertreter in Brasilien? Ohne Unterstützung örtlicher Kräfte?«, hielt Eugene ihm entgegen. »Hat er gesagt, weshalb sie hier sind?«

Wovon sprach Levinson? Weshalb zogen sie Jill nicht hinzu?

»Wegen der GMOs, die wir über die Welt verteilt haben! Weshalb sonst?«

»Ja, weshalb sonst«, sagte Eugene so leise, dass Helen es kaum verstand.

Weshalb sonst. Deinetwegen. Meinetwegen. Meiner Kinder

575

wegen. Sie wollte sich übergeben. Mit zitterndem Arm stützte sie sich an der Wand neben der Tür ab.

»In Ordnung«, hörte sie Eugene, »ich muss noch etwas holen. Dann können wir los. Treffen wir uns mit Helge hinten.«

Hastig rückte Helen ein paar Schritte von der Tür ab und tat, als schlendere sie gerade den Flur entlang. Dabei kämpfte sie hart damit, überhaupt auf den zitternden Beinen zu bleiben.

Hinter ihr sprang die Tür auf, und sie wandte sich instinktiv um. Eugene stürmte heraus, warf ihr kurz einen überraschten Blick zu, lief aber weiter. Zum ersten Mal sah er aus wie ein normaler kleiner Junge. Der sich vor den Monstern unter seinem Bett fürchtete. Panisch. Er lief Richtung Labor.

Auch Levinson verließ den Raum. Er nickte ihr nur zu und eilte mit gesenktem Kopf ebenfalls davon.

Nun hielt Helen nichts mehr. Mit pochendem Herzen lief sie hinter Eugene her, der bereits um die nächste Ecke verschwand. Der Junge und Levinson spielten ihr eigenes Spiel. Helen wusste nicht genau, worum es dabei ging. So viel jedoch hatte sie verstanden: Sie und Jill waren davon ausgeschlossen. So wie von der Info, dass die US-Behörden sie gefunden hatten.

Diesmal war sie es, die die Labortür aufriss und Jill aufschreckte.

»Kann denn hier niemand mehr anklopfen?«, fragte das Mädchen unwirsch.

»Keine Zeit«, rief Helen. »Wir müssen weg! Sofort!«

Greg wähnte sich immer noch in einem Albtraum. Zu surreal war der Umstand, dass er in einem SUV durch die ärmlichen Straßen einer brasilianischen Stadt fuhr, von deren Existenz er vor wenigen Stunden nicht einmal gewusst hatte. Mit ihm im Wagen eine hohe Mitarbeiterin der US-Präsidentin und Mitglieder der CIA, wenn Greg es richtig verstanden hatte. Sie hatten auf dem kleinen Provinzflughafen mit vier Autos auf sie gewartet. Jessica Roberts hatte Greg ausdrücklich gebeten, mit ihr zu fahren. Kaum waren sie gestartet, hing Roberts am Telefon. Fragte ihre Gesprächspartner, wie die Lage sei, gab Order, vor Ort zu bleiben, bis sie eingetroffen waren. Nachdem sie das Gespräch beendet hatte, drückte sie Greg ein Telefon in die Hand, das ihr einer ihrer Mitpassagiere zuvor übergeben hatte.

Auf dem Display leuchtete eine ihm unbekannte Nummer.

»Rufen Sie an«, forderte Jessica. »Dort befindet sich Ihre Frau. Sagen Sie, dass Sie sie sprechen wollen.«

»Aber ich spreche nicht Portugiesisch«, gab Greg zu bedenken. Der Gedanke an Helen ließ sein Herz schmerzhaft pochen.

Levinson kam schweißgebadet bei Helge und Horst an. Im Schlepptau hatte er einen Jungen, vielleicht zehn Jahre alt, einen ausnehmend hübschen Kerl, ungewöhnlich muskulös und sehnig für einen Jungen dieses Alters, wie ein kleiner Kampfsportler, mit strahlend blauen Augen und schwarzen Locken.

»Mein Sohn Eugene«, erklärte Levinson keuchend. »Er muss mit.«

Helge erkannte keinerlei Ähnlichkeit zwischen den beiden. Levinson hatte nie von einem Kind gesprochen. Auch die Unterlagen über ihn erwähnten keines. Was machte der Junge hier, weshalb war er nicht in der Schule? Helge und Horst tauschten einen Blick. Keine Zeit für Debatten.

»Sie gehen vor«, befahl Helge. Sie folgten Levinson in einen modernen Gebäudetrakt. Währenddessen rief Helge den Fahrer ihres Wagens an.

»Verlassen Sie den Eloxxy-Parkplatz«, forderte er ihn auf. »Fahren Sie durch die Gegend. Falls Ihnen jemand folgt, hängen Sie ihn ab. Dann warten Sie auf weitere Anweisungen.«

Wer wusste, wofür sie ihn brauchen würden.

Als sie in einen Raum mit zahlreichen Türen kamen, sagte der Junge: »Ich muss noch was holen.«

»Wir haben keine Zeit!«, widersprach Helge, doch Eugene war bereits durch eine Tür verschwunden.

»Was macht er da?«, fragte Horst gereizt. »Was ist das?«

»Hier vermehren wir GMOs«, erklärte Levinson mit flatternder Stimme. »In diesem Raum bereiten Laboranten Erstbebrütungen vor. Keine Ahnung, was er da will.«

»Holen Sie ihn da raus!«, forderte Helge. »Wir müssen weiter! Machen Sie ihm den Ernst der Lage klar!«

Ein überflüssiger Streit, Eugene kam soeben durch die Tür.

»Bin schon da«, sagte er.

Nachdem Helen ihre Schilderung beendet hatte, sprang Jill auf.

»Komm!«

Im Laufschritt hasteten sie zum Empfang. Draußen hatte die Dämmerung eingesetzt. Jill wechselte mit der Empfangsdame ein paar Sätze auf Portugiesisch, worauf diese ihren Platz hinter dem Tresen verließ. Sie ging ins Freie, über den Parkplatz auf die Straße, schaute sich in beide Richtungen um. Verweilte, wanderte ein paar Schritte nach links, als vertrete sie sich die Beine, streckte sich, lockerte Hals und Schultern, bevor sie zurückkehrte.

Kaum hatte sie die Tür geöffnet, sagte sie etwas zu Jill, nickte dabei mit dem Kopf. Am Empfangstisch läutete das Telefon, die Frau hob ab.

Jill zog sich ins Zwielicht des Flurs zurück.

»Da sitzen tatsächlich vier Typen in zwei Autos«, sagte sie.

Vom Empfang rief die Frau Jill etwas zu. »Haalguemquequerfalarhelencole. Eledizqueeseumarido.«

Jill erstarrte für einen Moment. Helen entging nicht, dass sie ihr einen kurzen Blick aus den Augenwinkeln zuwarf. Mit einem Mal realisierte Helen, dass sie Teile des Satzes verstanden hatte. Glaubte, verstanden zu haben. Hatte die Frau ihren Namen genannt? Und am Ende des Satzes sumarido? Su marido. Die Ähnlichkeit zum Spanischen war in diesem Fall deutlich. Ihr Ehemann.

»Hat sie mich erwähnt?«, fragte Helen. »Und ›mein Ehemann‹ gesagt? Was soll das heißen? Ruft Greg hier gerade an?!«

Ihre Beine verwandelten sich in Pudding.

Jill fixierte sie.

»Nein«, sagte sie. »Du hast dich verhört.«

Doch Helen strebte bereits zum Desk. Bei all ihrem Ärger und Zorn über Greg war der Gedanke an ihn mit einem Mal ein Anker in dem Chaos. Jill packte sie am Arm.

»Dafür haben wir jetzt keine Zeit«, sagte sie. »Außerdem, wer sagt, dass es keine Falle ist?«

»Falle? Wenn sie ohnehin wissen, dass wir hier sind?«

»Um dich aufzuhalten. Um dich wieder in ihre Gewalt zu bekommen.« Ihr Blick fixierte Helen. »Du musst dich entscheiden.«

Helen riss sich los, lief zum Empfangstisch und nahm der Frau den Hörer aus der Hand.

»Greg?«, drang Helens Stimme aus dem laut gestellten Telefon, für alle im Auto hörbar. »Greg, bist das du?«

Erleichterung und Freude verschlossen Greg für einen Moment die Kehle.

»Ja«, brachte er schließlich hervor. »Ja! Geht es dir gut?!«

»Ja. Wo bist du?«

Jessica warf ihm einen Blick zu, nickte. Wie besprochen.

»Auf dem Weg zu dir, Liebling. O Gott, ich war verrückt vor Angst um dich! Bleib, wo du bist.«

Rauschen. Endlich Helens Stimme:

»Du bist nicht allein.«

Greg warf Jessica einen fragenden Blick zu. Sie nickte.

»Nein. Ich werde unterstützt.«

»Von wem?«

»Jessica Roberts, du kennst sie. Und andere.«

»Ist sie bei dir?«

»Ja.«

Rauschen.

»Mrs. Cole«, sagte Jessica in das Gerät. »Bitte, seien Sie vernünftig. Wir kümmern uns um Sie. Ihr Mann kümmert sich um Sie.«

Rauschen.

Freizeichen.

Gregs Kiefer krampften, dann erfasste das Gefühl seinen Hals und schnürte ihm die Luft ab.

»Du hast vorher gesagt, *wir* müssen weg«, bemerkte Jill mild zu Helen, die mit dem Telefonhörer in der Hand reglos am Tresen stand, während ihr die Tränen auf den Wangen brannten. »Gilt das noch?«

»Natürlich«, flüsterte Helen. Biss sich auf die Lippen.

»Dann mir nach.«

Die ersten Schritte lief Helen wie in Bleischuhen.

Jill joggte zurück Richtung Labor. Dort raffte sie hastig ihre Messengerbag an sich.

»Hast du deine Papiere bei dir?«, fragte sie.

»Habe ich«, antwortete Helen keuchend.

Jill lief weiter, sie erreichten den neuen Trakt der Anlage mit den Bebrütungsräumen. Jill öffnete die Tür zu einem, in dem Helen noch nicht gewesen war. Er sah aus wie eine Mischung aus

Schwesternzimmer und Apotheke. Eine Mitarbeiterin tippte an einem Computer.

»Sind die F-Reihen fertig?«, fragte sie.

»Seit heute Morgen«, sagte die Frau. Verwundert musterte sie Jill und Helen, die nach ihrem Lauf wieder zu Atem kommen mussten.

»Wo?«

Die Frau stand auf und öffnete einen der Schränke. In seinem beleuchteten Inneren reihten sich mehrere verschlossene Gläschen, Fläschchen und andere Behältnisse. Schon war Jill an ihrer Seite. Mit ihrem Zeigefinger suchte die Frau die Regale ab, bis sie auf das Gesuchte stieß. Sie zog zwei fingergliedgroße Glasröhrchen heraus, die mit klarer Flüssigkeit gefüllt waren, und prüfte das Etikett. Jill nahm ihr die Röhrchen ab, kontrollierte sie und bedankte sich dann. Ihre Finger schlossen sich um die Behältnisse, bevor sie sie in ihrer Tasche versenkte.

Eine Minute später befanden sie sich am hintersten Ende des Gebäudes, beim Ausgang zu den Glashäusern. Eilig durchquerten sie die langen Reihen mit Setzlingen, bis sie an einer Tür angelangten. Jill öffnete sie. Die Maispflanzen standen übermannshoch im Dämmerlicht. Bald würde es ganz dunkel sein. Zwischen ihnen und dem Beginn der Bepflanzung lag ein etwa zehn Meter breiter freier Grünstreifen. Links und rechts von ihnen franste die Stadt in die umliegende Landschaft aus. Mit schnellem Blick prüfte Jill die Lage.

»Wir können nur hoffen, dass hier niemand ist«, sagte sie, dann lief sie los. Helen folgte ihr. Mit ein paar Schritten erreichten sie das Feld und tauchten ein in das Staudenmeer.

124

Helge hastete dicht hinter Levinson und dem Jungen her. In sein Gesicht peitschten scharfkantige Maisblätter. Mit seinem linken Arm suchte er sich davor zu schützen, während er mit seiner Rechten das Handy gegen sein Ohr presste.

»Noch niemand? Gut. Verlassen Sie den Parkplatz und fahren Sie Richtung Osten. Achten Sie darauf, dass Ihnen niemand folgt. Wenn doch, hängen Sie ihn ab! Oder sagen Sie Bescheid! Ich melde mich wieder, wenn ich weiß, wo genau ich Sie brauche.«

Falls noch jemand weiß, wo wir überhaupt sind, fluchte er innerlich. Er steckte das Gerät weg, gerade rechtzeitig, um mit dem frei gewordenen Arm einen Maiskolben abzuwehren, der es auf seine Nase abgesehen hatte.

»Wohin gehen wir?«, fragte Helen. Jill vor ihr schlängelte sich durch die Dunkelheit und den Mais wie eine erfahrene Dschungelforscherin. Helen hielt sich in ihrem Windschatten, sodass die Maisstauden erst hinter ihr wieder in ihre Position zurückschlugen.

»Erst einmal aus der Gefahrenzone«, erklärte Jill. »Dann sehen wir weiter.«

Entschieden, fast wütend, schien es Helen, schlug das Mädchen die nächste Staude aus dem Weg. »Rand und Eugene, diese Ratten«, schimpfte sie. »Glauben, dass sie mit diesem Helge

Jacobsen davonkommen. Jacobsens Maschine wird sicher überwacht.«

»Aber können die sie aufhalten?«, fragte Helen. »Wenn sie nicht mit den brasilianischen Behörden zusammenarbeiten? Denen werden sie die Geschichte wohl kaum erzählt haben.«

»Es genügt, wenn sie die Brasilianer über die illegalen GMOs informieren. Grund genug, erst einmal einen Start zu verhindern. Jacobsen hat drei Möglichkeiten, wenn er clever ist, wählt er die dritte. Erstens: Er versucht, sie mit seiner Maschine außer Landes zu bringen. Er muss davon ausgehen, dass sein Flieger überwacht wird. Also lässt er den Piloten alles für den Start vorbereiten, um direkt vorher aufzutauchen und einzusteigen. Anstelle der Behörden würde ich mir daher den Piloten schnappen, zum Mitspielen zwingen und Jacobsen mit den anderen in die Falle laufen lassen. Oder er versucht es mit dem Leihwagen. Wenn die Amis den noch nicht getrackt haben, sind sie sicher gerade dabei und haben ihn bald. In Mietwagen sind aus Sicherheitsgründen heute Systeme zur Ortsbestimmung installiert. Die dritte Möglichkeit wäre: Er organisiert sich einen neuen Wagen.«

»Und was machen wir?«

So voll war der kleine Empfangsbereich dieser heruntergekommen wirkenden Firma sicher selten, dachte Jessica. Mit Greg Cole, Kathleen und vier Mitarbeitern der US-Botschaft drängten sie sich um den Desk. Die als Diplomaten akkreditierten CIA-Mitarbeiter hatten sich in perfektem Portugiesisch als brasilianische Zivilpolizisten ausgegeben. Die Dame hinter dem Tresen hatte die sehr kurz präsentierten Ausweise nicht genauer inspiziert und wirkte überfordert. Eigentlich hatte sie gerade nach Hause gehen wollen, erklärte sie. Ewig würden sie damit natürlich trotzdem nicht durchkommen.

»Ich kann keinen erreichen«, erklärte sie mit einem starken Akzent, den Telefonhörer gegen das Schlüsselbein gepresst.

»Gimp? Levinson? Cole?«, fragte Jessica. »Die Besucher Jacobsen und Pahlen? Die Kinder? Jill und Eugene? Niemand da?«

Die Frau schüttelte den Kopf.

»Jill Pierce und Helen Cole waren vor ein paar Minuten noch bei mir«, erklärte sie. »Ich sollte auf dem Parkplatz nach einem Auto Ausschau halten, in dem Leute sitzen. Dann kam der Anruf für Frau Cole. Danach sind sie wieder nach hinten gegangen.«

»Ist Ihnen dabei etwas aufgefallen?«, fragte eine der Botschaftsangestellten sie auf Portugiesisch, das Jessica ausreichend beherrschte, um den Inhalt der Frage zu verstehen.

»Nein«, sagte die Frau eingeschüchtert. »Vielleicht. Sie schienen es eilig zu haben. Pierce lief, dann auch Cole.«

»Sonst noch etwas?«

»Der Junge wurde etwa zu dieser Zeit mit Rand Levinson und zwei Besuchern hinten in der Bebrütungsabteilung gesehen«, erklärte sie. »Das habe ich gerade beim Herumtelefonieren erfahren. Etwas später auch Jill Pierce und Helen Cole. Alle haben dort etwas abgeholt.«

»Seither nirgends mehr?«

»Weiß ich noch nicht«, erwiderte sie, jetzt gereizt. »Ich habe nicht mit jedem im Haus gesprochen. Viele sind um diese Zeit nicht mehr da.«

»Und die anderen?«

Sie zuckte mit den Schultern.

»Hat das Gebäude noch andere Ein- und Ausgänge?«

»Fünf.«

»Bringen Sie uns hin«, forderte die angebliche Polizistin sie auf. »Und zu der Abteilung, wo der Junge zuletzt gesehen wurde.«

Die Frau führte sie durch mehrere Flure in einen modernen Teil des Gebäudes. Sie zeigte ihnen eine Tür nach draußen. Jessica befahl zweien ihrer Begleiter, dort nach möglichen Spuren der Verschwundenen zu suchen, bevor sie weitereilten.

»Jacobsens Mietwagen hat sich in Bewegung gesetzt«, erklärte Jaylen und hielt Jessica einen Tabletcomputer vor die Nase, auf dem ein roter Punkt über eine Landkarte blinkte.

In einem Raum hinter einer Doppeltürschleuse saßen Laboranten und impften Eier. Die Empfangsdame bat eine Frau im weißen Kittel heraus.

»Was wollte der Junge bei Ihnen?«, fragte die angebliche Polizistin. Die portugiesische Antwort verstand Jessica nur teilweise, die Agentin übersetzte.

»Er bat sie um eine kleine Phiole mit Organismen, die er ihnen am Morgen mit dem Auftrag zur Vermehrung gebracht hatte.«

»Die nehmen hier Aufträge von Kindern an?«, fragte Jessica.

»Seit Jill Pierce vor ein paar Tagen eintraf«, übersetzte die Agentin. »Für sie haben sie seitdem schon einiges vermehrt.«

Hoffentlich keine Exemplare der F-Reihe, betete Jessica.

»Ist die Vermehrung schon abgeschlossen?«, fragte sie.

»Die des Jungen hatten sie noch gar nicht begonnen«, sagte die Agentin. »Er nahm nur sein Ursprungsmaterial zurück.«

»Hat er gesagt, warum er es zurückhaben will?«

»Nein.«

»Wer war bei ihm? Jill Pierce?«

»Nein. Doktor Levinson und zwei Besucher.«

»Lassen Sie sich die anderen Ausgänge zeigen«, forderte Jessica die Agentin auf. »Nehmen Sie drei Kollegen mit.«

Die Angesprochenen gehorchten, Jessica wandte sich schon an die nächsten Botschaftsmitarbeiter.

»Rufen Sie unsere Leute auf dem Flughafen an. Sie sollen nach Helge Jacobsen und den anderen Personen Ausschau halten. Das Fliegerteam soll in der Maschine warten und darauf achten, dass die Piloten weiterhin mitspielen. Zwei von uns bleiben hier, falls noch jemand auftaucht.«

Mehr ging nicht, sie konnten schlecht in einem fremden Land kurzerhand eine Firma besetzen. Irgendwann würde man ohnehin hinter ihre diplomatische Frechheit kommen. Sie wandte sich wieder an die Laborantin.

»Wie weit ist Jill Pierces Vermehrung?« Wie das klang.

»Weiß sie nicht«, sagte die Agentin nach einem kurzen Wortwechsel mit der Laborantin. »Dafür ist man zwei Räume weiter zuständig.«

Dort erklärte die Laborantin Jessica in leidlichem Englisch: »Zwei kleine Fläschchen waren bereits fertig. Die hat Miss Pierce mitgenommen.«

Jessica fluchte lautlos. Doch bevor sie die internationalen Verwicklungen richtig startete, wollte sie noch einen Versuch wagen. Sie tippte Helge Jacobsens Firmennummer ins Telefon.

Hinter Levinson, seinem Jungen und Horst schob sich Helge durch den Mais, während über ihnen der Mond nur selten zwischen den Wolken hindurchschien. Helge konzentrierte sich wieder auf den Weg, da meinte er, am Boden etwas schlängeln zu sehen. Erschrocken sprang er zur Seite, als in seiner Hosentasche das Handy brummte. Hastig eilte er weiter und tastete in der Dunkelheit nach dem Gerät.

Die Nummer kannte er. Sie war über die Firma zu ihm umgeleitet worden. Ohne anzuhalten, nahm er an.

»Jacobsen«, eröffnete Roberts das Gespräch grußlos. »Wo sind Sie?«

Er verlangsamte seine Schritte, um weniger zu keuchen. »Auf Geschäftsreise, das wissen Sie doch.«

Dank der Prepaidtelefone hatten sie ihn immer noch nicht

genau orten können. Hoffentlich hatte Micah die Konstruktion sicher genug einrichten lassen.

»Verarschen kann ich mich selbst! Hören Sie, ich weiß nicht, welches Spiel Sie spielen. Wenn Sie mit den Kindern unterwegs sind, sollten Sie besser einiges über sie wissen.«

Kinder? Welche Kinder? Das einzige Kind bei ihnen war Levinsons Sohn.

Roberts fuhr ohne Unterbrechung fort: »Wir wissen, dass beide Kinder vor ihrer Flucht Organismen aus Eloxxys Bebrütungs- und Vermehrungsabteilung mitgenommen haben.« Helge erinnerte sich an den kurzen Stopp von Levinsons Sohn, bevor sie das Gebäude verlassen hatten. Levinson hatte angeblich nicht gewusst, was der Junge dort wollte. »Sie haben keine Vorstellung von den Dimensionen der Sache, in die Sie sich hineinmanövriert haben! Dahinter steckt viel mehr, als Sie sich in Ihren schlimmsten Träumen vorstellen können! Wir haben Grund zu der Annahme, dass die Kinder ein Killervirus mitgenommen haben! Verstehen Sie mich? Sie schweben in akuter Lebensgefahr! Und nicht nur Sie, sondern die gesamte Menschheit, wenn dieses Virus freigesetzt wird! Diese Kinder müssen gestoppt werden. Und im Moment sind Sie der Einzige, der das kann! Verstehen Sie, was ich sage? Sie sind verantwortlich! Versuchen Sie die Kinder irgendwo festzuhalten, am besten gefesselt und nicht in der Nähe anderer Menschen.« Helge wurde noch langsamer, sein Blick suchte den Jungen in der Dunkelheit. Wie, bitte schön, sollte ein Zehnjähriger an ein Killervirus kommen? Und, noch wichtiger, warum sollte er das überhaupt? Und warum sprach sie immer von Kindern? Wer sollte das andere sein?

»Ich habe keine Ahnung, wovon Sie reden«, sagte Helge. Horst drehte sich kurz zu ihm um, als er ihn sprechen hörte. »Hier sind keine Kinder.« War nicht einmal gelogen, vor ihm lief nur eines.

»Ihre Entscheidung«, sagte Roberts. Ihre Stimme hatte den dringlichen Ton verloren und klang hart. »Sie haben keine Chance, dieses Land zu verlassen. In ein paar Stunden haben wir Sie. Und dann sind Sie in richtigen Schwierigkeiten, das verspreche ich Ihnen. Wenn Sie dann noch leben.«

Helge atmete tief durch. Heftige Drohungen. Killervirus. Richtige Schwierigkeiten. Quatsch. In Wahrheit ging es sicher um Levinson. Sie versuchten, über seinen Sohn an ihn heranzukommen. Weil er das Superhirn der Biotechnologie war, das ihnen Milliarden einbringen würde.

Ich würde auch verrückte Geschichten erfinden, um an ihn heranzukommen, dachte er. Den würde er nicht kampflos hergeben.

»Ich mache meinen Job, Miss Roberts«, sagte Helge, »und Sie Ihren. Viel Erfolg dabei.«

»Die Amis?«, fragte Horst mit verdrehtem Kopf. Jetzt hatten auch Levinson und der Junge das Gespräch bemerkt und angehalten.

»Sehen wir zu, dass wir weiterkommen«, sagte Helge nur.

Wütend schlug Jessica das Telefon auf ihren Schenkel. »Idiot!«, zischte sie.

»Verbinden Sie mich mit dem brasilianischen Innenminister«, befahl sie einem der Botschaftsangehörigen. »Ich muss ihn sofort sprechen. Es handelt sich um einen internationalen Notfall höchster Dringlichkeit. Bioterrorismus. Wir müssen diese Kinder finden und stoppen. Mit allen Mitteln.«

»Wenn es nicht schon zu spät ist«, flüsterte Rich.

Als Helge und die anderen schließlich aus dem Feld auftauchten, waren sie bedeckt von Blattfetzen und Maisfäden, die Hände und Gesichter von den scharfkantigen Blättern und harten Stauden zerschunden. Vor ihnen lagen armselige Häuschen im Mondlicht, gebaut aus rohen Ziegeln und Wellblechdächern, zwischen denen unbefestigte Gassen in das bewohnte Gebiet führten. Helge klopfte sich bestmöglich ab, bevor er seinen Weg fortsetzte. Der Junge hatte es irgendwie geschafft, sauber zu bleiben, während Levinson und Horst darauf zu vertrauen schienen, dass sie das Zeug nach und nach ohnehin verlieren würden. So liefen sie durch die unheimlichen teils staubigen, teils schlammigen Straßen, für die Helges Schuhe nicht gemacht waren, bis sie eine, wenn auch vielfach von Rissen und Schlaglöchern durchsetzte asphaltierte Straße erreichten. Beständig eilte Levinson ihnen voran, mit einer Energie, die Helge ihm nicht zugetraut hätte. Sein Sohn folgte ihm ohne eine Klage. Helge hatte das Gefühl, dass man sie aus der Dunkelheit von allen Seiten beobachtete. An einer größeren Kreuzung schließlich hielt Levinson.

»Hier bestellen wir ein Taxi«, sagte er. »Ich habe einen Fahrer, den ich öfter rufe. Den kann ich direkt erreichen, ohne die Vermittlung einzuschalten.«

Helge reichte ihm sein Telefon.

Zehn Minuten später war der Wagen da, und sie stiegen erleichtert ein. Helge auf dem Beifahrersitz, Horst, Levinson und Eugene hinten, wobei Levinson in der Mitte landete. Sein Körpergeruch ekelte Helge, aber vorläufig hatte er keine Alternative.

»Ins Hotel?«, fragte der Fahrer. »Zum Flughafen?«

»Weder noch«, antwortete Helge.

Er entfernte den Akku aus seinem Handy.

»Sie auch alle«, forderte er die anderen auf. »Auch Sie«, sagte er zum Fahrer.

Horst und Levinson verstanden sofort. Den Chauffeur überredeten sie mit ein paar Extrascheinen, dann legte auch er den Akku seines abgegriffenen Handys in eine Vertiefung zwischen den beiden Vordersitzen.

»Das wird eine richtig einträgliche Tour für Sie«, erklärte ihm Helge daraufhin. »Sind Sie bereit für eine Nachtfahrt?«

»Eine Frage des Preises«, grinste ihn der Fahrer an.

»São Paulo«, sagte Helge.

»Wie Sie wünschen, Senhor. Sie zahlen bar.«

»Ja.« Zum Glück trug Helge in solchen Ländern immer eine größere Summe Cash mit sich. Er reichte dem Mann zweihundert Dollar. »Den Rest bekommen Sie dort.«

125

Helen folgte Jill durch das Maisfeld, bis sie lockeres Unterholz erreichten. Die Hatz durch die fremde Dunkelheit nahm ihre ganze Aufmerksamkeit in Anspruch. Ungewohnte Gerüche und Geräusche umfingen sie, nur gelegentlich trieben Gedankenfetzen durch ihren Kopf: Wieder Flucht? Würde das jetzt immer so weitergehen? Sollte sie doch aufgeben? Wohin waren sie unterwegs? Konnte sie diesem Mädchen vertrauen? Wem sonst konnte sie noch vertrauen? Eine ganze Weile tasteten sie sich mehr vorwärts, als dass sie liefen, bei jedem Geraschel nervös zusammenzuckend, bis sie auf einen schmalen Weg stießen, der von ärmlichen Hütten gesäumt wurde. Ein junger Mann ratterte auf einem Moped vorbei. Helen hatte die Orientierung verloren, fürchtete sich. Zum Glück erreichten sie nach wenigen Minuten eine breitere, befestigte Straße, auf der Mopeds, Motorräder und Autos unterwegs waren. Jill zögerte nicht. Langsam weitergehend, signalisierte sie den Vorbeifahrenden, dass sie eine Mitfahrgelegenheit suchten. Auf eine solche mussten zwei gut aussehende Frauen nicht lange warten. Ein kleiner Lieferwagen, auf dessen Ladeplattform sich riesige Jutesäcke türmten und nur durch eine wilde Verzurrung festgehalten wurden, hielt neben ihnen. Der ältere Mann am Steuer und seine Begleiterin, beide mit den sonnengegerbten, zerfurchten Gesichtern der Landbevölkerung, forderten sie lächelnd zum Einsteigen auf.

Nachdem sie bei Eloxxy keinen der Gesuchten gefunden hatten, waren Jessica und ihre Truppe zum Flughafen gerast. Mit wenig Hoffnung. Die Geflohenen mussten annehmen, dass der Airport überwacht wurde. Während der Fahrt telefonierten die Botschaftsmitarbeiter und Jessica ununterbrochen mit brasilianischen Behördenführern. Ein Durcheinander von Gesprächen erfüllte den Wagen.

»… habe ich nicht erreicht …«, sagte soeben ein Botschaftsmitarbeiter, während Jessica jemanden aus dem Innenministerium zu überzeugen suchte, sie direkt zum Minister durchzustellen.

»Es geht um illegal freigesetzte genmanipulierte Organismen, wahrscheinlich Bioterrorismus in weltweitem Maßstab …« Die Wahrheit konnte sie ihm nicht sagen. »… nein, natürlich keine Ermittlungen von unserer Seite«, beschwichtigte sie den aufgebrachten Beamten, »wir respektieren natürlich die Hoheit der brasilianischen Behörden … mussten Recherchen anstellen, um Ihren Behörden einen unnötigen Fehlalarm zu ersparen …« Lahme Ausrede. Das Verhältnis zwischen den beiden Ländern war ohnehin seit Jahren nicht das beste. Diplomatische Verstimmungen würde die Geschichte auf jeden Fall nach sich ziehen.

Der Fahrer des Lieferwagens entließ Jill und Helen auf einem belebten Abendmarkt irgendwo in Montes Claros. Jill bedankte sich überschwänglich und drückte der Landwirtin einen Schein in die Hand. Ein Taxi mussten sie nicht lange suchen. Am Rand des Marktes warteten gleich fünf hintereinander. Kleinwagen, die alle anständig aussahen. In fließendem Portugiesisch verhandelte Jill mit dem ersten Fahrer. Helen verstand kaum ein Wort. Nach einigen Diskussionen und Kopfwiegen ging Jill zum nächsten. Die gleiche Diskussion. Diesmal erfolgreich. Nach ein paar Sätzen forderte Jill Helen hinten zum Einsteigen auf. Jill selbst nahm auf dem Beifahrersitz Platz. Sie reichte dem Mann ein Bündel Scheine, behielt aber danach die Hand offen. Der Taxifahrer legte ein Handy hinein.

»Sicherheitsmaßnahme«, erklärte Jill und drehte den Kopf halb zu Helen. »Damit er nicht auf dumme Ideen kommt, weil wir zu viel Geld haben könnten, das er sich mit ein paar Kumpanen teilen könnte.« Während sie das Gerät öffnete und den Akku entfernte, fuhr sie fort: »Außerdem könnte uns jemand beobachtet haben. Bleibt das Risiko, dass sie herausfinden, welches Auto wir genommen haben. Zumindest per Handy sollten wir nicht zu orten sein. Immerhin haben wir eine lange Fahrt vor uns.«

»Wohin fahren wir denn?«, fragte Helen.

»Die Handyortung Jacobsens wird dauern«, erklärte einer der Botschaftsmitarbeiter Jessica nach der Beendigung seines Telefonats. »Wenn wir sie überhaupt bekommen. Die Brasilianer sind schon sauer genug wegen Ihrer Anwesenheit. Einige würden Sie am liebsten ausweisen. Überragende Kooperation dürfen wir nicht erwarten.«

»Und unsere Dienste?«

»Arbeiten daran. Haben es schwer, wenn die Verdächtigen Burner verwenden. Sind aber dran. Versuchen unter anderem die Umleitung über Santiras Netz zu knacken. Doch diesmal dürfte die Security des Unternehmens sorgfältiger gearbeitet haben als in der Vergangenheit.«

Sie mussten sich mit zwei Stehtischchen am Flughafenimbiss Montes Claros' als Einsatzzentrale begnügen, um die sich fünfzehn Personen sammelten.

»Machen Sie den Brasilianern noch einmal klar, dass es nicht mehr um Kooperation geht, sondern um vitale Interessen ihres eigenen Staates! Wir reden von potenziellem Bioterrorismus! Sie können das ignorieren, sie können es auf eigene Faust verfolgen, oder aber wir bündeln unsere Kräfte, um die Bedrohung zu stoppen!«

Sie wandte sich an einen anderen aus ihrem Team. »Was wissen wir über Jacobsens Mietwagen?«

»Haben wir mithilfe von Avis lokalisiert und tracken ihn. Steht immer noch in der Nähe von Eloxxy herum. Die Taxidienste werden dauern. Überengagement kann man den lokalen Kräften schon unter normalen Umständen nicht vorwerfen. Bislang wurde genau eine Person dafür abgestellt. Auch unsere *digital intelligence* hat noch nichts entdeckt.«

Jessica zischte einen Fluch. »Okay«, sagte sie. »Per Flieger kommen sie nicht unbeobachtet weg. Bleibt eigentlich nur das Auto. Wohin könnten sie wollen?«

»Vielleicht verstecken sie sich in Montes Claros?«, schlug ein Diplomat vor, »und warten, bis sich der Sturm gelegt hat.«

»Könnte sein. Aber am ehesten kommen sie jetzt davon.«

»Warum sollten sie überhaupt fliehen wollen?«, fragte der Diplomat.

»Um der Verhaftung zu entgehen?«, fragte Jessica genervt zurück. Den wahren Grund konnte sie ihm nicht nennen. »Hängen Sie sich an die Strippe, gehen Sie den Oberen auf die Nerven, überzeugen Sie sie von der Wichtigkeit der Angelegenheit!«

Sie nahm Rich beiseite. Am Tresen holten sie zwei Kaffee und zogen sich in eine ruhige Ecke des Imbisses zurück.

»Ein neuer Höhepunkt, was Plätze für ein Date angeht«, flachste Rich.

»Langweilst du dich etwa?«

Jessica stellte ihren Laptop auf das Tischchen.

»Wohin können sie wollen?«, fragte sie ihn. »Ich habe ein paar Thesen, würde aber gern deine hören.«

»Viele Fragen sind ungeklärt«, erwiderte Rich. »Sind alle mit

Jacobsen unterwegs? Reisen sie getrennt? So oder so, wer führt? Jacobsen? Welche Interessen hat er? Welche haben die Kids?«

Er schlürfte von seinem zu heißen Kaffee.

»Äußerst beunruhigend finde ich die Mitteilung, dass die Kinder aus der Vermehrungsabteilung Organismen mitgenommen haben, Jill sogar bereits vermehrte Organismen. Die Daten in ihrem Server legen nahe, dass es sich dabei um Exemplare der F-Experimente handeln könnte. Dasselbe gilt für Eugene mit den Daten, die er aus San Diego mitnehmen wollte. Womöglich konnte er sie hier rekonstruieren. Ich spinne jetzt einmal vor mich hin: Die Kinder wollen mittels Viren genetische Manipulationen am Menschen möglichst schnell und weit verbreiten. Sie sind auf der Flucht und müssen damit rechnen, dass sie trotz aller Raffinesse eher früher als spät gefunden werden. Womöglich ist dies für lange Zeit ihre letzte Chance auf die Verbreitung der Viren. Sie müssen also ihren kleinen Bestand möglichst schnell und effektiv einsetzen. Was würdest du tun?«

»Die Viren an Orten ausbringen, von denen sie sich schnell weiter verteilen, wenn möglich über die ganze Welt«, sagte Jessica. »Denken wir an dasselbe?«

»Einen großen, internationalen Flughafen. Welcher ist der größte brasilianische?«

»São Paulo«, wusste Jessica. »Mit Abstand.«

»Wissen Jill und Eugene das auch?«, fragte Rich. »Ich hätte auf Rio de Janeiro getippt.«

»Wenn jemand von der Truppe das weiß, dann die zwei.«

Jessica klappte ihren Laptop auf. »Wir haben Szenarien dafür. Es gibt sogar online frei verfügbare.«

Auf dem Bildschirm erschien eine Weltkarte.

»Setzen sie ein ansteckendes Virus auf dem Flughafen São Paulo mit seinen weit über vierzig Millionen Passagieren jährlich frei, verteilt sich dieser rasch weltweit««, las sie vor.

Auf der Karte führten, von São Paulo ausgehend, Linien über den amerikanischen Kontinent und nach Europa – die Flugverbindungen in andere Städte. Wo sie landeten, besiedelten kleine rote Punkte zahlreiche Stellen in Lateinamerika, einige in den USA und Europa. Dort wuchsen sie schnell, versandten ihrerseits neue Linien, vermehrten sich, schlossen sich zu Flächen zusammen, während nun auch an Linienenden im Mittleren Osten, Asien und schließlich in Afrika Punkte auftauchten und wucherten. Parallel dazu tickerte ein Tageszähler in der unteren rechten Ecke.

»Nach drei Monaten wäre Lateinamerika breit infiziert. Nach vier sind es die USA, nach fünf Europa, nach einem halben Jahr der arabische Raum und weite Teile Asiens. Afrika hinkt etwas hinterher, erwischt es aber schlussendlich auch.«

Sie stoppte die Animation.

»Innerhalb eines halben Jahres wäre das Schicksal der Menschheit entschieden.«

»Vielleicht übersehen wir etwas, und sie haben etwas ganz anderes, nicht weniger Bedrohliches vor«, gab Rich zu bedenken.

»Es ist ein *educated guess*. Aber wir müssen es versuchen. Alle großen Flughäfen des Landes müssen überwacht werden. Wir fliegen nach São Paulo. Mit dem Auto brauchen Jacobsen und die Kids die ganze Nacht. Wir sind also vor ihnen da.«

Entschlossen klappte sie ihren Laptop zu.

»Wenn sie nicht doch nach Rio fahren«, meinte Rich, während er Jessica zurück zu den anderen folgte.

Am achten Tag

126

Anfangs hatte Jill das portugiesische Geplapper des Fahrers erwidert, während Helen versuchte, sich von den in unregelmäßigen Abständen auftauchenden Lichtern des Gegenverkehrs ihren Geist leerräumen oder erleuchten zu lassen.

Irgendwann ließ Jill die Konversation mit dem Fahrer einschlafen. Nur von den Motorgeräuschen begleitet, reisten sie für eine Weile durch die Nacht, helle Lichter beim Größerwerden verfolgend, bis sie nach einer letzten Blendung verschwanden und auf der Netzhaut einen Fleck in der Dunkelheit hinterließen, der nach und nach verblasste, wenn nicht schon das nächste Licht auftauchte. Nichts davon beruhigte oder ordnete Helens Gedanken.

»Was machen wir jetzt?«, fragte sie schließlich.

Jill starrte durch die Seitenscheibe hinaus, bevor sie Helen ihren Blick zuwandte. In der Dunkelheit sah Helen sie nur schemenhaft, außer ein Auto auf der Gegenfahrbahn bewarf ihre Gesichtskonturen für ein paar Sekunden mit grellem Schein.

»Ich werde versuchen, meine Arbeit abzuschließen. Soweit das noch möglich ist nach Eugenes Verrat.«

»Warum hat er das getan?«

»Weil er noch unreif ist, ein Kindskopf! Einerseits haben wir denselben Plan: möglichst schnell viele moderne Kinder. Aber unsere Ideen zu diesen Kindern unterscheiden sich ganz grundsätzlich: Ich bin für möglichst viele Varianten moderner Kinder. Und für eine laufende Weiterentwicklung. Wir wissen doch längst, dass nur Vielfalt einer Kultur, einer Population, auch der Menschheit, mehr Überlebenschancen und Weiterentwicklungsmöglichkeiten sichert. Gene möchte trotzdem nur eine Variante. Am liebsten sein Genom. Im Prinzip will er möglichst viele Eugenes. Er hat Angst vor den anderen. Das ist selbstsüchtig, kurzsichtig, dumm. Monokulturen wirken auf den ersten Blick vielleicht mächtig, können aber auf Veränderungen nicht reagieren, können sich nicht weiterentwickeln, sind mit dem richtigen Mittel auf einen Schlag zerstörbar.«

»Deshalb wollte Eugene die Sache beschleunigen. Was hat er getan, das dich zur Flucht gezwungen hat?«

»Das sage ich nicht. Etwas verdammt Dämliches. Erwachsene bekämen dafür lebenslänglich oder würden auf dem elektrischen Stuhl landen.«

»Mord?!« Helen stöhnte auf, verfluchte den Moment, als Doktor Benson ihr und Greg in San Francisco zum ersten Mal das Angebot gemacht hatte. »An wem?!«

»Ich habe schon zu viel erzählt. Vergiss es. Es ist nicht mehr zu ändern.«

»Aber es ist Wahnsinn, wenn er so etwas tut! Warum hast du ihn nicht aufgehalten?«

»Wie hätte ich das anstellen sollen? In *New Garden* konnte er weitgehend unbehelligt basteln. Außerdem ist er noch ein Kind!« Aber was für eines! »Und so etwas wie ein Bruder«, murmelte Jill mehr zu sich selbst. Trotz aller Streitereien war Helen die enge, fast geschwisterliche Beziehung der beiden schon gestern aufgefallen.

»Es geht hier nur um euren Wettkampf«, begriff Helen. »Wer seine Vorstellung von der Zukunft der ›modernen‹ Menschen durchsetzt. Wir ›Altmenschen‹« – betonte sie höhnisch – »sind euch längst egal! Wir sind nur mehr die Brutkörper.«

»Da irrst du dich«, antwortete Jill mild. »Ihr seid und bleibt unsere Eltern.«

»Das kann alles nicht wahr sein«, murmelte Helen.

Zum ersten Mal wurde ihr bewusst, dass sie auch einen Eugene bekommen könnte. In all den Erklärungen und Diskussionen der vergangenen Tage war ein Themenkomplex nie vorgekommen, und keiner hatte danach gefragt. Konnte man das Genom auch so manipulieren, dass die Kinder friedfertig, sozial und kooperativ würden? Die Veränderungen des *New-Garden-Teams* machten sie körperlich leistungsfähiger, schneller, intelligenter. Fit für den globalen Wettkampf. Im Fall Eugenes zu einem stärkeren, schnelleren und intelligenteren Mörder. Wahrhaftig keine Optimierung, fand Helen.

»Du musst Gentechnologie in einem größeren Rahmen sehen«, meinte Jill. »Wir reden über programmierbare Materie. Daran wird schon weltweit geforscht, auch wir in Montes Claros. Die Natur hat uns ein Musterbeispiel geliefert. Aus einigen chemischen Grundbausteinen bastelt sie Einzeller, Hautzellen, oder deine Gehirnzellen, je nach Programmierung, nach genetischem Code. Wir sind programmierte Materie. Und jetzt beginnen wir, sie selbst zu programmieren. Synthetisches Leben ist nur ein Beispiel dafür. Weitere werden folgen. Wie ein Kind aus Legosteinen ganze Welten baut, wird man in Zukunft aus programmierbarer Materie ganze Gesellschaften erschaffen. Vielleicht auch auf dem Mond oder dem Mars.«

Helen versank in brütendes Schweigen, lehnte die Stirn an das kühle Glas der Scheibe und starrte hinaus in die Dunkelheit, die ab und zu von einer Straßenlaterne oder den notdürftigen Beleuchtungen einsamer, armseliger Garküchen oder Läden am Straßenrand unterbrochen wurde. Ihre Hand ruhte auf ihrem Bauch, und sie fragte sich ängstlich, was darin heranwuchs.

127

Der Sicherheitschef des Aeroporte Internacional de São Paulo-Guarulhos sowie die Entsandten des Bürgermeisters, des Provinzchefs und des Innenministers sahen aus, als könnten sie nicht entscheiden, was sie fassungsloser machte: Jessicas Geschichte oder die Unverschämtheit dieser Yankeefrau mit dem zerschundenen Gesicht. Und ihres Gefolges. Ohne Erlaubnis in Brasilien Ermittlungen anzustellen. Nachdem sie versagt hatte, wollte sie den Mist jetzt ihnen anhängen. Und das um diese Uhrzeit. Wie schon ihre obersten Vorgesetzten akzeptierten sie nur zähneknirschend die Anordnungen von oben: kooperieren.

All das konnte Jessica in ihren Gesichtern lesen.

»Was tun wir, wenn sie tatsächlich in Guarulhos auftauchen?«, fragte der Sicherheitschef, ein eleganter Mann in Uniform, dessen kantiges Kinn ein dunkler Fünf-Uhr-Schatten zierte, mürrisch.

»Als Erstes hoffentlich identifizieren.«

»Da machen Sie sich keine Sorgen!«, erwiderte er pikiert. »Der gesamte Flughafen ist mit modernstem Equipment gesichert und videoüberwacht. Wir spielen die Bilder der Gesuchten in das System, den Rest übernimmt das Personenerkennungsprogramm.«

»Ihre Leute patrouillieren wie üblich?«

»Ja. Was sollten sie sonst tun?«

Sie hätte Kräfte an strategisch wichtigen Punkten platziert. Aber sie musste den Männern ihre Kompetenzen lassen.

»In Ordnung. Ich würde gern einige Mitarbeiter unserer Botschaft an strategischen Orten positionieren, damit sie im Fall des Falles schnell vor Ort sein können. Immerhin handelt es sich bei einigen der Betroffenen um US-Bürger.«

Missbilligend suchte der Sicherheitschef mit einem Blick Rat bei den anderen. Der Innenminister nickte fast unmerklich und leicht resigniert, fand Jessica.

»Aber sie mischen sich nicht ein, bevor unsere Leute die Situation unter Kontrolle haben«, erklärte er Jessica.

»Natürlich nicht«, gestand Jessica ihm zu.

»Wir stoppen die Gesuchten und nehmen sie fest«, sagte er.

»Und Sie verhindern, dass sie womöglich Biowaffen freisetzen. Im äußersten Notfall mit Waffengewalt.« Was ihr auch keine Sympathiepunkte brachte. »Wie gesagt – so eigenartig es klingt –, am gefährlichsten sind das Kind und die Jugendliche.«

»Unsere Leute sollen auf Kinder schießen?«

»Nur im Notfall.«

Der Bürgermeister schüttelte ungläubig den Kopf.

»Terrorismus. Wir müssen also mit Gegenwehr rechnen«, bemerkte der Sicherheitschef.

Über die Fähigkeiten der Kinder konnte sie den Mann nicht aufklären. Die Erwachsenen waren ungefährliche Zivilisten. Aber die Kinder. Noch immer spürte Jessica die blauen Flecken ihres nächtlichen Angriffs bei den Hubschraubern in *New Garden*.

»Gut möglich. Falls sie auftauchen, müssen wir mit allen Mitteln verhindern, dass sie entkommen oder ihre Organismen freisetzen.«

»Mit allen Mitteln?«, wiederholte der Sicherheitschef.

»Mit allen Mitteln«, bestätigte Jessica.

128

Rund um São Paulo verdichtete sich der Verkehr. Levinson stierte seit Stunden aus dem Fenster, zitternd. Sie waren die ganze Nacht durchgefahren, hatten nur zwei Mal am Straßenrand zum Pinkeln und einmal für einen Kaffee gehalten. Das Sonnenlicht ließ seine blutleere Haut noch durchsichtiger wirken, als leuchte es durch bis auf die Knochen. Seinen Sohn schien der Zustand des Vaters nicht zu berühren. Horst döste mit an die Seitenscheibe gelehntem Kopf. Helge hatte aufgehört zu überlegen und ließ die hektische Metropole an sich vorüberziehen. Mangels Telefonen hatten sie sich nicht vorab über die Gegebenheiten auf dem Flughafen informieren können. Sie würden sich durchfragen müssen. Sein Plan war, eine Privatmaschine zu chartern, die sie erst einmal außer Landes brachte. Dann würden sie weitersehen.

Er fragte den Chauffeur, ob er zufällig wusste, an welchem Terminal sie die Businessjet-Chartergesellschaften finden würden. Wusste er nicht.

»Terminal Drei, soviel ich weiß«, sagte Eugene von hinten.

Woher wollte dieser Junge das nun wieder wissen? Man hätte meinen können, er hätte all das vorhergesehen und geplant. Helge musste an Jessica Roberts' Andeutungen denken. Vielleicht war ja doch etwas dran?

Gegen halb zwölf lenkte der Fahrer sie auf den Flughafen São Paulo-Guarulhos zum Abflug von Terminal Drei. Im Stau und

Gedränge fand er eine Lücke bei den Entladeparkplätzen. Trotz der langen Fahrt sprang niemand erleichtert aus dem Auto.

Helge bezahlte den Fahrer, legte noch etwas darauf und verrenkte sich den Hals. »Wollen wir? Ich schlage vor, dass wir uns aufteilen. Entweder in Zweiergruppen oder drei und einer. Sie suchen eher nach einer größeren Gruppe.«

»Da draußen drängen sich Hunderte Menschen«, sagte Horst. »Da fallen wir nicht ganz so auf.«

»Okay, dann gehe ich mit Eugene«, erklärte Levinson, die ersten Worte aus seinem Mund seit Stunden.

»Ich hätte Sie lieber bei mir«, sagte Helge. Er ging dieses ganze Abenteuer schließlich nicht ein, damit Levinson es sich doch noch anders überlegte und abhaute. »Horst Pahlen wird gut auf Ihren Sohn aufpassen.«

»Aber ich kann meinen Jungen doch nicht ...«

»Das geht schon in Ordnung, Papa«, mischte sich das Kind ein.

»Dann wäre das geklärt«, sagte Helge. »Die Handys dürfen wir weiterhin nicht verwenden. Bleibt in Sichtweite, damit wir uns nicht verlieren.«

Terminal Drei des Flughafens São Paulo-Guarulhos war erst 2014 in Vorbereitung zur Fußballweltmeisterschaft in Brasilien fertiggestellt worden. Mit diesem neuen Terminal für internationale Flüge war der Airport endgültig zum größten Lateinamerikas gewachsen und in die Riege der weltgrößten aufgestiegen. 2015 hatte Guarulhos vierzig Millionen Passagiere aus aller Welt abgefertigt. Auch an diesem Tag würden es wieder Zehntausende sein. Hunderte von ihnen wuselten an diesem Vormittag über die Bildschirme der Sicherheitszentrale, auf denen die Flughafenpolizei die Abflugebene des Terminals überwachte. Weitere Hunderte auf den Bildschirmen für die Ankunft und die beiden anderen Terminals. Routiniert versahen die Operatoren davor ihre Arbeit, hatten dabei aber mit einem kleinen Spielchen begonnen, das Jessica ihre Unerwünschtheit vor Augen führte. Einer zoomte das Bild auf einem Monitor heran, auf dem eine Frau mit ihrem Mobiltelefon spielte. Ab und zu sah sie kurz auf, dann vertiefte sie sich wieder.

»Das ist eine von Ihnen, nicht?«, fragte er Jessica, die auf einem Drehstuhl hinter ihnen hockte und den Blick über die Bildschirme fliegen ließ. »Bei den Privatjetschaltern?«, fügte er hinzu, ein Grinsen im Gesicht, das Jessica von hinten nicht sah, aber hören konnte.

»Klar«, erwiderte Jessica gelassen, »Linie werden sie kaum fliegen. Sie müssen damit rechnen, dass wir Flughäfen überwachen, vor allem die internationalen Terminals.«

»Ich habe da auch einen, glaube ich«, sagte ein anderer Operator. Tatsächlich hatte er Rich entdeckt, der es sich in einem Café in der Abflughalle von Terminal Drei bequem gemacht hatte und die riesige Eingangsfront beobachtete, von der er bestenfalls die Hälfte im Auge behalten konnte. Da waren die Bildschirme schon viel besser.

Rich hatte darauf bestanden, dabei zu sein. Jessica hatte zugestimmt, sie konnten jedes Augenpaar gebrauchen. Hin und wieder telefonierten sie miteinander.

Auf einem der Bildschirme leuchtete um den Kopf einer Person ein Oval auf und zoomte das Gesicht schnell heran.

»Die Gesichtserkennung«, kommentierte ein Operator. Der Mann auf dem Bildschirm trug eine Sonnenbrille, was dem Programm nicht gefiel, weil es ihn dadurch schwerer oder nicht identifizieren konnte.

Der Operator sicherte die Nahaufnahme, zu der das Programm bereits eine erste Einschätzung von Geschlecht, Größe und Alter abgegeben hatte. Dazu lieferte es eine Bildgalerie gesuchter Personen, zu denen die Kriterien passten. Die Operatoren mussten schließlich nicht nur auf Jessicas Verdächtige achten. Schnell verglich der Operator die Bilder von etwa drei Dutzend Personen mit dem gespeicherten, um schließlich festzustellen: »Keiner von denen.«

Mit einem Klick auf das Bedienfeld entließ er den Passagier aus den Fängen der Software. Kaum hatte er die Prozedur beendet, sagte eine Operatorin: »Und die zwei.«

Blödelten sie also noch weiter. Aber sie hatte recht. Greg Coles Bitte, bei der Suche nach seiner Frau teilnehmen zu dürfen, war Jessica nachgekommen. Er musste sich bloß in der Nähe eines Agenten im Terminal halten. Dort hatte die Operatorin die beiden ausgemacht. Sollte Greg mit seinem visumlosen Pass erwischt werden, hatte er Pech gehabt.

»Okay, ich sehe, ihr beherrscht euren Job«, gestand sie ihnen zu. »Konzentrieren wir uns wieder.«

Jill zog ein Bündel Dollarscheine so weit aus ihrer Messengerbag, dass sie das Honorar des Fahrers abzählen konnte. Den Rest steckte sie zurück. Helen überschlug den Wert des Bündels und kam auf mindestens fünfzigtausend Dollar! Dabei entdeckte Helen noch andere Bündel in der Tasche. Auch ihren Laptop hatte Jill mitgenommen. Das Mädchen bemerkte ihren Blick, sagte aber nichts.

Sie setzten ihre Sonnenbrillen und Schirmkappen auf, die schon in Montes Claros Standardausrüstung gewesen waren und deshalb zu den wenigen Dingen gehörten, die sie bei ihrem überstürzten Aufbruch dabeihatten. Dann verabschiedeten sie sich vom Fahrer, der ihnen überschwänglich viel Glück wünschte – Jills Bezahlung war offenbar mehr als ausreichend gewesen.

»Ist das nicht riskant?«, fragte Helen leise, als sie zwischen all den anderen Passagieren vor dem Terminal standen, »in diesem Land so viel Bargeld mit sich herumzutragen?«

»Klar«, antwortete Jill. »Aber ich kann auch nicht alles mit Kreditkarte bezahlen. Unseren Fahrer gerade zum Beispiel. Und wir zwei werden in den nächsten Wochen auch undercover bleiben müssen. Da hilft Cash immens.«

Bei dem Gedanken daran drückte Helen wieder dieses schwere Gefühl in der Brust den Atem ab. Aber was war die Alternative? Das Gefängnis, zu dem die Behörden *New Garden* verwandelt hatten? Jill setzte sich in Bewegung, kramte dabei noch in ihrer Tasche, zog etwas so Kleines heraus, dass es in ihrer Hand verschwand, und steckte es in ihre Hosentasche. Vielleicht ein paar gefaltete Scheine.

Mit klopfendem Herzen betraten sie den Terminal durch seinen seitlichsten Eingang.

Auf einem Monitor der Operatoren für die Abflugebene von Terminal Drei fing die Gesichtserkennung wieder einmal zwei Personen ein und zoomte die Gesichter heran. Bevor die Fahndungsbilder eingeblendet wurden, rief Jessica bereits: »Das sind zwei von ihnen! Helge Jacobsen mit Eugene! Ich glaube es nicht!«

Hastig sprang ihr Blick über die anderen Monitore, die den Bereich abbildeten. Im Getümmel konnte sie sonst niemanden erkennen. Waren die zwei allein unterwegs? Wo waren Jill, Horst Pahlen, Rand Levinson und Helen Cole? Während die Operatoren ihre uniformierten Kollegen in Kenntnis setzten, rief Jessica hastig ihre Leute über eine automatische Konferenzschaltung an, die sie schon am Morgen eingerichtet hatte.

»Zwei Zielpersonen erfasst«, erklärte sie. »Jacobsen und der

Junge! Terminal Drei, Abflug. Womöglich sind die anderen nicht weit. Haltet die Augen offen.«

Die Stimmen gaben Bestätigung durch, als Rich sagte: »Sehe sie. Und durch einen Eingang etwa zwanzig Meter weiter kommen gerade Levinson und Pahlen.«

Jetzt sah Jessica sie auch auf den Bildschirmen. Schnell wies sie die Operatoren darauf hin, die sogleich die beiden Verdächtigen heranzoomten.

»Hab sie. Tatsächlich! Yesss!«

»Nur Jill und Helen Cole sehe ich nicht«, stellte Rich fest.

»Wo sind Ihre Leute?«, fragte sie in den Raum. »Die müssten doch längst da sein.«

Doch die Operatoren antworteten nicht. Stattdessen gaben sie in rasend schnellem Portugiesisch Anweisungen durch. Auf anderen Bildschirmen entdeckte Jessica nun erste Uniformierte mit Waffen, konnte aber nicht feststellen, wo genau diese sich befanden.

Die vier waren inzwischen weiter in den Terminal hineingegangen und blickten sich suchend um. Dabei taten sie, als hätten sie nichts miteinander zu tun. Jessica stopfte das Telefon in ihre Tasche, das Headset immer noch aktiv, und lief aus dem Raum.

Die Sicherheitszentrale lag keine hundert Meter von der Abflughalle entfernt. Jessica rannte nicht, um kein Aufsehen zu erregen, doch sie ging rasch, als ob sie eine Passagierin und spät dran wäre. Noch immer sah sie keine Einsatzkräfte. Sie wand sich durch die Menge und hielt dann plötzlich inne, als sie Levinson und Pahlen nur mehr zehn Meter von sich entfernt entdeckte. Sie wandten ihr den Rücken zu und waren in Richs Richtung unterwegs. Jessica beobachtete, wie Rich sich auf seinem Restaurantstuhl abwandte und den Kopf mithilfe seines Handys abschirmte, um nicht erkannt zu werden.

Levinson und Pahlen steuerten auf Eugene und Jacobsen zu, die inzwischen in eine Diskussion verwickelt waren.

Das machte es Jessica leichter, ihnen zwischen all den anderen Menschen näher zu kommen. Und noch immer keine Polizisten in Sicht. Wo war der bewaffnete Trupp, den sie auf dem Bildschirm gesehen hatte? Sie war nur mehr wenige Meter von ihnen entfernt, als sie hörte, wie Jacobsen die anderen beiden ansprach.

»Wo sind jetzt die Businessjet-Charter?«

Jessica überlegte kurz, ob sie auf die Polizei warten sollte, doch nachdem sie niemanden entdeckte, schloss sie zu der Gruppe auf.

»Helge Jacobsen«, sprach sie ihn mit gedämpfter Stimme von hinten an, um den Überraschungsmoment zu nutzen. Noch bevor er seine Wendung vollendet hatte, fuhr sie fort: »Verursachen Sie jetzt kein Aufsehen. Wir haben zwei Möglichkeiten. Sie vier begeben sich in meine Obhut, bevor ein schwer bewaffnetes und nicht zimperliches brasilianisches Antiterrorkommando hier gleich auftaucht. Dann geht die Sache für Sie vielleicht nicht ganz so dramatisch aus …«

Jacobsen und die anderen drei, die seine Reaktion bemerkt hatten, starrten sie nun frontal an. Von hinten näherten sich ihnen Rich und eine Agentin.

»Oder ich gehe jetzt wieder und überlasse Sie direkt der Truppe.«

Helge wäre nie in seine hohe Position aufgestiegen, hätte ihn eine solche Situation aus dem Gleichgewicht gebracht. Herausforderung. Lösung suchen. Blitzschnell wog er seine Optionen ab.

Die Brasilianer hatten in Wahrheit nicht viel gegen ihn in der Hand. Im schlimmsten Fall würde er Levinson verlieren, weil sie ihn wegen der illegalen GMOs wegsperrten. In Brasilien konnte er das zur Not mit viel Geld verhindern.

Jessica Roberts war sauer auf ihn. Natürlich konnte sie ihm auch Schwierigkeiten bereiten. Aber letztlich keine dauerhaften. Dagegen war sie seine Chance, Levinson womöglich aus dem Land zu bringen. Wenn er ihr seine Bedeutung auch für die US-amerikanische Wirtschaft verständlich machte.

»Bleiben Sie«, sagte er.

Jessica Roberts hörte ihm nicht mehr zu.

Während ihres Gesprächs mit Jacobsen hatte sich Eugene schrittweise rücklings von der Gruppe entfernt und dabei etwas aus seiner Hosentasche gefischt. Die kleine Phiole in seiner Hand erkannte Jessica in dem Moment, als er sich blitzartig umwandte und zum Laufen ansetzte. Sie stürzte ihm zwischen Jacobsen und Pahlen hinterher und brüllte: »Hiergeblieben, Eugene!«

Fast wäre Eugene in Richs Arme gelaufen, der sich halb niedergekniet hatte wie ein Vater, der seinen Sohn empfängt. Stattdessen sprang er in einem Satz, den kaum ein Weltklassehürdenläufer zustande gebracht hätte, über ihn hinweg und rannte hinter seinem Rücken mit wirbelnden Beinen weiter. Jessica rempelte Rich an, fassungslos über Eugenes Tempo.

Bis der Junge mit einem Mal innehielt, noch zwei Meter schlitterte und in der Haltung eines in die Enge getriebenen Raubtiers zum Stehen kam.

»Pare! Pare! Stopp! Não se mexa! Don't move! Tudo! All of you! Stopp! Now! Imediatamente!«

Von drei Seiten rannten sechs Polizisten mit angelegten Maschinenpistolen auf ihn zu.

129

Helen studierte die große Anzeigtafel, als sie Jills Arm auf dem ihren spürte, während Gebrüll ihren Blick in die Halle lenkte.

Etwa vierzig Meter von ihnen entfernt kesselten mindestens ein Dutzend schreiender Polizisten mit kugelsicheren Westen, Helmen und Maschinenpistolen im Anschlag eine kleine Gruppe Personen ein, während rund um sie Hunderte kreischende Passagiere in die entgegengesetzten Richtungen auseinanderstoben und Schutz suchten.

Helen sah drei Männer und drei weitere Silhouetten. Die ihnen am nächsten stehende riss die Arme hoch, wandte sich den Soldaten zu und rief: »Nicht schießen! Não atire!«

Jessica Roberts!

Gleichzeitig stürmten vom Eingang her zwei Männer in Freizeitkleidung, winkten mit Ausweisen in ihren ausgestreckten Händen und brüllten Ähnliches auf die nervösen Beamten ein, worauf diese noch hektischer mit ihren Waffen zuckten.

Hinter Jessica und den Männern entdeckte sie nun auch diesen Wissenschaftler, der mit dem Regierungstross in *New Garden* gewesen war. Und Eugene!

Alle innerhalb des Zirkels nahmen inzwischen mit angespannten bis ängstlichen Gesichtern die Hände hoch. Auch Eugene, der dabei jedoch als Einziger gelassen wirkte. Seine Rechte bildete eine Faust, als entbiete er den Polizisten einen kommunistischen Gruß. Freundschaft.

Die Passagiere in der Halle flüchteten hinter Säulen, Rolltreppen, kauerten panisch hinter Pflanzentrögen und duckten sich hinter jeden Vorsprung, der Schutz bot.

Mit sanftem Armdruck drängte Jill Helen zurück. In dem allgemeinen Chaos fielen sie nicht auf. Rasch zogen auch sie sich an eine Säule zurück, hinter die sich bereits mindestens zwei Großfamilien drängten.

Neben den klagenden, wimmernden oder mit Pst-Geräuschen nervös Ruhe fordernden Menschen stellte sie sich so, dass sie die Szene im Blick behielt. Helen blieb an ihrer Seite, auch wenn ihr ganzer Körper bebte. Durch den Lärm, den die Hallenwände von allen Seiten vervielfacht zurückwarfen, hörte sie kaum Jills Flüstern. In Helens Ohren klang es wie ein Flehen.

»Tu es nicht, Eugene. Nicht jetzt. Tu es nicht.«

Helge musste sich konzentrieren, damit seine Hände nicht zitterten. In dieser Situation durfte er auf keinen Fall seine Souveränität verlieren. Hinter ihm flatterte Levinsons Atem, Horst war nach einem anfänglichen »Was zum Teufel …?« verstummt, und Jessica Roberts redete unverdrossen auf die waffenstarrenden Helmträger ein, deren Maschinenpistolen sie fixierten wie die Augen von Giftschlangen, bevor sie zubissen. Eugene hatte sich unter dem übermächtigen Drängen der automatischen Waffen wieder zu ihrer kleinen Gruppe gesellt.

Mittlerweile wagte Helge es, sehr langsam den Kopf zu wenden, um einen Überblick zu gewinnen. Sie waren nun die einzig frei stehenden Personen in der Halle, alle anderen hatten sich irgendwo verkrochen. Nur an ein paar Stellen ragten neugierige Köpfe hervor. Unter anderen Umständen hätten ihn die wesentlich zahlreicheren Hände mit filmenden Handys belustigt, die überall aus der Architektur sprossen wie Unkraut.

Noch mehr Polizisten hatten sich inzwischen neben und hinter ihren Kollegen aufgestellt. Helge zählte siebzehn. Komische Zahl. Weitere lauerten überall in der Halle verteilt, an den Ein- und Ausgängen, den Rolltreppen. Dazu näherte sich gemächlich ein weiterer Polizist, der statt der martialischen Ausrüstung eine normale Uniform mit Kappe trug. Sein Gang und Gehabe signalisierten den Vorgesetzten. Ohne Angst trat er durch den Kordon der Bewaffneten auf sie zu.

»Miss Roberts«, seufzte er in tadellosem Englisch. »In was für einen Schlamassel haben Sie sich jetzt noch geritten?« Er winkte seinen Leuten beschwichtigend zu, bevor er Jessica aufforderte: »Wir hatten doch vereinbart, dass Sie erst dazukommen, wenn wir die Situation unter Kontrolle haben. Kommen Sie her. Sie auch, Mr. Allen. Die anderen bleiben, wo sie sind.«

Die beiden kamen der Aufforderung nach und wurden von dem Mann mit einem Winken, mit dem man ansonsten lästige Fliegen verscheucht, auf einen Platz hinter den Polizisten verwiesen.

»Bleiben Sie da stehen. Sie können die Hände herunternehmen.«

Levinson hatte die Hände auf seinem Kopf abgelegt, ohne dass die Polizisten darüber nervös geworden wären. Dass seinen schmalen Schultern und dünnen Armen die Kraft zum Halten fehlte, verwunderte Helge nicht. Schon eher, dass Eugene, den Helge insgeheim besonders aus den Augenwinkeln beobachtete, es ihm nun gleichtat.

Helge hatte nur die letzten Momente seines Fluchtversuchs mitbekommen. Noch immer rätselte er, ob er nach der langen Fahrt so müde oder angesichts der Lage seine Wahrnehmung völlig verzerrt war, dass Eugenes Bewegungen und sein Ausweichmanöver, nein Sprung, wie in einem Actionfilm statt dem richtigen Leben gewirkt hatten.

Eugenes Finger spielten mit den dunklen Locken auf seinem Kopf, wie nachdenkliche oder verlegene Kinder es manchmal tun. Dazwischen blitzte für einen Moment lang etwas auf, und Helge erkannte ein winziges Glasbehältnis, nicht größer als ein Fingerglied Eugenes, an dessen einem Ende der Junge drehte. Mit einem Mal passten für ihn die vielen Bemerkungen und Ereignisse der letzten Stunden zusammen.

Der Abstecher in die Bebrütungsstation. Jessica Roberts' Behauptung, was die Bioterroristen anging! Sollte sie recht gehabt haben? Was sonst könnte er in der Hand halten? Aber: ein Kind?

Wenn Helge jetzt versuchte, dem Jungen das Fläschchen abzunehmen, und die Hände senkte, lief er Gefahr, dass die Polizisten die Nerven verloren und ihn mit Geschossen spickten. Seine Chance dagegen bestand im Überraschungsmoment. Selbst dieses unheimliche Kind rechnete wohl nicht damit, dass angesichts der auf sie gerichteten Waffen jemand von ihnen eine Bewegung wagen würde.

»Was hat Eugene in den Fingern?!«, brüllte er. »Er will etwas öffnen! Was ist das?«

Gleichzeitig schnellte seine Hand auf den Kopf des Jungen und versuchte, dessen Hände zu packen. Die Soldaten brüllten durcheinander, zuckten mit ihren Waffen, Jessica schrie ebenfalls los, niemand verstand mehr ein Wort. Helge bekam Eugenes rechtes Handgelenk zu fassen, dann das linke. Der Junge setzte sich mit unerwarteter Kraft zur Wehr, doch Helge war stärker. Mit voller Kraft stemmte er die Arme des Jungen so weit auseinander, dass dessen rechte Hand nicht mehr den Behälter in der linken aufschrauben konnte. Nur aus den Augenwinkeln sah Helge die Soldaten brüllend auf sie zurücken. Eugenes linke Finger versuchten, den Deckel trotzdem zu öffnen, doch dafür musste er das Glasröhrchen ziemlich unsicher zwischen nur drei Fingern halten, damit Daumen und Zeigefinger schrauben konnten.

»Lassen Sie mich los!«, schrie Eugene ihn an, »Sie haben doch keine Ahnung! Was glauben Sie, das ich hier habe?«

Er versuchte erneut, sich mit für einen Zehnjährigen gewaltiger Kraft loszureißen, strampelte mit den Beinen, doch diesmal war Helge darauf vorbereitet und hielt ihn fest. Eugenes Körper erschlaffte, als er resigniert aufgab. Im nächsten Augenblick nutzte der Junge Helges nur einen Sekundenbruchteil währende instinktive Lockerung des Griffs, riss den linken Arm hoch, holte aus und warf das Glasröhrchen mitten in die Halle.

130

Helen sah nicht, was Eugene von sich geschleudert hatte. Mehrere Personen jedoch reagierten sofort. Der Mann, mit dem Eugene gerungen hatte, packte ihn wieder fester und drehte ihm die Arme hinter den Rücken. Jessica Roberts' Blick folgte der Flugrichtung des für Helen unsichtbaren Objekts. Sie startete los und hechtete mit gestreckten Armen durch die Luft, bevor sie der Länge nach hart aufprallte. Der Polizeikommandant brüllte Befehle, worauf einige der Bewaffneten auf die drei Männer und das Kind zustürmten und sie zu Boden rissen.

Neben Helen zischte Jill einen Fluch, drückte der überraschten Helen die Messengerbag in die Hand und sprang auf.

»Wo willst du hin?«, rief Helen.

»Ich muss Eugene helfen!«, antwortete sie im Loslaufen.

»Aber er hat uns doch auch nicht…«, rief Helen ihr noch nach, brach jedoch ab, als Jill nicht auf sie reagierte.

Helen blieb an der Säule bei der Gruppe von Passagieren, die dort immer noch in Deckung hockten und mit ihren Handys filmten, und drückte die Tasche instinktiv vor ihre Brust.

Jessica rappelte sich hoch, eine Hand zur Faust geballt. Als sie wieder stand, öffnete sie die Hand, betrachtete, was auf deren Fläche lag. Fingerte dann mit der anderen Hand daran herum, steckte das Teil schließlich ein.

Die Polizisten bellten Befehle und zerrten dann die drei Männer und Eugene an hinter den Rücken gedrehten Händen hoch, sodass sie standen. Keiner von ihnen hatte mitbekommen, dass Jessica Eugenes Wurfobjekt wohl gefangen hatte. Eugene selbst wehrte sich noch immer, auch mit Worten. Seine hohe Kinderstimme bot einen deutlichen Kontrast zu den rauen Befehlen der Polizisten.

Sie verstand nur Bruchteile. »Ich ...? Einzige ... was ... mit ... dort!« Dabei wehrte er sich heftig gegen den Griff des Polizisten. »Sie dort!«, brüllte er plötzlich, reckte den Kopf und stierte Jill an, die als einzige nicht an der Szene Beteiligte lässig mitten durch die Halle lief, eine Hand in ihrer Hosentasche. »Um sie müsst ihr euch kümmern!«

Nun wandten sich aller Augen dem Mädchen zu, das seine Hand wieder aus der Tasche zog.

»Ist das ...?«, sagte Jessica. »Das ist Jill Pierce!«

Helen duckte sich dichter an die Gruppe hinter der Säule, während die übrigen Polizisten sich spannten und ihre Waffen auf Jill richteten, die sich hastig umsah.

Sie schien die Aussichtslosigkeit ihrer Lage zu erkennen. Gelassen und konzentriert gehorchte sie den winkenden Waffenläufen und den gebrüllten Befehlen der Beamten, die sie zu der anderen Gruppe trieben.

Irgendwoher kam Greg diese junge Frau bekannt vor, deren Auftauchen nun alle Aufmerksamkeit auf sich gelenkt hatte. Weshalb stand sie allein mitten in der Halle, wo sich doch alle anderen versteckten? Reflexhaft glitt sein Blick über die Verstecke, hinter denen Köpfe und Handys hervorragten. Hunderte Menschen mussten sich zu Beginn des Einsatzes in der Halle aufgehalten haben, von denen sich immer noch ein Großteil verbarg oder vorsichtig eine bessere Perspektive für sein Mobilgerät anstrebte. Manche Abenteurer wagten sich sogar aus der Deckung und hasteten geduckt von einem Schlupfwinkel zum nächsten.

Sein Blick sprang zurück an eine Stelle, an der sein Blick unwillkürlich verharrt hatte. Etwas an dieser Säule dort weckte in ihm ein Gefühl der Unruhe, ohne dass er dessen Ursache hätte benennen können. Schon wollte er sich wieder den Aktivitäten der Polizei widmen, als eine kauernde Gestalt am Rand der versteckten Gruppe seine Aufmerksamkeit erregte. Sein Herz begann zu rasen, Schweiß brach aus jeder Pore seines Körpers. Die Haltung, die Haare, die Form des Kopfes, des Gesichts, der Glieder. Greg schlug die Hand vor den Mund, um einen Ausruf zu unterdrücken, seine Kiefermuskeln verspannten sich, dann stieg ihm das Wasser in die Augen.

Helges Schulter schmerzte von der Rohheit der Polizisten. Inzwischen hatten sie ihm, Horst und Levinson Handschellen angelegt, die ihre Hände hinter dem Rücken fixierten. Eugenes schmale Handgelenke hatten sie mit einem Kabelbinder gefesselt. Als er niedergeworfen worden war, hatte er nur im Ansatz mitbekommen, dass Jessica Roberts Eugenes Glasröhrchen gesichert hatte. Die Entwicklungen danach verstand er nicht.

Mit einem Mal war diese junge Frau von den Polizisten eingekesselt und zu ihnen gebracht worden. Jill hatte Eugene sie genannt. Helge erkannte sie sofort. Sie war das Mädchen, das er zu Beginn seines ersten Eloxxy-Besuchs kurz mit Rand Levinson auf dem Flur gesehen und für eine Praktikantin gehalten hatte.

»Idiot«, zischte das Mädchen dem schadenfroh grinsenden Eugene bei seinem Näherkommen zu.

Was hatten die beiden miteinander zu tun? Die Kinder... In Helge wuchs das Gefühl, dass ihm in der Geschichte sowohl Jessica Roberts als auch Rand Levinson wichtige Informationen vorenthielten.

»Das hast du von deinem Aktionismus«, setzte Jill ihre Vorwürfe fort. »Unsere gesamte Arbeit war umsonst. Wegsperren werden sie uns. Im besten Fall!«

»Hättest ja nicht herkommen müssen«, feixte Eugene.

»Verdammt, du bist einer von uns! Ich musste dir helfen!«

»Bloß weil du die Größere von uns beiden bist? Spar dir dein Mitleid! Deine Hilfe brauche ich nicht! Brauchte ich nie! Ich hasse dich!«

Einige Meter hinter ihr diskutierte Jessica Roberts mit dem Polizeikommandanten, der sie abschätzig betrachtete.

Ein Schrei direkt neben ihm ließ Helge zusammenzucken. Eugene hing auf Jills Rücken, wohin er mit blutigen, aber freien Händen ihren rechten Arm gedreht hatte. Helge erkannte tiefe Einschnitte an seinen Handgelenken, die Eugene mit übermenschlicher Kraft von dem Kabelbinder befreit hatte. Mit seinen kleinen Fingern versuchte er die größere Faust des Mädchens zu öffnen, während er keuchte: »Das wirst du nicht tun!«

Mit einem gewaltigen Schwung befreite sie sich aus der Umklammerung und schleuderte Eugene wie ein Wrestler meterweit über den Steinboden. Ihm folgte aus ihrer Hand in klimpernden Sprüngen ein kleiner, glitzernder Gegenstand, sich überschlagend, bis er seinen Schwung verloren hatte und ausrollte. Eine Phiole wie jene, die der Junge gerade geworfen hatte. Beide Kinder stürzten darauf zu, Eugene erreichte sie schneller, Jill wurde von zwei Polizisten zurückgehalten. Mit zwei blitzschnellen Bewegungen befreite sie sich aus ihrem Griff – fast, denn zwei weitere warfen sich nun zusätzlich auf sie. Mit Mühe rangen sie das Mädchen zu Boden und fixierten es, an jeder Gliedmaße ein Mann, auf dem Boden. Eugene hatten drei Polizisten mit erhobenen Waffen eingekreist.

»Er ist verseucht!«, brüllte Jill auf Portugiesisch und Englisch, sich unter den Knien und Händen der Polizisten windend. »So wie ich! Lasst mich los!«

Die Polizisten erstarrten. Hilfesuchend sahen sie zu ihrem Kommandeur. Jessica, die während der Auseinandersetzung aufgesprungen war, breitete die Arme beruhigend aus und wollte etwas sagen. Mit einer Kopfbewegung gab der Kommandeur das Zeichen, Jill loszulassen. Die Männer schnellten hoch, wichen zurück und brachten gleichzeitig ihre Waffen in Anschlag. Sie zielten damit auf Jill.

Helen beobachtete ängstlich die Entwicklungen, während die hinter der Säule versteckten Passagiere nach Jills Behauptung panisch davonrannten, so wie die meisten anderen noch in der Halle befindlichen. Die Polizisten, die die kleine Gruppe der Männer und Kinder bewacht hatten, standen erneut unter Strom. Die anderen, die damit begonnen hatten, die übrigen Passagiere entschieden zur Räumung der Halle aufzufordern, wobei sie die Richtungen ins Innere des Gebäudes vorgaben, hatten ihre Waffen wieder in der Waagerechten und den Blick auf den Krisenherd gerichtet. Die Ausgänge ins Freie blieben gesperrt. Helen, noch immer zwischen Schock, Verwirrung und Erleichterung schwebend, dass sie bislang niemand identifiziert hatte, schwankte, ob sie bleiben oder die Gunst der Stunde nutzen und verschwinden sollte. In ihren Armen wahrscheinlich mehrere hunderttausend Dollar. Und Jills Laptop.

»Helen.«

Gregs Stimme hinter ihr ließ sie erstarren. Seine Hand auf ihrer Schulter erschauern.

»Helen.«

Zuerst hätte sie ihn fast nicht wiedererkannt. Tiefe Falten zogen sich durch sein Gesicht, seine sonst gebräunte Haut wirkte grau mit roten Flecken. Sein Lächeln misslang, geriet zur verunsicherten Fratze.

»Es ... tut mir so leid!«, stammelte er.

Sie wusste keine Antwort.

»Wir müssen hier weg«, sagte er. »Jetzt oder nie.«

Seine verschwitzte Hand strich über ihren Arm.

Unter seinem Fuß knirschte etwas. Irritiert hob er ihn an, doch darunter befanden sich nur ein paar winzige Glassplitter und darum etwas Flüssigkeit.

Der Tumult ließ sie herumfahren. Mit blutigen, aber freien Handgelenken schwebte Eugene über den Köpfen der Polizisten wie in jenem Kampf, in dem sie ihn in San Diego zum ersten Mal gesehen hatten. In einem wirbelnden Salto senkte er sich auf die Gruppe um Jill. Die Abwehrbewegung des Mädchens kam zu spät. Sein linker Fuß rutschte zwar an ihrem erhobenen Arm ab, doch der andere traf ihren Kopf mit voller Wucht. Mit einem Doppeltritt noch in der Luft traf er sie zwei weitere Male gegen den Schädel, der hin- und herschleuderte wie ein Punchingball an der Feder. Gleichzeitig mit Eugenes Landung sackte Jills Körper unter einem kollektiven Aufschrei der Halle auf eine Weise leblos zusammen, die Helen noch nie gesehen hatte und sie mit einem unmittelbaren Gefühl tiefster Hoffnungslosigkeit flutete. Jills Kopf prallte noch zwei Mal vom Steinboden ab wie ein Ball, dann blieb sie eigenartig verrenkt liegen.

Kaum spürte sie Gregs festen Griff um ihr Handgelenk, vernahm seine Stimme wie durch eine Wand, konnte den Blick nicht von dem leblosen Mädchen abwenden, während Greg sie in die andere Richtung zerrte.

Der Kleine ist ein Monster, schoss es Helge durch den Kopf. Ungerührt stand der Junge neben der Leiche der jungen Frau und spielte mit der Furcht der Polizisten vor einer behaupteten Ansteckungsgefahr.

Eugene musste Helges Blick gesehen und gelesen haben.

»Was?«, fragte er provozierend. »Sie sehen den logischen Endpunkt Ihrer Arbeit. Und der Ihrer Kolleginnen auf der ganzen Welt, natürlich. Zuerst Mikroorganismen, dann Pflanzen und Tiere. Warum hier haltmachen? Am Ende der Reihe steht der Mensch. Fragen Sie Professor Allen da drüben. Frau Roberts. All die anderen ...«

Helges Bewusstsein spaltete sich. In den Teil, der sein bisheriges Leben enthielt. Und jenen Teil, der nicht glauben wollte, was nicht sein konnte. Was er gesehen hatte, schob er seiner Müdigkeit und den Umständen zu. Eugenes ungewöhnliches Verhalten vom ersten Moment ihres Kennenlernens an – Marotten eines verzogenen, vielleicht psychisch gestörten Görs. Psychotisch, paranoid, größenwahnsinnig. Aber sicher nicht, was er behauptete zu sein.

Jetzt hielt der Junge das Glasröhrchen, das dieses Mädchen verloren hatte. Was verbarg sich darin?

»Warum hast du das getan?«, fragte Helge ihn. Fühlte sich wie ein Idiot, kaum dass die Worte seinen Mund verlassen hatten. Er, Helge Jacobsen, Vorstandsvorsitzender. In Handschellen. Vor einem Kind.

»Eugene«, sagte Jessica Roberts. »Wir finden eine Lösung. Gib uns ...«

»Mrs. Roberts, wir haben das alles schon diskutiert«, unterbrach er sie, nachsichtig den Kopf schüttelnd. »Aber gern.« Er streckte ihr die Hand mit dem Röhrchen entgegen. »Hier haben Sie Jills ...«

Jessica konnte es ihm nicht abnehmen, weil auf einmal Jill neben ihm stand, auferstanden, aus der Luft gefallen, Eugene das Röhrchen aus der Hand riss und im nächsten Moment vor ihren Augen verschwand.

Unter allgemeinen Rufen des Erstaunens landete sie hinter ihr, außerhalb des Kreises der Bewacher. Jessica, die wie ein Kreisel herumgewirbelt war, sah nur mehr ihren Rücken, als sie losrannte. Sie warf sich hinterher, bekam ihren Fuß zu fassen. Jill stolperte, fing sich. Fingerte an dem Röhrchen. Versuchte weiterzulaufen. Jessica klammerte sich an ihren Knöchel. Spürte einen glühenden Schmerz, als eine Schuhspitze gegen ihr Handgelenk donnerte. Ihre Finger verließ jegliche Kraft, sie glitten von Jills Bein. Durch tränende Augen erkannte sie Eugene über sich, hinter Jill her.

Wieder brüllten die Polizisten, legten ihre Waffen an. Pare! Freeze! Stopp! Stehen bleiben! Sofort.

Die Kinder gehorchten nicht. Jessica sprang auf, die rechte Hand hilflos am Arm baumelnd, jede Bewegung ein Stromschlag bis in die Schulter. Rief die Namen der Kinder aus voller Kehle. Bei allem waren sie doch Kinder! Die davonrannten.

Dann explodierte die erste Salve ohrenbetäubend, der Boden um die Kinder schien sich in kleine Staubwölkchen aufzulösen. Jessica hörte ihre Stimme nicht mehr.

Jill schwang den Arm mit dem Röhrchen, holte aus zu dem Wurf, der das Glas auf dem Boden zerschmettern und seinen Inhalt in der Halle verteilen sollte, Eugene hinter ihr. Die nächste Salve löste Jills Figur in feinem rotem Nebel auf. Die purpurne Silhouette torkelte, stürzte, blieb liegen. Das Kugelgeprassel aus mehreren Läufen ließ Eugenes bogenhaft gespannten Körper zucken wie unter Dutzenden Schlägen, bis er in sich zusammenfiel wie ein leerer Sack.

Ihre Schmerzen und den Kugelhagel ignorierend, rannte Jessica zu den verwüsteten Körpern, rutschte in der Blutlache aus, stürzte der Länge nach hin und kam neben dem zu liegen, was von Jill übrig war.

Rappelte sich auf die Knie, angeekelt. Neben ihrer Hand,

in einer leuchtend roten Lache, klebte das Röhrchen. Der Verschluss wenige Zentimeter daneben. Aber offen! Mit einer beiläufigen Bewegung ihrer gesunden Hand sammelte sie beide Teile ein, drückte den Deckel zu und ersetzte das Röhrchen durch eine leere Phiole, die Rich ihr schon vor Stunden im Flugzeug gegeben hatte, als sie alle möglichen Szenarien durchgespielt hatten.

Sie schaffte es nur auf die Knie.

»Nicht näher kommen!«, brüllte sie mit erhobener Hand. »Ich bin unter Quarantäne! Halle evakuieren! Sofort!«

So blieb sie sitzen, die beiden vor sich, am Ende ihrer Reise, spürte ihr kaputtes Handgelenk nicht mehr, nur die Hitze, die sich aus ihren Augen über ihre Wangen ergoss. Es waren doch Kinder!

Am neunten Tag.
Und danach

131

In die Straßen an Manhattans Upper Westside fiel der Schnee in dicken Flocken. Megan Androover genoss den Abend auf dem Sofa vor dem Kamin in ihrem frisch renovierten Townhouse, während Lionel in seinem Zimmer auf der ersten Etage noch arbeitete und ihre gemeinsame Tochter Lily in ihrem Kinderzimmer schlief, als die Türglocke läutete. Verwundert, wer um diese Zeit noch etwas von ihnen wollte, streifte Megan die Decke von ihren Beinen und ging zur Tür. Ihr Hausmädchen, die Köchin und das Kindermädchen hatten Schlüssel. Die beiden Letzteren waren außerdem schon vor Stunden gegangen.

»Wer ist es denn, Schatz?«, fragte Lionel von oben.

Der Bildschirm der Überwachungskamera draußen neben der Tür zeigte auf den Treppen einen Mann und zwei Frauen in Wintermänteln. Den Hut des Mannes besetzten erste Flocken.

»Wer sind Sie?«

»Polizei«, sagte eine der Frauen und hielt ihren Ausweis gegen das schwarze Auge der Kamera. »Ich bin Officer Donalds, das sind meine Kollegen Shear und Maniz. Wir hätten kurz ein paar Fragen zu einem Einbruch in der Nachbarschaft.«

Darunter litten sie in den letzten Monaten öfter.

»Wer ist es?«, rief Lionel noch einmal.

»Polizei«, erwiderte Megan. »Wegen eines Einbruchs in der Nachbarschaft. Ich lasse sie herein.«

»Um diese Zeit? Ich komme runter.«

Während sie Lionels Schritte auf der Treppe hörte, öffnete sie die Tür. Die drei waren zum selben Zeitpunkt eingetreten, als Lionel den Vorraum erreichte. Megan schloss die Tür hinter ihnen bis auf einen Spalt, bevor der Wind sie noch einmal aufdrückte. Sie stemmte sich dagegen, da wurde sie von den nachdringenden Frauen und Männern in den Vorraum geschoben. Bevor sie es sich versah, stand sie am Fuß der Treppe neben Lionel, umringt von acht Personen. Sie setzte zu einem Hilferuf an, dem Officer Donalds mit strenger Stimme zuvorkam.

»Megan und Lionel Androover, aus Gründen der nationalen Sicherheit haben wir den Auftrag, Sie und Ihre Tochter Lily mitzunehmen.«

Megans Beine knickten unter ihr weg. Lionel und zwei Polizisten bewahrten sie vor einem harten Aufschlag. »Bitte ersparen Sie uns Umstände, und erregen Sie kein Aufsehen. Packen Sie notwendige Dinge …«

»Was soll das?«, erregte sich Lionel. »Wir haben nichts Illegales getan! Wir haben das Recht …«

»Packen Sie bitte, was Sie und Lily für ein paar Tage benötigen.«

»… auf einen Anwalt. Nichts dergleichen werden wir tun!«

Gestern hatte er erstmals in den Nachrichten von Vorfällen in *New Garden* gehört. Bei seinen aufgeregten Recherchen im Internet hatte er jedoch nur Meldungen über eine Infektion mit einem gefährlichen Virus gefunden, keine Meldungen über moderne Kinder. Seine Nervosität hatte sich weitestgehend gelegt. Megan, die kein Nachrichtenfan war, hatte er mit der Meldung nicht beunruhigen wollen. Ein Fehler, wie er nun feststellen musste.

»Bitte, Mister Androover«, blieb die Frau freundlich, aber bestimmt und präsentierte ihm ein dicht bedrucktes Papier, das amtlich aussah. Lionel warf einen kurzen Blick darauf, bevor er die Treppe hinaufeilte, was Officer Maniz mit einem festen Handgriff um seinen Oberarm stoppte.

»Nationale Sicherheit«, wiederholte Donalds. »Bitte. Machen Sie uns keine Schwierigkeiten. Ich bin überzeugt, alles wird sich aufklären.«

Megan wollte fragen. Wohin man sie brachte. Was sie mit Lily vorhatten. Ob sie bei ihnen bleiben durfte. Doch sie brachte kein Wort hervor.

»Sie haben keine Ahnung, worum es geht, was?«, fragte Lionel halblaut. Der panische Blick in seinen Augen ließ Megans Beine erneut nachgeben. Zum Glück hatten Donaldson und Shear sie nicht losgelassen.

»Kommen Sie«, forderte Donalds sie sanft auf und half ihr die Treppen hinauf. »Gehen wir packen. Wo ist Lily?«

Zur gleichen Zeit spielten sich ähnliche Szenen in einundvierzig weiteren Haushalten der Vereinigten Staaten ab. In den folgenden Tagen wurden zudem an sechs US-Flughäfen siebenundfünfzig Paare mit schwangeren Frauen, Babys oder Kleinkindern direkt beim Flugzeugausgang ohne großes Aufsehen dezent zur Seite gebeten und an ihren neuen Aufenthaltsort gebracht, an dem sie bis auf Weiteres bleiben würden. Sieben weitere Paare, die *New Gardens* dringendem Ruf in die Vereinigten Staaten nicht gefolgt waren, würden in den kommenden Stunden von geheimen Sonderkommandos aufgesucht werden.

Hundertsiebenundachtzig Leihmütter in Kalifornien und sieben weiteren US-Bundesstaaten wurden unter besondere Beobachtung gestellt, ohne dass sie davon erfuhren.

132

»Verschwunden? Was heißt verschwunden?«, rief Gordon erregt.

Mit einem Schulterzucken wies Stavros auf die leeren Stellen im Labor. Neben ihm ArabAgrics Sicherheitschef, ebenso ratlos.

»Weg«, erwiderte der Grieche. »Als ich nach der Mittagspause zurückkam, waren die Maisproben und Ihr Laptop fort.«

»Wie kann das passieren?«, fauchte Gordon den Securityman an.

»Das untersuchen wir gerade«, antwortete dieser mit versteinerter Miene.

»Wir haben die Daten ohnehin in der Zentrale«, stellte Gordon fest. »Trotzdem ...«

Stavros' Telefon klingelte, er hörte kurz zu, dann sagte er zu Gordon: »Das war Andwele. Wir müssen sofort los.«

Schon von Weitem sahen Gordon, Jegor und Andwele die Rauchsäule aufsteigen, so breit wie die dunklen Wolken einer heranziehenden Gewitterfront. Je näher sie fuhren, desto mulmiger wurde ihr Gefühl. Die dunkelgraue Wand zog sich nun über den gesamten Horizont, gefüttert von meterhoch peitschenden Flammen. Der schwache Wind trieb den Rauch in einer gewaltigen Walze auf sie zu.

Gordon begriff: Den Brennstoff des Infernos lieferte Njumas Feld und mit ihm die Felder der benachbarten Bauern mit dem

Wundermais, die armseligen Hütten der Landwirte. Seine Aufgabe, die Spuren des Genwundermais zu vernichten, hatte jemand anders übernommen. Radikal, ohne Rücksicht auf Verluste. Ein paar Minuten lang betrachteten sie das Spektakel, während Andwele vor sich hin murmelte.

Schließlich gab Gordon das Kommando zur Rückkehr.

»Doch Geister«, brummte Andwele. »Böse Geister.«

133

Jessica und ihre Mutter, zu Besuch aus Miami, genossen auf der Veranda die Nachmittagssonne und schauten den Kindern zu, wie sie über das frühlingsfrische Gras tollten, in dem die ersten Krokusse blühten. Colin erschien mit einem Tablett voll Tassen und einer Teekanne, aus deren Schnabel eine dünne Dampfsäule stieg. Er schenkte den Frauen ein und setzte sich zu ihnen.

Seit ihren Erlebnissen in *New Garden* konnte Jessica ihre Kinder nicht mehr betrachten, ohne an jene anderen Kinder zu denken.

Nach Jills und Eugenes Tod hatte sie noch einige Tage in São Paulo verbringen müssen, um die Schweinerei aufzuräumen. Die Leichen der Kinder hatten sie unter hohen diplomatischen Kosten ohne große Untersuchungen außer Landes bringen können.

Eugene hatte sein Virus in der Eile schlampig produziert. Wie eine Untersuchung seines Glasröhrchens ergeben hatte, war es nicht lebensfähig gewesen und hätte keinerlei Schaden angerichtet. Jills Virus hatte sich zwar in ihr eigenes Blut auf dem Flughafenboden verteilt, doch dieses war sorgfältig entfernt und vernichtet worden. Mehr Sorgen bereitete Jessica und ihren Leuten, dass die Laborantin bei Eloxxy von zwei Röhrchen gesprochen hatte, die Jill angeblich auf ihre Flucht mitgenommen, von denen sie aber nur eines gefunden hatten. Sie konnten nur hoffen, dass die Frau sich geirrt hatte oder Jill das zweite Behältnis nicht eingesetzt hatte oder sein Inhalt unbrauchbar war, bevor er in Kontakt mit Menschen gelangte.

In die Diskussionen der Ethiker und Politiker um das weitere Vorgehen mit *New Garden*, den Kindern und den bereits betroffenen Familien wurde Jessica nicht miteinbezogen. Ein paar Tage sorgte sie noch für eine geregelte Übergabe der Anlage an Einheiten, die sich von da an darum kümmern sollten. Ihr selbst wurden neue Aufgaben zugewiesen, nachdem Al Waters ihr erklärt hatte, dass alle »modernen« Kinder auf ein geschlossenes Areal verbracht und dort leben würden. Die Experimente würden nicht weitergeführt werden.

Enttäuscht und wütend hatte sie anfangs weitere Informationen gefordert, doch das Projekt fiel ab sofort unter die höchste Geheimhaltungsstufe, und sie bekam für diese keine Freigabe. Auch Rich war ausgeschlossen worden, behauptete er. In São Paulo waren sie getrennt untergebracht worden, seither hatte sie ihn ein paar Mal auf einen Kaffee in Washington getroffen. Er habe sich mit seinen anderen Forschungsprojekten von den Gedanken an *New Garden* abgelenkt, sagte er.

Sie dagegen trug sich noch immer mit dem Gedanken, alles an die Öffentlichkeit zu bringen, doch je länger die Ereignisse zurücklagen, desto mehr verblassten sie und die damit verbundenen Gefühle. Außerdem besaß sie keinerlei Beweise. Keine Namenslisten der verschwundenen Eltern, keine Gewebeproben der Kinder, selbst ihre von Eugenes und Jills Blut getränkte Kleidung hatten ihr Special Agents nur wenige Stunden nach der Flughafenschießerei noch in São Paulo abgenommen und darauf geachtet, dass sie auch sonst keine Proben behielt. Zudem galten Whistleblower in den Staaten weiterhin nicht als notwendige Aufdecker von Missständen, sondern als Verräter. Ohne Beweise würde sie sich nur als Wichtigtuerin oder Verschwörungstheoretikerin lächerlich machen. Außerdem war sie wahrscheinlich doch eine zu treue Dienerin ihres Staates.

»Sind sie nicht großartig?«, seufzte ihre Mutter mit einem

Blick auf die Kinder. »Ach, ich erinnere mich, als wäre es gestern gewesen, wie du und dein Bruder so durch unseren Garten getollt seid! Und jetzt sind es eure! Und irgendwann werden es ihre sein!«

Und dann schlägt das Leben manchmal Volten, die niemand voraussehen konnte oder wollte, dachte Jessica, und zu deren Bewältigung wir keinerlei Strategien aus bisherigen Erfahrungen zusammenzimmern können.

Jessica hatte einen solchen Salto des Lebens erlebt und wusste noch nicht einmal, ob sie wieder gelandet war oder noch immer durch die Luft wirbelte. Gern hätte sie jetzt mit Rich darüber gesprochen, Colin hatte sie bis heute nichts von *New Garden* und den »modernen« Kindern erzählt, erzählen dürfen.

Sie stopfte ihren Mund mit einem Biskuit, und in ihren Ohren hallte das Lachen der spielenden Kinder in *New Garden* wider als Echo ihrer eigenen auf der Wiese vor ihr.

134

Zärtlich streichelte Greg über Helens Bauch. Mittlerweile war die Wölbung unübersehbar. Im Vergleich zu Rio de Janeiros Sonne fühlte sich Gregs Hand auf ihrem Bauch kühl an. Er küsste sie flüchtig auf die Wange, bevor er sich wieder auf seinem Liegestuhl ausstreckte und den Laptop auf seinen Schenkel legte. Vom Balkon ihres Apartments sahen sie bis zum Meer. Warum eigentlich hatten sie nicht früher schon so gelebt? Greg widmete sich wieder seiner Arbeit. Als Programmierer im gefragten Bereich der Fintechs hatte er über Onlineplattformen auch unter Pseudonym rasch mehr als genug Aufträge gefunden, um die Wohnung und ihr Leben in Rio zu bezahlen. Das Startkapital hatten die Bargeldbündel aus Jills Tasche geliefert, eine Viertelmillion Dollar! Anonymität war in der Millionenmetropole ebenso wenig ein Problem wie – dank Gregs Einkünften und Jills Reserven – angemessene ärztliche Versorgung.

Jills Laptop lag seit ihrem Einzug meistens im Wohnungstresor. Verschlüsselt, ungeknackt, auch wenn Greg viel versucht hatte. Vielleicht war es besser so.

Auf Gregs Empfehlung benutzte Helen zum Surfen im Internet diverse Anonymisierungswerkzeuge wie VPNs und TOR, besonders wenn sie Nachrichten über die Ereignisse in San Diego vor ein paar Monaten suchte. Falls jemand wie die US-Geheimdienste entsprechende Suchanfragen und -muster überwachen sollte – wovon Greg ausging –, sollten sie nicht zu ihnen zurückzuverfolgen sein. Neuigkeiten fand sie jedoch schon seit Monaten keine mehr. Drei Wochen nach der Abriegelung der Gated Community *New Garden* war das Gelände wieder geöffnet worden. Ihre Anwohner waren großenteils ausgezogen, die dort ansässige Schule, die medizinischen Einrichtungen und Labore geschlossen worden. Kein Wort über *New Gardens* eigentlichen Hintergrund. Um die Aufnahmen zahlreicher Passagiere auf dem Flughafen São Paulo-Guarulhos, die auf verschiedenen Videoplattformen online abrufbar waren, hatte sich eine lebendige Szene von Verschwörungsdebatten entwickelt, besonders bezüglich der auffallenden Martial-Arts-Sprünge der beiden erschossenen Kinder. Besonders prominent tat sich darin ein ehemaliger Leibwächter des Mädchens, ein gewisser Jim Delrose hervor.

»Das sind keine normalen Kinder«, erklärte er in einem Video. »Das sieht jeder! Sie und ihre angebliche Mutter, die seitdem verschwunden ist, standen in Verbindung mit der Anlage *New Garden* in San Diego, in der es nach offiziellen Meldungen zu einer Vireninfektion kam. In Wahrheit wurden dort genetische Experimente an Menschen durchgeführt!«

Andere, die anonym blieben, stellten Verbindungen zu den Februarereignissen in *New Garden* in San Diego her. Ehemalige Mitarbeiter oder Kunden, die sich aber nicht an die Öffentlichkeit wagten, vermutete Helen. Wie alle Verschwörungstheorien führten sie nirgendwohin.

Immer wieder gesucht hatte sie auch nach Diana und Mike Kosh. Doch weder auf ihren Accounts in sozialen Netzwerken noch sonst wo hatte sie Meldungen von ihnen oder über sie gelesen. Die Tatsache erfüllte sie mit Sorge und schließlich mit Trauer, bekräftigte sie aber in ihrer Entscheidung, verdeckt in Rio ein neues Leben zu beginnen.

Hatte Helen anfangs täglich stundenlang das weltweite Netz nach Informationen durchsucht, war ihr Interesse mit dem wachsenden Gefühl der Sicherheit in ihrem neuen Zuhause gesunken und zu einer vagen Neugier geschrumpft, der sie höchstens einmal pro Woche nachging. Auch an diesem Tag fand sie nichts Nennenswertes, bis bei dem Suchbegriff Mike Kosh ein neues Bild auftauchte, das erst zwei Tage alt war.

Drei Männer in Anzug, offensichtlich auf einer Konferenz.

Der attraktive rechts außen war eindeutig Mike.

Aufgeregt forschte Helen nach, und nach zwei Minuten wusste sie, dass Mike Kosh vor zwei Tagen eine Konferenz in Los Angeles besucht hatte. Mike lebte und war wohlauf! Helen durchströmte ein Gefühl großer Erleichterung. Doch was war mit Diana? Sie und Mike mussten auf die Bedingungen der Behörden, von denen Greg erzählt hatte, eingegangen sein. Mit einem Mal wirbelte die Aufregung ihre Gedanken durcheinander.

»Greg, schau dir das an.«

Eine halbe Stunde später hatte Greg Mike Koshs Kontaktdaten ausfindig gemacht und eine nicht nachverfolgbare Telefonverbindung eingerichtet. Für manche Dinge war heutzutage ein Nerd in der Familie wirklich hilfreich. Unter Helens nervösem Blick wählte er die Nummer. Nach zwei Freizeichen meldete sich eine Stimme.

»Mike Kosh.«

»Hi, Mike!«, rief Greg, »Hier ist Greg Cole! Wie geht es euch? Mensch, wo seid ihr gewesen? Ihr wart spurlos verschwunden!«

»Greg, hey! Dasselbe könnte ich euch fragen! Tja, lange Geschichte. Um sie kurz zu machen: Wir sind wieder daheim, es geht uns gut, und in vier Monaten werden wir Eltern von Drillingen!«

Helen und Greg wechselten einen Blick.

»Habt ihr … ich meine … *moderne* Drillinge?«

»Klar! Eigentlich darf ich niemandem davon erzählen, aber

bei dir soll ich eine Ausnahme machen. Du kennst ja die Geschichte.«

»Aber musste Diana, um nach Hause zu dürfen, denn nicht ...«

»Hieß es zuerst«, unterbrach ihn Mike. »Diana wollte jedoch nicht. Zuerst hielten sie uns fest. Nach ein paar Wochen änderten die Behörden ihre Meinung. Warum auch immer. Alle Kunden wie wir, die sich weigerten, durften nach Hause. Wir müssen die Sache bloß geheim halten. Irgendwann werden die Behörden damit an die Öffentlichkeit gehen, sagen sie. Na, und wenn nicht, dann eben nicht. Wir bekommen unsere Kinder. Was ist mit euch?«

»Was soll mit uns sein?«

»Wie geht es euch? Wo seid ihr?«

Wieder Blickwechsel. Zögernd. Misstrauisch. Vorsichtig.

»Danke, toll. Wir erwarten Zwillinge!«

»Gratuliere! Hey, aber ihr müsst euch nicht verstecken! Seht uns an!«

»Wer sagt ...«

»Greg, Mann! Die Behörden haben uns wochenlang nach euch ausgefragt. Die haben damit gerechnet, dass ihr euch irgendwann bei uns meldet. Wahrscheinlich hören sie jetzt sowieso mit und orten euch.«

»Können sie nicht.«

Trotzdem zog sich in Helen etwas zusammen. Mike war immer großspurig aufgetreten, aber seine demonstrative Gelassenheit schien Helen verdächtig.

»Wäre aber kein Problem für euch«, sagte er. »Die Sache ist gelöst. Ihr könnt heimkommen. Warte!«

Helen und Greg hörten ihn kramen, dann gab er ihnen eine Telefonnummer und eine E-Mail-Adresse durch. Helen tippte sie auf ihrem Laptop mit. »Dort könnt ihr euch melden«, sagte er. »Hey, ich muss weiter. Sagt Bescheid, wenn ihr zurück seid!«

Freizeichen.

In Gregs Blick las Helen dieselbe Verwirrung, die sie erfasst hatte. Dann wanderten ihre Blicke auf die Nummer und die E-Mail-Adresse auf Helens Bildschirm.

»Was meinst du?«, fragte Greg. »Ist das eine Falle?«

Epilog

Der oberste Sicherheitsberater Al Waters hatte zu der Besprechung im Situation Room gerufen. Am Tisch die Präsidentin und ihr Stabschef, die Minister für Homeland Security, Inneres und Verteidigung sowie der leitende Berater der vier Monate zuvor neu geschaffenen geheimen Abteilung für *HugeM – Human Genetic Manipulation – Affairs*. Die dazugehörigen Adlaten saßen auf den Stühlen im äußeren Kreis.

Der Assistent des Ministers für Homeland Security verteilte Unterlagen mit dem Vermerk »topsecret«. Auf dem Monitor an der Schmalseite des Raumes prangte der Titel

»Neue Erkenntnisse über Experimente

an der menschlichen Keimbahn«.

Der Minister erhob sich.

»Aktuelle Geheimdienstinformationen belegen, dass ein Spin-off des *Bejing Genomic Institute*, welches bekanntermaßen schon seit den späten Zweitausendnuller-Jahren den genetischen Code Zehntausender hochintelligenter Menschen weltweit sammelt und auf die genetischen Grundlagen von Intelligenz analysiert, seit zwei Jahren unter strengster Geheimhaltung Präimplantationsdiagnostik durchführt. Nach dem derzeitigen Kenntnisstand wählt es befruchtete Eizellen mit genetischen Voraussetzungen für besonders hohe Intelligenz und verschiedene körperliche Stärken aus und setzt sie ausgesuchten Müttern ein.« Zu wechselnden Bildern führte er aus: »Konkrete Ergebnisse wird man bei dieser

Methode natürlich erst in ein paar Jahren sehen. Sollten die Versuche Erfolg haben, müssen wir davon ausgehen, dass Teile der chinesischen Bevölkerung innerhalb weniger Generationen der übrigen Weltbevölkerung weit überlegen sein werden.«

»Außer *New Gardens* modernen Kindern«, wandte *HugeM Affairs* Chefberater ein. »Die sind schon jetzt ein paar Stufen besser. Dank Jills Forschung sind wir sogar noch weiter! Bloß weiß die Welt nichts davon. Wie gut, dass wir das Programm bloß nach San Antonio verlegt und dort weitergeführt haben!«

Der Minister bedachte ihn mit einem schmallippigen Seitenblick. »Das war noch nicht alles, Doktor Winthorpe. In weiteren chinesischen Experimentreihen, die erst vor wenigen Wochen begannen, werden ausgesuchten Müttern genetisch manipulierte befruchtete Eizellen eingesetzt. Hier sind unsere Informationen noch unscharf, aber wie es scheint, geht es in verschiedenen Versuchsreihen um die Steigerung verschiedener kognitiver wie physischer Eigenschaften. Ähnlich wie bei *New Garden*.«

»Und wenn«, feixte Stanley Winthorpe, »wir haben zwölf Jahre Vorsprung! Herausforderung akzeptiert! Rüsten wir die US-Bevölkerung genetisch auf! Der Wettlauf hat begonnen!«

Nachwort und Dank

Helix ist ein Roman, entsprechend mischen sich Realität, dramaturgische Freiheit und Fantasie. Wobei sich die Realität der Fantasie in rasantem Tempo annähert, wie jeder feststellen wird, der den einen oder anderen Namen oder Begriff recherchiert.

Die Diskussion um die neuen Technologien werden inzwischen heftig geführt. So entschied etwa der Europäische Gerichtshof im Juli 2018, dass mit CRISP/Cas 9 geschaffene Pflanzen den EU-Richtlinien für gentechnisch veränderte Organismen unterliegen.

Für ihre Informations- und Diskussionsbereitschaft und manche schräge Inspiration danke ich Klaus Huber, Philipp Schaumann, Christian Reiser und noch einigen anderen (die Entsprechenden wissen schon …). Und natürlich meinem Team bei Blanvalet und drum herum sowie meinem Agenten Michael Gaeb. Wie immer danke ich meiner Frau für ihre Unterstützung. Und ich danke Ihnen, liebe Leserinnen und Leser, die Sie mir wieder ein paar Stunden Ihrer wertvollen Zeit geschenkt haben! Wenn es Ihnen gefallen hat und Sie mehr zum Buch, zum Thema oder zu meinen anderen Bestsellern »Blackout« und »Zero« wissen wollen, besuchen Sie mich gern auf www.marcelsberg.com

Wettbewerb treibt unsere Gesellschaft an:
höher, schneller, weiter.
Und wohin führt uns das?

Der neue Thriller von Marc Elsberg,
der den Finger wieder einmal auf den wunden Punkt
unserer Gesellschaft legt.

Ab 25. 02. 2019 im Handel erhältlich!

»Keiner schreibt derzeit fesselndere Gesellschafts-Thriller
als der Wiener Autor Marc Elsberg.«
Express

Auf den folgenden Seiten finden Sie eine Leseprobe
aus »Gier. Wie weit würdest du gehen?«

Erste Entscheidung

»*Am Ursprung des Lebens folgen einige sich selbst
kopierende chemische Strukturen einem mathematischen
Prinzip, das ihnen zu einem Vorteil verhilft.*«

Will Cantor

1

Die Straßen brannten. In dichten Schwaden zog Rauch über den Asphalt. Herabstürzenden Meteoren gleich, explodierten Molotowcocktails in Feuerbällen und schwarzem Qualm. Durch den Nebel jagten vereinzelt dunkle Gespenster, tauchten da unter und dort wieder auf.

»Das ist Krieg!«, brüllte Melanie Amado und duckte sich.

Aus dem Dunst hinter ihr wuchs eine dunkle Menschenfront. Köpfe, Schultern. Plakate, Transparente.

»Was steht da?«, rief Ed Silverstein und zoomte näher an die Transparente der Demonstranten heran. *Stoppt die Gier! Wohnen: Ausspekuliert! Bedingungsloses Grundeinkommen! Ich kann mir keine Lobbyisten leisten! Friede jetzt! Tod dem Kapitalismus!*

Amado umklammerte ihr Mikrofon: »Nach dem Platzen der Blase von Unternehmensschulden droht der Welt eine Finanzkrise wie 2008. Hunderttausende protestieren zur Stunde in Berlin gegen neue Sparpakete wegen Banken- und Unternehmensrettungen. Wer hätte so etwas hier vor ein paar Monaten erwartet? Griechenland ist plötzlich überall!« Schwenk. Vor ihnen schälte sich eine zweite Front aus dem Rauch.

»Glatzen! Bomberjacken!«, rief Silverstein in die Kamera. Einige schwangen Holzlatten oder Baseballschläger. *Ausländer raus! Deutschland zuerst! Wir sind das Volk!* Kahle Köpfe, wütende Fratzen füllten den Screen.

Daneben, im Badezimmerspiegel, leuchteten Jeannes Augen grün. Was Luxushotels sich alles ausdachten. Teile des riesigen Badezimmerspiegels waren gleichzeitig ein Fernsehbildschirm. Sie trug Tusche auf die unteren Wimpern auf.

Amado: »Ähnliche Bilder erreichen uns aus US-Metropolen …«

Während Jeanne die oberen Wimpern nachtuschte, schaltete Bloomberg-TV zu zwei aufgeregten Reportern nach New York. Im Spiegel neben Jeannes Gesicht jagten prügelnde Polizisten durch rollende Rauchwellen in Brooklyn. Glühende Augen von Bengalfeuern tauchten die Hetzjagd in dämonisches Rot.

»Seit ein Alt-Right-Mitglied mit seinem Auto in eine Demo raste und drei Afroamerikaner niederfuhr, brennen in einem Dutzend US-Metropolen ganze Stadtviertel!«

Jeanne griff zum Highlighter, Bloomberg-TV zu Bildern von Kriegsschiffen, Kampfraketenstarts. Feixende asiatische Politiker eilten in Sitzungen.

»Und Schlimmeres zieht auf«, erklärte die Sprecherin. »Chinas Flotte provoziert in den asiatischen Meeren Konflikte mit seinen Nachbarn. Saudi-Arabien, der Iran und Israel eskalieren die Kriege auf der Arabischen Halbinsel. Erste Drohungen mit Atomwaffen werden laut. Russland zündelt in Osteuropa. So explosiv war die globale Lage nicht seit dem Zweiten Weltkrieg.«

Verstaubte, blutige Kinder in Trümmern nach einem Bombenangriff, irgendwo in Nahost. Jeanne zog die Lippen nach.

Europäische und US-Politiker hinter Stehpulten, vor getäfelten Wänden, an Konferenztischen. »Deshalb wurde ein längst geplantes Außenministertreffen in Berlin kurzfristig zu einem Krisengipfel erweitert, auf den führende Politiker, Zentralbanker und Unternehmensführer aus aller Welt eilen.«

Jeanne richtete sich auf. Prüfte den Sitz ihrer Frisur, strich das seidene Abendkleid glatt, eine Maßanfertigung aus Sook Dwalas Studio in Los Angeles. Sie hätte Model werden können.

Ted Holden erschien im Spiegel. Er war kaum größer als sie, ein paar Jahre älter, trug Smoking. Für einen Augenblick war Jeanne verwirrt. War Ted in den Nachrichten, oder stand er wirklich hinter ihr?

»Bist du bereit?«, fragte er. Wirklichkeit.

Sie nickte ihm zu, während sein Blick kaum merklich über ihren Körper strich.

»Wir schalten zurück nach Berlin zu Mel und Ed ...«

Flammen. Loderten durch Autogerippe.

2

Der Gestank von Verbranntem vermischte sich trotz Klimaanlage mit dem Geruch des Leders im Inneren der Limousine und schnürte Will Cantor den Hals zu. Dumpf drangen das Klirren der Flaschen, das Donnern der Explosionen, das Tosen der Sprechchöre durch die Scheiben. *Halten die einem Pflasterstein stand?*, überlegte er, während seine Finger den Haltegriff der Tür umklammerten.

Sie fuhren nur mehr Schritttempo. Ein Stück vor ihnen brannte ein Wagen am Straßenrand.

Der Fahrer, ein bulliger Mittfünfziger mit Schnauzbart, fluchte irgendetwas auf Deutsch.

Herbert Thompson auf dem Sitz neben Will hielt das Telefon fest in seiner knochigen Altmännerhand.

»Wir fahren hier gerade durch die Hölle, verdammt!«, raspelte seine Greisenstimme. »Lass uns später darüber reden!«

Wie so viele Hochbetagte war er über die Jahre in seinem Anzug geschrumpft. Die Schulterpolster zu breit, die Ärmel zu faltig. In dem luxuriösen Ledersitz wirkte er fast verloren. Wäre da nicht seine Energie gewesen.

Leise und abgehackt drangen Wortfetzen seines Gesprächspartners aus dem Telefon.

»... *einflussreichsten Ökonomen der Gegenwart! ... begehst wissenschaftlichen Selbstmord!*«

»Im Gegenteil!«, keifte Thompson. »Das ist meine wichtigste Arbeit überhaupt!«

Die Antwort verrauschte im Lärm der Demonstranten.

»Mein Lebenswerk?«, rief Thompson. »Das habe ich damit erst geschaffen! Diese Konzepte können dem Wahnsinn da draußen ein Ende bereiten. Mehr Gerechtigkeit schaffen. Mehr Wohlstand für alle! Einem Nobelpreisträger werden sie schon zuhören.«

»... *dich ... auslachen!*«, echauffierte sich die Stimme am anderen Ende der Leitung.

Entschieden tippte Thompson auf den Aus-Button und schob die Notizen für seine Rede zurück in die Aktentasche auf seinem Schoß.

»Idiot!«, krächzte er. »Hat bloß Angst, dass wir Leuten wie ihm auf die Füße treten.« Er kniff die Augen zusammen. »Was steht da?«, fragte er mit Blick auf die Transparente.

»Stoppt die Gier! Tod dem Kapitalismus!«, sagte Will.

»Haben keine Ahnung, was Kapitalismus ist, aber Hauptsache, er ist an allem schuld«, meckerte Thompson. Dann gluckste er vergnügt: »Da sind wir ja im richtigen Auto hineingeraten. Wenn die wüssten, wer gerade auf sie zufährt ...«

Will fand den Gedanken weniger lustig. Wenn die es wüssten, würde der nächste Molotowcocktail mit Sicherheit ihre schwarzglänzende Limousine treffen.

Der Aufruhr war ganz nach Thompsons Geschmack. Konfrontationen hatte er nie gescheut. Wettbewerb. *Survival of the fittest* als Grundlage allen Erfolgs, Wachstums und Wohlstands. Für einige seiner wirtschaftlichen Modelle dazu hatte er vor zwölf Jahren den Nobelpreis erhalten. Er war eine Legende. Eine Stimme, der die Wichtigen, die Mächtigen und Reichen dieser Welt Gehör schenkten.

Sein Telefon leuchtete auf. Er nahm das Gespräch an.

»Was willst du noch?«, bellte er. »Ich habe dir lang und breit erklärt, dass wir den Beweis haben. Den *mathematischen* Beweis!«

Will spitzte die Ohren.

»... *Dummheit bewahren.*«

Thompsons Gesicht lief rot an vor Zorn. »Wir stehen vor einem Paradigmenwechsel! Du wirst mich nicht davon abbringen, meine Rede zu halten. Niemand wird das.«

Kurzerhand schaltete er das Handy aus und steckte es weg.

Der Chauffeur blickte hilfesuchend nach hinten. Dort staute sich eine Handvoll Wagen. Die letzten verschluckte eine heranrollende Woge von Rauch. Darin tauchten neue Silhouetten auf.

Thompson, zu steif, sich umzudrehen, fragte: »Welche sind das jetzt?«

Will warf einen Blick durch das Heckfenster. »Transparente mit ›Ausländer raus‹, ›Deutschland zuerst‹.« Einige zeigten den Hitlergruß. »Nazis!«, rief er.

Thompson schüttelte den Kopf. »Über den neuen Nationalismus dürfen wir uns nicht wundern. Wenn man jahrzehntelang den Staat zurückdrängt, bleibt vom Nationalstaat nur mehr national. Das fliegt uns jetzt um die Ohren. National. International...«

Eine Explosion an der Heckscheibe unterbrach ihn. Will schrumpfte im Schock. Splitter rannen an der Scheibe hinab, zusammengehalten vom Etikett einer Biermarke.

Kein Benzincocktail, bloß normaler Alkohol.

Auch Thompson war zusammengezuckt. Der Nobelpreisträger wandte sich an den Fahrer: »Ich habe eine wichtige Rede zu halten«, sagte er. »Die das alles hier beenden kann.« Er klopfte ihm auf die Schulter. »Wie sagte Churchill? ›Wenn du durch die Hölle gehst, geh weiter.‹ Also: Fahren Sie!«

3

Er saß in einem Hotelzimmer vor einem Laptop-Bildschirm voll Codezeilen, als die Nachricht auf dem sechsten der acht altmodisch anmutenden Tastenmobiltelefone aufblinkte, die in zwei sorgfältig geordneten Viererreihen links neben dem Computer lagen. Er hatte die halb transparenten, orangebraunen Sichtschutzvorhänge zugezogen und sah so gut wie nichts von der Großstadt unter ihm. Es hätte jede Metropole der Welt sein können, aber jetzt gerade war es Singapur.

Er öffnete die Nachricht und erkannte den Absender sofort. Dessen Namen hatte er wie üblich nie erfahren, ein Allerweltspseudonym. Einander gefunden hatten sie sich auf einer der üblichen Plattformen im Darknet, auf denen man anonym Spezialisten für alle Gebiete anheuern konnte. In seinem Fall einen Hacker.

Die Nachricht bestand aus einem einzigen Wort: *Ikarus*.

Er weckte seinen zweiten Laptop, seine Finger flogen über die Tastatur, und ein paar Sekunden später hatte er den Befehl verschickt. Gleichzeitig öffneten sich auf dem Bildschirm sieben verschiedene Fenster, in denen er die korrekte Durchführung überprüfen konnte. Sie bildeten Ordner mit Dokumenten aus verschiedenen Mailprogrammen und Servern ab. Seit sein Auftraggeber ihn vor ein paar Monaten kontaktiert hatte, verfolgten seine Programme alle Versionen der Dokumente über verschiedene

E-Mailprogramme und Server hinweg. Gleichzeitig installierten sie in allen kleine Zeitbomben, die nur auf seinen Befehl warteten, um die Dokumente bei Bedarf sofort zu löschen.

Den Befehl, den er soeben gegeben hatte.

Binnen Sekunden verschwanden aus allen Ordnern einzelne Dokumente wie von Geisterhand. Noch einmal kontrollierte er die Ordner, dann beendete er die Remote-Verbindung. Die Fenster verschwanden von dem Bildschirm, er klappte den Laptop wieder zu. Auf dem Handy tippte er ebenfalls nur ein Wort: *Done.* Erledigt.

Er entfernte die SIM-Karte aus dem Telefon, zerbrach sie – ein unsinniges Ritual, an dem er trotzdem abergläubisch festhielt – und ging ins Bad, wo er sie in Klopapier gewickelt die Toilette hinunterspülte. Das Telefon schleuderte er mehrmals heftig gegen die Steinfliesen des Badezimmerbodens, bis es zersplitterte. Ein paar Tritte zerkleinerten die größeren Teile so weit, dass er auch sie problemlos über das Klo entsorgen konnte. Ebenfalls eine übertriebene Vorsichtsmaßnahme, aber er ging lieber altmodisch auf Nummer sicher.

Dann kehrte er zurück an den Schreibtisch und wandte sich wieder dem Code auf dem anderen Bildschirm zu.

4

Durch die Frontscheibe des Range Rovers blickte Eldridge direkt auf das Heck des Mercedes mit Thompson und Cantor. Die Demonstrationen vor dem Schloss mussten von den genehmigten Routen abgewichen sein, die Polizeiabsperrungen zu ihrer Einhegung offenbar leck wie ein alter Gartenschlauch. Durch eines dieser Lecks wurden sie nun überschwemmt. Die Wagen hinter ihnen wurden eingeholt von den ersten tätowierten Glatzen, Skins, Rocker-Vollbärten. Vor ihnen fürchtete sich Eldridge nicht. Er und die vier übrigen Männer im Wagen waren ganz anderes gewohnt.

Am Steuer neben Eldridge wartete Jack auf seine Anordnungen. Die dunkelgraue Combathose um die mächtigen Oberschenkel gespannt, die massiven Arme und Schultern unter dem grauen Hemd gestrafft, die Augen schmale Schlitze im fleischigen Narbengesicht. Seine Stirn stieß fast an das Wagendach; längere Haare als Jacks Stoppel hätten den grauen Bezug gestreift.

Das Headset in Eldridges Ohr meldete einen Anruf. Konnte nur eine Person sein. »Annehmen.«

»Plan Ikarus«, erklärte die Stimme in seinem Ohr.

»Wiederhole«, sagte Eldridge. »Plan Ikarus.«

»Bestätigt.«

Der Anrufer beendete die Verbindung.

Eldrigde, für seine Teammitglieder El, tippte den Tabletcomputer auf seinem Schoß an. Auf dem Bildschirm erschien eine Grafik mit der schematischen Darstellung eines gläsernen Autos von oben: Innenraum, Sitze, Armaturen, Motor...

Das Antriebs- und das Steuerungssystem – Motor, Lenkrad, Schaltung, Pedale – leuchteten blau. Über dem Motor zeigte ein Tachometer 2 km/h. Rechts oben im Schirm ein rotes Feld »Enter«.

Tipp.

»Enter« änderte seine Farbe von Rot zu Grün.

El legte die Kuppe seines großen, schartigen Zeigefingers mit dem kurzen Nagel erneut auf den Monitor des Tablets. Genau auf das blaue Gaspedal der durchsichtigen Autoillustration. Er blickte auf zum Heck der Limousine, über deren Rückscheibe die Reste einer Bierflasche sabberten, und begann sanft zu drücken.

5

Die Beschleunigung des Wagens drückte Will in den Sitz. Das Fahrzeug steuerte direkt in die Menge. Demonstranten schrien auf. Einige brachten sich durch Hechtsprünge vor dem heranrollenden Gefährt in Sicherheit, andere schüttelten wütend die Fäuste.

»Vorsicht, Mann!«, krächte Thompson. »›Durch die Hölle gehen‹ sagte ich! Nicht, sie erschaffen!«

»Etwas stimmt hier nicht!«, rief der Chauffeur in holprigem Englisch.

Will hörte Unglauben in seiner Stimme.

»Was ist los?«

»Der Wagen … der fährt von allein!«

Mit heftigen Bewegungen pumpte der Chauffeur die Pedale. Hieb auf die Hupe. Lärmend pflügte der Mercedes durch den Rauch und die davonhastenden Schatten und nahm Tempo auf.

»Die Bremsen funktionieren nicht!« Er rüttelte am Schaltknüppel. Panik in der Stimme. »Die Schaltung! Nichts!«

Er nahm die Hände vom Steuer. »Sehen Sie?!«

»Tun Sie Ihre Hände wieder an den Lenker!«, befahl Thompson.

Der Fahrer gehorchte.

Will blickte in aufgerissene Augen hinter den Scheiben, brüllende Münder.

Ein Transparent klatschte auf die rechte Frontscheibenhälfte und verdunkelte sie. Wurde fortgeweht.

Vergeblich riss der Fahrer am Lenkrad.

»Mein Gott …«, stammelte Will. »Der Wagen wurde gehackt!«

Er fummelte sein Mobiltelefon aus der Sakkotasche. Trotz hektischen Tippens auf dem Touchscreen blieb er schwarz.

Draußen auf der Straße lichtete sich der Rauch. Die Menschen flohen vor ihnen in alle Richtungen. Einem Haufen Metall mit dem Schwung von vierzig Stundenkilometern hatten sie nichts entgegenzusetzen als ihre Haut, ihr Fleisch und ihre Knochen. Ihr Leben.

»Haben Sie ein Telefon?«, fragte Will den Fahrer.

»Hier.«

Während der Mann hilflos an Lenkrad und Schalthebel rüttelte, startete Will dessen Handy. Auch dieses Gerät reagierte nicht. Er blickte zu Thompson, der mit hochgezogenen Schultern in seinem Sitz kauerte und die Aktentasche umklammert hielt. Bleich verfolgte er Wills Bemühen.

Die Limousine fuhr schneller, die Straße leerte sich, kaum mehr Demonstranten, noch kein Verkehr. Will musste zwinkern, um seinen Augen zu trauen. Vor ihnen lag eine ganz normale Straße. Er wandte sich um. In einiger Entfernung hinter ihnen erinnerte die Szenerie weiterhin an ein auf die Erde gefallenes Gewitter. Nur ein dunkler SUV war ihnen durch ihre Schneise gefolgt.

Sie verließen eine Kreuzung und bogen an einem Fahrverbotsschild vorbei in eine mehrspurige Straße. Weiter vorn entdeckte Will die Siegessäule. Sie fuhren in den Tiergarten!

»Ihr Telefon!«, forderte er mit offener Hand von Thompson.

Die Suche des Nobelpreisträgers in den Taschen seines Jacketts dauerte eine gefühlte Ewigkeit. Sie fuhren auf einer breiten, leeren Straße durch den Park.

»Warum ist hier keiner?«, rief Will.

»Schon gesperrt, wegen der Demonstrationen morgen«, erklärte der Fahrer. Schweiß stand auf seiner Stirn.

Als Will Thompsons Telefon endlich in die Finger bekam, blieb es so tot wie die anderen. Frustriert warf er es auf die Sitzbank.

»Wir werden entführt!«, rief er. »Wir müssen uns irgendwie bemerkbar machen!«

»Aber wem?«, brüllte der Chauffeur. »Da draußen ist ja niemand! Verdammt!«

Der Wagen wurde nach links geschleudert. Mit quietschenden Reifen kurvte er zurück nach rechts. Zu steil! Direkt auf den Wald zu. Der erste Reifen traf den Randstein. Die Beifahrerseite stieg hoch, und mit einer Drehung um die eigene Achse schraubte sich die Limousine durch die Luft Richtung Bäume.

Die Welt, wie Sie sie kennen, gibt es bald nicht mehr. Der Countdown läuft.

800 Seiten. ISBN 978-3-442-38029-9

An einem kalten Februarartag brechen in Europa alle Strom-
netze zusammen. Der totale Blackout. Der italienische Infor-
matiker Piero Manzano vermutet einen Hackerangriff und
versucht, die Behörden zu warnen – erfolglos. Als Europol-
Kommissar Bollard ihm endlich zuhört, tauchen in Manzanos
Computer dubiose Emails auf, die den Verdacht auf ihn selbst
lenken. Er ist ins Visier eines Gegners geraten, der ebenso
raffiniert wie gnadenlos ist. Unterdessen liegt ganz Europa
im Dunkeln, und der Kampf ums Überleben beginnt …

Wer sich im Netz bewegt, für den gibt es kein Entkommen!

496 Seiten. ISBN 978-3-7341-0093-2

London. Bei einer Verfolgungsjagd wird ein Junge erschossen. Sein Tod führt die Journalistin Cynthia Bonsant zu der gefeierten Internetplattform Freemee. Diese sammelt und analysiert Daten – und verspricht dadurch ihren Millionen Nutzern ein besseres Leben und mehr Erfolg. Nur einer warnt vor Freemee und vor der Macht, die der Online-Newcomer einigen wenigen verleihen könnte: ZERO, der meistgesuchte Online-Aktivist der Welt. Als Cynthia anfängt, genauer zu recherchieren, wird sie selbst zur Gejagten. Doch in einer Welt voller Kameras, Datenbrillen und Smartphones kann man sich nicht verstecken …